CHRISTIAN
PISKULLA

DIE SUCHE NACH DEM ROUTE 66 KILLER

Dies ist ein Roman. Ähnlichkeiten mit lebenden oder toten Personen sind rein zufällig. Alle genannten Warenzeichen und Marken sind Eigentum ihrer jeweiligen Inhaber.

Viele Orte, Restaurants und Motels, die in diesem Buch erwähnt werden, existieren tatsächlich. Einige habe ich jedoch erfunden, da ich die Betreiber/Inhaber dort nicht mit Mordermittlungen in Verbindung bringen wollte. Auch einige Straßen sind fiktiv.

Danke an alle, die mich bei der Erstellung dieses Buchs mit Rat und Tat unterstützt haben. Danke vor allem an meine Ehefrau Christine, die den ganzen Wahnsinn nun zum vierten Mal mitmacht.

Die Suche nach dem Route 66 Killer

ISBN: 9783944755366

Umschlaggestaltung und Satz: Christian Piskulla
Fotos Route 66, Karte: Christian Piskulla
Foto Indian Cief: Dejan Marinkovic Photography
Bike: Hollister`s MotorCycles, Inh. Volker Sichler

Titelbild: iStockphoto, mdesigner125
Druck: CPI books GmbH

Verlag:
Cleverprinting
Inh. Christian Piskulla
Sonnenberg 13
31188 Holle

Fon: 05062/9656-875
E-Mail: info@cleverprinting.de

Das Buch ist der Nachfolgeroman zum *Pacific Crest Trail Killer*, erschienen im Jahr 2021. Beide Bücher haben eine eigenständige Handlung. Dennoch gibt es einige Bezüge und Hinweise auf den ersten Teil. Auch spielen diverse Personen und Orte aus dem ersten Band eine Rolle bzw. werden erwähnt. Wir empfehlen daher allen Lesern, vor dem *Route 66 Killer* den *Pacific Crest Trail Killer* zu lesen. Für diejenigen, die gleich mit dem *Route 66 Killer* loslegen möchten, hier eine kurze Zusammenfassung.

Was vor zwei Jahren geschah (Vorsicht: Spoiler!)

Der ehemalige Militärpolizist Mark Stetson wandert den Pacific Crest Trail, als er auf zwei Ranger trifft, die eine getötete Frau entdeckt haben. Mark untersucht die Leiche und stellt fest, dass einige Hinweise auf eine beginnende Mordserie schließen lassen.

Steve Cortez, Leiter der Mordkommission beim FBI Los Angeles, ist von Marks Schlussfolgerungen beeindruckt. Er bittet Mark, für das FBI auf dem Trail zu ermitteln. Bald zeigt sich, das Mark mit seiner Vermutung recht behält. Es werden weitere Frauen grausam ermordet.

Dem Killer unterläuft schließlich ein Fehler; die Zeugin Rebecca überlebt den Mordanschlag. Mark begleitet die Frau, die er zunächst für ein unscheinbares Mauerblümchen hält. Doch Rebecca erweist sich schnell als überaus durchtrieben. Auch scheint sie ihm über ihre Vergangenheit nicht die volle Wahrheit zu erzählen. Mark verliebt sich dennoch in sie, ihr Verhalten verunsichert ihn jedoch zugleich.

Als plötzlich bei einem der früheren Mordopfer Fotos entdeckt werden, die Rebecca zusammen mit der Frau zeigen, gerät sie selbst in Verdacht. Sie beteuert ihre Unschuld, doch Steve Cortez hält zumindest eine Mittäterschaft für denkbar. Rebecca, völlig verstört von den Vorwürfen, versteckt sich daher zunächst auf dem Trail, um einer Vernehmung durch die Polizei zu entgehen.

In der Zwischenzeit unterstützt Mark das FBI weiter bei der Suche nach dem Mörder. Tatsächlich gelingt es ihm, den entscheidenden Hinweis zu entdecken, mit dem sie den Killer in eine Falle locken können. Rebecca ist somit entlastet.

Durch die Jahre bei der Mordkommission psychisch schwer gezeichnet, verlässt Steve Cortez das FBI und geht in den Ruhestand. Mark und Rebecca versöhnen sich und werden ein Paar.

Tipp: Unter **www.route-66-killer.de/karte** können Sie sich eine Karte der Route 66 mit den wichtigsten Orten der Handlung herunterladen.

Teil 1

Get Your Kicks On Route 66

Arizona, in der Nähe der Route 66

Mit einem lauten Kreischen fraß sich die Baggerschaufel in den Untergrund. Das Geräusch war so laut, so eindringlich, dass sich sein Magen zusammenzog. Seine Nackenhaare stellten sich auf, panisch blickte er in die Grube: Wurde die Schaufel eventuell beschädigt?

„Fuck, Mann! Gottverdammte Scheiße!" Sein Bruder würde ihn töten, zumindest jedoch verstümmeln, würde er den Bagger mal wieder demolieren. Hastig zog er den Steuerknüppel zurück, bewegte die Schaufel so nach oben. Dreck und Steine fielen heraus, roter Staub rieselte zu Boden. Als er erkannte, dass an der Schaufel noch alle Zähne vorhanden waren und auch die Hydraulik noch einwandfrei funktionierte, seufzte er erleichtert.

Er hatte nicht damit gerechnet, bereits in so geringer Tiefe auf Felsen zu stoßen. Das war schließlich nicht die erste Grube, die er hier draußen in der Wüste aushob. Normalerweise erreichte man das Grundgestein erst nach etwa anderthalb Metern. Das Loch jedoch war gerade einmal einen Meter tief. Egal. Für seine Zwecke war es ausreichend. Er drehte das Führerhaus zu Seite, sodass er aus der geöffneten Tür heraus sein Werk betrachten konnte.

Vor ihm lag die Grube, zwei Meter breit, drei Meter lang, einen Meter tief. Nach unten hin verjüngte sie sich etwas, wie bei einem Trichter. Die Seitenwände zierten hässliche Kratzspuren, verursacht von den Klauen der Schaufel. Dennoch hatte die Grube mit ihrer Symmetrie etwas Schönes, Anmutiges.

Links von der Grube lag der Aushub. Ein Berg aus Sand, Geröll und Steinen. Im roten Licht der untergehenden Abendsonne wirkte auch er irgendwie unwirklich schön, konkurrierte mit seiner runden, natürlichen Form mit den kantigen Rändern der Grube.

Rechts von dem Loch stand der Lkw. Fast 40 Jahre hatte der Wagen auf dem Buckel, sein Vater hatte ihn damals gekauft. Der Lack war größtenteils ab, die Wüstensonne, der Wind und der Sand hatten ihm zugesetzt. Auch die alte, rissige Plane, die die Ladefläche bedeckte, war von der Hitze gezeichnet.

Er drehte den Zündschlüssel herum, der laute Motor des Baggers verstummte. Totenstille – von einem Moment auf den anderen. Noch glaubte er, sein Blut in den Ohren rauschen zu hören, aber sonst war da nichts. Kein Wind, kein Insekt, weit und breit kein anderer Mensch außer ihm.

Die Wüste faszinierte ihn seit seiner frühesten Jugend. Als sein Vater mit ihm und seinen zwei Brüdern vor über 30 Jahren hier hinausgezogen war, weg aus dem lauten, dreckigen Chicago, liebte er sie sofort. Die Weite, die Einsamkeit, die Ruhe – die Atmosphäre der Wüste war einzigartig.

Besonders jetzt, in den letzten Minuten vor Sonnenuntergang, war die Stimmung berauschend. Eine riesige dunkelrote Sonnenscheibe versank am Horizont. Vertrocknete Büsche, Kakteen und Steine warfen lange, dunkle Schatten auf den Boden, die einen starken Kontrast zum hellgelben Sand bildeten. Dazu ein dunkelblauer Himmel, wolkenlos, nur gestört von einigen Kondensstreifen.

Er drehte sich, setzte sich seitlich auf den verschlissenen Sessel des Baggers. Aus der Brusttasche seiner völlig verdreckten Arbeitsjacke zog er ein Päckchen Zigaretten hervor, dazu ein Feuerzeug. Er zündete sich eine Zigarette an, inhalierte tief, genoss den Moment, in dem das Nikotin ihm ins Gehirn schoss.

Über die Grube hinweg blickte er in die untergehende Sonne. Noch fiel ihr Licht bis auf den Boden des Lochs. Doch während er rauchte und die Sonne weiter herabsank, veränderte sich das Licht in der Grube auf wundersame Weise.

Mit dem Absinken der Sonne erreichten ihre Strahlen nicht mehr den Boden der Grube. Der Winkel, in dem das Licht hineinfiel, verkleinerte sich mit jeder Sekunde. Es war, als würde sich die Grube langsam mit Dunkelheit füllen. Wie schwarzes giftiges Wasser, das langsam in ihr emporstieg, kroch die Nacht aus der Grube heraus. Fasziniert verfolgte er das Schauspiel, rauchte dabei.

Irgendwann erreichte die Glut der Zigarette seine Finger. Ein letzter Zug, er schnippte die Kippe von sich weg. In einem hohen Bogen flog sie davon, landete in der Mitte der Grube. Ein kurzes Funkeln, ein letztes Lebenszeichen.

Da, ein Schatten über ihm. Er sah ihn nur aus dem Augenwinkel, erschrocken blickte er ihm nach. Nichts. *Eine Fledermaus*, schoss es ihm durch den Kopf. Jetzt, mit Einbruch der Dunkelheit, verließen sie ihre Höhlen, suchten nach Beute in der sich abkühlenden Luft.

Auch er würde sich jetzt wieder an die Arbeit machen. Entschlossen rückte er sich auf dem Sitz des Baggers zurecht, startete den Motor. Wie ein Monster, das unverhofft aus dem Schlaf geweckt wird, brüllte die Maschine, spuckte wütend schwarzen Qualm.

Er drehte den Bagger in Richtung der Grube, schaltete die Scheinwerfer ein. Vier starke Lampen an der Oberseite der Fahrerkabine warfen ein grelles weißes Licht auf die Grube und den Lkw.

Mit einem Moment verlor die Szene ihre Unschuld. Der Sonnenuntergang, die Romantik der Wüste in der Abenddämmerung – alles wie weggefegt. *Eine Beerdigung, jemand oder etwas wurde hier heimlich verscharrt*, das war jetzt offensichtlich.

Kurz überlegte er, den Motor anzulassen, die Batterien so zu schonen. Doch den Lkw abzuladen würde nur Minuten dauern, und er wollte das nicht im Lärm des laufenden Motors erledigen. Es war zwar nahezu ausgeschlossen, dass ihn hier draußen jemand überraschen würde, doch sicher war sicher.

Langsam ging er hinüber zum Lkw, löste die Verriegelung der seitlichen Bordwand. Mit einem lauten Krachen klappte sie zur Seite und nach unten, gab den Blick auf die Ladefläche frei. Etwas Großes, Klobiges lag dort unter einer Plane verborgen.

Geschickt kletterte er auf die Ladefläche, zog die Plane ein Stück beiseite. Eine große Reisetasche aus Leder kam zum Vorschein, dunkelbraun, verschlossen durch zwei Schnallen aus funkelndem Messing.

Natürlich kannte er den Inhalt der Tasche. Teure Designerkleidung, ein iPad, ein iPhone. Beide Geräte hatte sein Bruder zerstört, mit einem Hammer zertrümmert. Alles musste verschwinden, auch die Kreditkarten, der Helm, die Sonnenbrille, alles. *Lass dir nicht einfallen, irgendetwas mitzunehmen*, hatte sein Bruder ihn eindringlich gewarnt. Mit Schwung warf er die Tasche in die Grube, wo sie mit einem dumpfen Geräusch landete.

Die Hände zu Fäusten geballt, blickte er auf die Plane. Zischend zog er Luft durch die schlechten, vom Rauchen vergilbten Zähne. Er zögert kurz, doch dann gab er sich einen Ruck und zerrte das schwere Tuch ein weiteres Stück beiseite.

Ein alter, dreckiger Bettbezug kam zum Vorschein. Darin steckte etwas Unförmiges, Blut sickerte durch den Stoff. Er konnte das Blut riechen, und die Leiche selbst begann bereits zu verwesen. Der penetrante, süßliche Gestank breitete sich sofort aus, ein Würgereiz ließ ihn die Luft anhalten.

Von dem jungen Mann war nicht viel übriggeblieben. Ausgeblutet und ohne Fleisch an Armen und Beinen wog die Leiche nur noch etwas über 40 Kilo. Dennoch wäre sie zu schwer für einen Plastiksack gewesen, daher hatten sie den Toten in den Bettbezug gesteckt.

Vorsichtig, um nur nicht mit dem Blut in Berührung zu kommen, zog er den Bezug an den Rand der Ladefläche. Hier hockte er sich hinter die Leiche, gab ihr mit dem rechten Fuß einen festen, energischen Stoß. Sein Plan ging auf. Sie stürzte auf die Kante der Grube herab, rutschte langsam in diese hinein.

Er überlegte, ob er so etwas wie ein Gebet sprechen sollte. Doch wozu? Es gab keinen Gott, und wenn doch, dann wäre es sein eigenes Seelenheil, für das er hätte beten müssen.

Bereits seit vier Stunden war er nun hier draußen, aber der schwerste und gefährlichste Teil seiner Arbeit lag noch vor ihm. Und erst jetzt registrierte er den Druck auf der Blase: Er musste dringend mal pissen. Kurz überlegte er, vom Laster herunterzusteigen, doch dann entschied er sich für die Grube.

Am Rand der Ladefläche stehend, entleerte er seine Blase. Im grellen Licht der Scheinwerfer glitzerte sein Urin – ein schöner, vollkommener Bogen zog sich von seinem Penis genau auf die am Boden der Grube liegende Leiche.

Beschwert durch seinen Urin legte sich der Stoff des Bettbezugs enger auf den darunter verborgenen Toten. Die Konturen des Kopfs wurden sichtbar, der Hals, eine Schulter. Die Leiche lag auf dem Rücken, sah quasi aus der Grube zu ihm hinauf. Plötzlich glaubte er, das Gesicht des Toten hinter dem Stoff zu erkennen.

„Shit, fuck off!“, entfuhr es ihm. Er stolperte zurück, bespritzte sich und die Ladefläche mit Urin. Angsterfüllt blickte er in das Loch, aber da war nichts außer einem blutigen Bettbezug. Seine Einbildung hatte ihm einen Streich gespielt. Doch er hatte genug, wollte nur noch weg von hier.

„Los jetzt, reiß dich zusammen“, murmelte er leise vor sich hin. Er fummelte hastig seinen Penis zurück in die Hose, wischte sich die Hände ab. Mit einem Ruck zog er die Plane ganz zurück, bis sie ihr letztes Geheimnis preisgab: ein Motorrad.

Da stand sie vor ihm, in ihrer ganzen Pracht: Eine *Indian*, Baujahr 1967. Vielleicht eines der schönsten Motorräder, die je gebaut wurden. Die riesigen, ausladenden Schutzbleche und der Tank waren in einem leuchtenden Goldgelb lackiert, Lenker, Auspuff, Scheinwerfer und andere Anbauteile glitzerten silbern. Über den vorderen Kotflügel erstreckte sich eine Schwinge, die zugleich die Federkrone eines Indianerhäuptlings war, dessen Profil grimmig in Fahrtrichtung blickte. Auf dem Tank der geschwungene Schriftzug aus Chrombuchstaben: *Indian.*

Der Zustand der Maschine war einzigartig, überragend. Wer immer das Motorrad restauriert hatte, er war ein Meister seines Fachs. Etliche Teile hatte man wohl neu anfertigen müssen, da sie so nicht mehr am Markt zu finden waren. Sein Bruder schätzte den Wert der Maschine auf mindestens 50.000 Dollar.

Während er das Motorrad betrachtete, erwachte ein fast schon körperlich spürbares Verlangen in ihm. Er wollte es besitzen, ganz allein für sich. Es jetzt hier draußen in der Wüste zu vergraben, es für immer zu vernichten – undenkbar.

Doch was konnte er tun? Die Maschine in der Wüste verstecken, verborgen unter einer Plane? Sie irgendwann, vielleicht nach dem Tod seines Bruders, hervorholen? Nein.

Sein Bruder hatte ihn gewarnt: Dieses Motorrad und auch seine Teile waren so einzigartig wie ein Fingerabdruck. Wer immer es – oder Teile davon – besaß, der hatte auch etwas mit dem Verschwinden des Besitzers zu tun.

Er gab sich einen Ruck, schüttelte wütend den Kopf. *Bring das jetzt zu Ende und dann nichts wie weg hier.* Er setzte sich auf den hellbraunen Ledersattel, stützte sich mit beiden Unterarmen auf den breiten Lenker. Der Lkw stand leicht schräg, wie sollte er die fast 300 Kilo schwere Maschine in die Grube bewegen?

Mit Kraft trat er auf den Kickstarter, der Motor sprang sofort an. Der Sound des Zweizylinders, satt und laut, begeisterte ihn. Er legte den ersten Gang ein, schob den Seitenständer beiseite, ließ die Kupplung langsam kommen. Vorsichtig fuhr er die Maschine an den Rand der Ladefläche.

Hier stoppte er, stieg ab, ohne den Motor auszuschalten. Die Kupplung gezogen, hielt er die Maschine im Leerlauf. Etwas verkrampft stand er da, überlegt kurz, ob sein Plan funktionieren würde. Dann gab er Gas, ließ die Kupplung ruckartig kommen.

Mit einem regelrechten Satz sprang die Indian von der Ladefläche, direkt in die Grube. Sie überschlug sich, fiel dabei zunächst auf den Tank, dann auf die Seite.

Als die 300 Kilo des Motorrads abrupt von der Ladefläche verschwanden, schwankte der Lkw zu seiner Überraschung plötzlich so heftig, dass auch er das Gleichgewicht verlor.

Gefährlich nah am Rand der Ladefläche balancierend, ruderte er wild mit den Armen. Der Lkw schwankte noch immer, die alten Blattfedern ließen das Fahrzeug wie ein Schiff in der Brandung schaukeln.

All seinen Bemühungen zum Trotz verlor er das Gleichgewicht. Mit den Füßen voran fiel er in die Grube, direkt auf das Motorrad. Ein heftiger Schmerz durchzuckte seinen rechten Fuß, dann konnte er sich nicht mehr auf den Beinen halten und stürzte nach vorn. Bäuchlings kam er auf der Maschine zu liegen, sein Kopf schlug auf dem vorderen Schutzblech auf.

„Aargh!" Sein eigener Schmerzensschrei gellte ihm in den Ohren. Panik erfüllte ihn, Tränen schossen ihm in die Augen. Sein Herz raste, doch schnell begriff er, dass ihm nichts Ernsthaftes geschehen war. Es waren eher der Schreck und die Angst, was sein Bruder wohl mit ihm anstellen würde, falls er bei dieser Sache hier versagte.

Zaghaft öffnete er die Augen, blinzelte. Direkt vor seinem Gesicht befand sich der Indianerkopf, die auf dem Schutzblech montierte Galionsfigur der *Indian*. Wütend blickte sie ihm entgegen, fast schon böse.

In diesem Moment roch er die Leiche unter dem Motorrad. Alles, was sie dem Jungen angetan hatten, schoss ihm durch den Kopf. Diesen jungen Mann und sein Motorrad – man würde sie vermissen, nach ihnen suchen. Für den Bruchteil einer Sekunde glaubte er, dass der Indianerkopf ihm etwas mitteilen wollte: *Ich werde ihnen bei der Suche helfen.*

Hastig richtete er den Oberkörper auf, drehte sich zur Seite. Er stand auf, belastete vorsichtig sein Fußgelenk. Alles okay, nur eine leichte Verstauchung. *Raus, nur raus aus diesem verdammten Grab.* Das war alles, was er denken konnte.

Jetzt zahlte es sich aus, dass er das Loch nicht so tief wie geplant gegraben hatte. Er kletterte aus der Grube, warf einen Blick zurück. Noch immer sah es so aus, als ob der verdammte Häuptling ihm hinterhersehen würde. *Unfug, Schwachsinn, Aberglaube.*

Der Bagger hustete zweimal, dann sprang er an. Energisch und ohne Rücksicht auf das Material rammte er die Schaufel in den Abraum, kippte ihn in die Grube. Seine Hände zitterten dabei, sein Gesicht war angespannt, seine Muskeln verkrampft. Er arbeitete hastig, bemüht, das von ihm und seinen Brüdern angerichtete Verbrechen endgültig zu begraben.

Nachdem sich die Grube so weit gefüllt hatte, dass von dem Toten und seinem Motorrad nichts mehr zu sehen war, beruhigte er sich. Er würde dieses verdammte Scheißloch zuschütten, danach den Bagger zur Scheune zurückfahren. Anschließend würde er zurückhumpeln, den Laster holen.

Als er drei Stunden später mit geschlossenen Augen unter der Dusche stand, den Schweiß und Dreck von seinem Körper abspülte, kroch eine Erinnerung in ihm hoch: der Indianerkopf, der ihn anzustarren schien. *Ich werde ihnen bei der Suche helfen.*

★★★

„Los Stetson, zeig's mir. Loch ihn ein. Vorsichtig, ganz sanft. Mit Gefühl!" Mark verzog missmutig das Gesicht. Er fühlte sich unwohl, wie immer, wenn Rebecca ihn unter Druck setzte. Unruhig wechselte er von einem Bein auf das andere, drückte nervös seinen Rücken durch.

Unter dem grellen Flutlicht Golf zu spielen, erwies sich als zusätzliche Belastung. Der Golfball warf einen Schatten nach links, einen nach rechts. Der Rasen wirkte seltsam künstlich und surreal, das Grün fast schon kitschig.

Nahezu senkrecht von oben blickte er auf den Ball hinab. Bis zum Loch waren es vielleicht viereinhalb Meter. Das Gelände hatte nur minimales Gefälle, nicht der Rede wert. Er würde es schaffen, den Ball einzulochen, da war er sich sicher.

Behutsam holte er aus, dachte daran, was Rebecca ihm beigebracht hatte. Nur nicht verkrampfen, atmen, mitschwingen. Das Eisen traf den Ball, doch kaum hatte der sich in Bewegung gesetzt, blaffte Rebecca hinter ihm: „Scheiße, was war das denn?"

Der Ball rollte knapp 15 Zentimeter am Loch vorbei und kam gut einen halben Meter dahinter zum Liegen. Während er noch darüber nachdachte, was er wohl falsch gemacht hatte, schob Rebecca ihn grob beiseite.

Sie nahm seine Position ein, legte sich einen Ball zurecht. Ohne langes Zögern stellte sie sich über den Ball, blickte erst zum Loch, danach zurück zum Golfball. Fast schon zärtlich traf ihn ihr Eisen. Wie in Zeitlupe bewegte er sich auf das Loch zu, dabei eine leichte Kurve beschreibend. *Unmöglich*, dachte Mark.

In diesem Moment erinnerte er sich daran, wie ihn vor etlichen Jahren sein älterer Bruder gefoppt hatte. Sie waren noch Kinder, saßen zusammen am Küchentisch. Sein Bruder legte eine kleine Metallkugel auf den Tisch, blickte diese beschwörend an. Dann bedrohte er die Kugel mit dem ausgestreckten Zeigefinger und tatsächlich, sie bewegte sich von ihm weg. Später fand Mark heraus, dass sein Bruder zuvor einen Magneten unter dem Tisch versteckt und so die Kugel gelenkt hatte.

Ohne an Geschwindigkeit zu verlieren, rollte Rebeccas Ball auf das Loch zu. Hatte Mark anfangs noch geglaubt, die Kurve könnte ihn unmöglich an das Loch heranführen, sah er sich nun eines Besseren belehrt: Mit einem leisen *Klack* plumpste der Ball hinein.

Rebecca drehte sich zu ihm um, blickte ihn mit gespieltem Zorn an. „Schneckchen, warum denke ich, nein, bin ich überzeugt, dass du Golf gar nicht richtig beherrschen willst? Du stellst dich doch sonst nicht so dumm an."

Mark warf ihr einen bösen Blick zu. *Schneckchen*. Diesen Kosenamen mochte er gar nicht, und Rebecca wusste das natürlich genau. Aber es war seine eigene Schuld, dass sie ihn damit ärgerte. Einst hatte er ihr auf dem Trail gestanden, dass es ihn bedrückte, wenn Rebecca ihn immer nur *Buddy*, *Mark* oder *Stetson* nannte. Sie gab sich damals total erstaunt: „Wie bitte, du wünschst dir einen Kosenamen? Ein erwachsener Mann, ein Militärpolizist, ein Kriegsveteran? Ich dachte, es wäre dir peinlich, wenn ich dich mit einem Kosenamen ansprechen würde. Aber gut, du sollst einen Kosenamen bekommen, einen, der zu dir passt."

Natürlich wussten sie beide, welches „Schneckchen" hier gemeint war. Als Rebecca ihn einmal im Beisein mehrerer Freundinnen so ansprach, wäre er vor Scham fast im Erdboden versunken. Er war sich sicher, dass die Frauen den genauen Hintergrund kannten, dass damit nämlich eine Technik des Cunnilingus gemeint war. Doch die Damen taten so, als wäre *Schneckchen* der normalste Kosename der Welt.

Rebecca steckte ihren Schläger in den Trolley zurück. Sie griff danach, ging weiter zum nächsten Abschlag. Mark folgte ihr schweigend.

Sie waren jetzt seit fast zwei Jahren ein glückliches Paar. Direkt nach ihrer Aussprache in Tahoe hatte Mark seinen Job bei der Polizei in Bishop gekündigt, war zu ihr nach Sausalito gezogen. Ihr kleines – aber überaus feines – Haus bot ausreichend Platz für zwei.

Nach einigen stürmischen Wochen, die sie überwiegend im Bett verbrachten, vertrieben sie sich die Zeit mit Sport, Wandern, Reisen. Da sie beide über ein ausreichendes finanzielles Polster verfügten, brauchten sie sich um ihren Lebensunterhalt keine Sorgen zu machen. Ihr Leben war fast zu schön, um wahr zu sein.

Sport war ein wichtiger Bestandteil ihres Tagesablaufes. Rebecca war nahezu süchtig nach Bewegung, und in kaum einer Sportart, die sie gemeinsam betrieben, konnte Mark ihr das Wasser reichen. Oft beschlich ihn das Gefühl, dass sie sich absichtlich etwas zurücknahm, um ihn nicht noch mehr zu demütigen.

Am Abschlag angekommen, legte Rebecca sich wieder den Ball zurecht. Sie trug nur einen kurzen weißen Minirock, dazu weiße Golfschuhe ohne Socken. Ihre langen, vom letzten Urlaub noch braungebrannten Beine standen in starkem Kontrast zum strahlenden Weiß ihrer Kleidung, und ein hellblaues, enganliegendes Shirt ohne Ärmel brachte ihre straffen, durchtrainierten Arme sowie ihre Wespentaille zur Geltung. Ihr Markenzeichen, der dicke, kunstvoll geflochtene Zopf, hing ihr über die Schulter.

Als sie sich nach vorn beugte, um den Ball exakt auszurichten, kam Mark nicht umhin, ihr unter den Rock zu schauen. Rebecca wusste das natürlich, vermutlich hatte sie sich sogar absichtlich noch einmal so tief nach vorn gebeugt. Ruckartig blickte sie ihn über die Schulter hinweg an, ihr Augen funkelten dabei listig. „Du sollst mir gefälligst nicht auf den Hintern schauen. Sieh lieber zu, wie ich den Abschlag ausführe. Aufpassen, Stetson!"

Rebecca überlegte kurz, entschied sich dann für ein Sechser-Eisen. Sie positionierte sich, überprüfte kurz im Gedanken ihre Haltung, ihren Stand. Ausholbewegung, Körperdrehung und Abschwung gelangen ihr perfekt. Mit einem Knall traf das Eisen den Ball, der wie ein Geschoss davonflog.

Gemeinsam blickten sie dem Ball hinterher, der kurzzeitig in der Dunkelheit des Nachthimmels verschwand. Erst als er wieder auf dem Rasen aufkam, sein Weiß sich gegen das Grün abhob, erkannten sie seine genaue Position. Ein hervorragender Abschlag war Rebecca da gelungen.

Beiden war bewusst, dass Mark hier nicht mithalten konnte. Dazu fehlten ihm schlicht die Technik, die Erfahrung und die Übung. Doch er nahm sich vor, sich nicht schon wieder zu blamieren.

Auch er entschied sich für das Sechser-Eisen, legte sich den Ball zurecht. Unter Rebeccas strengem Blick stellte er sich vor den Ball, ließ im Kopf noch einmal Revue passieren, was er bisher über den richtigen Abschlag gelernt hatte. Er baute Körperspannung auf, atmete tief ein, holte zum Abschwung aus.

Doch es fehlte ihm an Konzentration, und so misslang ihm der Abschlag völlig. Ein faustgroßes Stück Rasen flog gut 20 Meter weit durch die Luft, bevor es mit einem deutlichen *Plopp* aufschlug. Der Ball selbst schaffte es keine zehn Meter weit, kullerte traurig über den Rasen. Einen Moment lang überlegte Mark, auch den Schläger hinterherzuwerfen, so weit wie nur irgend möglich. Doch er riss sich zusammen.

„Schneckchen, ich glaube der erste Mensch hätte das besser hinbekommen. Für heute machen wir Schluss, mir reicht's. Lass uns duschen und dann was essen gehen." Rebecca überließ es ihm, den Trolley zum Clubhaus zurückzuziehen. Ohne ihn noch eines Blickes zu würdigen, ging sie voraus, strafte ihn mit Nichtbeachtung.

★★★

Das alte Schnellrestaurant, drei Meilen entfernt von der Route 66, war von außen nicht mehr als solches erkennbar. Die Fenster hatte man bereits vor Jahrzehnten mit Brettern zugenagelt, das Grundstück sich selbst überlassen. Überall wucherte Unkraut, vertrocknete Büsche umgaben das verwitterte Holzhaus. Im Mondschein wirkte es gruselig, ein Ort, an dem man einen Horrorfilm hätte drehen können.

Eine Zeit lang hatte das verlassene Grundstück wohl als wilde Müllkippe gedient. Auf der Zufahrt und dem Parkplatz lagen Abfälle und Sperrmüll herum. Ausgediente Kühlschränke, durchgelegene, verdreckte Matratzen, defekte Fernseher, alle wahllos auf dem Grundstück verteilt, verstärkten den trostlosen Anblick noch.

Bereits kurz nach der Pleite hatten Jugendliche die riesige Leuchtreklame zerstört, indem sie die Neonröhren mit Steinen beworfen hatten. Das Schild zeigte einst einen Arbeiter, auf dem Kopf einen Helm, wie er sich grinsend über einen Hamburger hermachte. Es hatte weithin sichtbar verkündet, dass hier *Bob's Burger Heaven* hungrige Reisende mit Nahrung und Getränken versorgte. Nun waren Aufschrift und Logo nur noch schemenhaft erkennbar.

Etwas abseits der Route 66 hatte es das Restaurant nie leicht gehabt. Doch der Besitzer, ein cleverer alter Ire, war in Sachen Marketing nicht auf den Kopf gefallen gewesen und hatte direkt an der 66 einen ausrangierten Schulbus geparkt. Darauf stand in riesigen Buchstaben:

Bob's Burger Heaven
Eine Meile westlich
Eine Tasse Kaffee kostenlos
Täglich von 5 bis 22 Uhr

Natürlich war der Kaffee dünn, und die Tassen waren klein, das Restaurant in Wirklichkeit drei Meilen entfernt, doch der Trick funktionierte. Viele Reisende, vor allem schlecht bezahlte Trucker, nahmen das Angebot nur zu gern an. Und da die Burger tatsächlich himmlisch und die Preise moderat waren, kamen der Besitzer und seine Frau eine Zeit lang gut über die Runden.

Doch am 22. September 1978 kam das Ende der Route 66. Mit der Interstate 40 gab es nun einen modernen, mehrspurigen Highway, der die Ost- mit der Westküste verband. Bereits wenige Stunden nach der offiziellen Eröffnung begann die Route 66 abzusterben wie ein Fluss, aus dem man das Wasser umgeleitet hatte.

Tausende Geschäfte mussten schließen, zigtausende Arbeiter und Angestellte verloren ihre Jobs. Unzählige Tankstellen, Motels und Diner wurden aufgegeben, verrotteten langsam am Rande der Straße. So wie auch *Bob's Burger Heaven.* Seine Besitzer gaben auf, verließen die USA, zogen zu Verwandten nach Kanada. Versuche, das Restaurant zu verkaufen, scheiterten. Erst im Jahr 2008 fand sich jemand, der bereit war, den Erben Haus und Grundstück abzukaufen.

Der Käufer saß nun in dem alten Diner, an einem festlich gedeckten Tisch für zwei Personen. Doch er saß allein am Tisch, und nur auf seinem Teller befand sich etwas zu essen. Auch war es nur sein Glas, in dem sich ein Schluck Wein befand. Er aß schweigend, still, voller Ernst. Zwischen zwei Bissen nahm er das Glas, prostete einer unsichtbaren Person am anderen Ende des Tisches zu.

Über all die Jahre konnte niemand ahnen, dass Bob die Einrichtung des Restaurants bei seinem Auszug nahezu unverändert gelassen hatte. Man glaubte das Gebäude leer, ausgeräumt, verlassen. Ein *Lost Place.*

Doch wie in einer Zeitkapsel, vergraben im Fuß eines Denkmals, überdauerte die Einrichtung die Jahrzehnte unentdeckt und unverändert.

Und so saß der Mann nun, scheinbar allein, in einem original US-Diner der späten 1960er-Jahre. Da war der lange Tresen, vor dem eine Reihe fest montierter Drehhocker stand. Die Front des Tresens und die Bezüge der Hocker waren bespannt mit rissigem Kunstleder in einem hellen Pastellblau.

Über dem Tresen hingen mehrere Lampen, große, milchig weiße Kugeln, die an dünnen Kabeln wie schwerelos im Raum schwebten. Ihr schwaches Licht erinnerte an einen nebligen Wintertag, an dem die Sonne nicht die Kraft hatte, die Wolken zu durchdringen.

An der Wand hinter dem Tresen gab es Spiegel und Regale aus Glas, darauf verstaubtes Geschirr, Gläser, einige angelaufene, silberne Eisbecher. Darüber hing noch immer eine Tafel, auf der mit sauberer, deutlicher Handschrift die Preise der Speisen und Getränke von damals aufgelistet waren. Einen Cheeseburger gab es bereits für 50 Cent.

Im Gastraum standen in drei Reihen einfache Tische und Stühle. Der Fußboden war, gleich einem Schachbrett, schwarz-weiß gefliest. Die hellgelben verstaubten Tischplatten und die roten Bezüge der Stühle hoben sich deutlich vom Muster des Fußbodens ab.

Eine echte Wurlitzer-Jukebox wäre das i-Tüpfelchen gewesen, um die historische Atmosphäre zu komplettieren. Doch sie war einer der wenigen Gegenstände, die Bob 1980 vor seinem Umzug verkauft hatte. Daher sorgte jetzt das Mobiltelefon des Mannes für musikalische Untermalung. Es lag auf dem Tisch, spielte leise *Only the Lonely* von Roy Orbison.

Das Mahl des Mannes neigte sich dem Ende zu, sein Teller war nun leer. Er goss sich einen weiteren Schluck Wein ein, prostete erneut seinem unsichtbaren Gast zu. Er trank einen Schluck, nickte anerkennend, stellte das Glas zurück auf den Tisch.

Er stand auf, ging um den Tisch herum, blickte Richtung Boden. Da stand sie, eine niedrige Bahre auf Rollen, wie aus einem Krankenhaus. Von seinem Platz aus war sie nicht zu sehen gewesen, weil die Tischplatte ihm die Sicht versperrt hatte.

Auf der Bahre lag ein Körper, bedeckt mit einem weißen Tuch. Es war der Körper seines Geliebten, seines Engels, den er einmal im Monat feierlich zu sich in den Gastraum einlud. Sonst ruhte sein Geliebter im Kühlraum hinter dem Tresen, gleich neben der Küche.

Vorsichtig, behutsam, so als ob er seinen schlafenden Geliebten nicht versehentlich wecken wollte, schlug er das Tuch beiseite. Er faltete es sorgfältig zusammen, hängte es über einen Stuhl.

Der Tote, der dort auf der Bahre lag, war in etwa 30 Jahre alt. Er lag auf dem Bauch, den Kopf zur Seite gedreht, die Arme neben dem Körper. Seine Haut schimmerte in einem warmen Bronzeton, denn der Mann hatte den Toten bereits vor Monaten mit Theaterschminke eingerieben. Das regelmäßige Einfrieren und Auftauen war dem Zustand der Leiche allerdings nicht zuträglich; blaue und graue Flecken verunstalteten die Haut.

Eine blonde Perücke zierte das Haupt des Toten. Die Haare, zusammengebunden zu einem Zopf, lagen auf seinem Rücken, wo sie eine verwaschene Knast-Tätowierung verdeckten. Eine Hand, die Finger zum Okay-Symbol gespreizt, darunter in großen Buchstaben: *White Power.*

Er hatte dem Toten zudem die Fuß- und Fingernägel rot lackiert, die Lippen geschminkt. Etwas Rouge auf den Wangen sowie Lidschatten auf den Augenlidern gaben dem Antlitz des Verstorbenen etwas Feminines. Ein goldenes Fußkettchen sowie ein Perlenarmband perfektionierten das Erscheinungsbild seines Geliebten.

Zwischen den Hinterbacken der Leiche ragte ein altmodisches Fieberthermometer hervor. Er zog es heraus, überprüfte die auf der Skala angezeigte Temperatur. 54 Grad Fahrenheit, 12 Grad Celsius. Noch etwas kalt, aber stärker durfte er den Leichnam nicht erwärmen.

Der Mann zog seine Hose sowie seine Unterhose aus. Es war ihm anzusehen, dass er bereits erregt war. Bereits seit Tagen fieberte er der Zusammenkunft mit seinem Geliebten entgegen – nun war es endlich so weit.

Behutsam legte er sich auf den Körper des Toten. Er erschrak, als seine eigene Haut die kalte Haut seines verstorbenen Freundes berührte. Doch es war nur ein kurzer Moment. Dann nahm er das zart duftende Parfüm wahr, das den Leichengeruch überdecken sollte.

Aus dem Lautsprecher seines Handys erklang nun *Blue Velvet*, einer seiner Lieblingssongs von Roy Orbison. Er gab dem Toten einen Kuss auf die Wange, danach presste er seinen Unterkörper gegen den der Leiche. Es würde ein perfekter, wundervoller Abend werden.

★★★

„Wird dir das nicht langsam langweilig? Immer nur Steak?“ Als das Essen kam, war es Rebecca, die die Tischkonversation eröffnete. Sie ernährte sich seit einigen Monaten vegetarisch und versuchte mal wieder, Mark davon zu überzeugen, das eine Zeit lang ebenfalls zu tun.

Während Mark wortlos sein Fleisch pfefferte, nicht auf ihren Kommentar einging, bearbeitete sie ihn weiter: „Filetsteak, Rumpsteak, T-Bone-Steak, Entrecôte, Tomahawk, Baby, ein Tyrannosaurus rex hat nicht so viel Fleisch gefressen wie du. Das kann doch auf die Dauer nicht gesund sein.“

Mit verführerischem Blick hielt sie ihm ihren Hamburger entgegen. Wie eine Mutter, die ihrem Kind etwas schmackhaft machen möchte, legte sie dabei in ihre Stimme einen vertrauenerweckenden, ruhigen Unterton: „Hier, schau dir meinen veganen Burger an, wie lecker der aussieht. Das Brot ist aus Dinkelmehl, der Salat und die Tomaten haben natürlich Bioqualität. Der Patty ist aus Soja und Tofu, das Gesündeste, was es gibt. Hmm.“

Mit geweiteten Augen biss sie gierig in den Burger, Ketchup und Mayonnaise quollen an den Seiten heraus. Mark schnitt sich ein stattliches Stück Fleisch ab, tauchte es in das Schälchen mit Barbecuesauce. Er beschloss, Rebeccas Versuchen, ihn zum Veganismus zu bekehren, ein Ende zu setzen. Vorerst zumindest.

„Honey, ich würde ja sehr gern auf Fleisch verzichten, glaub mir. Aber ein Mann in meinem Alter braucht viel tierisches Eiweiß, sehr viel.“ Er verschlang das Stück Fleisch in einem Biss, spülte es mit einem Schluck Bier herunter.

Er beugte sich über den Tisch zu ihr hinüber, sprach nun leiser: „Das gilt vor allem, wenn er mit einer sexhungrigen Frau zusammen ist, die es drei Mal am Tag besorgt bekommen will. Ohne ausreichende Eiweißzufuhr trocknet man da aus wie eine Mumie aus einem peruanischen Hockergrab.“ Mark kniff die Augen zusammen und zog seine Wangen nach innen, so, als würde in seinem Kopf vor lauter Austrocknung ein Unterdruck herrschen. Rebecca konnte sich ein Lachen nicht verkneifen.

Mit vom Ketchup verschmierten Lippen erwiderte sie: „Du Spinner! Wer hat mich denn heute morgen im Badezimmer überfallen, hm? Die Zeiten, in denen ich dich bitten musste, sind doch längst vorbei.

Aber gut, ich nehme die Herausforderung gern an. Nachher werden wir sehen, ob ich dich trotzdem in eine ausgetrocknete peruanische Hockergrabmumie verwandeln kann."

★★★

Mit Vollgas raste er über die dunkle Route 66. Die Tachonadel stand auf 220 Stundenkilometern, erlaubt waren hier 100. Der Belag der Straße war alt, rissig, verschlissen, an vielen Stellen nur notdürftig geflickt. So schnell durch die Nacht zu rasen, war Wahnsinn, doch für ihn zählte schon immer nur der Nervenkitzel.

Im schwachen Licht des Armaturenbretts konnte er sein Gesicht erkennen. Den Kopf leicht geneigt, grinste er ein bisschen verrückt, eine Zornesfalte zwischen den Augen gab ihm dazu noch etwas Böses. *Etwas verrückt und böse*, gegen diese Beschreibung seines Wesens hätte er nichts einzuwenden gehabt.

Schon als Kind war er ein Unruhestifter gewesen. Als er zehn Jahre alt war, gab sein Vater ihm daher den Spitznamen *Trouble*, Ärger. Dabei war es nicht etwa so, dass er sich vornahm, etwas Böses zu tun. Es steckte einfach in ihm drin. Und von Zeit zu Zeit, da wollte es raus.

Bei einem Ausflug nach Chicago besuchten er und seine Eltern den höchsten Wolkenkratzer der Stadt. Ohne Vorwarnung warf er ein Spielzeugauto im hohen Bogen über die Absperrung, die Lebensmüde von einem Selbstmord abhalten sollte. Die umstehenden Besucher schrien entsetzt auf, alle ahnten, dass selbst so ein kleiner Gegenstand, von hier oben aus fallen gelassen, weiter unten zum Geschoss werden konnte. Doch die Passanten auf der Straße hatten Glück, niemand wurde verletzt.

Ganz anders zwei Jahre später, als er von einer Eisenbahnbrücke aus einen Ziegelstein auf einen Zug fallen ließ. Der Stein durchschlug die Scheibe im Führerhaus des Triebwagens und verletzte den Lokführer schwer. Ein Zeuge konnte ihn beschreiben, doch da er beharrlich leugnete und es keine Beweise gab, kam er auch hier ungeschoren davon.

In den Jahren darauf legte er mehrfach Feuer, setzte einen Neubau unter Wasser, vergiftete über 500 Fische in einem Karpfenteich. Er brach in die Dorfschule ein, verwüstete das Klassenzimmer. Er schlich sich in die Kirche, dort schiss er auf den Altar, wischte sich mit einigen Seiten aus der Bibel den Hintern ab.

Doch er hatte aus seinen Fehlern gelernt. Er verstand es nun, seine „Streiche“, wie er sie nannte, geheim zu halten. Stets hatte er ein Alibi, niemand vermutete ihn hinter all den Schandtaten. Aus dem Verborgenen heraus beobachtete er die Folgen seines Tuns, und schon früh lernte er, dass Trugspuren ihm halfen, seine Häscher auf eine falsche Fährte zu führen. Seine Streiche wurden grausamer, brutaler, tödlicher.

Das Fernlicht schaffte es kaum, die Dunkelheit vor ihm auszuleuchten. Bei der hohen Geschwindigkeit hätte es zudem kaum eine Möglichkeit gegeben, rechtzeitig vor einem Hindernis abzubremsen oder auszuweichen. Ein tiefes Schlagloch, ein wildes Tier, das die Fahrbahn kreuzte, ein morscher Ast auf der Straße – es war wie russisches Roulette, nur mit einem Auto.

Am Horizont ein blaues Leuchten, ein Schild: *Rest Area*, Parkplatz. Er nahm den Fuß vom Gas, brachte den Wagen zum Stehen.

Schon tagsüber war auf der Route 66 nicht viel los. Es waren überwiegend Touristen, die hier auf gemieteten Motorrädern herumfuhren. Idioten, die glaubten, *das gute alte Amerika* wiederzuentdecken. Dabei war die 66 nichts anderes als eine alte, verrottete Straße, am Rand ein paar heruntergekommene, armselige Sehenswürdigkeiten.

Jetzt, bei Nacht, war die *Mother Road*, wie sie auch genannt wurde, nahezu menschenleer. Die Interstate 40 verlief in Sichtweite. Wer so spät irgendwo hinfahren musste, der benutzte die neuere Schnellstraße.

Er stellte den Motor ab, ließ die Scheinwerfer jedoch eingeschaltet. Sie leuchteten hinaus in die Wüste. Ödland, hier und da ein kleiner Busch, vertrocknetes Gras. Einige Insekten wurden vom Licht der Scheinwerfer angezogen, schwirrten im Dunkeln umher.

Vom Beifahrersitz nahm er eine Papiertüte, darin zwei Hamburger. Im Flaschenhalter der Mittelkonsole stand ein Pappbecher, abgedeckt mit einem Plastikdeckel, aus dem ein Trinkhalm herausragte.

Er stieg aus, lehnte sich gegen die Motorhaube, genau zwischen die Scheinwerfer. Man konnte die Wüste riechen, Staub, einen leichten Öl- und Benzingeruch, der vom Motor ausging. Heiße Luft stieg vom Kühler her auf, zog unter seine dünne Uniformjacke, wärmte angenehm seinen Rücken.

Er stellte seine Pepsi hinter sich auf die Motorhaube, öffnete die Papiertüte. Er nahm einen Hamburger heraus, hielt ihn sich kurz an die Wange. Kalt, aber das war kein Problem. Mit Schwung warf er das Ding in die Nacht hinaus, genau in den Lichtkegel vor dem Wagen.

Zufrieden beobachtet er, wie der Burger gut 15 Meter entfernt zwischen zwei Büsche fiel.

Den anderen Burger packte er aus, biss hungrig hinein. Auch kalt war er hervorragend, was an dem lockeren, handgemachten Fleisch-Patty lag. Es war viel saftiger, fettiger als die industriell gefertigten Tiefkühl-Patties, die einem in den meisten Burger-Läden vorgesetzt wurden. Hier kannte er sich aus, hatte er doch selbst einige Zeit hinter dem Tresen eines Schnellrestaurants gearbeitet.

Nach der Schule, die er nur mit Ach und Krach beendete, hatte er nicht so recht gewusst, wohin sein Weg ihn führen würde. Er versuchte sich als Taxifahrer, als Paketbote, als Hausmeister. Alles Jobs, für die man keine lange Ausbildung benötigte. Denn lange hielt er es nirgendwo aus, oder man feuerte ihn, weil er mit Kunden, Kollegen und vor allem Vorgesetzten aneinandergeriet.

Während er als Küchenhilfe im Schnellrestaurant arbeitete, bekam er mit einer Kellnerin Ärger, die seine Annäherungsversuche nicht zu schätzen wusste. Im Kühlhaus griff er ihr zwischen die Beine, unter den Rock, versuchte ihr den Finger reinzustecken. Sie schrie wie am Spieß, rammte ihm einen Kugelschreiber in die Wange. Der Chefkellner setzte dem Ganzen ein jähes Ende, indem er ihn mit einem Kopfstoß erst ausknockte und dann auf die Straße hinauswarf.

Zu seinem großen Glück erstattete die Frau keine Anzeige. So blieb auch dieser *Streich* für ihn weitestgehend folgenlos, eine kleine Narbe in der Wange ausgenommen.

Er trank einen Schluck von der eiskalten Cola, als er vor sich in der Wüste eine Bewegung wahrnahm. Langsam und leise stellte er den Becher hinter sich, legte den kleinen Rest des Burgers beiseite.

Aus dem Dunkel der Nacht schlich ein Kojote herbei. Das Tier hatte den Burger gewittert, der da draußen so unwiderstehlich duftete. An Menschen war es gewöhnt, und hier in der Nähe des Rastplatzes gab es regelmäßig eine Extraportion zu holen.

Vorsichtig, ganz vorsichtig zog der Mann eine Pistole aus dem Halfter an seiner Hüfte. Das Tier jetzt bloß nicht verschrecken. Der Mann wusste, dass er hier, genau zwischen den Scheinwerfern, nahezu unsichtbar war. Doch würde der Kojote ihn wittern oder er ein Geräusch von sich geben, wäre die Vorsicht vielleicht stärker als der Hunger.

Die Automatik im Kaliber 9 mm Luger war eigentlich etwas zu „schwach auf der Brust", wie er zu sagen pflegte. Doch er besaß noch eine ganze Reihe anderer Waffen. Bei Bedarf nahm er eine Glock im Kaliber .45 Auto oder einen Revolver .44 Magnum mit auf Tour.

Langsam hob er die Waffe auf Augenhöhe, zielte, die Pistole einarmig haltend, über Kimme und Korn. Bei diesen Lichtverhältnissen war der Schuss alles andere als einfach, doch wie hieß es so schön: Übung macht den Meister.

BAM! Der Schuss krachte, eine Feuerlanze schoss aus dem Lauf. Ein kurzes Jaulen, fast gleichzeitig mit dem Schuss, verriet ihm, dass er das Tier wohl getroffen hatte.

Lächelnd ging er auf den verwundeten Kojoten zu. Steine und Kies knirschten unter seinen Sohlen, verrieten dem Opfer, dass sein Peiniger sich näherte.

Nichts ist gefährlicher als ein verwundetes Tier, das wusste er. Die Waffe weiterhin schussbereit in der Hand, erreichte er es. Eine faustgroße Wunde klaffte in seinem Hinterleib, aber noch lebte es. Mit Panik in den Augen blickte es ihn an, versuchte zu fliehen. Zitternd und winselnd kroch es ein kurzes Stück, seine Hinterbeine versagten ihm jedoch den Dienst. Plötzlich, ganz unverhofft, gab es auf, sackte in sich zusammen, schloss die Augen, legte den Kopf auf den Boden und starb lautlos und schnell.

Für eine Minute stand er neben dem toten Kojoten, genoss den Moment. Ein guter Schuss, dazu noch einhändig, im Licht der Scheinwerfer. Er nickte zufrieden, steckte die Waffe zurück ins Holster.

Als er sich umdrehen und zurückgehen wollte, fiel sein Blick auf den Hamburger. Er bückte sich, hob den Burger auf, betrachtet ihn von allen Seiten. Die Papierhülle war unbeschädigt. Er lächelte verschmitzt, beschloss, ihn mitzunehmen. Die Nacht war ja noch jung, und sicherlich würde sich später noch eine Gelegenheit ergeben, jemand anderem einen *Streich* zu spielen.

★★★

Rebeccas Haus lag am Hang, oberhalb der Bucht im kleinen Ort Sausalito. Auf den ersten Blick wirkte das Haus unscheinbar, ein Holzhaus mit hellem Anstrich und Satteldach, nicht anders als das Heim von Millionen einfachen Amerikanern. Doch Sausalito, gelegen am Ende der Golden Gate Bridge, gegenüber von San Francisco, war kein normaler Ort. Die Immobilienpreise waren hier astronomisch hoch, und so war es nicht verwunderlich, dass Sausalito vorwiegend den wohlhabenderen Bevölkerungsschichten vorbehalten war.

Allein schon der Blick von der Terrasse des Hauses erklärte seinen Preis. Man überblickte fast den gesamten Ort, die Bucht mit dem pittoresken Hafen. Man sah die Spitzen der Golden Gate Bridge, die Skyline von San Francisco. Bei Nacht und klarer Sicht war der Ausblick schlicht atemberaubend schön.

Doch heute Nacht war es alles andere als klar. Wie so oft zog dichter Nebel in die Bucht von San Francisco. Mark saß leicht fröstelnd auf der Terrasse. Ein Sprichwort des Schriftstellers Mark Twain kam ihm in den Sinn: *Der kälteste Winter meines Lebens war ein Sommer in San Francisco.*

Rebecca kam heraus, sie reichte ihm eine dünne Decke, die er dankend annahm und sich um die Schultern legte. Sie setzte sich ihm gegenüber, zwischen ihnen auf dem Tisch nur ein elektrisches Teelicht. Es imitierte das Flackern einer echten Kerze, doch anders als diese konnte es vom Wind nicht ausgeblasen werden.

Rebeccas Blick war ernst und auch ein wenig traurig. Mark, der in Gedanken versunken in den Nebel starrte, bemerkte ihn zunächst nicht. Doch dann sah er aus den Augenwinkeln, dass seine Freundin ihn besorgt musterte.

„Du warst heute den gesamten Tag über nicht wirklich bei dir. Nicht, als wir uns heute Morgen geliebt haben, nicht, als wir in der Stadt einkaufen waren, nicht beim Golf und auch nicht beim Abendessen. Du bist wortkarg, und immer wieder, wenn ich dich ansehe, blickst du irgendwie ins Leere. Du bist unglücklich. Bitte sag mir, was dir fehlt."

Mark war nicht überrascht, dass Rebecca seine Verstimmung bemerkt hatte. Ihr Gespür für die Gefühle und Gedanken anderer Menschen war schlicht phänomenal. Schon oft hatte sie seine Emotionen wahrgenommen, noch bevor sie ihm selbst so richtig bewusst waren.

Mark zögerte mit seiner Antwort, überlegte, den Blick zunächst abgewandt. „Wir sind jetzt seit gut zwei Jahren ein Paar. Wir ergänzen uns hervorragend, kommen gut miteinander aus, es gibt kaum Streit zwischen uns. Wir kennen keine Geldsorgen, sind beide gesund. Ich liebe dich mehr denn je, und eigentlich sollte ich der glücklichste Mensch auf Erden sein. Doch leider fehlt mir etwas, das du mir nicht geben kannst."

Er reicht ihr die Hand über den Tisch, Rebecca erwiderte die Geste, umschloss seine Finger mit den ihren. Er zog sie zu sich heran, gab ihr einen Kuss auf die Stirn. „Wir stehen morgens auf, gehen zum Sport, danach shoppen wir. Wir fahren in die Stadt, gehen essen, kommen nach Hause, haben Sex. Nachmittags heißt es Golf oder Tennis, dann gehen wir wieder in ein Restaurant, besuchen ein Konzert oder sehen uns im Kino einen Film an. Wir leben wie zwei wohlhabende Pensionäre. Wir schlagen die Zeit tot, leben in den Tag hinein."

Sie blickten einander jetzt an, Mark wollte Rebeccas Reaktion sehen. „Wenn ich abends nach Haus komme, hier auf der Terrasse sitze, denke ich darüber nach, was ich an diesem Tag geleistet habe. Welcher Mensch da draußen bedankt sich im Stillen, dass es mich gibt?"

Tuuuuut. Das Nebelhorn der Golden Gate Bridge hallte laut durch die Nacht. Mark ärgerte sich über die Unterbrechung, sie brachte ihn aus dem Konzept. *Tuuuuut.*

Rebecca zog die Mundwinkel herunter, ihr Blick hatte etwas Verzweifeltes. Sie stand auf, kam zu ihm herüber, setzte sich breitbeinig auf seinen Schoß. Sie umarmte ihn dabei, legte ihren Kopf an seine Schulter. „Ich bedanke mich jeden Abend bei Gott dafür, dass es dich gibt. Du hast meinem Leben wieder einen Sinn gegeben. Reicht dir das nicht?"

Ohne seine Antwort abzuwarten, nahm sie den Kopf zurück, blickte ihm kurz in die Augen, gab ihm dann einen festen Kuss auf die Lippen. „Ich kann deine Gefühle verstehen, denn ich kenne sie. Als ich damals bei der Polizei aufgehört habe, ging es mir nach einem Jahr genauso."

Tuuuuut. Mark dachte für einen kurzen Moment darüber nach, wie es wohl wäre, bei Dunkelheit und Nebel auf einem Schiff in einen Hafen einzulaufen. *Tuuuuut.*

„Mein Exmann Tom hatte damals die Idee, dass ich es mal als Model versuchen sollte. Er kannte da jemanden bei einer Agentur. Eigentlich war ich für den Job schon zu alt, doch da sie mir nichts zahlen mussten, stellten sie mich tatsächlich ein. Ich wurde Fotomodell."

Jetzt sah Mark vor seinem geistigen Auge Rebecca, wie sie – die Hüften schwingend – über einen Laufsteg schritt.

„Ich dachte, ich würde die Welt sehen, tolle Leute kennenlernen, ein aufregendes Leben führen. Pustekuchen."

Sie drückte ihren Freund tröstend an sich, sprach weiter. „Ständig hängst du am Flughafen herum, wartest. Dann sitzt du im Flieger, stundenlang. Ein Taxi holt dich ab, karrt dich in ein zweitklassiges Hotel. Später geht es in irgendein Theater, wo du wieder für Stunden in der Garderobe hockst. Du wirst frisiert, geschminkt, angezogen. Dann geht es für 90 Sekunden auf den Laufsteg. Und das war's."

Sie änderte ihre Sitzposition, legte ihm die Hände auf die Schultern. Das Licht der elektrischen Kerze sorgte für ein interessantes Lichtspiel auf ihrem Gesicht. Sie lächelte nun. „Dann geht es wieder zurück zum Hotel, zum Flughafen, und das ganze Spiel wiederholt sich. Und zwischendurch irgendwelche Kerle, die dir an die Wäsche wollen. Ein schreckliches Leben. Nach zwei Wochen habe ich den Job an den Nagel gehängt."

Rebecca legte zärtlich die Hände an Marks Wangen, zwang ihn so, sie anzusehen. Sie zwinkerte ihm zu, fuhr fort: „Ich war froh, als ich wieder wie zuvor ganz allein über mein Leben verfügen konnte. Sport, Shoppen, Kino, gute Restaurants. Und natürlich Sex."

Mark wollte ihr antworten, doch seine Freundin war noch nicht fertig. Ihre Stimme wurde nun eindringlicher. „Glaubst du ernsthaft, du könntest wie früher als Polizist arbeiten und dabei glücklich werden? Im Streifenwagen hocken, den Verkehr beobachten? Dich mit irgendwelchen kriminellen Kids herumärgern? Würde es dich glücklich machen, wenn du dein Leben riskieren müsstest bei der sinnlosen Jagd nach irgendwelchen Drogendealern? Dealer, die schon am nächsten Tag wieder aus dem Knast raus sind?"

Nein. Im Stillen musste er ihr recht geben. Als Rebecca mit ihrem feinen Gespür erkannte, dass sie dabei war, ihren Freund umzustimmen, legte sie sofort nach. „Du bist jetzt 40. Vor dir liegen die vielleicht wichtigsten und schönsten Jahre deines Lebens. Der größte Luxus dieser Welt ist Zeit, und du kannst frei über sie verfügen."

Sie zog Marks Kopf zu sich heran, küsste ihn erneut auf den Mund. Als sie bemerkte, dass er sich widerstandslos küssen ließ, gab sie ihm sofort einen Kuss mit Zunge. Mit geschlossenen Augen genossen sie beide den zärtlichen Moment. Mark entspannte sich.

Zu seiner Überraschung löste sich Rebecca von ihm, stand auf. „Langsam wird mir kalt. Warte, ich hol uns beiden mal ein Bier. Und dann verrate ich dir meine Idee." Es dauerte nur einen Moment, dann kam sie zurück, nun bekleidet mit einer warmen Jacke, in den Händen zwei Dosen Budweiser. Sie öffnete die Dosen, reichte Mark eine davon. „Prost, Buddy. Auf uns."

Als Mark ihr zuprostete, erkannte er an ihrem verschmitzten Lächeln sofort, dass sie etwas ausgeheckt hatte. Sie tranken beide einen Schluck, dann begann Rebecca, sichtlich amüsiert.

„Also, es gibt zwei Möglichkeiten. Nummer eins: Wir eröffnen ein Konto bei Onlyfans, drehen ein paar scharfe Pornos und laden sie hoch. Vor der Kamera machen wir beide noch eine ganz passable Figur, und mit Sex kennen wir uns aus. Das könnte klappen."

Für eine Sekunde war Mark geneigt, ihr den Vorschlag als ernstgemeint abzukaufen. Doch dann erkannte er, dass sie ihn nur auf den Arm nahm. Mit einem breiten Grinsen fuhr sie fort: „Nur bist du leider zu prüde dafür, also bleibt nur Nummer zwei. Wir gründen eine Privatdetektei."

Auch diesen Vorschlag hielt Mark zunächst für einen Witz. Doch in den vergangenen zwei Jahren hatte er gelernt, Rebeccas Mimik zu deuten. Sie lächelte zwar, doch sie meinte es ernst. Bevor er antworten konnte, unterbrach sie ihn mit einer abwehrenden Geste.

„Ich weiß genau, was du denkst, aber ich habe da schon genau drüber nachgedacht. Wir sind beide ausgebildete Polizisten, für die Arbeit als Detektive qualifiziert. Diese Arbeit können wir zudem gemeinsam ausüben. Sie ist spannend, aufregend, abwechslungsreich. Ich habe sogar schon eine Idee, wie wir die Firma nennen können: Rebecca und Mark – Private Investigations. R.M.I."

Langsam dämmerte es Mark, dass Rebecca ihm hier keine spontane Idee auftischte. Sie hatte sich wahrscheinlich schon über einen längeren Zeitraum damit befasst. Er war fassungslos, konnte nicht glauben, was er da hörte. „Spannend, aufregend und abwechslungsreich? Wie stellst du dir das vor? Das wir zusammen untreue Ehemänner beobachten? Bei einem Kidnapping das Lösegeld überbringen?"

Selbstbewusst schüttelte Rebecca den Kopf. „Wir nehmen nur Aufträge an, die uns ins Konzept passen. Nichts Schmieriges, nichts Gefährliches. Ich denke da an Wirtschaftskriminalität, Versicherungsbetrug, solche Sachen."

Mark trank einen Schluck Bier, Rebecca tat es ihm gleich. Er überlegte, welche Einwände er vorbringen konnte, sie arbeitete bereits an der Verteidigung ihrer Idee. Für einen Moment herrschte eine angespannte Stille.

In sachlichem Ton brachte Mark seine Bedenken vor: „Wie gedenkst du an Aufträge zu kommen? Es gibt doch sicher etliche alteingesessene Detekteien in San Francisco. Dazu Hunderte kleine Privatschnüffler. Keiner wartet doch ausgerechnet auf uns!"

Genau wie er es erwartet hatte, konterte Rebecca mit gut vorbereiteten Argumenten. Sie hatte tatsächlich schon länger an der Idee eine Privatdetektei getüftelt. „Wir verteilen unsere Visitenkarten im Golfclub, im Tennisverein, im Fitnesscenter. Auch beim Yoga und beim Pilates kenne ich mehrere Dutzend Frauen, allesamt gut situiert. Dein Bruder leitet eine große Werbeagentur. Der kann uns sicher auch helfen."

Mark starrte in die Nacht hinaus. Die Wolken hatten sich verzogen, man konnte nun die Skyline von San Francisco auf der anderen Seite der Bucht erkennen. Ihm war klar, dass er Rebecca nicht mehr umstimmen konnte. Was hatte er da nur angerichtet?

Auch Rebecca blickte zu den Lichtern der Großstadt hinüber. In ihrer Stimme lag Pathos, als sie mit großer Geste ihre Bierdose in Richtung der Stadt schwenkte. „Da drüben liegt unser Revier, Buddy. Morgen früh fahren wir zum Rathaus und melden unsere Firma an. Danach soll uns dein Bruder ein Logo, Visitenkarten und eine Website gestalten. Ich bin mir sicher, in einer Woche arbeiten wir an unserem ersten Fall."

★★★

Es war mitten in der Nacht, als er durch ein ungewöhnliches Geräusch erwachte. Ohne Alkohol im Blut schlief er nie sehr fest, und auch die Kälte und der harte Untergrund trugen ihren Teil dazu bei, dass er nur schwer zur Ruhe kam.

Auf seinem Lager aus alten Pappkartons, das er sich unter der Brücke eingerichtete hatte, drehte er sich ungelenk zur Seite. In der Ferne sah er die Rücklichter eines Autos. War es der Motor, der ihn geweckt hatte? Nur selten kam hier, an einer Nebenstraße der alten Route 66, nachts ein Auto vorbei.

Unruhig richtete er sich auf, Angst packte ihn. Vor einigen Jahren war er nachts überfallen und zusammengeschlagen worden. Eine Gruppe Jugendlicher, irgendwelche Rowdys, die nur aus Langeweile andere Menschen krankenhausreif prügelten.

Er starrte in die Dunkelheit, lauschte, doch da war niemand. Er kramte in seiner Manteltasche, fand sein Feuerzeug. Mit einem Druck seines Daumens brachte er die Flamme zum Brennen, beleuchtete seine Umgebung.

Da. Unglaublich. Ein Softdrink-Becher wie aus einem Schnellrestaurant, daneben ein in Papier eigeschlagener Burger. Sein Herz machte einen Freudensprung. Er blickte in Richtung des Wagens, dessen Lichter gerade verschwanden. Er beschloss dennoch, dem unbekannten Fahrer einen Gruß hinterherzurufen. „Ich danke dir, edler Spender! Möge der Herrgott dich auf allen deinen Wegen stets beschützen."

Für einen Obdachlosen war es in dieser entlegenen Gegend nicht leicht, über die Runden zu kommen. Der Hunger war sein ständiger Begleiter. Gute Menschen, die einem armen Penner wie ihm mal etwas Gutes taten, gab es leider viel zu selten.

Gern hätte er beim Essen etwas Licht gehabt, doch jetzt nach der Kerze zu suchen, war ihm zu mühselig. Hastig zog er den Burger und den Becher zu sich heran, steckte das Feuerzeug zurück in seine Tasche.

Aufgeregt wickelte er in der Dunkelheit das Papier ab, führte den Burger zunächst an die Nase. Er wusste, wie Verdorbenes roch, doch dieser Burger hier duftete köstlich. Hungrig biss er in das mit dem Fleischklops belegte weiche Brötchen, kaute gierig.

Wirklich köstlich, dachte er, dabei schlang er das Essen herunter wie ein hungriges Tier. Er schmeckte das Fleisch, den Ketchup, die Mayonnaise, dazu auch etwas Scharfes wie Tabasco.

Während er noch an seinem zweiten Bissen kaute, explodierte etwas in seinem Mund und seinem Rachen. Eine Hitze machte sich dort breit, ein Brennen, als hätte er kochendes Wasser getrunken. Schlagartig wurde ihm bewusst, dass es wohl doch kein Tabasco war, mit dem man den Burger gewürzt hatte. Er wusste, dass es weitaus Schärferes gab. Chilipulver vielleicht oder eine Riesenportion Cayennepfeffer.

Tränen schossen ihm in die Augen, er bekam plötzlich keine Luft mehr. Hastig spuckte er den letzten Bissen aus, würgte. Jetzt schnell etwas trinken, ging es ihm durch den Kopf.

Er warf den Burger beiseite, griff nach dem Becher. Mit zitternder Hand riss er den Deckel ab, führte das Gefäß zum Mund, trank einen Schluck, würgte erneut. Pisse. In dem Becher befand sich lauwarme Pisse.

Während er sich heftig auf seinen Schlafsack erbrach, verfluchte er den Schweinehund, der sich diesen üblen Scherz mit ihm erlaubt hatte. *Hoffentlich*, dachte er, *poliert diesem gottverdammten Scheißkerl mal jemand so richtig die Fresse.*

★★★

Vier Wochen später

Exakt vier Wochen, nachdem sie ihr Unternehmen gegründet hatten, war die Stimmung im Hause Stetson-Romania, gelinde gesagt, im Arsch.

Mark lag auf dem Sofa im Wohnzimmer, starrte an die Decke. Rebecca, die Hände zu Fäusten geballt, tigerte unruhig auf und ab. Sie hatte etwas abgenommen, die Anspannung der letzten Wochen hatte bei ihr zu einer permanenten Nervosität geführt. Sie schlief schlecht, ihr Appetit war gestört.

Entgegen ihren Erwartungen schien sich kein Mensch für ihre Dienste zu interessieren. Dabei hatten sie Hunderte Visitenkarten verteilt. Überall hieß es: „Oh, wie interessant, ihr seid jetzt Privatdetektive?" Es wurde jedoch kein einziger Auftrag daraus.

Doch Rebecca war niemand, der schnell klein beigab. Sie schaltete eine Reihe von teuren Anzeigen, gab viel Geld für Google-Werbung aus. Aber außer ein paar Spinnern, die ihnen *Geheimagenten-Ausrüstung* und andere Gimmicks verkaufen wollten, meldete sich niemand.

Müde stand Mark auf, beobachtete seine Freundin. Er machte sich Sorgen und auch Vorwürfe. Ohne seine Klagen wären sie nicht in diese Situation geraten, hätte Rebecca sich niemals zu dieser Fehlentscheidung genötigt gesehen.

„Baby, hör bitte auf, dich verrückt zu machen. Komm her und nimm mich in den Arm." Als er sah, dass Rebecca seinem Wunsch nicht folgen würde, ging er seinerseits auf sie zu, umarmte sie.

Er drückte sie fest an sich, gab ihr einen Kuss auf die Stirn. „Rebecca, bitte komm wieder runter. Es war einen Versuch wert. Aber wir müssen uns beide eingestehen, dass niemand, absolut niemand, auf uns gewartet hat. Du hast doch das Telefonbuch von San Francisco gesehen."

Dort gab es nicht weniger als acht Seiten, voll mit Anzeigen von Detekteien. Hätten sie vor der Firmengründung einen Blick hineingeworfen, wäre ihnen die Aussichtslosigkeit ihres Unterfangens sofort bewusst geworden.

In seinen Armen erschlaffte Rebecca wie eine Puppe. Sie drückte ihr Gesicht gegen seine Brust, fing leise an zu schluchzten. Er streichelte ihren Rücken, versuchte sie zu trösten. „Ich schlage vor, wir verschwinden erst mal für ein paar Wochen in den Urlaub. Du wolltest doch sowieso bald nach Hawaii, um dort tauchen zu lernen. Jetzt wäre der richtige Zeitpunkt dafür."

Es dauerte einen Moment, bis Rebecca sich gefasst hatte. Sie gab sich einen Ruck, richtete sich auf. Wütend blickte sie ihm in die Augen. „Aufgeben ist eigentlich nicht meine Sache. Ich gebe dir jedoch recht, geschäftlicher Erfolg lässt sich nicht erzwingen. Wir warten noch bis zum Wochenende, dann melden wir die Firma wieder ab." Sie zögerte, brachte ein verkrampftes Lächeln zustande. „Und dann verschwinden wir nach Hawaii."

Mark versuchte, sich seine Erleichterung nicht allzu sehr anmerken zu lassen. Eine tonnenschwere Last fiel von seinen Schultern. Von Anfang an hatte er diese Idee für das gehalten, was sie letztendlich auch war: eine Schnapsidee.

„Ich mache uns erst mal einen Kaffee. Willst du einen Latte Macchiato oder einen Cappuccino?" Während er in die Küche ging, plante er bereits das weitere Vorgehen. Noch heute würde er die Reise buchen, mit Rebecca die Tauchschule aussuchen. Das würde sie sicher ablenken und auf andere Gedanken bringen.

Ring-Ring, Ring-Ring. Ein altmodischer Klingelton, wie von einem mechanischen Telefon. Rebeccas Handy. Mark erstarrte. Aus der Küche hörte er mit, wie sie das Gespräch entgegennahm.

„Rebecca und Mark Investigations, Rebecca am Apparat. Was kann ich für Sie tun?" Stille. „Hi, Amanda! Na, klar erinnere ich mich an dich. Wir sind zusammen im Pilates-Kurs." Stille. „Ja, ich war die letzten Male nicht da, es gibt hier reichlich zu tun." *So, so,* dachte Mark. *Reichlich zu tun.* „Ein dringender Auftrag? Ob wir Zeit haben? Warte, ich schau mal in den Kalender." Mark glaubte seinen Ohren nicht zu trauen.

„Amanda, das sieht gut aus. Heute Nachmittag hätten wir eine Stunde Zeit für eine Besprechung. Passt euch vier Uhr?“ Mark blickte auf seine Hände, die vor Anspannung zitterten. „Gut, dann heute um vier in Brodys Café. Wir freuen uns auf dich und deine Bekannte.“

Mit einem Kloß im Hals überlegte Mark, was er da gerade mitgehört hatte. War das nur ein Traum? Da kam Rebecca in die Küche, die Arme selbstbewusst vor der Brust verschränkt. „Stetson, wir sind wieder im Geschäft. Für mich bitte einen doppelten Espresso.“

★★★

Amanda hatte sie kurz mit ihrer Freundin bekannt gemacht, sich dann höflich zurückgezogen. Nun saßen sie zusammen mit Ms Rosemarie Newton an einem Tisch. Mark hatte beschlossen, sich zurückzunehmen. Es war alles Rebeccas Idee, sie sollte das Gespräch führen. Er würde nur als stiller Beobachter fungieren.

„Zunächst einmal vielen Dank, dass Sie es geschafft haben, dieses für mich sehr wichtige Treffen so kurzfristig anzuberaumen.“ Rebecca nickte unverbindlich, lächelte dabei. Mark war peinlich berührt, schließlich hatten sie der Frau nicht die Wahrheit gesagt. Doch es kam noch schlimmer. „Es ist ja heutzutage nicht einfach, eine gute Detektei zu finden, die einem so spontan einen Termin anbieten kann. Ich weiß das wirklich zu schätzen.“

Auch Rebecca war jetzt anzusehen, dass ihr die kleine Lüge zunehmend unangenehm wurde. Doch was sollten sie der Frau sagen? Die fuhr unbeirrt fort: „Ich bin Doktor Rosemarie Newton, aber bitte nennen Sie mich einfach Rose. Mir gehört die größte Praxis für ästhetische Zahnchirurgie in San Francisco.“

Jetzt erkannte Mark sie. Er erinnerte sich, ihr Gesicht auf einigen Billboards gesehen zu haben und auch in Fernsehspots im Regionalfernsehen. *Shine like a Star – Zähne von Rose Newton.* Vor ihnen saß eine überaus vermögende Frau.

Sie war Mitte, Ende 50, hatte einiges an ihrem Gesicht verändern lassen. Etwas zu viel, wie Mark fand. Zu volle Lippen, zu straffe Wangen, die Stirn etwas zu glatt. Die Haare hellblond gefärbt, mit Extensions verlängert und verdichtet. Dennoch wirkte sie nicht unsympathisch, im Gegenteil. Ihr perfektes Lächeln strahlte Wärme aus, ihre Stimme Herzlichkeit.

Rose wartete auf Fragen, doch Rebecca gab ihr mit einer kleinen Geste zu verstehen, dass sie fortfahren sollte. Sie räusperte sich. „Vor genau viereinhalb Wochen, am 23. Juni, ist mein Sohn Adam verschwunden. Er war mit einem Motorrad auf der Route 66 unterwegs." Wirkte sie soeben noch gefasst, füllten sich ihre Augen nun von einem Moment auf den anderen mit Tränen. Sie rang um Fassung.

„Er hatte gerade sein Studium der Zahnmedizin beendet, sollte demnächst seinen Platz in meiner Praxis einnehmen. Die Maschine und die Reise selbst waren ein Geschenk von mir. Er träumte bereits seit Jahren davon, die 66 in voller Länge mit dem Motorrad zu bereisen. Es fing alles so gut an, doch jetzt sind er, das Motorrad, seine Kreditkarten, sein Gepäck, also einfach alles, spurlos verschwunden. Adam ist spurlos verschwunden."

Der Kellner kam an ihren Tisch, doch bevor er etwas fragen konnte, gab Mark ihm ein Zeichen. Er zog sich zurück. „Falls Sie denken, ich hätte Adam vielleicht gezwungen, in die Praxis einzusteigen, muss ich Sie enttäuschen. Er ist in der Praxis aufgewachsen, hat schon als Kind ‚Zahnarzt' gespielt. Mein verstorbener Mann Carl hat die Praxis gegründet, es war immer Adams großer Wunsch, eines Tages in die Fußstapfen seines Vaters zu treten."

Rebecca hatte einen Notizblock nebst Stift mitgebracht, notierte sich einige Stichworte. „Was war das für ein Motorrad, und wo genau ist Ihr Sohn verschwunden?" Rose kramte einen Schnellhefter aus ihrer Handtasche, zog daraus zunächst ein Foto hervor. „Hier sehen Sie Adam kurz vor der Abreise auf seiner Maschine, einer *1967er Indian*. Ich habe die Maschine aus Deutschland importiert, dort wurde sie ein Jahr lang aufwendig restauriert."

Sie reichte das Bild zunächst Rebecca, die es kurz betrachtete: „Ein auffallend gutaussehender junger Mann, Ihr Sohn. Und ein extrem auffallendes Motorrad. Wie alt ist Adam?" Rebecca schob das Foto weiter zu Mark.

Tatsächlich sah Adam sehr gut aus. Groß, athletisch, braungebrannt. Markante Gesichtszüge, blonde, nach hinten gekämmte Haare. Er trug eine Pilotenbrille auf der Stirn, blickte stolz in die Kamera. Hinter ihm stand das Motorrad. Goldgelb, mit ausladenden Schutzblechen, viel Chrom. Ein echter Oldtimer, ein absoluter Hingucker. *Und bestimmt sehr teuer*, dachte Mark.

„Adam ist gerade 27 Jahre alt geworden. Ja, er sieht gut aus, ein Mädchenschwarm. Dazu ein exzellenter Sportler. Er bekam ein Angebot, in den Profi-Football zu wechseln. Doch er entschied sich für die Praxis."

Rose zog eine zusammengefaltete Karte hervor, breitete sie auf dem Tisch aus. „Verschwunden ist er irgendwo zwischen New Mexico und Arizona. Ich hatte ihn eigentlich gebeten, dass er sich jeden Tag bei mir meldet, doch er hat sich nie daran gehalten. Manchmal ließ er zwei oder sogar drei Tage nichts von sich hören. Aber ich war ihm da nicht böse, schließlich ist er kein kleines Kind mehr. Und welcher Sohn will sich schon täglich bei seiner Mutter melden?"

Im Kopf fasste Mark zusammen, was er über New Mexico und Arizona wusste. Trocken, staubig, viel Wüste. Und nur wenige Menschen. Irgendwo hatte er gelesen, dass in New Mexico lediglich sechs Einwohner auf den Quadratkilometer kamen. Zwei arme Bundesstaaten, in denen es reichlich Probleme gab. Drogen, Alkohol, Arbeitslosigkeit, besonders die dort lebende indigene Bevölkerung, die Native Americans, hatte mit den harten Lebensumständen zu kämpfen. Aber auch für viele aus Südamerika stammende Einwanderer, die sich oftmals ohne gültige Aufenthaltserlaubnis im Land aufhielten, war das Leben dort nicht einfach.

Auch Rebecca dachte nach. Sie blickte auf die Karte auf dem Tisch, erinnerte sich dabei an einen früheren Skiurlaub in New Mexico. Im Winter gab es dort einige hochpreisige Skigebiete, der Ort Taos galt zudem als Treffpunkt vieler Künstler. Aber auch sie erinnerte sich an oft bettelarme Einheimische, die am Straßenrand einfachen, handgemachten Schmuck verkauften. Sie löste sich von der Karte, drehte sich zu Rose.

„Was hat denn die Polizei herausgefunden? Ist das FBI in die Suche involviert?"

Rose trank einen Schluck Wasser, sammelte sich kurz. Ihr Gesicht bekam einen wütenden Ausdruck. „Großartig angestrengt hat man sich da nicht. Einige Streifenwagen sind herumgefahren, die Polizisten haben an Tankstellen und in Restaurants Fotos herumgezeigt. Natürlich erinnerte man sich hier und da an Adam, auch an das Motorrad. Aber niemand konnte oder wollte etwas zu seinem Verschwinden sagen."

Sie zeigte auf die Karte, zog mit dem Finger einen Kreis um das Grenzgebiet. „Erschwerend kommt hinzu, dass das Suchgebiet, das in Frage kommt, ja nicht gerade klein ist. Die Route 66 ist lang, dazu Dutzende Nebenstraßen, viele davon führen in entlegene Wüstenstädte.

Adam ist begeisterter Fotograf, immer auf der Suche nach Lost Places und Geisterstädten. Und davon wimmelt es da unten."

Lost Places. Auch Mark war von diesen abgelegenen, oftmals seit Jahren nicht mehr von Menschen betretenen Gebäuden und Orten fasziniert. Rose berichtete weiter: „Am 24. Juni zog da unten eine große Gewitterfront durch. Man vermutet, dass Adam sich vielleicht zum Schutz vor dem Unwetter irgendwo untergestellt hat. Irgendeine alte Scheune, abseits der Straße. Oder eine aufgegebene Tankstelle. So etwas gibt es da reichlich."

Sie überlegte, was sie den beiden Detektiven noch erzählen könnte. „Das FBI ist mit einem Hubschrauber auf die Suche gegangen; auch ich selbst habe einen Heli samt Pilot gechartert. Das Motorrad ist ja sehr auffällig. Wäre er irgendwo in der Wüste liegengeblieben, hätten wir ihn bestimmt gefunden. Aber Fehlanzeige. Er bleibt spurlos verschwunden."

Rebecca schrieb eifrig mit. *Fotograf* sowie *Lost Places* unterstrich sie zweimal auf ihrem Notizblock. Dann legte sie alles beiseite, wandte sich direkt an Rose. „Was denken Sie, können wir für Sie und Ihren Sohn tun?"

Rose zögerte kurz, so als wäre sie sich darüber selbst noch nicht so genau im Klaren. Doch dann verblüffte sie Rebecca und Mark mit einem gut durchdachten Plan.

„Ich möchte, dass Sie inkognito einen Teil der Reiseroute meines Sohnes nachfahren. Es gibt dort unten viele Menschen, die nicht gut auf die Polizei zu sprechen sind. Zwei Biker, ein Pärchen, die als Touristen auf der 66 unterwegs sind, denen erzählt man vielleicht mehr. Besuchen Sie die Orte, an denen auch Adam war. Die Hotels, die Diner, die Tankstellen. Schauen Sie sich um, reden Sie unauffällig mit den Leuten dort unten. Irgendwer hat vielleicht etwas gesehen."

Rebecca und Mark tauschten einen kurzen Blick. Doch Rose war noch nicht am Ende mit ihren Ausführungen. „Ich habe eine Belohnung ausgelobt. 100.000 Dollar für denjenigen, der Hinweise zum Verbleib von Adam geben kann. So stand es in der Zeitung, und so steht es auch auf den Steckbriefen, die an den Polizeistationen in der betreffenden Gegend aushängen. Ich hatte mir davon einiges erhofft, doch zu meinem Erstaunen gab es keine brauchbaren Hinweise, die uns zu Adam hätten führen können."

Rose beugte sich etwas weiter über den Tisch, sie sprach nun leiser: „100.000 Dollar sind für die Menschen da unten ein Vermögen. Dass sich niemand gemeldet hat, bedeutet für mich, dass entweder tatsächlich niemand etwas weiß. Oder aber: Jemand hat so viel Angst davor, mit der Wahrheit herauszurücken, dass ihm sein Leben lieber ist als die Aussicht auf eine stattliche Belohnung."

Rose stand auf, blickte sich fragend um. „Ich müsste mich einen Moment frisch machen. Da drüben sind die Toiletten. Bitte entschuldigen Sie mich. In zwei Minuten bin ich zurück."

Die Frau ist nicht dumm, dachte Mark. *Natürlich will sie uns nur eine kurze, ungestörte Gesprächspause verschaffen.*

Kaum war Rose außer Hörweite, schoss es aus Rebecca heraus. Ihre Worte überschlugen sich förmlich, ihre Augen waren weit aufgerissen, sie redete sich regelrecht in Rage. „Ein vermisster Biker! Eine Ermittlung auf der Route 66! Undercover! Mark, der Fall ist wie gemacht für uns. Wir fahren da runter, setzen uns auf die Fährte von dem Jungen. Wir stellen unauffällig Fragen, hören uns um. Eine absolut sichere Sache. Wir müssen diesen Auftrag unbedingt annehmen!"

Mark wusste in diesem Moment: Er würde Rebecca niemals umstimmen können. Sie würden den Auftrag natürlich annehmen, keine Frage. Doch im Geiste zählte er die Unbekannten in dieser Gleichung zusammen: Ein Vermisster, den Polizei und FBI vergeblich gesucht hatten. Eine unwirkliche Gegend, nahezu menschenleer. Orte, in denen die Bevölkerung in Armut lebte und oft auch in Angst vor der Polizei. Eine Belohnung, die niemand haben wollte …

Nein, das war überhaupt keine absolut sichere Sache. Und als er Rebecca zustimmend zunickte, ahnte er bereits, dass er diese Entscheidung noch bitter bereuen würde.

★★★

Kurz nach sechs. Steve Cortez nahm die Fernbedienung vom Tisch, schaltete den großen Flachbildfernseher an der Wand ein. Das soeben noch schwarze Rechteck erwachte zum Leben, das animierte Logo des Nachrichtensenders CNN drehte sich dreidimensional auf dem Bildschirm.

Generell mied Cortez die Nachrichten wie der Teufel das Weihwasser. Krieg, Klimakrise, Corona, die ausufernde Kriminalität in den amerikanischen Großstädten, Mord und Totschlag – Cortez ging all dem gern aus dem Weg.

Seit seinem Ausscheiden aus dem FBI las er auch keine Zeitungen mehr, er sah sich keine Krimis im Fernsehen an, las keine Bücher oder Berichte, in denen es um Verbrechen ging. *Vermeidungsverhalten*, so hatte seine Psychotherapeutin diese Gewohnheit genannt. Eigentlich sei diese Form der Problemverdrängung nicht empfehlenswert. Doch bei Cortez wirkte sie Wunder.

Seit er jegliche Form von Berichterstattung über Kriminalität an sich vorbeiziehen ließ, ging es ihm deutlich besser. Seine psychischen Probleme, verursacht durch die jahrelange Arbeit bei der Mordkommission, waren nahezu vollständig verschwunden. Seine Schlafprobleme gehörten der Vergangenheit an, seine Potenzstörungen ebenfalls. Für sein Alter sah er blendend aus, schlank, gut in Form, braun gebrannt.

Das FBI versuchte, ihn mit einem sehr gut dotierten Beratervertrag zurückzuholen. Als Profiler sollte er an ungeklärten Mordfällen mitarbeiten. Aber er drohte dem FBI mit einer Klage, sollten sie ihn nochmals diesbezüglich kontaktieren. E-Mails seiner alten Kollegen ließ er unbeantwortet, schließlich legte er sich einen neuen Mail-Account an, ignorierte alle Nachrichten aus seinem „alten Leben", wie er es nannte.

Er lehnte sich zurück, trank einen Schluck alkoholfreies Bier. Die Füße gemütlich auf dem Couchtisch, ließ er den Blick durchs Wohnzimmer schweifen.

Für seinen Geschmack war es viel zu modern und kalt eingerichtet. Eine weiße Schrankwand, viel Glas, ein hellgrauer Steinfußboden, eine Sitzgruppe aus schwarzem Leder. Die zahlreichen Kunstdrucke zeitgenössischer Maler trafen allesamt nicht seinen Geschmack, lediglich ein großformatiges Bild von M. C. Escher gefiel ihm gut. Seine Exfrau hatte die Einrichtung ausgesucht, und als sie ihn verließ, blieb er – zusammen mit dem Mobiliar – in dem Haus zurück.

Auf dem Bildschirm war nun eine Ansagerin zu sehen. Cortez griff nach der Fernbedienung, schaltete den Ton ein. In diesem Moment öffnete sich die Glastür zum Flur, ein Kind sprang aufgeregt herein. „Onkel Steve, hier bist du! Was machst du? Darf ich mich zu dir setzen?"

Marcos war der jüngste Spross der Familie Ramirez. Von Roccos vier Kindern kam Cortez mit dem Zehnjährigen am besten zurecht. Anders als die älteren Kinder akzeptierte er am ehesten die Tatsache, dass Rocco nicht zu seiner Familie zurückkehren würde. Besonders der älteste Sohn, Quinton, trauerte noch immer um den verstorbenen Vater. Dass man Roccos Leiche noch immer nicht gefunden hatte, erschwerte die Sache zusätzlich.

„Klar, komm her. Ich schaue gerade Nachrichten. Wenn du willst, kannst du zusehen." Er überlegt kurz, ob es klug wäre, einen Zehnjährigen die Nachrichten sehen zu lassen. CNN war jedoch nicht dafür bekannt, reißerisch über Gewaltverbrechen zu berichten, im Gegenteil. Zudem war das, was der Junge da sehen würde, die Welt, die ihm bevorstand und in der er ja zum Teil auch schon lebte.

„Beginnen wir heute gleich mit einer Meldung aus dem Inland. Die Opioid-Krise in Kalifornien nimmt immer bedrohlichere Ausmaße an. Über 100.000 Menschen sind vergangenes Jahr in den USA an einer Überdosis Fentanyl gestorben, viele davon in San Francisco. London Breed, die Bürgermeisterin von San Francisco, hat nun die Notbremse gezogen und für das Stadtviertel Tenderloin den Notstand ausgerufen."

Die Ansagerin verschwand, die Kamera zeigte nun Bilder aus einem fahrenden Auto. Am Fahrbahnrand reihte sich Zelt an Zelt, überall lag Müll herum. Dazwischen sah man verwahrloste Menschen, schwarze wie weiße, junge, alte. Einige waren offensichtlich dabei, Drogen zu konsumieren, andere lagen teilnahmslos am Straßenrand. Ein Mann saß auf dem Bordstein, er versuchte, sich mit einer Spritze etwas in den Fuß zu injizieren. Sein Gesicht drückte Verzweiflung aus, offenbar gelang es ihm nicht, eine intakte Vene dafür zu finden.

Eine Stimme aus dem Off kommentierte die Szene: „Bis vor einigen Jahren war Fentanyl auf der Straße nahezu unbekannt. Es gab Hasch, Kokain, Speed, Crack, Heroin. Fentanyl war als extrem starkes Schmerzmittel legal erhältlich, einige Abhängige besorgten es sich als Ersatzdroge. Doch dann tauchte reines Fentanyl auf, hergestellt von Drogenkartellen in Mexiko. Es wurde zunächst in Tabletten- oder Pulverform verkauft, spottbillig und überall erhältlich. Doch viele Konsumenten wissen nicht, dass Fentanyl nahezu sofort abhängig macht, denn im Vergleich zu Morphium wirkt es bis zu 100-mal stärker."

Die Kamera zeigte weiter Bilder aus einem Albtraum. Wie in einem Zombiefilm irrten Menschen umher, die Gesichter leer, die Augen ausdruckslos. Andere saßen zusammengesunken, den Kopf nach vorn geneigt, wie ohnmächtig an einer Hauswand. Viele wirkte verwahrlos, die Haare zerzaust, die Kleidung verdreckt. Cortez' Magen zog sich zusammen, er bereute bereits, dem Jungen das Fernsehen erlaubt zu haben.

„Da Fentanyl so billig herzustellen ist, sind die mexikanischen Kartelle dazu übergegangen, es allen anderen Drogen beizumischen. Wer glaubt, Kokain zu konsumieren, der nimmt in Wirklichkeit einen gefährlichen Cocktail aus Kokain und Fentanyl zu sich. Dadurch verdreifacht sich das Risiko einer Überdosis, zudem wird man, ohne es zu wollen, vom Fentanyl abhängig."

Cortez hatte bereits diverse Berichte zu dem Thema gesehen, in denen drastische Bilder gezeigt wurden. Doch als die Kamera einen halbnackten Mann zeigte, der wie tot zwischen zwei Mülltonen lag, beschloss er, den Fernseher sofort auszuschalten.

In diesem Moment schwenkte die Kamera in die Totale, zeigte dem Zuschauer, dass sich das Bild nicht auf zwei oder drei Häuser beschränkte. Über mehrere Häuserblocks hinweg erstreckte sich die apokalyptische Szene. „In den letzte zwei Jahren sind gut 1.400 Menschen in San Francisco an Fentanyl gestorben. Matt Dorsey, Mitglied des Stadtrates, sagte dazu unlängst: ‚Wenn wir so viele Menschen durch Schießereien verloren hätten, dann würde die Nationalgarde auf den Straßen patrouillieren.'"

Cortez hatte genug gesehen, wollte auch dem Kind nicht mehr zumuten. Mit einer Zornesfalte zwischen den Augen schaltete er den Fernseher ab.

Als er Marcos von der Seite her betrachtete, wirkte dieser jedoch keineswegs geschockt. Ähnliche Szenen kannte der Junge bereits aus Los Angeles. Auch hier war Fentanyl ein Problem, rund um die *Skid Row* genannte Gegend sah es genauso aus wie in San Francisco. Er legte dem Kind in einer beschützenden Geste die Hand auf den Kopf. „Halte dich zeitlebens von allen Drogen fern. Rauche nicht, trinke keinen Alkohol, lass dich nie von deinen Freunden dazu überreden, irgend etwas einzunehmen, das du nicht kennst."

Marcos nickte zustimmend. „Sie haben uns das in der Schule schon gesagt. Es ist ein Mann zu uns in den Unterricht gekommen, der erzählt hat, wie er abhängig wurde und wie schwer es war, wieder von der Droge loszukommen. Über zehn Jahre hat er auf der Straße gelebt, wäre mehrmals fast gestorben. Der Mann sah aus wie 100, er war aber erst 30 Jahre alt."

Cortez spürte, wie ihn Traurigkeit überkam. *Kinder sollten in der Schule eigentlich Dinge lernen, die sie im Leben voranbringen.* Unterrichtsbesuche von ehemaligen Junkies hatte es zu seiner Zeit jedenfalls nicht gegeben. Er beschloss, sich und den Jungen etwas aufzumuntern. „Komm, lass uns raus in den Garten gehen. Wir machen den Grill sauber und überraschen deine Geschwister und deine Mutter mit einem Barbecue." Der Junge sprang auf, reckte die Arme in die Luft: „Jaaa, Grillen! Ich bin süchtig nach gegrillten Chicken Wings und Maiskolben."

Dass seine Bemerkung unpassend war, kam dem Jungen nicht in den Sinn. Sein kindliches Gemüt hatte den Bericht bereits vergessen. Für ihn zählte nur das bevorstehende Ereignis. Cortez hallten die Worte jedoch noch durch den Kopf. Hoffentlich waren Chicken Wings die einzigen ‚Drogen', die Marcos auf seinem weiteren Lebensweg begegnen würden.

★★★

Als es endlich klingelte, blickte Mark unruhig auf seine Armbanduhr. Kurz nach neun, was hatte Rebecca so lange in der Stadt getrieben? Er legte die Ausdrucke und den Mietvertrag beiseite, mit denen er sich befasst hatte, eilte zur Tür, öffnete sie. Vor ihm stand Rebecca, zahlreiche Tüten und Pakete zu ihren Füßen. Sie strahlte über das ganze Gesicht, reckte die Arme nach oben, als hätte sie den Hauptgewinn in einer Lotterie erwischt. „Baby, it's Showtime! Ich habe absolut geile Sachen für uns ausgesucht, los, hilf mir, sie reinzuholen."

Nach der Besprechung mit Rose Newton hatten sie vereinbart, dass Mark zunächst nach Hause fuhr und sich um die Anmietung zweier Motorräder kümmerte. Auch Flugtickets nach Amarillo sollte er buchen, dazu auch einige Motels an der Route 66 reservieren. Rebecca hingegen wollte einige notwendige Ausrüstungsgegenstände besorgen. Sie brauchten Helme, Motorradjacken, Handschuhe, einige Biker-typische Accessoires. Schließlich wollten sie undercover reisen, sich als Harley-Davidson-Fans ausgeben, die sich einen Traum erfüllten.

Doch die diversen Taschen, Kartons und Tüten ließen Mark vermuten, dass seine Freundin es mit der Tarnung etwas übertrieben hatte. „Um Gottes willen, was hast du da alles eingekauft? Denk dran, wir sitzen auf Motorrädern, können kaum Gepäck mitnehmen."

In jeder Hand zwei große Taschen, drückte sich Rebecca an ihm vorbei. Mark griff sich zwei Tüten, klemmte sich einen Karton unter den Arm, folgte ihr ins Wohnzimmer. Nachdem sie auch die restlichen Einkäufe hereingeholt hatten, begann Rebecca mit der Modenschau.

„Los, zieh dich aus. Probier mal diese Jeans an. Abriebfest, mit unauffälligen Knieprotektoren. Dazu passt dieser schicke Gürtel hier." Mark, zunächst etwas skeptisch, tat wie ihm geheißen. Die Hose passte perfekt, der Gürtel mit einer protzigen Messingschnalle im Western-Look sagte ihm allerdings nicht zu.

Rebecca waren seine Einwände jedoch egal. „Hier, ein T-Shirt von Harley Davidson, dazu eine abgefahrene Lederjacke, ebenfalls von Harley." Das Shirt trug eine Eins als große Ziffer auf der Brust. Der obere Teil war blau mit weißen Sternen, der untere rot-weiß gestreift. Die Jacke war ein echter Hingucker im Retro-Stil. Schwarzbraunes Leder, an den Schultern und Ellenbogen aufwendig abgesteppt. Sie passte Mark wie angegossen, stand ihm wirklich gut. Rebecca nickte anerkennend. „Stetson, das sieht schon sehr cool aus. Jetzt der Helm."

Aus einem Karton zauberte Rebecca einen schwarz glänzenden Jethelm hervor. In der Mitte zierte ihn ein schwarz-weißes Karomuster, am Hinterkopf ein großes Harley-Davidson-Logo. Mark konnte sich einen Kommentar nicht verkneifen: „Ich sehe ja aus wie eine Schaufensterpuppe aus einem Harley-Laden. Sind die Handschuhe etwa auch von HD?"

Rebecca nickte ernst. „Route 66 heißt quasi Harley Davidson. Wir sind amerikanische Biker, also tragen wir auch stolz das Sternenbanner und amerikanische Marken." Sie reichte ihm die Handschuhe, deren Design ebenfalls an die Fahne der USA angelehnt war. Schwarzes Leder, auf dem Handrücken ein weißer Stern, darunter zwei rot-blaue Streifen.

Nun war Rebecca an der Reihe. Rasch zog sie sich bis auf den Slip aus, kramte eine Lederhose aus einer der Tüten. Mark entging nicht, dass diese Tüte den Aufdruck einer überaus teuren Boutique aufwies.

Rebecca zwängte sich in die schwarze enganliegende Lederhose. An den Seiten war sie geschnürt, im oberen Bereich blitzte etwas Haut zwischen der Schnürung hindurch. „Das ist aber keine Motorradhose, Ms Romania. Wo sind denn da die Knieprotektoren?"

Rebecca tat, als hätte sie seinen Kommentar nicht gehört. Sie schloss den Nietengürtel, strich sich über Hüften und Po. Die Hose saß wie eine zweite Haut, betonte ihre Kurven.

Als nächstes zog sie ein paar schwarze Lederstiefel aus einem Karton. Dabei versuchte sie, den Karton so zu drehen, dass Mark die Aufschrift darauf nicht sehen konnte. Doch er erkannte das Logo sofort. „Manolo Blahnik! Rebecca, das ist doch nicht dein Ernst."

Wortlos zog sich seine Freundin die Stiefel an, verschnürte sie. „Ich hab's versucht, ehrlich. Doch in dem Motorradladen hatten sie einfach nichts Passendes. Und die hier, die sind mir quasi von allein an die Füße gesprungen."

Weder die Hose noch die Schuhe waren zum Motorradfahren gedacht. Während sie ihn mit „echter" Sicherheitskleidung ausgestattet hatte, hatte sie für sich sündhaft teure Designer-Kleidung ausgesucht. Aber es kam noch schlimmer. Als Rebecca die dunkelbraune Lederjacke aus einer Tüte zog, wusste Mark sofort Bescheid. Das unscheinbare dreieckige Logo auf der linken Brusttasche kannte er bereits von anderen Jacken aus ihrem Schrank. Die Jacke war von Prada, und sie allein hatte vermutlich mehr als 5.000 Dollar gekostet.

Aus derselben Tüte zog Rebecca ein Paar blutroter Lederhandschuhe hervor, streifte sie sich über. Sie schloss den Verschluss der Jacke ein Stück, ließ reichlich nackte Haut hervorschauen. Keck drehte sie den Kopf zu Seite, sodass ihr Zopf ihr über die Schulter fiel. Die Hände in die Hüften gestemmt, ein Bein ausgestellt, blickte sie Mark provozierend an.

Der schüttelte den Kopf, zog die Mundwinkel herunter. „Du siehst nicht aus wie eine Bikerin. Du siehst eher aus wie ein Bond-Girl. Gut, es gibt keine 40-jährigen Bondgirls, aber trotzdem. Undercover sieht anders aus. So bist du viel zu auffällig gekleidet."

Der Vergleich mit dem Bond-Girl gefiel Rebecca natürlich. Sie lächelte verschmitzt, nahm dabei eine kämpferische Grundhaltung ein. Die Hände zu Fäusten geballt, die Arme in Abwehrstellung, drehte sie sich zu Seite, bog den Oberkörper leicht zurück. Dann ging alles ganz schnell. Sie zog das rechte Bein an, führte einen gekonnten Sidekick in Richtung von Marks Kopf aus. Der zuckte erschrocken zurück, doch ohne den Fuß auf dem Boden abzusetzen, täuschte Rebecca den nächsten Tritt an, dieses Mal in Richtung von Marks Brust. Beide Tritte waren nur angedeutet, doch wenn Rebecca gewollt hätte, hätte sie ihn empfindlich treffen können.

Mark wusste, dass Rebecca bei der Polizei und auch noch lange Zeit danach Kampfsport trainiert hatte. Bei einem Wettkampf jedoch bekam sie versehentlich einen Ellenbogen ins Gesicht, verlor dabei fast zwei Schneidezähne. Mehrere Tage lang drohten ihr die Zähne auszufallen, mussten mit einer Schiene fixiert werden. Die Behandlung war erfolgreich, doch Rebecca beschloss nach diesem Erlebnis, den Kampfsport aufzugeben.

„So, so, ein 40-jähriges Bond-Girl. Soll ich etwa rumlaufen wie eine heruntergekommene weiße Schlampe aus der Bronx? Zugegeben, die Sachen sind schick, aber wer außer dir erkennt schon, dass die Jacke von Prada ist? Und hättest du den Karton von den Schuhen nicht gesehen, dann wären die Stiefel für dich ganz normale Motorradstiefel gewesen."

Mark war zwar anderer Meinung, aber im Prinzip hatte sie recht. Rebecca war mit ihrer Modenschau allerdings noch nicht fertig. Sie kramte einen Helm hervor, silbermatt, mit zahlreichen nachträglich aufgemalten Gebrauchsspuren. Auf der rechten Seite war eine hellblaue 66 aufgeklebt, links ein roter Stern. Rebecca zeigte jedoch auf einen schwarzen Stab, der in Kinnhöhe seitlich aus dem Helm herausragte. Mark erkannte, dass es sich dabei um ein Mikrofon handelte.

„Los, setz mal deinen Helm auf. Die beiden Helme haben ein Interkom. So können wir uns während der Fahrt unterhalten." Mark tat wie ihm geheißen und tatsächlich: Die Verständigung über das Interkom funktionierte einwandfrei.

So eingekleidet, die Helme auf dem Kopf, positionierten sie sich gemeinsam im Flur vor dem Spiegel. Beide mussten schallend lachen, denn ihr neues Outfit wollte so gar nicht zu ihnen passen. Ein Harley-Davidson-Markenfetischist, dazu eine etwas zu sehr aufgebrezelte Bikerin. Doch Rebecca war zufrieden. „Perfekt! Wir sehen aus wie ein wohlhabendes Immobilienmakler-Pärchen, bisschen bekloppt, aber sonst ganz nett. Niemand wird in uns Privatdetektive vermuten."

Rebecca war anzusehen, wie viel Spaß ihr die ganze Sache machte. Am Mittag noch war sie den Tränen nahe gewesen, jetzt strotzte sie vor Elan. Fast schon glücklich, lächelte sie Mark an, nahm dabei den Helm ab. „Damit habe ich meinen Teil der Vorbereitungen erfüllt. Wie sieht es bei dir aus? Welche Motorräder hast du für uns ausgesucht?"

Oje, dachte Mark. *Vielleicht wäre es besser, den Helm vorerst aufzubehalten*. Auf dem Weg zurück ins Wohnzimmer bereitete er vorsichtig seine Erklärung vor: „Ich habe für mich eine Harley Davidson Heritage

Classic ausgesucht. Eine schöne Maschine, 330 Kilo schwer, ohne Gepäck."

Vom Couchtisch nahm er einen Ausdruck, reichte ihn Rebecca. Sie betrachtete ihn, nickte anerkennend. „Ja, ein schönes Teil. Passt gut zu dir. Und welches Motorrad soll ich fahren?" Mark zog einen Ausdruck zu sich heran, den er absichtlich mit der Bildseite nach unten auf den Tisch gelegt hatte. Er versuchte, seiner Stimme einen ruhigen, sachlichen Ton zu geben.

„Tja, ähem, weißt du, eine Harley wiegt mindestens 250 Kilo. Du hast erwähnt, dass du letztmalig bei der Führerscheinprüfung Motorrad gefahren bist. Die Route 66 ist keine einfache Straße, oftmals in schlechtem Zustand. Da ist so eine schwere Maschine vielleicht nicht das Richtige für dich."

Rebecca roch den Braten sofort. Ihr Blick wurde kalt, fast schon böse. Ohne ein Wort zu sagen, wartete sie darauf, dass Mark seine Ausführungen fortsetzte. „Nun ja, äh, ich habe daher beschlossen, dass es für dich besser und sicherer ist, erst mal mit einem wesentlich leichteren Gefährt auf Tour zu gehen."

Er reichte ihr den Ausdruck, erklärte dabei weiter: „Eine Vespa Super Sport GTS 300 ist wie für dich gemacht. Sie wiegt gerade einmal 140 Kilo und verfügt über ein Automatikgetriebe. Du musst also nicht schalten, kannst dich ganz aufs Fahren konzentrieren. Mit ihren 24 PS ist sie gutmütig und fährt sich dennoch überaus spritzig. Ich verspreche dir, du und die Vespa, ihr werdet gut miteinander auskommen."

Mark war auf der Hut, beobachtete seine Freundin von der Seite aus. Mit Abscheu betrachtete Rebecca den Ausdruck, ihr Körper war angespannt, verriet ihre Enttäuschung. Sie hatte mit allem gerechnet, aber nicht mit einem Roller. Wütend fauchte sie Mark an: „Wie bitte? Du fährst auf der 66 mit einer Ikone der amerikanischen Motorrad-Baukunst, und ich soll mit einem, einem …" Sie geriet ins Stocken, zögerte, suchte nach den richtigen Worten. „Und ich soll dir mit einem italienischen Kinderspielzeug hinterherrollen? Stetson, das ist doch nicht dein Ernst!"

Mark hatte das kommen sehen. Er überlegte, wie er sie beruhigen konnte, erinnerte sich an die Sache mit den beinahe ausgeschlagenen Schneidezähnen. „Wenn du mit einer Harley umkippst, fällt dir die schwere Maschine aufs Bein und kann es dir brechen. Der Motor und der Auspuff sind zudem 120 Grad heiß. Zusammen mit dem Gewicht brennt es dir das Fleisch bis auf die Knochen herunter. Willst du dieses Risiko wirklich eingehen? Dann bitte sehr. Fahr du die Harley, ich nehme die Vespa."

Bingo. Mit einem Mal beruhigte sich Rebecca. Er wusste um ihre Eitelkeit; der Gedanke, sie könnte sich ernsthaft verbrennen, ließ sie den leichten Roller sofort mit anderen Augen sehen. Sie lächelte charmant, gab sich nun handzahm: „Warum sagst du nicht gleich, dass dir vor allem meine Sicherheit am Herzen liegt? Komm, gib mir einen Kuss. Diese schnuckelige kleine Vespa ist einfach wunderschön."

Inmitten von Tüten und Kartons umarmten und küssten sie sich. Mark kam die Situation irgendwie surreal vor, und irgendwie fühlte er sich unwohl. Sie hatten den Auftrag, einen verschwundenen jungen Mann zu suchen. Doch statt mit dem nötigen Ernst an die Sache heranzugehen, verkleideten sie sich wie zwei Teenager, alberten vor dem Spiegel herum.

Seltsamerweise spürte Rebecca seine Zweifel nicht. Ziemlich aufgedreht räumte sie die Schachteln zusammen, denn es gab noch mehr Tüten, die ausgepackt werden wollten. „Hast du schon die Flugtickets gebucht? Wie sieht es mit den Motels aus?"

Mark schüttelte den Kopf, setzte sich aufs Sofa. „Hier gibt es ein ernsthaftes Problem, eines, das wir nicht bedacht haben." Aufgeschreckt blickte Rebecca ihn an, wartete auf eine Erklärung.

Mark runzelte die Stirn. „In Fernsehserien haben Detektive immer jemanden, den ihnen insgeheim zuarbeitet. Einen Kontakt bei der Polizei, der für sie Personalien überprüft oder Nummernschilder durch den Computer schickt. Wir haben niemanden. Wenn wir auf jemanden stoßen, der uns verdächtig vorkommt, haben wir keine Möglichkeit, Näheres über die Person herauszufinden. Ist sie vorbestraft? Wo wohnt sie? Wir stehen völlig blank da."

Rebecca begriff sofort, dass er recht hatte. Sie setzte sich zu ihm, überlegte. „Was ist mit deinem Bruder? Der kennt doch so viele Leute? Bestimmt auch jemanden bei der Polizei, oder?" Mark schüttelte den Kopf. „Der hat schon blöd geschaut, als ich ihn gebeten habe, die Website für uns zu erstellen. Nein, der würde niemals seine Kontakte für uns spielen lassen."

Schweigend saßen sie da, überlegten, wer ihnen wohl helfen könnte. Plötzlich erschien ein Lächeln auf Rebeccas Gesicht. „Ich kenne da jemanden. Einen Pensionär, der wahrscheinlich den ganzen Tag zu Hause sitzt und sich langweilt. Den rufen wir jetzt an, ob er morgen mal kurz für uns Zeit hat. Ich bin sicher, dass dieser freundliche ältere Herr uns gern behilflich sein wird."

★★★

Am nächsten Tag

Als sie am nächsten Vormittag von einem Taxi vor Steve Cortez' Haus abgesetzt wurden, staunten sie nicht schlecht: eine überaus teure Wohngegend, das Haus selbst modern, dazu ein riesiger Garten. Am erstaunlichsten jedoch fanden sie die Tatsache, dass vor dem Haus zwei Kinderfahrräder standen; neben der Garage war ein Trampolin zu sehen. Ein Fußball lag auf dem Rasen, an einem der Bäume hing eine Schaukel.

Rebecca flüsterte: „Hattest du nicht erwähnt, dass Cortez geschieden ist? Dass seine beiden Ehen kinderlos geblieben sind? Also, hier leben eindeutig Kinder. Hat Cortez vielleicht zwischenzeitlich geheiratet?"

Auch Mark war verblüfft. Seit seinem kurzen Intermezzo beim FBI hatte er nahezu keinen Kontakt mehr zu seinem ehemaligen Vorgesetzten oder seinen Kollegen gehabt. Und zu der Trauerfeier für Henry Peters und Rocco Ramirez war Cortez allein aufgetaucht. „Wir werden es gleich erfahren." Mark klingelte, unmittelbar darauf summte das vergitterte Tor, bewegte sich zu Seite. Neugierig und erwartungsvoll betraten sie das Grundstück.

★★★

„Wie seht ihr denn aus? Seid ihr unter die Rocker gegangen? Wo sind eure Motorräder?" Cortez lachte, breitete dabei die Arme aus. Er begrüßte Mark mit einer herzlichen Umarmung, Rebecca wesentlich zurückhaltender mit einem Händedruck. „Stellt eure Taschen einfach in den Flur. Wir setzen uns in den Garten. Wollt ihr einen Kaffee?"

Nach dem Austausch einiger Floskeln ließen sie gemeinsam auf der Terrasse nieder. Sie bot einen schönen Blick in den Garten, dahinter erkannte man die Skyline von Los Angeles. Mark überlegte, wie er das Gespräch wohl am besten beginnen sollte, er wollte nicht gleich mit der Tür ins Haus fallen. Ihm kam eine Idee.

„Was ist denn aus Bill King und Harry Peters geworden? Haben sie den PCT erfolgreich beendet?" Cortez nickte bedächtig, betrachtete dabei nachdenklich Rebecca. „Ja, in weniger als sechs Monaten. Letztes Jahr waren sie beide hier zu Besuch, haben mir von ihren Erlebnissen berichtet." Er trank einen Schluck Kaffee, überlegte kurz, fuhr dann fort.

„Die Wanderung hat die beiden einerseits zusammengeschweißt, anderseits aber auch verändert. Sie sind beide reifer geworden. Bill hat seinen Job beim FBI gekündigt, er arbeitet jetzt als Streetworker in L. A. Er betreut Obdachlose, Drogenabhängige, alte und kranke Menschen. Tolle Sache, wie ich finde. Und der Junge fängt nächstes Jahr eine Ausbildung zum Wildhüter an. Der Trail hat ihn gepackt, wir haben ihm eine Stelle im Yosemite-Nationalpark besorgt."

Das waren tatsächlich gute Nachrichten, Mark war aufrichtig erfreut. Er wies mit der Hand hinüber zur Garage. „Aber auch bei dir scheint sich etwas geändert zu haben. Ich wusste gar nicht, dass du Kinder hast." Mark hatte versucht, seine Worte beiläufig klingen lassen, so als wäre er gar nicht neugierig.

Cortez' Blick verfinsterte sich, er zog für einen Moment die Augenbrauen zusammen. Doch dann begriff er, entspannte sich, lächelte. „Ihr wisst es nicht? Dann habt ihr tatsächlich keinen Kontakt mehr zum FBI. Ich bin seit einiger Zeit mit Camila liiert, Roccos Witwe. Und seit gut einem Monat leben sie und die Kinder bei mir."

Das waren tatsächlich Neuigkeiten, die Mark nicht kannte. Er versuchte, sich seine Verblüffung nicht anmerken zu lassen. Cortez hingegen schmunzelte; er wusste, dass er Mark mit dieser Information überrascht hatte.

Er lehnte sich zurück. „Nach Roccos Tod habe ich Camila mit einem Darlehen unterstützt, denn die verdammte Versicherung wollte nicht zahlen, solange es keine Leiche oder Zeugen für Roccos Ableben gab. Ich habe jedoch schnell gemerkt, dass der Familie mit Geld allein nicht geholfen ist."

Cortez fuhr sich nervös mit den Händen durch die Haare. Er wollte nicht, dass jemand glaubte, er hätte aus Roccos Tod irgendeinen Nutzen gezogen. „Nun ja, die Kinder brauchen jemand, der sie zur Schule fährt, ihnen bei den Hausarbeiten hilft. Vier Jungs im Alter von zehn bis 15 Jahren kann man nicht den ganzen Tag unbeaufsichtigt lassen. Also habe ich mich hier eingebracht."

Mark spürte, dass Cortez mit seiner Erzählung noch nicht fertig war. Der fuhr fort: „Camila brauchte Hilfe bei dem Papierkram mit dem FBI und der Versicherung, zudem ist sie als Krankenschwester ziemlich ausgelastet. Ich habe mich um das Haus gekümmert, um die Einkäufe, um alles, was im Garten anfällt. Und als ‚Onkel Steve' ich habe versucht, den Jungs etwas Ablenkung zu bieten. Sie haben Rocco sehr geliebt, sein Verschwinden macht ihnen immer noch zu schaffen."

Cortez' Stimme wurde nun betont ruhig und sachlich: „Nach einem halben Jahr haben wir alle gemerkt, dass wir ganz gut zusammenpassen, die Kinder, Camila und ich. Es ist quasi eine Win-win-Situation. Die Kinder brauchen einen Vater, Camila einen Mann, ich eine Frau und eine Aufgabe. So haben wir uns zusammengerauft, und siehe da, es klappt ganz gut. Letzten Monat sind sie alle dann zu mir gezogen, denn mein Haus bietet ja wesentlich mehr Platz als das alte Gebäude, das Rocco von seinen Eltern geerbt hat."

Bis hierhin hatte Rebecca geschwiegen, Mark die Konversation überlassen. Jetzt meldete sie sich zu Wort: „Steve, ich finde das großartig. Sollte Rocco uns von da oben aus zusehen, dann bin ich sicher, dass er mit dem, was hier geschieht, mehr als zufrieden wäre. Zu wissen, dass es den eigenen Kindern gut geht, ist doch das Wichtigste auf der Welt. Womit wir beim Thema wären." Sie wies auf Mark, übergab das Wort an ihn.

Respekt, dachte Mark, *sie hat die Überleitung wirklich geschickt hinbekommen.* „Richtig. Also, wir sind auf der Suche nach einem jungen Mann, der auf der Route 66 spurlos verschwunden ist. Seine Mutter ist völlig verzweifelt, sie hat uns um Hilfe gebeten. Wir sind auf dem Weg nach Amarillo, von wo wir ab morgen die Route 66 entlangfahren und im Auftrag der Familie nach dem Jungen suchen werden."

Für einen Moment herrschte eine unangenehme Stille. Cortez blickte verwirrt, so als hätte er seinen alten Bekannten nicht richtig verstanden. Er schüttelte den Kopf, zeigte mit dem Finger auf Mark. „Daher auch die komische Aufmachung. Eine Art Verkleidung. Was seid ihr, so was wie Privatdetektive?" In seiner Stimme schwang Misstrauen mit, fast schon ein Vorwurf, erkannte Rebecca. Ihr sechster Sinn sprang sofort an. Auch Mark bemerkte den scharfen Unterton, er ließ sich davon jedoch nicht beirren. „Ja. Rebecca und ich haben eine Privatdetektei gegründet, dies ist unser erster Fall."

Cortez stellte seine Tasse ab, er atmete hörbar laut ein. „So, so, Privatdetektive seid ihr. Ich hoffe, ihr habt euch da vorher auch schlau gemacht, mit den gesetzlichen Bestimmungen und so. Ich habe beim FBI des Öfteren mit Privatdetektiven zusammenarbeiten müssen, und nicht immer war die Zusammenarbeit erfolgreich. Im Gegenteil. Vielen Detektiven ist nicht bewusst, dass sie polizeiliche Ermittlungen stören und behindern, ja, sogar gefährden, wenn sie auf eigene Faust in irgendeinem Fall herumschnüffeln.“

Er stand auf, seine Körperhaltung verriet eine gewisse Nervosität. „Wer unbedacht Fragen stellt, der schreckt Verdächtige oft erst auf und sorgt dafür, dass die den Kopf einziehen und in Deckung gehen.“

Die rechte Hand zur Faust geballt redete er sich in Rage: „Ich habe einen Fall erlebt, da waren wir an einem Serienvergewaltiger dran, den wir beschattet haben. Plötzlich tauchte ein Detektiv auf, den die Familie eines der Opfer beauftragt hatte. Ganz unverblümt parkte er in der Nähe von dem Haus des Verdächtigen, wartete dort auf den Mann, um ihn heimlich zu fotografieren. Doch Nachbarn bemerkten ihn und machten den Verdächtigen auf ihn aufmerksam. Da war der natürlich gewarnt, hat ab da die Füße stillgehalten. Die Ermittlungen sind im Sande verlaufen, obwohl wir sicher waren, den richtigen Mann im Visier zu haben.“

Im Stillen musste Mark zugeben, dass sie beide sich überhaupt nicht mit den rechtlichen Gegebenheiten befasst hatten, die für private Ermittlungen galten. Verstohlen blickte er zu Rebecca hinüber; ihr war anzusehen, dass ihre Gedanken in eine ähnliche Richtung gingen.

Doch Cortez war noch nicht fertig. Drohend hob er den Zeigefinger. „Außerdem habe ich schon einige Male erlebt, wie Privatdetektive sich selbst in arge Schwierigkeiten brachten. Niemand hat es schließlich gern, wenn man hinter ihm her schnüffelt. Aber als Polizist hast du eine Marke, eine Uniform. Sie geben dir die Autorität und das Recht, jemanden zu befragen. Als Privatdetektiv hingegen hast du gar nichts. Du darfst noch nicht mal so ohne Weiteres ein fremdes Grundstück betreten. Kriminelle haben keinen Respekt vor dir. Und ehe du dich's versiehst, blickst du in den Lauf einer Waffe. Schlussendlich liegst du verletzt oder tot in der Gosse, und das FBI muss sich um einen weiteren Fall kümmern. Alles schon erlebt.“

Cortez merkte, dass er sehr laut geworden war, ohne das zu wollen. Mit den Händen machte er beruhigende Gesten, setzte sich, schwieg nun. Mark – und auch Rebecca – wurde in diesem Moment bewusst, dass er wohl tatsächlich in der Vergangenheit schlechte Erfahrungen mit Detektiven gemacht haben musste. Von ihm konnten sie wohl kaum Hilfe erwarten.

Für einen Moment schwiegen die drei. Cortez entschuldigte sich schließlich, seine Stimme klang nun versöhnlich. „Sorry, ich wollte nicht so aufbrausen. Aber wie ich schon sagte, polizeiliche Ermittlungen sind etwas für Profis. Ihr seid zwar ausgebildete Polizisten, habt aber, soweit ich weiß, nie für die Kriminalpolizei gearbeitet, richtig?“

Mark wollte antworten, doch Rebecca kam ihm zuvor: „Wir ermitteln hier nicht in einem Mordfall. Ein Biker ist verschwunden, die Polizei hat die Suche eingestellt. Die Familie ist verzweifelt, denn sie fühlt sich von der Polizei und dem FBI im Stich gelassen. Mark und ich haben lediglich den Auftrag, uns auf der Route 66 umzuhören, nichts weiter. Wir ermitteln nicht, und wir behindern auch keine laufenden Ermittlungen.“

Cortez verschränkte die Arme vor der Brust, überlegte. „Was wisst ihr über den Fall? Kennt ihr die Akten? Was wisst ihr über die Mutter, die euch beauftrag hat?“ Eine Katze schlich auf die Terrasse, blickte sich vorsichtig um. Als ob sie die schlechte Stimmung spüren würde, verzog sie sich wieder, ohne sich von irgendjemandem streicheln zu lassen.

Rebecca berichtete ausführlich, was sie von Rose Newton in der Sache erfahren hatten. Cortez nickte ab und an, krauste nachdenklich die Stirn. Schließlich beugte er sich nach vorn, sprach leise. „Wenn Eltern ein Kind als vermisst melden, dann sind sie selbst zunächst die Hauptverdächtigen. Denn wenn Kinder verschwinden, dann werden sie in den seltensten Fällen entführt. Vielmehr laufen sie von zu Hause weg. Sie laufen weg vor Gewalt, sexuellem Missbrauch, unhaltbaren Zuständen.“ Er blickte fragend zu Mark. „Schon mal darüber nachgedacht, dass der junge Mann vielleicht keine Lust darauf hatte, nach dem Studium für seine Mutter zu arbeiten?“

Mark schüttelte den Kopf. „Adam ist kein kleiner Junge mehr. Wovor sollte er weglaufen? Auf ihn wartete eine Karriere als Zahnarzt. Die Praxis seiner Mutter ist eine Goldgrube.“

Jetzt lächelte Cortez, so als ob er die Antwort erwartet hätte. „Kennt ihr das Buch ‚In die Wildnis‘ von John Krakauer? Ein Tatsachenbericht, der auf wahren Begebenheiten beruht. Es handelt von einem jungen Mann mit Namen Chris McCandless. Nach der Schule sollte er in Harvard studierten, doch er überraschte seine wohlhabenden Eltern damit, dass er zunächst mit dem Auto durch Amerika reisen und sich das Land ansehen wollte. Sein Plan sah vor, schließlich nach Alaska zu fahren und dort einige Wochen in der Wildnis zu leben. Auch er verschwand, bis irgendwann seine Leiche gefunden wurde.“

Cortez blickte von Mark zu Rebecca, wartete auf ein Zeichen, dass ihnen die Geschichte bekannt war, aber die beiden schwiegen. „Nachdem er seine Eltern verlassen hatte, brach unverhofft der Kontakt zu ihm ab.

Auch sie beauftragten einen Privatdetektiv, der den Jungen jedoch nicht finden konnte."

Am Gartenzaun erschien ein Nachbar, er winkte Cortez zu, und der grüßte wortlos zurück. Als er sich wieder seinen Gästen zuwandte, klang seine Stimme ernst. „Chris wollte nicht gefunden werden. Vielmehr war es sein Plan, seine Eltern zu bestrafen. Sie sollten leiden, sie sollten sich grämen, Schmerzen spüren. Zweifel und Sorgen sollten sie auffressen. Es war fast schon sadistisch, was der Junge da abgezogen hat."

Mark erinnerte sich nun, etwas über den Fall gelesen zu haben. Die Leiche des Mannes wurde völlig abgemagert in einem schrottreifen, vergammelten Bus inmitten der Wildnis gefunden. Chris war verhungert, nachdem ihn der versehentliche Verzehr von giftigen Beeren so sehr geschwächt hatte, dass er seinen selbst gewählten Zufluchtsort nicht mehr verlassen konnte. Cortez' Stimme riss ihn aus seinen Gedanken.

„Chris hatte herausgefunden, dass seine Eltern ihn zeitlebens belogen hatten. Sein Vater war früher schon einmal verheiratet gewesen. Mit seiner ersten Frau hatte er bereits zwei Kinder, bevor er Chris' Mutter schwängerte und seine erste Frau verließ. Doch er kümmerte sich weiterhin um seine alte Familie, mehr noch, er zeugte mit seiner ersten Frau noch ein drittes Kind. Und Chris' Mutter wusste davon. Erst als Jugendlicher fand Chris durch einen Zufall heraus, dass er mehrere Halbgeschwister hatte und sein Vater noch eine zweite, heimliche Familie."

Jetzt erinnerte sich auch Rebecca an den Fall. „Der Vater war zudem ein Kontrollfreak, der Chris, seine jüngere Schwester und die Mutter oft schikanierte. Chris hatte nicht vorgehabt, in der Wildnis zu sterben; sein Tod war die Folge einer Verkettung von unglücklichen Zufällen." Cortez kam zum Ende seines Vortrags. „Was ich euch sagen will: Glaubt beileibe nicht alles, was euch eure Auftraggeber auftischen. Es hat schon Eltern gegeben, die ihr eigenes Kind ermorden ließen und anschließend durch eine Anzeige und Trugspuren den Verdacht auf Angehörige gelenkt haben."

Während Mark und Rebecca über das Gesagte nachdachten, verstärkte Cortez ihre Zweifel noch: „Kennt ihr die finanziellen Angelegenheiten der Familie? Vielleicht gibt es ein Testament, das besagt, dass der Sohn alles erbt, sobald er die Praxis übernimmt? Die Mutter wäre somit von der – wie du so schön gesagt hast – Goldgrube abgeschnitten."

Vor ihrem geistigen Auge sah Rebecca Rose Newton, wie sie schluchzend im Café saß. Konnte es tatsächlich sein, dass diese Frau etwas mit dem Verschwinden des eigenen Sohnes zu tun hatte? Unbewusst schüttelte sie den Kopf. Cortez' Stimme weckte sie aus ihren Gedanken.

„Womit wir bei der Frage wären, warum ihr hier seid. Was kann ich für euch tun?“ Rebecca warf Mark einen verstohlenen Blick zu. Eigentlich war die Sache klar. Nach Cortez' Erklärung brauchten sie ihn nicht mehr um Hilfe zu bitten. Sie versuchte es dennoch.

„Wir könnten bei unserer Suche nach Adam vielleicht ein wenig Hilfe gebrauchen. Eventuell müssten wir mal einen Namen überprüfen lassen, oder ein Autokennzeichen. Meinst du, du könntest uns da vielleicht gelegentlich behilflich sein?“

Die Antwort ließ keine Sekunde auf sich warten. Entschlossen schüttelte Cortez den Kopf. „Nein. Erstens habe ich mich vollständig von der Polizeiarbeit zurückgezogen, und ich will mit Ermittlungen gleich welcher Art nichts mehr zu tun haben. Zweitens habe ich meine Kontakte zum FBI weitestgehend stillgelegt. Drittens ist das nicht so einfach, wie ihr denkt. Einfach ein Autokennzeichen zu überprüfen, ohne gesetzliche Handhabe, kann strafbar sein. Ich kann ich euch also leider nicht helfen.“

Schwer lagen Cortez' Worte in der Luft. Mark und Rebecca hatten von ihrem Besuch bei ihm etwas anderes erwartet. Die fast schon schroffe Zurückweisung und das unangenehme vorangegangene Gespräch hatten sie beide völlig aus dem Konzept gebracht. Rebecca war zum Heulen zumute, und auch Mark wusste nicht, wie er mit der Situation umgehen sollte.

Cortez spürte, was er angerichtet hatte. Er wusste, dass die beiden in ihrer Naivität zu ihm gekommen waren, sich Zuspruch und Hilfe erhofft hatten. Stattdessen hatte er ihnen gründlich den Kopf gewaschen.

Als er sah, dass Rebecca mit den Tränen kämpfte, beschloss er, ihnen zumindest ein wenig entgegenzukommen. „Solltet ihr jedoch ernsthaft in Schwierigkeiten geraten, dann könnt ihr euch natürlich auf mich verlassen. Ich werde alles Menschenmögliche tun, um euch zu helfen. Genauso verhält es sich, wenn ihr wirklich etwas herausfindet, das auf ein Verbrechen hindeutet. In diesem Fall stelle ich euch umgehend einen Kontakt zum FBI her, versprochen.“

Wenigstens etwas, dachte Mark. Er blickte zu Rebecca, die sich offenbar wieder im Griff hatte. Trotzig blickte sie auf den Tisch, wie ein wütendes Kind. *Jetzt erst recht.* Mark erhob sich langsam von seinem Stuhl.

„Ich will nicht verhehlen, dass wir uns mehr erhofft haben, Steve. Aber wir respektieren deine Entscheidung natürlich voll und ganz. Und ich danke dir auch für deine offenen und ehrlichen Worte. Wir sind vielleicht wirklich etwas blauäugig in diesen Fall gestartet."

Gemeinsam gingen sie zurück ins Haus, als Mark noch etwas einfiel. „Eine Sache noch. Ich habe da einen Umschlag in der Tasche, mit den Kopien der Unterlagen darin, die uns Rose Newton überlassen hat. Sollte uns etwas zustoßen, dann möchte ich dich bitten, diese Unterlagen an die Polizei weiterzuleiten, okay?"

Cortez nickte. „Geht klar. Aber was soll euch schon passieren? Ihr Fahrt über die 66, schaut euch um, esst ein paar Hamburger, trefft nette Leute. Und irgendwann, da bin ich mir fast sicher, taucht auch der gesuchte Adam irgendwo wieder auf. Ich wünsche euch eine gute Reise und viel Glück."

★★★

„Ey, Arschfick, tanz an hier. Sofort!" Archie zuckte zusammen, wie immer, wenn ihn sein Bruder mit seinem – wie der es nannte – *Kosenamen* rief. Hastig legte er den Klebeband-Abroller beiseite, schlurfte über den Hof. Sein rechtes Bein war seit seiner Geburt etwas zu kurz, und trotz der orthopädischen Schuhe konnte er nicht richtig laufen.

Bereits seit seiner frühesten Jugend nannte ihn Brian, der sich selbst gern *Brain*, Gehirn, nannte (und so auch unterschrieb), nur Arschfick. Er hatte ihm auch mal erklärt, warum: „Als ich geboren wurde, war unser Vater, Gott hab ihn selig, so begeistert, dass er sich einen zweiten Sohn wünschte. Als daraufhin Gilbert geboren wurde, war er so entsetzt, dass er beschloss, unsere geliebte Mutter nur noch in den Arsch zu ficken. Sicher ist sicher. Dennoch wurdest du irgendwann geboren, und er wollte dich auf den Namen *Bugger* taufen lassen. Der Pfarrer weigerte sich jedoch, den Namen so in die Geburtsurkunde einzutragen, und so hat er dich schließlich Archie genannt."

Fast wäre er gestolpert und hingefallen. Der Betonboden wies zahlreiche Risse auf, einige hatten sich im Lauf der Jahre zu regelrechten Spalten erweitert. Niemand hatte sich damals die Mühe gemacht, dem Boden ein richtiges Fundament zu geben. Als der Schrottplatz vor vielen Jahren angelegt wurde, hatte man den Wüstenboden nur mit einer Dampfwalze planiert, anschließend auf einige Stellen Beton gegossen und verteilt.

Der Schrottplatz war das Zuhause der drei Brüder. Nicht nur die Autos und die alten, abgewrackten Maschinen, die auf seinem Gelände lagerten, bestanden aus Schrott. Nein, auch der Platz selbst war aus Schrott errichtet worden.

Sein Vater hatte vor gut 30 Jahren das riesige Gelände unweit der Route 66 gekauft. Danach besorgte er sich einen Lkw und karrte aus der gesamten Umgegend Altmetall zusammen: Autowracks, verrostete Oldtimer, alte, ausgediente Überseecontainer. Er plünderte aufgegebene Farmen, stahl das Wellblech von den Dächern. Nachts schlich er sich auf den Güterbahnhof von Gallup, schaute, was man dort mitgehen lassen konnte. Er hatte es vor allem auf Werkzeug und Schrauben abgesehen, *besorgte* sich ein Schweißgerät.

Und so entstand der Schrottplatz. Der meterhohe Zaun, der das Gelände umgab, bestand aus zersägten Metallcontainern. An einigen Stellen verstärkten abgetrennte Autodächer diese Mauer aus rostendem Metall. Obenauf verhinderte Stacheldraht, geklaut bei den Farmen im Umland, dass jemand das Gelände ohne Erlaubnis betrat. Ein großes Rolltor, zusammengeschweißt aus Dutzenden Kofferraumklappen, konnte bei Bedarf auf- und zugezogen werden. Der Schrottplatz war eine Festung aus Schrott. Und Archie, der hier leben musste, nannte ihn oft *Gefängnis aus Schrott.*

Im Inneren der Festung stapelte sich Autowrack an Autowrack. Sie standen nebeneinander, manchmal auch übereinander. Überwiegend waren es Oldtimer, die entlang der 66 vielerorts zu finden waren. Seine Brüder sammelten sie ein, hin und wieder bezahlten sie auch dafür. In der Regel standen die Wracks jedoch irgendwo auf verlassenen Grundstücken, herrenlos wie Strandgut, das über Nacht angespült worden war.

„Kapitän Ahab war besser zu Fuß als du. Vielleicht muss ich dich mal wieder über Nacht in einen der Hundezwinger sperren, damit du lernst, dich ein wenig anzustrengen, wenn ich dich rufe."

Sein Bruder Brian stand abfahrbereit neben dem Pickup. Gilbert, der Zweitälteste, saß bereits auf dem Beifahrersitz. Gilbert tat, als würde er von dieser Schikane nichts mitbekommen. Hilfe oder gar Unterstützung war von ihm nicht zu erwarten. Rebellion, das hatte Brian seinen beiden jüngeren Brüdern schon vor Jahren klar gemacht, wurde mit dem Tode bestraft.

„Pass auf, Arschfick. Wir fahren jetzt in die Stadt, bringen die Pakete zur Post. Du hältst hier die Stellung. Sollte unerwartet jemand auftauchen, irgendwelche Teile brauchen, vertröstest du ihn auf den Nachmittag, okay? Lass niemanden auf das Gelände. Und sieh zu, dass die Hunde etwas zu fressen bekommen."

Zum Zeichen, dass er verstanden hatte, nickte Archie eifrig. Brian, zwei Köpfe größer als er, gut 130 Kilo schwer und trotz seiner 55 Jahre muskelbepackt wie ein Ringer, blickte ihn grimmig an. Er trug nur eine verdreckte Latzhose, darunter kein Hemd. Sein Stiernacken ging direkt in den Hals über, der fast so breit war wie sein Kopf.

Neben der Latzhose waren auffallend neue weiße Birkenstock-Sandalen Brians einzige Bekleidung. „Die Seele wohnt in den Füßen", pflegte schon sein Vater zu sagen. Brian, der oft über geschwollene Füße klagte, schwor auf diese Gesundheitslatschen aus Deutschland. Dass er damit lächerlich aussah, war ihm egal. Niemand lachte ungestraft über ihn.

Brian wollte schon einsteigen, hatte den Fuß bereits auf dem Trittbrett, als sein Blick auf seinen Wohnwagen fiel. Er krauste die Stirn, überlegte, ob er ihn abgeschlossen hatte. Schließlich rang er sich dazu durch, das noch einmal zu überprüfen.

Archie blickte seinem Bruder hinterher, als der zu seinem auffallend neuen Wohnwagen ging. Der Trailer und der Pickup waren die einzigen relativ neuwertigen Fahrzeuge auf dem Schrottplatz. Brian hatte sie vor vier Jahren in Gallup gekauft, kurz nachdem sie den ersten Film gedreht hatten.

Archie und sein Bruder Gilbert hausten hingegen in einem alten, vergammelten Wohnwagen, Baujahr 1985. Es roch muffig darin, der Teppichboden starrte vor Dreck. Die Schaumstoffmatratzen waren so alt wie der Wagen selbst, begannen bereits, sich aufzulösen. Jedes Mal, wenn er die Bettlaken wechselte, krümelte gelber Kunststoff unter den Matten hervor.

Behäbig stieg Brian die zwei Treppenstufen zur Tür seines Trailers empor, rüttelte an der Klinke. Die Tür war verschlossen. Archie wusste, dass sein Bruder in dem Wagen zwei lebensecht aussehende Sexpuppen aufbewahrte, dazu eine riesige Sammlung Videokassetten mit Pornofilmen. Nachts konnte er oft hören, wie sein Bruder sich mit den Puppen vergnügte. Er stöhnte dabei laut und ungehemmt wie ein Pavian, der seine Weibchen begattet.

Nachdem der Pickup vom Hof gerollt war und Archie das Tor verschlossen hatte, ging er zurück zum Container, in dem das Büro, wie sie es nannten, untergebracht war. Hier stand auch der Laptop, an dem Archie die Bestellungen bearbeitete. Oldtimer-Fans aus aller Welt bestellten bei ihnen Ersatzteile. Aber Ersatzteile waren beileibe nicht die einzige Ware, die die drei Brüder im Angebot hatten.

★★★

„Komm schon, du Sau!" Mit Kraft lehnte Nick sich gegen das Gitter, das sich normalerweise wie eine Ziehharmonika zusammenschieben ließ. Seine rechte Hand umklammerte den Griff, er drückte und zog und rüttelte, doch es tat sich nichts. Schließlich stellte er sich neben das Gitter, trat einmal fest zu – und siehe da, es bewegte sich. Erleichtert schob er es vollends zur Seite, sodass das kleine Schaufenster dahinter sichtbar wurde.

Die mit Blech beschlagene Tür wurde mit zwei großen, stabilen Riegeln verschlossen, gesichert von zwei überdimensionierten Vorhängeschlössern . Er entriegelte die Schlösser, öffnete die Tür, betrat sein Reich.

Es roch nach Öl, Benzin, kaltem Rauch. Der Kühlschrank an der Wand brummte leise. Später, bei einer Außentemperatur von 35 Grad und mehr, würde das Brummen unerträglich werden. Doch dann hielt er sich sowieso draußen auf, meist unter der Überdachung vor der Tankstelle. Im Hochsommer verkroch er sich manchmal auch in seinem Wagen, der hinter dem Gebäude parkte. Hier ließ er den Motor laufen, denn nur so arbeitete auch die Klimaanlage, die ihm hier draußen in der Wüste schon so manches Mal den Arsch gerettet hatte.

Vor der Tankstelle stand ebenfalls ein Auto, ein alter 1969er Chevrolet. Er hatte den Wagen einst von Brian gekauft, der auch die Idee dazu gehabt hatte. *Stell dir einen Oldtimer vor die Tür, und die bekloppten Touristen werden anhalten, um ihn zu fotografieren. Sie werden dann auch was zu trinken kaufen, und wenn du Glück hast, auch ein paar Souvenirs.*

Natürlich war der Wagen nicht mehr fahrtüchtig. Er bestand nur noch aus der Karosserie; den Motor hatte Brian anderweitig verhökert. Alle zwei, drei Jahre lackierte er den Wagen neu in einem hellen, leuchtenden Orange. Auf den Türen klebten runde weiße Aufkleber, darauf in Schwarz die Zahl „66".

Route 66, die verdammte, beschissene Route 66. Er verfluchte den Tag, an dem er hergekommen war, die Tankstelle übernahm. Was hatte ihm der Vorbesitzer nicht alles erzählt. Wie viel man hier verdienen könne. Doch die wenigen Biker, die vorbeikamen, kauften lediglich ein Bier, eine Coke, manchmal auch ein T-Shirt. Kaum einer füllte seinen Tank hier auf.

Von weitem machte die Tankstelle durchaus etwas her. Ein riesiges Schild, ein roter Stern, darauf ein gelber Pfeil, dazu die Aufschrift *Freddys Fuel.* Ein auf alt getrimmtes Gebäude, eine Überdachung aus Wellblech. Zwei knallrote Zapfsäulen, ebenfalls aus den späten 1960er-Jahren, machten das pseudo-historische Ambiente perfekt. Ein Fahnenmast mit dem Sternenbanner durfte natürlich nicht fehlen.

Neben dem Fahnenmast stand die Funkantenne. Acht Meter hoch ragte sie in den Himmel hinauf. In der Wüste, die gleich hinter der Tankstelle begann, gab es keinen Handyempfang. Er konnte den Polizeifunk abhören, dazu die wenigen Trucker, die auf der 66 fuhren. Daneben empfing er auch, was auf der Interstate 40 gesendet wurde.

Auch Brian hatte ein Funkgerät in seinem Pickup. Wenn ein Unfall passierte oder auf der Interstate 40 ein Truck liegenblieb, dann verständigte er Brian. Geschäftstüchtig wie der war, fuhr er raus, schaute, ob er gegen Entgelt seine Hilfe anbieten konnte. Sollte etwas dabei herausspringen, bekam Nick von Zeit zu Zeit einen Anteil.

Nick O'Sullivan stellte sich einen Stuhl unter die Überdachung, setzte sich. Seine Tankstelle war ein einsamer Arbeitsplatz, doch er war gern hier draußen allein. Wie mit dem Lineal gezogen, schnitt die 66 durch die Landschaft, von Horizont zu Horizont. So weit das Auge reichte, sah man keine Kurve.

Direkt vor der Tankstelle, im rechten Winkel zur 66, verlief die Abzweigung, die hinunter zum Schrottplatz führte. Die Tankstelle lag höher als dieser, eine Schotterstraße zog sich gut zwei Meilen bergab durch die Einöde. Man konnte den Schrottplatz von hier oben jedoch nicht sehen, denn die Piste beschrieb eine Kurve, verschwand hinter einem Hügel.

Eine Staubwolke, die irgendwo unten im Tal ihren Ursprung hatte, verriet ihm jedoch, dass sich ein Auto näherte. Vermutlich Brian, dachte er, der mit seinem Pickup in die Stadt fuhr, Besorgungen und Geschäfte erledigen wollte. Nick hatte Respekt vor Brian, um nicht zu sagen: Angst.

Er schuldete ihm Geld, und auch wenn Brian nie danach fragte – irgendwann würde er es zurückzahlen müssen.

Einmal dachte er darüber nach, Brian ein Geschäft anzubieten: *Du vergisst die Schulden, ich vergesse, was ich gesehen habe.* Doch dazu fehlte ihm schlicht der Mut. Er wusste, Brian würde nicht zögern, ihn wie ein Schwein abzustechen, auszuweiden und irgendwo in der Wüste zu verscharren.

Jetzt kam der Pickup in Sicht. Nick stand auf, stellte sich neben die Schotterstraße. Als der Wagen an ihm vorbeifuhr, ihn in eine Staubwolke hüllte, grüßte Nick wie ein Soldat, die Hand an der Stirn. Er konnte die Insassen erkennen, Brian und Gil, beide grinsten ihn breit an. Brian hupte kurz, dann lenkte er den Wagen auf die Route 66, fuhr Richtung Westen.

Manchmal dachte Nick an die 100.000 Dollar Belohnung. Sie würden ausreichen, um ihn für immer von hier wegzubringen. Er könnte umziehen, vielleicht nach Florida. Er könnte endlich zum Zahnarzt gehen, seine fehlenden Schneidezähne ersetzen lassen. Doch was, wenn das FBI nichts fand? Er konnte nichts beweisen, gar nichts. Das FBI würde unverrichteter Dinge abziehen und ihn hier oben in der Wüste zurücklassen. Schutzlos. Brian wusste das natürlich.

Nick seufzte, ging zurück in die Tankstelle. Er nahm sich eine Coke aus dem Kühlschrank, öffnete sie, trank einen Schluck. Er sah zum Fenster hinaus, blickte in die flirrende Hitze der Wüste. Wenn alles gut lief, würde er an diesem Tag 150, vielleicht 200 Dollar Umsatz machen. Nicht mehr. Nach Abzug aller Unkosten wären das 20 Dollar, maximal 30 Dollar Gewinn. Er seufzte. 100.000 Dollar.

Und schließlich hast du auch ein Gewissen, sagte er sich. Doch dann erinnerte er sich an ein Sprichwort: *Gewissen und Feigheit sind dieselben Dinge.*

★★★

Die zwei Jahre Corona hatten ihrem kleinen Imbiss an der Route 66 fast den Rest gegeben. Auch so schon liefen die Geschäfte bescheiden, denn wer keine Roadside Attraction neben dem Restaurant hatte, bei dem hielten die Biker nur selten an.

Roadside Attractions – das waren die bekannten Sehenswürdigkeiten aus den 1960er-Jahren, die in allen Reiseführern der 66 abgebildet waren. Doch *Martha Green's Restaurant* stand unscheinbar am Wegesrand. Keine spektakuläre Leuchtreklame, kein Oldtimer, kein historisches Bauwerk brachte die Reisenden dazu, ausgerechnet hier anzuhalten.

Doch Martha war nicht auf den Kopf gefallen. In ihrer Verzweiflung hatte sie sich etwas anderes einfallen lassen. Neben der Straße stand ein Schild, das sie selbst zusammengezimmert und bemalt hatte. *Clean Restrooms*, saubere Toiletten, stand darauf.

Der Trick funktionierte. Besonders die Frauen unter den Bikern sprangen auf das Schild an. Sie waren es nun einmal, die sich zum Pinkeln hinsetzen mussten. Und jeder, der schon einmal eine typische US-amerikanische Toilette an einer Tankstelle besucht hatte, wusste, wo der Begriff „Scheißhaus" seinen Ursprung hatte.

Ihre Toiletten waren tatsächlich sauber, und sie hatte kein Problem damit, ihre Kundschaft für die Benutzung zur Kasse zu bitten. Am Eingang zum Klo hing eine Metalldose, darüber ein Schild: *1 USD, please.* Natürlich zahlten nicht alle, Arschlöcher gab es schließlich überall. Dafür fand sich manchmal auch eine Fünf-Dollar-Note in der Dose. An guten Tagen kamen so 50 Dollar zusammen.

Doch seit Corona war es vorbei mit den guten Tagen, es kamen kaum noch Touristen. Einheimische verirrten sich nur selten hierher, denn nicht viele US-Bürger konnten sich die Reise leisten. Und vor allem: Kaum ein US-Bürger hatte drei Wochen Urlaub. Es waren daher vor allem die Europäer, die sich eine Harley mieteten und dann in Gruppen mit 10 oder sogar 15 Bikes die komplette Route 66 entlangfuhren. Nicht wenige von ihnen ließen sich den Spaß 10.000 Dollar kosten.

Zwei Jahre lang saß Martha in ihrem Imbiss, schaute auf die trostlose, leere Route 66. Keine Kunden, keine Umsätze. Sie lebte von ihrem Ersparten, das sie eigentlich für später, als Rente, beiseitegelegt hatte.

Doch seit einigen Monaten lief das Geschäft wieder. Kein Vergleich zu früher, doch sie kam über die Runden, solange nichts Ungeplantes dazwischenkam. *Zuerst kein Glück gehabt, und dann kam Pech dazu.* Letzten Monat gab plötzlich ihr wichtigstes Werkzeug, der große Elektro-Grill, den Geist auf. Die Neuanschaffung schlug mit 2.500 Dollar zu Buche, einer Summe, die sie so kurz nach der Corona-Zeit kaum zu stemmen vermochte.

Heute, dass wusste sie, würde es hart werden. Ihr Fleischlieferant, Anthony Waller, hatte sich angekündigt. Sie schuldete ihm noch Geld für einen Teil der letzten Lieferung, das sie nicht hatte. Und sie würde ihn überzeugen müssen, ihr auch heute noch einmal Kredit zu gewähren. Der verdammte Grill, der war einfach nicht eingeplant gewesen.

Während sie die Tische abwischte, war ihr zum Heulen zumute. Anthony war eigentlich ganz nett, seine Preise fair, zudem bot er einen zuverlässigen, guten Service. Aber auch er, das wusste sie, hatte in der Corona-Zeit Federn lassen müssen. Wie würde er reagieren?

Sie war dabei, Tomaten zu schneiden, als vor dem Restaurant ein kleiner Lastwagen hielt. Das war er, Anthony. Martha wurde unruhig. Sie strich sich die Haare glatt, zog ihre Schürze zurecht. Für einen Check des Makeups war es jetzt zu spät, doch sie wollte sich auch nicht anbiedern. Aber Anthony, dass musste sie ihm zugutehalten, hatte ihr sowieso nie unseriöse Angebote gemacht. Erst letztes Jahr hatte er ihr erzählt, dass er bereits seit 30 Jahren glücklich verheiratet sei.

„Ding-Dong, ist jemand zu Hause?“ Fast schon schüchtern kam Anthony herein, lächelte, als er Martha sah. Seit Corona verzichteten viele auf den Handschlag, und so reichte auch er ihr zur Begrüßung nur die Buddy-Faust. Sie erwiderte das Lächeln, stieß dagegen. „Hi, Anthony, schön, dich zu sehen. Willst du einen Kaffee? Oder lieber eine Coke?“

Gemeinsam setzten sie sich an einen Tisch, tauschten einige Nettigkeiten aus, übten sich in Smalltalk. Schließlich beschloss Martha, zur Sache zu kommen. Die Hände unter dem Tisch, knispelte sie nervös an einem Bierdeckel.

„Anthony, ich würde gern etwas bestellen. Aber ich schulde dir vom letzten Monat noch fünfzehnhundert. Eigentlich hätte ich das Geld gehabt, aber der alte Grill ist verreckt. Ohne Grill geht gar nichts, der Ersatz, die Lieferung und der Anschluss haben mich ein kleines Vermögen gekostet.“ Den Blick gesenkt wartete sie kurz, ob Anthony irgendetwas zu sagen hatte. Aber er schwieg, und so ließ sie die Katze aus dem Sack: „Kannst du mit der Zahlung noch einen Monat warten und mir dazu noch etwas Ware anschreiben? Die Saison läuft bisher ganz gut, ich bin mir sicher, ich kann dir Ende des Monats alles zurückzahlen.“

Anthony war kein schöner Mann. Anfang, Mitte 50 vielleicht. Ein nichtssagendes Gesicht, dunkelbraune Haare, leicht fettig, zu einem Mittelscheitel gekämmt. Eine Brille mit breitem Hornrand, altmodisch, aber irgendwie zu ihm passend. Sein Blick war unstet, ausweichend; er vermied es, ihr direkt in die Augen zu schauen.

Doch jetzt sah er sie an, schweigend, unangenehm lange. Dann nahm er seinen Notizblock vom Tisch, lächelte endlich. „Es gibt nichts Gutes, außer man tut es. Schieß los, was brauchst du?“ Martha fiel ein Stein vom Herzen, viel fehlte nicht, und sie hätte geweint.

Mit einem Kloß im Hals gab sie ihre Bestellung auf: tiefgefrorene Hamburger-Patties, Würstchen in der Dose, Spareribs, Steaks. Dazu Gurken im Glas, Röstzwiebeln, Ketchup, Mayonnaise, Senf. In seinem Kühllaster hatte Anthony alles, was ein Imbiss benötigte. Sein Revier war die Route 66, beziehungsweise ein gut 1.000 Kilometer langes Teilstück davon.

Zehn Minuten später war die Bestellung in Marthas Kühlhaus verstaut. Sie unterschrieb den Lieferschein, und als ob Gott ihr ein Zeichen geben wollte, fuhr in diesem Moment eine große Gruppe Biker vor, stoppte vor dem Imbiss. Martha, die vor einer Stunde noch der Verzweiflung nahe gewesen war, lachte. „Wollen wir mal hoffen, dass die Mägen der Biker genauso laut knurren wie ihre Harleys.“

Sie begleitete Anthony vor die Tür, bedankte sich noch einmal. Spontan umarmte sie ihren Lieferanten zum Abschied, drückte ihn an sich. Auch Anthony verabschiedete sich und winkte, als er vom Parkplatz fuhr.

Zurück im Lokal, wusch Martha sich die Hände. Plötzlich bemerkte sie einen unangenehmen Geruch an sich. Sie zog den Kragen ihrer Schürze näher an die Nase, verzog das Gesicht. „Uh, ekelhaft“, flüsterte sie. Sie zog die Schürze aus, warf sie in einen Korb mit schmutzigen Handtüchern. Irgendwie roch ihre Schürze auf einmal nach vergammeltem Fleisch. Nach Verwesung.

★★★

Tock, tock.

„Herein!"

Die Bürotür öffnete sich, Officer Dan Gallagher stand in Habachtstellung im Türrahmen. „Kommen Sie rein, Gallagher. Was gibt es? Warum sind Sie nicht auf Streife?" Deputy Chief Jim Levin betrachtete seinen Untergebenen kritisch, aber auch mit einem gewissen Wohlwollen. Wie immer war Gallagher tadellos gekleidet, das kurzärmelige Uniformhemd war faltenfrei und sauber, die Haare waren akkurat gestutzt.

Anders als viele andere junge Polizisten war Gallagher zudem weder tätowiert noch gepierct. Zumindest traf das auf die Körperstellen zu, die man sehen konnte, dachte Levin, denn die jungen Leute ließen sich ja heutzutage überall verschandeln. Letztes Jahr hatten sie zwei Rekruten entlassen müssen, weil die sich Symbole aus dem rechtsradikalen Umfeld hatten auf die Oberarme stechen lassen. Für Levin war das kein Problem; ihm waren die Rechten lieber als die Linken. Doch hätten die Medien irgendwann Wind davon bekommen, dass in seiner Wache Nazis ihren Dienst verrichteten, es wäre alles andere als vorteilhaft gewesen.

Gallagher war jetzt seit drei Jahren seiner Wache zugeteilt. Bisher war Levin sehr zufrieden mit ihm. Mehr als das. Der Junge war tapfer, clever, hatte bereits mehrfach bewiesen, dass er etwas auf dem Kasten hatte. Vor einem Jahr erst hatte er zwei Kinder aus einem brennenden Haus gerettet. Die Mutter war am Rauch erstickt. Man vermutete Brandstiftung, von den Tätern fehlte jedoch jede Spur.

„Jetzt stehen Sie nicht da wie ein Soldat. Was gibt es?" Gallagher ließ die Schultern etwas herabsinken, stand locker. „Sir, ich habe gestern noch mal über die Sache mit dem Obdachlosen nachgedacht, der vor knapp vier Wochen verstorben ist, Benjamin Gutfeld. Irgendetwas ist da faul, Sir."

Levin konnte nicht anders, er verdrehte genervt die Augen. Es war Gallagher gewesen, der den Toten entdeckt hatte. Er verständigte auch den Krankenwagen, schrieb den Bericht. Ein Obdachloser, vermutlich erstickt an seinem eigenen Erbrochenen. Wahrscheinlich unter Alkoholeinfluss, vielleicht waren auch Drogen im Spiel. Ein Fall, wie er tagtäglich dutzendfach in den USA vorkam.

Doch bereits am Tag danach setzte Gallagher das Gerücht in die Welt, an der Sache wäre etwas faul. Er könne nichts Genaues sagen, hätte da nur so ein Gefühl. Natürlich gab es keine Obduktion; bei einem heruntergekommenen Penner war das nicht üblich. Gallagher veranlasste dennoch eine genauere Untersuchung des Toten. Es zeigte sich, dass er nicht an Erbrochenem erstickt war, sondern an seiner eigenen Zunge. Zudem war seine Speiseröhre so stark geschwollen, dass allein dies ihn hätte töten können.

Levin lehnte sich zurück, sein Stuhl knarzte. Noch zwei Jahre, dann würde er in Pension gehen. In dieser Zeit, so hoffte er, würde er eine ruhige Kugel schieben können. Er wollte Ruhe im Revier, keinen Stress, keinen Ärger. Seine Stimme verriet Ungeduld. „Sie haben nachgedacht? Oder haben Sie sich was ausgedacht? Was hat denn Ihr Gehirnkasten jetzt wieder Interessantes zusammengesponnen?"

Gallagher trat einen Schritt näher. „Sir, zwei Sachen. Der Tote wurde an der alten Unterführung zur 66 gefunden. Die nächste Hamburger-Bude ist gut sieben Meilen entfernt. Er ist da nie im Leben zu Fuß hingelaufen, hat sich einen Burger gekauft und ist dann damit wieder zurückgelaufen, um ihn unter der Brücke zu essen. Jemand hat ihm den Burger vorbeigebracht."

Levin zuckte die Schultern. „Na und? Was hat das zu bedeuten? Ich hab auch schon mal 'nem Penner einen Burger spendiert." Gallagher sprach jetzt leiser, so als wären seine Worte vertraulich. „Sir, man hat im Krankenhaus einen Abstrich von der Zunge genommen und ins Labor geschickt. Dabei hat sich gezeigt, dass es wohl keine allergische Reaktion gewesen ist, die die Zunge und den Rachen so anschwellen ließ. Gutfeld hat etwas gegessen, das sehr, sehr scharf gewesen sein muss. Im Laborbericht steht etwas von 250.000 Scoville."

Levin kräuselte die Stirn, überlegte. Er kannte das Wort, konnte damit jedoch nicht so richtig etwas anfangen. Gallagher half ihm: „Mit der Scoville-Scala wird die Schärfe eines Gewürzes bemessen. Tabasco liegt in etwa bei 5.000 Scoville, reiner Cayenne-Pfeffer bei 30.000. Ein Wert von 250.000 Scoville könnte auf Pfefferspray hindeuten. Oder auch Bärenspray, wie man es zur Tierabwehr benutzt."

Während Deputy Chief Jim Levin das soeben Gehörte noch verarbeitete, fasste Officer Dan Gallagher zusammen: „Jemand hat dem Obdachlosen Benjamin Gutfeld einen Burger spendiert. Diesen hat die Person vermutlich mit Pfefferspray präpariert. Gutfeld hat versucht, den Hamburger zu verzehren, dabei hat ihm das extrem scharfe Spray so zugesetzt, dass er erstickt ist." Gallagher legte eine Pause ein, beobachtete seinen Chef. „Ich denke, dass wir es somit nicht mit einem Unfall zu tun haben. Man könnte den Fall auch als Mord einstufen."

★★★

Cortez lag auf dem Rücken, im Nacken ein zusammengerolltes Kopfkissen. Neben sich hörte er Camila leise atmen. Sie hatten sich geliebt, zärtlich, behutsam, wie nahezu jeden Abend. Camila war 20 Jahre jünger als er, und als sie das erste Mal miteinander schliefen, hatte er befürchtet, seine Manneskraft würde für so eine junge Partnerin vielleicht nicht ausreichen. Doch er täuschte sich. Camila erreichte für gewöhnlich recht schnell ihren Höhepunkt. Manchmal schafft er es sogar, sie zweimal nacheinander zum Orgasmus zu bringen.

Auf seiner Brust hatte Cortez sein Handy abgelegt. Er hielt es mit der rechten Hand aufrecht, seine linke spielte, eher unbewusst, mit seinem Penis. Er sah sich einen Film an, *Easy Rider*. Er kannte den Film bereits, doch es war Jahrzehnte her, dass er ihn gesehen hatte. Zwei Hippie-Biker fahren auf Motorrädern durch die USA, auch über die Route 66. Irgendwann erreichen sie auf ihrer Reise Mississippi, wo sie von zwei weißen Rednecks, einfachen Farmern, ermordet werden.

Cortez hatte sich bereits den Wikipedia-Artikel zur Route 66 durchgelesen, danach eine Fernsehdokumentation über die historische Fernstraße im Internet angeschaut. Er sah sich Dutzende Fotos der 66 an, besonders die der berühmten Roadside Attractions. Einige kannte er sogar – so hatte er vor Jahren einmal im bekannten Wigwam-Motel in Arizona übernachtet.

Der Film näherte sich dem Ende. Dennis Hopper und Peter Fonda waren auf einer entlegenen Landstraße unterwegs. Es war heller Tag, die Sonne schien. Ein alter Pickup überholte sie. Der Beifahrer schoss erst Dennis Hopper mit einer Schrotflinte über den Haufen, ein wenig später Peter Fonda. Kein Happy End.

Er beendete die Wiedergabe, legte das Handy beiseite. In der Dunkelheit des Schlafzimmers dachte er darüber nach, was Rebecca und Mark ihm erzählt hatten. Er überlegte, was dem jungen Mann wohl passiert sein konnte. Vielleicht eine gescheiterte Entführung? Oder war es doch nur ein Unglück? War Adam bei der Suche nach einem Lost Place vielleicht mit seiner Maschine vom Weg abgekommen und gestürzt?

Irgendwann schlief er ein, träumte. Er sah sich selbst auf der Road 66, wie er durch eine grandiose Landschaft fuhr. Auf einmal konnte sein Motorrad fliegen, er sah die Wüste von oben, aus der Luft. Dann überholten ihn zwei Biker, Mark und Rebecca. Er wollte sie warnen, doch er konnte nicht sprechen. Kurze Zeit später fand er ihre toten Körper am Straßenrand. Jemand hatte sie erschossen. *Kein Happy End.*

★★★

Auch Mark lag auf dem Rücken im Bett, genau wie Rebecca. Er las Gesetzestexte, die er sich aus dem Internet heruntergeladen hatte. Je mehr er las, desto stärker wurden seine Zweifel, ob das, was er und Rebecca hier vorhatten, wirklich klug war. Jeder Bundesstaat der USA hatte seine eigenen Gesetze, an die sich Privatermittler halten mussten. Es gab schließlich einen Grund, warum das FBI existierte. Nur diese Behörde hatte das Recht, in jedem Bundesstaat der USA zu ermitteln. So durfte die Polizei von Texas nicht in New Mexico ermitteln und umgekehrt. Er und Rebecca jedoch würden auf ihrer Reise über die Route 66 gleich mehrere Bundesstaaten durchqueren. Sie mussten aufpassen, bei ihren Ermittlungen nicht mit dem Gesetz in Konflikt zu geraten.

Rebecca hatte sich einen Film angesehen, *Into the Wild*, die Verfilmung des Buches *In die Wildnis*. Erzählt wurde die Geschichte des jungen Christopher McCandless, wie er verschwand und schließlich auf tragische Weise ums Leben kam.

Sie dachte an die Worte von Steve Cortez, der dem Jungen einen gewissen Sadismus bescheinigt hatte. Sie musste Cortez zustimmen, denn die Eltern litten Höllenqualen, weil sie lange nicht wussten, was aus ihrem Sohn geworden war.

Der Film bedrückte sie, besonders das Ende, als der Junge einsam und allein in einem alten Bus verhungerte. Ein grausames Schicksal. Aber vielleicht eine gerechte Strafe für das, was er seinen Eltern angetan hatte? Nein, wohl kaum.

Rebecca war nicht gläubig, nicht religiös. Aber tatsächlich hatte sie von ihrer Mutter eine leichte Neigung zum Aberglauben geerbt. Irgendwie glaubte sie an Schicksal, an Fügung, an Vorherbestimmung.

Chris McCandless hatte ein gutes Leben gehabt, wohlhabende Eltern, sollte in Harvard studieren. Stattdessen verhungerte er durch seine eigene Schuld in einem Bus in Alaska, einsam und allein. Wäre er dem Wunsch seiner Eltern gefolgt, hätte er sein Studium in Harvard begonnen, sein trauriges Schicksal wäre ihm mit Sicherheit erspart geblieben.

Auch sie und Mark hatten ein gutes Leben, waren wohlhabend, konnten sich ihre Zeit frei einteilen. Doch statt ihre Freizeit zu genießen, empfanden sie beide, vor allem Mark, eine gewisse Leere. Mark wünschte sich eine Aufgabe, er war mit seinem Leben unzufrieden. Jetzt waren sie und Mark dabei, sich auf ein Abenteuer mit ungewissem Ausgang einzulassen.

Sie drehte sich auf die Seite, versuchte einzuschlafen. Immer wieder nickte sie ein, doch ihre Gedanken ließen sie nicht zur Ruhe kommen. War es wirklich klug, dass sie beide ihr unbeschwertes Leben für ein Abenteuer aufs Spiel setzten? Ein altes Sprichwort fiel ihr ein und ließ sie frösteln: *Für leere Hände findet der Teufel Arbeit.*

★★★

Am nächsten Tag

Cortez kochte innerlich. Seine Hände umklammerten das Lenkrad, die Haut spannte sich weiß über den Fingerknöcheln. Unbewusst gab er Gas, fuhr wesentlich aggressiver, als er es für gewöhnlich tat. „Onkel Steve, pass doch auf, warum fährst du so schnell?“ Marcos, der angeschnallt auf der Rückbank neben seinem Bruder Diego saß, klang ängstlich. Seine Stimme riss Cortez aus seinen düsteren Gedanken, unverzüglich bremste er, verlangsamte den Wagen.

Er war dabei, die beiden Jungs zur Schule zu fahren. Normalerweise versuchte er, die Strecke durch die verstopfte Innenstadt zu vermeiden, nahm eine längere Umgehungsstraße. Doch heute lotste ihn das Navi aus unerfindlichen Gründen mitten durch die City von Los Angeles.

Überall in der Stadt hingen Billbords und Plakatwände, auf denen das Gesicht des Serienmörders und Kannibalen Jeffery Dahmer zu sehen war. Netflix hatte eine True-Crime-Serie über den Killer am Start und gab Unmengen an Geld für Werbung aus.

Es war Cortez ein absolutes Rätsel, wie man einem Monster wie Dahmer ein Denkmal setzen konnte, indem man die Stadt mit seiner Visage zupflasterte. Als Polizist, der jahrelang in der Mordkommission tätig gewesen war, empfand er es als Hohn, einem grausamen Mörder solch eine mediale Anerkennung zuteilwerden zu lassen.

Grimmig starrte er auf den Verkehr vor sich, versuchte bewusst, nicht nach oben auf die Billbords über den Hausdächern zu schauen. Doch von hinten vernahm er Marcos' Stimme: „Wer ist Dahmer, Onkel Steve?" Cortez schluckte, er überlegte, was er einem Zehnjährigen dazu erzählen konnte, dann gab er sich einen Ruck. „Ein böser Mensch, der viele schlimme Dinge getan hat." Er hoffte, dass damit alles gesagt wäre, doch es war der zwölfjährige Diego, der dem noch etwas hinzuzufügen hatte: „Cool. Überall hängt sein Bild. So berühmt wäre ich auch gern."

★★★

Eigentlich öffnete der Harley-Händler in Amarillo, der ihnen die Motorräder vermietet hatte, seine Pforten erst um zehn Uhr. Doch Mark hatte am Abend zuvor einem Angestellten ein dickes Trinkgeld versprochen, wenn der ihnen die Maschinen schon am frühen Morgen um neun Uhr überließ.

Nach einer kurzen Einweisung und der Unterzeichnung der Papiere standen sie nun allein auf dem großen, um diese Uhrzeit noch völlig leeren Parkplatz. Rebecca saß auf ihrer Vespa, fummelte am Verschluss ihres Helms herum. Mark saß auf seiner Harley, und ihm war alles andere als wohl zumute.

Die Maschine war viel größer und schwerer als die Honda, die er als junger Mann einst besessen hatte. Er klappte mit dem Fuß den Seitenständer zurück, schwenkte das Motorrad probeweise nach links und rechts. *Mein Gott, ist die schwer*, schoss es ihm durch den Kopf. 330 Kilo, dazu sein Gepäck in den Satteltaschen und natürlich auch noch sein Körpergewicht. Er wünschte, er hätte sich ebenfalls für ein leichteres Gefährt entschieden.

Ein kurzer Druck auf den Anlasser, und mit einem lauten, wütenden Brüllen erwachte der 1,7-Liter-Motor mit seinen 90 PS zum Leben. Mark zuckte kurz zusammen, so laut war der Sound, für den die Harleys so berühmt waren. Er hob den linken Fuß vom Asphalt, zog die Kupplung, trat auf den Ganghebel. Mit einem deutlich *Klonk* sprang der Gang ein, die Maschine war fahrbereit.

Irritiert blickte Mark auf die Instrumente. Irgendwelche Lampen leuchteten da noch, unter ihm bollerte unruhig der Motor. Alles wirkte irgendwie fremd, er war unsicher, irritiert. Plötzlich vernahm er im Kopfhörer seines Helms laut und deutlich Rebeccas Stimme: „Los, Stetson, auf geht's! Worauf wartest du noch?"

Er blickte auf, und im gleichen Moment fuhr Rebecca an ihm vorbei. Gekonnt legte sie sich in die Kurve, fuhr einen Kreis um ihn herum. Als sie merkte, dass ihr die leichte Vespa keine Schwierigkeiten bereitete, erhöhte sie die Geschwindigkeit, vergrößerte die Schräglage noch. Mark glaubte seinen Augen nicht zu trauen.

Als ob sie jahrelang nichts anderes gemacht hätte als Roller zu fahren, drückte Rebecca die Maschine unter sich in die Kurve. Als schließlich der Ständer aufsetzte und Funken unter dem Motorrad hervorsprühten, jubelte sie: „Yippieeee!" Mark fiel die Kinnlade herunter. *Wie macht diese Hexe das nur?*, dachte er.

Als er jemanden laut lachen hörte, blickte er zum Eingang des Motorradladens. Da stand der Angestellte, der ihnen die Maschinen übergeben hatte, und filmte die Szene mit seinem Handy. Er feuerte Rebecca lauthals an, noch einige Extra-Runden zu drehen. Mark schüttelte den Kopf. Sie waren noch keinen Meter auf der Route 66 gefahren, und schon würde ein Video von ihnen im Internet auftauchen.

★★★

Auf dem Rückweg von der Schule nahm Cortez die längere Strecke. Er hatte sich wieder beruhigt, war mit den Gedanken bei seinen Aufgaben des heutigen Tages. Er wollte zunächst kurz bei einem Supermarkt anhalten, frisches Obst und Gemüse kaufen. Zu Hause würde er das Mittagessen vorbereiten. Camila und er hatten vereinbart, dass die Kinder, wenn irgend möglich, kein Fast Food zu sich nehmen sollten.

Als er eine Viertelstunde später seinen Einkaufswagen über den Parkplatz des riesigen Supermarktes schob, kam er im Eingangsbereich an einem Buchladen vorbei. Er stutzte, blieb stehen. Im Schaufenster lagen einige Reiseführer, darunter einer zur Route 66. Cortez überlegte nur einen kurzen Moment, dann änderte er spontan seine Pläne und betrat das Geschäft.

★★★

„Motorradfahren macht Spaß. Die Route 66 ist schön. Uns wird der warme Wind um die Nase wehen. Hast du mir gestern erzählt. Hörst du mich? Oder bist du auch schon erfroren?“ Rebeccas Stimme war deutlich anzuhören, dass sie alles andere als Spaß empfand. Noch immer war es sehr kalt, noch immer waren sie auf der Interstate 40 unterwegs, und noch immer war die Landschaft eintönig und öde. Dazu wurden sie immer wieder von Lkw überholt, die sich nicht an das vorgeschriebene Tempolimit hielten und gefährlich nah und schnell an ihnen vorbeifuhren. Zu allem Unglück hatten sie sogar die Ausfahrt zur berühmten Cadillac Ranch, einer der bekanntesten Roadside Attractions, verpasst.

Im Rückspiegel konnte er seine Freundin erkennen, wie sie hinter der kleinen Scheibe der Vespa kauerte. Auch Mark fror. Der Himmel war noch immer bedeckt, die Sonne zeigte sich nicht. „Wart’s ab, es ist ja erst zehn Uhr. Wir verlassen gleich die Autobahn und kommen auf die 66. Und in einer Stunde erreichen wir die Grenze zu New Mexico. Ab da soll die Strecke wirklich sehr schön werden.“ Mark hoffte, dass er recht behalten würde. Gäbe es schon am ersten Tag ihrer Reise schlechtes Wetter, Regen, vielleicht sogar ein Gewitter, es wäre eine Katastrophe. Sie hatten in ihrer Eile vergessen, Regenkleidung einzupacken.

★★★

Auf seinem Schreibtisch hatte Cortez die Karte der Route 66 ausgebreitet. Mark hatte ihm eine SMS gesandt: *Hi Steve. Starten jetzt in Amarillo, stehen auf dem Parkplatz beim örtlichen Harley-Händler. Gruß, R+M.*

Cortez schaute auf der Karte, Amarillo lag in etwa auf der Mitte der Route 66. Weitere Stationen der beiden Biker wären Tucumcari, Santa Fe, Albuquerque, Gallup, Flagstaff. Insgeheim beneidete er die beiden um ihr Abenteuer, denn nachdem er sich am vorigen Abend Bilder und Filme zur 66 angesehen hatte, war etwas von dem Mythos der legendären Fernstraße auf ihn übergesprungen.

Die Neugier packte ihn. Er nahm sich seinen Laptop, googelte *Harley Davidson Amarillo*. Prompt erschien ein Bild, das ein helles, längliches Gebäude zeigte. An der Fassade mehrere Harley-Embleme, auf dem riesigen, leeren Parkplatz davor ein überdimensionales Firmenschild.

Cortez konnte sich ein Grinsen nicht verkneifen. Genau da hatten die beiden selbsternannten „Detektive“ vor wenigen Minuten noch gestanden.

Über dem Bild weckte ein Text seine Neugier: *Street View & 360 Grad Fotos.* Er klickte auf den Text, und eine Sekunde später wurde sein Grinsen zu einem breiten Lächeln. Er stand auf dem Parkplatz und konnte sich umsehen. Mit der Maus änderte er die Blickrichtung, schaute nach oben, nach unten, sah den rissigen Asphalt des Parkplatzes. Ihm kam eine Idee.

Er klickte mit der Maus auf die Interstate 40, die genau vor dem Geschäft entlanglief. Prompt änderte sich die Kameraperspektive. Scheinbar auf der Straße stehend, blickte er in Richtung Westen, klickte erneut. Ein Zoom brachte ihn weiter auf der I-40. Er klickte noch einmal, wieder bewegte sich die Kamera ein Stück voran. Immer wieder klickend, reiste Cortez so auf der Interstate 40 Richtung Westen. Er musste laut lachen, denn der Gedanke, dass er Rebecca und Mark so auf ihrer Reise virtuell hinterherfahren konnte, amüsierte ihn.

Selbstverständlich hatte er Google Maps und auch Street View schon früher verwendet. Doch erst jetzt fiel ihm die hervorragende Qualität des Bildmaterials auf. *Da hat sich in den vergangenen Jahren doch einiges getan*, dachte er. Er „stoppte“ vor einem Verkehrsschild, konnte die Beschriftung darauf lesen. Er sah sich Gebäude an, Autos, klickte sich schließlich auf den Parkplatz eines Motels neben der Straße.

Er vergrößerte die Ansicht des Motels und erschrak, als der Zoom ihm plötzlich überraschende Details über der Eingangstür offenbarte. Er erkannte eine Kamera, eine Alarmanlage, so etwas wie einen Scheinwerfer.

Nachdenklich lehnte er sich zurück, blickte fasziniert auf den Monitor. Man konnte diese Technik sicher hervorragend nutzen, wollte man eine Reise planen. Aber auch für jemanden, der ein Verbrechen vorbereiten wollte, waren diese 3D-Aufnahmen vermutlich sehr hilfreich. Natürlich waren die Bilder nicht aktuell, bereits Monate oder sogar einige Jahre alt. Aber auf der Route 66 hatte sich in den letzten Jahren nur wenig geändert. Hier war die Zeit 1978 stehen geblieben.

★★★

Durchgefroren erreichten sie den kleinen Ort Adrian in Texas. Mark beschloss, hier eine Pause einzulegen. Der Ort war etwas Besonderes, wie ein Hinweisschild neben der Straße verriet: *Midpoint of the Route 66*. Ob man nach Chicago fuhr oder nach Los Angeles, in beide Richtungen waren es genau 1.139 Meilen. Halbzeit.

„Wir halten hier an, machen ein paar Fotos, trinken einen Kaffee und hören uns um. Adam war mit Sicherheit auch hier. Mal sehen, ob sich jemand an ihn erinnert." Mark brachte seine Maschine vor dem gegenüberliegenden Restaurant zum Stehen, klappte den Seitenständer aus. Rebecca hielt neben ihm an, tat es ihm gleich.

Als sie von der Vespa abstieg, bewegte sie sich steif und eckig wie ein Roboter. Die Arme vom Körper abgespreizt, den Rücken durchgedrückt, wackelte sie langsam auf ihn zu. „Du muss mir den Helm abnehmen, ich schaff's nicht mehr." Mark konnte sich ein Grinsen nicht verkneifen. Als Rebecca sich vor ihn hinstellte, immer noch den eingefrorenen Roboter mimend, gab Mark ihr einen Kuss auf die Lippen. Sie jedoch erwiderte seinen Kuss nicht, schaute mit starrem Blick an ihm vorbei.

„Bitte bring mich rein und setze mich auf die Heizung. Auch meine Muschi ist eingefroren, keine Ahnung, ob wir je wieder miteinander schlafen können." Mark nahm ihr den Helm ab, worauf sie ihre Vorstellung beendete, jedoch nicht, ohne sich zu beschweren: „Ich meine es ernst. Mir ist so kalt, dass ich gleich anfange zu heulen. Ich fahre erst weiter, wenn sich die Sonne zeigt."

Mark blickte in den Himmel, wo sich zu seiner Freude tatsächlich die Wolkendecke etwas gelockert hatte. „Eine halbe Stunde gebe ich dir. Wir haben heute noch eine weite Strecke vor uns. Jetzt lass uns reingehen und unauffällig nach Adam fragen."

★★★

Im Inneren des Diners erwartete sie eine Einrichtung, die in einem Reiseführer als „Route 66 Kitsch" beschrieben wurde. Die Biker und Touristen wünschten sich *das gute alte Amerika* mit dem Charme der späten 1960er-Jahre zurück. Also versuchte nahezu jedes Restaurant, mit einem dementsprechenden Ambiente aufzuwarten.

Es gab kleine Nierentische und Stühle in Pastellfarben, eine lange Theke mit davor montierten Barhockern, an den Wänden hingen alte Autokennzeichen aus allen Bundesstaaten der USA. Einige auf alt getrimmte Route-66-Straßenschilder durften natürlich auch nicht fehlen. Eine lebensgroße Figur neben der Theke zeigte Elvis, erstarrt in seiner berühmten Hüftschwung-Pose. Von irgendwoher erklang leise Musik, Mark glaubte, einen Song von Buddy Holly zu erkennen.

„Kitschig, aber warm. Komm, wir setzen uns da vorn ans Fenster." So früh am Morgen war wenig los, Mark war sicher, dass das in einigen Stunden anders aussehen würde. Die Kellnerin, bekleidet mit einem Dress, der zur restlichen Ausstattung passte, ließ nicht lange auf sich warten. Sie bestellten zwei Milchkaffees.

Mark beugte sich über den Tisch, sprach leise: „Hör zu. Wir werden in den kommenden Tagen nirgendwo erwähnen, dass wir Detektive sind, die für ihre Ermittlungen bezahlt werden. Wir sind privat hier, auf Urlaub, erkundigen uns nebenbei nach unserem Freund Adam. Ich denke, so kann uns niemand an den Karren fahren, denn was wir überhaupt nicht gebrauchen können, ist Ärger mit jemandem, der glaubt, wir würden ihn verdächtigen."

Rebecca nickte. Sie hatten mit Rose Newton ein Tageshonorar von 3.000 Dollar vereinbart, dazu würde ihre Auftraggeberin auch die Kosten für die Motorräder und die sonstigen Reisespesen übernehmen. Im Erfolgsfall stünde ihnen zudem die Belohnung zu.

Als die Bedienung ihnen ihre Kaffees brachte, war es Rebecca, die vorsichtig das Gespräch in die gewünschte Richtung lenkte. „Ein tollen Laden haben Sie hier, Kompliment. Eine wirklich schöne Einrichtung, sehr stilvoll." Doch die Kellnerin war nicht so dumm, wie Rebecca gedacht hatte. „Na ja, alles ein bisschen kitschig. Aber die Touristen wünschen es sich so. Die Route 66 eben. Wenn Sie mich fragen: Nach acht Jahren in diesem Job kann ich den ganzen Good-Old-America-Quatsch nicht mehr sehen."

Autsch! Mark musste im Stillen grinsen. Doch Rebecca ließ sich nichts anmerken. „Ein Freund hat uns Ihr Restaurant empfohlen, Adam Newton. Er kam hier vor etwa vier Wochen durch, mit einem sehr auffälligen Motorrad, einem gelben Oldtimer. Erinnern Sie sich vielleicht an ihn? Ein hübscher Junge, groß, blonde Haare."

Die Bedienung, die lässig ein Kaugummi kaute, lachte dreckig. „Ha, Ma'am, vor vier Wochen? Ich kann mich nicht mal erinnern, wer gestern hier durchkam. In zwei Stunden brennt hier die Luft. Alle, die auf der 66 reisen, kommen hier irgendwann vorbei. Und wegen dem blöden Schild da drüben halten auch alle hier an, schießen Fotos. Nee, sorry, an Ihren Kumpel kann ich mich nicht erinnern."

Die Kellnerin verschwand, als zwei weitere Gäste lärmend den Laden betraten. Mark zog die Augenbrauen hoch, flüsterte: „So was habe ich mir schon gedacht. Vier Wochen sind eine lange Zeit, und an vielen Orten auf der Route 66 wimmelt es von Bikern und Touristen. Wir werden es in den kommenden Tagen wohl noch öfters erleben, dass wir mit unseren Fragen ins Leere laufen."

Wortlos tranken sie ihren Kaffee, blickten aus dem Fenster auf die Landschaft und die Biker, die draußen vorbeifuhren. Adam war hier gewesen, dass wussten sie genau, denn er hatte seinen Milchshake mit der Kreditkarte bezahlt. *Vielleicht hat er sogar am selben Tisch gesessen*, dachte Rebecca. *Irgendwann ist er aufgestanden und weitergefahren. Doch wohin?*

★★★

Während Cortez Zwiebeln für das Mittagessen schälte, dachte auch er an Adam Newton. Ohne es zu wollen, verarbeitete sein Gehirn alles, was Rebecca und Mark ihm zu dem Vermissten erzählt hatten. Er hatte zudem vorhin kurz die Website der Zahnklinik aufgerufen. Die war tatsächlich eine Goldgrube, hatte sich auf Stars, Sternchen und andere Prominente aus dem Showbusiness spezialisiert.

Was war mit dem jungen Mann geschehen? Seine Vermutung, Adam wäre vielleicht, genau wie Chris McCandless, freiwillig untergetaucht, hatte er mittlerweile verworfen. Dafür gab es keinerlei Anzeichen. Auch die Theorie von einer geplatzten Entführung passte einfach nicht. Wäre jemand dahintergekommen, dass Adam der Sohn einer vermögenden Ärztin war, und hätte ihn entführt und versehentlich getötet, dann hätte es wohl zumindest den Versuch einer Kontaktaufnahme gegeben. Auch für einen Toten konnte man Lösegeld erpressen.

Dann gab es da noch das Motorrad. Die Maschine war ein kleines Vermögen wert. Doch so selten und auffällig wie sie war, ließ sie sich genauso schwer an den Mann bringen wie mit Farbe markierte Geldscheine aus einem Banküberfall.

Er grübelte und grübelte. Irgendwann dachte er daran, dass es bei einer Ermittlung oft genauso läuft wie beim Schälen einer Zwiebel. Man trägt Schicht für Schicht ab und dringt irgendwann zum Kern der Sache vor. Es war nur eine Frage der Geduld.

★★★

New Mexico trug einen Beinamen: *Land of Enchantment*, Land der Verzauberung. Und heute, da waren sich Mark und Rebecca einig, trug es diesen Beinamen zu Recht.

Kurz nach der Überquerung der Staatsgrenze fuhren sie mit ihren Motorrädern eine langgezogene Anhöhe hinauf. Oben auf dem Scheitelpunkt angekommen, blickten sie plötzlich auf eine riesige Tiefebene, und der Ausblick war schlicht atemberaubend.

Vor ihnen breitete sich eine weite, spektakulär zerklüftete Landschaft aus. Kleine Canyons wechselten sich mit flachen Tafelbergen ab, alles schimmerte in satten Rot- und Ockertönen. Es sah aus, als hätte Gott eine Miniaturausgabe des Monument Valley und des Grand Canyon hier aufgebaut.

Vereinzelt standen kleine Büsche in der Landschaft, auch einige Kakteen konnte Mark erkennen. Die Büsche waren dabei keineswegs vertrocknet. Sie standen in sattem Grün da, trugen leuchtend gelbe Blüten. Die Sonne, die immer mehr an Kraft gewann, trug mit ihrem warmen orangefarbenen Licht dazu bei, die intensive Farbenpracht der Landschaft noch zu verstärken.

Sie waren allein auf der Straße, die sich wie mit dem Lineal gezogen meilenweit geradeaus in die Wüste zog. Der schwarze Asphalt mit seinen dunkelgelben Mittelstreifen bildete einen starken Kontrast zum hellen Wüstensand. Die Szene wirkte ungemein einladend, ruhig, harmonisch.

Mark setzte den Blinker, fuhr rechts ran. Rebecca hielt neben ihm, schob das dunkle Visier ihres Helms nach oben. Ihre Augen glänzten, sie lächelte, wie er war auch sie fasziniert von der grandiosen, einzigartigen Landschaft New Mexicos.

Obwohl sie erst wenige Minuten seit der letzten Rast unterwegs waren, beschloss Mark, eine kurze Pause einzulegen. Er drehte den Zündschlüssel um, der Motor verstummte. Auch Rebecca brachte ihren Motor zum Stehen. Plötzlich umgab sie absolute Stille.

Sie stiegen ab, nahmen die Helme ab und genossen schweigend die wunderbare Aussicht. Der Gedanke, dass sie gleich in diese Märchenwelt eintauchen und für Stunden mit ihren Motorrädern durchfahren würden, ließ ihre Herzen höherschlagen. Sie umarmten einander, gaben sich einen langen, zärtlichen Kuss. Rebecca schob Marks T-Shirt hoch, erschreckte ihn mit ihren eiskalten Händen. Sie kicherte leise, zog ihre rechte Hand zurück, griff ihrem Freund zwischen die Beine. Mark schob seinerseits eine Hand unter ihre Lederjacke, streichelte zärtlich ihre zierliche Brust.

In diesem Moment spürten sie beide, dass sie die richtige Entscheidung getroffen hatten. Zwei Tage zuvor hatten sie bedrückt in ihrem Wohnzimmer gestanden. Noch am Abend zuvor hatten sie Ängste und Zweifel geplagt. Doch nun waren alle Sorgen vergessen, sie fühlten sich unbeschwert und frei. Die Sonne wärmte sie, der blaue Himmel versprach ihnen einen perfekten Tag. *New Mexico hatte sie verzaubert.*

★★★

„Get Your Kicks on Route 66! Da-da, da-dada!“ Es war wie verhext. Cortez stand am Herd, wo er Hackfleisch für die Bolognese anbriet. Schon wieder ertappte er sich dabei, dass er diese verdammte Straße im Kopf hatte.

Den ganzen Tag schon summte und sang er diesen Song. Ständig schwirrten ihm die Bilder und Fotos im Kopf herum, die er am Abend zuvor im Bett auf seinem Handy betrachtet hatte. Und andauernd kam ihm dieser verschwundene Junge in den Sinn.

Fett spritzte, heißer Dampf stieg empor. Doch für eine gute Sauce brauchte es Röstaromen. Mit einem Holzlöffel rührte er in der Pfanne herum, versuchte den Kopf freizubekommen. Doch es dauert nicht lange und erneut pfiff er leise vor sich hin: *Get Your Kicks on Route 66*. Wütend auf sich selbst schüttelte er den Kopf. Die beiden Schwachköpfe hatten ihn verzaubert. Nein, schlimmer: *Sie hatten ihn mit einem bösen Fluch belegt.*

★★★

„Zieh das Fleisch höher, los, er soll springen." An einem langen Seil hing die Keule einer wilden Ziege von der Decke der Scheune herab. Sie schwebte gut einen Meter über dem Boden. Mit einem Mal bewegte sie sich, jetzt waren es anderthalb Meter.

Dem Pitbull tropfte der Geifer. Er hechelte, seine Zunge hing aus dem Maul. Gierig starrte er das Fleisch über sich an, doch er sprang nicht. Das muskelbepackte Tier hatte bereits eine halbe Stunde „Training" hinter sich, war erschöpft.

Mit einem elektrischen Viehtreiber verpasste er dem Hund einen Stromschlag. Das Tier zuckte zusammen, winselte. Doch anstatt zu springen, duckte sich der Hund auf den Boden, nahm eine unterwürfige Stellung ein.

„Scheiße, das bringt's nicht. Er ist nicht wild genug. Versuchen wir etwas anderes. Hol mir eine von den Katzen und binde sie an den Strick. Wir kriegen diesen beschissenen Köter schon noch dazu, dass er springt. Das Training soll dem Hund schließlich Spaß machen."

★★★

„Fick mich, fick mich, fick mich. Komm schon, härter, tiefer." Das Telefon lag auf dem Tisch. Es spielte jedoch keine Musik, sondern zeigte einen Pornofilm. Zwei braun gebrannte, muskulöse junge Männer hatten Sex miteinander. Einer von ihnen kniete auf einer Hantelbank, die in einem Fitnessstudio stand. Der andere stand hinter ihm, penetrierte seinen Partner anal. Er ging dabei nicht gerade zärtlich vor. Kraftvoll wie ein Hengst rammte er seine Lenden gegen den Unterkörper vor ihm.

Er lag ebenfalls auf seinem Partner, seinem Geliebten. Auch er versuchte, den Körper unter sich zu penetrieren. Doch es gelang ihm nicht, trotz der zusätzlichen akustischen Stimulation.

Sein Geliebter war dabei, sich aufzulösen. Das Fleisch hatte keine Verbindung mehr zum Knochen. Der Körper wackelte, schwappte, als wäre er mit einer gallertartigen Flüssigkeit gefüllt. Drückte man auf die Haut, gab sie nach wie bei einer faulen Frucht. Er befürchtete, der Leib könnte plötzlich unter ihm aufplatzen und er in seinen Freund hineinsinken.

Auch der Geruch wurde unerträglich, selbst für jemanden, der ihn seit Jahren gewohnt war. Trotz des starken Parfüms, mit dem er den Leichnam eingesprüht hatte, verströmte dieser mittlerweile einen ekelerregenden Gestank.

Vorsichtig stützte er sich an der Bahre auf, löste sich langsam von dem Leichnam, der darauf lag. Anders die beiden Männer in dem Film auf seinem Smartphone, sie setzten ihr Liebesspiel lautstark fort: „Dein Schwanz ist so unglaublich hart, du bringst mich noch um."

Sein Geliebter war erledigt, kaputt, nicht mehr zu gebrauchen. In den kommenden Tagen würde er sich nach einem Neuen umsehen. Zeit, jemanden umzubringen. Aber das eilte nicht.

★★★

„Madam, Führerschein und Fahrzeugpapiere bitte." Die Frau, die da in dem klapprigen Toyota saß, war jung, vielleicht 25 Jahre alt. Sie war hübsch, hatte blondes Haar und dicke Titten. Vielleicht ein bisschen zu füllig, aber das störte ihn nicht.

Sie reichte ihm die Papiere, blickte ihn dabei nicht an. Er betrachtete die Unterlagen kurz, dann zog er sein Handy aus der Gesäßtasche seiner Hose, fotografierte den Führerschein. Die Frau, eine Ms Sandra Foster, nahm das irritiert zur Kenntnis. „Sir, was soll das? Wozu soll das gut sein? Ist das erlaubt?" Er lachte, zeigte auf den Stern auf seiner Brust. „Ma'am, mir ist alles erlaubt. Ich bin das Gesetz. Bitte steigen Sie aus."

So früh am Morgen war noch nichts los auf der 66. Eigentlich sollte er heute auf der Interstate 40 patrouillieren, doch für einen Abstecher auf die Mother-Road fand er immer etwas Zeit.

Er trat einen Schritt zurück, damit sie die Tür öffnen konnte, dabei blickte er nach rechts und links über die Schultern. Eine gerade Straße, die von Ost nach West bis zum Horizont reichte. Und weit und breit war kein Auto oder Motorrad zu sehen. Für die nächsten fünf oder sogar zehn Minuten waren sie hier draußen in der Wüste ungestört.

Doch die Frau zögerte, stieg nicht aus. Sie hatte schließlich nichts verbrochen, und auch an ihrem Fahrzeug war nichts defekt. Sie verstand zudem den Sinn der Verkehrskontrolle nicht. Und sie hatte Angst vor dem uniformierten Mann neben ihrem Wagen. Unsicher blickte sie zu ihm hoch. „Sir, warum soll ich aussteigen? Meine Papiere sind doch in Ordnung, oder?"

Er nickte aufmunternd. „Alles okay, Ma'am. Aber hier sind viele Drogenschmuggler unterwegs, daher muss ich Sie leider durchsuchen. Wir machen stichprobenartig Kontrollen, heute sind Sie dran."

Zögernd öffnete sie die Tür, stieg aus. Sie blickte sich hilfesuchend um, doch die Straße war leer. Weit und breit keine Menschenseele. „Stellen Sie sich bitte hinter das Auto, Hände auf dem Kofferraum, und spreizen Sie bitte die Beine."

Sie folgte seinen Befehlen, doch ihr war anzusehen, dass ihr die Situation nicht geheuer war. Irgendetwas stimmte hier nicht. Er stellte sich hinter sie, griff ihr mit beiden Händen unter den Rock, schob diesen nach oben. Sie protestierte, versuchte sich umzudrehen.

Doch er drohte ihr: „Vorsicht, Ms Foster, oder wollen Sie, dass ich den Taser einsetze? Widerstand gegen die Staatsgewalt ist eine ernste Sache." Er zog die Elektroschock-Pistole aus dem Holster, drohte der Frau damit. Sie wurde blass, ihre Augen weiteten sich vor Furcht. Schließlich drehte sie sich erneut um, nahm wie zuvor die Position hinter dem Wagen ein.

„Ziehen Sie bitte Ihren Rock hoch, sodass ich sehen kann, dass sich darunter nichts verbirgt." Es dauerte kurz, dann folgte sie der Anordnung. „Höher, bitte." Lächelnd stand er hinter ihr, betrachtete schweigend ihren Hintern. Der war knackig, stramm, ein roter Stringtanga zog sich durch ihren Po. Sofort bekam er einen Steifen.

Über ihrem Steiß befand sich eine Tätowierung, eine Reihe asiatischer Schriftzeichen. „Was steht denn da geschrieben, Ms Foster?" Es dauerte kurz, bis sie ihm mit brüchiger Stimme die Antwort gab: „Ein chinesisches Sprichwort: Der Mond kann nur leuchten, weil die Sonne scheint."

Laut lachend steckte er den Taser zurück ins Holster. „Ha, ich schmeiß mich weg. Können Sie mir bitte erklären, was dieser Spruch auf Ihrem Arsch zu suchen hat?" Ärgerlich ließ Sandra Foster den Rock fallen, wagte es jedoch nicht, sich umzudrehen, als sie ihm die Antwort gab.

„Na ja, sinnbildlich bedeutet es, dass zwei Menschen sich ergänzen, dass einer dem anderen Kraft gibt." Er schüttelte den Kopf, musste immer noch lachen. „Danke, Sie können dann fahren, Ms Foster. Gute Reise." Etwas verdutzt sah sie ihn über die Schulter hinweg an. Doch als sie erkannte, dass er es ernst meinte, stieg sie eilig in ihren Wagen, startete den Motor und fuhr los.

Er schaute dem Wagen hinterher, noch immer lag ein Grinsen auf seinem Gesicht. Gern hätte er sie gefickt, von hinten im Stehen. Doch dabei hätte er die ganze Zeit auf den Spruch schauen müssen, unmöglich.

Bei Tag wäre es sowieso zu riskant gewesen. Doch nachts gab es keine bessere Möglichkeit, um zu seinem Vergnügen zu kommen. Den Streifenwagen parkte er einige Meter hinter dem Fahrzeug der Frauen, so konnten sie das Nummernschild nicht erkennen. Und im Dunkeln konnte er problemlos sein Gesicht verbergen. Der Trick mit dem Foto des Führerscheins hatte sich ebenfalls bewährt. Die Frauen wussten, dass er wusste, wo sie zu Hause waren. Sie hingegen kannten nicht einmal seinen Namen, geschweige denn seine Dienstnummer. Die Dunkelheit, ein Kondom und die Angst der Frauen waren seine Komplizen.

Amüsiert ging er zurück zu seinem Streifenwagen. *Der Mond kann nur leuchten, weil die Sonne scheint. Was für ein dummer Spruch.* Beim Einsteigen fiel sein Blick auf die Tür. Über dem Abzeichen seiner Einheit stand dort der Leitspruch der Polizei: *To protect and to serve.* Um zu beschützen und zu dienen. *Was für ein dummer Spruch.*

★★★

Buchstäblich mit dem letzten Tropfen Sprit rollte sein altersschwacher Chevy auf den Parkplatz des Motels. Die Bude sah auf den ersten Blick etwas heruntergekommen aus, aber das war bei ihm selbst nicht anders. Ein seriöses, gepflegtes Motel hätte einem abgewrackten Typen wie ihm niemals einen Job gegeben. Also probierte er es hier.

Vor dem Eingang stand eine Frau um die 60, kurze graue Haare, eine Männerfrisur. Ihr faltiges Gesicht zeugte von einem entbehrungsreichen Leben voller Sorgen. Ihre Kleidung ließ ihn vermuten, dass es ihr, genau wie ihm, finanziell nicht gerade gut ging.

Er räusperte sich, schluckte seinen blutigen Speichel hinunter, denn zum Ausspucken war es nun zu spät. Sie hatte ihn gesehen, betrachtete ihn kritisch, war jederzeit bereit, wegzulaufen oder um Hilfe zu rufen. Hier draußen am Rande der Wüste vermutlich eine ganz normale Verhaltensweise.

Er hob grüßend die Hand, versuchte einen harmlosen Eindruck zu erwecken. Doch er wusste, dass diese Bemühungen mit seinem Gesicht und seiner Statur von vornherein zum Scheitern verurteilt waren.

„Guten Tag, Ma'am. Bitte nicht erschrecken. Ich sehe zwar zum Fürchten aus, bin aber ein durch und durch guter Kerl. Okay, wer so etwas von sich behauptet, der lügt meist, aber in meinem Fall stimmt es ausnahmsweise. Versprochen. Großes Indianerehrenwort."

Seine Stimme hatte etwas Raues, Kratziges, doch viele fanden, dass die Art und Weise, wie er sprach, auch etwas Beruhigendes hatte. Besonders Tiere reagierten oft verblüffend, wenn er sie ansprach. Sie wurden sofort zutraulich, Katzen schnurrten, Hunde hörten auf zu bellen.

Auch die Frau schien sich etwas zu entspannen. In der Hand hielt sie einen Pinsel; sie war offenbar gerade dabei, den Rahmen der Eingangstür zu streichen. Sie betrachtete ihn ungeniert von oben bis unten.

Der Mann, der da vor ihr stand, war etwa Anfang, Mitte 50. Er trug einfache, billige Kleidung: graues T-Shirt, Jeans, Lederjacke. Seine Füße steckten in klobigen schwarzen Arbeitsschuhen, nicht gerade bequem, aber preiswert und unverwüstlich.

Er war groß, dieser Fremde, sicher über 1,90 Meter. Er hatte kurze rabenschwarze Haare, nur an den Seiten zeigten sich erste graue Strähnen. Breitschultrig und aufrecht stand er da, durchaus selbstbewusst. Man konnte erahnen, dass er Kraft hatte und wahrscheinlich auch Mut.

Doch sein Gesicht war ein Fall für sich. Kinn, Mund, Zähne und Nase waren unversehrt, wobei seine Nase an den scharfen Schnabel eines Raubvogels erinnerte. Aber sein rechtes Jochbein war eingedrückt, und von der Stirn verlief eine breite rote Narbe über sein rechtes Auge bis auf die Wange. Das rechte Auge schien den Unfall – oder was immer den Mann auch entstellt hatte – wie durch ein Wunder unbeschadet überstanden zu haben. Sein Blick war fest, durchdringend, aber nicht einschüchternd.

Ohne Scheu sprach sie ihn auf die Verletzung an: „Was ist denn mit Ihrem Gesicht passiert? Muss vor langer Zeit gewesen sein, der Unfall." Er nickte. Natürlich würde er ihr nicht die Wahrheit erzählen. Hätte sie erfahren, dass die Verletzung bei einem Bandenkrieg durch eine Machete verursacht worden war – es wäre seinen Interessen bei diesem Bewerbungsgespräch nicht zuträglich gewesen.

„Vor 25 Jahren ist mir auf dem Bau ein Eisenträger auf den Kopf gefallen. Jemand rief von oben noch: ‚Vorsicht, Paco!' Da hab ich hochgeschaut und bumm, da hatte ich das Ding schon in der Fresse. Hat ganz schön wehgetan und war meiner Schönheit nicht unbedingt zuträglich."

Seine offene Art schien der Frau zu gefallen. „Paco also. Was wollen Sie hier, Paco? Suchen Sie ein Zimmer?" Er schüttelte langsam den Kopf. „Kann ich mir nicht leisten, ich schlafe im Auto. Ich suche Arbeit, Ma'am."

Er zeigte auf den Pinsel in ihrer Hand. „Ich bin ein guter Handwerker, habe lange Zeit auf dem Bau gearbeitet. Kann mit Holz umgehen und auch mit Strom, solange er ausgeschaltet ist."

Es dauerte einen kurzen Moment, bis sie begriff, dass das mit dem Strom wohl ironisch gemeint war. Der Typ schien in Ordnung. Sie beschloss, ihm eine Chance zu geben. „Dann können Sie bestimmt auch mit 'nem Besen umgehen. Fegen Sie erst mal den Parkplatz, danach sehen wir weiter. Die Markierungen der Stellplätze müssen erneuert werden, sonst parken die Leute, wo sie wollen. Und vor dem Haus steht 'ne große 66 auf der Straße, die ist schon völlig verblasst. Auch die muss mit weißer Farbe ausgebessert werden, die Biker sind verrückt nach allem, wo 66 draufsteht."

Sie zeigte ihm den Besen, der neben dem Haus stand. Bevor er danach griff, wollte er aber das Finanzielle klären. „Was zahlen Sie denn, Ma'am?" Ohne ihn anzusehen, wandte sie sich wieder dem Streichen des Türrahmens zu. „Fünf Dollar die Stunde. Wenn Sie irgendwo in der Gegend einen Job finden, wo es mehr gibt, sagen Sie mir Bescheid. Ich mach dann den Laden hier zu und fang da an."

Er lachte, griff nach dem Besen. Doch die Frau war noch nicht fertig. „Zu den fünf Dollar gibt es auch noch ein Mittagessen, aber nur, wenn Sie es sich verdient haben. Und Sie können nach getaner Arbeit kostenlos duschen. Nur ein Zimmer kann ich Ihnen leider nicht gratis überlassen, das würde Sie 20 Dollar die Nacht kosten."

Paco schwang den Besen, er begann seine Arbeit. Fünf Dollar, nicht gerade die Welt. Aber das Motel war ideal für ihn, die Arbeit auch. Hier konnte er mit Reisenden reden, die Augen und Ohren offenhalten. Biker kamen hier vorbei, Trucker, aber auch Landarbeiter aus der Gegend. Dass angeblich keiner etwas wusste, niemand etwas gesehen haben wollte – das konnte er sich einfach nicht vorstellen. *Allein schon das auffällige Motorrad. So etwas übersieht man doch nicht.*

★★★

Nachdem er die beiden Kinder von der Schule abgeholt und mit einer Riesenportion Spaghetti Bolognese ruhiggestellt hatte, gönnte Cortez sich eine Pause. Er saß auf der Terrasse, trank Kaffee, aß dazu ein Stück Kuchen. Seine Gedanken kreisten immer noch um die beiden selbsternannten Detektive. Sie waren jetzt seit gut fünf Stunden unterwegs, also irgendwo in New Mexico.

Er zog sein Tablet unter dem Terrassentisch hervor, startete YouTube. Manchmal sah er sich auf der App alte Boxkämpfe an, aber auch Videos von spektakulären Landungen auf schwierigen Flughäfen. Er flog zwar nicht mehr oft, doch seine Begeisterung fürs Fliegen hatte nicht nachgelassen.

Er suchte nach Videos mit den Stichworten *Route 66 New Mexico.* Wie er erwartet hatte, gab es unzählige davon, Hunderte. Viele von Bikern hochgeladen, die mit einer Action-Kamera am Lenker oder auf dem Helm ihre Reise aufgenommen hatten. Andere Videos waren von ihren Autoren im Stil einer Dokumentation abgemischt worden. Er staunte, mit welchem Aufwand die Filme produziert wurden. Einige hatte man mit Musik unterlegt, andere durch Animationen oder Karten ergänzt.

Cortez schaute sich einige der Filme an. Hübsch gemacht, teilweise auch lustig. Er entdeckte, dass viele der Filme in HD, also hochauflösend, aufgenommen worden waren. Auch hatte man hier Gebäude, Gesichter und Kennzeichen nicht durch Filter so verzerrt, dass man sie nicht mehr erkennen konnte. Anders als bei Google Maps oder Street View konnte man so wichtige Details noch erkennen. Das brachte Cortez auf eine Idee.

Er verfeinerte seine Suche. Wann war dieser Adam Newton letztmalig gesehen worden? Welches Datum hatten Mark und Rebecca noch mal genannt? Richtig, den 23. Juni. Er grenzte das Zeitfenster ein, suchte. Tatsächlich, es gab einige Filme, die in diesem Zeitraum hochgeladen worden waren. Er scrollte langsam durch die Liste.

Plötzlich wurde er nervös. Im Vorschaubild eines der Filme war ein gelbes Motorrad zu erkennen. Winzig klein, am Rande einer Straße geparkt, aber eindeutig ein gelbes Motorrad. Aufgeregt tippte er auf den Film, starrte gebannt auf den Bildschirm. Und hätte vor Wut fast laut gebrüllt, als statt des Films plötzlich eine 30-Sekunden-Werbung erschien, wie üblich bei vielen YouTube-Videos.

Ungeduldig ertrug er die Zwangspause, fluchte laut: „Fuck, komm schon!“ Als schließlich der Film begann, hielt er die Luft an. Der Biker, der die Aufnahme aufgenommen hatte, trug offenbar eine Helmkamera. Die Kamera folgte so seinem Blick. Langsam fuhr er durch einen kleinen Ort, welchen, erfuhr man in dem Video zunächst nicht.

Überwiegend schaute der Fahrer geradeaus, manchmal auch zur Seite. Nach gut 90 Sekunden kam endlich die entscheidende Szene. Ein gelbes Motorrad tauchte auf, rechts an der Straße geparkt. Viel zu schnell verschwand die Maschine wieder aus dem Bild, als der Fahrer die Blickrichtung wechselte und nach links schaute. „Du Penner, du Vollidiot, schau doch hin!“ Cortez schüttelte das Tablet, als wollte er den Fahrer am Kragen packen und für seine Dummheit bestrafen.

Er stoppte die Aufnahme, schob den roten Schieberegler am unteren Bildschirmrand ein Stück zurück. Die Aufnahme lief nun langsam rückwärts. Als die gelbe Maschine ins Bild kam stoppte er, vergrößerte den Ausschnitt.

Mit Enttäuschung erkannte er, dass es sich um ein Motorrad neueren Baujahres handelte. Es war wohl eine Harley-Davidson, die von ihrem Besitzer kanariengelb lackiert worden war. Cortez beendete die App, legte das Tablet beiseite.

Die Augen angestrengt zusammengekniffen, mit einer Zornesfalte auf der Stirn, dachte er nach. Mit Google Street View war er theoretisch in der Lage, die gesamte Route 66 abzufahren. Er konnte sich alle Orte ansehen, an denen Adam vielleicht Spuren hinterlassen hatte. Natürlich wären die Aufnahmen nicht aktuell, doch auf der Route 66 wurden seit Jahren keine neuen Gebäude mehr errichtet. Die Geschäfte, die Orte, die Motels – vermutlich wäre alles weitestgehend unverändert und so, wie auch Adam es gesehen hatte.

Mit YouTube andererseits hatte er Zugriff auf Dutzende hochauflösende Videos. Anders als die Street-View-Aufnahmen waren sie aktuell, erst vor wenigen Woche hatte man sie im Internet hochgeladen.

Es gab zwar keine Garantie dafür, dass diese Videos auch zeitnah aufgenommen worden waren, doch das konnte man in der Beschreibung zu den Filmen sicher erkennen.

Das einzige Problem: Cortez kannte die Orte nicht, an denen sich Adam Newton vor seinem Verschwinden aufgehalten hatte. Bevor Mark ihm diese Information hatte geben können, war jegliche Unterstützung bei den Ermittlungen rundheraus von ihm abgelehnt worden.

Doch es gab da diesen Umschlag, von Mark dagelassen. Er lag zugeklebt in Cortez' Schreibtisch. Dort würde er alle Informationen finden, die er brauchte: Orte, Datumsangaben, Kreditkartenabrechnungen, Motel- und Tankquittungen und so weiter.

Steve Cortez lehnte sich zurück, er atmete tief ein, schloss dabei die Augen, entspannte sich. Im Gedanken fasste er zusammen: Es ging ihm gut, seitdem er sich aus der Polizeiarbeit komplett zurückgezogen hatte. Er war glücklich, zufrieden, unbeschwert. Nein, er würde bei seinem Entschluss bleiben: Scheiß auf den Umschlag.

Für den Rest des Tags war *Get your kicks on Route 66* aus seinen Gedanken verschwunden. Ohne dass er es merkte, geisterte jedoch etwas anderes durch sein Gehirn. Er nahm es nicht bewusst wahr, es war nur ein Flüstern zwischen seinen Synapsen: *Der Umschlag … der Umschlag … der Umschlag … der Umschlag … der Umschlag …*

★★★

Deputy Chief Jim Levin saß hinter seinem Schreibtisch und bereitete sich geistig auf den Feierabend vor. Ein Tag ohne besondere Vorkommnisse war ein guter Tag, und heute, dachte er zufrieden, war so ein Tag. Noch zehn Minuten, dann würde er sein Büro abschließen, mit seinem Streifenwagen nach Hause fahren und den Grill anwerfen. Sein Schwager und er würden Steaks grillen, dazu gäbe es Maiskolben, Ofenkartoffeln, vielleicht auch einen Salat. Letzterer, er lächelte still, konnte ihm jedoch gern gestohlen bleiben.

Bereits vor zwei Stunden hatte er seine Frau angerufen und ihr dazu Anweisungen erteilt. Er hatte vergessen, Bier kaltzustellen. Sein Schwager, das wusste er, würde auf dem Absatz kehrtmachen und verschwinden, hätte er kein eisgekühltes Budweiser auf Lager. Pauly war da sehr empfindlich.

Er spielte gerade an seinem Handy herum, als das Gerät plötzlich zu klingeln begann. Er erschrak, denn aus irgendeinem Grund hatte sich die Lautstärke des Klingeltons verstellt. Schrill und unangenehm laut gab das Telefon ein lautes Piepen von sich.

Die Nummer auf dem Display war ihm unbekannt. Wenn ihn jedoch jemand auf seinem privaten Mobiltelefon anrief und nicht auf dem Diensthandy, dann musste es jemand aus dem Familien- oder Freundeskreis sein. Er hob ab.

„Jim hier, was gibt's", meldete er sich ungewollt schroff. Die Stimme am anderen Ende kannte er. „Pauly hier. Jim, du musst sofort jemanden herschicken. Irgendein Irrer hat an der alten Umspannanlage auf einen Transformator geschossen. Wahrscheinlich aus dem Auto heraus, am helllichten Tag." Pauly war Dispatcher bei *Rodeo Electric*, einem kleinen lokalen Energieversorger. Unter anderem war er dafür verantwortlich, die Stromversorgung im Bezirk zu überwachen und zu regeln.

Jim Levin kannte die alte Umspannanlage natürlich. Sie stand in der Nähe der Route 66. In Paulys Stimme lag so etwas wie Panik. „D-Der Schuss hat im T-Transformator einen Kurzschluss ausgelöst, der zu einem Brand g-geführt hat. Jetzt ist im ganzen w-westlichen Bezirk der Strom ausgefallen." Jim hatte seinen Schwager lange nicht mehr so aufgeregt erlebt. Wenn Pauly anfing zu stottern, dann musste es ernst sein.

„Paul, beruhig dich. Was ist denn im westlichen Bezirk so wichtig? Da stehen doch nur ein paar alte Farmen. Die kommen da auch zwei, drei Stunden ohne Strom aus." Aber Pauly wurde alles andere als ruhig. Fast schon hysterisch brüllte er ins Telefon: „In der Geflügelzuchtanlage von Robert Tenney sind alle Klimaanlagen ausgefallen, d-dazu die komplette Belüftung. Innerhalb einer Stunde ist die T-Temperatur in den Hallen auf über 50 Grad gestiegen. 30.000 Legehennen sind elendig krepiert. Er wird uns verklagen! Die Sache kann mich meinen v-verdammten Job kosten!"

Levin schloss die Augen. Vor sich sah er die riesige Halle, darin 100 Meter lange Regale voller Käfige. Tausende Legehennen hockten darin, verursachten unerträglichen Lärm und entsetzlichen Gestank. Er konnte sich vorstellen, wie es dort jetzt aussah und roch. Eine Katastrophe.

„E-es sind ja nicht nur die t-toten Hennen. Wenn nur jedes T-tier einen Wert von drei Dollar hat, dann liegt der Schaden schon bei fast 100.000 D-Dollar. Jemand muss die Kadaver aus den Käfigen holen und entsorgen, die Anlage neu bestücken. Das kostet und dauert. Wenn die Versicherung den Schaden nicht übernimmt, müssen wir zahlen."

Levin bemerkte plötzlich, dass ihm der Schweiß auf der Stirn stand. Der gemütliche Feierabend, von dem er vor wenigen Minuten noch geträumt hatte, war dahin. Er wischte sich mit dem Ärmel übers Gesicht, überlegte. „Ich schicke dir erst mal jemanden raus zur Umspannanlage, der den Fall da aufnimmt. Und ich setz mich sofort ins Auto und komme zu dir ins Büro. Bleib ganz ruhig, wir werden das Kind schon schaukeln."

Er stand auf, ging hinüber zur Tafel mit den Dienstplänen. Officer Dan Gallagher hatte heute Frühschicht, er war den Tag über auf der Interstate 40 unterwegs. Vermutlich war er schon auf dem Nachhauseweg, doch wie er Gallagher kannte, würde der ihn nicht im Stich lassen. Der Junge war auf Zack, ein paar Überstunden bereiteten ihm keine Probleme.

Als er die Nummer von Gallaghers Diensthandy heraussuchte, dachte er darüber nach, wem sie diesen *Streich* wohl zu verdanken hatten. Vorfälle dieser Art häuften sich in letzter Zeit. Erst vor zwei Monaten hatte jemand einen Kuhstall in Brand gesteckt. 40 Rinder waren verbrannt oder qualvoll erstickt. „Hallo, Gallagher, sind Sie schon zu Hause? Gut. Ich benötige Ihre Hilfe."

★★★

Die wunderbare Stimmung vom Vormittag hatte Mark und Rebecca den gesamten Tag über begleitet. Es wurde so warm, dass sie ihre Jacken ausziehen und im T-Shirt fahren konnten. Sie fuhren langsam, genossen die Landschaft, legten jede Stunde eine Pause ein. Mittags veranstalteten sie an einer Raststätte ein Picknick. Kurz vor der Abreise aus San Francisco war Mark auf die Idee gekommen, seinen Gaskocher mitzunehmen. So konnten sie sich einen heißen, köstlichen Espresso zubereiten.

Im Lauf der Fahrt wurde New Mexico immer bezaubernder. Die Farben der Wüste, der Geruch der blühenden Kakteen, das sanfte Licht – ein genialer Künstler hätte die Landschaft nicht besser gestalten können.

Die Harley und die Vespa brummten harmonisch vor sich hin, die gut ausgebaute Strecke erforderte keinerlei Konzentration. Das ewige Auf und Ab der Hügel hatte zusätzlich eine beruhigende Wirkung auf die beiden. Sie waren nahezu allein unterwegs, und die Reise war Entschleunigung pur.

Natürlich versäumten sie nicht, nach Adam Ausschau zu halten. An einer Tankstelle fragten sie nach ihm, doch der Kassierer erzählte ihnen, dass er in der betreffenden Woche an Covid 19 erkrankt war. An einem Rastplatz trafen sie auf zwei einheimische alte Frauen, die dort Früchte zum Kauf anboten. Sie sprachen kaum Englisch, nur Spanisch. Rebecca zeigte den beiden das Foto von dem Motorrad, doch die Frauen schüttelten nur stumm die Köpfe.

Nach mehreren Stunden Fahrt erreichten sie, angenehm erschöpft, das Motel am Stadtrand von Tucumcari, in dem auch Adam einst übernachtet hatte. Das *Blue Swallow Motel* war eine Ikone an der Route 66. Die Rezeption mit ihrem blauen Bogen und der Schwalbe darüber, alles illuminiert durch bunte Neonbeleuchtung, war auf Hunderten Fotos im Internet zu sehen.

Doch auch hier erwartete sie eine Enttäuschung. Die Dame an der Rezeption war erst seit zwei Wochen bei dem Motel angestellt, konnte ihnen also nicht helfen. Bei dem mexikanischen Schnellimbiss, der ebenfalls auf Adams Kreditkartenabrechnung aufgelistet war, verzichteten sie gleich auf Fragen. Der Laden war nur 200 Meter vom Motel entfernt. Adam wäre die kurze Strecke wohl kaum mit dem Motorrad gefahren. Und nach einem blonden jungen Mann zu fragen, der dort vor über vier Wochen etwas bestellt hatte, war wenig sinnvoll.

Jetzt lagen Mark und Rebecca im Bett. In der für sie eher ungewöhnlichen Missionarsstellung hatten sie Sex miteinander. Sie knutschten dabei wie verliebte Teenager, Rebecca streichelte sanft über Marks Rücken und Po. Mark bewegte sich langsam, ganz langsam, so als wollte er verhindern, dass seine Partnerin überhaupt den Höhepunkt erreichte. Im Moment bereitete den beiden die körperliche Nähe, die Vertrautheit, das Spiel ihrer Zungen mehr Vergnügen als der Akt als solcher. Sie wollten keinen Sex, sondern Liebe.

In zwei Stunden, so hatten sie vereinbart, würden sie noch einmal eine Kleinigkeit essen gehen. Am nächsten Tag würden sie sich den Ort Tucumcari kurz ansehen, einige Fotos schießen, dann nach Taos fahren. Der Tag versprach noch schöner zu werden als der heutige.

★★★

Im Halbdunkel des Schlafzimmers lag Cortez in seinem Bett, hellwach starrte er an die Decke. Von Zeit zu Zeit wanderten Schatten und Lichter über die helle Fläche, erzeugten ein Lichtspiel, dem er nur mäßig interessiert zusah. Im Gedanken war er ganz woanders. Er dachte zurück an einen Tag, an dem er einen Angestellten des FBI wegen dessen Alkoholproblem zur Rede stellen musste. Der Mann war trockener Alkoholiker, doch seit ein paar Tagen wieder mit einer deutlichen Alkoholfahne zum Dienst erschienen.

Auf seinen Rückfall angesprochen, hatte er erklärt: „Steve, ich hab das nicht geplant, ehrlich. Ich habe im Badezimmer aufgeräumt. Die Handtücher lagen so unordentlich im Schank, da habe ich den ganzen Stapel rausgenommen, wollte sie neu zusammenlegen. Aber als ich die Handtücher rausnehme, sehe ich sie, eine kleine Taschenflasche Whiskey. Sie muss dort schon eine lange Zeit gestanden haben, unentdeckt, wie ein Virus im Permafrost. Ich kann mich nicht erinnern, sie je dort versteckt zu haben. Und du weißt – ich bin schon fünf Jahre trocken."

Der Mann hatte gezögert, traurig auf seine Hände geblickt, die er auf seinen Oberschenkeln abgelegt hatte. „Im ersten Moment habe ich gelacht, es für einen Witz gehalten. Doch dann habe ich die Flasche angefasst, und da hat es in meinem Kopf ‚klick' gemacht. Ich konnte den Whiskey plötzlich riechen. Ich konnte ihn schmecken. Ich wusste, wie es sich anfühlt, wenn er mir die Kehle runterläuft. Ich konnte spüren, wie er brennt und wie sich Wärme in meinem Körper ausbreitet. Ich konnte sogar das Geräusch hören, dass entsteht, wenn man die Flasche öffnet und der Deckel erstmalig aufgedreht wird. Die Berührung der Flasche allein hat ein Feuerwerk der Erinnerungen in mir ausgelöst."

Cortez seufzte. *Der Umschlag.* Er wusste, dass der Umschlag *seine* Whiskyflasche war. *Wenn ich ihn öffne, gibt es kein Zurück mehr.* Auch er war jetzt trocken, seit über zwei Jahren. Er hatte seinen Verstand entgiftet, sich ferngehalten von allem, was mit Mord und Totschlag zusammenhing. Vermeidungsverhalten. Doch jetzt hatten ihm Mark und Rebecca eine Flasche Whiskey in Form eines Umschlags ins Haus gebracht.

Er schloss die Augen, zog die Bettdecke ein Stück nach oben, faltete darunter seine Hände, legte sie auf die Brust. Er atmete flach, versuchte sich zu entspannen. Er würde jetzt schlafen, den Umschlag vergessen. Gleich am nächsten Morgen würde er ihn an Rebeccas Adresse in San Francisco senden, ihn so aus dem Haus schaffen. *Atmen, Steve, atmen. Einatmen, ausatmen. Langsam, gleichmäßig. Atmen.* Schließlich gelang es ihm tatsächlich, einzuschlafen.

★★★

Am nächsten Tag

Mark spürte, dass sich jemand an seinem Körper zu schaffen machte. Irgendetwas stimmte nicht. Irritiert schreckte er auf, blickte an sich herab. Im Halbdunkel des Zimmers erkannte er Rebecca, die sich auf dem Bett kniend über ihn gebeugt hatte. Sie war dabei, ihn mit dem Mund zu befriedigen. Sie saugte an ihm, er konnte ihre Wärme und Feuchtigkeit spüren. Gleichzeitig umfasste sie seinen Penis mit Daumen und Zeigefinger, pumpte in einer Aufwärtsbewegung weiteres Blut in seinen Schwanz. In weniger als 30 Sekunden hatte er eine fast schon schmerzhafte Erektion.

Als Rebecca spürte, dass er wach war, änderte sie ihre Position. Wortlos setzte sie sich auf ihn, presste ihre Vagina gegen seine Eichel. Langsam drang er so in sie ein. Ihre Vagina war nicht sonderlich feucht, die dünne Schicht Speichel auf seinem Schwanz ihr einziges Gleitmittel. Er verspürte einen leichten Schmerz, ein Ziehen, doch gleichzeitig erregte ihn dieser Schmerz zusätzlich.

Durch die Vorhänge vor dem Fenster drang etwas von dem Licht der Außenbeleuchtung herein. In einem blauen Dämmerschein sah er Rebecca, wie sie auf ihm saß und ihn anlächelte. Er griff nach ihren Händen, zog sie zu sich heran. Rebecca beugte sich zu ihm herunter. Sie leckte ihm über die Lippen, drückte ihre Zunge in seinen Mund.

Mark ließ seine Hände über ihre Hüften gleiten. Die Hände auf ihrem Hintern, zog er ihre Pobacken etwas auseinander, spreizte so ihre Vagina. Gleichzeitig hob er sein Becken an, drang tiefer in sie ein. Er spürte, wie seine Freundin sich für einen Moment verkrampfte, doch dann öffnete sie sich. Für einen Augenblick verweilten sie so, dann übernahm Rebecca die Führung. Gemeinsam erreichten sie einige Minuten später den Höhepunkt.

★★★

Um 5 Uhr morgens klingelte der Wecker auf Camilas Nachttisch. Schlaftrunken griff sie hinüber, tastete nach ihm, fand und deaktivierte ihn. Es dauerte einige Sekunden, bis sie aus der Traumwelt in die Realität zurückfand. *Frühschicht im Kinderkrankenhaus. Du musst aufstehen. Auf geht's.*

Sie schaltete kurz das Licht ein, wollte sehen, ob Steve von ihrem Wecker aus dem Schlaf gerissen worden war. Doch als sie sich umdrehte, auf die andere Seite des Betts blickte, war diese leer.

Es war nicht ungewöhnlich, dass sich Steve nachts davonschlich. Sie wusste, dass sie gelegentlich laut zu schnarchen anfing und ihr Lebensgefährte dann das Sofa im Arbeitszimmer dem Ehebett vorzog.

Sie ging durch den Flur zur Bürotür, horchte leise daran. Nichts. Vorsichtig öffnete sie die Tür einen Spalt weit, schaute hindurch. Ihr stockte der Atem.

Das am Vortag noch penibel aufgeräumte Büro war nicht wiederzuerkennen. An der Wand hinter dem Schreibtisch hing eine große Karte der Route 66, dazu einige kleinere Stadtpläne, vermutlich alles Ausdrucke von Google Maps.

Auf dem Schreibtisch sowie dem Fußboden lag ein Wust von Papieren. Sie erkannte Kontoauszüge, Kopien von Tankquittungen und andere Rechnungen. Einige Schriftstücke sahen amtlich aus, sie sah Briefköpfe der Polizei und vom FBI.

An dem Monitor auf dem Schreibtisch hatte Steve zwei Fotos befestigt. Das eine zeigte einen jungen, gutaussehenden blonden Mann. Er lächelte freundlich in die Kamera. Auf dem anderen war ein großes, auffälliges gelbes Motorrad abgebildet.

Steve saß im Morgenmantel vor dem Monitor. Aus seinen Ohren ragten weiße Kopfhörer. Er selbst blickte angestrengt auf den Bildschirm, sah sich ein Video an. Camila sah über seine Schulter hinweg einen blonden Mann, der auf einem gelben Motorrad saß. Irgendjemand außerhalb des Bildes hielt dem Mann ein Mikrofon entgegen. Offenbar wurde er interviewt.

Jetzt erst bemerkte Steve sie, drehte sich erschrocken um. In seinen weit geöffneten Augen lag etwas Fanatisches. Er lächelte, was ihn zusammen mit dem irren Blick etwas verrückt aussehen ließ. Camila zuckte zusammen.

Steve Cortez zog sich die Kopfhörer aus den Ohren, deutete mit der Hand auf den Bildschirm. „Niemand verschwindet einfach spurlos. Meine Theorie hat sich als richtig erwiesen. Es gibt Spuren von Adam Newton. Die erste habe ich soeben gefunden."

★★★

Das Frühstücksbuffet hatte Mark und Rebecca nicht überzeugen können. Gleich nach dem Auschecken machten sie sich daher auf den Weg. An einer Tankstelle füllten sie ihre Tanks mit Benzin, frischten ihre Vorräte auf. Jetzt waren sie dabei, die Strecke für den Tag zu besprechen. Mark hatte dazu eine Karte auf dem Sitz der Vespa ausgebreitet.

„Heute geht es nach Taos, da hat sich Adam auch aufgehalten. Der Abstecher gehört eigentlich nicht zur Route 66. Wer aber hier in der Gegend ist, der sollte unbedingt einen Ausflug rauf in die Berge nach Taos machen. Der Ort soll sehr schön sein, es gibt da wohl viele Adobe-Häuser."

Mark zeigte auf einen Punkt einige Zentimeter oberhalb der Route 66. „Hier liegt Taos. Wir fahren erst mal ein Stück auf dem Highway 84 bis Las Vegas. Dann geht es auf der 518 durch den Carson National Forest. Die Strecke gilt unter Motorradfahrern als Geheimtipp. Wir können dann entweder den Tag in Taos verbringen und dort übernachten oder aber weiterfahren nach Santa Fe. Das würde uns übermorgen einiges an Strecke ersparen, wenn es weiter nach Gallup geht."

Etwas verwirrt blickte Rebecca auf die Karte. „Las Vegas? Das liegt doch in Nevada!" Mark hatte mit der Frage gerechnet. „Es gibt tatsächlich mehrere Orte mit diesem Namen. Las Vegas in New Mexico ist winzig, der Ort hat nur 14.000 Einwohner. Wir werden da eine Pause einlegen."

Sie verstauten ihre Einkäufe, waren eigentlich abfahrbereit. Mark saß schon auf dem Motorrad, als Rebecca zu ihm kam und ihn umarmte. „Hör zu, ich muss dir was sagen. Ich denke, wir haben uns mit dieser Detektiv-Sache ein bisschen verrannt. Die Chance, dass wir fünf Wochen nach Adams Verschwinden irgendwelche Spuren von ihm finden, liegen irgendwo im Promillebereich. Denk an gestern, niemand konnte uns einen Hinweis geben."

Mark konnte ihr nicht widersprechen, er schwieg. Doch Rebecca war noch nicht fertig. Sie nahm den Kopf zurück, blickte ihrem Freund in die Augen. „Ich möchte diese wundervolle Reise nicht dadurch belasten, dass wir uns unnötig unter Druck setzen."

Sie lächelte. „Wir halten weiter die Augen auf, aber wir werden ab jetzt auch nicht mit Gewalt versuchen, irgendwo eine Spur aufzutun."

Ein aufgemotzter Pickup fuhr vorbei, es wurde laut. Rebecca wartete, bis wieder Ruhe eingekehrt war. „Sollten wir innerhalb der nächsten drei, vier Tage keine Spur finden, die uns irgendwie zu Adam führt, rufen wir seine Mutter an und teilen ihr mit, dass wir die Ermittlungen beenden. Wir sagen ihr dann auch, dass wir auf unser Honorar verzichten."

Sie blickte betreten zu Boden, ihre Stimme wurde leiser. „Wir haben uns als etwas ausgegeben, das wir nicht sind. Wir haben einen Auftrag angenommen, damit Hoffnungen geweckt. Mit etwas mehr Erfahrung wäre uns sofort klar gewesen, dass man nach fünf Wochen nicht mehr viel erreichen kann. Erinnerungen verblassen, Spuren verschwinden. Vielleicht hatte Cortez doch recht, und Adam hat sich einfach nur aus dem Staub gemacht."

Mark war irgendwie erleichtert. Er hatte diese Detektiv-Geschichte von Anfang an als Schnapsidee abgetan. Aber Rebecca hatte noch eine große Überraschung für ihn in petto. Sie lächelte verschlagen, zwinkerte ihm zu: „Du rufst morgen den Vermieter der Motorräder an, verlängerst unseren Vertrag. Wir bleiben auf der Route 66, fahren sie bis zum Ende. In einer Woche, meinetwegen auch in zehn Tagen, will ich mit dir zusammen am Strand von Los Angeles ankommen. Wir müssen uns nicht abhetzen. Wie heißt es so schön: ‚Get Your Kicks on Route 66.'"

★★★

Camila wich alle Farbe aus dem Gesicht. Entsetzt blickte sie auf ihren Lebensgefährten. Sie begriff sofort, was hier vor sich ging: Steve hatte sich in eine laufende Ermittlung eingeschaltet. Vermutlich eine Mordsache oder noch Schlimmeres. Als Leiter der Mordkommission beim FBI war er jahrelang einer der erfolgreichsten Jäger von Serienkillern gewesen.

Im Bruchteil einer Sekunde raste ihr alles, was ihr verstorbener Mann Rocco ihr über Steve Cortez berichtet hatte, durch den Kopf. *Wenn Steve an einem Fall dran ist, kennt er keine Freunde und keine Verwandten. Er macht keine Gefangenen. Er schläft nicht und wenn, dann legt er sich im Büro hinter seinem Schreibtisch auf ein Campingbett. Er verbeißt sich in einen Fall wie ein Bullterrier. Er gibt erst auf, wenn er den Täter zur Strecke gebracht hat.*

Sie wusste auch von seinen zwei gescheiterten Ehen, von seinen psychischen Problemen. Und von seiner zeitweisen Medikamentenabhängigkeit. Sie war geschockt. „Steve, was geht hier vor? Du hast mir versprochen, nein, geschworen, nie wieder an einem Fall mitzuarbeiten. Was wird das hier?"

Cortez, der erst vor wenigen Minuten das Video mit Adam entdeckt hatte, schwankte zwischen Euphorie und Scham. Einerseits hatte sich seine Theorie als richtig erwiesen, anderseits begriff er, dass Camila recht hatte. Er versuchte, die Sache herunterzuspielen.

„Hör zu: Mark und Rebecca suchen einen verschwunden jungen Mann. Ich habe ihnen versprochen, ihnen bei der Suche etwas unter die Arme zu greifen. Was soll ich machen? Ich bin den beiden was schuldig, und es geht hier nicht um Mord. Ich werte ein paar Videos aus, surfe ein wenig im Internet. Eine Vermisstenangelegenheit, sonst nichts."

Er stand auf, wollte ihr die Hände beruhigend auf die Schultern legen, sie zu sich heranziehen. Doch sie wich zurück. „Verkauf mich bitte nicht für dumm, Steve. Ich sehe an deinem Blick, dass hier etwas ganz anderes läuft. Du erzählst mir was von einem Vermissten, und schließlich suchst du einen Serienmörder. Und schon steckst du mittendrin in dem Fall und riskierst Kopf und Kragen."

Cortez holte Luft, um ihr zu antworten, doch sie drehte sich brüsk um und verließ das Büro. Nun stand er allein da, und ein mulmiges Gefühl beschlich ihn: Was, wenn Camila recht behielt?

★★★

Als er sich das erste Mal die Nadel in den Oberschenkel gerammt hatte, war da noch so etwas wie Angst gewesen. Sich Testosteron zu spritzen, galt als gefährlich. Irgendwo hatte er gelesen, man könnte Prostatakrebs davon bekommen. Doch der Bodybuilder in Gallup, der ihm das Zeug verkauft hatte, wischte seine Bedenken mit einem Lächeln beiseite. „Fuck, Mann, du wirst Muskeln bekommen wie ein Tier und einen Ständer so hart wie eine Brechstange. Hunderttausende Bodybuilder können dir das bestätigen. Keine Sau bekommt davon Krebs."

Langsam drückte er den Kolben der Spritze herunter, sah zu, wie die gelbliche Flüssigkeit im Muskel verschwand. Er zog die Spritze heraus, strich mehrmals fest über die Haut, um die Substanz in seinem Bein zu verteilen.

Auf dem Bett lag die Fernbedienung. Er schaltete den Fernseher ein, danach den Videorecorder. Auf dem Bildschirm erschienen zwei Männer, eine Frau. Sie hatten Sex miteinander, hart, grob, brutal, die Sache sah nicht nach etwas aus, das man gemeinhin als einvernehmlich bezeichnete. Die Frau bekam ganz schön was ab, die Kerle nahmen sie förmlich auseinander, doch es war alles legal. Er hatte die Kassette ganz offiziell in einer Videothek in Gallup gekauft. Vater Staat bekam also seinen Anteil – sofern der Ladeninhaber die Mehrwertsteuer korrekt abführen würde.

Unter seinem Klappbett zog er zwei Hanteln hervor, jede 20 Kilo schwer. Er stellte sich vor den kleinen Spiegel, der an der Wand des Wohnwagens befestigt war. Er begann mit Bizeps-Curls, erst mal vier Sätze zu je zehn Übungen. Im Spiegel beobachtete er sich dabei, sah zu, wie sich seine Muskeln langsam mit Blut vollpumpten.

Auf seinem Bett saßen seine beiden Girls, sie sahen ihm wortlos beim Training zu. Er hatte sie bei einem Versandhandel in Seattle bestellt. Es waren zwei lebensgroße Sexpuppen, die eine mit weißer Silikonhaut, die andere schwarz wie die Nacht. In sämtlichen Öffnungen der Puppen befanden sich Vibratoren, die sich mit einer Fernbedienung steuern ließen. Welche Frau konnte ihm schon so einen perfekten Service bieten?

Die Puppen waren von ihrem Aussehen her Kindern nachempfunden. Er hatte zunächst kaum glauben wollen, dass es legal war, so etwas zu besitzen. Doch der Verkäufer hatte ihn am Telefon beruhigt. *Ist alles legal, Mann. Wir sind hier schließlich in einem freien Land. Kein Mensch kann dir verbieten, eine Puppe zu besitzen, die wie ein kleines Mädchen aussieht.*

Angebot und Nachfrage. *Tja, so ist die Marktwirtschaft eben*, dachte er. *Sollten die Bullen mal hier auftauchen, aus welchem Grund auch immer, bei mir ist alles legal. Alles legal.*

★★★

- *Burger-Patties, 16 Kartons à 25 Stück*
- *Cheddar in Scheiben, 40 Kilo, verteilt auf 8 Kartons*
- *Hot-Dog-Würstchen, 30 Dosen à 10 Stück*
- *Spareribs, 10 Pakete à 5 Kilo*
- *Pulled Pork, 15 Pakete à 10 Kilo*
- *Röstzwiebeln, 4 Kartons mit je 20 Beuteln*

Er stand hinter dem Lkw, überprüfte seine Ladeliste. Punkt für Punkt ging er alle Bestellungen durch. Eine große Verantwortung lastete auf seinen Schultern, schließlich verließen sich die Kunden auf ihn. Sollte er einmal eine Bestellung vergessen, konnte das seine Kundschaft in große Schwierigkeiten bringen.

Wer keine Ware hat, kann nichts verkaufen. Und heutzutage dauerte es oft nur Minuten, bis nach einem Restaurantbesuch eine Bewertung im Internet auftauchte: *Achtung, ein Scheißladen. Hot Dogs ausverkauft, Hamburger genauso. Spart euch den Weg, fahrt woanders hin.* Nein, er trug große Verantwortung, durfte nichts vergessen.

- *Hamburger-Brötchen, 30 Tüten à 10 Stück*

Viel zu wenig, das war ihm klar. Würde heute jemand außer der Reihe welche benötigen, wären sie schnell ausverkauft. Aber die verdammten Brötchen nahmen wahnsinnig viel Platz weg, waren sehr voluminös. Dennoch würde es in den nächsten Tagen unvermeidlich sein, etwas Stauraum freizuhalten, denn irgendwo da draußen auf der Straße wartete sein neuer Geliebter auf ihn. Er beschloss, den Vorrat zumindest ein bisschen aufzustocken, holte zusätzliche Ware aus dem Lager.

- *Hamburger-Brötchen, 40 Tüten à 10 Stück*

Manchmal muss man eben Kompromisse schließen. Er seufzte leise. Er würde schon irgendwie Platz schaffen, wenn der Zeitpunkt gekommen war. Mit einem lauten Knall warf er die Tür vom Laderaum ins Schloss, setzte sich hinters Steuer. Er schaltete das Radio ein und hatte Glück. Es lief gerade einer seiner Lieblingssongs. Gut gelaunt fuhr er vom Hof, pfiff dabei den Refrain: *Get Your Kicks on Route 66.*

★★★

Bereits nach einer halben Stunde wurde ihre Fahrt unterbrochen. Mitten in der Wüste führte die Straße über eine mehrgleisige Bahntrasse. Rechts und links standen zwei Andreaskreuze mit roten und gelben Lampen, die abwechselnd blinkten, eine Glocke gab ein lautes, weithin hörbares Geräusch von sich: *Dong, Dong, Dong, Dong.* Ein Schild warnte die Reisenden zusätzlich: *Danger! Railroad Crossing!*

Mark ahnte, was nun kommen würde. Sie standen recht nah an den Gleisen. Die Sache war ihm nicht geheuer. Langsam rollte er zurück. Noch im Sattel sitzend, drückte er das schwere Motorrad mit den Beinen nach hinten. „Rebecca, lass uns ein bisschen Abstand zu den Gleisen schaffen. Wenn da ein Güterzug kommt, dann kann das hier gleich sehr, sehr staubig werden."

Er sollte recht behalten. In der Ferne erspähten sie einen Zug, der sich langsam näherte. Seine Silhouette wirkte seltsam, irgendwie überproportioniert. Doch als er näherkam, löste sich das Rätsel auf.

Der Zug wurde von insgesamt fünf riesigen Dieselloks gezogen, die man zusammengekoppelt hatte. In einem dunklen Blau gestrichen, boten schon sie allein einen imposanten Anblick. Zum Schutz vor der Wüstensonne waren die Fensterscheiben der Loks rundum dunkel getönt, was den martialischen Anblick noch verstärkte. Alle fünf stießen schwarzen Qualm aus, ihre Motoren liefen unter Volllast, um die schweren Waggons ziehen zu können.

Auf jedem der Waggons standen Überseecontainer, immer zwei hintereinander, zwei übereinander. Wie eine fahrbare Mauer, aus Waggons errichtet, bewegte sich der Zug durch die Landschaft, näherte sich unaufhaltsam, und der Lokführer betätigte das Signalhorn: *Tuuut! Tuuut!*

Als der Zug den Bahnübergang erreichte, geschah, was Mark vorhergesehen hatte. Die gigantische Masse, gepaart mit der großen Fläche, erzeugte trotz der geringen Geschwindigkeit eine Luftwalze aus Staub und Wüstensand. Wie gelber Nebel umgab sie den Zug, breitete sich in der Landschaft aus. Wären sie direkt am Bahnübergang stehen geblieben, die Staubwalze hätte sie beide verschluckt.

Ohrenbetäubend laut rumpelte der Zug an ihnen vorbei. Von hinten meldete sich Rebecca im Interkom: „Verdammt, der hört ja gar nicht mehr auf. Wie lang ist das Ding?" Mark blickte in die Richtung, aus der

der Zug kam. Es war kein Ende in Sicht. „Irgendwo habe ich mal gelesen, dass einige der Züge drei oder sogar vier Kilometer lang sein können."

Stumm verfolgten sie das Schauspiel, das sich tatsächlich noch über längere Zeit hinzog. Als der letzte Waggon endlich an ihnen vorbeirumpelte, atmete Mark erleichtert auf.

Nichts ist unangenehmer, als auf einem Motorrad in der prallen Sonne zu stehen und von einem Güterzug eingenebelt zu werden. Er wartete, bis sich der Dunst gelegt hatte, startete die Harley, gab langsam Gas.

Plötzlich ein Aufschrei im Interkom: „Aaah, aaaah!" Rebecca. War sie beim Anfahren gestürzt? Hatte sie sich verletzt? Hecktisch bremste er ab, stoppte, sah sich nach hinten um.

Rebecca saß breitbeinig auf ihrer Vespa, die Füße noch auf dem Boden. Sie hatte den Kopf in den Nacken gelegt, ihr Gesicht zum Himmel gerichtet. Die Augen hatte sie geschlossen, den Mund leicht geöffnet. „Aaaah! O mein Gott. Aaaah!"

Offenbar bereitete ihr tatsächlich irgendetwas Schmerzen. Ein eingeklemmter Ischiasnerv vielleicht? Oder die Bandscheibe? Das hätte jedenfalls ihre seltsame Körperhaltung erklärt, ihr Becken schien ihm irgendwie verdreht. Mark bekam es mit der Angst zu tun. „Becky, was ist mit dir? Alles okay?"

Sie änderte ihre Körperhaltung nicht, aber sie antwortete ihm. „Aaaaah, ist das geil. Wenn ich die Vorderradbremse ziehe und gleichzeitig Gas gebe, fängt die ganze Maschine an zu vibrieren. Presse ich jetzt meine Muschi seitlich an den Rand der Sitzbank, überträgt sich diese Vibration direkt auf meinen Kitzler. Herrlich!"

Mark fiel die Kinnlade herunter. Er konnte nicht glauben, was sich da hinter ihm abspielte: Seine Freundin hatte Sex mit einem Motorroller. Fassungslos und auch mit etwas Abscheu im Blick verfolgte er das verstörende Schauspiel. Er war einiges von ihr gewohnt, doch das hier hatte eine besondere Qualität. „Aaaaah, Oooohhh!", hörte er sie durch das Interkom lustvoll stöhnen und sagte leise zu sich selbst: „Ich wusste doch, du und die Vespa, ihr werdet gut miteinander auskommen."

Plötzlich prustete Rebecca los. Sie beugte sich nach vorn, krümmte sich regelrecht vor Lachen: „Du hast es geglaubt! Tatsächlich, du hast es geglaubt. Dein Gesicht, einfach köstlich. Ah, Stetson, schade, dass ich kein Foto davon machen konnte. Du hast es geglaubt!"

Mark schüttelte den Kopf, sah zu, wie Rebecca sich weiterhin über ihn amüsierte. Sie bekam sich gar nicht mehr ein, lachte schließlich Tränen.

Dieses verrückte Frauenzimmer, dachte er. Er wusste, sie würde ihn mit diesem Spaß noch jahrelang aufziehen. Allen Freundinnen würde sie davon erzählen, im Golfclub, beim Tennis. *Der Tag, an dem ich meinen Mann mit einer Vespa betrog*, würde sie das Ganze vermutlich betiteln. Schließlich konnte Mark nicht anders und stimmte mit in das Gelächter ein.

★★★

Cortez hingegen war nicht zum Lachen zumute. Camila war zur Arbeit gefahren, ohne sich von ihm zu verabschieden. Schlecht gelaunt hatte er die Kinder zur Schule gefahren, die natürlich mitbekommen hatten, dass zu Hause dicke Luft herrschte. Sie staunten nicht schlecht, als er ihnen vor der Schule 100 Dollar in die Hand drückte: „Hier, ich schaffe es heute ausnahmsweise nicht, euch abzuholen. Ihr nehmt euch ein Taxi, okay?"

Er konnte nur froh sein, dass die beiden ältesten Söhne von Rocco und Camila gerade auf Klassenfahrt waren, sonst hätte er sich um die auch noch kümmern müssen. So aber konnte er schleunigst wieder nach Hause fahren und seinen Platz vor dem Computer einnehmen.

Auf dem Monitor wartete noch immer das YouTube-Video auf ihn. Ein Lokalreporter in Taos hatte Adam interviewt. Der Reporter war wohl selbst Biker und total begeistert von dem absolut außergewöhnlichen und seltenen Motorrad. Er stellte Adam einige belanglose Fragen, filmte die Maschine von allen Seiten. Die Entdeckung des Videos brachte Cortez in der Sache nicht weiter, belegte jedoch seine grundlegende Vermutung.

Mit Sicherheit gab es weiteres Video- und Bildmaterial. Die *Indian Chief* war ein Hingucker, jeder Motorradfan war fasziniert von der Maschine. Ein Foto davon zu besitzen, ein Video, es in den Sozialen Medien zu teilen, das garantierte Klicks. Und Klicks waren es, was die Generation Instagram anzog wie Scheiße die Fliegen.

Müde hockte Cortez vor dem Bildschirm. Seine Augen waren gerötet, verquollen. Er hatte sich noch nicht rasiert, nicht geduscht, noch nicht einmal die Zähne geputzt. Die Entdeckung des Videos nach gut vierstündiger Suche hatte ihn elektrisiert, ihm einen Adrenalinschub verpasst. Doch jetzt machte sich Ernüchterung in ihm breit.

Gut, seine Theorie hatte sich bestätigt. Doch sollte er noch weiteres Material finden, hieß das noch lange nicht, dass es ihm Hinweise liefern würde, die zu Adam führten. Er hatte sich in der letzten Nacht nahezu ein Dutzend Videos angesehen. Einige dauerten nur drei Minuten, andere 15, 20. Der entscheidende Moment konnte irgendwo in dieser Zeitspanne verborgen liegen, nur wenige Sekunden lang. Doch er konnte unmöglich Hunderte Videos allein auswerten. YouTube war zudem nur ein Kanal, in dem es zu suchen galt. Daneben gab es noch Facebook, Instagram, Pinterest, TikTok ... Auch in diversen Foren wurden Bilder und Videos gepostet.

Zunächst würde er den Suchbereich genauer eingrenzen müssen. Das Gebiet, in dem Adam verschwunden sein konnte, war einfach zu groß. In drei Tagen konnte er problemlos an die 1.000 Kilometer zurückgelegt haben. Und sie konnten nicht einmal mit 100-prozentiger Sicherheit sagen, dass Adam dabei nach Westen gefahren war. Was, wenn er sich entschlossen hatte, umzukehren, vielleicht weil er etwas verloren oder vergessen hatte? Um bei seiner Bildersuche Erfolg zu haben, würde Cortez seine Ermittlungen also auf einen, maximal zwei Orte eingrenzen müssen.

Er wollte jetzt zunächst einmal frühstücken, sich danach frisch machen. Eine Runde zu Fuß um den Block würde seinen Kreislauf auf Trab bringen, seinen Kopf von Ballast befreien. *Geduld, Steve. Denk nach.*

★★★

„Hey, Paco, haben Sie Hunger?“ Sich auf dem rechten Knie abstützend, war er gerade dabei, die Trennlinien auf dem Parkplatz nachzumalen, für einen Mann mit seiner Statur eine undankbare Aufgabe. Doch er wusste sich zu helfen. Mit etwas Klebeband hatte er seine Badelatschen an den Knien befestigt, sie so in bequeme Polster verwandelt.

Seine neue Chefin, deren Namen er noch immer nicht kannte, stand an der Tür des Motels. Sie blickte zu ihm herüber, erwartete eine Antwort. „Ist der Papst katholisch? Brummt der Bär?“, rief er zurück.

Mühsam erhob er sich, ging langsam zu ihr hinüber. Als sie erkannte, dass er sich Badeschlappen an die Knie geklebt hatte, fing sie an zu lachen. „MacGyver, kommen Sie, es gibt Three Sisters Stew. Ich hoffe, das mögen Sie.“

Sie hielt ihm die Tür auf, doch er weigerte sich, voranzugehen. Ganz Gentleman, ließ er ihr den Vortritt, folgte ihr dann. Hinter der in die Jahre gekommenen Rezeption führte ein Durchgang nach rechts in eine Art Pausenraum. Ein Tisch mit vier Stühlen wartete auf sie, dazu zwei Teller, ein Topf. Sie nahmen Platz.

Es roch gut, doch der Name des Gerichtes sagte ihm nichts. „Drei-Schwestern-Eintopf? Woher kommt der Name?“ Sie füllte die Teller, lächelte dabei. „Der Legende nach trafen sich drei Schwestern, um gemeinsam zu kochen. Eine brachte Bohnen mit, die andere etwas Gemüse, die letzte Zwiebeln und Mais. Das Gericht gibt es auch unter einem anderen Namen … ‚Leckeres aus Resten‘.“

Unter diesem Namen kannte er das fleischlose Gericht. In der texanischen Haftanstalt, in der er zwei Jahrzehnte seines Lebens verbracht hatte, stand es regelmäßig auf dem Speiseplan. Er wartete artig, bis auch sie sich gesetzt hatte. Sie blickte ihn fragend an. „Möchten Sie vor dem Essen beten? Falls nicht, wünsche ich Ihnen guten Appetit. Salz und Pfeffer stehen auf dem Tisch.“

Er hatte den Löffel schon gehoben, da fiel ihm etwas ein. „Sie haben mir noch gar nicht Ihren Namen verraten. Wie darf ich Sie anreden?“ Ohne aufzublicken antwortete sie: „Nennen Sie mich einfach Mollie.“

Eine Zeit lang aßen sie schweigend, dann lobte er ihre Kochkünste. „Mollie, der Eintopf ist klasse. Ich wusste nicht, dass Reste so gut schmecken können.“ Das Kompliment schien ihr etwas peinlich zu sein. „Na ja, mit ein wenig Rindfleisch wäre es sicher noch köstlicher, aber das ist momentan nicht drin. Corona hat mich fast ruiniert, das Motel war zwei Jahre lang geschlossen. Erst seit dieser Saison bin ich wieder am Start.“

Ohne ihn zu fragen, füllte sie seinen Teller nach. Auch sich selbst gönnte sie noch eine Kelle. „Wer sind denn Ihre Kunden so?“, fragte er. „Biker?“ Sie nickte. „Ja, vor allem die, die knapp bei Kasse sind. Ich biete die Zimmer schon ab 30 Dollar die Nacht an, Frühstück gibt es keines.“

Er aß nun bewusst langsam, wollte ein bisschen Zeit schinden. Doch Mollie schien sowieso Lust darauf zu haben, sich mit ihm zu unterhalten. „Mein verstorbener Mann hat das Motel von seinen Eltern geerbt, und ich dann von ihm.“ Sie seufzte, hob den Kopf.

„Vor Corona lief es nicht schlecht, denn es hatte sich herumgesprochen, dass sich hier in der Garage eine gut ausgerüstete Motorradwerkstatt versteckt. Ob sie einen Platten haben oder einen undichten Tank – im Bed & Bike findet jeder Biker Hilfe.“

Ihre Teller waren leer, Zeit, wieder an die Arbeit zu gehen. Er bedankte sich artig, sie begleitete ihn nach draußen. Vor der Tür zeigte sie auf einen Schuppen hinter dem Motel. „Da ist die Garage. Vor fünf Wochen hat da der Junge, der verschwunden ist, sein Bike repariert. Entsetzliche Angelegenheit, seine arme Mutter. Haben Sie von der Sache gehört?"

Seine Nackenhaare stellten sich auf, sein Magen zog sich zusammen. *Jetzt nur keinen Fehler machen*, sagte er sich. „Am Rande, erzählen Sie mal." Sie zögerte, blickte gedankenverloren zum Schuppen. „Er hat eine Nacht hier geschlafen. Am nächsten Morgen sprang die Maschine nicht an. Er hat sie in die Garage geschoben, zwei Stunden lang daran herumgebastelt. Als sie wieder lief, hat er mir ein anständiges Trinkgeld dagelassen und ist weitergefahren. Mehr gibt es da nicht zu erzählen."

Sie hatte bisher vermieden, ihm direkt ins Gesicht zu schauen. Doch jetzt blickte sie ihn an: „Die Polizei war hier, hat Fragen gestellt. Es soll eine Belohnung geben, 100.000 Dollar, 'ne Menge Geld. Aber leider konnte ich denen auch nicht mehr sagen."

Er zögerte, weitere Fragen zu stellen, wollte nicht zu neugierig erscheinen. „Hat der Junge denn gesagt, was an der Maschine kaputt war?" Mollie überlegte kurz, nickte. „Er hat was von Zündkerzen gesagt, aber fragen Sie mich bitte nicht, was genau. Er hat es so nebenbei erwähnt, mit einem Wort, ich hätte es fast vergessen."

Er tippte sich an die Stirn. „Na, dann gehe ich mal wieder an die Arbeit. Danke noch mal für den Eintopf." Während er zurück auf den Parkplatz ging, dachte er nach. Eine Zündkerze geht selten kaputt und wenn, dann lässt sie sich nicht so einfach reparieren. Eine Zündkerze altert vielmehr, sie verrußt, oder die Elektroden brennen ab. Das verringert die Motorleistung und kann auch dazu führen, dass der Motor nicht mehr anspringt.

Natürlich kann man Zündkerzen ausbauen und reinigen, und vermutlich hatte der Junge genau das getan. Doch mit verbrauchten Elektroden war der Motor sicher nicht besonders rund gelaufen, es hatte bestimmt Fehlzündungen gegeben, der Benzinverbrauch war gestiegen. Und nach kurzer Zeit hatte es sicher erneut Probleme gegeben. Der Junge war also nicht darum herumgekommen, die Zündkerzen auszutauschen, und zwar möglichst bald. Im Stillen musste Paco lächeln. Er hatte ja gesagt, dass er sich mit Strom auskannte.

Mit dem, was er nun wusste, hätte er seine Reise gern fortgesetzt. Doch er hatte keinen Sprit mehr im Tank, kaum noch Geld. Der Verdienst von zwei Tagen würde ihn nicht weit bringen. *Geduld, Paco, Geduld. Der Junge ist sowieso schon längst tot. Der fährt dir nicht mehr davon.*

★★★

„Besonders im Bereich der Drogenkriminalität verzeichnen wir signifikante Zuwächse. Hier muss umgehend etwas geschehen." In der Küche lief das Radio, ein lokaler Sender. Während er an der Kaffeemaschine stand und auf seinen Cappuccino wartete, ging es um Los Angeles. In der Corona-Zeit waren die Verbrechenszahlen, wie in vielen anderen US-Städten auch, in die Höhe geschossen. Die Stadtverwaltung hatte dazu neue Zahlen veröffentlicht, die sich von der Website der Stadt herunterladen ließen. Mit einem Mal hatte Cortez seinen Hebel. Er schlug sich mit der flachen Hand an die Stirn, lachte laut. „Statistik, das ist es!"

Aufgeregt dachte er nach. Wenn Adam Newton nicht von Außerirdischen entführt worden oder in der Wüste samt Motorrad versehentlich in eine Erdspalte gestürzt war , dann lag der Grund für sein Verschwinden wohl in einem Verbrechen. Jemand hatte ihn ermordet, die Leiche und das Motorrad spurlos verschwinden lassen. Das Motorrad war extrem teuer, Adam hatte Geld, Wertgegenstände und Kreditkarten dabeigehabt. Alles verschwunden.

Adams Mörder hatte der Versuchung widerstanden, die Besitztümer seines Opfers zu verkaufen. Dieser bemerkenswerte Umstand deutete für Cortez darauf hin, dass der oder die Täter sehr genau wussten, was sie taten. Es waren Profis, Leute, die vermutlich bereits vorher schon gemordet hatten. Was, wenn Adam nicht ihr erstes Opfer gewesen war?

Das Koffein aus dem Kaffee benötigte Cortez nun nicht mehr, ein Adrenalinschub ließ sein Herz rasen. Nervös ging er in der Küche auf und ab wie ein Tiger in seinem Käfig. Dabei sprach er laut zu sich selbst: „Wenn Adams Mörder so kaltblütig waren, dann war das nicht ihr erstes Verbrechen. Für gewöhnlich können solche Menschen die Füße nicht lange stillhalten. Ich wette, es gibt da draußen auf der Route 66 irgendwo einen Ort, an dem es eine auffällige Anhäufung von schweren Straftaten gibt."

Zu jedem größeren Ort in den USA gab es Statistiken über die dort verübten Verbrechen. Morde, Raub- und Banküberfälle, Vergewaltigungen, Schießereien – alles wurde genau erfasst und ausgewertet. Nur war die Route 66 leider kein Ort, sie war eine Straße, an der entlang neben größeren Städten viele kleine verschlafene Nester lagen. Dazu Geisterstädte, Lost Places und abgelegene Farmen.

Mit Sicherheit gab es für die Route 66 keine Statistik. Vielleicht war es an der Zeit, dachte er, eine zu erstellen. Er lächelte, denn er wusste auch schon, wer ihm dabei helfen konnte: Judy Tonka, stellvertretende Abteilungsleiterin bei der Mordkommission des FBI Los Angeles.

★★★

„Zentrale an Wagen 12, bitte kommen!"

„Hier Wagen 12, ich höre."

„Wagen 12, an der 46. Straße, Ecke Walmart, drei Jugendliche bedrohen aus einem Auto heraus Passanten. Vermutlich Mitglieder einer Gang. Können Sie das allein regeln?"

Mit einem breiten Grinsen im Gesicht blickte er in den Rückspiegel, zwinkerte sich selbst zu. „Wagen 12, kein Problem. Ich erledige das." Endlich mal wieder Action.

★★★

„Arschfick! Arschfick! Herr im Himmel, was ist das für eine verdammte Mongo-Scheiße?" Archie zuckte zusammen. Der Stimme seines ältesten Bruders war anzuhören, dass er mehr als aufgebracht war. Und als „Mongo-Scheiße" bezeichnete Brian Fehler, die einem geistig gesunden Menschen eigentlich nicht unterlaufen konnten. Es würde unweigerlich Prügel geben, das war ihm sofort klar. Es würde Blut fließen.

Archie saß im Büro-Container. Er war gerade dabei, am Laptop Bestellungen zu bearbeiten. Seine Brüder Gilbert und Brian hatten den Pickup beladen, wollten wie an fast jedem Morgen zur Post fahren.

Mit weit aufgerissenen Augen stürzte Brian in den Container, in der linken Hand einen Ausdruck. Ohne Vorwarnung und ohne ein weiteres Wort griff er Archie mit der rechten Hand in die Haare, schleuderte ihn zu Boden. Archie krümmte sich instinktiv zusammen, nahm die Embryonalstellung ein. Mit den Armen versuchte er, seinen Kopf zu schützen.

Brian beugte sich über ihn, schlug mehrfach mit der Faust nach dem Kopf seines Bruders. Dabei bleckte er die Zähne wie ein wütendes Tier, versuchte mit seinen Schlägen, gezielt den Kopf und das Gesicht seines Opfers zu treffen.

„Du hirntoter Wichser, du Stück Scheiße! Was ist das hier, was ist das?" Speichel spritzte aus seinem Mund auf Archie herab. Er wedelte mit dem Papierblatt, brüllte: „Bezahlt! Bezahlt, hat da ein Mongo draufgeschrieben! Aber überwiesen wurden nur 44,10 Dollar, nicht 441. Wir verschenken unsere Ware, weil mein kleiner Bruder kein Gehirn hat. Ich reiße mir hier den Arsch für euch auf, und ihr zwei Idioten baut nur Scheiße!"

Da er mit seinen Faustschlägen nicht das erreichte, was er beabsichtigte, suchte er nach einer anderen Möglichkeit, seinem Bruder Schmerzen zuzufügen. Er hielt einen Moment inne, blickte sich um. Da er im Bürocontainer auf Anhieb nichts fand, das er verwenden konnte, entschied er sich spontan für eine seiner Sandalen.

Er riss sie sich vom Fuß und prügelte damit unkontrolliert auf Arme, Rücken und Beine seines Bruders ein. Immer wenn die Sohle auf den Körper traf, wurde der Schlag durch ein Klatschen begleitet. Archie schrie, wimmerte, bettelte um Vergebung. Doch Brian, das wusste er, würde so schnell nicht aufhören.

Gilbert stand neben dem Pickup und hielt sich die Ohren zu. Er hatte Tränen in den Augen, konnte die Schmerzen und die Erniedrigung, die sein Bruder erfuhr, mitfühlen. Es verging kein Tag, an dem er und Archie nicht in irgendeiner Form misshandelt wurden. Ob Schläge mit der Faust, mit dem Schlauch, Tritte, Ohrfeigen, Brian war nicht wählerisch, was das betraf. Auch Maßnahmen wie Anspucken und Essensentzug setzte er gern ein.

Schon oft hatte Gilbert mit dem Gedanken gespielt, abzuhauen. Doch weder er noch Archie besaßen irgendwelche Papiere. Sämtliche Unterlagen, ihre Geburtsurkunden, Zeugnisse, alles lag in einem Safe in Brians Wohnwagen. Sie besaßen auch kein eigenes Geld, denn alle Einnahmen wurden von Brian verwaltet. Wenn sie etwas brauchten, Kleidung, Medikamente, besorgte Brian das für sie. Sie waren nicht seine Brüder. Sie waren seine Gefangenen, seine Sklaven.

★★★

Er parkte seinen Streifenwagen direkt hinter dem aufgemotzten Mazda. Das auffallend lackierte Auto erinnerte in seiner Aufmachung an einen Rennwagen. Eine dunkelgrüne Metallic-Lackierung mit Rallyestreifen, verbreiterte Kotflügel, Chromfelgen, ein Heckspoiler, getönte Scheiben – das typische Statussymbol eines Pseudo-Gangsters. Für einen Porsche, Ferrari oder anderen echten Sportwagen fehlte das Geld. Also „pimpte" man seine billige, gebraucht gekaufte Karre und machte einen auf dicke Hose. Als er den Wagen sah, wusste er sofort, welches Klientel ihn erwartete.

Die drei jungen Männer lungerten vor dem Wagen herum. Einer lehnte am Kotflügel, einer stand mit vor der Brust verschränkten Armen auf dem Bürgersteig, der andere saß auf dem Bordstein. Es waren offensichtlich Latinos, junge Männer mit südamerikanischen Wurzeln.

Sie trugen Sportschuhe, Jogginghosen, dazu weite Kapuzenjacken. Einer hatte sich ein rotes Bandana-Tuch um die Stirn gebunden, der andere eine Baseball-Kappe falsch herum aufgesetzt. Der Typ auf dem Bordstein brachte seine üppige Haarpracht mit so etwas wie einem Netz unter Kontrolle. Es gab reichlich falschen Goldschmuck, protzige Uhren. Alle drei waren an den Händen, am Hals und im Gesicht martialisch tätowiert. Aus dem Auto dröhnte Musik – ein aggressiv klingender spanischer Rap.

Er registrierte, dass keiner der drei ein Telefon in der Hand hatte. Das war ein Vorteil, denn so konnte er davon ausgehen, dass sein Auftritt nicht gefilmt werden würde. Auf der anderen Straßenseite standen zwar einige Passanten, doch die waren außer Hörweite. Seine Bodycam hatte er, wie so oft, nicht eingeschaltet. Der Spaß konnte beginnen.

Er gab sich bewusst entspannt, während er auf die drei zuging. Er lächelte, nickte ihnen zur Begrüßung zu. „Na, Kinder, keine Schule heute?" Er grinste freundlich, verhielt sich, als würde er seine Frage ernst meinen. „Wissen eure Eltern, dass ihr hier seid?"

Hatten die drei Halbstarken eben noch cool und lässig geguckt, war ihnen nun deutliche Verwirrung anzumerken. „Ist 'ne gefährliche Gegend hier. Jungs in eurem Alter sollten hier nicht unbeaufsichtigt spielen." Er lächelte jetzt breit, zeigte ihnen seine makellosen Zähne.

Der Anführer der drei, der soeben noch mit verschränkten Armen auf dem Bürgersteig gestanden hatte, nahm langsam die Arme herunter. Seine Stirn kräuselte sich, sein Gesichtsausdruck wechselte von Verwirrung zu Wut. *Gut so*, dachte er, *weitermachen*.

Er hob die Hände, drehte den drei Jungs die Handflächen zu. Die Geste sollte beruhigend wirken. „Ha, ha, sorry, war nur Spaß. Jetzt aber im Ernst. Anwohner haben uns angerufen. Drei Schwule würden hier an einem grünen Auto herumlungern und sich gegenseitig einen blasen. Von lautem Gestöhne war die Rede, unanständigem Gerede. Mein Boss schickt mich, ich soll euch bitten, damit aufzuhören."

Als Kinder bezeichnet zu werden, war für die jungen Machos schon eine Beleidigung. Aber sie als Homosexuelle zu bezeichnen – das kam für sie einer Kriegserklärung gleich. Der auf dem Bordstein Sitzende sprang auf, alle drei nahmen bedrohlich wirkende Körperhaltungen ein. Ihre Gesichter wirkten wie versteinert.

„Eigentlich müsste ich euch einen Strafzettel verpassen, denn in der Öffentlichkeit ist Schwanzlutschen natürlich nicht erlaubt. Aber da ihr vermutlich nicht lesen und schreiben könnt, belasse ich es heute bei einer mündlichen Verwarnung."

Während er sie beleidigte, blieb er freundlich, er lächelte, nickte ihnen weiterhin aufmunternd zu. „Ihr sagt ja gar nichts. Versteht ihr nicht, was ich sage? He, du, Amigo, du –sprechen – meine – Sprache? Du – verstehen – Sprache – Englisch?"

Die drei schauten einander ratlos an. Wäre er ein unbewaffneter Zivilist gewesen, hätten sie ihn sofort angegriffen und zusammengeschlagen. Doch er trug einen Stern auf der Brust, eine Uniform, hatte einen Elektroschocker, einen Gummiknüppel, Pfefferspray und eine großkalibrige Pistole dabei. Sie waren ihm ausgeliefert.

Wollte er sich vor seinen Kumpanen nicht blamieren, musste der Anführer sich aber zumindest verbal zu Wehr setzen: „Fuck, Mann, was wollen Sie von uns? Was soll diese beschissene Show?" Sein Konter war für seine Freunde das Signal, sich ebenfalls zu Wort zu melden: „Shit, ja, was wird das hier? Verpiss dich, Drecksbulle!"

Jetzt war es an der Zeit sie richtig maßzunehmen. Er schaltete sein Lächeln ab, legte die rechte Hand auf den Griff seiner Waffe. „Sir, haben Sie mich eben ‚Drecksbulle' genannt? Habe ich das richtig verstanden?" Er nahm nun seinerseits eine bedrohliche Körperhaltung ein, gab auch seiner Stimme einen selbstbewussten, tiefen Unterton. Als die drei außer Schweigen nichts zustande brachten, gab er ihnen den Rest.

„Ihr drei habt keine Eier in der Hose, seid feige Wichser. Echte Männer hätten mich längst angegriffen und für ihre Ehre gekämpft. Steigt in euer lächerliches Spielzeugauto und dann fahrt zurück in das Ghetto, in dem eure fetten Mütter euch im Drogenrausch ausgeschissen haben. Los, verschwindet!"

Der Anführer der drei bebte vor Wut. Die Hände zu Fäusten geballt, die Zähne zusammengepresst, stand er da und überlegte, ob er den vor ihm stehenden Polizisten angreifen sollte. Doch als er sah, dass der völlig ungerührt und furchtlos vor ihnen stand, verließ ihn der Mut. Leise auf spanisch vor sich hinmurmelnd stiegen die drei in ihr Auto.

„So ist es richtig, Kinder. Fahrt schön nach Hause und schaut, ob es schon Mittagessen gibt. Dann prüft noch mal, ob ihr die Schularbeiten gemacht habt, und wenn ja, dürft ihr noch ein bisschen fernsehen. Und grüßt mir eure hässlichen Schwestern, wenn sie aus dem Puff von der Arbeit kommen."

Mit quietschenden Reifen machten die drei sich davon. Er sah ihnen kurz hinterher, denn es war durchaus möglich, dass sie wendeten und im Vorbeifahren auf ihn schossen. Doch er hatte sich nicht getäuscht. Die drei waren in keiner Gang. Es waren Halbstarke, Möchtegern-Gangster, die nur in der Gruppe Mut hatten und dann auch nur, wenn ihr Opfer ihnen offensichtlich unterlegen war. Er hatte ihnen eine Lektion erteilt.

Zurück im Auto bemerkte er, wie seine Hände zitterten. Sein Herz raste, er hatte eine Gänsehaut auf den Armen. Solche Auseinandersetzungen hatten eine berauschende Wirkung auf ihn. Er legte seinen Kopf in den Nacken, atmete, genoss den Moment.

Ein Tier zu töten war eine Sache, ein Feuer zu legen eine andere. Eine richtigen Adrenalinkick bekam er jedoch nur beim Kampf oder in Situationen wie eben. Andere gingen Stress und Ärger aus dem Weg, ihm verschafften diese Momente eine fast schon sexuelle Erregung.

Eine Steigerung erlebte er nur, wenn er einen Menschen töten oder schwer verletzen konnte. Doch bei Tag war das so eine Sache. Aber ab morgen, da hatte er wieder Nachtschicht. Endlich.

★★★

„Mike, warum tust du mir das an? Jeden Morgen, wenn ich zum Dienst komme, liegt irgendein Müll auf meinem Schreibtisch. Zum Beispiel diese Pappschachtel, die von einem Laden stammt, der sich ‚Peking Sun' nennt. Sie stinkt grässlich, enthält Reis, gebraten in irgendwelchen krebserregenden Transfetten, vermutlich durchsetzt mit Glutamat. Oder diese Plastikflasche mit Eistee, der so viel Zucker enthält, dass noch ein Gramm mehr dieses dünnflüssige Zeug in eine Art Sirup verwandelt hätte."

Judy konnte hören, wie Schachtel und Flasche irgendwo aufprallten – sehr wahrscheinlich auf Mike Jenkins Brust oder Schultern – und von dort auf seinen Schreibtisch fielen. „Hey, was soll das? Ich habe diese Sachen nicht auf deinem Tisch abgestellt. Warum bewirfst du mich mit Abfall?"

Doch seine Einwände nützten ihm nichts. Heidi Bogner, die am Schreibtisch gegenüber saß, redete sich in Rage: „Weißt du, was du bist? Ein Kao-Te. Ja, ein Kao-Te. Nicht zu verwechseln mit dem herkömmlichen, einfachen Chaoten."

Judy hörte lautes Papierrascheln. Sie ging davon aus, dass nun auch einige der alten Zeitungen, die Mike auf dem Schreibtisch seiner Kollegin geparkt hatte, durch die Luft zu ihm zurückflogen.

„Das Wort Kao-Te ist eng verwandt mit dem Begriff Amok. Beide haben ihren Ursprung im Malaiischen. Ein Amokläufer ist ein Mensch, der das Leben hasst, der sterben will und dabei möglichst viele Menschen mit in den Tod reißen möchte. Der Kao-Te hasst die Ordnung. Er hasst sie in seinem eigenen Leben, er will das totale Chaos, und auch andere Menschen um ihn herum sollen im Durcheinander versinken."

Judy runzelte die Stirn. Blitzschnell tippte sie das Wort *Kao-Te* in die Suchleiste ihres Browsers. Ihre Vermutung bewahrheitete sich. Heidi hatte es soeben erfunden, um ihren Kollegen damit zu beleidigen. Judy vermutete, dass auch die anderen im Büro den Begriff als Spitznamen für Mike Jenkins übernehmen würden. *Kao-Te* passte ganz gut zu ihm.

Draußen ging das Geplänkel schließlich weiter. Judy stand auf, ging zur Tür, zog sie zu. Sie war nun allein in dem Büro, das sie sich mit ihrem Vorgesetzten teilen musste. Sie war gerade an ihren Schreibtisch zurückgekehrt, da klingelte das Telefon.

„Judy Tonka hier, FBI Los Angeles, Mordkommission." Sie nannte grundsätzlich nicht ihren Rang, wenn sie sich am Telefon meldete. „Und hier Steve Cortez, Hausmann, Babysitter und Gärtner, ebenfalls Los Angeles. Judy riss die Augen auf. „Steeeeeve! Wow! Wie schön, mal was von dir zu hören. Wie geht's dir?"

Steve Cortez konnte hören, dass die Freude seiner ehemaligen Stellvertreterin echt war. Auch ihm wurde warm ums Herz. Für einen kurzen Moment konnte er Judy vor seinem geistigen Auge sehen, dazu das Büro, sogar einige der Kollegen von damals. Wehmut packte ihn, er hatte nicht damit gerechnet, dass der Anruf ihn emotional so mitnehmen würde. Er musste schlucken.

Einige Minuten lang unterhielten sie sich über ihr Leben, was sich beim FBI in der Zwischenzeit geändert hatte, erinnerten sich an alte Zeiten. Woody Lennox war zur Mordkommission zurückversetzt worden, eine Information, die Cortez ebenfalls freute. Immerhin hatte er sich damals für den gestrauchelten Mitarbeiter eingesetzt.

Es war Judy, die schließlich den Smalltalk beendete. „Steve, so wie ich dich kenne, rufst du mich nach zwei Jahren Funkstille doch nicht aus reiner Neugier an. Was kann ich für dich tun?" Cortez verzog das Gesicht, registrierte den Seitenhieb mit der Funkstille. Er hatte damit gerechnet, ging darüber hinweg: „Nur eine Kleinigkeit. Ein Freund von mir schreibt seine Doktorarbeit, es geht um Kriminalstatistik. Er möchte gern wissen, wie sich in den letzten Jahren, genauer gesagt während Corona, die Zahl der schweren Straftaten im ländlichen Amerika verändert hat. Damit die Zahlen wirklich aussagekräftig sind, soll die Statistik einen Zeitraum von zehn Jahren umfassen."

Während Judy das Gehörte noch verarbeitete, dazu eine Frage stellen wollte, ergänzte Cortez: „Die Auswertung soll zudem begrenzt sein auf den Bereich der Route 66."

Route 66. Hatte Judy richtig gehört? „Die Route 66? Die ist knapp 2.500 Meilen lang, zieht sich durch acht Bundesstaaten. Da sind Städte wie Oklahoma City dabei, Amarillo, Gallup. Da brennt überall die Luft, von L. A. und Chicago mal ganz zu schweigen. Wie soll man das vernünftig auswerten?"

Cortez hatte sich undeutlich ausgedrückt, im Stillen verfluchte er sich selbst. „Nein, nein, nicht die gesamte Route 66. Die Auswertung soll kurz hinter Gallup anfangen und dann alle Orte umfassen bis Barstow in Kalifornien. Es geht überwiegend um die wirklich entlegenen, ländlichen Gebiete."

Judy hatte den Browser noch geöffnet. Sie wechselte zu Google Maps, suchte nach Gallup, New Mexico. Danach ließ sie sich die Route nach Barstow, Kalifornien berechnen: 538 Meilen durch drei Bundesstaaten, New Mexico, Arizona, Kalifornien. Außer der Stadt Flagstaff gab es da nur kleine Käffer, abgelegene Farmen, einige Indianerreservate. Wüste. Cortez erwartete von ihr eine Verbrechensstatistik von Orten in der Wüste.

„Hallo, Judy, bist du noch da?" Sie hatte die Finger noch auf der Tastatur, den Hörer zwischen Schulter und Kopf geklemmt. Noch immer blickte sie ungläubig auf den Bildschirm, die Sache ergab keinen Sinn. Wäre da nicht ihr ehemaliger Chef am Telefon gewesen, ein Mann, dem sie viel zu verdanken hatte, sie hätte den Anrufer zum Teufel geschickt.

„Ja, Steve, ich schau mir das Ganze gerade bei Google an. Die Route 66 verläuft da überwiegend durch menschenleeres Gebiet. Abgesehen von Flagstaff, da leben 75.000 Menschen. Keine Ahnung, was dein Freund sich davon erhofft, aber ich helfe euch gern. Nach was genau soll ich suchen?" Cortez hatte die Antwort sofort parat: „Schwerverbrechen. Mord und Totschlag. Raubüberfälle mit Todesfolge. Vergewaltigungen, Entführungen. Das sollte erst mal reichen."

★★★

„Happy Birthday, lieber Gordon, Happy Birthday to you!" Was folgte, waren lautes Klatschen, Hurrarufe, sein alter Kumpel Will klopfte ihm auf die Schulter. Gordon war das alles ein bisschen peinlich. Er mochte so viel Trubel um seine Person gar nicht, auch nicht an seinem 60. Geburtstag. „Wenn man euch so singen hört, bekommt man Angst, dass gleich die Vögel tot aus den Bäumen fallen."

Der Spruch wurde ebenfalls mit Gelächter belohnt, dann verteilten sich die Fahrer langsam, gingen zurück zu ihren Trucks. Es war einfach zu heiß heute, um im Freien herumzustehen und ein Schwätzchen zu halten. Bei gut 43 Grad im Schatten flirrte die Hitze über dem Wüstensand.

Die große Tankstelle war ein beliebter Treffpunkt für alle Trucker, die von Las Vegas in Richtung Osten unterwegs waren. Man konnte hier tanken, duschen, Einkäufe erledigen. Und war mal etwas defekt, gab es jemanden, der sich mit Motoren und Kühlgeräten auskannte.

Gordon drehte noch eine letzte Kontrollrunde um den Truck, seinen ganzen Stolz. Die knallrote riesige Zugmaschine vom Typ Peterbilt 579 brachte es auf 500 PS. Hinter den Sitzen lag die Schlafkabine, darin befanden sich neben einem Kühlschrank auch eine Mikrowelle sowie eine Kaffeemaschine. Die Kabine war geräumig, einige Fahrer hatten ihre Frauen auf Tour mit an Bord. *So hat man jemanden zu Quatschen*, dachte er, *und auch zum Ficken, wenn es mal langweilig wird. Und zum Zanken. Aber wer will schon zwei oder drei Tage oder noch länger mit seiner Alten im Truck zusammenhocken?*

Er schaute sich die Reifen an, prüfte, ob die Ladeklappe richtig verriegelt war. Alles okay. Ein letzter Blick auf die Armbanduhr, es war so weit. Er würde jetzt gute 600 Meilen über die Interstate 40 bis nach Albuquerque fahren. Dort wäre erst mal eine Pause angesagt, während er die Fracht übernahm. 220 lebende Schweine würden es an diesem Tag sein. Mit seiner Fracht würde er dann in der Nacht 500 Meilen zurückfahren, erst auf der I-40 bis Flagstaff, dann auf der I-17 nach Phoenix. Wenn alles gutging, würde er dort im Morgengrauen ankommen, exakt, wenn der Schlachthof seine Tore öffnete.

Diese Fahrt war eine seiner Lieblingstouren. Sie war zwar lang, und eigentlich durfte er sie wegen der vorgeschriebenen Ruhepausen nicht allein fahren. Aber die Fahrzeiten wurden in Arizona nur selten kontrolliert, außerdem war er nachts unterwegs. Die Strecke ging größtenteils durch unbewohntes Gebiet, parallel zur alten Route 66. Er drehte den Zündschlüssel, und mit einem lauten Grollen, dass ihn immer wieder begeistern konnte, erwachte der Motor zum Leben. *Was für ein schönes Geburtstagsgeschenk, dieser Sound*, dachte er lächelnd und legte den ersten Gang ein.

★★★

Während Mark sich auf der Toilette die Hände gewaschen hatte, kümmerte Rebecca sich um die Bestellung. Sie würde ihn heute einladen, hatte sie großspurig verkündet, als sie in der Mittagszeit das „falsche“ Las Vegas in New Mexico erreichten. Diese Aussage war eigentlich irrelevant, dachte Mark, denn alle Ausgaben der Reise wurden mit ihrer gemeinsamen Kreditkarte bezahlt.

Der Ort, das musste man ihm lassen, hatte ein gewisses Flair. Hübsche Backsteingebäude aus der Zeit der vorletzten Jahrhundertwende säumten die Straßen, viele davon liebevoll restauriert. Kleine Geschäfte und Läden überall, Dutzende Restaurants und Cafés. Viele der Läden hatten die Markisen über den Schaufenstern ausgefahren, sie ragten weit über den Bürgersteig hinaus. So konnte man im Schatten flanieren, die Auslagen bestaunen, bekam ein Gefühl für die *gute alte Zeit*.

Sie hatten sich ein kleines Restaurant an einer ruhigen Straßenecke ausgesucht. Von hier aus konnten sie gut die vorbeigehenden Passanten beobachteten, ein Hobby, das sie teilten. Mark, der sich noch immer die Hände trockenrieb, setzte sich zu seiner Freundin an den Tisch.

Rebecca bekam noch immer das Grinsen nicht aus dem Gesicht. Während der gesamten Fahrt hatte Mark sich ihr Gekicher im Interkom anhören müssen. *Es ist Zeit, ihren überbordenden Humor etwas zu bremsen*, dachte er. Leise, damit die Gäste am Nebentisch von dem Gespräch nichts mitbekamen, begann er zu reden.

Während er sprach, zeigte er anklagend mit dem Finger auf sie. „Eigentlich solltest du dich fragen, wie es dazu kommt, dass man dir so ein ungebührliches Verhalten zutraut. Eine Frau, die sich mithilfe einer Vespa selbst befriedigt. Ich kenne niemanden, wirklich niemanden, der auf so eine Idee käme. Aber dir ... dir habe ich das tatsächlich abgekauft!"

Rebecca lächelte süffisant. Wortlos hob sie ihr Glas mit Orangensaft, führte den Trinkhalm zu Mund, nahm einen großen Schluck, dachte über eine gute Antwort nach. Dann grinste sie Mark breit an. „Ist der Ruf erst ruiniert, masturbiert sich's völlig ungeniert!"

★★★

Judy saß am Computer und konfigurierte die Abfrage. Bei simplen Abfragen konnte man eine einfache Oberfläche mit zahlreichen Auswahlmöglichkeiten nutzen, konnte Checkboxen anklicken, aus Listen Vorschläge auswählen oder auch eigene Suchbegriffe eingeben. Sie brauchte nur wenige Minuten, um die Abfrage ihres ehemaligen Chefs zusammenzustellen.

Zehn Sekunden später konnte sie das Ergebnis auf dem Monitor ablesen. Sie überflog es kurz, runzelte dabei die Stirn. *Erstaunlich*, dachte sie, *man lernt doch nie aus.*

★★★

„Was? Wir sollen uns Hamburger bestellen? Onkel Steve, ist das dein Ernst?“ In der ganzen Aufregung des Vormittags hatte Cortez völlig vergessen, sich um das Mittagessen zu kümmern.

Er saß nervös auf der Terrasse, wartete sehnsüchtig auf Judys Anruf. Als die beiden Jungs aus der Schule kamen und nach dem Mittagessen fragten, war er völlig perplex. *Verdammt, du hast vergessen zu kochen!*, schoss es ihm durch den Kopf. Er drückte den Kindern etwas Geld in die Hand, zusätzlich zu den Dollars, die sie noch von der Taxifahrt übrighatten.

Doch so einfach wollte ihn Diego nicht davonkommen lassen: „Du und Mum, ihr habt uns doch erklärt, wie ungesund Hamburger und Fast Food sind. Monatelang haben wir diese Gehirnwäsche bekommen – und jetzt sollen wir uns das Gift plötzlich selbst ins Haus holen? Niemals!“ Diego war clever, und er hatte den fragwürdigen Humor seines Vaters geerbt. „Ich will mein Gemüse! Wo ist der Wildreis? Ich bestehe auf vegane Soja-Bratlinge!“

Schließlich gelang es Cortez doch noch, die beiden loszuwerden. Mit ihren Fahrrädern waren sie nun unterwegs zu einem Schnellimbiss zwei Straßen weiter. Hier sollten sie sich und auch ihm ein ungesundes, aber natürlich auch ziemlich leckeres Mittagessen besorgen. Er ahnte bereits, was Camila dazu sagen würde.

Als sein Handy klingelte, benötigte er nur eine Sekunde, um das Gespräch anzunehmen. „Schieß los, Judy, was hast du für mich?“ Am anderen Ende raschelte es, als Judy sich den Hörer unters Kinn klemmte, um die Hände frei zu haben. Er konnte hören, wie sie etwas in ihre Tastatur eintippte.

„Gute Nachrichten, Steve. Insgesamt ist die Kriminalität in den ländlichen Gebieten entlang der 66 während der Corona-Zeit deutlich zurückgegangen. Wer hätte das gedacht? In den Ballungszentren und größeren Städten wie zum Beispiel Gallup sind die Zahlen hingegen leicht angestiegen.“

Cortez war sprachlos. Mit allem hätte er gerechnet, nur damit nicht. Er schüttelte kurz den Kopf, konnte das Gehörte nicht glauben. „Wie kann das sein? Überall sonst sind die Zahlen gestiegen, ja regelrecht explodiert!"

Während er noch nachdachte, lieferte ihm Judy die Antwort. „Corona. Während der Corona-Epidemie gab es kaum ausländische Touristen. Auf der Route 66 war nichts los. Keine Touristen, kein Geld. Viele Geschäfte und sogar Tankstellen hatten wohl geschlossen. Also gab es auch weniger Überfälle und andere schwere Straftaten."

Diese Fakten waren nicht von der Hand zu weisen und leuchteten ihm ein. Dennoch wollte er wissen, welche schweren Straftaten es sonst gab. „Und was war ansonsten los? Gibt es irgendwo eine auffällige Anhäufung von Morden oder anderen Schwerverbrechen?"

Es dauerte, bis Judy sich eine Übersicht verschafft hatte. „Also, vor drei Jahren wurden an der 66 zwei Polizisten in ihrem Streifenwagen erschossen, nicht weit von Flagstaff. Sie hatten gerade Pause, haben sich einen Hamburger gegönnt, als jemand sie durch die Windschutzscheibe hindurch erschossen hat."

Im Geist sah Cortez den Wagen und die Toten vor sich. Judy las ihm weitere Informationen vor. Sie fasste dabei den Bericht für ihn zusammen. „Ein anonymer Anrufer meldete sich, er gab an, er hätte zur Tatzeit eine Gruppe Rocker in der Nähe gesehen. Sofort wurde eine Großfahndung eingeleitet." Es dauerte kurz, als Judy sich weiter in den Text auf ihrem Bildschirm vertiefte.

„Tatsächlich konnte man sechs Männer verhaften, nur zwei Stunden vom Tatort entfernt. Alle sechs waren Mitglieder einer berüchtigten Motorradgang aus Oklahoma, den ‚Homies'. Zwei hatten Schusswaffen dabei, illegal. Die Waffen passten aber nicht zu dem Kaliber, das am Tatort verwendet wurde. Es wurden zudem Drogen gefunden, gegen einen der Männer lag ein Haftbefehl vor. Er wurde wegen Mordes gesucht."

Cortez sah alles genau vor sich. Er sah tätowierte Gesichter, Glatzen, breite Schultern, schwere Motorräder. „Man hat die Kerle natürlich durch die Mangel gedreht, nach allen Regeln der Kunst. Doch schließlich konnte man ihnen nichts nachweisen. Die Polizei geht dennoch davon aus, dass sie etwas mit der Tat zu tun gehabt haben könnten. Vielleicht ein Racheakt, oder sie wollten einer Verhaftung durch die beiden Cops zuvorkommen. Der Fall wurde erst mal zu den Akten gelegt."

Motorradgangs waren ein großes Problem in den USA, das wusste Cortez. Konnte so eine Bande etwas mit dem Verschwinden des Jungen zu tun haben? *Sind vielleicht Rocker heiß gewesen auf diese wertvolle Maschine, die Indian?*

„Vorletztes Jahr wurde zwischen Ash Fork und Seligman eine Frau vergewaltigt, danach erdrosselt. Ihr Wagen war in den Nachtstunden an der 66 liegengeblieben. Ein Trucker fand sie am nächsten Morgen. Sie lag genau hinter ihrem Wagen, die Hose heruntergezogen." Cortez Blick wurde kalt. Verbrechen an Frauen beschäftigten ihn immer besonders. „Der Täter hat keine Spuren hinterlassen. Der Fall wird als Cold Case geführt."

Kurz herrschte Stille, beide hingen ihren Gedanken nach. Cortez konnte wieder Judys Tastatur klappern hören. „Noch ein Cold Case an der Route 66. Eine Entführung. Ein achtjähriger Junge ist verschwunden, am helllichten Tag. Er lebte mit seiner Familie in Chambers, nicht weit weg von Gallup."

Verschwunden. Cortez wurde hellhörig: „‚Verschwunden', sagst du? Ist sonst noch jemand verschwunden?" Er erwartete eine Antwort, doch Judy Tonka enttäuschte ihn. „Hör zu Steve, ich mach dir ein PDF mit einer Übersicht von dem, was der Computer ausgespuckt hat, okay? Ich habe gleich eine Besprechung und kann mich leider nicht länger mit der Doktorarbeit deines Freundes beschäftigen. Wo soll ich dir die Datei hinschicken?"

Cortez wurde hektisch. Er durfte Judy jetzt nicht verlieren. „Warte einen Moment, bitte! Verschwunden. Wie viele Menschen sind denn in den vergangenen Jahren an der Route 66 verschwunden? Kannst du das sehen?"

Am anderen Ende der Verbindung wurde Judy Tonka stutzig. „Was hat das mit der Arbeit deines Freundes zu tun? Wenn jemand verschwindet, ist das doch erst mal kein Schwerverbrechen. Überleg mal: Jedes Jahr verschwinden Hunderttausende Menschen in den USA."

Judy holte Luft. „Aber in 90 Prozent der Fälle tauchen die Vermissten innerhalb eines Monats wieder völlig unversehrt auf. Auch die verbleibenden zehn Prozent sind nicht etwa tot, denn von denen findet sich ebenfalls ein Großteil wieder ein, nur dauert das hier länger. Nur ein kleiner Bruchteil bleibt leider für immer verschwunden."

Judy war stolz darauf, sich in diesem Bereich gut auszukennen. Sie setzte ihre Ausführungen fort: „Das Problem ist, das die USA einfach riesig sind. Wir sprechen von einem Gebiet mit knapp 10 Millionen Quadratkilometern. Überleg mal: Deutschland bringt es auf gerade mal 360.000 Quadratkilometer. Dabei leben bei uns nur 33 Menschen auf einem Quadratkilometer, drüben in Deutschland sind es 230."

Cortez konnte hören, wie sie erneut Luft holte. Der Vortrag würde noch weitergehen. „In Nevada, also dem Bereich, für den ihr euch interessiert, leben nur neun Menschen auf einem Quadratkilometer. In New Mexico sind es sogar nur sechs. Aber das ist nicht das einzige Problem. Es gibt keine Meldepflicht in den USA. Wenn du von Alaska nach Florida ziehen willst, bitte sehr. Wenn du deine Frau verlassen willst, ziehst du einfach um, das war's."

Langsam dämmerte Cortez, worauf sie hinauswollte. „Ich verstehe. Wenn jemand bei uns vermisst wird, geht die Polizei erst mal nicht von einem Verbrechen aus. Das ist auch der Grund, warum bei verschwundenen Erwachsenen nur so wenig Aufhebens gemacht wird. Man geht davon aus, dass die schon von allein wieder auftauchen, irgendwann."

Judy sah auf die Uhr. Ihre Besprechung wartete in der Kantine auf sie. „Richtig. Du fragtest nach schweren Verbrechen, und zu verschwinden ist nun mal keines. Also, wo soll ich dir die Daten hinschicken?"

Cortez hatte es nicht mehr auf seinem Stuhl gehalten. Er stand jetzt, umklammerte das Telefon so fest, dass seine Hand schmerzte. „Warte! Bitte tu mir einen Gefallen, nur noch diesen einen. Schau bitte nach, wie viele Menschen in den letzten zehn Jahren entlang der Route 66 in Nevada verschwunden sind."

Was ist das denn?, dachte Judy Tonka. *Diese Stimme.* Irgendetwas stimmte da nicht, Cortez belog sie. Diese Auswertung, die war nicht für einen Freund. An was war der alte Fuchs da dran? „Gut. Auch wenn sich mir der Sinn der Sache nicht so ganz erschließt. Ich melde mich in zwei Stunden."

Cortez biss die Zähne zusammen. Doch was sollte er tun? In diesem Moment kamen seine beiden Ziehsöhne auf die Terrasse. „Komm schon, Onkel Steve. Vergiften wir uns."

★★★

„So, ihr zwei Hübschen, hier, eure Cheeseburger. Macht mal bitte ein bisschen Platz auf dem Tisch." Hastig schoben Mark und Rebecca ihre Gläser und Tassen beiseite. Die etwas schrullige, aber freundliche Kellnerin stellte die Teller ab. „300 Gramm feinstes amerikanisches Rindfleisch, garantiert hier aus der Region. Dazu einige Streifen bester Bacon, knusprig gegrillt. Obendrauf noch eine dicke Scheibe Cheddar, dazu in Butter gebratene Champignons. Die Chips bringe ich euch gleich. Ich wünsche guten Appetit."

Mit großen Augen blickte Mark den vor ihm stehenden Burger an, der tatsächlich köstlich aussah. Er schaute hinüber zu Rebecca, die ihren Burger bereits in den Händen hielt. *Doch halt*, dachte er, *die Kellnerin hat das Wort ‚Vegan' überhaupt nicht erwähnt.* Was also befand sich dort zwischen Rebeccas Händen?

„Äh, sag mal, willst du etwa Fleisch essen? Hatten sie hier nichts Vegetarisches auf der Karte?" Ohne ihn einer Antwort zu würdigen, biss Rebecca in ihren Cheeseburger. Sie verzog das Gesicht, schloss die Augen. „Hm, hm", brummte sie leise. Sie kaute langsam, so als wollte sie den Genuss möglichst intensiv auskosten.

Sprachlos beobachtete Mark seine Freundin. Die schluckte ihren Bissen herunter. Mit Ketchup in den Mundwinkeln antwortete sie ihm endlich. „Ich kann dieses ganze vegane Zeug nicht mehr sehen. Diese fürchterlichen Soja-, Tofu- und Weizen-Patties, die grässlichen Fleischersatzprodukte aus Erbseneiweiß, alles zum Kotzen. Nein, Buddy, ich bin zu den Fleischfressern zurückgekehrt."

Wie zum Beweis nahm sie einen großen Bissen, erklärte ihm mit vollem Mund: „Eine Frau in meinem Alter braucht tierisches Eiweiß, viel tierisches Eiweiß. Das ist gut für die Muskeln und gut für die Libido. Du hast die ganze Zeit recht gehabt."

Völlig konsterniert sah Mark ihr beim Essen zu. Er war baff, völlig platt. Monatelang hatte sie ihn genervt – und jetzt zog sie aus heiterem Himmel so eine Show ab. Wortlos schüttelte er den Kopf. Vorhin die Vespa-Geschichte, jetzt das hier. Dabei war der Tag noch nicht zu Ende. Welche verrückten Sachen würde sie sich wohl noch einfallen lassen?

★★★

Die Kantine im Untergeschoss des Wilshire-Gebäudes war in verschiedene Bereiche unterteilt. Es gab eine Theke, die preiswerte Gerichte zu Selbstbedienung anbot. Und es gab einen abgeteilten ruhigeren Bereich, in dem *à la carte* serviert wurde. Judy steuerte diesen Bereich an.

Die „Besprechung“, die sie hier erwartete, hörte auf den Namen Gloria Florales. Sie war 25 Jahre alt und damit um einiges jünger als Judy. Sie hatten sich im Fitnesscenter kennen und lieben gelernt und nach ihrer ersten gemeinsamen Nacht festgestellt, dass sie beide im selben Gebäude arbeiteten. Gloria studierte Jura im letzten Semester, jobbte in ihrer vorlesungsfreien Zeit in der Kantine.

Judy nahm Platz, tat so, als würde sie die Karte studieren. Doch aus den Augenwinkeln sah sie, dass sich ihre Freundin bereits näherte.

Gloria war nicht gerade groß, konnte aber beeindruckende Proportionen vorweisen. Einen klasse Hintern, wie Judy fand, dazu einen prallen Busen. Sie war überaus sportlich, alles an ihr war knackig und stramm. Sie hatte dunkle, fast schwarze Haare, die sie an diesem Tag zu einem Dutt zusammengeknotet hatte. In der hellbraunen Uniform der Catering-Firma, die die Kantine betrieb, sah sie etwas seltsam aus. Wenn Judy sie jedoch ansah, konnte sie durch die Unform hindurchsehen. Sie wusste genau, wo welche Tätowierung war und wo sich welches Piercing befand.

„Guten Tag, Ms Tonka, haben Sie sich schon für etwas entschieden?“ Gloria stand neben dem Tisch, zwinkerte Judy lächelnd zu. „Ich könnte Ihnen ein sehr zartes Stückchen Fleisch empfehlen, zum Ablecken gut. Hellrosa glänzend, mit einem kleinen goldenen Piercing garniert, himmlisch. Wirklich allererste Qualität.“ Sie klimperte mit den Augen, tat aber sonst so, als wäre Judy eine ganz normale Kundin und dies ein ganz gewöhnliches Gespräch.

Judy konnte spüren, wie ihr das Blut in die Wangen schoss. Einerseits befürchtete sie natürlich, dass irgendwer mithörte. Anderseits war es genau das, was sie jetzt am liebsten bestellt hätte, und das wusste Gloria, diese raffinierte Schlange, natürlich genau. Für den Rest des Tages würde Judy an ihrem Schreibtisch sitzen und an nichts anderes denken können.

„Danke für den Tipp, Ms Florales, eine sehr anregende Empfehlung. Ich komme eventuell später darauf zurück. Fürs Erste reicht mir erst mal ein großer Salat mit Schinken und Käse.“ Gloria nickte, lächelte dabei.

Ihre Antwort war nur ein Flüstern. „Ich erwarte dich um sechs, okay? Sei pünktlich. Ich habe mir ein paar neue Dessous und Spielsachen gekauft, extra für dich." Sie schritt von dannen, ließ eine Judy zurück, die während ihrer restlichen Pause ziemlich abwesend aussah.

★★★

„Toffiefee, komm her, sei ein braves Mädchen. Komm!" Eine vor Muskeln nur so strotzende Bullterrierhündin stand vor ihrem Tisch. Sie wedelte mit dem Schwanz, blickte zu ihnen hinauf, die Zunge hing ihr dabei aus dem Maul. Mark mochte keine Hunde – und Bullterrier hasste er geradezu. Ihre kleinen schwarzen, dreieckigen Augen erinnerten ihn manchmal an einen Hai – und an den Blick des Serienmörders Elias Coleman.

Rebecca warf dem Tier ein Stückchen Bacon zu, das sie am Rand ihres Tellers abgelegt hatte. Der Hund schnappte es gierig aus der Luft. Mark konnte hören, wie seine Zähne dabei aufeinanderschlugen: *Klack*. Es gab Hunde mit größerer Beißkraft, das wusste er, aber trotzdem: Das klang nicht schön.

Das Frauchen, eine junge Schwarze um die 25, eilte herbei. „Bitte nicht füttern, Ma'am. Sie soll nicht bei Tisch betteln, und wenn Sie ihr was geben, dann gewöhnt sie sich das an. Kommst du wohl her, du kleines Schweinchen?" Sie zog den Hund beiseite, streichelte ihn. Plötzlich blickte sie Mark direkt in die Augen. „Und Sie, Sie brauchen gar nicht so fies zu gucken. Bullterrier sind keine bösen Hunde, sondern überaus liebe, verspielte Tiere. Mit ihnen ist es wie mit Menschen. Hat das Frauchen einen guten, liebevollen Charakter, dann überträgt sich das auf den Hund. Ist das Herrchen aber ein Arschloch, dann wird auch der Hund ein Arschloch. So einfach ist das."

★★★

Zurück an ihrem Rechner, versuchte Judy, ihre Gedanken zu ordnen. Sie und Gloria waren noch nicht lange zusammen, ihre Beziehung dementsprechend feurig. Sie trafen sich nur zwei bis drei Mal die Woche, dementsprechend müde war sie am nächsten Tag. Sie ahnte bereits, wie es ihr am nächsten Morgen ergehen würde.

Zunächst waren da einige E-Mails, die sie beantworten musste. Ein Anruf auf dem AB erwies sich als unwichtig, er konnte warten. Einige Akten und ein Haftbefehl mussten abgezeichnet werden, das alles war schnell erledigt. Was kam als nächstes? Richtig, Cortez.

Sie startete das Programm, änderte einige Abfrageparameter. Viel gab es da nicht zu tun. Statt Schwerverbrechen, Mord und Totschlag wollte Cortez nun die Zahl der *Missing Persons* im Bereich der Route 66 erfahren. Ein seltsamer Sinneswandel, wie sie fand. Und da erinnerte sie sich auch wieder an den Klang von Cortez' Stimme. Aufregung, sogar einen Hauch von Hysterie glaubte sie gehört zu haben. Wie passte das mit der Behauptung zusammen, die Auswertung wäre für die Doktorarbeit eines Freundes?

Egal. Sie startete die Auswertung. Für eine kurze Zeitspanne stand da „Please wait". Das FBI konnte auf einen Suchindex verschiedener Bundes-Datenbanken zurückgreifen. Diese Suche war für einfache Aufgaben meist völlig ausreichend. Es gab aber auch die Möglichkeit einer erweiterten Suche. Dabei wurden Hunderte Server bei Dutzenden von Behörden in Echtzeit angefragt. Diese Suche war wesentlich genauer, konnte jedoch im Einzelfall bis zu zwei, drei Stunden dauern. Daten, die beim Militär oder der NSA lagen, mussten unter Umständen vor der Übertragung erst noch überprüft und freigegeben werden.

Ping! Auf dem Bildschirm erschien das Ergebnis ihrer Auswertung. Judy schüttelte den Kopf. Im ersten Moment glaubte sie an einen Fehler, vielleicht an eine falsche, ungenaue Abfrage ihrerseits. Doch dann wurde ihr klar, dass hier kein Irrtum vorlag. Im Bruchteil einer Sekunde erkannte sie, dass Cortez, dieser Schweinehund, sie belogen hatte. Es gab keinen Kumpel, keine Doktorarbeit. Cortez war da an etwas dran, an einer ganz großen Sache. Ihr Herz begann zu rasen. Mit zitternden Händen griff sie zum Telefon.

★★★

Als er merkte, wie sein Kopf nach vorn fiel, wurde er wach. Er schüttelte sich, blickte etwas verwirrt umher. *Ich bin im Garten*, dachte er, *auf der Terrasse.* Auf dem Tisch standen noch die Reste der Mahlzeit, die er und die Kinder verzehrt hatten. Er blinzelte, das helle Licht schmerzte ihn.

Bereits seit ein Uhr in der Nacht war er jetzt auf den Beinen, nach nur zwei Stunden Schlaf. Früher hätte ihm das nichts ausgemacht, aber er hatte sich so an einen regelmäßigen, gesunden Nachtschlaf gewöhnt, dass sein Körper gegen diesen Ausreißer rebellierte.

Auf dem Tisch stand noch eine kleine Flasche Mineralwasser. Er trank einen Schluck, beschloss in die Küche zu gehen und es mit einem starken Kaffee zu versuchen.

Er war kaum ein paar Schritte gegangen, da klingelte sein Handy. Es lag auf dem Terrassentisch. Sofort war er hellwach. Mit einem Sprung war er am Tisch, blickte auf sein Telefon: *Judy Tonka*.

„Hy, Judy, Steve hier. Was …" Weiter kam er nicht. Am anderen Ende der Leitung erklang die aufgebrachte Stimme seiner ehemaligen Kollegin: „Du Mistkerl hast mich angelogen! 17 vermisste Männer in zehn Jahren, dazu zwei verschwundene Frauen. Du gottverdammter Lügner, was ist da los auf der Route 66? An was bis du dran? Da treibt ein Serienmörder sein Unwesen!"

★★★

Nach ihrer Mittagspause und einer aufregenden Motorradtour durch den *Carson National Forest* erreichten Mark und Rebecca am Nachmittag endlich Taos. Zunächst fuhren sie ziellos einige Runden durch den Ort, schauten sich um, bestaunten die zahlreichen Adobe-Häuser.

Mark kannte Taos nur von Fotos, er war beeindruckt von der indianisch-mexikanischen Architektur der Gebäude. Adobe-Häuser zeichneten sich durch eine ein- bis zweigeschossige Bauweise aus, die Außenwände waren mit Lehm verputzt und hellbraun oder weiß überstrichen. Die tragenden Balken ragten weit aus den Wänden heraus; sie waren es, die den Gebäuden ihr typisches Erscheinungsbild gaben.

Zur Straße hin verfügten viele Häuser über eine kleine Überdachung aus Holz. Darunter lag ein Bohlenweg, auf dem es sich im Schatten und bei Regenwetter auch trockenen Fußes daherschlendern ließ. In Blumenkübeln aus Ton, oft bunt bemalt mit folkloristischen Motiven, wuchsen Kakteen oder kleinere Nadelbäume.

An einigen Balken, die aus den Hauswänden ragten, hingen zum Trocknen aufgehängte Chilischoten, Knoblauch und Sträuße von einheimischen Gewürzen. An vielen Häusern lehnten Holzleitern, über die man früher die oberen Stockwerke hatte erreichen können. Heute dienten sie nur noch als Zierde.

Im Stillen musste Mark lächeln, denn Taos erinnerte ihn stark an eine Filmkulisse. Ständig erwartete er, dass plötzlich eine Gruppe berittener Indianer um die Ecke kam, verfolgt von wild um sich schießenden Cowboys. Doch es waren nur Autos, vollgepackt mit Touristen, die ihren Weg kreuzten.

Schließlich erreichten sie einen großen Platz im Zentrum, wo sie ihre Motorräder abstellten. Bei der Hitze konnten sie auf ihre Jacken verzichten; sie ließen sie in den Satteltaschen der Harley. In der Mitte des Platzes befand sich eine Grünfläche, auf der an diesem Tag so etwas wie ein Markt stattfand. Eine Kapelle in mexikanischer Tracht spielte laute Mariachi-Musik, zwei Frauen, ebenfalls in volkstümlicher Kleidung, tanzten dazu. Schaulustige klatschten, feuerten Kapelle und Tänzerinnen an.

Etwas verloren standen Rebecca und Mark neben ihren Bikes an der Straße. Es war voller als erwartet, keiner von ihnen hatte mit dem Markttag gerechnet. Rebecca, oben herum nur noch bekleidet mit einem blauen Top, auf der Stirn ihre Sonnenbrille, beschattete ihre Augen mit der Hand. „Wie sieht denn jetzt dein Plan aus? Adam war auch in Taos. Laut Kreditkartenabrechnung hat er hier in einem Laden etwas eingekauft, wohl Souvenirs. Was meinst du, ist es sinnvoll, uns den Laden mal anzusehen?“

Mark nickte. „Ja, ich möchte Rose nicht in einigen Tagen entgegentreten, ohne wenigstens ansatzweise nach ihrem Sohn gesucht zu haben. Große Hoffnungen mache ich mir zwar nicht, aber wir sollten uns das Geschäft wenigstens mal anschauen.“ Er zog sein Handy hervor, gab die Adresse ein, zeigte Rebecca die Richtung an. „Da geht’s lang. Erst mal mitten hinein ins Getümmel.“

Hand in Hand mischten sie sich unter das Volk. An zahlreichen Ständen wurde Nippes angeboten, viel Kitsch, aber auch einige hochwertige, handwerklich schön gefertigte Alltagsgegenstände. Dazu zählten Töpferwaren, Stricksachen, bedruckte Stoffe und Geflochtenes. An etlichen Ständen wurde indianisch anmutender Schmuck angeboten. Rebecca stoppte einige Male, betrachtete kurz die Auslagen, doch da war nichts, was sie sich gern umgehängt oder angesteckt hätte.

Ihr Weg führte sie an Dutzenden Läden mit typischen Souvenirs vorbei. Da gab es T-Shirts, bedruckt mit dem New-Mexico-Kreuz, auf alt getrimmte Lederwaren und bunte Totenkopf-Masken, wie sie am *Dia del Muerto* gern getragen wurden.

Zwischen den Geschäften und Ständen gab es immer wieder kleine Läden, die mexikanische Spezialitäten anboten. Es duftete verführerisch nach gegrilltem Fleisch, doch Mark und Rebecca waren noch vom Mittagessen gesättigt. Lediglich eine kühle Erfrischung in Form eines Eistees gönnten sie sich.

Endlich erreichten sie den gesuchten Laden, der versteckt an einer ruhigen Straßenecke lag. Ein kleines Schaufenster, daneben eine einfache Tür; völlig unscheinbar und fast schon zurückhaltend gab sich das Geschäft. Lediglich ein Schild aus Holz, das über dem Eingang hing, verriet, was hier angeboten wurde: *Fine Indian Art.*

Sie stoppten kurz vor dem Schaufenster, blickten hinein. In der Auslage wurde Silberschmuck zur Schau gestellt, Rebecca sah sich die Sachen neugierig an. „Das sieht schon besser aus. Diese Brosche da oder der Anhänger daneben, beides sehr schöne Stücke. Lass uns reingehen."

Der Laden hatte nichts, aber auch gar nichts mit den Touristengeschäften zu tun, an denen sie in den vergangenen Minuten vorbeigekommen waren. Überaus aufgeräumt, fast schon spartanisch, zogen sich an den beiden Wänden einige Vitrinen bis in den hinteren Bereich. Der Raum war nicht allzu breit, sodass Interessenten problemlos mal nach links, mal nach rechts schauend hindurchschlendern konnten.

An den Wänden hingen einige Teller und andere indianische Töpferwaren, indirekt von versteckten Strahlern beleuchtet. Die weißen Wände und der schwarze Steinfußboden bildeten einen starken Kontrast. Davon hoben sich die rundherum verglasten Vitrinen aus dunklem Holz ab. Rebecca fühlt sich eher an ein Museum erinnert als an einen Schmuckladen.

Während sie noch die ersten Auslagen im Eingangsbereich betrachteten, begrüßte sie ein mit einem schlichten grauen Anzug bekleideter älterer Mann. Er stand hinten im Laden, dort gab es offenbar einen Nebenraum, aus dem er hervorgetreten war. „Bitte, kommen Sie nur herein. Schauen Sie sich um. Wir haben für jeden Geschmack etwas dabei."

Die zurückhaltende, unaufdringliche Art des Mannes sowie die schlichte Ausstattung des Geschäftes gefielen Rebecca. Langsam an den Vitrinen vorbeigehend, betrachtete sie die dort angebotenen Schmuckstücke.

Mark tat es ihr gleich, jedoch auf der anderen Seite. Selbst für ihn als Laien war es auf den ersten Blick ersichtlich, dass hier keine billigen Souvenirs angeboten wurden. Alles sah nach exzellenter Handarbeit aus. Der Verkäufer bestätigte seine Vermutung: „Wir führen ausschließlich hochwertige Stücke von indigenen Künstlern. Dazu zählen moderne zeitgenössische Schmuckstücke, aber auch echtes antikes Kunsthandwerk."

Langsam ging Mark die Reihe der Vitrinen entlang. Hingen an den Auslagen zu Anfang noch Preisschilder um die 50 Dollar, wurde es umso teurer, je weiter er in den Laden vordrang. Etwa in der Mitte blieb er erneut stehen, betrachtete eine Brosche: eine Spinne, gefertigt aus Silber, der Körper aus einem wunderschönen braunen Edelstein geschnitten. Ein kleiner Zettel darunter verriet etwas über die Künstlerin, die die Brosche angefertigt hatte. Ein dezentes Schild verriet den Preis: 1.500 Dollar.

Während Mark weiterging, bemerkte er, dass die Schmuckstücke in den letzten beiden Vitrinen weder Beschreibungen noch Preisschilder aufwiesen. Der Verkäufer, der jetzt vor ihm stand, erklärte: „Hier finden Sie Sammlerstücke, Einzelstücke und Antiquitäten. Einige sind über 500 Jahre alt. Wenn Sie etwas entdecken, dass Sie interessiert, gebe ich Ihnen gern nähere Auskunft dazu."

Rebecca stand nun neben Mark. Gemeinsam betrachteten sie die Auslage, die ausschließlich Silberschmuck enthielt, verziert mit überwiegend türkisfarbenen Steinen. Auch einige weiße, beigefarbene und rötliche waren in den Schmuck eingearbeitet. Der Verkäufer erklärte: „Bei den hellblauen Steinen handelte es sich um Türkise. Die hellen und rötlichen Einlegearbeiten wurden hingegen aus Korallen gefertigt."

Neben abstrakten Mustern in allen Formen erkannte Mark Tierköpfe, einen Adler mit ausgebreiteten Schwingen, einen Schmetterling. Alle Stücke waren von überragender Qualität. Mark hatte nicht gewusst, dass indianische Handwerkskunst mit so filigran gefertigten Details aufwarten konnte. Hätte man ihn gefragt, hätte er sich wesentlich schlichtere Arbeiten vorgestellt.

Doch sie waren nicht hier, um etwas zu kaufen. Mark holte sein Handy hervor, auf dem er das Foto von Adam gespeichert hatte. „Ihre Ware ist tatsächlich sehr beeindruckend. Doch leider muss ich Ihnen offen und ehrlich gestehen, dass wir nicht hier sind, um etwas zu kaufen. Wir suchen einen Freund." Er hielt dem Mann das Telefon entgegen.

„Adam war vor fünf Wochen bei Ihnen, er hat etwas im Wert von 80 Dollar erworben. Gezahlt hat er mit seiner Kreditkarte. Können Sie sich vielleicht noch an ihn erinnern?" Der Verkäufer runzelte die Stirn. Langsam schüttelte er den Kopf: „Tja, ich weiß nicht. Vor fünf Wochen war hier viel los, Ferienzeit. Ich würde Ihnen da gern weiterhelfen, aber ich muss passen, sorry."

Mark steckte sein Telefon wieder ein; er hatte nichts anderes erwartet. Bisher zeigte sich überall das gleiche Bild: Fünf Wochen nach seinem Verschwinden konnte – oder wollte – sich niemand mehr an Adam Newton erinnern. „Danke trotzdem. Einen Versuch war es wert. Wir schauen uns noch ein bisschen um. Rebecca, kommst du?"

Rebecca starrte wie gebannt auf einige Schmuckstücke in der hintersten Vitrine. Offenbar war sie dabei so in ihre Gedanken vertieft, dass sie von Marks kurzem Gespräch mit dem Verkäufer nichts mitbekommen hatte.

Jetzt erwachte sie aus ihrer Versunkenheit. „Sir, diese Armbänder hier, was kosten die bitte?"

Entsetzt blickte Mark in die Vitrine. Der Verkäufer hingegen legte den Kopf zur Seite, es sollte wohl so etwas wie Anerkennung ausdrücken. „Ma'am, Sie haben ein gutes Auge. Diese Armbänder sind etwa 400 Jahre alt. Gefertigt wurden sie von einem Meister seines Fachs, vermutlich vom Stamm der Jicarilla Apachen."

Er wartete kurz, schwieg, bis Rebecca erkannte, dass er ihre volle Aufmerksamkeit haben wollte. „Leider muss ich Ihnen jedoch sagen, dass wir diese Armbänder nur im Set und auch nur zusammen mit dem Medaillon darüber anbieten. Die Stücke gehören seit Jahrhunderten zusammen, wir möchten sie nicht auseinanderreißen."

Rebecca beugte sich über die Vitrine, betrachtete das Medaillon. „Wunderbar, für mich ein Grund mehr, mich sehr dafür zu interessieren. Bitte verraten Sie mir den Preis." Sie lächelte den Verkäufer freundlich an, würdigte Mark jedoch keines Blickes.

Dem Mann hinter dem Tresen blieb das nicht verborgen. Für gewöhnlich war es wohl so, dass der die Dame begleitende Herr den Kauf des Schmucks absegnen musste. Diese gutaussehende Frau jedoch schien ihren eigenen Kopf zu haben. Er blickte kurz fragend zu Mark hinüber, der jedoch starrte immer noch entgeistert auf den Schmuck hinter der Glasscheibe.

Als er erkannte, wie der Hase hier lief und dass Mark wohl nichts zu melden hatte, schenkte er Rebecca seine ganze Aufmerksamkeit. „Für diese drei fantastischen Stücke liegen ein Gutachten, ein Echtheitszertifikat sowie ein Herkunftsbeleg vor. Zusätzlich garantiere ich Ihnen natürlich uneingeschränkt die Echtheit der Ware."

Er zog die Schublade aus der Vitrine hervor. Die drei Stücke lagen zusammen auf einem mit Samt bespannten Tablett. Vorsichtig hob er es hoch, präsentierte es Rebecca, ohne es aus der Hand zu geben: „Für nur 12.000 Dollar gehören diese unvergleichlichen Stücke Ihnen, Madam. 400 Jahre alte indianische Handwerkskunst."

Mit einer Handbewegung deutet Rebecca an, dass der Verkäufer das Tablett abstellen solle, was er auch tat. Mark betrachtete die Armbänder und das Medaillon. Sie funkelten im Licht. *Es sind wohl Türkise*, dachte Mark, *eingefasst in Silber.* Die Steine, die winzige farbige Einschlüsse aufwiesen, waren in Kreisen umeinander herum angeordnet. In ihrer Ausrichtung passten sie perfekt zueinander. Die drei Schmuckstücke wirkten schlicht, doch selbst Mark konnte ihre Einzigartigkeit und die handwerkliche Meisterschaft erkennen, die hier zu sehen war. „Ein fairer Preis. Wenn Sie mir noch etwas entgegenkommen, dann nehme ich sie."

Einen Moment lang begriff Mark nicht, dass es Rebeccas Stimme war, die er da vernahm. Als ihm jedoch im Bruchteil einer Sekunde klar wurde, dass es seine Freundin war, die gerade eine Kaufzusage ausgesprochen hatte, blickte er sie erschrocken an.

Rebecca legte ihm beschwichtigend die Hand auf den Arm. „Schatz, vertrau mir. Ich habe keinen Schmuck gekauft, ich habe in Antiquitäten investiert. Solche einzigartigen Stücke finde ich woanders nicht, und wer weiß, wann ich noch einmal nach Taos komme."

Der Verkäufer nickte ihr zustimmend zu. Jetzt, wo der Kauf so gut wie vereinbart war, hatte er nichts mehr dagegen, dass Rebecca den Schmuck probeweise anlegte. Er reichte ihr eines der Armbänder, und Rebecca streifte es vorsichtig über ihr Handgelenk. „Passt perfekt. Wie für mich gemacht."

Sie betrachtete das Schmuckstück eine Weile, wandte sich dann an Mark: „Ich muss mit dem Herrn noch kurz etwas Geschäftliches klären. Bitte warte doch draußen auf mich, es geht um eine Überraschung für dich."

Als Zeichen, dass er sich verabschiedete, tippte sich Mark an die Stirn, ging hinaus vor die Tür. Hier stellte er sich etwas abseits in den Schatten, dachte nach. Rebecca war eine überaus wohlhabende Frau. Während ihrer Ehe mit dem New Yorker Staranwalt Tom Moto hatte sie über Jahre hinweg ihren finanziellen Anteil am Ertrag der Kanzlei erhalten. Sie war klug genug, das Geld gut anzulegen. Sie investierte es in Immobilien, Aktien, Edelmetalle. Wie groß ihr Vermögen wirklich war, wusste Mark nicht. Steve Cortez hatte damals von gut neun Millionen Dollar gesprochen.

Auch Mark hatte während seiner acht Jahre Auslandseinsatz als Militärpolizist ein stattliches finanzielles Polster aufgebaut. Hinzu kamen Ersparnisse aus früheren Zeiten und die Hälfte einer Erbschaft. Sein Bruder hatte das Geld für ihn gewinnbringend angelegt. Von einer Million war er noch weit entfernt, doch auch er konnte weitestgehend unbesorgt leben.

Während ihrer gut zweijährigen Beziehung war Geld nie ein Thema gewesen. Stillschweigend hatten sie vereinbart, dass Mark einen symbolischen Obolus an Rebecca zahlte, quasi als Miete. Daneben teilten sie sich die Kosten für Essen und alltägliche Unkosten wie Restaurantbesuche. Die teuren Clubmitgliedschaften übernahm Rebecca.

Dass sie sich jetzt so teuren Schmuck anschaffen musste, ärgerte Mark dennoch. Sie waren nicht zum Vergnügen hier. Irgendwie kam es ihm falsch vor, sich während der Suche nach Adam Newton so ungezwungen zu benehmen. Außerdem konnte der auffällige Schmuck zum Problem werden. Sollte jemand seinen wahren Wert erkennen, konnte das Begehrlichkeiten wecken.

Als Rebecca eine Weile später aus der Ladentür trat, strahlte sie über das ganze Gesicht. Wie erwartet, hatte sie die Armbänder und auch das Medaillon angelegt, und wie Mark schon vermutet hatte, standen ihr die Sachen hervorragend. Als sie ihn entdeckte, sah sie allerdings sofort, dass er über den Kauf nicht gerade glücklich war.

Sie blickte betreten zu Boden, ein bisschen wie ein Kind, das etwas ausgefressen hat und sich nun vor den Eltern dafür schämt. Ohne ihn anzublicken, trat sie näher. „Baby, ich weiß, was du denkst. Und ja, du hast recht, dass musste jetzt nicht sein. Aber bitte versteh mich. Die Sachen sind einzigartig, und ich garantiere dir, dass ich richtig liege. Sollte ich sie jemals verkaufen wollen, vielleicht in zehn oder 20 Jahren, werden sie mir eine Menge einbringen."

Sie griff nach Marks Händen, versuchte, ihm in die Augen zu schauen. Doch der wollte ihr die Sache nicht so leicht machen. Verärgert blickte er an ihr vorbei. „Och, Mark, das ist jetzt nicht fair! Bitte vermies mir die Freude an diesem wunderbaren Schmuck nicht." Sie legte einen weinerlichen Unterton in ihre Stimme, genau wissend, dass sie damit Marks Widerstand sofort brechen würde. Zu Recht.

Schwer atmend, so als ob eine große Last von ihm abfallen würde, signalisierte er ihr, dass er ihr verzieh. Er breitete die Arme aus, umarmte seine manchmal etwas verrückte Freundin. „Die Sachen stehen dir wirklich gut. Aber für heute hast du genug Unfug angestellt. Bitte keine weiteren Streiche mehr, okay?"

Sie gaben sich einen Kuss, Rebecca zog ihn danach an sich. „Na ja, einen Streich habe ich noch auf Lager. Wir bummeln jetzt ein bisschen durch Taos, danach fahren wir weiter nach Sante Fe." Die nächsten Worte flüsterte sie ihm ins Ohr, so als ob es sich um ein Geheimnis handeln würde. „Heute suche ich mal das Hotel aus. Nach der Ankunft werden wir zu Abend essen, und dann bekommst du eine Kleinigkeit von mir überreicht."

Mark kannte Rebecca gut genug, um den seltsamen Unterton in ihrer Stimme wahrzunehmen. Irgendetwas hatte sie ausgeheckt, da war er sich sofort sicher. Im Geschäft hatte sie von einer Überraschung gesprochen. Was konnte das sein? Für heute war sein Bedarf an Überraschungen eigentlich gedeckt. Doch nun musste er befürchten, dass da noch etwas auf ihn zukam.

★★★

Serienmörder ... Serienmörder ... Serienmörder ... Wie ein Echo hallte das Wort durch seinen Verstand. Für einen Moment glaubte er, dass er noch immer schlafen würde. *Ja, ich sitze auf der Terrasse und träume. Irgendeinen Mist, irgendetwas mit einem Serienmörder. Bleib ruhig Steve, ganz ruhig.* Doch als Judy Tonka ihre Worte wiederholte, wurde ihm schlagartig klar, dass es kein Traum war.

„Hörst du mich? Antworte gefälligst! Was ist da los auf der 66?“ Cortez schüttelte kurz den Kopf, versuchte so die Müdigkeit zu verscheuchen. Mit einem Mal erreichte die Information seine Synapsen, Adrenalin wurde ausgeschüttet und er war hellwach: *Serienmörder! Serienmörder!?*

Aufgeregt und viel zu laut gab er Judy Antwort. „Was erzählst du da? Ich weiß nichts von einem Serienmörder!“ Genau genommen war das noch nicht einmal eine Lüge. Er hatte keinen blassen Schimmer von dem, was seine ehemalige Stellvertreterin da von sich gab. 17 vermisste Männer? Zwei vermisste Frauen? Doch ihre Antwort ließ an Deutlichkeit nichts zu wünschen übrig. Ihre schneidende Stimme verriet ihre Wut.

„Steve Cortez, du hörst jetzt bitte sofort auf mit dem Scheiß. Wir wissen beide, dass du mich angelogen hast. Es gibt keinen Freund und auch keine Doktorarbeit. Ich will jetzt sofort wissen, was da los ist auf der 66. Andernfalls erzähle ich umgehend Paul Hilton und Ms Anderson, dass du auf eigene Faust in einer Mordsache ermittelst. Über die Folgen bist du dir hoffentlich im Klaren.“

Für einen Moment wurde ihm schlecht, und er befürchtete, sich übergeben zu müssen. Was ging hier vor? Er hatte doch nur die Idee gehabt, dass da eventuell noch weitere Vermisste zu finden wären. Das Ergebnis der Recherche überraschte ihn vermutlich mehr als Judy.

Unbeholfen stolperte er um den Tisch herum, setzte sich. Die Gedanken rasten wie ein Sturm durch sein Gehirn. *Paul Hilton, sein Nachfolger. Anderson, die graue Eminenz, oberste Leiterin der Mordkommission beim FBI.* Wenn sie von seiner privaten Ermittlung und den unverhofften Ergebnissen erfuhren, würden ihm unverzüglich jede weitere Arbeit an dem Fall untersagen. Eine Erklärung musste her, sofort. Eine Lüge. Eine gute Lüge.

„Okay, beruhige dich. Ich bin genauso überrascht wie du. Meine Informanten haben mir gesteckt, dass es da mehr als einen Vermissten geben könnte. Dass es jetzt so viele geworden sind, damit habe ich im Traum nicht gerechnet."

Seine Worte hatten leider nicht die gewünschte Wirkung: „Deine Informanten? Steve, du suchst auf eigene Faust einen Serienmörder? Bist du vollkommen wahnsinnig geworden? Ich kann es nicht glauben!"

Cortez konnte in diesem Moment das Gesicht seiner Gesprächspartnerin vor sich sehen. Judy Tonka, eine attraktive Frau, der Vater indianischer Abstammung, die Mutter Vietnamesin. Schulterlange, glatte schwarze Haare, markante Wangenknochen, dunkle, leicht schräge Augen. Jetzt jedoch würde ihr Gesicht vermutlich einer Fratze gleichen. Er stellte sich vor, wie sie wütend auf das Telefon auf ihrem Schreibtisch starrte, so als ob Cortez sich darin verstecken würde.

Eine gute Lüge, das wusste Cortez, muss immer möglichst nah an der Wahrheit sein. Wenn der – oder die – Belogene feststellte, dass die Aussagen sich mit nachprüfbaren Fakten deckten, war es für den Lügner leichter, das Lügengespinst weiter auszubauen.

„Wenn du noch lauter brüllst, hören dich die Kollegen aus dem Büro. Reg dich ab, und ich erkläre dir den Sachverhalt, okay?" Am anderen Ende der Verbindung war nun ein gleichmäßiges, wenn auch angestrengtes Atmen zu hören, jedoch keine Antwort. Er fuhr fort: „Also, vor ein paar Tagen hat mich eine alte Freundin aus San Francisco, Rose Newton, hier in L. A. besucht. Ihr Sohn Adam ist vor fünf Wochen spurlos verschwunden. Ich vermute mal, er steht auf deiner Liste, richtig?"

Im Hintergrund klapperte eine Tastatur. „Richtig." Ihre Stimme wirkte jetzt gefasster, ruhiger. Cortez lehnte sich zurück, versuchte wie ein Schachspieler einige Züge im Voraus zu denken. „Polizei und FBI haben sich der Sache nur kurz gewidmet, denn wie wir ja vorhin festgestellt haben, ist es kein Verbrechen, zu verschwinden. Richtig?"

Stille, Judy sagte nichts. Auch sie dachte wohl über das nach, was Cortez ihr da gerade auftischte. Er wollte sie nicht zu lange überlegen lassen. „Rose hat mich daher gebeten, mal nachzusehen, ob von den Behörden keine Fehler gemacht worden sind. Ich konnte ihr den Wunsch nicht abschlagen und habe einige alte Freunde kontaktiert. Zwei zuverlässige Informanten in New Mexico haben mir dann verraten, dass es da noch andere Ungereimtheiten auf der 66 gibt."

Er seufzte theatralisch, so als ob er die Lüge bedaure: „Tja, und um das nachzuprüfen, habe ich dich kontaktiert und gebeten, mal ins System zu schauen. Das Ergebnis überrascht mich genauso wie dich. Ich habe mit allem gerechnet, aber nicht mit dieser Zahl von Vermissten." Bevor sie ihm antworten konnte, legte er nach: „Ich würde da gern mit meinen Informanten drüber sprechen, doch wenn du jetzt Hilton und Anderson benachrichtigst, dann bin ich natürlich raus aus der Sache."

Er legte eine kurze Kunstpause ein, wollte so den folgenden Worten mehr Gewicht verleihen: „Meine Informanten, die uns in dieser Sache sicher sehr weiterhelfen könnten, verlieren wir in diesem Fall natürlich, denn sie vertrauen nur mir. Was Quellenschutz bedeutet, muss ich dir ja nicht erklären."

In ihrem Büro im Wilshire-Building verschlug es Judy fast die Sprache. „Was? Du drohst damit, uns von deinen Informanten abzuschneiden? Da läuft vermutlich ein Serienmörder frei herum – und du sprichst von Quellenschutz?"

Cortez hingegen wurde nun ganz ruhig und sachlich. „Langsam. Im Moment sind da nur ein paar Leute verschwunden, von Mord redet hier noch keiner. Zudem gehe ich davon aus, dass deine Zahlen nicht richtig sind. Wo hast du im System gesucht, auf der obersten Ebene?"

Judy bestätigte seine Vermutung. „Ja, in der obersten Ebene. Du wolltest ein möglichst schnelles Ergebnis, daher bin ich bei der Recherche nicht tiefer gegangen." Im Hintergrund konnte Cortez hören, dass Judy in ihrem Büro gestört wurde, doch soweit er es mitbekam, wimmelte den Besucher erfolgreich ab.

Jetzt hieß es schnell sein. Er musste sie einwickeln, ablenken und zur Komplizin machen. „Pass auf, ich mache dir folgendes Angebot. Du gehst noch einmal ins System und lässt alle Namen, die du gefunden hast, ein zweites Mal durchlaufen. Ich bin mir sicher, einige der Vermissten sind zwischenzeitlich wieder aufgetaucht. Es ergibt keinen Sinn, wenn wir uns mit Fällen befassen, die nichts anderes sind als Karteileichen."

Die beiden Jungs kamen vom Spielen zurück; sie konnte er nun gar nicht gebrauchen. Mit einer wütenden Geste gab er ihnen zu erkennen, dass sie verschwinden sollten. Verunsichert zogen sie sich zurück. Cortez biss sich auf die Lippe, die Unterbrechung hatte ihn aus dem Konzept gebracht.

„Sobald wir genau wissen, wer da tatsächlich alles vermisst wird, beraten wir uns noch einmal. Ich spreche zwischenzeitlich mit meinen Informanten und kläre, ob sie auch bereit wären, mit dir zusammenzuarbeiten. Ich werde ihnen sagen, dass sie sich zu 100 Prozent auf dich verlassen können. Und sollte sich herausstellen, dass da tatsächlich eine Mordserie läuft, übergebe ich den Fall selbstverständlich an dich."

Cortez glaubte die Zahnrädchen in Judy Tonkas Gehirn klicken zu hören. Er konnte sich ein Grinsen nicht verkneifen. „Niemand erfährt von unserem Telefonat, und du allein kannst dir den Erfolg zuschreiben, eine laufende Mordserie aufgedeckt zu haben. Für deine Karriere sollte sich so ein Coup irgendwann einmal auszahlen. Noch besser wäre es natürlich, wenn du auch den Mörder präsentieren könntest. Es liegt alles in deiner Hand."

Seine ehemalige Stellvertreterin saß in der Falle. Wenn sie den Verdacht jetzt ihren Vorgesetzten meldete, konnte sie keinen persönlichen Nutzen daraus ziehen. Im Gegenteil, sie würde zugeben müssen, in unerlaubter Weise für einen ehemaligen Mitarbeiter eine Systemabfrage durchgeführt zu haben. Nahm sie hingegen Cortez' Angebot an, konnte sich das tatsächlich als äußerst vorteilhaft erweisen.

Angespannte Stille auf beiden Seiten der Verbindung, keiner sprach. Cortez befürchtete schon, noch einmal nachlegen, mehr Druck aufbauen zu müssen, als Judy einknickte. „Also gut. Ich lasse alle Namen noch einmal durch das System laufen. Gib mir zwei Stunden Zeit."

Steve Cortez lächelte zufrieden. Was immer da auf der Route 66 los war, er würde sich den Fall unter keinen Umständen wegnehmen lassen. Im Gegenteil. Sein Jagdinstinkt war geweckt, und Judy, Mark und Rebecca waren ab sofort nur noch Schachfiguren, die er gegen seinen Gegner einsetzen würde.

Doch mit einem Mal wurde er ernst, sein bis eben noch entspanntes Gesicht verfinsterte sich. Sein Gegner in diesem Spiel, das wurde ihm mit einem Mal bewusst, war vermutlich tatsächlich ein Serienmörder. Und wenn der so viele Menschen hatte spurlos verschwinden lassen können, dann war das wirklich ein erbarmungsloser, eiskalter Killer. Er allein gab die Regeln vor, nach denen gespielt wurde. Cortez wusste in diesem Moment: Es würde ein gnadenloses, höllisches Spiel werden, in dem es nur einen Gewinner gab.

★★★

Judy hielt sich die Hände vors Gesicht, so als wollte sie sich dahinter verstecken. Sie kämpfte mit den Tränen, das Atmen fiel ihr schwer. In ihrem Kopf herrschte ein großes Durcheinander, und sie wollte nicht glauben, auf was sie sich da gerade eingelassen hatte. Unweigerlich kam ihr der sprichwörtliche Pakt mit dem Teufel in den Sinn.

Draußen im Büro herrschte das übliche Chaos. Durch die geschlossene Tür konnte sie die Stimme von Woody Lennox hören, der Details einer Verhaftung in einem Bordell herumtratschte. Es folgte Gelächter, das grelle Lachen von Heidi Bogner stach unangenehm laut aus dem Lärm heraus.

Mit einem Mal bekam Judy Angst. Hätte jetzt jemand geklopft oder wäre er sogar unaufgefordert in ihr Büro gekommen, wäre das peinlich geworden. Sie gab sich einen Ruck, holte tief Luft, zählte bis zehn. *Ein Pakt mit dem Teufel.*

Erst vor wenigen Stunden hatte Cortez sich bei ihr gemeldet. Der Anruf war völlig unerwartet gekommen, wie aus heiterem Himmel. Ihre Freude war aufrichtig, denn sie hatte Cortez tatsächlich gern, auch wenn er als Chef nicht immer einfach gewesen war. *Hart, aber ungerecht*, so hatte er sich oft selbst mit einem Augenzwinkern beschrieben.

Eine kleine Recherche für einen alten Freund, so hatte es angefangen. *Und jetzt ist die Kacke am Dampfen*, dachte sie. Sollte sich bewahrheiten, was sich da abzeichnete, dann konnte sie in ernsthafte Schwierigkeiten geraten. Verletzung von Dienstgeheimnissen, Zurückhaltung von Informationen über schwere Verbrechen, Ermittlungen ohne Kenntnis und Zustimmung der Vorgesetzten … Erneut spürte sie, wie ihr ein Druck auf der Brust das Atmen erschwerte.

Doch dann sah sie sich im schmucklosen Büro von Gillian Anderson stehen. „Ms Anderson, ich hielt es für ratsam, Sie direkt davon in Kenntnis zu setzen, dass ich entlang der Route 66 eine seltsame Anhäufung von als vermisst gemeldeten Personen entdeckt habe. Ich habe mir das genauer angesehen und bin zu dem Schluss gekommen, dass da vermutlich eine Mordserie läuft."

Unter ihrem Schreibtisch stand eine Kiste Wasser, sie nahm sich eine Flasche heraus. „Jetzt nur die Nerven behalten", murmelte sie leise. Sie trank einen Schluck aus der Flasche, spürte das Prickeln der Kohlensäure im Hals.

Die Finger auf der Tastatur, begann sie, die Abfrage anzupassen. Eine Ebene tiefer würde sie nun suchen, direkt in den Datenbanken der angeschlossenen Behörden. Während sie tippte, dachte sie darüber nach, wer wohl die geheimnisvollen Informanten waren, die Cortez erwähnt hatte. Würde es ihm gelingen, die beiden zu einer Zusammenarbeit mit den FBI zu bewegen? *Ein Pakt mit dem Teufel*, dachte sie, *dauert für gewöhnlich immer bis zum Tod*. Ob sich die Informanten dieser Tatsache bewusst waren?

★★★

„Na, was sagst du? Das ist doch wohl mal ein richtig schönes Hotelzimmer. Nach dem Albtraum gestern, den du für uns ausgesucht hast, haben wir uns heute, zur Feier des Tages, mal was Feines verdient."

Mark konnte Rebecca nur zustimmen. Normalerweise fühlte er sich in Luxushotels immer ein wenig fehl am Platz, aber das *Rosewood Inn* in Santa Fe bildete hier eine Ausnahme. Von außen glich es einem großen Pueblo im Adobe-Stil, hellbraun, mit viel dunklem Holz. Auch in der Lobby hatte man Wert auf Authentizität gelegt, hier gab es handgeknüpfte Teppiche mit indianischen Motiven, freiliegende Deckenbalken, Möbel aus edlen Hölzern. Anders als viele Hotels, die versuchten, mit kitschiger Deko eine Country- und Western-Atmosphäre zu erzeugen, hatte man hier ein wenig das Gefühl, an einem Ort von historischer Bedeutung zu sein.

Auch ihr Zimmer konnte überzeugen. Dort, wo es darauf ankam, fand man modernen Komfort, so zum Beispiel im Bad. Die Möbel und Einrichtungsgegenstände im Wohnraum hingegen strahlten eine gewisse Behaglichkeit aus. Sie fühlten sich beide sofort wie zu Hause.

Nachdem sie noch zwei Stunden durch Taos gebummelt waren, hatten sie sich auf den Weg nach Santa Fe gemacht. Die Strecke war abwechslungsreich, konnte jedoch mit der durch den Carson National Forest nicht ganz mithalten.

Nach dem Einchecken hatten sie sich zunächst ein wenig erfrischt, wobei Mark gern geduscht hätte. Den gesamten Tag lang war es überwiegend heiß gewesen, die Fahrt anstrengend. Doch Rebecca wollte erst zu Abend essen, einen Tisch im besten Steakhaus der Stadt hatten sie bereits reserviert.

Jetzt saß Mark im Wohnzimmer, wartete erschöpft auf seine Partnerin, die ihrem Makeup im Bad noch den letzten Schliff gab. Fast wäre er eingenickt, als Rebecca schließlich aus der Tür trat und verkündete, dass sie nun losziehen könnten.

Anders als ihm waren Rebecca die Anstrengungen des Tages nicht anzusehen. Ihre Augen glänzten, sie wirkte ausgeruht und wach. Stolz stand sie vor ihm, den neu erworbenen Schmuck an Handgelenken und Hals. „Komm schon, lass uns aufbrechen. Ich habe Hunger wie eine Bärin." Sie zögerte kurz, tat als wäre ihr soeben noch etwas eingefallen. „Aber vorher, Mister Stetson, gibt es da noch eine kleine Überraschung für dich."

Richtig, die Überraschung. Eigentlich hatte Mark heute genug Unerwartetes erlebt, sein Bedarf an Überraschungen war hinreichend gedeckt. Doch er gab sich Mühe, seiner Freundin den Spaß nicht zu verderben. Er stand auf, streckte sich. „Schon die ganze Zeit bin ich gespannt wie ein Flitzebogen. Schieß los, was hast du für mich gekauft?"

Rebecca lächelte, sie wirkte dabei irgendwie schüchtern. Für einen Moment konnte sie seinem Blick nicht standhalten, schaute unsicher zu Boden. Dann gab sie sich einen Ruck, hob selbstsicher das Kinn, trat ihm einen Schritt entgegen. Mit der rechten Hand zog sie einen kleinen schwarzen Samtbeutel aus ihrer Hosentasche und überreichte ihn Mark mit einem knappen „Hier, Darling, das ist für dich!".

Oje, Schmuck, ging es Mark durch den Kopf. Er trug weder Uhr noch Armband, keine Kette, keinen Ohr- oder Fingerring, nichts. Sie wusste, dass er Schmuck nicht mochte, irgendwie sogar unmännlich fand. Es fiel ihm nicht leicht so zu tun, als würde er sich freuen. Langsam öffnete er den Beutel, zog daraus einen sehr schönen silbernen Herrenring hervor. Er war recht breit, verziert mit filigranen indianischen Motiven. Eine kostbare Handarbeit, und, wie er vermutete, wohl ebenfalls eine nicht ganz preiswerte Antiquität. „Hey, Baby, der ist aber schön. Den hast du wirklich wunderbar ausgesucht. Ich werde ihn an meinem Schlüsselbund tragen und immer, wenn ich ihn sehe, an dich denken."

Zum Zeichen, dass er das Geschenk gern annahm, breitete er lächelnd die Arme aus, versuchte Rebecca zu umarmen. Doch die erwiderte die Umarmung nicht, blickte stattdessen traurig an ihm vorbei ins Leere. „Weißt du Dummkopf denn nicht, was es bedeutet, wenn man von einem Menschen, der einen liebt, einen Ring geschenkt bekommt?" Ihr Stimme klang belegt, sie war offenbar kurz davor, zu weinen.

Als ob man ihm einen Kübel Eiswasser über den Kopf gegossen hätte, überkam Mark die Erkenntnis, was er doch für ein Idiot war. Doch gleichzeitig konnte er nicht glauben, was dieses Geschenk wohl zu bedeuten hatte. Er begann zu stottern: „Ein Antrag? D-Du machst mir einen Heiratsantrag?"

Rebecca nickte, hielt die Augen dabei geschlossen, so als müsste sie die Tränen zurückhalten. „Ich warte ja schon seit Monaten darauf, dass da von dir mal was kommt. Aber da kann ich wohl lange warten." Tatsächlich liefen ihr jetzt Tränen über die Wangen. „Willst du, Mark Stetson, mich, Rebecca Di Romania, zur Frau nehmen?"

Mark wollte, doch er konnte ihr nicht antworten. Ein Kloß in seinem Hals schnürte ihm die Luft ab. Stattdessen riss er Rebecca an sich, umklammerte sie, hob sie ein Stück vom Boden. Als ihre Füße in der Luft hingen, begann er sich mit ihr im Kreis zu drehen.

Wie in einer wilden Mischung aus Tanz und Karussellfahrt drehte Mark sich mit Rebecca in den Armen um die eigene Achse, immer und immer wieder. Das Ganze hatte etwas Kindliches an sich. Doch so konnte er seine riesige Freude ausdrücken – weit besser, als er es mit Worten vermocht hätte.

Nach einigen Sekunden wurde ihm schwindelig und er begann zu taumeln. Vorsichtig ließ er Rebecca herunter, doch der Schwindel zwang ihn, die Rechtsbewegung ungewollt weiterzuführen. Rebecca an den Händen haltend, schwankte er nach rechts, und für einen Moment sah es so aus, als würden sie gemeinsam zu Boden stürzen. Doch dann gelang es Mark, sich zu fangen; er und Rebecca stolperten, fielen schließlich auf das Bett.

Rebecca, gerade noch in Tränen aufgelöst, lachte nun schallend. Auch Mark musste lachen, obwohl seine überschwängliche Freude sie fast zu Boden geworfen hätte. Es dauerte, bis sie sich beide so weit im Griff hatten, dass er ihr eine Antwort geben konnte. „Natürlich will ich dich heiraten. Wir bleiben zusammen, bis dass der Tod uns scheidet."

★★★

Bisher war es Cortez gelungen, Camila weitestgehend aus dem Weg zu gehen. In der Küche waren sie sich kurz begegnet, die Begrüßung war unangenehm kühl ausgefallen. Natürlich hatten die Kinder ihr gesteckt, dass er sie heute nicht selbst zur Schule gefahren hatte. Vermutlich hatten sie ihr auch erzählt, dass es zum Mittagessen Hamburger mit Chips gegeben hatte. *Camila ist klug genug*, dachte er, *um aus diesen Informationen die richtigen Schlüsse zu ziehen.* Ihr neuer Lebensgefährte hielt sich nicht an die Abmachung. Später am Abend würde sie ihn zur Rede stellen, da war er sicher.

Jetzt saß er in seinem Büro, irgendwie erschöpft, irgendwie aber auch aufgedreht. Die Uhr an seinem Handgelenk verriet ihm, dass es kurz vor sieben war. Mit Judy hatte er von zwei Stunden gesprochen, er wartete nun bereits seit vier Stunden. Gern hätte er sie angerufen, nachgefragt, doch er wusste genau, dass er Ruhe bewahren musste. Judy würde wahrscheinlich das Ergebnis ihrer Suche noch sortieren und für ihn aufbereiten.

In den vergangenen zwei Tagen hatte er es gerade einmal auf zwei Stunden Schlaf gebracht. Beim Militär hatte er gelernt, dass Schlaf auch so etwas wie eine Waffe war. Ein Soldat, der müde ist, kann nicht klar denken, ist weniger belastbar und nicht so ausdauernd wie ein ausgeruhter Kämpfer. Müdigkeit kann in einem Gefecht über Sieg und Niederlage entscheiden. Hätte er an diesem Tag noch kämpfen müssen, er hätte verloren.

An der Wand hing die Karte der Route 66, die er in dem Buchladen erworben hatte. Sie würde ihm in den kommenden Tagen gute Dienste leisten. *Mensch denkt, Gott lenkt*, ging es ihm durch den Kopf. War es vorstellbar, das irgendetwas in ihm bereits geahnt hatte, dass er die Karte noch benötigen würde, als er den Supermarkt betrat?

Gern wäre er in die Küche gegangen, denn dort gab es eine Maschine, die köstlichen, starken Kaffee verhieß. Doch Camila durfte er jetzt nicht über den Weg laufen. Erst wenn er genau wusste, was da für ein Monster auf der *Mother Road* lauerte, wollte er sich der Auseinandersetzung mit ihr stellen. Auch sie würde er wohl belügen müssen, das war unvermeidlich.

Seine Aufnahmefähigkeit war in seinem jetzigen Zustand nur begrenzt. Müde betrachtete er seinen Schreibtisch, die darauf ausgebreiteten Unterlagen, Adam Newtons Foto am Rand des Monitors. In wenigen Stunden, da war er ziemlich sicher, würden weitere Fotos von verschwundenen und vermutlich toten Menschen Adams Bild Gesellschaft leisten.

Als endlich das Telefon klingelte, hätte er vor Erleichterung fast aufgeschrien. Hastig nahm er das Gespräch entgegen. „Steve hier. Schieß los."

Seine Gesprächspartnerin räusperte sich kurz, sparte sich eine Begrüßung. Ihre Stimme klang gefasst, sachlich: „Also, du hast recht gehabt. Wir stehen nun bei elf vermissten Personen. Sie verteilen sich über die letzten neun Jahre und 860 Kilometer der Route 66."

Den Blick auf die Karte gerichtet, lauschte Cortez schweigend ihren weiteren Ausführungen. „Zunächst der Ordnung halber zu denen, die wieder aufgetaucht sind. Eine der Frauen wurde von ihrem Partner ermordet und verscharrt. Er war es auch, der sie als vermisst gemeldet hatte. Die andere Frau lebt glücklich und zufrieden in Florida."

Es raschelte, als Judy mit irgendwelchen Ausdrucken hantierte. „Drei der fünf vermissten Herren sind tot. Einer wurde in New York bei einem Banküberfall erschossen. Die Leiche des anderen wurde mumifiziert in einem Autowrack in Oregon gefunden. Der Mann starb im Kofferraum eines Wagens, vermutlich ist er dort verdurstet."

Wahrlich kein schöner Tod, dachte Cortez, als er für einen Moment die Leiche und den Kofferraum vor sich sah. „Bei den anderen Männern verhält es sich so, dass einer seit acht Jahren in Folsom im Knast sitzt. Raubüberfall mit zwei getöteten Wachleuten. Der andere lebt in Wisconsin, er hat es im Irak zum hochdekorierten Kriegshelden gebracht."

Cortez, der im Kopf mitgezählt hatte, stutzte. Doch Judy löste das Rätsel sofort auf. „Bei dem letzten verstorbenen Mann verhält es sich so, dass er nicht wirklich ein Mann gewesen ist, vielmehr eine transsexuelle Frau, die sich als Mann gekleidet hat. Ihre – oder vielmehr seine – Leiche wurde zwei Tage nach der Vermisstenmeldung an der Route 66 in einer alten, verlassenen Tankstelle gefunden. Laut Obduktionsbericht vermutlich eine Überdosis Drogen."

Erneut konnte Cortez es rascheln hören. Jetzt wurde es spannend. „Dann kommen wir nun zu denen, die noch immer als vermisst gelten. Zu jedem gibt es eine Akte mit Personenbeschreibung, Polizeiberichten, Zeugenaussagen, Fotos, etc. Ich gehe davon aus, dass du erst mal nur eine kurze Übersicht willst, den Rest dann komplett als PDF?"

Es ist doch schön, wenn man auf Personal zurückgreifen kann, das einen kennt, dachte Cortez. „So ist es", antwortete er knapp. Doch Judy kannte ihn besser, als er dachte. Sie wusste, dass auch er Opfer zunächst immer in Gruppen einteilte. „Zwei der Männer waren mit Motorrädern unterwegs, die restlichen bezeichne ich im Folgenden als ‚die Fußgänger'. Fangen wir mal mit denen an."

Cortez suchte nach etwas, um mitzuschreiben, verwarf das Vorhaben jedoch. Später würde er sich die relevanten Daten aus den Akten herausziehen. „Es beginnt 2013. Ein Gruppe Pfadfinder besucht den Petrified Forest Nationalpark unweit von Gallup. Der 16-jährige Patrick Malone ist einer von 51 Pfadfindern, die mit zwei Bussen angereist sind, um den Park zu besuchen. Nach der Besichtigung der versteinerten Bäume gibt es einen Zählapell. Als alle vollzählig anwesend sind, besteigt man die zwei Busse und fährt heim. Später zeigt sich jedoch, dass Patrick niemals mit zurückgefahren ist. Trotz einer Suchaktion blieb er bis heute spurlos verschwunden."

Auch Cortez war bei den Pfadfindern gewesen. Er erinnerte sich an die vielen Ausflüge und die verzweifelten Ausbilder, die oft große Mühe hatten, die Jungs und Mädchen, allesamt in Uniform, zusammenzuhalten.

„Zehn Monate danach, 2014. In Kingman, gut 530 Kilometer vom ersten Tatort entfernt, verschwindet am späten Nachmittag der 32-jährige Ethan Vazquez. Der Mann ist geistig zurückgeblieben, sein Verstand auf dem Niveau eines Zehnjährigen. Er wohnt bei seiner Tante, die ihn oft draußen spielen lässt. Irgendwann hat Ethan wohl gesehen, wie jemand am Ortsrand den Daumen rausgehalten hat, getrampt ist. Seitdem neigte er dazu, dieses Verhalten nachzuahmen. Immer wieder verschwand er, ließ sich per Anhalter ein paar Meilen mitnehmen. In der Regel tauchte er nach ein paar Stunden wieder auf, doch an diesem Tag verschwindet er für immer."

Vor seinem geistigen Auge sah Cortez einen gutmütig dreinschauenden Mann, freundlich grinsend. Er hatte Dreck am Mund, Rotz an der Nase, das Hemd hing ihm aus der Hose. Er stand am Ortsrand, spielte das Anhalter-Spiel. Ein schwarzer Wagen hielt an. Ethan stieg ein – und kam nie wieder nach Hause.

Judy ließ ihm kaum Zeit, das Gehörte zu verarbeiten. „Nummer drei. 2015, elf Monate später. Der 26-jährige Student Emmett Pond wartet in Barstow auf den Bus Richtung Osten. Er will nach Flagstaff, wo er irgendetwas mit Pädagogik studiert. In was auch immer er einsteigt: Es ist nicht der Bus, und es bringt ihn nicht ans Ziel."

Jetzt ärgerte sich Cortez doch, auf Stift und Zettel verzichtet zu haben. Er versuchte, sich einige Fakten zu merken: Ein 16-Jähriger, ein Mann mit dem Verstand eines Kindes, ein junger Student. „2016 verschwindet Wayne Rademacher, ein Fernwanderer aus Ohio. Er durchquerte als

Rucksackreisender die USA. Wayne ist 28 Jahre alt, er reist mit dem Bus, der Bahn, aber auch als Hitchhiker. Seine letzte Spur ist eine Postkarte, die er aus Winslow versendet hat. Winslow liegt zwischen Flagstaff und Gallup, unweit des Petrified Forest."

Wieder ein junger Mann. Cortez stand auf, ging hinüber zur Karte. Winslow lag nicht weit entfernt von Holbrook, dem Ort, an dem Adam Newton letztmalig gesehen wurde. „Seit 2017 wird Jordan Brodsky, 55 Jahre alt, vermisst. Er war so etwas wie ein Tagelöhner, ein Wanderarbeiter. Er hatte, soweit bekannt, keine Familie, arbeitete in Seligman auf einer Farm. Manchmal fuhr er am Freitagnachmittag nach Flagstaff, um sich da volllaufen zu lassen. Sein Boss hat ihn vermisst gemeldet, als er nach dem Wochenende nicht wieder aufgetaucht ist."

Hier wurde Cortez hellhörig. Erst überwiegend junge Männer, nun ein trinkfreudiger, 55-jähriger Farmarbeiter. Cortez konnte sich denken, wie der Mann wohl ausgesehen hatte. Er stellte sich einen ungepflegten, nach Mist und Schweiß riechenden, heruntergekommenen Typen vor. Wählerisch schien der Killer nicht zu sein. Welches Schicksal war den Männern wohl widerfahren?

„2018. In der Wüste zwischen Kingman und Seligman wird ein leerstehender Mietwagen gefunden. Vom Fahrer, dem 42-jährigen Zachary Ginsberg, fehlt jede Spur. Es stellt sich heraus, dass ihm der Sprit ausgegangen ist. Die Polizei vermutet, dass er zu Fuß oder per Anhalter zur nächsten Tankstelle unterwegs war. Es gibt da in der Wüste kein Handynetz, wie überhaupt in vielen Gegenden entlang an der 66. Irgendjemand war so freundlich, ihn mitzunehmen."

Zwei Dinge störten Cortez mittlerweile sehr. Erstens: Judys Sarkasmus. Ein Mensch war verschwunden, vermutlich grausam ermordet. Wäre Judy noch seine Mitarbeiterin gewesen, er hätte ihr einen Rüffel verpasst. Zweitens: Einen Anhalter mitzunehmen war einfach. Ihn dann jedoch zu überwältigen oder zu töten eine ganz andere Sache. Dem möglichen Killer war das elfmal gelungen, ohne eine einzige Spur zu hinterlassen.

Als würde sie Gedanken lesen können, korrigierte Judy ihre Worte: „Ich wollte damit keinesfalls ausdrücken, dass die Person, die Ginsberg mitgenommen hat, freundlich gewesen ist, sondern dass Ginsberg dies geglaubt haben muss. Wer immer die Männer dazu bewegt hat, bei ihm einzusteigen, er muss etwas Vertrauenerweckendes an sich haben."

Kompliment, Ms Tonka, dachte Cortez. Er zog anerkennend eine Augenbraue hoch, verneigte sich im Stillen.

„Zwölf Monate später, August 2019. Ein Trucker findet im Straßengraben bei Sanders, nicht weit weg von Gallup, den Rucksack von Troy Deschanel, einem Tramp, einem Hobo. Der obdachlose 51-jährige Mann reist seit zwei Jahrzehnten kreuz und quer durchs Land, oft als blinder Passagier auf Güterzügen. Er hat schon einiges durchgemacht, wurde oft verhaftet, galt als gerissener Hund. Der Rucksack beinhaltet sein gesamtes Hab und Gut, alle seine Papiere. Von ihm selbst fehlt seitdem jede Spur."

Man soll ja keine Vorurteile haben, dachte Cortez, aber wie ein Hobo aussah, dass wusste er. Diese abenteuerlustigen, verwegenen Männer lebten im Freien, sprangen auf Güterzüge auf, oft bei Nacht und in völliger Dunkelheit. Ein Hobo wusste sich seiner Haut zu wehren, denn wer auf Güterbahnhöfen lebte, der musste sich mit allerlei Gesindel herumschlagen. Und ein Hobo duschte nicht oft …

„Damit wären wir beim Vermissten Nummer acht, Inyan Gutierrez, einem 35 Jahre alten Native American, der im Hopi-Reservat lebte. Zum Zeitpunkt seines Verschwindens im Juni 2020 war er als Ranger im Petrified Forest tätig, da, wo 2013 der junge Patrick Malone verschwunden ist. Inyan fuhr für gewöhnlich mit dem Bus nach Ganado, einem kleinen Nest unweit vom Forest. Dort hatte er sein Fahrrad stehen, mit dem er dann ins Reservat weiterfuhr. Den Bus hat er nie bestiegen, den Rest kannst du dir denken."

Ein 35 Jahre alter Mann. Cortez war gespannt auf die Fotos aus der Akte. Irgendwie stellte er sich Gutierrez als kräftige, selbstbewusste Person vor, als einen durchtrainierten Naturburschen. Doch genauso gut konnte es sich hier um einen dürren, ausgemergelten, vielleicht sogar gebrechlichen Menschen handeln. *Abwarten*, dachte sich Cortez, *keine voreiligen Schlüsse ziehen.*

„Dann sind wir bei Nummer neun, verschwunden im Juli 2021. Der Typ ist ein ganz spezieller Fall, warte, bist du die Akte liest. Chad Shavers, 32 Jahre alt, wurde kurz vorher aus dem Gefängnis entlassen, wo er acht Jahre wegen Mitgliedschaft in einer terroristischen Vereinigung gesessen hat."

Cortez dachte schon, das war's, doch Judy hatte noch mehrt zu berichten: „Er lebte zuvor in Oklahoma in einer Nazi-Kommune. Nach der Haft hat man ihm untersagt, dorthin zurückzukehren, er wollte daher zu seinem Bruder nach Los Angeles. Doch dort kam er nie an. Auch er reiste überwiegend mit dem Bus. Man hat ihn zuletzt an einer Haltestelle in Joseph City gesehen."

Cortez konnte hören, wie Judy am anderen Ende der Verbindung etwas trank. Ihr Vortrag hatte Zeit in Anspruch genommen, auch er hätte sich gern etwas zu trinken geholt. Aber weil Camila in der Küche mit den beiden Jungs zu Abend aß und er ihr auf keinen Fall begegnen wollte, konnte er sich dort nicht blicken lassen.

Cortez versuchte, das Gehörte irgendwie zu sortieren. Eher zu sich selbst als zu Judy sagte er: „Also, der Täter bevorzugt offensichtlich Männer, aber wählerisch ist er dabei nicht. Vom blutjungen Pfadfinder bis hin zum heruntergekommenen Hobo ist alles dabei. Und er mag die Route 66 zwischen Gallup und Barstow. Ich wette, er ist da irgendwie beruflich unterwegs. Vielleicht ein Trucker oder ein Busfahrer? Wir sprechen hier immerhin über eine Strecke von über 800 Kilometern."

Die ganzen Informationen zusammenzubringen, fiel ihm schwer, die Müdigkeit lähmte seine Gedanken. Er presste sich Daumen und Zeigefinger gegen die Nasenwurzel, spürte, wie sich ein Krampf sich in seinem Kopf entwickelte. Noch zehn Minuten vor dem Rechner – und ein Migräneanfall würde ihn bis zum nächsten Morgen außer Gefecht setzen. Für heute war Schluss, er musste seinem Körper Tribut zollen.

„Judy, vielen Dank für deine Unterstützung. Bitte schick mir die Akten als PDF, alles, was du hast. Ich bin völlig fertig, brauche ein paar Stunden Schlaf. Morgen in aller Herrgottsfrühe lade ich mir die Sachen herunter und mache mich an die Arbeit. Ich melde mich dann am späten Vormittag bei dir, okay?"

Er ahnte, dass sie sich nicht so einfach abspeisen lassen würde, doch sie verblüffte ihn. „Moment mal, wir sind noch nicht fertig. Da sind noch die zwei verschwundenen Biker, Adam Newton und Miguel Acosta." *Verdammt*, dachte er, *die hatte ich völlig vergessen.*

„Sorry, ich sag ja, die Müdigkeit. Leg los." Am anderen Ende der Leitung holte seine ehemalige Stellvertreterin tief Luft: „Im Juli 2018 ist Miguel Acosta verschwunden, samt seiner Kawasaki W 650. Er hat seiner Mutter aus Seligman noch eine Karte geschickt, danach riss der Kontakt ab. Der Junge war erst 19 Jahre alt, die Reise auf der Route 66 der erste größere Urlaub seines Lebens."

Kawasaki W 650. Cortez wackelte an der Maus seines Computers, der daraufhin erwachte. Er gab den Begriff ein, wechselte zu Wikipedia. Judy, die hören konnte, wie er tippte, wurde neugierig. „Was machst du da?" Er überflog den Text, fand die gesuchte Stelle. „Kawasaki W 650, Leergewicht 200 Kilo. Vollgetankt und mit Gepäck wahrscheinlich um die 250 Kilo. Die hebt man nicht so ohne Weiteres auf eine Ladefläche, und in einen Kofferraum passt die Maschine erst recht nicht."

Während er versuchte, sich vorzustellen, welche Möglichkeiten sich boten, so ein Motorrad von der Straße zu bekommen, fuhr Judy fort: „Adam Newtons letzter Kontakt zu seiner Mutter erfolgte am 23. Juni via WhatsApp. Da hatte er in der Nähe von Holbrook übernachtet, in einem Motel Namens Bed & Bike. Er hat sich über das Frühstück dort beschwert, denn es gab keines. Aber die Geschichte kennst du ja wohl. Auch er ist mitsamt seinem Motorrad und der kompletten Ausrüstung spurlos verschwunden."

Cortez stand auf, ging zur Karte an der Wand. „Winslow, Joseph City, Holbrook, Petrified Forest, Sanders. Wie auf einer Perlenkette liegen die Orte da an der Route 66. Und in jedem ist ein Mensch verschwunden, im Petrified Forest sogar zwei. Ich denke, ich werde meine Informanten da mal hinschicken."

Das war das Stichwort, auf das Judy Tonka gewartet hatte: „Konntest du mit deinen Leuten schon sprechen? Werden sie mit uns, also dem FBI, zusammenarbeiten?" Cortez war schon fast ein wenig enttäuscht darüber, dass sie ihm die Geschichte so einfach abgekauft hatte. *Der geheimnisvolle Zeuge, der mysteriöse Informant.* Eine Räuberpistole, die man oft einsetzte, um Zeit zu schinden oder halbgare Informationen irgendwie glaubwürdig erscheinen zu lassen. „Du weißt, wie das läuft, sie melden sich bei mir, nicht umgekehrt. Wenn ich da Druck mache, dann bringt das gar nichts. Hab Geduld."

Sie besprachen noch kurz, wie sie am nächsten Tag weitermachen würden. Sich in elf Akten einzulesen, das wusste Cortez, würde Stunden dauern. Und irgendwie waren da ja auch noch seine Verpflichtungen der

Familie gegenüber. Camila wartete im Schlafzimmer auf ihn, das würde ein Gespräch werden, das er sich in seinem Zustand gern erspart hätte. Mit einem kurzen „Judy, wir sprechen uns morgen, ich melde mich!" beendete er ihre Besprechung.

Auch Judy Tonka war müde. Ihre Verabredung mit Gloria hatte sie längst abgesagt. Schlechte Nachrichten dieser Art hatten bereits ihre letzte Beziehung ruiniert; auch hier war die Hartnäckigkeit von Steve Cortez einer der Gründe gewesen.

Sie hatte sich einige der Akten ausgedruckt, allein schon, um Cortez am Telefon einen ersten schnellen Überblick geben zu können. Alles auf ihrem Schreibtisch, das mit der *Sache Route 66* zu tun hatte, wie sie den Vorgang nannte, musste verschwinden. Sie stopfte die Unterlagen in eine Papiertüte. Bei ihr zu Hause wären die Akten zunächst am besten aufgehoben.

Sie wollte den Rechner schon herunterfahren, da kamen ihr noch einmal die beiden erschossenen Polizisten aus der ersten Recherche in den Sinn. Sie erinnerte sich an eines der Fotos vom Tatort; sie hatte es während des Telefonats nur kurz auf dem Monitor betrachtet. Zwei Männer, beide hingerichtet mit einem Kopfschuss. Die Schüsse waren von vorn erfolgt, direkt durch die Windschutzscheibe. Die großkalibrigen Geschosse hatten die Köpfe der Beamten förmlich zerfetzt.

Judy stellte die Tasche beiseite, nahm noch einmal vor dem Rechner Platz. Sie würde die Abfrage noch einmal aufrufen, sich auch diesen Vorgang ausdrucken. Die Verdächtigen kamen aus dem Rockermilieu, auch sie waren, wie die beiden vermissten Biker, auf Motorrädern unterwegs gewesen. Gab es da vielleicht einen Zusammenhang?

Verschwundene Anhalter, verschollene Reisende, wie vom Erdboden verschluckte Motorräder, dazu erschossene Polizisten. Die Suche nach dem Route-66-Killer, das ahnte Judy Tonka in diesem Moment, könnte sich als sehr viel komplizierter erweisen als zunächst vermutet.

★★★

In ihrem Hotelzimmer schliefen Mark und Rebecca, zärtlich aneinandergeschmiegt wie zwei junge Kätzchen. Aus Rebeccas Handy erklang leise Musik, irgendetwas von Lana del Rey, ihrer Lieblingssängerin.

Auf dem Tisch standen noch die Reste des Abendessens, sie hatten den Zimmerservice einem Restaurantbesuch vorgezogen. Die leeren Teller waren stille Zeugen dafür, dass die Steaks im *Rosewood Inn* tatsächlich zu den Besten der Stadt gehörten. Die zwei leeren Flaschen Champagner verrieten, dass ihre kleine private Verlobungsparty länger gedauert hatte als ursprünglich geplant.

Um das Licht etwas abzudunkeln, hatte Rebecca ihren Slip über die kleine Nachttischlampe gelegt. Er gab der ganzen Szene etwas Frivoles, Anrüchiges. Auf die Helligkeit hatte er indes nicht sonderlich viel Einfluss.

Neben der Lampe lag eine zusammengefaltete Karte der Route 66. Am nächsten Tag wartete eine interessante Strecke auf die beiden. Von Albuquerque würde sie nach Gallup fahren, der alten Eisenbahner- und Indianerstadt. Hier, so hatten sie vereinbart, würden sie zu Mittag essen, danach sollte es über Sanders in den bekannten Petrified Forest gehen. In Holbrook würden sie sich kurz nach Adam erkundigen, dann weiter über Joseph City und Winslow nach Flagstaff fahren.

Nach einigen Gläsern Champagner war Rebecca die Idee gekommen, die geplante Reiseroute im späteren Verlauf etwas abzuändern. Sie würden in den nächsten Tagen ins Spielerparadies Las Vegas fahren und sich dort das Ja-Wort geben.

★★★

Auf Zehenspitzen schlich Cortez sich ins Schlafzimmer. Es herrschte absolute Dunkelheit, Camila hatte die Vorhänge zugezogen. Möglichst leise schlüpfte er unter seine Bettdecke, fluchte lautlos, als das Bett dabei leise knarzte. Doch es half nichts, Camila spürte, wie die Matratze sich bewegte. Sie holte Luft und stellte ihn sofort zur Rede.

„Na, Special Agent Steve Cortez, trauen wir uns endlich ins Bett? Ich hatte schon befürchtet, dass du vor mir mehr Angst hast als vor deinen Serienmördern."

Cortez antwortete nicht; was sollte er auch sagen? Sie ließ nicht locker. „Die Jungs haben mir erzählt, dass du sie den ganzen Tag lang nicht mit dem Arsch angeguckt hast. Genauso hat Marcos es gesagt: ‚Onkel Steve hat uns nicht mit dem Arsch angeguckt.'"

Noch immer schwieg er, die Bettdecke bis zum Kinn hochgezogen. Doch Camila würde nicht aufgeben, er kannte sie gut. „Heute Morgen hast du mir noch was von der Suche nach einem Vermissten erzählt. Und? Nach wie vielen Toten suchst du jetzt? Judy Tonka ruft doch hier nicht zum Spaß an, und außerdem arbeitet sie nicht im Fundbüro."

Vermutlich hatte Camila Judys Namen gehört. Diese Information hatte ihr gereicht, um die richtigen Schlüsse zu ziehen. Selbstverständlich wusste sie, dass Judy in der Abteilung ihres verstorbenen Mannes arbeitete. Cortez gab sich geschlagen.

„Ich habe dich nicht angelogen. Heute morgen war es tatsächlich nur ein Vermisster, nach dem ich Ausschau gehalten habe. Adam Newton. Wie sich herausgestellt hat, sind da noch andere Menschen auf der Route 66 verschwunden. Das FBI hat mich nun gebeten, es bei der Suche zu unterstützen. Natürlich nur von zu Hause aus, als eine Art Berater."

Eine Lüge. Doch Camila gegenüber zu behaupten, dass er sich nicht aus eigenen Stücken an den Ermittlungen beteiligte, erschien ihm am einfachsten. Aber offenbar kannte sie ihn bereits zu gut. „Fukkashitta, erzähl mir bitte keinen Scheiß. Als ich deinen Blick heute Morgen gesehen habe, wusste ich, dass der Junge bereits tot ist. Du suchst keine Vermissten. Du suchst Tote. Und ihren Mörder. Mit weniger gibst du dich nicht zufrieden."

Es war ein seltsames Gefühl, sich in völliger Dunkelheit mit jemandem zu unterhalten. Es gab keine Gestik, keine Mimik, keine Ablenkung. Nur glasklare Worte, kalt wie Stein.

Als er ihr gerade antworten wollte, kam sie ihm zuvor. „Was wirst du tun? Runterfahren an die Route 66? Vor Ort ermitteln?" So weit hatte er noch gar nicht gedacht, schon allein die Vorstellung bereitete ihm Unbehagen. „Nein. Ich arbeite nicht mehr für das FBI. Meine Aufgabe besteht darin, den Fall von hier aus zu begleiten. Ich fungiere lediglich als Berater."

Für einige Minuten herrschte Schweigen. Leise konnte er ihren Atem hören. Kurz überlegte er, zu ihr unter die Decke zu kriechen. Doch intimer Körperkontakt erschien ihm im Moment unpassend.

„Und dass du deine Pflichten den Kindern gegenüber vernachlässigst, das findest du richtig? Wie lange soll das so weitergehen?"

Jetzt hatte er sie. Sie selbst lieferte ihm das Stichwort, nach dem er gesucht hatte: „Stell dir vor, du hättest die Gabe, ein krankes Kind zu heilen. Wäre es nicht deine Pflicht, diese Gabe auch einzusetzen? Wäre es nicht eine Sünde, das Kind sterben zulassen?" Stille. Keine Antwort. Doch er wusste, dass Camila wie fast alle Südamerikanerinnen im Herzen gläubig war. „Und jetzt stell dir vor, du hättest die Gabe, einen Mörder aufzuspüren. Wäre es nicht eine Sünde, diese Gabe nicht einzusetzen und so vielen Menschen ein grausames Ende zu ersparen."

Auch hierauf gab ihm Camila keine Antwort. Einige Minuten lag er noch mit offenen Augen in der Dunkelheit, lauschte. Hätte er sie weinen gehört, hätte er sie in die Arme genommen, sie getröstet. Doch irgendwann fielen ihm einfach die Augen zu. Er fiel in einen unruhigen Schlaf, und er träumte von Männern, die eingesperrt in einem dunklen Keller auf ihren Tod warteten.

★★★

Am nächsten Tag

Sonnenschein, Palmen, hinter ihm der Hollywood-Schriftzug. Am Straßenrand standen jubelnde Menschen, winkten ihm zu. Er winkte zurück, die Begeisterung der Menge schwappte auf ihn über. Euphorie, lautes Lachen, eine bildhübsche Frau warf ihm eine Kusshand zu. Er tat, als würde er den Kuss auffangen, führte seine Hand zum Mund. Mit einer melodramatischen Geste atmete er den ihm zugeflogenen Kuss ein, verdrehte dabei die Augen. Die Menge tobte.

Der alte Chevy, den Brian ihm einst verkauft hatte, sah aus wie neu. Und unglaublicherweise fuhr der Wagen, obwohl doch Brian den Motor einst ausgebaut und verkauft hatte. Wo war das Dach? Ein Blick nach oben zeigte ihm einen wunderbaren blauen Himmel. Saß er etwa in einem Cabriolet? Nein. Wind strich über sein Gesicht, der Geruch von Sommer lag in der Luft.

Verwirrt blickte er an sich hinab. Eine pinkfarbene Bermudashorts, dazu ein knallbuntes Hawaiihemd. An seinem Handgelenk eine goldene Rolex. Alles klar, er hatte es geschafft. Mit einem Mal wusste er auch, wo er sich befand: Los Angeles, Beverly Hills. Er war unterwegs runter zum Pier, an das Ende der Route 66.

Langsam, wie in Zeitlupe, fuhr er mit dem Chevy auf den Pier. Die Holzbohlen knarzten, doch er wusste, sie würden nicht brechen. Der Wagen hatte ja keinen Motor mehr, war somit federleicht. Keine Gefahr. Weiter.

Auch hier wimmelte es von Menschen, alle lächelten ihn freundlich an. Er lächelte zurück, erinnerte sich dabei an seine fehlenden Schneidezähne, die hässliche Lücke. Für einen Moment wollte er nach unten schauen, wie er es oft tat, wenn er mit jemandem sprach. Doch dann spürte er mit der Zunge, dass die Lücke verschwunden war. *Smile, Nick, Smile!*

Hände griffen nach seinem Wagen, bremsten ihn. Die Menge hob ihn aus dem Sitz, er wurde weitergereicht, immer weiter. Sie kitzelten ihn, eine Frau griff ihm in den Schritt, sofort bekam er einen Steifen. Rita Hayworth! *Lasst mich runter, lasst mich zu Rita, lasst mich Rita ficken*, schoss es ihm durch den Kopf. Doch Rita, das wusste er genau, war am 14. Mai 1987 verstorben. Egal. Später, zu Hause im Trailer, könnte er sich beim Gedanken an sie einen runterholen.

Endlich erreichte er das unscheinbare Schild, mitten auf dem Pier. *Santa Monica, Route 66, End of Trail.* Mit einem Mal war er allein, ganz allein. Der Pier: menschenleer. Die Möwen: verschwunden. Alle waren spurlos verschwunden. *Tock, tock. Los, mach auf, lass mich rein.* Woher kamen das Geräusch, die Stimme? Er blickte nach unten, auf die Holzbohlen. *Tock, tock. Tock, tock.*

Mit einem Mal war Nick O'Sullivan wach. Er lag auf einer durchgelegenen alten Matratze, zugedeckt nur mit einem verdreckten Bettbezug. Neben dem Lager stand eine Holzkiste, umfunktioniert zum Nachttisch. Eine kleine batteriebetriebene Campinglampe spendete etwas Licht. Eine halbleere Flasche billiger Whiskey erinnerte ihn daran, warum es in seinem Kopf so dumpf dröhnte.

Nick war zu Hause, in seinem *Mobilehome*, das er auf dem Grundstück einer Farm in der Nähe von Kingman abgestellt hatte. Verschlafen blickte er sich um, sah im Halbdunkel eine Einrichtung, die andere als Sperrmüll bezeichnet hätten.

Im Wohnwagen war es stickig und unangenehm warm, das dichte Fliegengitter vor dem Fenster ließ kaum Luft herein. Den Geruch nach Schweiß, Urin und Abfall nahm Nick schon lange nicht mehr war.

Vorsichtig richtete er sich auf, setzte sich auf die Bettkante. Einzelheiten des Traums geisterten durch seinen Verstand. Irgendetwas mit Rita Hayworth, Route 66, Santa Monica. Schade, dachte er, gern hätte er zu Ende geträumt. Bereits seit seiner Jugend träumte er davon, einmal die komplette Route 66 abzufahren und irgendwann das Schild am Pier in Santa Monica zu umarmen. Träume eben.

Jetzt war erst mal Pissen angesagt, denn er spürte, wie seine Blase ihn drückte. Ein Eimer, gefüllt mit Katzenstreu, diente ihm als Toilette. Tagsüber ging er draußen pinkeln, einige Meter abseits vom Trailer. Doch nachts gab es da draußen Schlangen, Kojoten und andere Viecher. Nein, der Eimer war ihm da lieber. *Tock, tock.*

Nicks Magen zog sich zusammen. Das Geräusch aus dem Traum. Er hatte es nicht geträumt, es war real. Jemand stand da draußen in der Dunkelheit vor seinem Wohnwagen. *Tock, tock.* Hastig blickte er sich um, suchte nach einer Waffe. Irgendwo lag ein Messer, und irgendwo musste auch ein Baseballschläger zu finden sein. *Tock, tock.* „Los, mach auf, lass mich rein." Eine leise Stimme, ein Flüstern.

Panik breitete sich in ihm aus. Die Farm der Familie Guzman war eine halbe Meile entfernt. Die zwei Wohnwagen der Familie Barrera lagen zwar in Sichtweite, doch er wusste nicht einmal, ob dort im Moment jemand lebte. Er war allein hier draußen.

„Wer ist da?", stammelte er. *Tock, tock.* „Los, mach auf, lass mich rein", kam es erneut als Antwort. Er zögerte, doch dann hörte er: „Ich bin's, Brian. Die Bullen sind hinter mir her. Sie haben heute Nacht den Schrottplatz gestürmt, Archie und Gilbert verhaftet. Ich konnte flüchten. Lass mich rein, ich muss ein paar Tage lang untertauchen. Ich habe außerdem 80.000 Dollar dabei, die ich verstecken muss. Los jetzt, mach schon auf."

Brian! Nick stockte der Atem. Seine Gedanken rasten. Dann waren die Brüder also aufgeflogen. Musste ja irgendwann so kommen. Vielleicht wusste noch jemand was, wollte sich die Belohnung verdienen. *Brian auf der Flucht. Versteck. Geld.* Würde er ihm helfen, ihn vor der Polizei verbergen, Brian würde sich mit Sicherheit erkenntlich zeigen.

Nick stand auf, er ging zur Tür hinüber. Der Riegel klemmte, doch mit einem Ruck ließ er sich schnell lösen. Er drückte die Tür nach außen auf, starrte in die Dunkelheit. Zwei weiße Kugeln, darunter ein Raubtiergebiss und Brians tiefe Stimme: „Nick, ich wusste doch, du lässt mich nicht hängen. Komm, lass mich rein."

Brian sah aus wie immer: eine dreckige Latzhose, dazu diese lächerlichen weißen Sandalen. Er hatte einen Beutel dabei. *Darin*, dachte Nick, *steckt bestimmt das Geld*. Ein Moment lang wurde er stutzig. 80.000 Dollar in so einem kleinen Beutel?

Brian würde einen Platz zum Schlafen brauchen. Er drehte sich um, blickte sich in dem kleinen Raum um, der sich über die Jahre mit Krempel aller Art und Müll gefüllt hatte. Vielleicht konnten sie den Tisch beiseiteräumen, Brian sich an –

Plötzlich legte sich ein Arm um seinen Hals. Hastig griff er danach, doch wie in einem Schraubstock wurde sein Hals zusammengepresst. Als Brians Griff ihn anhob, verlor er den Boden unter den nackten Füßen. Er zappelte wie ein junges Schwein, das man gegen seinen Willen aus dem Stall gehoben hatte und nun schlachten wollte. Er röchelte, versuchte zu schreien, doch außer einem erstickten Grunzen brachte er kein Geräusch hervor.

Es dauert nicht lange, und er verlor das Bewusstsein. In diesem kurzen Moment zwischen dem Angriff und dem Sturz ins Dunkel wurde ihm klar, dass Brian ihn getäuscht hatte.

Als Brian spürte, dass Nick den Widerstand aufgab, lockerte er seinen Griff. Den Arm weiter um den Hals seines Opfers gelegt, wartete er ab, ob es das Bewusstsein zurückerlangen würde. Doch als Nicks lebloser Körper schlaff wie eine Puppe in sich zusammensackte, wusste er, dass er sein Ziel erreicht hatte.

Er wollte Nick nicht töten – noch nicht. Behutsam hob er den Bewusstlosen auf, legte ihn auf sein Bett. Der Kopf kippte zu Seite, Brian richtete ihn gerade aus, drückte ihn ins Kissen. Nick lag jetzt da wie ein Verstorbener, den man aufgebahrt hatte, damit ihm die Angehörigen die letzte Ehre erweisen konnten.

Aus seinem Beutel zog Brian ein Paar Gummihandschuhe, streifte sie über die Hände. Danach holte er aus dem Beutel, was Nick für Geld gehalten hatte: eine verrostete abgesägte Schrotflinte und einen zusammengefalteten Regenschirm.

Die Schrotflinte hatte er vor Jahren in einem alten Schrottauto gefunden. Gereinigt und gut geölt, erwies sie sich als absolut funktionstüchtig. Er hatte sie zu Hause von allen Spuren und Fingerabdrücken gereinigt. Jetzt legte er sie kurz auf den Boden, drehte die Waffe mehrfach hin und her. Wäre sie zu sauber, dachte er sich, würde die Polizei eventuell Verdacht schöpfen. Doch mit einigen von Nicks Schamhaaren am Lauf und etwas Dreck am Griff wäre er auf der sicheren Seite.

Er beugte sich über den ohnmächtigen Tankwart, drückte ihm die Waffe in die Hand. Mehrfach und an verschiedenen Stellen wiederholte er den Vorgang, bis die Waffe komplett mit Nicks Fingerabdrücken bedeckt war. *Sehr gut.*

Schließlich legte er die Flinte auf die Brust seines Opfers, die Mündung zielte auf das Kinn. Langsam spannte er den Hahn, legte vorsichtig Nicks rechten Daumen an den Abzug.

Jetzt kam der Regenschirm zum Einsatz. Er öffnete ihn, duckte sich neben das Bett, verbarg sich hinter dem Schirm, denn er befürchtete, dass der Schuss Nicks Kopf sprengen und Hirnmasse sowie Blut im Trailer verteilen würde.

Er tastete mit der linken Hand nach dem Abzug, wartete. Es war etwa zwei Uhr in der Nacht. Ein Schuss würde die Bewohner der Farm wahrscheinlich wecken, doch wer hier draußen in der Wüste bei klarem Verstand war, würde sich nicht mitten in der Nacht aufmachen, und in der Dunkelheit nach der Ursache für den Knall suchen. Denn wer sucht, der findet bekanntlich, und schnell wird man selbst von einer Kugel getroffen.

Wie erwartet, glich der Schuss einer Explosion. Die Ohren klingelten ihm; für die nächsten Minuten wäre er taub, zumindest schwerhörig. Er hatte damit gerechnet, dass es Blut und Hirn regnen würde, doch zu seinem Erstaunen war das nicht der Fall. Vorsichtig nahm er den Schirm beiseite, betrachtete das Ergebnis seiner Arbeit.

Der Schuss hatte Nicks Kopf tatsächlich zerfetzt. Doch die Schrotgarbe hatte zusammen mit Nicks Hirn und Schädeldecke die Rückwand des Trailers durchschlagen, als wäre sie aus Papier. Ein Loch klaffte in der Wand, so groß wie ein Fenster. Frische kalte Nachtluft strömte herein.

Brian richtete sich auf, faltete den Schirm zusammen, steckte ihn zurück in die Tasche. Nick war tot, daran bestand kein Zweifel. *Abflug, und zwar schnellstens*, dachte er. Doch er konnte dem Drang nicht widerstehen, sich die Verletzung aus der Nähe anzusehen. „So was sieht man ja nicht alle Tage", flüsterte er leise, beugte sich über den Kopf des Toten. Teile des Gesichts waren erhalten geblieben, auch die Ohren waren noch an Ort und Stelle. Doch alles oberhalb der Augenbrauen fehlte. Brian blickte von oben in den leeren Schädel, der sich langsam mit Blut füllte. „Na ja, Nick hat noch nie viel im Kopf gehabt", sagte er und kicherte.

Irgendwo in der Nacht hörte er dumpf einen Hund bellen. In seinen Ohren rauschte es immer noch. Brian betrachtete sein Werk, die verstümmelte Leiche, die dort vor ihm lag. 4.000 Dollar hatte Nick ihm geschuldet, das Geld konnte er natürlich abschreiben. Doch Nick wusste einfach zu viel. Irgendwann hätte er sich verplappert, vielleicht sogar bei der Polizei ausgepackt. Dieses Risiko konnte Brian unmöglich eingehen.

Auf dem Weg zurück zu seinem Auto zog er die Handschuhe aus. Ein paar Meilen entfernt würde er sie und den Regenschirm einige Meter vom Straßenrand entfernt in der Wüste vergraben. Mitten in der Nacht war nichts los auf der 66. Die Wahrscheinlichkeit, dass ihn jemand anhielt, lag bei 0 Prozent.

Zu Hause werde ich mir ein paar kalte Biere gönnen, meinen dicken Schwanz in meine Püppchen stecken. Die nächsten Tage würde er den Ball flach halten, abwarten. Sollte Nicks Ableben keinen Staub aufwirbeln, wovon er ausging, dann wären als Nächstes seine beiden Brüder dran. Auch diese Trottel musste er aus dem Weg räumen, und er wusste auch schon, wie.

Der Pickup stand an Ort und Stelle. Er startete den Motor, fuhr möglichst sanft an, um unnötigen Krach zu vermeiden.

Auf dem Weg zurück zum Schrottplatz ließ er seine Gedanken kreisen. Die letzten Jahre waren nicht schlecht gelaufen. Der Schrottplatz brachte gutes Geld, zumal er die beiden Idioten nicht bezahlen musste. Sein Nebenerwerb erwies sich ebenfalls als sehr rentabel. Die Idee, Archie auf die Schule nach Flagstaff zu schicken, hatte sich ausgezahlt.

Der erste Film vor vier Jahren hatte ihm – völlig unverhofft – 100.000 Dollar extra in die Kasse gespült. Der Film, den sie letzten Monat gedreht hatten, wäre fast ein Flop geworden, da der Auftraggeber sich plötzlich nicht mehr gemeldet hatte. Die Anzahlung hatte er zwar bekommen, doch mit einem Mal war der Kontakt abgerissen.

Das Geld kannst du abschreiben, hatte er gedacht, als nach vier Wochen noch immer keine Nachricht gekommen war. Doch dann, am Abend zuvor, war es endlich so weit gewesen: Die Knete war unterwegs, er würde sich nur noch einige Tage gedulden müssen.

Brian lächelte zufrieden. Er hatte es zu etwas gebracht. In drei, vier Wochen würde er sich seinen Lebenstraum erfüllen: Mit seinem Pickup und dem Wohnwagen würde er sich aufmachen nach Los Angeles.

Irgendwo in der Nähe von Santa Monica würde er sich einen billigen Stellplatz suchen, dort seinen Wohnwagen parken. Frühmorgens würde er runtergehen zum Pier, die Möwen füttern, die entspannte Atmosphäre am Strand genießen. Er würde seine Muskeln zeigen, mit den hübschen weißen Mädchen flirten. Wie ein wohlhabender Tourist würde er seinen Lebensabend verbringen als durchtrainierter, gutaussehender Rentner am Strand von Santa Monica.

★★★

Die Fesseln schnitten ihr überaus schmerzhaft in das Fleisch. An den Fußgelenken war es nicht ganz so schlimm, doch an den Handgelenken würden mit Sicherheit rote Striemen zurückbleiben. Auch die schmalen Ledergurte, die ihre Oberschenkel stramm umwickelten, empfand Judy nicht gerade als angenehm. Und die Corsage, mit der Gloria ihr die Brust und die Taille eingezwängt hatte, ließ ihr kaum Luft zum Atmen.

Zusammengebunden wie ein Postpaket, an Händen und Füßen gefesselt, die Augen mit einem Seidenstrumpf verbunden, kniete Judy Tonka auf dem Küchentisch. Lediglich ein dünnes schwarzes Tuch lag auf dem Tisch, die harte Platte darunter drückte unangenehm gegen ihre Knie.

In der Küche brannte kein Licht, nur einige Kerzen beleuchteten die Szene. Von irgendwoher erklang leise Musik, ein langsamer, monotoner Rhythmus. Eigentlich war es keine richtige Musik, die Geräusche erinnerten eher an Trommeln, die während einer düsteren, geheimnisvollen Zeremonie geschlagen wurden.

Als sich die kalte, metallische Spitze eines Sextoys gegen ihren Anus drückte, erschrak Judy. Zum einen wusste sie genau, welches Spielzeug Gloria da in ihren Körper einführen wollte. Mit vier Zentimetern Durchmesser war der Plug nicht gerade ein Toy für Anfänger. Es brauchte Zeit, bis der Anus sich so geweitet hätte, dass er den Plug bereitwillig aufnahm. Zudem wäre reichlich Gleitcreme von Nöten, sollte der Vorgang Lust wecken und nicht nur Schmerz. Unbewusst verkrampfte Judy sich.

„Na, Ms Tonka, da bekommen wir es wohl mit der Angst zu tun, was? Das kommt davon, wenn man seine Liebste stundenlang warten lässt. Strafe muss sein. Ich werde dir jetzt eine Lektion erteilen, die du nicht so schnell vergisst."

Obwohl sie Gloria nicht sehen konnte, wusste sie doch genau, was sich da hinter ihr abspielte. Ihre Freundin, nur bekleidet mit einem schwarzen Leder-BH und einem breiten Nietengürtel, drückte den Plug unbarmherzig gegen ihren Anus. Judy wollte schon protestieren, als sie ein leises Lachen vernahm.

Mit einem Mal verschwand der Druck, sie konnte hören, wie Gloria den Plug auf dem Tisch ablegte. Im nächsten Moment zuckte Judy zusammen, als einige Tropfen warmes Massageöl ihren Anus berührten. Langsam bahnten sich die Tropfen den Weg zwischen ihre Schamlippen, flossen von dort ihre Beine hinab. *Schon besser*, dachte Judy, die sich sofort entspannte.

Ein Finger glitt zwischen ihre Pobacken, vermutlich Glorias Daumen. Sanft streichelt dieser über ihren Anus, drückte vorsichtig dagegen. *Ist doch ein gutes Mädchen, diese Gloria*, ging es ihr durch den Kopf, als plötzlich erneut ein Schmerz sie durchzuckte. Irgendetwas Heißes hatte sie an ihrer rechten Hinterbacke verbrannt. Erneut konnte sie Gloria leise lachen hören. „Zu früh gefreut, Ms Tonka." Als der Schmerz sich auf der linken Hinterbacke wiederholte, wusste Judy es: Gloria ließ ihr etwas von dem geschmolzenen heißen Kerzenwachs auf den Po tropfen.

Judy war schon auf dem Nachhauseweg gewesen, als Glorias Anruf sie erreichte. Zuerst blieb sie standhaft, wollte so spät am Abend nicht mehr bei ihrer Freundin vorbeifahren. Doch dann erzählte ihr Gloria im Detail, was sie alles versäumen würde. Sie war eine Meisterin des Bondage, dazu überaus experimentierfreudig. Schließlich gab Judy nach, wendete bei nächster Gelegenheit. Jetzt kniete sie auf dem Tisch, bereit, sich von ihrer Partnerin verwöhnen zu lassen.

Als der Plug in sie eindrang, blieb ihr kurz die Luft weg. Diese verdammte Schlange, viel zu schnell. Doch im nächsten Moment kniete Gloria hinter ihr, presste ihr die Zunge zwischen die Beine.

Einen Moment lang überlegte Judy, wie spät es wohl sein mochte. Vielleicht zwei Uhr, höchstens halb drei. Gloria, das wusste sie aus Erfahrung, würde so schnell kein Ende finden. An Schlaf war vorerst nicht zu denken. Der heutige Arbeitstag, das ahnte Judy, würde alles andere als einfach werden.

Für den Bruchteil einer Sekunde drängten sich die zwei erschossenen Polizisten in ihr Bewusstsein. Doch als sie hörte, wie hinter ihr ein Vibrator eingeschaltet wurde, sie ein leises Brummen vernahm, war ihr alles andere egal. Multiple Orgasmen hatte ihr Gloria versprochen. Die nächsten Stunden konnten ihr das FBI und Steve Cortez gestohlen bleiben.

★★★

„Verdammt, reiß dich gefälligst zusammen!" Wütend schüttelte er den Kopf, dabei gab er sich eine – wenn auch eher symbolisch gemeinte – Ohrfeige. Seine Augen brannten, die Dunkelheit, die Monotonie der Strecke, dazu die Schmerztablette – er war tatsächlich kurz eingenickt. Nur ein Sekundenschlaf, am Steuer eines voll beladenen Lkw jedoch schnell ein Todesurteil.

Im Halbdunkel tastete er nach dem Pappbecher in der Mittelkonsole. Kalter Kaffee, dazu reichlich dünn, mit viel Zucker. *Besser als nichts*, dachte er, trank den Rest in einem Zug aus. Der Kaffee, das wusste er, würde ihm nur wenig helfen. Frische Luft, Sauerstoff, das brauchte er jetzt. Ein Druck auf die Taste am Türgriff ließ das Fenster heruntergleiten.

Warme, stickige Nachtluft verbreitete sich in der Kabine. Er konnte Abgase darin riechen, aber auch Sand, Rauch, den Mist von Rindern. Für einen Moment glaubte er, auch etwas von der Gülle riechen zu können, die die Schweine hinter ihm im Hänger erzeugten. Doch das war sicher nur Einbildung.

Zwei Uhr nachts, kurz vor Flagstaff. Halbzeit. Auf der Interstate 40 war heute nicht viel los, im Rückspiegel sah er keine weiteren Scheinwerfer. Vor ihm, am Horizont, glomm ein Paar roter Rücklichter. Vermutlich ein Truck, der genau wie er Vieh oder Güter Hunderte von Kilometern durch die USA transportierte.

Geradeaus, immer nur geradeaus, und das schon seit Stunden. Die Eintönigkeit der Strecke war der größte Feind des Truckers. Nichts zu tun hinter dem Steuer, einfach nur das Lenkrad festhalten. Gas geben brauchte er nicht, dass erledigte der Tempomat. Ein Kind hätte den Wagen fahren können.

Die Beladung in Albuquerque hatte lediglich zwei Stunden in Anspruch genommen. Er konnte sich währenddessen hinten in der Schlafkabine kurz hinlegen, wobei ihm die Schmerztablette und das Prolaktin behilflich waren.

Die Schmerztablette brauchte er wegen seines Rückens, der ihm schon seit Jahren Probleme bereitete. Das Prolaktin erzeugte sein Körper selbst, im Moment des Orgasmus. Wenn man sich einen runterholte, so hatte er gelesen, wurde dieses Hormon ausgeschüttet, um unter anderem die Erektion zu beenden. Die Müdigkeit, die Männer nach dem Abgang erfuhren, war ebenfalls darauf zurückzuführen. Prolaktin, ein praktisches, kostenloses Schlafmittel.

Natürlich hatte er die Pause genutzt, um sich ein wenig Erleichterung zu verschaffen. Er dachte dabei an die kleine Blonde an der Tankstelle, die mit ihren dicken tätowierten Titten alle Fahrer auf der I-40 in den Wahnsinn trieb. Manchmal, wenn man Glück hatte, trug sie nur ein dünnes T-Shirt mit V-Ausschnitt. Der Ausschnitt ermöglichte einen Ausblick auf die Tattoos, der dünne Stoff auf die Piercings, die die Brustwarzen zierten.

Aus dem Radio dudelte leise irgendwelche Countrymusik. Eine Zeit lang hatte er es mit Hörspielen versucht, doch seltsamerweise bekam er davon Kopfschmerzen. Ständig diese Stimmen und Geräusche im Kopf, über Stunden, nein, das war nichts für ihn.

Unruhig bewegte er den Hintern auf dem Sitz, verlagerte das Gewicht von einer Pobacke auf die andere. Die Jahre im Fahrersitz hatten seine Bandscheiben zusammengequetscht wie eine Coladose, die von einem Auto überrollt wurde. Hämorrhoiden plagten ihn ebenfalls seit geraumer Zeit, ein Leiden, das er mit Hunderttausenden von Truckern teilte. *Das Lkw-Fahren hängt mir zum Arsch raus* – ein bei den Fahrern nicht zufällig beliebter Spruch.

Das graue eintönige Band des Highways zog sich endlos vor ihm in die Dunkelheit. Spontan beschloss er, das Fernlicht einzuschalten. Zu den Scheinwerfern vorn am Kühlergrill kam nun auch noch das Licht der vier großen Strahler, die oben am Führerhaus angebracht waren und jetzt die Strecke vor ihm taghell ausleuchteten.

Das Licht der Scheinwerfer reichte gut eine halbe Meile weit hinaus in die Nacht. In der Ferne sah er eine Brücke, die den Highway überquerte. Richtung Autobahn, das wusste er, verlief die alte Route 66. Mit einem Mal hatte er den Song im Kopf: *Get Your Kicks on Route 66.*

Er lächelte, denn er hatte das Lied schon immer gemocht. In diesem Moment sah er, dass auf der Brücke ein Auto stand. Er glaubte, einen dunklen Wagen zu erkennen, mit einem auffälligen Stern auf der Beifahrertür. *State Trooper!*, schoss es ihm durch den Kopf. Sofort schaltete er das Fernlicht aus, blickte hektisch auf den Tacho. 55 Meilen, alles im grünen Bereich. Sollten die Bullen von der Brücke aus die Geschwindigkeit kontrollieren – ihm könnte niemand an die Karre pissen.

Als er seinen Blick vom Armaturenbrett wieder auf die Straße richtete, brauchten seine Augen einem Moment, um sich an die Dunkelheit zu gewöhnen. Gerade noch vom Fernlicht taghell angestrahlt, waren es nun lediglich die normalen Scheinwerfer, die die Straße ausleuchteten.

In der Luft vor sich erkannte er plötzlich einen großen, runden Gegenstand. *Ein Geisterbild*, dachte er. Vermutlich ein Abbild des Tachos, auf den er gerade noch geblickt hatte. Doch dann, im Bruchteil einer Sekunde, begriff er, was er da sah: Ein Gullydeckel flog vor ihm über die Fahrbahn.

Ausweichen? Bremsen? Die Gedanken rasten durch seinen Kopf. Den ohrenbetäubenden Knall, den der massive Metallgegenstand erzeugte, als er die Scheibe des Führerhauses durchschlug, nahm Gordon Zahn schon nicht mehr wahr.

Der fast 30 Kilo schwere Gullydeckel streifte das Armaturenbrett, zerstörte es. Er riss das Lenkrad ab, drehte sich dabei, traf Gordon an der Brust. Das Gewicht des Deckels, kombiniert mit der Geschwindigkeit des Trucks, ließen ihn wie ein Geschoss wirken. Gordons Oberkörper wurde zerrissen, sein rechter Arm abgetrennt. Blut und Eingeweide spritzten durch das Führerhaus, besudelten nahezu jeden Quadratzentimeter seiner Fläche.

Einer Granate gleich setzte der Gullydeckel seinen Weg durch den Truck unbeirrbar fort. Er zerstörte den Sitz, zerlegte die dahinterliegende Schlafkabine, durchschlug schließlich die Rückwand des Führerhauses, als wäre sie aus Papier.

Der Anhänger, dessen Wände aus Aluminium bestanden, stellte für die Masse des Gullydeckels ebenfalls kein nennenswertes Hindernis dar. Erst nachdem er ein Dutzend Schweine getötet hatte, kam er irgendwo in der Mitte des Anhängers zum Liegen.

Gordon war auf der Stelle tot. Er bemerkte nicht mehr, wie der Lkw, noch immer an die 50 Meilen schnell, nach rechts von der Fahrbahn abkam. In dem Moment, in dem die Zugmaschine den Straßengraben überfuhr, krachte es laut, als die Stoßdämpfer das Durchschlagen der Räder nicht mehr verhindern konnten. Wie auf einer Sprungschanze wurde der Wagen ein Stück in die Höhe geschleudert, Funken spritzten aus dem Kühlergrill.

Hinter dem Graben geriet die Zugmaschine ins Schlingern, kippt schließlich zur Seite. Der Aufbau des Anhängers, voll beladen mit ausgewachsenen, schlachtreifen Schweinen, brach bei dem Aufprall auseinander. Tote und lebendige Schweine wurden in die Nacht hinausgeschleudert. Der Lärm, den der Unfall verursachte, durchmischt mit dem vor Schmerzen und Panik quiekenden Vieh, war ohrenbetäubend.

Das zerstörte Wrack des einst so stolzen Peterbilt 579 rutschte noch ein ganzes Stück über das ausgedörrte Gras am Rand der Interstate 40. Aus den geborstenen Tanks lief Diesel aus. Dass kein Feuer ausbrach, grenzte an ein Wunder.

Officer Dan Gallagher stand auf der Brücke. Mit geweiteten Augen starrte er in die Nacht, den Mund zu einem stummen Schrei aufgerissen, die Arme emporgereckt wie ein Sportler, der seinen Sieg feiert, verfolgte er das von ihm inszenierte Spektakel.

Die Dunkelheit verbarg vieles von dem, was es dort unten zu bestaunen gab. Auch von dem Einschlag des Gullydeckels selbst hatte er nicht viel mitbekommen. Als er sein Geschoss über das Geländer warf, hatte sich der Truck kurz vor der Brücke befunden. Doch in einer Stunde, das wusste Officer Gallagher, würde hier die Luft brennen. *Geduld, Danny-Boy, Geduld. Gleich bekommst du deine Show.*

★★★

Gluck, gluck, gluck, gluck. Das dickflüssige Gel schwappte mit einem Glucksen aus der Flasche, ergoss sich langsam in die alte Zinkwanne. Dort vermischte es sich, milchig-rote Schlieren bildend, mit dem bereits am Tag zuvor angesetzten Bad.

Im Licht der Stirnlampe konnte er sehen, dass die Leiche sich bereits im Zustand der Auflösung befand. Am Kopf war stellenweise schon der blanke Schädel erkennbar. Auch an den Händen und Füßen, wo nicht sonderlich viel Haut und Fett den Knochen bedeckten, leistete der Rohrreiniger ganze Arbeit. An den Oberschenkeln jedoch sowie am Gesäß und am Rumpf würde es noch einige Tage dauern, bis die stark ätzende Flüssigkeit das Gewebe zersetzt hatte.

Gluck, gluck, gluck, gluck. Erschwerend kam hinzu, dass die im menschlichen Körper eingelagerten Fette die Säure mit der Zeit neutralisierten. Alle sechs bis acht Stunden musste er daher die Flüssigkeit in der Wanne umrühren, dabei vier Liter Rohrreiniger nachfüllen. Am nächsten Tag würde er die gesamte Flüssigkeit ablassen, danach den Vorgang wiederholen. In fünf Tagen, so wusste er aus Erfahrung, konnte man auf diese Weise einen menschlichen Körper komplett vom Gewebe befreien.

Gluck, gluck, gluck, gluck. Unter dem Schutzanzug aus Tyvek war es unangenehm warm. Die Gasmaske hinderte ihn am Atmen, die beschlagene Schutzbrille verzerrte seine Sicht. In der Garage gab es keinen Strom, nur seine Stirnlampe beleuchtete das grausige Geschehen. Schatten tanzten um ihn herum, sie erinnerten ihn an heimliche Zuschauer, die aus der Dunkelheit heraus einer Vorführung beiwohnten.

Vorsichtig stellte er die blaue Kunststoffflasche beiseite, griff stattdessen nach einem alten Besenstiel. Mit ihm begann er die Brühe in der Wanne umzurühren. Es brodelte, Blasen stiegen auf, als Faulgase aus der sich zersetzenden Leiche entwichen. Zusammen mit den ätzenden Gasen erzeugten sie einen bestialischen Gestank. Er glaubte, ihn sogar durch die Gasmaske hindurch wahrzunehmen, doch dies war sicher nur Einbildung.

Während er in der Wanne stocherte, dachte er an die vergangenen Jahre zurück. Er wurde immer etwas sentimental, wenn er sich, so wie heute, von einem Geliebten verabschieden musste. In wenigen Tagen wäre sein Werk soweit beendet, dass nur noch ein bleiches Skelett in der Wanne schwamm. Hätte er die Knochen dann noch zertrümmert, die Reste in einem alten Ölfass verbrannt – nichts würde zurückbleiben. Fast nichts. Ein kleines Souvenir würde er aufheben.

Zwei Uhr. Er wollte jetzt die Garage abschließen, ins Haus zurückgehen. Gegen zehn Uhr würde er die Prozedur wiederholen müssen. Danach würde ihn ein weiterer Arbeitstag entlang der Route 66 erwarten. Bis kurz hinter Mohave Valley würde er fahren müssen, eine lange, sehr lange Strecke.

Am nächsten Morgen würde er einem jungen Mann eine kostenlose Mitfahrgelegenheit anbieten. Oder vielleicht konnte er auch jemandem behilflich sein, der seinen Bus verpasst hatte. Wie hieß es doch so schön? *Jeden Tag eine gute Tat.*

★★★

18, 19, 20. Cortez richtete sich auf, drückte sein Kreuz durch. Liegestütze, vier Sätze zu je 20 Stück, seit Jahren fester Bestandteil seines allmorgendlichen Trainingsprogramms. Den Blick zur Decke gerichtet ließ er den Kopf einige Male kreisen, auch die Schultern bezog er mit in die Übung ein. Die Arme ausgestreckt, die Hände verschränkt, streckte er sich, beendete so seinen Frühsport.

Drei Uhr. Zufrieden blickte er auf seine Kommandozentrale, wie er seinen Schreibtisch insgeheim getauft hatte. Eine Thermoskanne mit frisch gebrühtem Kaffee stand dort, dazu zwei Flaschen Wasser. Eine Packung Müsliriegel würde ihn den Tag über mit ausreichend Energie versorgen, auch eine Tüte Studentenfutter lag als Nervennahrung bereit.

Er fühlte sich ausgeruht und wach, obwohl er gerade einmal vier Stunden geschlafen hatte. Eine kalte Dusche hatte ihr Übriges getan, seinen Kreislauf in Schwung gebracht.

Unbewusst hatte er sich komplett in Schwarz gekleidet. Ein langärmliges T-Shirt, dazu eine Jogginghose, auch die Socken und Turnschuhe – alles schwarz. Wie ein Ninja, der sich auf einen Kampf vorbereitet, so stand er in seinem Arbeitszimmer. In den kommenden Stunden würde er es nur verlassen, um zur Toilette zu gehen.

Der teure, lederbezogene Bürostuhl glitt auf seinen Rollen lautlos zurück. Cortez nahm Platz, wackelte an der Computermaus – der Bildschirm erwachte. Das E-Mail-Programm stand im Vordergrund, zeigte ihm drei ungelesene Nachrichten. Alle trugen den Absender *Tonka, Judy, FBI Los Angeles.* Und allen waren einige Dateien angehängt, PDFs, die Cortez nun herunterladen würde.

Zuerst legte er sich einen Ordner auf dem Desktop an: *Route-66-Killer.* Camilas Worte kam ihm dabei in den Sinn: *Du suchst keine Vermissten. Du suchst nur Tote. Und ihre Mörder. Mit weniger gibst du dich nicht zufrieden.*

Die elf Männer waren tot, da war er sicher. Und irgendwo in den PDFs versteckten sich Hinweise auf ihren Mörder. Es lang nun an ihm, an seinem Scharfsinn und seiner Erfahrung, diesen Mörder zu finden.

Nacheinander speicherte er die E-Mail-Anhänge in dem Ordner, bis dieser sich mit PDFs gefüllt hatte. Danach minimierte er das Mailprogramm, öffnete das Verzeichnis.

Adam_Newton_MISSING.pdf
Chad_Shavers_MISSING.pdf
Emmett_Pound_MISSING.pdf
Ethan_Vazquez_MISSING.pdf
Inyan_Gutierrez_MISSING.pdf
Jordan_Brodsky_MISSING.pdf
Miguel_Acosta_MISSING.pdf
Patrick_Malone_MISSING.pdf
Tray_Deschanel_MISSING.pdf
Wayne_Rademacher_MISSING.pdf
Zachary_Ginsberg_MISSING.pdf

Elf Namen, elf Schicksale, sortiert von A bis Z. Zunächst würde er sich die Akten ausdrucken, sie anschließend lesen. Einen roten Stift, mehrere farbige Textmarker sowie Post-it-Zettel lagen bereit, um wichtige Informationen anzustreichen und hervorzuheben.

Für einen Moment konnte er sich im Spiegelbild auf dem Monitor erkennen. Mit den Händen fuhr sich Cortez durch seine dichten schwarzen Haare, die er mit etwas Gel zurückgekämmt hatte. Olivbraune Haut, dunkle Augen, hochstehende Wangenknochen. Dazu eine schmale Nase, dünne Lippen, ein markantes Kinn. Viele hielten ihn für einen halben Mexikaner, doch es war indianisches Blut, dass in ihm floss. Sein Urgroßvater, so war ihm berichtet worden, kam einst aus Peru, stammte angeblich von den Inkas ab. Cortez selbst gab nichts auf diese Geschichte, doch er hatte sich vorgenommen, irgendwann einmal ein wenig Ahnenforschung zu betreiben.

Seine Augen erfassten die Namen der Vermissten, sein Verstand speicherte sie: *Newton, Shavers, Pound, Vezquez …* Ein FBI-Sprichwort kam ihm in den Sinn; er hatte es von seinem ehemaligen Chef:

Zeige mir deine Toten, und ich sage dir, wer du bist.
Weiß ich, wer du bist, werde ich dich finden.
Finde ich dich, werde ich dich bestrafen.

Ein gutes Sprichwort, dachte Cortez. Mit einem Doppelklick öffnete er die erste Datei, danach schaltete er den Drucker unter dem Schreibtisch ein. *Zeige mir deine Toten, und ich sage dir, wer du bist. Auf geht's, Steve, an die Arbeit.*

★★★

Officer Dan Gallagher stand auf der Bühne und genoss die unglaubliche Show, die sich ihm bot. Ein Spektakel der Superlative, eine Explosion aus Farben, Licht, Geräuschen. Kein Rockkonzert, kein Festival konnte ihm je diese unbeschreibliche Action bieten.

20 Streifenwagen von verschiedenen Polizeieinheiten standen auf der Straße. Sie sicherten den Unfallort, sperrten die Autobahn in beide Richtungen ab. Alle hatten ihre Scheinwerfer eingeschaltet, bei allen leuchtete die blau-rote Einsatzbeleuchtung auf dem Dach. Zusätzlich hatten man Dutzende rote Blinklichter auf die Straße gestellt und so die Straßensperrung weithin sichtbar gemacht.

Mehrere Feuerwehrfahrzeuge parkten direkt neben dem verunglückten Truck. Einer der Wagen hatte eine meterhohe Teleskopstange ausgefahren, an deren Spitze starke Strahler angebracht waren. Wie ein Flutlichtmast in einem Baseball-Stadion beleuchtete er die gesamte Umgebung.

Zwei Krankenwagen verließen den Unfallort gerade, dafür rückte ein Leichenwagen an. Ein Farmer aus der Umgegend hatte einen alten Viehtransporter organisiert. Polizisten und Freiwillige, darunter auch mehrere Trucker, die wegen der gesperrten Straßen nicht weiterkamen, versuchten, die entlaufenen Schweine einzufangen. Die völlig verstörten und zum Teil schwer verletzten Tiere liefen überall herum und vergrößerten das Chaos noch.

Die Krönung der Show jedoch war das Schauspiel, das die drei Hubschrauber dem Betrachter boten. Ein Polizeihubschrauber, ausgerüstet mit einem starken Suchscheinwerfer, flog umher und richtete seinen Lichtkegel auf entlaufene Schweine. Die beiden anderen Helikopter gehörten wohl zu Fernsehstationen, die live vom Unfallort berichteten. Sie zogen große Kreise, versuchten, möglichst einzigartige Bilder für das sensationslüsterne Publikum aufzunehmen. Der Geräuschpegel der drei Fluggeräte gab dem Ganzen eine Atmosphäre, die an Krieg erinnerte.

Dan Gallagher hatte sich etwas abseits positioniert. Obwohl er der Erste am Unfallort gewesen war und alle anderen Einheiten informiert hatte, nahm niemand Kenntnis von ihm. Jetzt genoss er das von ihm angerichtete Inferno. Wie ein Regisseur, der eine gigantische Filmproduktion leitet, betrachtete er sein Werk. Mehrere Dutzend Männer eilten aufgeregt umher, überall die blinkenden Lichtleisten der Einsatzwagen, dazu die Hubschrauber am Nachthimmel – Hollywood hätte das alles nicht besser in Szene setzen können.

Ein Knall ließ ihn aufschrecken, jemand hatte wohl einem der verletzten Schweine den Gnadenschuss verpasst. Dan Gallagher lächelte, blickte zufrieden in den Himmel. Genau über ihm kreiste der Polizeihubschrauber, erfasste ihn mit seinem Suchscheinwerfer. Für einen kurzen Moment stand er, der Verursacher dieses Dramas, tatsächlich wie ein Rockstar im Rampenlicht. Aber er widerstand der Versuchung, dem Hubschrauber zuzuwinken.

Von einem Moment auf den anderen verschwand das Licht, Dunkelheit hüllte ihn ein. Das Spektakel, es würde sicherlich noch Stunden andauern. Er würde umhergehen, sich jede Einzelheit ansehen, in sich aufsaugen. Früher einmal hatte er versucht, alles mit dem Handy aufzuzeichnen. Doch schnell musste er feststellten, dass nur eine Liveshow diese einzigartige Atmosphäre erzeugen konnte.

Ein Polizist näherte sich ihm. „Hey, Kollege, wir bräuchten jemanden, der uns beim Erschießen der Schweine hilft. Es sind Dutzende Tiere so schwer verletzt, dass wir sie unmöglich auf den Viehtransporter laden können. Würdest du uns bitte helfen?“ *Wer kann da schon Nein sagen?*, dachte Dan Gallagher. „Klar doch, gern.“

★★★

Freitag, 14. Juni 2013, 16.32 Uhr. Patrick Malone steht einsam und allein auf dem Besucherparkplatz des Petrified Forest. Er blickt sich unsicher, fast schon ängstlich um, stellt sich auf die Zehenspitzen, schaut in die Ferne, doch die beiden Busse, mit denen er und seine Kameraden angereist sind – verschwunden.

Tränen steigen ihm in die Augen, zu Hause wird es Ärger geben. Wie konnte das nur passieren? Er hatte schon im Bus gesessen, als er bemerkte, wie seine Blase ihn drückte. Der große Becher Eistee, danach die Coke – bis nach Gallup würde er nicht durchhalten. Im Bus gibt es zwar eine Toilette, doch sie war besetzt, drei der Mädchen standen davor. Er hätte sich anstellen müssen, warten, doch das hätte gedauert.

Draußen, am Rand des Parkplatzes, in Sichtweite der Busse, stehen einige mobile Toiletten. Eilig ist er hinübergerannt, doch zu seinem Entsetzen sind sie bereits verschlossen. Der Park hat nur bis 17 Uhr geöffnet, die Ranger sind bereits dabei, alles für die Nachtruhe vorzubereiten.

Spontan entschließt er sich, einfach hinter einen der versteinerten Bäume zu pinkeln. Aber von dort aus kann man ihn sehen, und würde die Gruppenleiterin erfahren, dass er in einem Nationalpark ein Ausstellungsstück angepisst hat – an die Folgen will er gar nicht denken.

Also rennt er ein Stück weiter, hinter einen Hügel. Dort erleichtert er sich unbeobachtet. Während seine Blase sich leert, entdeckt er eine kleine Echse, die neugierig neben der Pfütze entlangkriecht, in der sich sein Urin sammelt. Der Panzer des Reptils schimmert in der Sonne. Es züngelt, nimmt etwas von dem Urin zu sich. *Vermutlich kann es das Salz da drin riechen*, denkt er. *Hier draußen in der Wüste Arizonas sicher ein kostbares Gut.*

Er geht in die Hocke, betrachtet fasziniert die Echse. Gern würde er sie mitnehmen, daheim in sein Terrarium setzen. Doch womit könnte er sie transportieren? Sie einfach unter das Hemd zu stecken, wäre so eine Sache. Sie würde dort herumkrabbeln, ihn kitzeln, vielleicht würde sie flüchten. Er belässt es schließlich dabei, das kleine Wesen eine Zeit lang zu beobachten.

Plötzlich fällt es ihm ein: Der Bus! Hastig springt er auf, rennt zurück zum Parkplatz, doch dort stehen keine Busse mehr, nur noch einige Autos. Sein Herz rast, seine Hände zittern. Was nun?

Patrick ist gerade erst 16 geworden. Seine Mutter hat ihm für den Ausflug zehn Dollar Taschengeld mitgegeben. Das Geld reicht gerade für einen Hamburger, eine Coke, und bis auf ein paar Cent hat er alles ausgegeben. Ein Taxi nach Gallup würde ein Vermögen kosten. Und überhaupt – der Nationalpark liegt eine gute Stunde von dem Ort entfernt. Hier gibt es weit und breit keinen Taxistand. Er zieht sein altes Handy aus der Tasche, sein Bruder hat es ihm geschenkt. Kein Netz. Hier draußen in der Wüste stehen keine Sendemasten.

Für sein Alter ist er eher schmächtig. Die hellbraune Uniform der Pfadfinder ist ihm etwas zu groß, lässt ihn noch kindlicher wirken. Die runde Brille auf seiner Nase erinnert ein wenig an Harry Potter, und damit hänseln ihn seine Freunde auch oft.

Während er verzweifelt überlegt, wie er nach Gallup kommen könnte, leert sich der Parkplatz immer mehr. Seine einzige Möglichkeit besteht darin, einen der Fahrer anzusprechen. Eine Familie um Hilfe zu bitten, wäre wohl am sichersten. Doch da drüben an dem Wagen stehen drei Kinder, ein Hund, zwei Erwachsene. Kein Platz mehr für einen Jungen wie ihn …

Aber dort, ein älterer Herr, der gerade dabei ist, einzusteigen. Er wirkt irgendwie ruhig, hat etwas Väterliches an sich. Ihn wird er fragen. „Sir, entschuldigen Sie bitte. Fahren Sie zufällig nach Gallup?"

Cortez erwachte, blinzelte. Er hatte nicht wirklich geschlafen, es war eher ein Moment der Trance gewesen, ein Tagtraum.

Vor einigen Jahren hatte er beim FBI an einem Seminar teilgenommen, das die Technik des *Method Acting* vermittelte. Der Schauspieler Lee Strasberg hatte sie einst entwickelt. Beim Method Acting versucht ein Schauspieler, sich völlig in seine Rolle hineinzuversetzen. Damit dies gelingt, muss er die Gefühle seiner Figur absolut glaubhaft nachvollziehen können. Er muss die Figur mit Leben erfüllen, ihr dazu Erinnerungen geben, Emotionen, eine Vergangenheit.

Cortez war selbst bei den Pfadfindern gewesen. Er konnte sich gut vorstellen, wie der junge Patrick Malone ängstlich und verloren auf dem Parkplatz stand. Ob er wirklich wegen einer Eidechse den Bus verpasst hatte, konnte er natürlich nicht wissen. Vielmehr ging es ihm darum, den emotionalen Zustand zu erfahren, in dem der Junge sich in diesen Minuten befunden hatte.

Angst. Angst vor Bestrafung, aber auch Angst davor, bald allein auf diesem großen Parkplatz in der Wüste zu stehen. Angst davor, jemand Fremdes um Hilfe zu bitten. Als Anhalter zu reisen galt als gefährlich. *Wen immer der Junge angesprochen hat – er muss vertrauenerweckend gewirkt haben.*

Cortez schloss die Augen. *Der Mörder.* Der Mann steht auf dem Parkplatz, er ist allein unterwegs. Es ist schon spät, der Nationalpark leert sich zusehends. Ist der Mann nur ein Besucher, oder arbeitet er dort?

Er kann unmöglich wissen, dass bald ein junger Pfadfinder den Bus verpassen wird. Was auch immer zum Verschwinden des Jungen führt, erfolgt demnach ungeplant. Der Mörder ist also völlig unvorbereitet, als ihn plötzlich jemand anspricht. „Sir, entschuldigen Sie bitte. Fahren Sie zufällig nach Gallup?"

Sein Blick fällt auf den Jungen. Schmächtig ist er, für sein Alter etwas zu klein. Es ist ihm anzusehen, dass er Angst hat. Nervös hält seine rechte Hand die linke, so als wolle er verbergen, dass sie zittert. Zwei dünne Beinchen ragen aus der kurzen Hose, braungebrannt und staubig vom Tag in der Wüste.

Im Bruchteil einer Sekunde erfasst der Mann die Situation. Dieser Junge da vor ihm ist hilflos und allein. Ein Blick über die Schulter verrät ihm, dass mittlerweile nur noch drei Autos auf dem großen Areal stehen. Eine Familie, sie hat einige Meter entfernt geparkt, fährt gerade vom Parkplatz. Weiter weg steht ein Campingbus. Würde der Junge jetzt bei ihm einsteigen – niemand würde das registrieren. „Klar doch, mein Junge, steig ein. Ich muss sowieso nach Gallup. Wie ist dein Name?"

In seinen Gedanken lenkte Cortez den Wagen zunächst auf die Interstate 40. Der Mann und der Junge, sie unterhalten sich kurz. In den folgenden Minuten betrachtet der Mann den Jungen aus dem Augenwinkel. Er sieht die nackte Haut an den Beinen, an den Armen. Der Junge wirkt schwächlich, er wird sich ihm nicht widersetzen können. Ein Opfer sitzt da neben ihm. Oder eine einmalige Chance, die sich so schnell nicht mehr ergeben wird.

Auf der Interstate selbst kann er sich des Jungen nicht bemächtigen. Zu viel Verkehr, keine Möglichkeit, das Kind zu überwältigen. „Vor uns soll es einen Stau geben. Wir biegen hier ab, fahren ein Stück über die alte Route 66."

Bevor der Junge protestieren kann – was er sich vermutlich sowieso nicht traut –, verlassen sie den Highway. Minuten später stoppt der Wagen, irgendwo am Rand der Wüste. Abends um kurz vor fünf sind die Touristen runter von der 66. Weit und breit keine Menschenseele, keine Zeugen. Freitag, 14. Juni 2013, 17.02 Uhr. Von diesem Zeitpunkt an setzt der Junge die Fahrt im Kofferraum fort.

★★★

26. Mai 2014, 14.47 Uhr. Der geistig zurückgebliebene Ethan Vazquez steht am Stadtrand von Kingman. Der kleine Ort lebt gut vom Route-66-Tourismus. Es gibt hier zahlreiche Roadside Attractions, unter anderem den berühmten Mr. D'z Diner. Das überwiegend in Pink gehaltene Schnellrestaurant ist ein beliebtes Fotomotiv, und gut essen kann man hier auch.

Bei Ethans Geburt gab es Komplikationen. Den Ärzten gelang es nicht, das Baby aus dem Mutterleib zu ziehen, und die Versorgung des Säuglings mit Sauerstoff konnte während dieser Zeit nicht gewährleistet werden. Irreparable Hirnschäden waren die Folge. Ethan lernte nie richtig sprechen, konnte sich lediglich durch gutturale Laute verständigen. Auch eine reguläre Schule besuchte er nie.

Seine Eltern, beide berufstätig, sahen keine Möglichkeit, sich um das behinderte Kind zu kümmern. In der Folge wuchs es bei einer Tante auf. Sie bewohnte ein einfaches, altes Holzhaus am westlichen Stadtrand von Kingman.

Mag Ethan auch geistig auf dem Stand eines Zehnjährigen sein, so verfügt er doch über den Körper eines erwachsenen Mannes. Das Foto aus der Akte zeigt einen kräftig gebauten Mann, breitschultrig, jedoch mit dem Gesichtsausdruck eines Kindes. Zum Zeichen, dass er geistig behindert ist, hat seine Tante ihm zudem ein Aufnäher an die Jacke angeheftet. *Ich bin Ethan, und ich bin leider ein bisschen dumm. Bitte nehmen Sie mich NICHT mit.*

Ethan verbringt einen Großteil des Tages im Freien. Er liebt es, an der Straße zu stehen und vorbeifahrenden Autos zuzuwinken. Besonders Gruppen von Motorrädern haben es ihm angetan. Wenn eine Kolonne Harleys vorbeifährt, die sich mit ihren lauten Motoren schon von Weitem ankündigt, springt er aufgeregt am Straßenrand auf und ab, fuchtelt mit den Armen in der Luft herum.

Irgendwann hat Ethan gesehen, wie jemand trampt. Seitdem kommt es immer wieder vor, dass er selbst den Daumen raushält. Fahrer, die den Aufnäher nicht sofort wahrnehmen, halten dann manchmal an, lassen ihn einsteigen. Erst einige Meilen später bemerken sie, dass sie einen Fehler gemacht haben. Nette Menschen bringen Ethan dann zurück, doch bereits mehrfach wurde er einfach in der Wüste ausgesetzt.

Auch an diesem Tag hat Ethan zunächst Glück. Er hat am Straßenrand gestanden, den Daumen rausgestreckt, dabei wie immer freundlich grinsend. Er trägt nur Sandalen, eine Jogginghose, darüber einen Pullover mit dem Logo seiner Lieblings-Football-Mannschaft. Der mit zwei Sicherheitsnadeln an seiner Brust befestigte Aufnäher geht in dem Motiv allerdings etwas unter.

Ein VW-Bus hält, ein Hippie-Pärchen spricht ihn an: „Hey, Buddy, wo soll's den hingehen?" Ethan antwortete mit einem undeutlichen „Gnnnh! Ahhn!" Gelächter, die beiden bekifften Hippies bitten ihn herein. „Könnte Los Angeles bedeuten, aber auch ‚keine Ahnung'. Sag einfach, wo wir dich rauslassen sollen!"

Nach einigen Meilen bemerkt die Beifahrerin dann den Warnhinweis auf Ethans Brust. Irgendwo zwischen Kingman und Mohave Valley lassen sie ihn aussteigen.

Ethan ist den beiden nicht böse. Er winkt zum Abschied, wechselt die Straßenseite, hält erneut den Daumen raus. Trotz seiner Behinderung hat er gelernt, dass es zwei Straßenseiten gibt und somit auch zwei Fahrtrichtungen.

Doch die Rückfahrt gestaltet sich schwierig. Viel Verkehr gibt es hier draußen nicht, und so steht Ethan zwei Stunden in der sengenden Sonne, bis endlich ein Fahrer anhält.

Cortez konnte die Hitze förmlich spüren und auch den Durst, der Ethan mittlerweile geplagt haben musste. Seine Idee, dass der behinderte Mann ein Stück von seinem Heimatort entfernt von seinem Mörder aufgegriffen wurde, war reine Spekulation. Er hatte sich jedoch bei Google Maps die Stelle angesehen, an der Ethan normalerweise stand. Mehrere Häuser befanden sich in unmittelbarer Nähe. Ein Mörder, der beabsichtigte, jemanden zu verschleppen, wäre hier ein unnötig großes Risiko eingegangen. Ein aufmerksamer Nachbar, eine Webcam, zufällig auf die Straße gerichtet, unliebsame Zeugen; das alles konnte jemand mit üblen Absichten nicht gebrauchen.

In der Wüste jedoch stand Ethan seinem Schicksal allein gegenüber. Vielleicht kannte der Mörder Ethan sogar, hatte ihn schon des Öfteren am Straßenrand in Kingman beobachtet. Irgendwann, so muss er sich gedacht haben, ergibt sich bestimmt eine Chance, Ethan außerhalb des Ortes zu erwischen. So wie am Tag seines Verschwindens.

Cortez trank einen Schluck Wasser, dazu aß er einen Müsliriegel. Mit einer Zornesfalte zwischen den Augen betrachtete er das Foto, das den Mann zeigte: Anders als der junge Patrick Malone war Ethan ein erwachsener, kräftiger Mann von Anfang 30, wog sicherlich an die 90 Kilo. Wie hatte ihn der Killer dazu bewegt, in den Kofferraum zu steigen? Mit einer Drohung? Oder war Ethan so naiv, dass er freiwillig hineingeklettert war? Durchaus denkbar. Cortez verzog voller Mitleid das Gesicht. Ein alter Polizisten-Spruch kam ihm in den Sinn: *Steig nie freiwillig in einen Kofferraum. Du steigst erst in der Hölle wieder aus.*

★★★

15. April 2015, 16.03 Uhr. Der 26-jährige Student Emmett Pound steht in Barstow an der Bushaltestelle und wartet auf den Greyhound, der ihn nach Flagstaff bringen soll. Hier studiert er, so erinnert sich Cortez an die Aussage von Judy Tonka, *irgendetwas mit Pädagogik.*

Ein Pädagoge war für Cortez zunächst einmal ein Lehrer. Und Lehrer waren in seiner Vorstellung, klapprige, blasse Typen. Typen, die sich ökologisch und vegan ernährten, nicht rauchten, gern ein Glas Rotwein tranken und zudem häufig selbstgestrickte Pullover trugen. *So viel zu den Vorurteilen*, dachte er, schüttelte verärgert den Kopf über sich selbst.

Emmett Pound studierte Sportpädagogik. Die Fotos aus der Akte zeigten einen 1,85 Meter großen Modellathleten, durchtrainiert bis in die rotblonden Haarspitzen. Neben Taekwondo trainierte und unterrichtete er Ju Jutsu. In dieser Sportart hatte er mehrere Titel errungen, unter anderem war er zwei Jahre zuvor Kalifornischer Meister geworden.

Method Acting. Cortez versuchte sich vorzustellen, wie der Killer wohl den Kampfsportprofi dazu gebracht hatte, in den Kofferraum zu steigen. Hatte er den Mann zunächst an der Bushaltestelle angesprochen, ihm eine kostenlose „Direktverbindung" ohne lästige, zeitraubende Zwischenstopps in Aussicht gestellt?

Die betreffende Bushaltestelle, Cortez hatte das überprüft, lag etwas außerhalb des Ortes. Einige Briefkästen, die dort am Straßenrand standen, wiesen darauf hin, dass weit abseits der Straße ein Wohngebiet liegen musste. Eine größere Farm vielleicht? Egal.

Pound steht allein an der Haltestelle. Der Killer blickt in den Rückspiegel. Die Straße hinter ihm ist leer, genauso wie vor ihm. Niemand wird mitbekommen, wie er den gutaussehenden, sportlich gekleideten Mann anspricht. Er setzt den Blinker, fährt rechts ran, stoppt.

„Sir! Sie wollen Richtung Westen? Ist eine lange Fahrt, ich könnte ein wenig Unterhaltung gebrauchen. Gibt ja auf Teilen der Strecke nicht mal einen Radiosender, den man empfangen kann. Ich tausche eine kostenlose Mitfahrgelegenheit gegen eine nette Unterhaltung. Wie sieht es aus?"

Vertrauenerweckend, so hatte Judy den Killer beschrieben. Wer einen Unbekannten dazu bringt, in ein fremdes Auto einzusteigen, zumal in einer unwirtlichen Gegend, der muss tatsächlich über eine gewisse Ausstrahlung verfügen.

Emmett Pound war kein Dummkopf. Anders als der junge Patrick Malone oder der geistig behinderte Ethan war er kein Opfer. Emmett würde sich das Auto und seinen Fahrer genau angeschaut haben. Für einen Studenten waren die 30 Dollar Fahrpreis, die er sparen würde, sicher nicht uninteressant. Und auch die Zeitersparnis war nicht zu verachten. Er war also eingestiegen.

Zwischen Barstow und Mohave Valley lag das vielleicht trostloseste Teilstück der Route 66. Menschenleere Wüste, auf der Hälfte der Strecke wartete lediglich *Roy's Motel & Cafe*, eine bekannte Roadside Attraction. Jeder vernünftige Fahrer würde jedoch über die die Interstate 40 Richtung Westen fahren, die alte Strecke meiden. *Roadside Attraction. Roy's Motel & Cafe.* Vielleicht hatte der Killer genau damit den Mann geködert.

Sie sind schon seit einer halben Stunde unterwegs, als er das Gespräch in die richtige Richtung lenkt: „Gleich kommt die Abfahrt Ludlow. Von dort aus geht es auf die Mother Road, die Route 66. Wir könnten einen kleinen Abstecher machen zu Roy's Motel in Amboy. Ist ja weltbekannt, haben Sie schon mal davon gehört?"

Cortez erwachte aus seiner Trance, googelte *Roy's Motel Route 66*. Ein riesiges Schild, dessen roter Pfeil auf einige verlassene weiße Gebäude zeigte. Davor ein alter hellblauer Straßenkreuzer. Auf dem Highway, der direkt daneben entlanglief, das unvermeidliche Route-66-Emblem. Im Hintergrund karge Berge, eine Straße ins Nirgendwo. *Kaum ein Motiv vermittelt das Gefühl der 66 besser,* dachte Cortez.

„Ist nur ein Umweg von einer halben Stunde. Und Sie können Ihren Freunden auf dem Campus morgen ein paar tolle Selfies präsentieren." Die Gelegenheit würde sich nicht so schnell noch einmal bieten. Emmett Pound stimmt dem Abstecher zu.

So viel zum einfachen Teil der Tat. Irgendwo zwischen Ludlow und Amboy musste der Killer Pound dazu gebracht haben, in den Kofferraum umzusteigen. Sicher wusste der Killer nicht, dass er es mit einem Kampfsportprofi zu tun hatte. Doch dessen geschmeidige Bewegungen und die durchtrainierten Arme konnten ihm nicht entgangen sein. Selbst auf den Fotos konnte man erahnen, dass Pound die Reflexe einer Klapperschlange besaß.

Eine vorgetäuschte Reifenpanne, eine Pinkelpause? Sah sich Pound plötzlich einer Waffe gegenüber, einer Pumpgun vielleicht? Still schüttelte Cortez den Kopf. Elf Männer waren verschwunden, spurlos verschwunden. Nichts deutete auf ein Verbrechen hin.

Jemanden zu zwingen, ohne Gegenwehr in einen Kofferraum zu klettern, gelingt vielleicht ein paar Mal. Doch irgendein Opfer wird sich wehren, sich verteidigen, den Kampf suchen. Bei elf Männern war es mehr als unwahrscheinlich, dass sie sich alle wehrlos ihrem Schicksal ergeben hatten. Seine eigenen Worte kamen ihm in den Sinn. Pound besaß die Reflexe einer Klapperschlange. Was, wenn der Killer das Gift einer Klapperschlange besaß?

★★★

Ping! Das kleine Glöckchen auf dem Tresen gab einen hohen Ton von sich, doch weit und breit war kein Hotelangestellter zu sehen. Mark und Rebecca nutzten die Wartezeit für ein Wortgefecht. Rebecca war am Zug: „Also, ich bin für Mr. Mark Di Romania. Ms Rebecca Stetson ist ein Allerweltsname. Außerdem waren die Stetsons Hutmacher. Gut, es waren mal die bedeutendsten Hutmacher Amerikas, aber du bist ja nicht mal mit ihnen verwand. Also, es bleibt dabei. Wir werden meinen Namen nehmen."

Bevor Mark etwas erwidern konnte, tauchte doch noch ein Rezeptionist auf. Sie zahlten Zimmer, Abendessen und Frühstück, verabschiedeten sich. Draußen erwarteten sie zwei unangenehme Überraschungen.

Da war zum einen das Wetter. Dichte Bewölkung war aufgezogen, ein kalter Wind wehte von Norden her. Für die nächsten Tage waren sogar Gewitter angesagt; ihre Weiterfahrt versprach, ungemütlich zu werden.

Die weitaus ärgerlichere Überraschung erwartete sie im Hof. Rebeccas Vespa lag umgekippt auf dem Boden. „O nein, mein Baby, mein Schätzchen, was ist dir nur zugestoßen?" Erschrocken hielt sich Rebecca die Hände vor den Mund, mit großen Augen blickte sie besorgt auf ihren Motorroller.

Mark richtete die Maschine auf, was ihm trotz der lediglich 150 Kilo nicht leichtfiel. Wäre seine Harley umgefallen, hätte er sie nur mit äußerster Mühe allein aufstellen können.

Als er den Seitenständer ausklappen wollte, zeigte es sich, dass der in der Mitte durchgebrochen war. „Vermutlich ein Ermüdungsbruch. Mit Miet-Motorrädern wird ja nicht gerade zimperlich umgegangen. Außerdem bleiben manche Leute auf der Maschine sitzen, während der Ständer ausgeklappt ist. Für so eine Belastung ist er nicht gedacht."

Er hoffte, dass der Defekt sich nicht noch schlimmer auswirken würde. Eine Vespa ließ sich mit ausgeklapptem Ständer nicht starten. Hätte der abgebrochenen Ständer den Schalter, der die Stellung des Ständers überprüfte, beschädigt, wäre eine Reparatur unvermeidbar. Er klappte den verbliebenen Rest des Ständers zurück.

„Zum Glück hast du ja noch den Hauptständer, kannst sie darauf aufbocken." Er trat den Ständer mit dem Fuß herunter, stellte sich auf den Hebel, um das Motorrad aufzubocken. Ein lautes, unangenehmes Knirschen war zu hören, doch er brachte die Maschine zum Stehen.

Mark beugte sich hinab, wollte den Ursprung des Geräusches herausfinden. Er brauchte nicht lange zu suchen. „Total zerkratzt und reichlich verbogen. Ich gehe mal davon aus, dass eine übermütige, etwas verrückte Person die Maschine in eine so starke Schräglage gebracht hat, dass der Ständer in der Kurve aufgesetzt ist. Wir können froh sein, wenn er bis zum Ende unserer Reise durchhält."

Sein Tonfall und sein böser Blick machten klar: Die „verrückte Person" befand sich in unmittelbarer Nähe. Rebeccas Aktion am Start ihrer Reise war vermutlich schuld an dem Defekt, doch seine Verlobte gab sich uneinsichtig. „Mr. Di Romania, ich verbitte mir Unterstellungen jeglicher Art. Du hast mir diese billige italienische Karre angedreht, und jetzt soll ich schuld sein, wenn sie auseinanderfällt?"

Sie stopfte ihre Tasche das Gepäckfach unter dem Sitz, betätigte die Zündung. Mit einem kernigen, für Vespas typischen *Ring-ding-ding* sprang der Motor an. Wenigstens etwas, dachte Mark, der besorgt zum Himmel blickte. Die dunklen Wolken und die beschädigte Maschine beunruhigten ihn.

Irgendwie sah er ein schlechtes Omen darin, dass ihre Fahrt, die nun auch so etwas wie eine Hochzeitsreise war, mit einem drohenden Gewitter und einem kaputten Motorrad weiterging. Er war nicht abergläubisch, doch gern hätte er einen Ruhetag eingelegt.

Rebecca spürte seine Unsicherheit. „Keine Angst, Buddy. Du weißt doch, was John Steinbeck gesagt hat: ‚Menschen unternehmen keine Abenteuer, die Abenteuer nehmen sich der Menschen an.'" Zufrieden lächelt sie ihn an. „Wir zwei setzen unser Abenteuer heute ungeachtet aller Widrigkeiten fort."

Während Mark seine Harley startklar machte, dachte er über einen geeigneten Konter nach. Er wollte Rebecca nicht schon wieder das letzte Wort überlassen. „Steinbeck hat aber auch noch etwas anderes gesagt: ‚Oft ist die Zukunft schon da, ehe wir ihr gewachsen sind.'" Mit einem lauten Bollern sprang der Motor an, beendete fürs Erste ihre Konversation.

★★★

25. Mai 2016. Wayne Rademacher steht in einem Laden in Winslow, schreibt eine Postkarte. *Hy Mum. Well, I'm a-standin' on a corner in Winslow, Arizona and such a fine sight to see … Du kennst das Lied bestimmt, es ist von den Eagles. Die besungene Ecke ist so ziemlich das Einzige, was es hier zu sehen gibt, siehe umseitig. Ich reise weiter auf der 66. Viele Grüße, dein Sohn Wayne.*

Ein farbiger Scan der Postkarte befand sich in der Akte, Cortez hatte ihn ausgedruckt. Das Bild auf der Vorderseite zeigte eine Metallfigur, die an einer Laterne lehnte und eine Gitarre hielt. Auf der Straße davor war ein riesiges Route-66-Emblem zu sehen, angeblich das größte auf der ganzen Strecke überhaupt.

Von Wayne Rademacher selbst gab es eine ganze Reihe Fotos in der Akte. Ein Weltenbummler, ein Überlebenskünstler, der als Rucksackreisender im ganzen Land umherzog. Seinen Lebensunterhalt verdiente er sich unterwegs. Er nahm so ziemlich jede Arbeit an, die ihm angeboten wurde.

Ein Porträtfoto zeigte sein Gesicht, er strahlte dabei förmlich in die Kamera. Ein breites, sympathisches Grinsen, selbstbewusst sah er aus, intelligent. Auf einem anderen Bild war er mit freiem Oberkörper zu sehen. Er stand auf einigen zusammengebundenen Holzstämmen. Offenbar hatte er sich auch als Flößer versucht. Genau wie Emmett Pound war auch er durchtrainiert und fit. Cortez bestaunte das Sixpack des jungen Mannes, beneidete ihn sogar darum. Es war lange her, dass er selbst so ausgesehen hatte.

Ein anderes Foto zeigte Wayne, wie er am Straßenrand stand. Er hielt dabei ein selbstgemaltes Schild in der Hand: *Geschickte Hände suchen Arbeit. Akzeptiere Unterkunft, Verpflegung und alles, was mich weiterbringt, als Lohn.*

Ein bitteres Gefühl beschlich Cortez. Der Mann war ihm sympathisch. Seine Ausstrahlung, sein Lächeln, seine Art, durch das Land zu reisen – alles an ihm war beneidenswert. Wie hatte sich der Killer in sein Leben geschlichen, es ihm schließlich geraubt? Method Acting. Cortez schloss die Augen, atmete tief ein. Wie hätte er es getan? Wie hätte er den kräftigen jungen Mann in den Abgrund gerissen? Im nächsten Moment sah er sich selbst, wie er in seinem Wagen die Route 66 entlangfuhr.

In der Ferne, am Straßenrand, steht Wayne mit seinem Schild. Instinktiv blickt er in den Rückspiegel, prüft, ob es dort Zeugen gibt. Nichts, meilenweit nur Leere. Auch vor ihm ist die Luft rein. Er setzt den Blinker, hält neben dem Mann. „Ich hätte Arbeit für geschickte Hände. Was können Sie denn?" Wayne lässt das Schild herab, nähert sich dem Wagen. „Alles, was aus Holz ist, erwecke ich zu neuem Leben. Alles, was aus Fleisch ist, behandle ich mit Respekt. Und alles, was mich schwitzen lässt, sehe ich als Herausforderung an."

Cortez musste lachen, obwohl es sein eigner Verstand war, der die Antwort ersonnen hatte. Doch Wayne, da war er sich sicher, hätte ähnlich geistreich geantwortet. „Na, dann haben deine Hände für die nächsten drei, vier Tage Arbeit gefunden. Ich wohne in der Nähe von Flagstaff, besitze dort ein altes, windschiefes Haus. Da gibt es einiges zu reparieren. Ich zahle zehn Dollar die Stunde, bei freier Unterkunft. Meine Frau ist zudem eine gute Köchin, du wirst also garantiert nicht verhungern."

Vertrauenerweckend. Eine Frau war da immer eine sichere Bank. Cortez hätte 100 Dollar darauf verwettet, dass der Killer nicht mit einer Frau zusammenlebte. Die letzten drei Männer hatten ihn vermutlich im Kofferraum nach Hause begleitet. Wayne Rademacher saß dabei jedoch auf dem Beifahrersitz.

★★★

16. Juni 2017. Freitagnachmittag, es ist drückend heiß, und Jordan Brodsky steht an der Bushaltestelle Richtung Flagstaff. 50 Dollar knistern in seiner Tasche, in den kommenden zwei Tagen wird er dieses Geld in billigen Fusel verwandeln. Er wird sich mit Hank treffen, Mike und Rudy, alles Kerle vom gleichen Schlag. Mit etwas Glück wird auch Teddy kommen, der vielleicht seine Freundin Olivia mitbringt. Für zehn Dollar darf man sie ficken, eine Stunde lang, wenn man es denn so lange schafft.

Zwei Bier hat Jordan bereits intus. Bis der Bus endlich da ist, werden es vermutlich drei sein. Vor einigen Wochen hat er es übertrieben, ist an der Haltestelle eingepennt. Der Busfahrer, das verdammte Schwein, weckte ihn jedoch nicht, aus Angst, der angetrunkene Mann würde ihm in den Bus kotzen. Jordan wurde erst wach, als die Dämmerung über Seligman hereinbrach.

Cortez tat sich schwer damit, den Tag zu rekonstruieren, an dem der Landarbeiter verschwand. Er war jedoch sicher, dass es den Mann bereits vor der Fahrt nach Flagstaff erwischt hatte. Der Killer vermied die Großstadt, hier gab es Zeugen, Kameras, Polizeikontrollen. Aber Seligman brachte es gerade einmal auf 800 Einwohner. Direkt an der Straße lagen einige die üblichen Route-66-Souveniershops. Etwas weiter abseits der Straße lagen die Farmen.

Brodsky stand an der Bushaltestelle, so viel war gewiss. Sein Boss hatte gesehen, wie sein Angestellter sich auf den Weg dorthin gemacht hatte. Der Busfahrer konnte sich jedoch nicht erinnern, dass der Mann auch bei ihm eingestiegen war. Cortez ging daher davon aus, dass der Killer Brodsky bereits vor der Bushaltestelle zu sich ins Auto gebeten hatte.

Zwei Dinge verunsicherten Cortez. Die letzten vier Opfer konnte man durchaus als gutaussehend bezeichnen. Malone war ein zierlicher junger Bengel, fast noch ein Kind. Der geistig behinderte Ethan Vasquez war von kräftiger Statur, keine Schönheit, aber weder hässlich noch entstellt. Und die beiden Sportler konnten einen beneidenswerten Körperbau aufweisen; Pound hätte problemlos als Fotomodell arbeiten können.

Von Jordan Brodsky existierte lediglich ein Passbild. Ein verlebtes Gesicht, Aknenarben, eine von roten Adern durchzogene Nase, die von Alkoholmissbrauch zeugte. Den Zustand seines Gebisses konnte Cortez sich vorstellen. Von seinen Haaren war nur noch ein Kranz übrig, fettig klebten sie an seinem Kopf. Nein, Brodsky war wahrlich keine Schönheit.

In der Akte stand nichts über seinen körperlichen Zustand oder ob er sich nach Feierabend zu waschen pflegte. Doch Cortez war sicher, das dem nicht so war. Wenn um vier der Vorarbeiter die Glocke schlug, holte sich Brodsky sein Bier aus dem Trailer und ging hinunter zur Bushaltestelle. Der Bus kam für gewöhnlich gegen 16.30 Uhr, da blieb keine Zeit zum Duschen.

Wenn der Killer ein Sexualstraftäter war, die Morde mit seinem Trieb verbunden waren, dann sah Cortez hier ein Problem. Ein Serienkiller, der auf gutaussehende Männer aus war, hätte wohl kaum ein Wrack wie Brodsky ausgewählt. Und der Arbeiter passte auch nicht zu den Opfern, die vor ihm verschwunden waren. Einem Sadisten hingegen war das Aussehen seiner Opfer egal. *Ein hässlicher Mann schreit schließlich genauso laut wie ein hübscher.*

★★★

Für einen Moment dachte Mark, sie hätten sich verfahren. Nicht immer war die Route 66 gut ausgeschildert, und an einigen Stellen gab es sogar mehrere Möglichkeiten, die alte Straße zu befahren. Ein Schild wies nach rechts, dort lag ein Teilstück, das in den 1960er-Jahren genutzt wurde. Ein anders Schild wies nach links, dort konnten Reisende ein Teilstück erkunden, das in den 1970er-Jahren in Betrieb genommen worden war. Mark zögerte, entschloss sich dann für die ältere Route.

Sie waren noch nicht lange unterwegs und beide trotz des Interkoms recht schweigsam. Der Abend zuvor war wunderbar gewesen, hatte überaus romantisch begonnen. Nach dem Antrag schmusten sie ein wenig, scherzten dabei über sich selbst. Immerhin waren sie beide Anfang 40, gestandene Erwachsene, die wussten, dass eine Hochzeit eine Beziehung nicht grundlegend verändert. Doch Rebeccas Idee, in Las Vegas vor den Altar zu treten, war so verrückt wie sie selbst.

Nach dem Abendessen und der ersten Flasche Champagner wurde es delikat. Mark lächelte unter seinem Helm, als er daran zurückdachte. Rebecca wünschte sich einen *Verlobungsfick der Spitzenklasse*, und tatsächlich geriet die Situation etwas außer Kontrolle. Von Zeit zu Zeit erwartete sie von ihm Analsex, so auch gestern. Während er vorsichtig von hinten in sie eindrang, befriedigte sie sich zusätzlich selbst. Diese doppelte Stimulation führt meist zu einem überaus heftigen Orgasmus ihrerseits. Und so hatten die Nachbarn rechts *und* links an die Wände geklopft und eindringlich um Einhaltung der Nachtruhe gebeten. Vergebens.

Ein heftiges Schütteln des Lenkers riss Mark aus seinen Gedanken. Die Straße wurde plötzlich zur Piste, und die schwere Harley kam ins Schlingern, als sie über die ungeteerte, plötzlich nur noch aus Schotter bestehende Straße holperte. „Aufpassen! Fahr langsam, es wimmelt hier von Schlaglöchern." Gern hätte er in den Rückspiegel geschaut, ob Rebecca die Situation ebenfalls unter Kontrolle hatte, doch er musste sich zu sehr auf den Weg vor ihm konzentrieren. Ihre Stimme verriet ihm, dass sie ihm zumindest noch folgte. „Ich würde mal sagen, da ist jemand falsch abgebogen, Sir. Sollen wir umkehren?"

Mark schaute auf die Strecke vor ihnen; der Weg schien dort wieder besser zu werden. Womöglich war nur ein Teilstück in diesem schlechten Zustand. „Nein, weiter geht's. Aber fahr vorsichtig!" Tatsächlich fuhren sie eine Minute später wieder auf Asphalt, wenn es auch so aussah, als wäre der Straßenbelag mindestens 50 Jahre alt.

Kurze Zeit später erblickte Mark rechts vor sich am Straßenrand ein überaus interessantes Gebäude. Dort stand eine alte, verwitterte Tankstelle im Art-Deco-Stil. Das Hauptgebäude war ein einfacher, kastenförmiger Bau. An der Vorderseite gab es eine weit ausladende Überdachung, die an den Enden von zwei dünnen Pfosten gestützt wurde. So wirkte sie fast freitragend, gab dem Design des Ganzen etwas Leichtes, Elegantes.

Mark stoppte, klappte den Seitenständer aus. Neugierig näherte er sich zu Fuß dem Gebäude. Rebecca blieb auf ihrer Vespa sitzen, beobachtete ihren Verlobten.

Vor der Überdachung stand ein alter, verrosteter Straßenkreuzer. Mark glaubte einen Pontiac Firebird zu erkennen, das Modell aus den 1960er-Jahren. Eine absolute Rarität und selbst in diesem schlechten Zustand überaus begehrt.

Das Gebäude selbst machte einen verwahrlosten Eindruck. Die Fenster des ehemaligen Verkaufsraums hatte man zugenagelt. Nur an der Eingangstür war noch eine zersplitterte Scheibe zu erkennen. Einige alte Paletten lehnten davor, so als sollten sie Eindringlinge vom Betreten abhalten. Daneben stand ein verrosteter alter Cola-Automat. Seine ehemals rote Farbe blätterte ab, darunter wurde ein blasses Weiß erkennbar. Mark musste unweigerlich an einen Schädel denken, dem die Kopfhaut abgezogen worden war.

Rechts neben der Überdachung befand sich ein großes Garagentor. Im oberen Bereich hatte es wohl einst eine Verglasung gegeben, um Licht in die dahinter liegende Werkstatt zu lassen. Doch irgendwelche Randalierer hatten die Scheiben zerstört. Jetzt hatte man auch hier die entstandenen Lücken zugenagelt. Die dazu verwendeten Bretter waren wohl Überbleibsel, Reste, denn sie wiesen alle unterschiedliche Farben und Strukturen auf.

Der Platz vor der Tankstelle bestand aus großen, rissigen Betonplatten, zwischen denen das Unkraut wucherte. Vertrocknete Grasbüschel rahmten die Fläche ein, rings um das Gebäude standen einige Bäume und Sträucher. Sie hatten sich über all die Jahre dem Aussehen der Tankstelle angepasst, waren verdörrt, abgestorben.

Mark war fasziniert. Ohne den Helm abzunehmen, sprach er ins Interkom: „Ein Lost Place. Eine Zeitkapsel. Mit dem Ende der Route 66 ist auch dieser Ort gestorben. Denk an das, was Adams Mutter gesagt hat. Adam war Hobbyfotograf. Wenn er hier vorbeigekommen ist, dann hat auch er hier angehalten, da bin ich mir sicher."

Langsam ging er an dem Auto vorbei in Richtung der Garage. Kies und Glassplitter knirschten unter seinen Sohlen. Der graue Himmel passte fantastisch zu dem verwitterten Gebäude, der vertrockneten Vegetation. Mark zog sein Handy hervor, fotografierte die einmalige Szene. Stellenweise war an dem Gebäude noch etwas Farbe zu sehen, ein blasses Blau, ein schwaches Gelb, ein verwittertes Rot. Doch Mark fühlte sich, als hätte er einen alten Schwarz-Weiß-Film betreten.

„Äh, ich will dir den Spaß ja nicht verderben, aber da hängen überall Schilder. ‚No Trespassing, Betreten verboten. Private Property – Keep Out.' Auch hinter der Windschutzscheibe sehe ich eines. ‚Do not Enter.' Vielleicht solltest du das Gelände besser nicht betreten." In Rebeccas Stimme lag ein warnender Unterton.

Auch Mark hatte die Schilder bemerkt. Sie waren genauso verwittert und vergammelt wie der Rest. Er ging davon aus, dass sie schon seit Jahren hier standen, genauso in der Zeit vergessen wurden wie das Gebäude selbst. Eifrig fotografierend schlich er um das Auto herum, ging in Richtung der verbarrikadierten Eingangstür.

Nichts deutete darauf hin, dass hier jemand lebte. Auf allem lag eine Patina, Staub und Dreck, die der Wind hier über Jahre herangeweht hatte. Mark näherte sich der Tür, legte ein Ohr daran, lauschte. Nichts. Nur ein leiser Wind war zu hören und irgendwo, ganz weit weg, heulte ein Zug.

Mark versuchte, durch die gesplitterte Scheibe der Tür zu spähen, doch man hatte sie auf der anderen Seite mit Zeitungspapier beklebt. Dennoch war da etwas, eine Bewegung, ein Schatten. Er zuckte zurück. Mit einem Mal wurde ihm bewusst, dass das Gebäude vielleicht doch nicht so verlassen sein mochte, wie es zunächst schien.

Soll ich mal anklopfen?, überlegte er, als er aus dem Augenwinkel eine Bewegung wahrnahm. Jemand kam angerannt, brüllte dabei: „Du Stück Scheiße, keine Bewegung! Keine Bewegung, oder ich blas dir deinen verdammten Kopf weg!“ Unaufgefordert hob Mark die Hände, drehte sich zu Seite.

„Stand your Ground! Stand your Ground! Hast du Wichser keine Ahnung, was das bedeutet? Ich knall dich ab wie eine Kakerlake, das war's. Du bist auf meinem Grundstück! Auf meinem Grundstück!“

Mit einem Mal erkannte Mark die Gefahr, in der er sich begeben hatte. Sein unbefugtes Eindringen gab dem Besitzer des Grundstücks das Recht, ihn zu erschießen. Die amerikanische Verfassung gestand jedem das Recht auf Selbstverteidigung zu. *Stand your Ground*, verteidige deinen Boden, bedeutete, dass man als Angegriffener nicht warten musste, bis man tatsächlich mit dem Leben bedroht wurde. Man durfte quasi vorsorglich schießen.

Der Mann, der da nun vor ihm stand und ihn mit einer Schrotflinte bedrohte, war in etwa Anfang 50. Bekleidet war er mit einem verdreckten grauen Overall, wie ihn einst Mechaniker trugen. Sein ebenfalls graues zerzaustes Haar hing ihm in langen Locken vom Kopf herab. Seine nackten Füße waren genauso dreckig wie seine Hände. So wie er aussah, hauste er hier bereits seit Jahren.

In seinen weit aufgerissenen Augen konnte Mark so etwas wie Wahnsinn erkennen. Wut lag darin, Hass, Bosheit. Doch die Art, wie er die Waffe hielt, ließ eines nicht vermuten: Angst. Zudem roch Mark Alkohol und Marihuana in seinem Atem. Der Mann stand unter Drogeneinfluss, und er war mit Sicherheit verrückt. Mark versuchte, ihn zu beruhigen.

„Sir, ich muss mich entschuldigen. Ich wusste nicht, dass Sie hier wohnen. Sehen Sie das Telefon in meiner Hand? Ich wollte nur ein paar Fotos machen. Ihre alte Tankstelle ist so ein tolles Fotomotiv, da muss man einfach anhalten.“

Speichel spritzte ihm entgegen, als der Irre ihn weiter anbrüllte: „Fotomotiv? Du Pisser bist auch gleich ein Fotomotiv, und zwar für die Spurensicherung. Stand your Ground! Ich knall dich ab und deine Fotze gleich dazu. Sag ihr, sie soll absteigen und herkommen.“

Rebecca stand nicht auf dem Grundstück des Mannes. Leistete sie der Aufforderung Folge, konnte der Verrückte sie beide töten. Die Sache geriet außer Kontrolle.

Beschwörend redete Mark auf den Mann ein: „Hören Sie, wir sind zwei Touristen, die auf der Route 66 unterwegs sind. Es tut mir außerordentlich leid, dass wir Sie gestört und Ihr Grundstück betreten haben. Meine Freundin bleibt, wo sie ist. Sie kann jederzeit bezeugen, dass ich Ihr Grundstück nicht betreten habe, um etwas Unrechtes zu tun."

Die Hände weiter erhoben, begann Mark langsam rückwärts zu gehen. Er wollte etwas Abstand zwischen sich und den Lauf der Waffe bringen, doch der Verrückte folgte ihm. „‚Stand your Ground' ist ja eine feine Sache, aber ich bin unbewaffnet. Und wenn Sie mich in den Rücken schießen, hier draußen, außerhalb des Gebäudes, dann wird jeder Richter in Arizona Ihnen das Recht auf Selbstverteidigung absprechen. Sie landen auf dem elektrischen Stuhl."

Als Mark das Zögern im Blick seines Gegners bemerkte, drehte er sich um, präsentierte ihm den Rücken. Mit erhobenen Händen entfernte er sich. Rebecca war ihre Angst anzusehen. Die Situation war so völlig unerwartet gekippt, von einer Sekunde auf die andere. Hilflos musste sie mit ansehen, wie ihr Freund mit dem Tode bedroht wurde.

Als Mark die Straße erreicht, das Grundstück verlassen hatte, wagte er es, sich umzudrehen. Der Irre war weg, lautlos und ohne ein weiteres Wort verschwunden. Auch sie würden nun verschwinden, so schnell wie nur irgend möglich. Sie tauschten einen Blick aus, beiden war die Verunsicherung anzusehen. Mark schwang sich auf seine Maschine, erst jetzt merkte er, wie ihm Hände und Knie zitterten.

Er gab Rebecca ein Zeichen, dass sie vorfahren sollte. Ohne ihn anzusehen, folgte sie seiner Aufforderung. Mark startete seinerseits den Motor, fuhr ihr unsicher hinterher. Er wagte einen letzten Blick in den Rückspiegel, doch der Irre ließ sie ungehindert abziehen.

Das Ganze hatte vielleicht drei, maximal vier Minuten gedauert. Er wollte nur ein paar Fotos schießen, einen Lost Place aufnehmen. Dabei wäre er fast getötet worden. Aber so war eben Amerika. Das alte Sprichwort *Wer sich in Gefahr begibt, kommt darin um!* hatte vermutlich hier seinen Ursprung.

★★★

„Es ist mir egal, ob du mitmachst. Ich jedenfalls werde nicht länger warten. Sieh mich an, wie ich aussehe. Das ganze Gesicht hat mir das Schwein kaputtgeschlagen." So früh am Morgen war es kalt und feucht in dem alten Wohnwagen. Die beiden Brüder lagen, zugedeckt mit einem Sammelsurium alter Decken und Schlafsäcke, auf ihren durchgelegenen, verdreckten Matratzen.

Es war Archie, der hier auf seinen Bruder Gilbert einredete. Mit zugeschwollenen Augen und einer aufgeplatzten Unterlippe lag er auf dem Rücken, starrte an die Decke. „Ich lasse mich nicht länger behandeln wie einen Hund. Brian beutet uns aus, als ob wir seine Sklaven wären. Seine Ausfälle werden immer brutaler. Nicht mehr lange, und er tötet einen von uns. Wie es dem anderen dann ergehen wird, das kannst du dir ja denken."

Gilbert lag unter der Decke, hatte sie sich über den Kopf gezogen. Obwohl Archie nur leise flüsterte, seine Stimme außerhalb des Wohnwagens mit Sicherheit nicht zu hören war, befürchtete er, sein älterer Bruder könnte sie belauschen. Würde Brian erfahren, dass hier ein Mordkomplott gegen ihn geschmiedet wurde, es wäre ihr Ende.

„Er hat Geld im Wohnwagen, es gibt da einen Safe. Den Schlüssel trägt er an einer Kette um den Hals. Wir vergiften ihn oder betäuben ihn zumindest so weit, dass er sich nicht mehr wehren kann. Dann töten wir ihn, und du verscharrst ihn draußen in der Wüste. Niemand wird ihn vermissen. Wenn Gras über die Sache gewachsen ist, melden wir ihn als vermisst. Irgendwann wird man ihn für tot erklären, dann kommen wir auch an das Geld auf dem Bankkonto."

Vor seinem geistigen Auge konnte Gilbert sehen, wie er die Leiche seines Bruders mit der Baggerschaufel in eine Grube schob. Der leblose Körper rollte über den Rand, kullerte in die Mitte der Grube.

Als er danach den roten Sand der Wüste in das Loch kippte, die Leiche verscharrte, glaubte er, ein befreiendes Gefühl in seiner Brust zu spüren. Seit Jahren hoffte er schon darauf, dass Brian irgendwie verschwinden, bei einem Unfall oder an einem Herzinfarkt sterben würde. Doch die Anabolika schienen sein Herz zu verschonen, bisher jedenfalls.

„Gut, ich bin dabei. Wann willst du es machen?" Er sprach so leise, dass er befürchtete, Archie würde ihn nicht verstehen. Doch die Antwort kam prompt. „Wenn wir das nächste Mal zusammen nach Flagstaff fahren, setze ich mich für ein, zwei Stunden ab. Ich kenne da noch jemanden von der Schule, der Drogen verkauft. Ich besitze zwar nur 20 Dollar, aber irgendein Zeug wird er mir davon schon besorgen können."

Gilbert dachte nach. Flagstaff. Sie fuhren regelmäßig zum Einkaufen dorthin. Hier in der Gegend gab es keinen Supermarkt, dort jedoch schon. Sie kauften Konserven, Nahrungsmittel und vor allem Wasser, denn der Schrottplatz besaß keinen Anschluss an die Trinkwasserversorgung. Archie hatte den gleichen Gedanken: „Das Wasser ist bald alle. Ich denke, in spätestens drei, vier Tagen ist es so weit. Dann müssen wir nach Flagstaff. Und an dem Abend verpassen wir Brian eine Überdosis."

★★★

Zwei Meilen von der alten Tankstelle entfernt parkten Mark und Rebecca am Straßenrand. Nach dem Schock waren sie nicht in der Lage, so ohne Weiteres weiterzufahren. Mark war erleichtert, aber auch gedemütigt. Gern hätte er sich eine Waffe besorgt, wäre zurückgefahren. *Hirngespinste.*

Sie standen Wange an Wange in der trostlosen, leeren Landschaft, umarmten sich wortlos. Sie fühlten sich so grau und düster wie der Himmel über ihnen. Die unbeschwerte Stimmung der letzten Tage, das Gefühl der Verzauberung – dahin. Sie würden noch einige Zeit so stehen, sich gegenseitig Kraft spenden, dann weiterfahren.

Doch der Irre mit dem Schrotgewehr erinnerte sie eindringlich an die Worte von Steve Cortez. *Ehe du dich's versiehst, blickst du in den Lauf einer Waffe. Schlussendlich liegst du verletzt oder tot in der Gosse, und das FBI muss sich um einen weiteren Fall kümmern. Alles schon erlebt.* Jetzt hatten sie es selbst erlebt.

★★★

02. Juni 2018, 17.10 Uhr. Zachary Ginsberg ist zu Fuß unterwegs. Seine Schuhe drücken, sie sind nicht für einen längeren Fußmarsch gedacht. Es sind elegante Straßenschuhe, er hat sie erst vor einigen Wochen gekauft. *Als Vertreter*, so hat es ihm sein Boss erklärt, *schauen dir die Kunden zuerst auf die Schuhe. Sieh also zu, dass du immer gutes, sauberes Schuhwerk trägst.*

Seine Firma kauft und verkauft gebrauchte Landmaschinen. Zu ihnen kommen die Farmer, die knapp bei Kasse sind, die sich eine neue Maschine von John Deere oder Claas nicht leisten können. Und hier draußen, entlang der Route 66, gibt es solche Farmer zuhauf. Karge Böden, Trockenheit, Landflucht, wenn es irgendwo an Geld mangelt, dann hier.

Vor zwei Stunden bereits ist ihm der Sprit ausgegangen. Sein eigner Wagen steht defekt in der Werkstatt, also muss er mit einem Mietwagen vorliebnehmen. Die Karre, made in USA, verbraucht jedoch viel mehr Sprit als sein Koreaner. Als er losfuhr, stand die Tachonadel noch auf halbvoll. *Damit komme ich problemlos noch nach Flagstaff*, hat er gedacht. *Weit gefehlt, Freundchen, weit gefehlt.*

Zuerst hat er am Auto gewartet, den leeren Reservekanister als Zeichen seiner Notlage auf das Dach gestellt. Doch anstatt anzuhalten, beschleunigten die vorbeifahrenden Fahrzeuge sogar noch. Dann dämmerte es ihm. Straßenräuber in Kalifornien benutzten dieselbe Masche, es stand dieser Tage in der Zeitung. Hilfsbereite Fahrer, die anhielten, wurden ausgeraubt, zusammengeschlagen, verletzt in der Wüste zurückgelassen. Verbrechen, made in USA.

Also macht er sich auf, das Unterhemd um den Kopf gewickelt, zum Schutz vor der stechenden Sonne. Ein bisschen verrückt sieht er so aus. Nach zwei Meilen kommt er sich vor wie in einem Roadmovie, allein hier draußen in der Wüste, den Kanister in der Hand. Über ihm der endlose blaue Himmel, der Sand der Wüste leuchtend rot.

Die Story glaubt mir zu Hause kein Schwein. Zum Beweis nimmt er einige Selfies auf, darauf er, der Kanister, die Wüste. Nur wegschicken kann er die Fotos nicht, kein Netz. Er weiß, dass es in Seligman eine Tankstelle gibt. Dort wird er auch jemanden finden, der ihn gegen Bezahlung zurückfährt.

Nur seine Füße bereiten ihm Sorgen. Die Hacken schmerzen, mit Sicherheit hat er sich dort Blasen gelaufen. Doch Jammern hilft nichts, weiter geht's.

Auf der Gegenfahrbahn kommt ihm ein Wagen entgegen. Der Fahrer verlangsamt, lässt die Scheibe herunter. Ein freundlich wirkender älterer Herr ruft ihm ein Sprichwort zu: „Immer, wenn du denkst, es geht nicht mehr, kommt von irgendwo ein Lichtlein her." Zachary Ginsberg lacht lauthals, der Typ scheint das Herz auf dem rechten Fleck zu haben.

„Sir, Sie kommen mir wie gerufen. Wenn Sie jetzt auch noch etwas Sprit dabeihaben und mich zu meinem Auto zurückfahren, dann machen Sie mich zum glücklichsten Menschen der Welt."

Der Fahrer hält, steigt aus, geht um den Wagen herum. Er öffnet den Kofferraum: „Kommen Sie, wir füllen Ihnen erst mal ein Paar Liter Sprit ab. Die Hände müssen Sie sich dabei schon selbst schmutzig machen, ich habe leider keine Handschuhe dabei." Zachary nickt, folgt dem Mann. Er stellt seinen Kanister auf der Straße hinter dem Wagen ab, bückt sich, um den festsitzenden Verschluss besser aufzuschrauben zu können.

Method Acting. Als ihm Steve Cortez den Radmutternschlüssel mit Kraft ins Genick schlägt, wird Ginsberg sofort ohnmächtig. Bevor er zusammensackt, packt Cortez ihn, wuchtet ihn über die niedrige Kante in den Kofferraum. Cortez fasst ihm an die Halsschlagader, prüft, ob er tot ist. Er lebt. Gut. Cortez fesselt den Mann mit Handschellen, knebelt ihn mit Klebeband.

Den Reservekanister, der immer noch auf der Straße steht, befördert Cortez mit einem Tritt in den Straßengraben. Er schließt den Kofferraum, blickt sich um, doch die Route 66 hat ihn wie immer nicht im Stich gelassen. Die Straße ist der einzige Zeuge.

Cortez erwacht aus seiner Trance, fühlt sich unwohl. Sich vorzustellen, wie man einen Menschen entführt, bereitete ihm keine Freude. Er wusste aus Erfahrung, dass diese gedanklichen Experimente Risiken mit sich brachten. Doch sie waren in seinem Fall unverzichtbar.

Nummer fünf. Zachary Ginsberg war Opfer Nummer Fünf. Das erste Opfer war fast noch ein Kind, ein Zufallstreffer. Doch der Killer hat dazugelernt, an Selbstvertrauen gewonnen. Er verstand jetzt sein Handwerk. Und sein Plan, das hatte ihm die Vergangenheit gezeigt, funktionierte. Verschwindet ein Mensch spurlos, deutet nichts auf ein Verbrechen hin, gibt es keine Zeugen, halten sich die Ermittlungen der Polizei in Grenzen. Die Opfer sechs bis elf waren der beste Beweis dafür.

★★★

Als Judy im Morgengrauen erwachte, fühlte sie sich wie gerädert. Leise, um ihre Freundin nicht zu wecken, stand sie auf, schlich sich ins Badezimmer. Beim Anblick ihrer Hand- und Fußgelenke erschrak sie, noch schlimmer erwischte es sie beim Blick in den Spiegel.

Die Nacht hatte es in sich gehabt, spätestens als Gloria ihr das Fläschchen mit Poppers unter die Nase hielt, hatte sie geahnt, dass die Rechnung für den sexuellen Exzess bitter werden würde. Doch sie beklagte sich nicht. Wie immer hatte sie die Nacht mit Gloria genossen.

Sie kroch zurück ins Bett, stellte sich den Wecker auf acht Uhr. Als ihr Handy sie schließlich weckte, war Gloria schon in Richtung Uni verschwunden. Sie fragte sich immer wieder, wie diese Schlange nach so einer Nacht noch in der Lage war, an Vorlesungen teilzunehmen. Judy hingegen rief in der Abteilung an, meldete sich krank. Verdacht auf Covid 19 klang immer gut, kein Kollege würde ihr den Fehltag verübeln.

Nach einer Dusche und einem Kaffee fühlte sie sich besser. Normalerweise hätte sie jetzt die Zeit genutzt, um in der Wohnung ihrer Freundin ein wenig herumzuschnüffeln. Judy war extrem eifersüchtig; unbekannte Unterwäsche oder gar Sexspielzeug unbekannter Herkunft konnten sie rasend machen.

Doch an diesem Tag hatte sie etwas anderes im Sinn. Aus ihrer Tasche kramte sie die Akte der beiden erschossenen Polizisten hervor. Howard Kennedy und Daniel Tobin waren beide noch keine 30 gewesen, zwei junge Männer, kaltblütig ermordet während ihrer Mittagspause.

Zunächst überflog sie kurz den Bericht. Die beiden saßen in einem Zivilfahrzeug an der Route 66 zwischen Seligman und Ash Fork. Es war genau 14.04 Uhr, als sie sich über Funk in Flagstaff zur Pause abgemeldet hatten. Die Burger und die Milchshakes hatten sie kurz zuvor in Seligman besorgt.

Wer immer sie erschossen hatte, verstand sein Handwerk. Die Schüsse erfolgten frontal von vorn durch die Windschutzscheibe. Kennedy, der auf dem Fahrersitz saß, wurde in den Kopf getroffen, genauer gesagt in die Stirn an der Nasenwurzel. Ein Blattschuss, fast exakt zwischen die Augen. Tobin war wohl gerade dabei gewesen, in seinen Burger zu beißen, als der Schuss ihn traf. Die Kugel durchschlug die Scheibe, anschließend den Burger, fand ihren Weg durch seinen Gaumen, um danach am Hinterkopf auszutreten. Beide Männer waren laut Obduktionsbericht sofort tot.

Judy sah sich mit einer Mischung aus Faszination und Ekel die Fotos vom Tatort an. Bei der Tatwaffe handelte es sich um eine Pistole Kaliber .45 ACP. Aus Erfahrung wusste sie, dass Pistolen in diesem Kaliber einen ordentlichen Rückstoß mitbrachten. Die Projektile waren wesentlich schwerer als die im Kaliber 9mm Para. Dementsprechend war auch die Treibladung stärker. Selbst leichte Schutzwesten konnten diese Geschosse auf kurze Distanz durchschlagen. Bemerkenswert fand sie, dass der Schütze nur zweimal geschossen hatte. Die Ballistiker vermuteten eine Schussdistanz von zwölf bis 15 Metern. Entweder der Schütze war sich seiner Sache sehr sicher gewesen, oder aber er hatte es sehr eilig gehabt. Judy tippte auf Ersteres.

Ein Profikiller wäre wohl gründlicher vorgegangen. Erst die zwei Schüsse durch die Scheibe, danach hin zum Auto, zwei weitere Schüsse aus kurzer Distanz. Doch ein Blick auf die Fotos der völlig zerstörten Köpfe machte ihr klar, dass ein Profi auch gesehen hätte, dass er sich die Munition sparen konnte.

Sie wechselte zu den Fotos der sechs Verdächtigen. Gangster, harte Kerle aus dem Rockermilieu. Sie sah Glatzen, Narben, Tätowierungen am Hals, im Gesicht. Einer hatte sich sogar die Lippen tätowieren lassen, irgendwelche Schriftzeichen.

Sie überflog das Vorstrafenregister der Männer. Es war alles dabei, was einen Menschen unsympathisch macht. Vergewaltigung, Waffen- und Drogenhandel, Körperverletzung. Dazu noch Zuhälterei, Menschenhandel, Förderung der Prostitution. Insgesamt brachten es die sechs Männer auf drei Dutzend Jahre Knast, es waren tatsächlich ganz schwere Jungs. Ihre Gang galt als eine der härtesten Rocker-Gruppierungen Oklahomas.

Judy fand es schwer, die Gesichter der Männer zu lesen. Normalerweise konnte sie einem Menschen die Intelligenz ansehen, auch grundlegende Charaktereigenschaften. Natürlich galt das nicht für jeden, doch für eine Menschenkennerin wie sie war es zumindest ansatzweise möglich. In der Vergangenheit hatte Judy bereits des Öfteren ihr Gespür in diese Sache unter Beweis gestellt. Beim FBI galt sie nicht umsonst als Expertin, was Verhöre betraf.

Doch diese Männer hatten entweder gelernt, ihre Gefühle und Gedanken perfekt zu verbergen, oder sie hatten schlicht und einfach keine Gefühle. Wie sonst konnten sie Menschen ermorden, Frauen zur Prostitution zwingen, Drogen an Kinder verkaufen? Es waren Soziopathen, Monster in Menschengestalt.

★★★

17. Juli 2018, 08.22 Uhr, Sanders. Für Troy Deschanel läuft es an diesem Tag alles andere als gut. Am Abend zuvor hatte es Ärger mit der Polizei von Gallup gegeben, die ihn vom Güterbahnhof vertrieb. Die Beamten von Gallup waren gefürchtet unter den Tramps. Erbarmungslose, grobe Schweine, die einen Obdachlosen gern mit dem Gummiknüppel wecken.

In der Nacht war er zurückgekehrt, denn sein Güterzug, der AT-5523, würde gegen drei Uhr in Richtung Westen starten. Als alter Hobo-Fuchs schlich er zwischen den Gleisen umher, unsichtbar wie ein Schatten in der Dunkelheit. Doch auch der private Sicherheitsdienst, der den Bahnhof nachts bewachte, schlief nicht. Zwei Männer mit Nachtsichtgeräten zogen ihn aus seinem Versteck unter dem Wagen hervor. Sie gaben ihm einige kräftige Ohrfeigen, so kräftig, dass Troy einen seiner vergammelten Backenzähne verlor. Danach begleiteten sie ihn zum Tor, verabschiedeten ihn mit einem Tritt in den Hintern und der Drohung, beim nächsten Mal einen der Schäferhunde auf ihn zu hetzen. Er war klug genug, die Drohung ernst zu nehmen.

Die kalte Nacht verbrachte er schlaflos unter einer Brücke. Gallup war ein gefährliches Pflaster, besonders für Obdachlose. Etliche Banden und Gangs trieben hier ihr Unwesen. Menschen wie er, Obdachlose, genossen keinen Schutz durch das Gesetz. Viele Hobos berichteten von grausamen Überfällen durch die Gangs. Man misshandelte sie zum Spaß, aus Langeweile. Zwei Männer hatte man letztes Jahr im Schlaf mit Benzin übergossen und angezündet. Sie starben qualvoll. In Gallup bekam er daher nachts kein Auge zu.

Als der Morgen graute, machte er sich schließlich auf zum Stadtrand. An einem McDonalds-Restaurant schnorrte er einen Kaffee, die Mülltonne spendierte ihm sein Frühstück. French Fries gab es an diesem Morgen reichlich, dazu Chicken Wings, ein fast volle 16er-Box. *Verrückt, was die Leute alles wegschmeißen*, dachte Troy sich.

Aus dem Müll zog er drei leere Colaflaschen, füllte sie auf der Toilette mit Leitungswasser. Am Tresen schnappte er sich ungeniert einige Päckchen Zucker, kippte die Beutel in die Flaschen. *Bum-Coke*, Penner-Cola, nennt er diesen „Energy-Drink“. Das jahrelange Leben auf der Straße hat ihn gelehrt, dass Vorräte eine wichtige Sache sind, besonders wenn es per Anhalter durch die Wüste geht.

Hitchhiker, Anhalter, wurden in den USA nicht gern gesehen. Viele Reisende hielten sie für Kriminelle, vor denen man sich in Acht nehmen musste. An Tankstellen durfte man nicht stehen, die Besitzer verständigten sofort die Polizei. Kunden während des Tankens anzusprechen, galt als geschäftsschädigende Belästigung.

Auch an Autobahnauffahrten wurde man nicht geduldet. Erwischte die Polizei dort einen Hitcher, wurde er sofort verhaftet und irgendwo anders aus dem Auto gelassen, meist weit draußen vor der Stadt. Obdachlose gab es in den Orten zur Genüge. Die Bullen machten sich einen Spaß daraus, hilflose Kerle wie ihn am Arsch der Welt auszusetzen und sich selbst zu überlassen.

So lief es auch heute. Er stand am Stadtrand, in der Nähe einer großen Autobahntankstelle. Natürlich war er schlau genug, sich nicht auf das Privatgrundstück das Pächters zu begeben, nein, nein. Er stand auf der öffentlichen Straße, Bundeseigentum, hier konnte ihm keiner vor den Koffer scheißen. Den großen Rucksack, der sein gesamtes Leben beinhaltete, etwas hinter sich gestellt, stand er am Straßenrand und hielt den Daumen raus.

Er lächelte freundlich, ohne dabei jedoch den Mund aufzumachen. Die Ruine hinter seinen Lippen war alles andere als vertrauenerweckend. Die struppigen Haare hatte er unter seiner Baseball-Kappe versteck, sich vorsorglich den Staub aus der Jacke geklopft. *Ganz passabel*, dachte sich Troy. Mit etwas Glück würde ihn ein Trucker mitnehmen, der sich etwas Unterhaltung wünschte.

Auf diese Art und Weise hatte Troy in den vergangenen 25 Jahren die gesamten USA bereist. Von Güterzügen aus hatte er die Great Plains bewundert, war auf der Ladefläche von Pickups durch die Everglades gefahren. Auf dem Dach eines Zuges war er einmal unentdeckt 1.000 Meilen gereist, von Chicago bis nach Dallas. Dort hatte ihn ein verrückter Motorradfahrer mitgenommen. Er saß auf dem Sozius, während sein Gepäck im Beiwagen der völlig verrosteten Maschine mitfuhr. Troy war Hobo mit Leib und Seele.

Als der Polizeiwagen sich im Schritttempo näherte, ahnte er bereits, was folgen würde. Der Wagen hielt an, der Cop auf dem Beifahrersitz ließ das Fenster herunter. „Na, Buddy, da hast du aber heute mal richtig Glück. Ist viel zu gefährlich hier für dich, an der stark befahrenen Autobahn. Steig ein, wir fahren dich zur Stadtgrenze. Dort kannst du dann auf ein paar Touristen warten, die dich auf der Route 66 mitnehmen."

Ohne eine Diskussion anzufangen, stieg Troy ein. Er kannte die Spielregeln. Die Bullen von Gallup waren allesamt Arschlöcher. Ein falsches Wort, und sie würden ihn nicht nur vor die Stadtgrenze fahren, sondern ihn dort auch zusammenschlagen und blutüberströmt liegen lassen.

Zwischen Lipton und Sanders setzten sie ihn ab. „Du kennst doch den Spruch: Die Polizei, dein Freund und Helfer. In Gallup lautet er etwas anders: Dir werd' ich helfen, Freundchen." Die beiden Polizisten lachten lauthals, als sie ihn am Rand der Route 66 absetzten. So früh am Morgen war hier kaum Verkehr, und natürlich würde kein geistig gesunder Tourist einen Penner wie ihn mitnehmen.

Troy selbst besaß weder ein Mobiltelefon noch eine Uhr. Wozu auch? Sein Leben unterlag nicht den Gesetzen und Regeln der arbeitenden Gesellschaft. Und ein Smartphone musste man täglich aufladen. Er jedoch konnte sich nicht erinnern, wann er das letzte Mal eine Steckdose gesehen hatte. Aber auf dem Armaturenbrett des Streifenwagens, da gab es eine Uhr, und sie stand auf 08.22 Uhr.

Müde setzte er sich auf seinen Rucksack, der am Straßenrand stand. Das Wasser würde ihm heute noch zupass kommen, das war gewiss. Bis ihn hier draußen jemand aufsammelte, konnten etliche Stunden vergehen.

Umso erstaunter ist er, als eine halbe Stunde später ein Wagen anhält. Der Wagen ist kurz zuvor bereits an ihm vorbeigefahren, der Fahrer hat ihn neugierig betrachtet. Der Mann, erinnert sich Troy, trug eine Corona-Schutzmaske, obwohl er allein im Auto saß. Auch jetzt bedeckt die Maske das Gesicht des Fahrers, dazu trägt er eine dunkle Sonnenbrille.

Der Wagen hält, der Fahrer steigt aus. Wortlos geht der ganz in Schwarz gekleidete Mann um den Wagen herum, öffnet den Kofferraum. Mit einem Mal hält er eine Pumpgun in der Hand, richtet den Lauf auf Troy. „Steig in den Kofferraum, sofort. Ich zähle bis zwei, dann verteile ich deine Eingeweide in der Wüste. Eins."

Troys Magen zieht sich zusammen, genau wie sein Hodensack. Der entschlossene Tonfall des Mannes, die bedrohliche Waffe, die Maskerade – das hier ist kein Spiel. „Zwei. Los, steh auf und steig in den Kofferraum. Es passiert dir nichts, hab keine Angst." Doch Troy hat Angst, entsetzliche Angst. Er zögert, als der Schuss ihn zur Besinnung bringt. Der Knall, das Mündungsfeuer, er glaubt, die Schrotkugeln hören zu können, als sie über seinen Kopf hinwegfliegen.

Der Mann wirkt nervös. Er blickt nach rechts und links, überzeugt sich davon, dass die Straße noch immer so leer ist wie zuvor. „Kein weiterer Warnschuss. Steig ein!“ Troy hebt die Hände, steht auf, klettert in den Kofferraum. Als sich die Klappe über ihm schließt, weiß er, dass der Tod durch die Kugeln der bessere Tod gewesen wäre.

Method Acting. Cortez versteckt die Schrotflinte hinter dem Beifahrersitz. Den Schuss hat niemand gehört, da ist er sich sicher. Kurz überlegt er, das Gepäck seines Opfers noch einzuladen. Doch wozu? Schnell geht er hinüber an den Straßenrand, zieht den Rucksack über den Straßengraben hinweg in die Büsche. Seine dunkelgrüne Farbe verschmilzt mit der Vegetation.

Auf dem Weg zur Fahrertür kommt er am Kofferraum vorbei. Er schlägt mit der flachen Hand darauf. „Wenn du dein Maul aufmachst, schreist, dann leite ich die Abgase zur dir hinein. Verstanden?“ Als eine Antwort ausbleibt, hakt er energisch nach: „Verstanden? Oder brauchst du gleich eine Kostprobe?“ Aus dem Inneren des Wagens kommt leise die Antwort: „Ja, verstanden.“ Gut so.

Cortez setzt sich hinter das Steuer, nimmt Maske und Brille ab. Ein Blick in den Rückspiegel zeigt ihm, dass die Straße noch immer völlig leer ist. Doch er sieht auch sein Gesicht im Spiegel: Er kann sich lächeln sehen. Die Sache fängt an, ihm Spaß zu machen. Gut so.

Als er aus seiner Trance erwachte, blinzelte Cortez einige Male. Verstört schaute er sich um, erkannte sein Arbeitszimmer nicht wieder. Ausdrucke lagen überall herum, an der Wand unter der Karte hingen Fotos der Vermissten. Sein Arbeitszimmer glich immer mehr seinem damaligen Büro beim FBI. Nicht gut.

In den USA gab es schätzungsweise 400 Millionen Schusswaffen. Wie eine Pest hatten sie sich über das Land ausgebreitet, wie ein Krebsgeschwür hineingefressen. Als er darüber nachdachte, wie sich der Killer wohl seiner Opfer bemächtigte, wurde ihm klar, dass auch er mit Sicherheit eine Waffe besaß. Der Glaube, der Mörder würde sich immer nur eine List oder die Unbefangenheit seiner Opfer zunutze machen, war unsinnig.

Gelegenheit macht bekanntlich Diebe. *Und noch mehr*, dachte er, *macht Gelegenheit auch Mörder*. Die Route 66. Eine entlegene, oftmals menschenleere Gegend. Weit und breit kein Auto, keine Zeugen. Ein schutzloser, unbewaffneter Mensch am Straßenrand. Es war so einfach.

Den Tagesablauf von Troy Deschanel hatte er sich nur zum Teil ausdenken müssen. Tatsächlich stand im Polizeibericht, dass der Obdachlose angeblich „auf eigenen Wunsch hin“ von zwei hilfsbereiten Polizisten an die entlegene Landstraße gebracht worden war.

Unweigerlich musste er an den ersten *Rambo*-Film denken, von und mit Sylvester Stallone. Ein obdachloser Vietnamveteran wird von einem sadistischen Sheriff verhaftet und gedemütigt. Der Polizist hat die Rechnung jedoch ohne den Wirt gemacht, denn der Ex-Soldat legt aus Rache die Polizeistation und den halben Ort in Schutt und Asche.

Doch Troy Deschanel war kein Kriegsheld. Das Spielchen der beiden Polizisten, ihn in der Wüste auszusetzen, hatte er mit dem Leben bezahlt. *Ironie des Schicksals*, dachte Cortez. Eigentlich sollte die Polizei ja die Bürger beschützen. Doch in diesem Fall hatte man einen Menschen in den Tod geschickt. *Sie haben Troy Deschanel ausgesetzt, ausgerechnet im Jagdrevier eines Serienmörders.*

★★★

Die letzte Stunde legten sie weitestgehend wortlos zurück. Der Vorfall an der Tankstelle hatte Spuren hinterlassen, Spuren, die sie noch über einen längeren Zeitraum beschäftigen würden. Ihre Gedanken kreisten unentwegt um den Irren mit seiner Schrotflinte. Mark überlegte, was er wohl hätte anders machen können. Doch letztendlich kam er immer zu demselben Ergebnis: Nichts. Dass der kaputte Typ den Finger vom Abzug genommen hatte, lag nicht an Marks Überredungskünsten. Irgendwelche Synapsen, von Drogen blockiert, wurden zufällig freigeschaltet, ohne sein Zutun. Er hatte einfach nur Glück gehabt.

Die eintönige Landschaft trug ihren Teil dazu bei, dass sie ohne große Lust am Reisen hintereinander herfuhren. Die Straße war immer noch in schlechtem Zustand, rissiger Asphalt wechselte sich mit Schlaglöchern ab. Hier und da hatte man die Löcher geflickt, doch das war lange her. Die Hitze der Sonne Arizonas nagte unentwegt an der Route 66.

Stellenweise war die Straße nur sehr schmal, fast schon einspurig. Der Randbewuchs drängte auf die Fahrbahn, zudem waren die Fahrwege in früheren Zeiten wohl auch einfacher angelegt worden. Mark und Rebecca mussten sich konzentrieren, fuhren Slalom, um den Schlaglöchern auszuweichen.

Nur wenige Autos kamen ihnen entgegen oder überholten sie. Während ihrer Zwangspause kam eine Gruppe Biker vorbei. Die fast zwei Dutzend Harleys boten einen imposanten Anblick.

In Kürze würden sie Albuquerque erreichen. Die Altstadt, geprägt von vielen historischen Gebäuden, die aus Lehmziegeln errichtet worden waren, galt als besonders sehenswert. Doch den beiden war die Freude am Sightseeing vergangen. Sie würden dort tanken, etwas essen, weiterfahren. Ihr Tagesziel für heute war die alte Eisenbahner- und Indianerstadt Gallup.

Mark blickte stur nach vorn, nur selten schaute er in den Rückspiegel. Manchmal konnte er Rebecca atmen hören, doch sonst blieb das Interkom stumm.

Den Truck, der sich ihnen von hinten näherte, nahmen die beiden Biker nicht wahr. Mark erschrak heftig, als die riesige Zugmaschine viel zu schnell an ihm vorbeifuhr. Staub wurde aufgewirbelt, eine Walze aus Luft drückte ihn förmlich zur Seite. Der Anhänger kam ihm bedrohlich nah. Mark bremste, musste dabei fast auf den Randstreifen ausweichen.

„Du wahnsinniger Volltrottel! Pass gefälligst auf!", brüllte er dem Fahrer wütend hinterher. Doch der Lkw raste ohne zu bremsen weiter, verschwand in einer Wolke aus Wüstenstaub. Mark blickte sich um, wollte nach Rebecca Ausschau halten, doch die Straße hinter ihm war leer.

„Rebecca! Wo bist du?" Keine Antwort. Hastig stellte er die Maschine ab, rannte die Strecke zurück. „Hier, hier bin ich." Ihre Stimme klang schwach, ängstlich. Aufgeregt blickte Mark sich um, drehte sich im Kreis, denn er konnte im Interkom nicht orten, woher ihre Stimme kam.

Er riss sich den Helm vom Kopf, wollte noch einmal rufen, da sah er sie endlich. Die Vespa und Rebecca lagen im Dreck etwas abseits der Straße. Eine Bremsspur durch den Sand wies ihm den Weg.

Der Truck hatte sie von der Straße gedrückt. Um ihm auszuweichen, war sie an die Seite gefahren, dabei auf dem unbefestigten Randstreifen, der überwiegend aus Sand und Geröll bestand, ins Schlingern geraten, hatte die Kontrolle verloren und war gestürzt.

Er lief hinüber zur Unfallstelle, sein Herz raste. Doch bevor er sie erreichte, kam Rebecca schon wieder auf die Beine. Langsam und vorsichtig erhob sie sich, völlig eingestaubt, aber offenbar unverletzt. „Ich bin okay. Es ist nur der Schreck." Die teure Lederjacke war zerkratzt, die Hose angerissen, doch Rebecca selbst hatte nichts abbekommen.

Auch sie nahm ihren Helm ab, Mark schaute ihr in die Augen. Tränen sammelten sich darin, sie zog die Mundwinkel herunter und begann zu schluchzen. „Dieser Dreckskerl kam mir so nah, ich hatte Angst, dass er mich mit den Hinterrädern streift."

Mark nahm seine Verlobte in den Arm, tröstete sie. „Alles ist gut, ganz ruhig. Wir schauen jetzt, ob deine Kiste was abbekommen hat, dann fahren wir im Schleichgang nach Albuquerque. Wir machen da eine gaaanz lange Pause, und wenn du willst, bleiben wir da auch eine Nacht. Für heute ist auch mein Bedarf an Abenteuern gedeckt."

Gemeinsam richteten sie die Vespa auf, Mark versuchte, die Maschine zu starten. Sie sprang sofort an. Er versuchte, Rebecca aufzumuntern. „Schau, die kleine Italienerin hat den Schreck schon verdaut. Meine kleine Rumänin wird da doch nicht hinterherstehen, oder?"

Zum Zeichen, dass sie sich wieder gefangen hatte, nickte sie, setzte sich den Helm auf. An der Straße übergab Mark ihr die Maschine, und kurz darauf setzten sie ihre Fahrt fort. Während sie auf den Ort zufuhren, gab der grobe, rissige Asphalt unter ihren Rädern laute Geräusche von sich. Rebecca glaubte, darin so etwas wie eine Stimme zu hören. Es war, als würde die Straße ihr etwas zuflüstern: *Verschwindet von hier. Bringt euch in Sicherheit.*

★★★

02. Juli 2018, 16.13 Uhr, Chambers. Schon eine Zeit lang beobachtet er den großen, schlanken Mann, der allein an der Bushaltestelle steht. Inyan Gutierrez sieht fast genauso aus, wie Cortez ihn sich vorgestellt hat. Er ist nicht sonderlich muskulös, ein eher sehniger, drahtiger Typ. Seine Bewegungen sind geschmeidig, elegant, tänzerisch. Sein Blick und seine Kopfhaltung verraten Stolz, fast schon so etwas wie Arroganz. Das Kinn vorgestreckt, mustert er seine Umgebung, selbstbewusst und kühl.

Inyan Gutierrez arbeitet als Ranger im Petrified Forest Nationalpark. Sein Äußeres lässt keine Zweifel an seiner indianischen Herkunft aufkommen. Seine langen, glatten schwarzen Haare reichen ihm fast bis zum Gürtel, er trägt sie zusammengebunden zu einem Pferdeschwanz. Eine Jacke aus hellbraunem Leder, verziert mit blauen und weißen Stickereien, eine verwaschene Jeans und abgetragene Cowboystiefel perfektionieren sein Wild-West-Outfit.

Cortez tut sich schwer mit der Frage, wie der Killer diesen außergewöhnlichen Mann wohl überwältigt hat. Das ist kein Kind, kein geistig Behinderter, kein obdachloser Hobo. Cortez wird es zunächst mit Worten probieren.

„Sir, bitte entschuldigen Sie, wenn ich Sie in Ihren Überlegungen störe. Ich bin auf dem Weg nach Ganado. Führt die Straße dorthin?" Der Indianer mustert ihn kritisch, nickt. „Das tut sie."

Kein gesprächiger Typ, so steht es auch in der Akte. „Danke. Kann ich Sie vielleicht mitnehmen? Der Bus, auf den Sie warten, fährt doch auch dahin, oder?" Gutierrez blickte gedankenverloren in Richtung Norden, wo auch der besagte Ort liegt. Cortez denkt schon, dass er ihm nicht antworten wird, doch dann: „Nettes Angebot, aber ich warte auf den Bus. Ein Freund sitzt darin, wir sind verabredet."

Ein schwerer Brocken. Cortez weiß in diesem Moment, dass der Indianer nicht so ohne Weiteres einsteigen wird. Dann also mit Gewalt.

Ein Blick in den Rückspiegel: Alles okay. Ein Blick nach vorn: Alles klar. Er zieht seine Pistole aus dem Hosenbund, steigt aus dem Wagen. „Du machst jetzt, dass du in das Auto kommst, und zwar in den Kofferraum. Los! Wir machen eine kleine Spazierfahrt, und du wirst mir ein paar Fragen beantworten. Danach lasse ich dich laufen."

Langsam geht er um den Wagen herum, öffnet den Kofferraum, den Lauf der Waffe dabei ständig auf den Mann gerichtet. Er will eine Entführung vortäuschen, so tun, als interessiere ihn die Abendkasse des Nationalparks. „Ich benötige nur ein paar Informationen darüber, was der Forest so pro Tag einnimmt. Und du wirst mir diese Informationen liefern. Spiel nicht den Helden, dann passiert dir auch nichts."

Gutierrez, der die Arme vor der Brust verschränkt hat, nimmt sie langsam herunter. Furchtlos kommt er näher. „Du glaubst wohl, ich bin naiv? Wer in einen Kofferraum einsteigt, der steigt erst in der Hölle wieder aus. Ich kenne deinen Namen. Du bist Steve Cortez, ein Mörder."

Den Kopf wie ein wütender Stier gesenkt, die Hände zu Fäusten geballt, starrt ihn der Mann an: „Was hast du mit mir vor? Willst du mich foltern? Mich vergewaltigen, verstümmeln? Mich in irgendeinem Keller anketten, dort elendig verrotten und verhungern lassen? Nein, Cortez. Heute hast du dir das falsche Opfer ausgesucht."

Während er spricht, bewegt er eine Hand hinten an den Hosenbund. Ruckartig zieht er sie hervor, ein großes Bowiemesser blitzt in seiner Faust. Während Cortez noch überlegt, wie er sich verhalten soll, handelt der andere. Schnell wie eine Raubkatze legt er die wenigen Meter bis zu Cortez' Wagen zurück. Der will schießen, doch das Messer erwischt ihn zuerst.

Der Indianer, offenbar ein geübter Messerkämpfer, schlitzt ihm den Unterarm auf, Cortez entgleitet die Pistole. Mit der linken Hand will er das Handgelenk seines Widersachers ergreifen, doch der durchtrainierte Mann ist schneller. Er wehrt Cortez' Griff ab, stößt seinerseits mit dem Messer zu. Die Klinge trifft Cortez im Gesicht, durchschneidet seine Wange, die Zunge, den Gaumen.

Der höllische Schmerz weckte Cortez aus seiner Trance. „Verdammt!" Unbewusst griff er sich ins Gesicht, doch im selben Moment wurde ihm klar, dass die Verletzung nur in seiner Fantasie existierte.

Method Acting sah eigentlich nicht vor, dass man sich als Person selbst in der Scheinwelt imaginierte. So hatte er das auch nicht geplant. Vielleicht war er für jetzt einfach zu weit gegangen, war müde, mental erschöpft. Dass Gutierrez ihn mit seinem Namen ansprach, ihn sogar angriff – sein Gedankenexperiment war völlig aus dem Ruder gelaufen.

Mit zittriger Hand goss Cortez sich einen Kaffee ein. Vorsichtig führte er die Tasse an die Lippen, trank einen Schluck, dachte nach. Bei genauerer Überlegung war das Ergebnis gar nicht so übel. Der Killer wurde selbstbewusster, so viel war sicher. Das bewies auch die Auswahl seiner Opfer. Doch er konnte unmöglich davon ausgehen, dass sich alle seine Opfer kampflos ergeben würden. Irgendwann würde er an jemanden wie Gutierrez geraten – oder Chad Shavers.

Cortez beugte sich zum Boden herab, hob einige Ausdrucke auf. Es war die Akte von Chad Shavers. Ein Neonazi, ein Terrorist, selbst ein Totschläger und vielleicht auch ein Mörder. Sein Vorstrafenregister jedenfalls wies ihn als eiskalten Psychopathen aus.

Allein schon seine *Mugshots*, seine Häftlingsfotos, verrieten viel über ihn. Auf dem Kehlkopf trug er ein tätowiertes Hakenkreuz, auf der rechten Wange die Buchstaben *KKK*. Fotos seines unbekleideten Oberkörpers zeigten weitere Nazi-Tattoos. Doch nicht nur die Tätowierungen waren abstoßend. Auch Shavers' hasserfüllter Gesichtsausdruck ließ seine Boshaftigkeit erahnen.

Steve Cortez überlegte kurz, ob er als ausgebildeter und bewaffneter Polizist Chad Shavers wohl als Anhalter mitgenommen hätte. Nein. Niemals. Vielleicht in Handschellen und selbst dann nicht so ohne Weiteres. Dem Mann war anzusehen, dass er eine Bedrohung darstellte.

Es begann mit einem Kind. Durch Zufall. Es endete mit einem selbstbewussten Indianer und einem Neonazi-Terroristen. Geplant. Irgendwann in den vergangenen Jahren musste der Killer seine Methode perfektioniert haben. Am Anfang traute er sich nur an harmlose Opfer heran. Jetzt scheute er selbst vor menschlichen Raubtieren nicht zurück. Wer zum Teufel war dieser Mann?

★★★

MONSTER stand in riesigen Lettern über dem Eingang, darunter in kleineren Buchstaben *PIZZA, BURGER & BEER*. Das *Monster* war eines der beliebtesten Restaurants in Kingman, folgte in der Rangliste gleich auf den bekannteren *Mr. D'z Route 66 Diner*. Dass es nicht ganz so erfolgreich war, lag nicht etwa am Essen, sondern daran, dass es etwas versteckt in zweiter Reihe zur Hauptstraße lag.

Der Wirt tat alles, um den Bekanntheitsgrad zu erhöhen. Links neben dem Eingang stand ein ausrangierter Monster-Truck, ein beliebtes Fotomotiv. Rechts konnten sich Besucher vor einem gigantischen aufgeblasenen Godzilla ablichten lassen. Auch heute tummelte sich eine Gruppe Biker davor. Sie rückte zusammen, als der Fotograf sie nach links dirigierte. „Noch ein Stück, so geht's, und jetzt alle: Cheeeese!" Überschwängliches Gelächter. *Schlimmer noch als Kinder*, dachte Anthony. *Stell irgendwo was hin, was die Idioten bei Facebook hochladen können, und der Laden läuft*. Er wünschte sich, sein Geschäft würde genauso einfach funktionieren.

Das *Monster* zählte zu seinen ältesten und besten Kunden. Als er vor rund zwölf Jahren damit anfing, Restaurants entlang der 66 zu beliefern, war Pauly, der Wirt, der Erste gewesen, der einen Vertrag bei ihm unterschrieben hatte. Seitdem behandelte er ihn wie ein rohes Ei, denn gut 20 Prozent seines Umsatzes hingen vom *Monster* ab.

Sein Geschäft lief so: Der nächste Großmarkt lag in Flagstaff. Von Kingman aus waren das 150 Meilen, hin und zurück eine ziemliche Entfernung; dazu kam noch die Zeit, die Pauly und die anderen Händler zum Einkaufen gebraucht hätten – ein halber Arbeitstag. Auch andere Orte lagen weit vom Schuss. Hinzu kam das Problem mit der Hitze. Niemand besaß einen Kühlwagen. Burger-Patties waren jedoch Tiefkühlkost, und da kam Anthony Wallers Lieferservice ins Spiel.

Seine Preise waren moderat, er war zuverlässig, pragmatisch. Was benötigt wurde, besorgte er. Die Kunden mochten ihn. Seine väterliche, unaufgeregte Art trug zu seinem Erfolg bei, auch seine Zahlungsmodalitäten hatten sich herumgesprochen. Wer bar zahlen wollte, ohne Quittung, unter der Hand, dem kam Anthony sogar noch beim Preis entgegen.

Er war schon seit einiger Zeit dabei, am Lieferanteneingang Ware auf seinen kleinen Rollwagen zu laden. Zwei Fuhren hatten ihren Weg ins Kühlhaus schon gefunden, diese würde die Letzte sein. Einen Blick auf die Packliste noch, schließlich wollte er weder etwas vergessen noch versehentlich zu viel liefern.

Aus dem Augenwinkel nahm er eine Bewegung wahr. Als er aufblickte, stand da eine vielleicht 20-jährige Frau, leicht bekleidet mit Shorts, Sandalen, einem dünnen T-Shirt. Sie hatte eine verschlissene Reisetasche dabei, auf der eine Jeansjacke lag.

Sie war etwas pummelig, doch die Proportionen stimmten, und die Kraft der Jugend siegte in ihrem Fall über die Schwerkraft. Ihr praller Busen konnte sich sehen lassen, und auch ihr dicker Hintern war derzeit in Mode, den Kardashians sei Dank. Zahlreiche Tattoos schmückten Hände, Arme und Oberschenkel, natürlich durften auch einige Piercings nicht fehlen. Wasserstoffblonde lange Haare und reichlich Makeup rundeten ihren Auftritt ab: ein aufgebrezeltes Mädchen vom Dorf. Mit einer etwas quäkigen Stimme sprach sie ihn an.

„Sir, Pauly, der Wirt, sagte mir, ich könnte Sie ruhig fragen. Ich bin Betty, komme aus Albuquerque, bin auf dem Weg nach Las Vegas. Dummerweise ist mir das Geld ausgegangen, die Reise ist viel teurer, als ich dachte. Können Sie mich vielleicht mitnehmen bis nach Mohave Valley? Von da aus probiere ich es per Anhalter nach Vegas."

Neugierig musterte er sie. *Schade*, dachte er. Würde er auf Frauen stehen, wäre das vielleicht etwas, bestimmt sogar. Doch mitten in der Stadt? Daran war gar nicht zu denken, und außerdem hatte sie mit Pauly gesprochen. Wenn sie verschwand, konnte die Spur ganz schnell zu ihm führen. *Nein, die Muschi ist nichts für mich.* Dennoch blieb er freundlich.

„Sorry, ich nehme aus Prinzip keine Anhalter mit, und junge Frauen schon gar nicht. Trampen ist viel zu gefährlich, es fährt eine ganze Menge Verrückter in der Gegend herum. Was wollen Sie denn in Las Vegas?"

Die Enttäuschung war ihr anzusehen, immerhin lag Mohave Valley nicht weit weg. „Meine Freundin arbeitet dort auf dem Strip. Sie trägt so ein sexy Kostüm, lässt sich zusammen mit den Touristen fotografieren. Die zahlen fünf Dollar pro Foto, das ist schnell verdientes Geld. Sie hat mir gesagt, sie könnte mir sofort einen Job besorgen, und wohnen könnte ich erst mal bei ihr."

Gern hätte er die Augen verdreht, laut gestöhnt. *Wie blöd kann man eigentlich sein? Von den fünf Dollar darf sie nur einen behalten, dazu das Trinkgeld. Der Rest geht an den Boss, der davon 50 Prozent an die Stadt abführen muss.* Und bei den Mieten in Las Vegas wohnte die Freundin wahrscheinlich mit mehreren Mädchen zusammen in einem Zimmer. Dazu war der Job knüppelhart, die Hitze in Vegas berüchtigt. Stundenlang auf dem Strip hin- und hergehen, lächeln – und das bei 40 Grad. Doch davon hatte ihr die Freundin natürlich nichts erzählt. Er würde es ebenfalls nicht tun.

Sie würde jedoch schnell merken, wie es lief, denn in Vegas bekam man nichts geschenkt. Miete, Klamotten, Essen, Taxi, Drogen – ihre paar Kröten würden vorn und hinten nicht reichen. *Bereits nach zwei Wochen musst du das Sparschwein öffnen. Und der Schlitz, über den man das Sparschwein befüllt, der liegt genau zwischen deinen Beinen. Die Touris werden dir die passenden Angebote machen. Nachts wirst du dich von hinten ficken lassen, im Stehen, gleich zwischen den parkenden Autos am Strip. Viva Las Vegas!*

„Hört sich nach 'nem guten Plan an. Warum fährst du nicht mit dem Bus?" Sie zögerte, blickte betreten zu Boden. „Ich habe gerade noch zwei Dollar in der Tasche. Ich hab ja gehofft, ich könnte hier irgendwo arbeiten, vielleicht kellnern, doch da ist nix zu machen. So kurz vor dem Ende der Saison entlassen die Firmen hier die Leute. Anfang Oktober ist ja Schicht im Schacht auf der Route 66."

Ganz richtig, dachte er. Mit der Kälte und dem herannahenden Winter, den Gewittern und dem Regen würden die Motorradfahrer ausbleiben. „Hey, Anthony, quatsch nicht so lange mit dem Mädel, die Ware taut auf." Pauly stand in der Tür, winkte. Er winkte zurück, nickte, da kam ihm eine Idee. „Was kostet denn das Busticket nach Vegas?" So etwas wie Hoffnung keimte in ihr auf. „Nur 20 Dollar, aber ich bräuchte noch etwas Geld für unterwegs."

Unter den Augen von Pauly zog er seine Geldbörse aus der Gesäßtasche, drückte dem Mädchen 30 Dollar in die Hand. „Hier, und versprich mir, dass du mit dem Bus fährst. Los, schwöre es!" Verdutzt hob sie die rechte Hand, starrte auf das Geld: „I-ich schwöre es." Lachend gab er ihr die drei Zehn-Dollar-Noten, sie bedankte sich zögernd.

Ohne sie weiter zu beachten, schob er seinen Rollwagen zur Tür, wo Pauly ihn mit einem Kopfschütteln empfing. „Warum tust du das? Die jungen Leute sollen für ihr Geld arbeiten, nicht betteln." Anthony lachte, erwiderte: „Kleine Einzahlung in die Karma-Kasse. In meinem letzten Leben habe ich viel Schlechtes getan, da habe ich in diesem Leben Nachholbedarf."

Während er in der Kälte des Kühlraums den Wagen entlud, dachte er über seine wahren Motive nach. *Wenn die dumme Schlampe jemanden findet, der sie mitnimmt, vergewaltigt und absticht, wäre hier in der Gegend in den nächsten Tagen der Teufel los.* Die Bullen würden überall Kontrollen durchführen, Autos durchsuchen. Momentan konnte er so eine Unruhe nicht gebrauchen, denn in den nächsten Tagen würde er selbst zum Täter werden. Doch auch, dass Pauly ihn von seiner guten Seite erlebt hatte, konnte sich irgendwann als vorteilhaft erweisen.

Draußen wartete die junge Frau noch auf ihn. „Sie waren so schnell weg, da konnte ich mich gar nicht richtig bedanken. Also, vielen, vielen Dank noch mal. Gott schütze Sie." *Da mach dir mal keine Sorgen Mädchen*, dachte er. *Wer dem Teufel Schutzgeld zahlt, der braucht Gottes Hilfe nicht.*

★★★

Die Sonne schien, doch ihr grelles Licht wurde durch die Blätter des alten Obstbaumes im Garten gedämpft. Ein Windhauch ließ das Laub leise rascheln. Hin und wieder löste sich eines der Blätter, schloss sich dem Wind auf seinem Weg nach oben an. Ein würziger Geruch lag in der Luft, irgendwo in der Nachbarschaft wurde gegrillt. Kinder lachten fröhlich. Cortez konnte sie hören, aber Büsche und Sträucher auf dem Grundstück nebenan versperrten ihm die Sicht auf das Geschehen.

Er saß allein auf seiner Terrasse, gönnte sich eine Pause. Abschalten, Runterkommen, Entspannen – das war bei einer Ermittlung genauso wichtig wie die absolute Konzentration auf den Punkt. Im Moment bedauerte er, dass er niemanden hatte, mit dem er sich austauschen konnte, denn eine zweite Meinung war in so einem komplexen Fall überaus hilfreich.

Seine Gedankenexperimente hatten ihn ein ganzes Stück weitergebracht. Der Killer hatte Gestalt angenommen, die Toten und seine Taktik verrieten viel über den Menschen dahinter. Zwischen den Zeilen der Akten hatte sich etwas herauskristallisiert, ein Muster nahm Gestalt an, doch noch lag ein dunkler Nebel auf dem Ganzen. Aber im Großen und Ganzen war Cortez nicht unzufrieden.

Momentan waren es die beiden Biker, die ihn beschäftigten. Irgendwie passten sie nicht ins Bild. Gut, es waren junge Männer, genau wie viele der anderen Opfer. Doch da waren die Motorräder sowie einige andere Fragen, an denen er sich störte.

Ein erwachsener Mann wog ungefähr um die 80 Kilo. Der Grund, warum viele Mörder ihre Opfer zerteilten, lag ganz einfach darin, dass kaum ein Mensch 80 Kilo allein tragen konnte. Trennte man jedoch Arme, Beine, Torso und Kopf voneinander, ließ sich deren Gewicht auch ohne fremde Hilfe bewältigen.

Hier ging es jedoch nicht um die Entsorgung, sondern darum, eine Person in seine Gewalt zu bringen. Betäubte der Killer die Opfer irgendwie? Leitete er Gas in den Kofferraum? Aber wie bekam er sie danach wieder heraus? Ohne einen Flaschenzug oder andere Hilfsmittel war das kaum möglich.

Auch ein gefesselter Mensch kann enorme Kräfte entfalten. Mit Tritten oder einem Kopfstoß konnte man sich effektiv zur Wehr zu setzen. Und in Todesangst spürte ein Opfer keinen Schmerz mehr, wie ein verwundetes Tier konnte es sich in diesem Zustand absolut unberechenbar verhalten. Mit der Geiselnahme der Männer allein war es demnach nicht getan gewesen.

Die Frage, was der Täter seinen Opfern wohl antat, klammerte Cortez bewusst aus. Hier war alles vorstellbar, jede erdenkliche Perversion. Lediglich die Zeitspanne beschäftigte ihn. Zwischen den Taten lagen durchschnittlich elf Monate. Wie war es zu erklären, dass der Killer seine Taten gerade in diesem Rhythmus ausführte?

Einen Menschen verschwinden zu lassen, ihn irgendwo auf der Straße zu kidnappen und zu verschleppen, war schwer genug. Doch schwer, und zwar im wahrsten Sinne des Wortes, waren auch die beiden spurlos verschwundenen Motorräder. Für eine einzelne Person wäre es unmöglich, sie auf einen Pickup zu wuchten. Um 200 Kilo anzuheben, bräuchte es mindestens vier, wenn nicht sogar fünf kräftige Männer. Potenzielle Mitwisser, die sich der Mörder wohl kaum erlauben konnte.

Je länger er darüber nachdachte, desto sicherer wurde sich Cortez: Die verschwundenen „Fußgänger", wie Judy Tonka sie genannt hatte, hatten nichts mit den verschwundenen Bikern zu tun. Bei den Fußgängern gab es ein Muster, in das die Motorräder einfach nicht hineinpassten.

„Also kümmern wir uns erst mal um die Fußgänger", sagte er laut zu sich selbst. Erschöpft erhob er sich, ging ins Haus zurück. Zwei anstrengende Telefonate warteten dort auf ihn. Zuerst würde er „Schwatson" anrufen, wie er Mark und Rebecca insgeheim nannte. Der Name war eine Mischung aus Sherlock Holmes und Dr. Watson. Irgendwie passte er ganz gut zu den beiden unerfahrenen Hobby-Detektiven.

Cortez würde sie einweihen, aber auch anlügen, denn sie sollten ab sofort für ihn auf der Route 66 ermitteln. Er wollte sie nach Holbrook beordern, wo sie das *Bed & Bike Motel* für ihn unter die Lupe nehmen sollten. Adam Newton war dort das letzte Mal gesehen worden, und auch einige der anderen Männer waren in der Nähe des Motels verschwunden. Zufall? Oder steckte mehr dahinter?

Danach wäre Judy Tonka an der Reihe. Sie war unbestreitbar ein kluger Kopf; ihre Meinung zu seinen Erkenntnissen interessierte ihn. Außerdem benötigte er weitere Informationen aus dem FBI-Computer. Auch ihr musste er wohl weitere Lügen liefern, um sie bei der Stange zu halten. Vielleicht mit einem geplanten Treffen mit den Informanten? In zwei, drei Tagen könnten sie nach L. A. kommen, für ein geheimes Treffen unter acht Augen. Bis dahin, dachte sich Cortez, würde er dem Killer bereits ein ganzes Stück nähergekommen sein.

★★★

„Bitte iss wenigstens das Fleisch auf, auch wenn du keinen Hunger hast. Immerhin ist dafür ein Tier gestorben. Alles andere wäre eine Sünde, für die Gott dich irgendwann zur Rechenschaft ziehen wird." Lustlos stocherte Rebecca in ihrem Caesar Salad herum. Marks Anweisung folgend, pickte sie sich die kleinen Stücke Hühnchenbrust heraus, tunkte sie in Mayonnaise und verzehrte sie.

Als sie schließlich Albuquerque erreicht hatten, vermieden sie das überfüllte Stadtinnere, suchten sich ein Restaurant am Stadtrand. Ihre Wahl fiel auf ein kleines mexikanisches Restaurant, ruhig gelegen an einer Nebenstraße. Die rustikale Ausstattung im Außenbereich machte einen gemütlichen Eindruck. Besonders die rot glimmenden Heizpilze sahen verlockend und vor allem warm aus. Denn im Vergleich zum Vortag, als sie zeitweise im T-Shirt fahren konnten, hatte es sich unangenehm abgekühlt.

Kaum standen die Motorräder auf dem Parkplatz, ließ sich Rebecca von der Kellnerin einen Eimer mit warmem Wasser sowie einen Schwamm und einen Lappen bringen.

Erst befreite sie sich selbst vom Staub, danach ihre Vespa. Es zeigte sich, dass Rebeccas Lederkleidung den Sturz relativ gut weggesteckt hatte. Ein wenig schwarze Schuhcreme, und die Kratzer wären vergessen. Im Moment, fand Mark, gaben die kleinen Macken ihr sogar etwas Authentisches.

Der Vespa war das Ganze weniger gut bekommen. Die Kratzer und Beulen beeinträchtigten zwar nicht die Fahrtauglichkeit, aber Rebecca ärgerte sich trotzdem darüber. Doch Mark war froh, dass seine Freundin selbst den Ausflug in den Schotter unbeschadet überstanden hatte.

Nachdem sie sich und das Motorrad gereinigt hatte und sie nun ihre Bestellung warteten, erwies sich Rebecca jedoch als sehr wortkarg. Die Augen hinter der Sonnenbrille verborgen, verriet nur die Zornesfalte auf ihrer Stirn ihre Gefühle. Auch die zu Fäusten geballten Hände drückten Anspannung und Unruhe aus. Als das Essen schließlich auf dem Tisch stand, rührte sie es zunächst nicht an, lediglich der Milchkaffee fand ihre Zustimmung.

Mark zuliebe zwang sie sich dann doch noch, eine Kleinigkeit zu sich zu nehmen. Aber auch ihm hatten die Begegnung mit dem Irren und der Fast-Unfall sehr zugesetzt; er wusste jedoch, dass er das keinesfalls zeigen durfte. Wenn er jetzt ebenfalls Trübsal blies, würde Rebecca vielleicht die Flinte ins Korn werfen. Er beschloss, ihr und auch sich selbst ein bisschen Mut zuzusprechen.

„Bitte nimm mal die Brille ab und sieh mich an." Zunächst zögerte sie, dann tat sie ihm den Gefallen. Während er weitersprach, schob er die Hände über den Tisch, griff nach Rebeccas Fäusten. „Komm schon, entspann dich. Das Leben ist kein Ponyhof, und heute hat uns das Schicksal deutlich an diese Tatsache erinnert. Die Sonne kann nun mal nicht jeden Tag scheinen. Der kaputte Typ an der Tanke war gruselig, aber nicht mehr – und auch dein kleiner Unfall hätte durchaus schlimmer ausgehen können. Alles ist gut. Uns ist nichts passiert; in ein paar Jahren werden wir uns zurückerinnern und darüber lachen."

Wie zu erwarten, war Rebecca anderer Meinung. Sie verzog das Gesicht, wollte gerade antworten, als sich plötzlich Marks Telefon meldete. Leise konnte man es unter seiner Jacke klingeln hören. Er überlegte, es einfach weiterklingeln zu lassen, bis irgendwann der Anrufbeantworter ansprang. Doch schließlich siegte seine Neugier. Er zog es heraus: *Steve Cortez* stand auf dem Display.

Mark wollte das Gespräch entgegennehmen, doch Rebecca hinderte ihn daran. „Nicht Cortez. Nicht jetzt. Diesem Mistkerl haben wir den heutigen Vormittag zu verdanken. Beim Abschied hat er uns Glück gewünscht, nicht Erfolg. Das hat mich die ganze Zeit geärgert. Nur Idioten wünscht man Glück, weil sie nicht auf sich selbst aufpassen können."

Das Klingeln verstummte. Rebecca redete weiter. Mit großen Augen starrte sie Mark durchdringend an. „Außerdem bringt es Unglück, jemandem Glück zu wünschen. Und insgeheim glaube ich, er hat uns das auch ein wenig gewünscht. Cortez wollte nicht, dass wir bei unserer Suche Erfolg haben. Er hockt da in Los Angeles, versteckt sich vor seiner Vergangenheit. Dass wir zwei den Mut haben, uns einer neuen Herausforderung zu stellen, hat ihm nicht geschmeckt."

In ihrer Stimme lag Bitterkeit. Mark wusste, dass Rebecca den ehemaligen Polizisten nicht sonderlich mochte. Seinem übertriebenen Ehrgeiz war es zu verdanken gewesen, dass Rebecca sich damals auf dem PCT verstecken musste. Cortez hatte geglaubt, sie und ihr Exmann Tom Moto seien in die grausamen Morde verstrickt. Vermutungen, die sich letztendlich als völlig haltlos erwiesen. Später erfolgte zwar eine Aussprache zwischen Cortez und Rebecca, doch der FBI-Ermittler schaffte es nicht, sich aufrichtig zu entschuldigen. Seiner Überzeugung nach hatte er nur seinen Job gemacht, den Mörder überall zu suchen – auch in einer Frau, die lediglich mit einem der Opfer auf einem Foto zu sehen gewesen war.

Mark wollte Cortez nicht verteidigen, doch in diesem Fall lag Rebecca seiner Meinung nach tatsächlich falsch. Er gab seiner Stimme einen versöhnlichen Ton: „Wenn dir Cortez Glück wünscht, dann hält er dich nicht für eine Idiotin. Der beste Ermittler kann einen Täter nicht fassen, wenn der keine Fehler macht. Er ist auf die Mithilfe des Täters angewiesen. Oder Kommissar Zufall muss dir bei der Suche behilflich sein. Nur dein Verstand allein bringt dich nicht weiter."

Rebecca, selbst einst Polizistin, wollte ihm widersprechen, doch er war schneller. „Ich hatte darüber mit Cortez mal eine längere Diskussion, glaub mir. Schließlich hat er es eingesehen. In einer Mordsache kommst du nur zum Erfolg, wenn du Glück hast. Nur gibt es ‚Glück' nicht. Es gibt nur einen, nennen wir ihn mal, ‚guten Zufall'. Aber wie hört sich das an? Ich wünsche dir einen guten Zufall? Total blöd. Also hat er uns stattdessen Glück gewünscht."

Obwohl sie das eigentlich nicht wollte, musste sie schmunzeln. Als stilles Zeichen der Zustimmung drückte sie seine Hände. Sie lächelte, zog Mark ein Stück über den Tisch, kam ihm entgegen und küsste ihn. „Was ist denn dann das Gegenteil von einem guten Zufall, Mister Stetson? Schlechter Zufall? Böser Zufall?"

Mark überlegte kurz, dann erkannte er seine Chance. „Ein altes Sprichwort sagt: ‚Auf zweimal Unglück folgt immer Glück.' Wir haben heute zweimal ein Desaster erlebt, demnach ist unsere Pechsträhne nun zu Ende. Wir bestellen jetzt noch ein paar Sandwiches zum Mitnehmen, danach fahren wir weiter. Du wirst sehen, der restliche Tag gehört uns!"

Rebecca lachte leise, durchschaute ihn sofort. „Schön, dass du mich für blöd hältst. Ich wette, dass das ‚alte Sprichwort' genau zwei Sekunden alt ist. Aber ich gebe dir vom Prinzip her recht und hoffe, dass der ‚schlechte Zufall' uns für heute in Ruhe lässt."

Sie winkte die Bedienung herbei, bestellte etwas Verpflegung für unterwegs. Mit neu gewonnener Zuversicht aß sie danach die Reste ihres Salates. Mark, der sein Telefon bereits wieder verstaut hatte, zog es erneut hervor. „Ich rufe derweil mal Cortez an und frage ihn, was er auf dem Herzen hat. Vielleicht haben wir ja Glück und er hat gute Neuigkeiten für uns."

★★★

Einige Meilen hinter Kingman lag eine Abzweigung, die hinunter nach Wikieup führte. In diesem verschlafenen Nest gab es eine Tankstelle sowie einen *Trading Post*, der Indianer-Kitsch für Touristen anbot. In dem Laden befand sich zudem ein Restaurant. Von Zeit zu Zeit, so auch heute, riskierte er einen Abstecher in den Ort. Er gab die Hoffnung nicht auf, der Inhaber des Restaurants würde sich irgendwann doch noch von ihm beliefern lassen. Doch meistens nahm ihm der alte Indianer nur wenige Waren ab. Die Firma, die auch die Tankstelle versorgte, machte das große Geschäft.

Dennoch aß er hier zu Mittag, suchte das Gespräch mit der Dame am Grill. Auch sie war eine Native American. „Der Burger ist gut,

Ma'am. Aber noch besser wäre er, wenn Sie das Fleisch von mir beziehen würden. Sie könnten ihn dann auch 50 Cent billiger anbieten. Für die Trucker, die von Phoenix hochkommen, ist das schon eine gewisse Summe. Vor allem, wenn die gleich zwei oder sogar drei Burger bestellen." Aber es half nichts, mit diesen Leuten kam er heute nicht ins Geschäft.

Nachdem er sein Mahl verzehrt hatte, zahlte er, besuchte noch einmal die Toilette. Draußen vor dem Restaurant schlug ihm die Hitze wie ein Hammer auf den Kopf. Auf dem Parkplatz standen einige Sportwagen, eine Gruppe junger Männer stand rauchend und lachend daneben. Obwohl die Hitze erbarmungslos brannte, ging er kurz hinüber, tat, als würde er die Autos bestaunen. Doch die Wagen interessierten ihn natürlich nicht, eher ihre gut gebauten, hübschen Fahrer. Ein Club wohlhabender, schwuler Jungs aus Phoenix. Auf der entlegenen Landstraße lieferten sie sich vermutlich ein Wettrennen. Hier draußen in der Wüste brauchten sie keine Kontrollen zu befürchten.

Seinen eigenen Wagen hatte er im Schatten geparkt, den Motor laufen gelassen. Hastig flüchtete er in die angenehme Kälte, plante die Weiterreise. Viel gab es heute nicht mehr zu tun. Ein kurzer Stopp noch in Seligman, danach ging es weiter zum Großmarkt nach Flagstaff. Hier würde er seine Vorräte aufstocken, sie zu Hause in das alte Kühlhaus umladen. Danach wartete Arbeit in der Garage auf ihn: Rohrreiniger nachfüllen, „die Suppe umrühren", wie er zu sagen pflegte.

Auf der Fahrt Richtung Norden, zurück zur Route 66, kam ihm noch einmal das Mädchen in den Sinn. Das junge dumme Ding würde in Las Vegas unter die Räder kommen, da war er sicher. Seit der Gründung der Stadt im Jahr 1905 war die Prostitution dort ein fester Bestandteil des Geschäftsmodells. Mit käuflicher Liebe wurden Unsummen verdient, doch die Huren bekamen kaum etwas davon ab. Die Casinos und die Zuhälter waren diejenigen, die Kasse machten.

Nach einer halben Stunde erreichte er die Route 66. Hier bog er in Richtung Osten ab, nach Flagstaff. Natürlich war er schneller, wenn er statt der 66 die Interstate 40 nahm, doch da gab es nun mal keine „Jagdmöglichkeiten".

Rechts an der Straße lag die Tankstelle von Nick O'Sullivan. Das große Schild *Freddys Fuel* ragte vor dem blauen Himmel empor. Betrachtete man das Ganze aus der Entfernung, hätte man glauben können, die Tankstelle wäre alt, eine historische Stätte. Doch spätestens, wenn man an den Zapfsäulen stand, wurde einem klar, dass der älteste Gegenstand hier der *Zahnlose Nick* selbst war.

Waller hielt dennoch an, denn ein Schwätzchen hier und da gehörte einfach dazu. Und wer weiß, vielleicht würde er ja etwas erfahren, würde Nick ihm, ohne es zu wollen, einen Tipp geben.

Als er zur Tankstelle abbog, konnte er jedoch sehen, dass der Verkaufsraum noch geschlossen war. Die Gitter vor dem Fenster waren zugezogen, die Tür verriegelt. *Seltsam*, dachte Waller, *einen arbeitsfreien Tag kann Nick sich eigentlich nicht erlauben.*

Unter der Überdachung trat plötzlich ein junger Mann hervor. Er war vielleicht Mitte 20, Anfang 30. Gut 1,70 Meter groß, schlank, eher schmächtig. Das Gesicht lag verborgen im Schatten unter einem Cowboyhut aus Stroh.

Bekleidet war er mit einer kurzen Jeans, sie endete in der Mitte der Oberschenkel. Einige Fransen hingen herunter, der Wüstenwind ließ sie zittern wie Espenlaub. An den Füßen trug er einfache Badelatschen, eine tätowierte Sonne zierte den rechten Spann. Sein Hemd aus weißer Baumwolle trug der Mann weit aufgeknöpft, Perlenketten in Blau und Rot blitzten darunter hervor. Die protzige goldene Uhr an seinem Handgelenk wirkte irgendwie billig. Anthony vermutete, dass es sich um Modeschmuck handelte.

Langsam ließ er den Lieferwagen unter die Überdachung rollen, dabei kurbelte er das Fenster herunter. Der junge Mann plapperte sofort drauflos: „Endlich, ein Retter. Seit zwei Stunden sitze ich hier, kein Mensch weit und breit, eine Bullenhitze, nichts zu trinken. Ich sterbe. Ach was, ich bin schon tot. Meine Freunde versicherten mir, ich könnte hier auf sie warten, es gäbe kalte Getränke und sogar Eis, doch es gibt hier nichts, gar nichts." Der Mann schob seinen Hut ein Stück zurück, ein dezent geschminktes Gesicht wurde sichtbar. Dazu ein freundliches Lächeln. „Ich hoffe doch, Sie lassen mich hier nicht in der Wüste zurück?"

Anthony Wallers Magen zog sich zusammen. Von der Tankstelle aus ließ sich die Straße nur in Richtung Osten komplett einsehen. Hier war sie frei, meilenweit. Er hatte nicht darauf geachtet, doch auch hinter sich glaubte er kein Auto im Rückspiegel gesehen zu haben. Nick selbst war nirgends zu sehen, sein Laden offensichtlich geschlossen. Er und dieser hübsche Schwule waren hier allein in der Wüste. Keine Zeugen weit und breit. Jetzt musste es schnell gehen, bevor doch noch jemand vorbeikam.

Den Ellenbogen locker aus dem Fenster gelehnt, versuchte er wie schon so oft, ein wenig väterlich zu wirken. Langsam und bedächtig grüßte er zurück. „Guten Tag, junger Mann. Ja, es ist verdammt heiß heute, und es wird wohl noch heißer. Erst morgen bekommen wir eine Abkühlung, von Osten sollen Gewitter aufziehen. Wo wollen Sie denn hin?"

Der Mann trat aus dem Schatten der Überdachung heraus ins grelle Sonnenlicht. „Mein Name ist Jeremy, doch Sie können mich auch gern Jerry nennen. Genauso wie den frechen Kater aus Tom und Jerry." Er kam näher, fächelte sich dabei etwas affektiert mit der Hand Luft ins Gesicht. „Eigentlich will ich nach Phoenix, um dort meine Freunde zu treffen. Aber wenn Sie nach Flagstaff fahren, dann soll mir das auch recht sein. Von dort komme ich morgen mit dem Bus auch nach Phoenix."

Waller runzelte die Stirn, gab seiner Stimme etwas Kritisches: „Na ja, eigentlich nehme ich prinzipiell keine Hitchhiker mit. Aber hier draußen in der Hitze könnten Sie tatsächlich umkommen. Also los, steigen Sie ein, ausnahmsweise. Wo ist Ihr Gepäck?"

Jerry quittierte seine Worte mit einem kleinen Hüpfer, der wohl so etwas wie einen Freudensprung andeuten sollte. „Juhu, Sie sind ein Schatz. Sekunde, mein Köfferchen steht da vorne." Er drehte sich um, lief hinter die Zapfsäulen. Einen Moment später stand er wieder vor ihm, in der Hand einen riesigen Reisekoffer.

Verdammt!, fluchte Waller im Stillen. Der Koffer würde nicht mit ins Führerhaus passen. Aber egal, nur schnell jetzt, schnell, schnell. „Ich hoffe, der passt hinten mit hinein. Warten Sie, ich komme raus." Vor Aufregung zitterten seine Hände, ein Druck lag auf seiner Brust. Die kommenden 30 Sekunden waren sozusagen kriegsentscheidend. Jetzt nur keine Zeugen!

Hastig lief er um den Wagen herum, entriegelte die Ladeklappe. Die minus 18 Grad kalte Luft erzeugte eine Wolke, als er die Tür öffnete. Wie ein Schleier fiel sie heraus, verschwand kurz über dem Boden. Jerry zögerte. „Uh, da frieren meine Sachen ja ein! Ich habe einiges an Kosmetik im Koffer, Cremes, Salben und so. Die dürfen auf keinen Fall in diese Kälte, sonst sind sie allesamt hinüber. Warten Sie, ich hole meine Schätze schnell heraus."

Wut packte ihn, für einen Moment stand er kurz davor, die Beherrschung zu verlieren. *Diese beschissene Schwuchtel ist dabei, alles zu versauen.* Mit zusammengebissenen Zähnen sah er dabei zu, wie Jerry seinen Koffer öffnete, darin herumkramte. Ein Haufen Plunder wurde umgeschichtet, Hüte, Kleider, eine Federboa, eine große Perücke. Doch Jerry fand seine „Schätze" nicht.

In seiner Wut und Aufregung überhörte er den Wagen zunächst. Erst als eine Hupe laut *Honk-honk!* bellte, zuckte er zusammen. Augenblicklich entspannte er sich, das Spiel war vorbei. Was im Folgenden auch passieren würde, der Typ hatte alles vermasselt. Sobald Zeugen das Spielfeld betraten, war an weitere Aktionen nicht mehr zu denken.

Der Sound eines Achtzylinders kündigte einen Sportwagen an. Sekunden später rollten die drei Autos, die er kurz zuvor in Wikieup gesehen hatte, an die Tankstelle heran. Jerry kannte die Fahrer offensichtlich. „Scott! Miguel! Verdammt schön, euch zu sehen. Ich hab schon geglaubt, ihr hättet mich vergessen. Warum zum Teufel kommt ihr so spät?"

Ohne ihn eines weiteren Blickes zu würdigen, klappte Jerry seinen Koffer zu, zerrte sein Gepäck hinüber zu einem roten Cabriolet. Der Fahrer stieg aus, gemeinsam wuchteten sie den Koffer auf die Rückbank. Umarmungen und Küsschen folgten, niemand nahm mehr Notiz von ihm.

Anthony Waller atmete tief durch, verschloss die Ladeklappe. Scheiße, das wäre es gewesen. Ein junger Mann, ein schlanker Körper, ein knackiger Hintern. Ein Jahr lang Spaß. *Aber so läuft es eben auf der Jagd*, dachte er. *Mal hat der Jäger Erfolg, mal das Wild*. Beim nächsten Mal, so wusste er aus Erfahrung, würde das Glück wieder auf seiner Seite sein.

★★★

Tuuut … Tuuut … Das Telefon lag auf dem Tisch, der Lautsprecher war auf Freisprechen gestellt. Mark und Rebecca schauten gebannt auf das Handy, wollten wissen, was ihr Gesprächspartner in Los Angeles wohl zu berichten hatte. *Tuuut …* „CORTEZ!"

Die Meldung kam so abrupt, so laut, dass sie beide zusammenschreckten. Zudem merkten sie sofort, dass irgend etwas nicht stimmte. Mark ahnte es: Vermutlich war Adam Newtons Leiche in der Zwischenzeit gefunden worden. Er schaute auf, sein Blick traf den von Rebecca. Ihr war anzusehen, dass sie das Gleiche befürchtete.

„Hallo, Steve, wir sind's. Du hast versucht, uns zu erreichen. Was gibt es?" Die Antwort kam prompt: „Wo seid ihr? Kann euch jemand hören?" Mark kräuselte die Stirn. Cortez wirkte aufgeregt. Was ging da vor sich?

„Wir sind in Albuquerque. Der Freisprecher ist eingeschaltet, Rebecca hört mit. Sonst niemand." Am anderen Ende war zunächst nur schweres Atmen zu vernehmen, Cortez sammelte sich offenbar. Rebecca reichte Mark ihre Hand, Mark ergriff sie. Gemeinsam lauschten sie gespannt, warteten.

„Ich habe leider keine guten Nachrichten für euch. Anders als geplant, bin ich in die Suche nach Adam Newton eingestiegen. Und anders als erwartet, haben sich die Dinge in eine Richtung entwickelt, mit der niemand rechnen konnte." Mark erschrak, als Rebecca seine Hand unerwartet fest zusammendrückte. „Es tut mir leid, euch das mitteilen zu müssen, aber Adam Newton ist vermutlich tot."

Obwohl er die Antwort erwartet hatte, traf sie ihn dennoch wie ein Schlag. Für einen kurzen Moment sah er das Motorrad vor sich, darauf sitzend der junge, gutaussehende Mann. Sie hatten zwar die Suche nicht sehr intensiv betrieben, doch stets in der Hoffnung, Adam würde irgendwie wieder auftauchen. Mark blickte zu Rebecca hinüber. Ihre rechte Hand umklammerten nach wie vor die seine, mit der linken bedeckte sie ihre Augen.

Mark wollte eine Frage stellen, doch Cortez kam ihm zuvor: „Meine Ermittlungen haben ergeben, dass Adam mit großer Wahrscheinlichkeit einem Verbrechen zum Opfer gefallen ist. Die Sache ist nicht trivial, ich sah mich schließlich gezwungen, Judy Tonka hinzuzuziehen. Sie hat für mich die Computer des FBI durchsucht, und wir sind gemeinsam zu einem sehr beunruhigenden Ergebnis gekommen."

Stille. *Nun mach schon, du Scheißkerl*, dachte Mark. Auch Rebecca starrte auf das Telefon, dicke Adern an ihrem Hals zeugten von ihrer Anspannung. „Wir vermuten, dass Adam Opfer eines Serienmörders geworden ist. Insgesamt werden elf Männer auf der Route 66 vermisst."

Rebecca wurde kreidebleich, Mark stockte der Atem. An seiner freien Hand bohrten sich die Fingernägel in die Haut, so fest ballte er sie zur Faust. In seinem Kopf rauschte es, Cortez' nächsten Satz hörte er nur undeutlich. „Wir suchen nicht mehr nach einem vermissten Biker. Wir suchen einen Serienmörder, der die Route 66 in eine Straße zur Hölle verwandelt hat."

Teil 2

Highway To Hell

★★★

Bereits zwei Minuten später bedauerte er seine Entscheidung. Jetzt, zur Mittagszeit, stand die Sonne senkrecht am Firmament, brannte gnadenlos von oben auf die Wüste herab. Zudem war es nahezu windstill, hier und da entwickelten sich kleine Hitzetornados in der sandigen Landschaft. Ein Tourist wäre darüber ausgeflippt, doch für Jorge Guzman waren diese Staubteufel nichts Neues. Er lebte hier draußen in der Wüste. Und er hasste die Wüste.

Sein Vater hatte das Grundstück vor vielen Jahren beim Pokern gewonnen. Später, als er selbst sein Haus beim Glücksspiel verloren hatte, blieb ihm nur noch dieses öde Stück Wüste als Wohnsitz. Die Familie nahm einen Kredit auf, kaufte eine Handvoll alter Trailer, einige Klafter Bauholz. So entstand die Farm, die *Rancho Guzman*.

Als Nick ihn damals gefragt hatte, ob er seinen Trailer auf dem Grund der Farm abstellen dürfe, stimmte er sofort zu. Sie vereinbarten einen kleinen Pachtzins, 1.200 Dollar im Jahr. Doch selbst dieser lächerlichen Summe musste er hinterherlaufen. Nick war ständig pleite, zudem kümmerte er sich nicht ausreichend um Sauberkeit und Ordnung. Es gab Probleme mit Ratten und Kojoten, da Nick seine Notdurft einfach in der Nähe des Trailers verrichtete. Auch seinen Müll entsorgte Nick nicht vernünftig. Jorge konnte schon froh sein, wenn er ihn einfach nur verbrannte.

Als er in der Nacht zuvor den Schuss gehört hatte, war ihm sofort klar gewesen, dass eine Schrotflinte abgefeuert worden war. Er lauschte in die Dunkelheit hinein, doch kein Tier gab einen Klagelaut von sich. Da kein zweiter Schuss folgte, ging er davon aus, dass irgendwelche Rednecks auf der Route 66 übermütig aus dem Fenster ihres Pickups geballert hatten. Nichts Neues in dieser Gegend.

Der Schotter knirschte unter seinen Sohlen. Schweiß lief unter seinem alten Cowboyhut hervor, rann ihm über die Schläfen, sammelte sich in seinem Kinnbart, tropfte von dort auf sein verdrecktes Flanellhemd. Vielleicht würde die Verdunstungskälte ihm etwas Erfrischung bringen, dachte Jorge. Fehlanzeige.

Nicks Wagen stand in unmittelbarer Nähe zum Trailer. Es war nichts Ungewöhnliches, das Nick seine Tankstelle nicht pünktlich öffnete. Doch es war bereits kurz nach zwei, Nick hätte sich längst auf den Weg machen müssen.

Und da die Nachbarn hier draußen in der Wüste aufeinander aufpassten, hatte Jorge beschlossen, nach dem Rechten zu schauen.

Bereits aus einiger Entfernung konnte er sehen, dass die Tür offenstand. Ganz langsam, wie in Zeitlupe, bewegte sie ein zarter Windhauch hin und her. Jorge kam es vor, als würde ihm der Trailer zuwinken. Wollte Nick einfach etwas Luft hereinlassen, für Durchzug sorgen? Seltsam, denn bei diesen Temperaturen war es eigentlich besser, die Hitze auszusperren.

Von seinem Vater hatte er gelernt, dass ein Mensch selbst entscheidet, wann eine Überraschung als böse Überraschung wahrgenommen wird. Um also zu vermeiden, dass er Nick vielleicht störte, meldete er sich bereits von Weitem.

„*Hola*, Senor Nick! Jorge hier. Ich bin dir zuliebe durch die scheiß Hitze gelatscht. Ist alles okay?“ Als er näherkam und den ganzen Dreck auf dem Grundstück sah, lief ihm die Galle über. Leere Konservendosen mischten sich mit zerdrückten Pizzakartons, Glasflaschen mit Plastikmüll. Nick musste bereits vor geraumer Zeit damit angefangen haben, seinen Abfall einfach vor den Trailer zu werfen. Müll lockte bekanntlich Ratten an, Ratten lockten bekanntlich Schlangen an. Auch Kakerlaken und Fliegen waren stets auf der Suche nach etwas Fressbarem. Hier würden sie es finden.

Sein Tonfall ließ seine Verärgerung erkennen: „*Holy-Moly*! Du hast das Grundstück in eine Müllkippe verwandet! Haben sie dir ins Gehirn geschissen? Wir hatten vereinbart, dass du hier Ordnung hältst!“

Er stand nun unmittelbar vor dem Wohnwagen, ein widerlicher Geruch lag in der Luft: Pisse, Kot, aber auch etwas anderes. Verwesung. Seine Nackenhaare stellten sich auf. Sofort kam ihm der Schuss von letzter Nacht in den Sinn, und sofort hätte er sich in den Arsch treten können: Er war unbewaffnet. Die Stimme seines Vaters hallte durch seinen Verstand: *In diesem Land wimmelt es von Geisteskranken. Es wimmelt von Waffen. Jeden Tag und überall kann es dich erwischen. Steck dir deshalb immer 'ne Knarre ein!*

Kurz überlegte er, zurückzulaufen. Doch die Neugier siegte. Langsam näherte er sich der Tür. „Nick, ist alles okay? Ich komme jetzt rein. Bleib bitte ganz ruhig.“

Eine Windbö erfasste die Tür, bevor er sie ergreifen konnte. Sie klappte mit einem Knall zu Seite, schlug gegen die Einfassung. Das unerwartet laute Geräusch ließ ihn zusammenzucken. Verärgert über sich selbst hielt er die Tür fest, steckte den Kopf ins Innere des Trailers.

Ein junger Kojote, der sich im Inneren versteckt hatte, sprang über ihn hinweg, erschreckte ihn dabei zu Tode. „Jesus!" Er taumelte zurück, fasste sich mit der Hand an die Brust, blickte dem Tier wütend hinterher, doch es war bereits zwischen den verdorrten Büschen verschwunden.

Jorges Herz schlug wie ein Hammerwerk. Er ahnte, was ihn erwartete. Versuch Nummer zwei. In der Hoffnung, dass nun auch der dümmste Präriehund die Flucht ergriffen hätte, stieg er die zwei Stufen empor, betrat den Wohnraum. War es eben noch der Kojote gewesen, der ihn überraschte, waren es nun die Fliegen. Eine riesige schwarze Wolke stieg empor, verteilte sich im Inneren des Wagens.

Jorge blickte sich nur kurz um. Ein Bild des Grauens bot sich ihm: Nicks kopflose Leiche, auf der Brust eine Schrotflinte. Die ersten Fliegenmaden waren bereits geschlüpft, krochen über den Kadaver. Eingeweide und getrocknetes Blut überall. Die Kojoten mit ihrem hervorragenden Geruchssinn hatten das Festmahl wohl bereits in der Nacht entdeckt. Nur raus hier, er hatte genug gesehen.

Er drehte sich um, sprang aus dem Trailer. Gerade noch rechtzeitig, denn er musste sich plötzlich übergeben. Vornübergebeugt stand er in der Wüste, gab seinen Mageninhalt von sich. Noch während er sich erbrach, verarbeitete er das soeben Gesehene. Nick, ständig pleite. Ein Säufer. Hat sich die Knarre in den Mund gesteckt. *Ende Gelände.*

Seine Frau hatte ihn gewarnt. *Ein Weißer ohne Familie hält hier draußen in der Wüste nie lange durch. Alles kaputte Typen, scheiß auf die 1.200 Dollar.* Jetzt war die Kacke am Dampfen. Ein Toter auf seinem Grundstück. Für einen Moment erwog er, einfach ein Feuer zu legen. Keine Sau würde Nick vermissen. Doch dann wurde ihm bewusst, dass die verdammte Tankstelle ja auch noch da war. Irgendwann würden die Bullen hier aufkreuzen.

Also schnell zurück zur Farm, die roten Papierblüten an den Marihuana-Stauden anbringen. Sollten die Bullen auf sein Grundstück kommen, würden die Pflanzen zumindest von weitem aussehen wie Tomaten. Bis zur Ernte waren es noch einige Wochen. Und mit etwas Glück würde es so lange dauern, bis jemand merkte, dass Nick O'Sullivans Tankstelle ihren Dienst eingestellt hatte.

★★★

Fassungslos und erschüttert lauschten Mark und Rebecca den Ausführungen von Steve Cortez. Mit jedem Wort, jedem Satz, jedem Toten erfasste sie ein immer stärker werdendes Gefühl des Entsetzens. Was als einfache Suche nach einem Vermissten begonnen hatte, entpuppte sich als Albtraum. Elf verschwundene Männer, vermutlich ermordet. Irgendwo auf der Straße, die da vor ihnen lag, gab es einen Serienmörder. Die Route 66 – *Highway to Hell.*

Nahezu eine Viertelstunde sprach Cortez, nur unterbrochen von einigen wenigen Fragen. Kopfschüttelnd saßen die beiden frisch Verlobten da, starrten ungläubig auf das Handy vor ihnen. Alle schönen Gefühle der letzten Tage hatte der Anruf von Cortez vernichtet. Nach dem Vormittag des Schreckens, den sie gerade überstanden hatten, drohte nun der Nachmittag, sie erst recht emotional zu erdrücken.

Besonders Rebecca war anzusehen, dass Cortez' Schilderungen sie überforderten. Die Ereignisse auf dem Pacific Crest Trail lagen zwar bereits zwei Jahre zurück, doch noch immer quälten sie Albträume. Dem Serienmörder Elias Coleman war sie seinerzeit nur knapp entkommen, und auch Mark hatte dem Tod ins Auge geblickt. Und nun hatten sie es schon wieder mit einem Serienmörder zu tun.

Rebecca blickte nach oben in den grauen wolkenverhangenen Himmel. Kurz dachte Mark, sie würde beten, doch seine Freundin war nicht gläubig. Sie versuchte wohl lediglich, die Tränen daran zu hindern, ihren Wangen herabzurinnen.

Schließlich kam Cortez zum Ende seiner Ausführungen: „… Und so sieht es aus. Der Killer mordet zwischen Gallup und Kingman. Auffallend viele Opfer sind in einem kleinen Teilstück in Arizona verschwunden. Von Sanders bis Winslow sind es lediglich 85 Meilen, dennoch zählen wir hier sechs Vermisste. Kurz hinter Holbrook liegt ein Motel, das Bed & Bike. Drei der Opfer, auch Adam, wurden hier letztmalig lebend gesehen."

Mark versuchte, sich die Strecke und die Orte vorzustellen, doch seine Sorge um Rebecca und die Reizüberflutung durch die vielen Informationen von Cortez überforderten seinen Verstand. Und dann ließ Cortez die Bombe platzen.

„Ich möchte euch bitten, heute Nacht in diesem Motel abzusteigen. Schaut euch um. Irgendetwas ist dort faul, da bin ich mir sicher. Redet mit den Angestellten, schaut hinter die Kulissen. Notfalls auch nachts, wenn alle schlafen. Ihr wolltet Hinweise zum Verbleib von Adam finden, jetzt habt ihr die Chance dazu."

Mark verschlug es den Atem, und auch Rebecca wollte protestieren. Doch bevor sie antworten konnte, kam Mark ihr zuvor. Er sprach hektisch und ungewollt laut: „Wie bitte? Hör mal, wir sind keine Special Agents. Wir sind nicht hier, um einen Serienmörder aufzuscheuchen. Wir haben einen vermissten Biker gesucht, und diese Suche ist nun vorbei. Schickt die Polizei auf die Route 66, das FBI. Wir werden unser Leben nicht noch einmal riskieren, vergiss es!"

Rebecca nickte heftig. Doch Cortez gab nicht auf. „Noch haben Judy und ich keine Bewiese. Wenn wir unsere Erkenntnisse weitergeben, dann kann es dauern, bis sich der schwerfällige Apparat FBI in Bewegung setzt. Ihr jedoch könntet mit euren Bikes in vier Stunden in Holbrook sein. Was will ich schon von euch? Ihr übernachtet dort, haltet die Augen offen. Sonst nichts! Was ist denn los mit euch, dass ihr so gereizt, ach was, ängstlich reagiert? Hat man zwischenzeitlich versucht, euch umzubringen?"

Kurz war Mark geneigt zu erzählen, dass genau das an diesem Tag gleich zweimal passiert war. Doch dann packte ihn der Ehrgeiz, er wollte nicht als Feigling gelten. Mit seiner Antwort überrumpelte er Rebecca, die ihn erstaunt ansah. „Niemand ist hier ängstlich! Gut, wir werden euch beiden helfen, unser Weg führt sowieso an Holbrook vorbei. Wir schlafen eine Nacht in dem Motel, melden uns morgen früh mit dem, was uns dort aufgefallen ist. Aber dann, Steve, sind wir raus aus der Sache."

Am anderen Ende der Leitung nickte Cortez zufrieden. *Geht doch, Schwatson.* Erst mal den Ball am Laufen halten, morgen wurde das Spiel dann fortgesetzt. Jetzt noch schnell ein bisschen Lob, um die Zweifel zu zerstreuen. „Rebecca, Mark, ich danke euch, auch im Namen von Rose Newton. Sie war es, die diese Suche angestoßen hat. Ihr habt den Auftrag angenommen und damit den Stein ins Rollen gebracht. Gemeinsam werden wir jetzt dafür sorgen, dass das Rätsel um die verschwundenen Männer gelöst wird."

Er überlegte, ob er noch etwas hinzufügen sollte. Dann schlich sich ein böses Grinsen auf sein Gesicht. „Ich habe ja an dem Fall gezweifelt, und – zugegeben – auch an euch. Aber ihr hattet recht mit der Annahme, dass Adam sich nicht einfach aus dem Staub gemacht hat. Eure Hartnäckigkeit hat sich ausgezahlt, ihr könnt stolz auf euch sein." *Na, wenn das nicht runtergeht wie Öl*, dachte Cortez und beendete die Verbindung.

★★★

Völlig perplex saßen Mark und Rebecca da, beide starrten wortlos auf das Telefon. Die letzten Sätze von Cortez, unwichtig, leeres Geschwätz. Elf vermisste Männer, vermutlich tot. Dies war die Botschaft, die sie beschäftigte.

Die Bedienung riss sie aus ihren düsteren Gedanken. „Zweimal Sandwich mit Truthahn und Krautsalat zum Mitnehmen. Zahlt ihr gleich oder kommt noch etwas dazu?" Mark zückte seine Kreditkarte, reichte sie der Kellnerin. Fast vergaß er, ihr das obligatorische Trinkgeld zu geben, doch ein Tritt Rebeccas unter dem Tisch erinnerte ihn daran.

Da saßen sie nun, blickten einander in die erschöpften Gesichter. In was waren sie da bloß hineingeraten? Es war Rebecca, die das Gespräch begann. „Unangenehme Dinge sollte man möglichst sofort ansprechen. Du hast soeben das erste Mal in unserer gemeinsamen Beziehung eine Entscheidung über meinen Kopf hinweg getroffen. In diesem Motel abzusteigen, war nicht unser Plan, und ich hätte dem auch nicht zugestimmt. Jetzt ist es geschehen. Aber für die Zukunft bitte ich dich, auf solche spontanen, mich betreffenden Beschlüsse zu verzichten."

Ihr Ton war sachlich, ihr Mimik betont gelassen. Dennoch war Mark erstaunt. Soeben erst hatten sie von einer Mordserie erfahren, und Rebecca beschwerte sich über seine Entscheidung, Cortez zu unterstützen? Was ging da in ihr vor?

Rebecca spürte seine Verunsicherung. „Wie du weißt, war ich nach dem PCT einige Monate lang in therapeutischer Behandlung. Mich quälten Albträume und Angstzustände. Mich jetzt in dieser Geschichte hier wiederzufinden, macht mir erneut große Angst. Mein Bedarf an Serienmördern ist für dieses Leben gedeckt." Sie vermied den Blickkontakt, sah zu Boden. „Heute Nacht in irgendeinem finsteren Motel nach Spuren von Toten zu suchen ... ich weiß nicht, ob ich das kann."

Mark erkannte seinen Fehler. Er stand auf, ging um den Tisch herum und setzte sich zu ihr. „Becky, es tut mir leid. Irgendwie hat Cortez aber recht. Wir sind zu ihm gegangen und haben ihn um Hilfe gebeten.

Jetzt, wo es eine Spur gibt, kneifen wir. Ich wollte das so nicht im Raum stehen lassen. Aber wenn du willst, rufe ich Cortez sofort an, und wir steigen hier und jetzt aus."

Rebecca überlegte kurz. Als sie nickte, dachte Mark, die Entscheidung wäre gefallen. Er zog sein Telefon zu sich heran, wollte Cortez anrufen. Doch plötzlich legte sie ihm die Hand auf den Arm. „Halt! Irgendwie stimme ich dir auch ein bisschen zu. Wir haben diese Sache hier angezettelt, jetzt stecken wir mit drin. Wir fahren nach Holbrook und schauen uns da um. Aber ab morgen früh war es das mit Cortez und seinen Spielchen. Wir fahren weiter nach Las Vegas, und von da aus fliegen wir nach Hause."

Sie umarmten sich, gaben sich gegenseitig Kraft und Zuversicht. Mark wurde bewusst, dass sie das bereits zum zweiten Mal an diesem Tag taten. Doch anders als am Vormittag lag etwas Düsteres über ihnen wie der Schatten einer dunklen Wolke. Auch er empfand nun die beiden Ereignisse vom Vortag als Warnung. Ihre Reise stand unter keinem guten Stern.

★★★

Die Ausdrucke auf der Bettdecke verteilt, döste Judy Tonka im Dämmerlicht vor sich hin. Sie träumte von Männern, breitschultrig, tätowiert, stiernackig. Sie rochen nach Schweiß, nach Blut. Auch Benzin glaubte Judy zu riechen, dazu Alkohol und Tabak. Die Männer saßen um einen Tisch herum, Karten lagen darauf. *Ein Spiel*, dachte Judy. *Poker?* Gelächter, plötzlich saß sie mit am Tisch. Sie war nackt, völlig unbekleidet. Es war ihr unangenehm, denn die Männer musterten sie ungeniert.

„Ich erhöhe um 200. Wer geht mit?" Stille. Der Glatzkopf neben ihr antwortete: „Was liegt denn im Pott? Nur die Fotze?" Entrüstet sah Judy hinüber, als sie von der anderen Seite her angebrüllt wurde: „Mädchen, du bist dran." Sie blickte auf das Blatt in ihrer Hand, doch die Karten waren unbedruckt, leer, weiß. Hilflos zeigte sie den Männern das Blatt, erneut Gelächter. „Na dann mach schon mal die Beine breit. Kredit gibt es hier nicht."

Sie wollte aufstehen, wegrennen, als sie grob an ihren Haaren zurückgerissen wurde. Zwei der Männer pressten sie auf den Tisch, spreizten ihre Beine. Der Boss der Gruppe positionierte sich vor ihr, öffnete langsam seine Hose. „Warum schnüffelst du Schlampe hinter uns her? Die beiden Bullen sind tot, hinüber. Lass sie, wo sie sind. Andernfalls werden wir dir einen Denkzettel verpassen, den du nicht so schnell vergisst."

Sie rechnete damit, dass er seinen Penis hervorholen würde, doch es war eine Waffe. Die Tatwaffe, eine Pistole im Kaliber .45 Auto. Er richtete sie auf Judys Gesicht, drückte dreimal ab: *Ring! Ring! Ring!* Was war das? Auch der Rocker bemerkte, dass die Waffe sich seltsam verhielt. Statt zu schießen klingelte sie wie ein Telefon. Ring - Ring! Ring - Ring!

Ring! Ring! Ring! Völlig verstört erwachte Judy aus ihrem Traum. *Das Telefon! Cortez!* Sie richtete sich auf, blickte sich um – da, auf dem Nachttisch. Tatsächlich, *S. Cortez* stand auf dem Display. Sie nahm das Gespräch entgegen, versuchte dabei, irgendwie wach zu klingen. „Hi, Steve, Judy hier. Was hast du herausgefunden?"

„Hallo, Judy. Eine ganze Menge, wenn du mich fragst. Bist du so weit?" Nein, sie war noch nicht so weit, nicht im Entferntesten, noch immer schwebten Bruchstücke des Traums durch ihren Verstand. Doch darauf würde Cortez wohl kaum Rücksicht nehmen. Und wie erwartet begann er sofort mit seinen Ausführungen.

„Der Täter ist männlich, weiß, zwischen 40 und 60 Jahre alt. Ich tippe auf Anfang 50. Er lebt in Flagstaff oder Umgebung, arbeitet an der Route 66, hat irgendeinen Job, der ihn täglich hinaus auf die Straße führt. Ich denke an jemanden wie einen Kurierfahrer oder auch einen Handwerker, der mit seinem Lieferwagen die Gegend abklappert. Vielleicht ist es aber auch ein Postbote oder jemand, der für die Elektrizitätswerke arbeitet. Egal was es ist, der Killer befährt regelmäßig die 66 zwischen Gallup und Barstow."

Judy kam mit dem Denken nicht hinterher, so schnell prasselten die Informationen auf sie nieder. „Die erste Tat war so etwas wie eine Initialzündung: der junge Patrick Malone am Petrified Forest. Er ist dem Killer versehentlich ins Netz gegangen, die Tat war nicht geplant. Aber so hat der Täter erst erkannt, welche Möglichkeiten ihm die Straße bietet. Daraufhin hat er angefangen, regelmäßig Männer zu entführen und – so vermute ich – zu ermorden."

Jetzt war Judy ärgerlich, dass sie sich nicht gewissenhafter auf den Anruf vorbereitet hatte. Sie wollte Cortez unterbrechen, Fragen stellen, doch wie ein Maschinengewehr feuerte der weiter seine Informationen auf sie ab: „Die ersten drei Opfer waren irgendwie harmlos, ließen sich relativ leicht kidnappen. Dann jedoch hat der Killer erkannt, dass er sich auf Heimtücke und Hinterlist nicht immer verlassen kann. Er hat sich bewaffnet, wurde skrupelloser. Er hat eine Methode entwickelt, seine Opfer – wir sprechen hier von erwachsenen, durchtrainierten Männern – in seine Gewalt zu bringen, ohne sich selbst zu gefährden."

Cortez hatte es leichter als Judy. Er saß in seinem Büro, las von seinen Aufzeichnungen ab. „Nach dem Mord an Patrick Malone ist unser Freund bestimmt durch die Hölle gegangen. Es war die erste Tat, er befürchtete, entdeckt zu werden. Sicher hat er täglich Nachrichten geschaut, die Zeitungen durchforstet. Nervös hat er in den Rückspiegel gesehen, misstrauisch jeden Unbekannten in seiner Gegend beobachtet, täglich mit seiner Verhaftung gerechnet. Doch etwas Seltsames geschah: Es passierte … nichts. Unser Killer hatte seine zweites Erweckungserlebnis: Verschwindenlassen."

Cortez machte eine kurze Pause, musste einen Schluck trinken. „Sagt dir der Begriff ‚Verschwindenlassen' etwas? Schau nachher mal bei Wikipedia nach. ‚Verschwindenlassen' bezeichnet eine Methode, die vor allem in Diktaturen und Terror-Regimes eingesetzt wird. Aber auch die USA haben sie dutzendfach in Afghanistan und im Golfkrieg benutzt."

Die Kohlensäure brodelte in seinem Magen, zwang ihn, aufzustoßen. „Wenn jemand spurlos verschwindet, dabei aber nichts auf ein Verbrechen hindeutet, haben die Angehörigen keinerlei Beweise, dass etwas Unrechtmäßiges geschehen ist. In der Folge kommt es auch nicht zu ausgedehnten Ermittlungen. Und genau das hat der Killer begriffen. Als Patrick verschwand, geisterte die Sache zwei, drei Tage durch die Medien – danach war Schluss. So war es auch in allen anderen Fällen. Das Verschwindenlassen ist fester Bestandteil der Vorgehensweise unseres Killers."

Judy wurde langsam schwindlig. Doch Cortez war noch nicht fertig. „Auf diese Art und Weise hat er sich neun Männer gekrallt. Dabei legte er einen Abstand von etwa elf Monaten zwischen seine Taten. Was es damit auf sich hat, darüber bin ich mir noch nicht im Klaren. Aber bei einer Sache bin ich mir sicher: Die beiden vermissten Biker haben nichts mit den verschwundenen Männern zu tun. Ihr Schicksal war ein anderes."

Cortez stand auf, ging hinüber zu der Karte, die an seiner Bürowand hing. Das Telefon in der einen Hand, einen Kugelschreiber in der anderen, malte er ein blaues Kreuz an die Stelle, an der das *Bed & Bike Motel* in etwa lag. Dabei dachte er an Mark und Rebecca, die dorthin unterwegs waren.

„Einen Menschen bekommst du leicht in ein Auto. Egal ob Beifahrersitz, Rückbank oder Kofferraum: Um eine Person zu verschleppen, reicht ein relativ kleines Auto aus. Wenn du jedoch ein 250 Kilo schweres Motorrad von der Straße holen willst, dann kommst du um einen Lieferwagen nicht herum. Aber nicht nur das. Wie willst du die schwere Kiste auf die Ladefläche bekommen? Ohne so etwas wie eine motorisierte Vorrichtung, einen Kran oder eine Hebebühne wirst du es kaum schaffen."

In diesem Moment kam Cortez noch eine Idee. Er sprach nun noch schneller als bisher: „Moment! Verschwindenlassen bedeutet, dass es keine Zeugen gibt. Einen Hitchhiker mit vorgehaltener Waffe in den Kofferraum zu zwingen, dauert zehn Sekunden. Ein schweres Motorrad aufzuladen dauert hingegen Minuten. Zudem ist die Indian Chief sehr auffällig. Mit so einer seltenen Karre auf der Ladefläche durch die Gegend zu fahren, wäre viel zu riskant."

Judy, die bis zu diesem Moment immer noch im Bett gelegen hatte, setzte sich auf, ging in die Küche. Cortez schwieg, und auch sie selbst war in Gedanken versunken. Sie versuchte die Informationen zu ordnen, in eine Reihenfolge zu bringen. An die Spüle gelehnt, die Augen geschlossen, dachte sie nach. „War das jetzt alles oder kommt noch etwas? Ich hätte da einige Fragen."

Cortez, zurück am Schreibtisch, goss sich einen Kaffee ein. „Schieß los, ich höre." Judy verzog das Gesicht, als würden sie Schmerzen plagen. Doch sie kramte nur in ihrem Gedächtnis: „Erstens: Alter, Hautfarbe, Beruf, Flagstaff. Wie kommst du darauf?"

Langsam Milch und Zucker unterrührend, antwortete Cortez: „Ganz einfach. Du hast mich auf die Idee gebracht. Ein väterlicher Typ, vertrauenerweckend. Wen hätten Patrick und die anderen Männer, allesamt weiß, wohl als väterlich und vertrauenswürdig empfunden? Einen schwarzen, alten Mann? Einen grauhaarigen Indianer? Einen Latino um die 30? Nein, eine hellhäutige Vaterfigur. Der Killer ist ein Weißer um die 50." Zufrieden klopfte er die Tropfen von seinem Teelöffel.

„Der Killer hat sein Revier zwischen Barstow und Gallup. In der Mitte liegt Flagstaff. Von hier nach Gallup ist es eine Tagesreise, genauso nach Barstow. Würde der Killer in Gallup leben, dann hätten wir auch Vermisste in Richtung Westen, die gibt es jedoch nicht." Da er sich Judys Aufmerksamkeit sicher war, konnte er sich nun etwas mehr Zeit lassen. Er trank einen Schluck.

„Sein Beruf führt ihn jeden Tag auf die 66. Er kennt sie wie seine Westentasche. Wo genau stehen oft Tramper? Welche Bushaltestellen liegen so weit abseits, dass man hier jemanden unbeobachtet ansprechen kann?"

Cortez lächelte über den Rand seiner Tasse hinweg. „Aber jetzt halt dich fest. Alle Tage, an denen Männer verschwunden sind, waren Wochentage. Zumindest gilt das für die Opfer, bei denen wir das genaue Datum des Verschwindens kennen. Kein Einziger ist am Wochenende verschwunden. Also: Entweder ist der Killer ein guter Christ, oder er arbeitet samstags und sonntags einfach nicht. Du kannst es dir aussuchen."

In der Kühlschranktür standen eine abgelaufene Milch, eine angebrochene Flasche Sekt vom Vorabend sowie Orangensaft. Judy entschied sich für Letzteren. „Okay, hört sich schlüssig an. Dann zweitens: Verschwindenlassen. Ist es wirklich so einfach? Jemand wird von den Angehörigen als vermisst gemeldet, und die Polizei kümmert sich einen Scheißdreck darum?"

Er legte das Telefon auf dem Schreibtisch ab, stellte den Freisprecher ein. Gemütlich zurückgelehnt begann er seinen Vortrag. „Sagt dir der Begriff ‚Missing White Girl Syndrome' etwas? Auch dazu wirst du was bei Wikipedia finden. Tatsächlich verschwinden in den USA so viele Menschen, dass die Polizei sie nicht alle suchen kann. Es sind einfach zu viele. Nur wenn die Medien den Fall aufgreifen, und das ist oft bei jungen, gutaussehenden weißen Frauen so, dann wird intensiver nachgeforscht. Vielleicht erinnerst du dich an Gabby Petito, das war so ein Fall. Sie hat es in die Medien geschafft, landesweit wurde darüber berichtet. Schließlich kam heraus, dass ihr Freund sie wohl ermordet und in der Wüste verscharrt hat."

Natürlich kannte Judy die Phrase ‚Missing White Girl Syndrome'. Sie stand für einen gewissen Rassismus bei der Polizei und auch in den Medien. Hübsche junge Frauen, die vermisst wurden, fanden mediale Beachtung, vor allem, wenn sie weiß waren und aus der Oberschicht kamen. Farbigen oder indigenen Opfern schenkte man hingegen weit weniger Aufmerksamkeit. Besonders der Highway 16 in Kanada, auch genannt *Highway of Tears*, hatte in diesem Zusammenhang traurige Berühmtheit erlangt. Dutzende indigene Frauen verschwanden hier einst, die Taten wurden nie aufgeklärt.

Sie trank einen Schluck Orangensaft, die eiskalte, leicht saure Flüssigkeit schlug ihr sofort auf den Magen. Missmutig verzog sie das Gesicht, bewegte sich vorsorglich in Richtung Toilette. „Das mit den Motorrädern leuchtet mir ein. Was denkst du, könnte den beiden Bikern widerfahren sein?"

Auch Cortez dachte genau in diesem Moment darüber nach, er kam jedoch zu keinem Ergebnis. Etwas anderes drängte sich ihm auf. „Adam Newton ist am 23. Juli verschwunden. Wir schreiben heute den 31. August. Würde Adam in das Schema des Killers passen, dann wäre jetzt für etwa zehn Monate Ruhe. Chad Shavers hingegen blieb seit dem 16. Juli letzten Jahres wie vom Erdboden verschluckt."

Judy saß auf der Toilette, ihr Darm verkrampfte sich schmerzhaft. Die zuletzt vernommenen Worte drängten sich in ihren Verstand. Leise sagte sie: „Wenn Adam nicht dazugehört, dann war demnach Chad Shavers das letzte Opfer. Er verschwand vor 13 Monaten. Die nächste Tat wäre also überfällig." Am anderen Ende der Leitung blickte Steve Cortez grimmig auf die Karte der Route 66. „Genauso ist es. Die nächste Tat ist überfällig."

★★★

„Kommt, Kinder, einsteigen. Wir fahren nach Flagstaff zum Einkaufen. Das Wasser ist fast alle, genauso wie Milch und Hundefutter. Hier passiert heute sowieso nicht mehr viel." Archie blieb für einen Moment das Herz stehen, als er die Stimme seines großen Bruders vernahm. Heute schon? Jetzt? Er hatte erst in zwei, drei Tagen mit der Einkaufstour gerechnet.

Hastig blickte er hinüber zum Regal mit den Motoren, an dem Gilbert gerade arbeitete. Doch der war schlau genug, seine Überraschung zu verbergen, kümmerte sich scheinbar nicht um Brians Worte. Oder war es Angst? Würde Gilbert bei dem Plan, Brian zu vergiften, tatsächlich mitziehen? Oder würden er die Nerven verlieren, Archie vielleicht sogar verraten?

Dass Archie und Gilbert nicht sofort antworteten, stimmte Brian missmutig. Er verspottete seine Brüder: „Ihr könnt natürlich auch hierbleiben und euch gegenseitig in den Arsch ficken, wie sonst auch. In Flagstaff warten Hamburger auf uns, Eis, mal ein paar andere Gesichter. Zudem könnt ihr euch heute was Besonderes aussuchen. Bei Walmart haben sie Sportkleidung im Angebot, wir drei könnten mal ein paar neue Klamotten gebrauchen. Was meint ihr?“

Tatsächlich sahen die drei Brüder in ihrer verschlissenen Arbeitskleidung reichlich heruntergekommen aus. Doch da sie sich normalerweise nur auf dem Schrottplatz aufhielten, war das völlig egal. Niemand nahm Notiz von ihnen.

Zu Archies Erstaunen meldete sich Gilbert zuerst zu Wort: „Gute Idee. Es ist aber schon spät, wir werden erst im Dunkeln zurückkommen. Wäre morgen nicht besser?“ Hilfesuchend blickte er zu Archie herüber. Der jedoch reckte still den Daumen in die Höhe, gab ihm so zu verstehen, dass für ihn auch der heutige Tag kein Problem wäre. Das Geld hatte er bei sich, seinen Bekannten mit den Drogen würde er schon irgendwie erreichen.

Brian, schon auf dem Weg zum Wagen, war der Einwand offenbar egal. „Morgen soll es scheiß Wetter geben, Gewitter, vielleicht sogar einen Tornado. Nein, wir erledigen das heute noch. Los jetzt, schafft eure stinkenden Kadaver ins Auto, wir fahren.“

Schneller als gedacht, fuhren sie die Schotterstraße aus dem Canyon hoch, erreichten Nicks Tankstelle. Gilbert, der hier manchmal zu Fuß hochging, um sich ein kaltes Getränk zu besorgen, bemerkte, dass die Fenster noch verriegelt waren, die Tür verschlossen. „Nicky ist nicht da, mitten in der Woche. Er wird doch wohl nicht krank sein?“ Brian brachte so etwas wie ein Grinsen zustande: „Kann sein. Er hat mir gestern was von Kopfschmerzen berichtet.“

★★★

Die nächste Tat ist überfällig. Er hatte die Worte kaum ausgesprochen, da wurde ihm die Tragweite seines Fehlers bewusst. Wie von einem Stromschlag getroffen, zuckte er zusammen, krümmte dabei sogar unbewusst den Rücken. Eine Sekunde lang hoffte er, dass Judy seinen Fauxpas nicht bemerkt hätte. Doch selbstverständlich war dem nicht so. Die intelligente FBI-Agentin sprang sofort darauf an.

„‚Die nächste Tat ist überfällig.‘ Steve, du weißt, was das bedeutet. Wenn ein Mord unmittelbar bevorsteht, dann muss ich diesen Sachverhalt unverzüglich an das FBI weitergeben. Du bist hiermit raus aus der Sache. Kompliment für all das, was du in so kurzer Zeit herausgefunden hast, aber ich kann diesen Fall nicht weiter unter der Hand laufen lassen. Ich hoffe, du verstehst das."

Argh! Das Gesicht zu einer wütenden Fratze verzerrt, hob Cortez die Faust über den Kopf. Am liebsten hätte er das Telefon auf dem Tisch zerschmettert. Doch er verkniff sich den Wutausbruch, zwang sich zur Ruhe. *Nicht jetzt.* Er durfte nicht die Nerven verlieren. *Ruhe, Steve! Denk verdammt nochmal nach!*

Ohne es zu beabsichtigen, gab er seiner Stimme einen beschwörenden Unterton: „Judy, jetzt bleib mal blass. Was erreichst du, wenn du mir jetzt den Fall abnimmst? Schau dir an, was ich in so kurzer Zeit alles herausgefunden habe. Meine Informanten haben sich gemeldet, sie sind auf dem Weg zu einem verdächtigen Objekt, das sie heute Nacht beobachten werden. Morgen um diese Zeit wissen wir mehr, ich verspreche es dir. Außerdem wollen meine Leute mit dir reden. Gib mir noch zwei Tage Zeit, nur 48 Stunden."

Er starrte auf das Telefon auf seinem Schreibtisch, als wollte er es hypnotisieren. Er rechnete schon mit einer Ablehnung, damit, dass sie ihm den Fall tatsächlich wegnehmen würde. Doch stattdessen kam aus dem Lautsprecher nur ein leises Wimmern, so als ob Judy Schmerzen hätte. Dann ihre Stimme, irgendwie verkrampft: „24 Stunden. Ich gebe dir noch 24 Stunden, mehr nicht. Morgen um die Zeit telefonieren wir noch einmal, und du sagst mir, was du rausgefunden hast. Danach mache ich aus der Sache einen offiziellen FBI-Fall." *Klick.*

Sie hat aufgelegt? Einfach so? Verdutzt betrachtete Cortez das Telefon auf dem Schreibtisch. 24 Stunden. Warum hatte Judy das Gespräch so abrupt beendet? Sollte er sie nochmals anrufen, versuchen, mehr Zeit herauszuholen? Nein. Dann bestand durchaus die Gefahr, dass Judy sich noch anders entschied. 24 Stunden. Nicht viel Zeit, um einen Mörder zu finden.

Was konnte er tun? Auf Schwatsons Ergebnisse warten? Nein. Die würde er frühestens am nächsten Tag bekommen. Was dann? Ganz einfach: Er würde selbst auf die Route 66 gehen. *Der Killer fährt einen Lieferwagen. Also suchen wir nach einem Lieferwagen.* Cortez startete Google Street View, begab sich virtuell nach Holbrook. *Inspiration. Ich brauche eine Inspiration.*

In den kommenden Stunden würde er auf der Route 66 unterwegs sein. Nur am Bildschirm, nicht persönlich, nicht in Echtzeit. Wie in einem Roadmovie würde er sich auf die Reise begeben, die kleinen Orte entlang der Straße befahren, sich umsehen. Inspiration. Er würde sich ansehen, was da so für Fahrzeuge unterwegs waren, von welchen Firmen oder auch Behörden. *Inspiration.*

Die Hände hinter dem Kopf verschränkt, streckte Cortez sein Kreuz durch. Ein leises Knurren entwich seiner Kehle, als seine verspannten Muskeln gegen den Schmerz protestierten. Gleichzeitig tat es ihm gut, seinen Körper zu spüren. Nun konnte er wieder klar denken. *Der Killer fährt seit gut zehn Jahren über die Route 66. Jeden Wochentag. Sein Fahrzeug: ein Lieferwagen. Es sollte doch mit dem Teufel zugehen, wenn da nicht irgendwo ein Bild oder ein Video von ihm existiert.*

★★★

Liebes Tagebuch. Der heutige Morgen war überaus aufregend. Vielleicht habe ich sogar das größte Abenteuer erlebt, das ich bisher in meinem jungen Leben mitansehen durfte. Überall war Polizei, über 20 Streifenwagen. Hubschrauber flogen herum, ihre Suchscheinwerfer durchschnitten die Dunkelheit wie Laserschwerter.

Die Vollsperrung der Autobahn dauerte bis um sechs Uhr in der Früh, der Stau war kilometerlang. Erst als der Morgen graute, haben sie die letzten Schweine eingefangen. Fast 60 Tiere mussten erschossen werden. Der Chef der Highway-Patrol hat sich persönlich bei mir bedankt. Immerhin war ich der erste Polizist am Unfallort und einer der letzten, die ihn verlassen haben. Was für ein großartiger Tag!

Dan Gallagher saß auf einem einfachen Klappstuhl in seiner Wohnung. Der Stuhl stand vor einem kleinen Campingtisch, der gerade genug Platz bot für den Laptop, in den er unbeholfen seine Notizen eintippte. Die beiden Zeigefinger hackten verkrampft auf die Tastatur ein, immer wieder musste er innehalten und Rechtschreibfehler korrigieren.

Einem Besucher wäre sofort die spartanische Ausstattung der Wohnung aufgefallen. Gallagher besaß kaum Möbel, kein Bett, keinen Schrank. Seine Uniformhemden hatte er an einem Besenstil aufgehängt, der wie eine Schaukel zwischen zwei Schnüren hing. T-Shirts, Hosen und andere Kleidungsstücke lagen, fein säuberlich zusammengelegt, in Pappkartons, die auf dem Boden standen.

Seine Matratze lag auf dem Boden, der auf einen Teppich verzichten musste. Einfache, verschrammte Holzdielen, das letzte Mal gestrichen vor über 30 Jahren, reichten ihm völlig. Irgendeinen Teppich zu kaufen kam Gallagher nicht in den Sinn. Wozu? Der Kauf hätte lediglich die Notwendigkeit eines Staubsaugers nach sich gezogen.

Ein Fernsehgerät nebst digitalem Videorekorder gehörte jedoch zu seinem Hausstand. Wichtige Sendungen, vor allem Lokalnachrichten, zeichnete Gallagher gewissenhaft auf. Später übertrug er die Daten auf seinen Laptop, wo er sie verschlüsselt abspeicherte. Auch einen Scanner besaß er. Mit ihm scannte er Zeitungsartikel ein, aber auch im Revier entwendete Akten.

In der Küche genügten ihm ein Wasserkocher sowie eine Mikrowelle. Einige Flaschen Wasser, ein paar Tütensuppen sowie eine Handvoll Konserven zeugten davon, dass er nicht gerade ein Genussmensch war. Essen tat er meistens außer Haus, Burger, Pizza und Pasta, Fastfood eben.

Im *Gym*, wie er es nannte, stand eine Hantelbank, daneben lagen Gewichte. Eine Kraftmaschine, er hatte sie gebraucht gekauft, ermöglichte ihm diverse Übungen, darunter auch Klimmzüge. Körperlich war er topfit, doch insgesamt eher schmächtig. Zum gezielten Muskelaufbau wäre bessere Nahrung notwendig gewesen, ein regelmäßiges Training. Doch dazu fehlte ihm der Ehrgeiz.

Bilder oder Pflanzen gab es in seiner Wohnung nicht. Im Wohnzimmer hingen jedoch einige Poster. Da war zum einen ein großes Foto des *World Trade Center*, aufgenommen vor dem 11. September. Stolz ragen die Zwillingstürme in den Himmel New Yorks. Daneben hing ein Filmplakat: Terminator 2. Es zeigte jedoch nicht Arnold Schwarzenegger, sondern seinen Widersacher, den T-1000. Gallagher war besessen von der Darstellung des Schauspielers Robert Patrick, der die Figur verkörperte. Genauso sah er sich gern als Polizist: eiskalt, gnadenlos, unberechenbar.

Den größten Teil der Wand nahm jedoch eine Karte ein. Sie zeigte das Schienennetz von Amtrak, dem Unternehmen, das als wichtigster Anbieter den schienengebundenen Personenverkehr in den USA abwickelte. Jährlich beförderte Amtrak über 30 Millionen Passagiere. Von der Ost- an die Westküste, vom Norden in den Süden: Das Schienennetz von Amtrak war Zigtausende Kilometer lang. Wie ein Spinnennetz überzog es die USA.

An einer Eisenbahnbrücke zu stehen und zu sehen, wie unter ihm Tausende Tonnen Stahl hindurchschossen, konnte ihn sexuell erregen. Die Geräuschkulisse berauschte ihn; das Hämmern der Radreifen, die auf die Gleise einprügelten, klang wie Musik in seinen Ohren. Die Geschwindigkeit, die den Zug und seine Waggons in der Nacht zu einem Zerrbild werden ließ, faszinierte ihn immer wieder. Die Menschen in den Zügen hingegen langweilten ihn. Was wussten sie schon von ihm und seinen Plänen?

In den kommenden Tagen und Wochen heißt es erst einmal abwarten. Mittlerweile habe ich genug beiseitegelegt, um meine Zelte hier abbrechen zu können. Dann beginnt endlich meine große Reise, dann startet das wirklich große Abenteuer. Mit meinem Wissen und meinen Ideen werde ich Streiche spielen können, gegen die der 11. September wie ein Kindergeburtstag wirken wird. Abwarten!

★★★

Anale Sextoys, dazu Drogen, Alkohol, Übermüdung – und jetzt auch noch der eiskalte Orangensaft. Judy Tonka überkam das Gefühl, ihre Eingeweide würden explodieren. Das Telefon noch in der Hand haltend, krümmte sie sich auf der Toilette, während ihr Darm sich entleerte. Ihr Körper verkrampfte sich, kurz befürchtete sie, ihr gesamter Magen nebst Eingeweiden könnte sich verflüssigen. Schrecklich.

Normalerweise hätte sie Cortez wohl keine so lange Zeitspanne zugestanden. Doch einerseits war er tatsächlich ein brillanter Ermittler. Wie kein anderer war er dazu in der Lage, zwischen den Zeilen zu lesen, entdeckte Spuren, kombinierte Hinweise. Erst an diesem Morgen hatte er die Akten heruntergeladen und nun, zwölf Stunden später, konnte er beeindruckende und schlüssige Ergebnisse präsentieren. Sie selbst hatte die Akten nur überflogen, über das Gelesene nachgedacht. Cortez' Schlussfolgerungen übertrafen ihre Vorstellungen jedoch bei weitem.

Anderseits war das FBI tatsächlich ein träger Koloss. Würde sie Cortez den Fall wegnehmen, ihre Vorgesetzten einweihen – mit der Geschwindigkeit von Cortez konnte niemand mithalten. Andere Ermittler müssten sich zunächst einarbeiten, die Akten lesen, der Fall würde im Team diskutiert werden. Nein, Cortez und seine unkonventionellen Methoden hatten noch eine Chance verdient.

Aber Judy war nicht dumm. Sie ahnte bereits, dass Cortez sie belog. Diese Geschichte mit den Informanten erschien ihr seltsam und unglaubwürdig. Sie vermutete, dass er lediglich jemanden bei der Polizei in Flagstaff oder in Gallup kannte. Diese Person hatte ihm vielleicht unter der Hand einen Tipp gegeben, aber mehr auch nicht.

24 Stunden hatte sie ihrem ehemaligen Chef zugestanden. Sie beschloss, etwas Druck auf den Kessel zu geben. Bereits am nächsten Morgen um acht würde sie im Büro sein, Cortez umgehend anrufen, nachhaken. Sollte er ihr nichts präsentieren können, was sie überzeugte, dann würde das FBI den Fall übernehmen. Ab 8.15 Uhr wäre sie die leitende Ermittlerin im Vermisstenfall Route 66.

„O Gott!“ Ihr Körper hatte offensichtlich beschlossen, zur Sicherheit den gesamten Darminhalt auszuscheiden. In wenigen Minuten käme Gloria von der Uni. Bis dahin musste sie lüften und die Toilette reinigen. Im Schlafzimmer lagen überall Ausdrucke der Akten herum; das alles musste verschwinden.

Als sie an die Akten dachte, kam ihr der Traum noch einmal in Erinnerung. Die Rocker. Und dann dachte sie an die zwei jungen erschossenen Polizisten. Eigentlich war es eher eine Hinrichtung gewesen. Irgendetwas an diesem Fall irritierte sie. Vor ihrem geistigen Auge sah sie die Fotos der Männer. Hünenhafte Gestalten, muskulöse Arme, tätowierte Glatzen. Die martialische Kleidung, schwarze Lederkutten, bestickt mit den Abzeichen der Gang. Gleichzeitig sah sie die zerschossenen Gesichter der Cops, die aufgeplatzten Köpfe, das Blut. Was zur Hölle passte hier nicht zusammen?

★★★

Tock-tock.

Camila? „Ja, herein.“ Er hatte richtig geraten, seine Partnerin stand in der Tür. Sie ließ ihren Blick zunächst wortlos durch das Büro schweifen. Sie sah die Ausdrucke, die den gesamten Boden bedeckten, Stapel von Notizen, die Fotos der Vermissten, die Karte der Route 66. Ihre Augen drückten so etwas wie Traurigkeit aus, aber auch ein wenig Verzweiflung. Cortez konnte regelrecht ihre Gedanken lesen: *Ich habe also recht gehabt. Steve ermittelt in einem Mordfall.*

Cortez versuchte die Anspannung, die plötzlich im Raum lag, mit etwas Alltäglichem zu überspielen. „Du bist schon zurück? Trifft sich heute nicht deine Sportgruppe?“ Sie nickte, holte tief Luft. „Ja, aber ich habe abgesagt. Ich will mit dir reden, und zwar, bevor die Kinder aus der Schule kommen.“ Sie lehnte sich an den Türrahmen, die Arme vor der Brust verschränkt. Cortez überlegte kurz, ob er aufstehen, sie irgendwie berühren sollte, doch ihre abweisende Körperhaltung ließ ihn davon Abstand nehmen.

„Du hast gestern Nacht das Wort ‚Pflicht' erwähnt. Es wäre deine Pflicht, das FBI in dieser Ermittlung zu unterstützen, so hast du es formuliert. Richtig?" Cortez nickte zustimmend. „Nun, ich habe heute darüber nachgedacht. Anders als du habe ich bereits einen Menschen an einen Serienmörder verloren. Mein Mann Rocco liegt irgendwo da draußen in der Wildnis von Washington, grausam ermordet von Elias Coleman."

Camila war nicht unbedingt eine schöne Frau, jedoch durchaus ansehnlich. Ihr rundes Gesicht strahlte Wärme und Intelligenz aus, ihr vollen Lippen Sinnlichkeit. Wie nahezu alle südamerikanischen Frauen hatte sie dunkelbraune, fast schwarze Augen. Ihre langen Wimpern gaben ihrem Blick oft etwas Laszives, doch wenn sie verärgert war, dann blitzen ihre Augen wütend darunter hervor. So wie jetzt.

Mit dem Zeigefinger drohte sie ihm, ihre Stimme bekam etwas Schneidendes: „Du hast keine Ahnung davon, wie es ist, einen Menschen an einen Mörder zu verlieren. Das Gefühl der unendlichen Hilflosigkeit, der Verzweiflung. Das Wissen, diesen Menschen nie wiederzusehen, sich nicht verabschieden zu können. Dazu die Albträume, in denen du deinen geliebten Partner sterben siehst. Du, Steve Cortez, hast keine Ahnung davon!"

Sie richtete ihren Blick nach oben, sammelte sich. „Als Rocco verschwand, sind die Kinder krank geworden. Marcos fing an, ins Bett zu nässen. Tony knabbert seitdem an den Fingernägeln. Diego spricht im Schlaf, oft wacht er auf und ruft nach Rocco. Alle zeigen sie Verhaltensauffälligkeiten, haben in der Schule stark abgebaut. Ich bin froh, dass das nachgelassen hat. Und ich bin dir dankbar, denn es ist vor allem dein Verdienst, dass die Kinder und ich wieder auf die Beine gekommen sind."

Camila wollte nicht weinen, doch jetzt konnte sie die Tränen nicht mehr zurückhalten. „Aber jetzt kommst du plötzlich auf die Idee, mir wieder einen Serienmörder ins Haus zu holen. Nein, Steve, ich habe schon einen Mann verloren, noch einmal mache ich das nicht mit. Es ist außerdem meine Pflicht, diese vier jungen Menschen geistig und körperlich gesund ins Leben zu entlassen."

Cortez stand jetzt auf, ging ihr ein Stück entgegen. Er wollte sie umarmen, trösten, doch Camila hob abwehrend die Hände. „Gestern Abend hat Marcos mich gefragt, ob Onkel Steve jetzt auch bald verschwindet.

Verstehst du? Die Kinder wissen, was du hier machst. Marcos glaubt, du suchst diesen Jeffery Dahmer, dessen Bild jetzt überall in der Stadt hängt. Sie haben Angst, dass auch du getötet wirst. Und ich fürchte mich ebenfalls davor."

Obwohl sie das nicht wollte, packte Cortez sie bei den Schultern. Kurz wehrte sie sich gegen die aufgezwungene Berührung, dann gab sie nach. In seinen Armen sprach sie weiter: „Du lügst, wenn du behauptest, nur so nebenbei an dem Fall zu arbeiten. Du hast irgendetwas entdeckt, ermittelst auf eigene Faust, am FBI vorbei. Und diese Tonka, deine ehemalige Stellvertreterin, die hilft dir dabei."

Verärgert befreite sie sich aus seiner Umarmung, zeigte mit der Hand auf die Fotos der verschwundenen Männer. „Ich will, dass das hier alles verschwindet. Du hast mir einmal gesagt … nein, du hast mir geschworen, nie wieder für die Polizei zu arbeiten. Ein Familienvater wolltest du werden, dich um die Kinder kümmern. Wo warst du heute, Steve Cortez?"

Was konnte er ihr antworten? Sollte es weitere Lügen geben? Noch mehr leere Versprechungen? Doch Camila kam ihm zuvor. Sie stieß ihn von sich, wich einen Schritt zurück. „Ich gebe dir bis morgen Mittag Zeit, wieder zu uns zurückzukommen. Diese Bilder, diese Akten, das alles muss verschwinden. Ich will keine Serienmörder in diesem Haus, verstanden? Sonst war es das."

Er konnte spüren, dass seine Partnerin noch nicht am Ende war. Den Blick traurig zu Boden gerichtet, ließ sie die Bombe platzen. „Andernfalls werden die Kinder und ich dich verlassen. Ich werde morgen Nachmittag unsere Sachen zusammenpacken, und übermorgen ziehen wir wieder in das alte Haus von Roccos Eltern." Bevor er ihr antworten konnte, drehte sie sich um und ließ ihn stehen. Mit gesenktem Kopf ging sie müde Richtung Küche.

Allein stand Cortez in seinem Büro, betrachtete die Ausdrucke, die Fotos. *Verdammt!* Heute hatte er so viel erreicht. Aus einigen Blatt Papier war eine Geschichte geworden. Der Täter hatte Gestalt angenommen, Cortez war dabei, ihn zu enttarnen. Doch jetzt setzten ihn Judy und Camila unter Druck. Leise schloss er die Tür, ging zurück an den Schreibtisch. *Ganz ruhig, Steve.*

Es war nicht das erste Mal, dass er unter Druck arbeiten musste. Genau genommen war Druck sogar oft die entscheidende Zutat in einer Ermittlung. *Nur Druck macht aus Kohlenstoff einen Diamanten.*

Druck lässt sich zudem umleiten, kanalisieren. Streng dich an, Steve. Nimm deine Akten und alle Informationen, die dir zur Verfügung stehen, und gib richtig Druck auf den Kessel. Lass den Druck deine Synapsen so miteinander verschmelzen, dass Gedanken und Ideen in Lichtgeschwindigkeit hindurchgleiten können. Dir bleiben noch maximal 24 Stunden. Gib Gas, Steve!

★★★

Mit den Jahren waren die Bretter geschrumpft, jetzt drangen Sonnenstrahlen durch die Lücken. Das Licht traf auf Staub, der aufgewirbelte, in der Luft umherwehte. Das sah faszinierend aus: Scheiben aus Licht durchschnitten den Raum. Die Dunkelheit wurde zerteilt, in Streifen zerlegt, gleich einem riesigen Puzzle. Winzige Partikel flirrten umher, glitzerten wie Irrlichter, die den Betrachter hypnotisieren wollten.

Die windschiefe Garage, eigentlich eher eine Scheune, war so alt wie das Hauptgebäude selbst. Nur selten wurde hier ein Auto untergestellt; schon immer hatte sie vorranging als Abstellkammer gedient. Ausrangierte Küchengeräte standen in einer Ecke, alte Stühle und Tische, verschlissen, aber zu schade zum Wegwerfen, in einer anderen. Verrottende Koffer stapelten sich an einer Wand, bereit zur Abreise ins Nirgendwo. Zwei verrostete Fahrräder hatte man platzsparend an eine Wand gehängt, wie Skelette, die angekettet in einem Burgverlies vermoderten.

Der Boden bestand lediglich aus gestampftem Lehm. Er war nicht eben, über die Jahre hatten sich Mulden und Vertiefungen gebildet. Einige Mauselöcher wiesen darauf hin, dass die Scheune nicht nur von den Menschen genutzt wurde. Auch Taubenkot, der sich besonders in der Nähe des großen Rolltores fand, deutete auf Mitbewohner hin. Doch außer Mäusen und Tauben war im Moment lediglich ein in Auflösung begriffener Mensch anwesend.

Er lag in einer verzinkten Wanne, ätzende Säure umschloss seinen Körper. Wie schwerelos schwebte er darin, nur die Fersen und sein Schädel kamen mit der Wanne in Berührung. Hier und da stiegen Gasblasen auf, träge bahnten sie sich ihren Weg durch die gallertartige Flüssigkeit.

An der Oberfläche angekommen, zögerten die Blasen jedoch, zu platzen. Wie durchsichtige Perlen verzierten sie so das letzte Bad des Toten.

Teils unheimlich, teils verstörend, aber dennoch von einer unwirklichen, stillen Schönheit. Ein Betrachter hätte wohl gezögert, hätte er sich entscheiden müssen, ob er das Bild des sich zersetzenden Körpers als abstoßend oder als faszinierend empfand.

Es rumpelte an der Tür. Weiterer Staub löste sich von den Wänden, den Deckenbalken und dem Boden. Das Lichtspiel, bis soeben einem zarten Schleier gleichend, bekam etwas Bedrohliches. Wie scharfe Splitter zerteilten seine Strahlen nun den Raum, eine Lichtschranke, die jeden Eindringling unbarmherzig in Stücke schneiden würde.

Die Tür öffnete sich, eine Gestalt trat ein. Ein Betrachter wäre wohl geneigt gewesen, einen Astronauten zu vermuten, der da sein abgewracktes, historisches Raumschiff betrat. Doch weit gefehlt. Der in einen weißen Schutzanzug gehüllte Mann, das Gesicht mit einer Gasmaske bedeckt, wollte nicht ins Weltall reisen. Es waren irdische, fast schon unterirdische, ja höllische Beweggründe, die ihn in die Scheune führten.

Anthony Waller betrachtete den Toten. Er war zufrieden, die Zersetzung lief wie geplant. Am Kopf war über Nacht sämtliche Haut verschwunden, die Zähne wurden sichtbar, die Augenhöhlen. Das Gehirn selbst wäre wohl noch vorhanden. Später, wenn er den Schädel mit einem Dampfstrahler abspritzen musste, würde der Wasserdruck es herausspülen.

Zunächst prüfte er, ob der Abflussschlauch von der Wanne zum Gully ordentlich angeschlossen war. Eine Überwurfmutter schien lose, er zog sie nach. Als alles zu seiner Zufriedenheit erledigt war, griff er mit der Hand, die durch einen säurefesten Gummihandschuh geschützt wurde, in die Wanne. Hinter dem Kopf befand sich der Abflussstopfen, vorsichtig zog er ihn heraus.

In Zeitlupe lief die Wanne aus. Wie in einem Stausee, der über die Jahre ausgetrocknet war, bildeten sich Streifen am Wannenrand. Sie verrieten Anthony, wann und wie oft er Rohrreiniger nachgefüllt hatte.

Mit einem obszönen Geräusch, das einem tiefen Rülpser glich, entleerte sich die Wanne endgültig. Die Reste des Körpers konnten jetzt bewundert werden, ein Anblick, der Anthony jedes Mal aufs Neue faszinierte. Vieles, nun vom Fleisch befreit, ließ den Betrachter staunen: Im Brustkorb, eingesperrt in einen Käfig aus Rippen, lag die Lunge. Auch das Herz, ein Muskel, der sich der Säure hartnäckig widersetzte, war noch vorhanden. Doch Anthony wusste, dass die Gegenwehr des Fleisches vergeblich war. Spätestens morgen Abend würde nur noch das blanke Skelett in der Wanne liegen.

Er verschloss den Abfluss, griff nach einer Flasche Rohrreiniger, die neben der Wanne bereitstand. Doch halt – jetzt war der richtige Moment, um den Kopf vom Rumpf zu trennen. Später bestand die Gefahr, dass Flüssigkeit umherspritzte.

Ein Spaten war schnell zur Hand. Anthony setzte ihn an den Hals des Toten, übte einen kurzen Druck darauf aus. Als er merkte, dass das Blatt nicht zwischen die Wirbel gleiten wollte, erhöhte er den Druck etwas. Doch da war nichts zu machen. Manchmal, das wusste er aus Erfahrung, brauchte es etwas mehr Kraft. Behutsam setzte er daher den Fuß an das Blatt des Spatens, trat kraftvoll, aber auch vorsichtig darauf. *Knack.*

Der Schädel kippte nach vorn, die Bewegung erinnerte ihn an ein zustimmendes Kopfnicken. Auch Anthony nickte, es glich einem wortlosen Gruß zwischen zwei guten alten Freunden. Achtlos stellte er den Spaten beiseite, griff erneut nach der Flasche, öffnete sie, hielt sie hoch. *Gluck, gluck, gluck, gluck. Dieses Geräusch hat was*, dachte er. Morgen früh würde er es vielleicht mit dem Handy aufnehmen, sich als dezenten Klingelton abspeichern.

★★★

„Schau mal, da vorne, das muss es sein. Geschafft. Mein kaputter Hintern packt jedenfalls keine zwei Meilen mehr." Müde und erschöpft von der langen Fahrt erreichten Mark und Rebecca schließlich das *Bed & Bike Motel*, einige Meilen hinter Holbrook. Bis auf eine Kaffee- und Tankpause waren sie ununterbrochen durchgefahren.

In Holbrook selbst hatten sie sich mit etwas Verpflegung eingedeckt, denn laut Internet gab es in dem abgelegenen Motel weder Abendessen noch Frühstück. Die Bewertungen versprachen nichts Gutes, auch wenn einige Biker zumindest darauf hinwiesen, dass es dort sauber war. Für 30 Dollar die Nacht konnte man wohl auch nicht mehr erwarten.

Auf der Straße direkt vor dem Motel war offenbar jemand dabei, Ausbesserungsarbeiten vorzunehmen. Einige Eimer dienten dem Mann, er kniete auf der Fahrbahn, als Absperrung. Als Mark im Schritttempo an ihm vorbeifuhr, sah er, was der Mann da tat: Mit weißer Farbe malte er eine riesige 66 nach. Seine Arbeit war nahezu beendet, noch einige letzte Striche, und das Werk wäre vollbracht.

Langsam rollte Mark auf den Parkplatz, auf dem bereits einige Motorräder und auch Autos standen. So wie es aussah, waren sie nicht die einzigen Gäste in dieser Nacht, was Mark als beruhigend empfand. Er stellte seine Harley in der Nähe des Eingangs ab, Rebecca stellte ihre Vespa daneben.

Mark nahm gerade seinen Helm ab, als sie neben ihm flüsterte: „O mein Gott, ich fasse es nicht. Da kommt Frankensteins Monster." Rebecca pflegte eigentlich nicht über das Aussehen anderer Menschen herzuziehen. Auch wenn sie selbst eine außergewöhnlich gutaussehende Frau war, so hatte sie doch Respekt vor Personen, denen die Natur nicht so gewogen gewesen war. Dass sie es nun tat, musste einen triftigen Grund haben. Mark drehte sich um.

Der Mann, der da gerade noch auf der Straße gekniet hatte, näherte sich ihnen. Tatsächlich wies er einige Ähnlichkeiten mit Boris Karloff auf. Da waren die Statur, der schwerfällige, vornübergebeugte Gang, die klobigen Schuhe. Auch die Frisur, eine Art Pottschnitt, passte ganz gut. Doch am auffälligsten war sicher die Narbe. Zog sie sich bei Frankensteins Monster waagerecht über die Stirn, hatte dieser Mann eine Narbe, die quer über sein Gesicht verlief. Insgesamt wirkte er durchaus bedrohlich.

„Hallo, Leute. Seit doch so nett und stellt eure Motorräder ein bisschen weiter da drüben ab. Dieser Bereich hier gehört zur Feuerwehrzufahrt, morgen werde ich das noch kenntlich machen. Habt ihr Gepäck, kann ich euch was abnehmen?"

Die Stimme und die freundliche Art beruhigten Mark sofort, auch wenn sie nicht zum Äußeren des Fremden passten. Der Mann schien sich dessen bewusst zu sein. „Ich sehe schlimm aus, aber keine Angst, ich bin absolut harmlos. Klar, alle bösen Menschen behaupten das von sich, bei mir stimmt es aber." Er lächelte bei diesen Worten, streckte Rebecca die Hand entgegen. „Geben Sie mir den Helm, Lady. Ich halte ihn, während Sie das Bike umstellen."

Das Umparken war schnell erledigt. Während Mark seine Satteltaschen leerräumte und Rebecca ihr bisschen Gepäck entlud, schlich der Mann um sie herum, musterte die Motorräder. „Hat ganz schön was abbekommen, die Vespa. Hattet ihr 'nen Unfall?"

Rebecca nickte. „Ja, heute Morgen hat mich ein Truck abgedrängt. Aber es sind nur ein paar Kratzer, sonst nichts."

Nachdenklich betrachtete der finstere Mann mit der angenehmen Stimme ihre Motorräder. „Fahren Sie die Route 66, Ma'am?" Mark schaltete sich ein. Er wollte verhindern, dass Rebecca zu viel verriet. „Ja, ein Stück davon. Und Sie? Sind Sie hier der …" Er zögerte, suchte nach dem richtigen Begriff. „Gastwirt?" Ein herzliches Lachen war die Antwort. „Gott behüte. Nein, ich bin Paco, arbeite hier erst seit zwei Tagen. Die Chefin ist in der Stadt, erledigt dort etwas. Ich werde euch daher euer Zimmer zeigen, folgt mir bitte."

Das Motel war arg in die Jahre gekommen, daran konnte auch der teilweise neue Anstrich nichts ändern. Die vertrockneten Büsche und das Fehlen jeglicher Dekoration verstärkten den trostlosen Eindruck noch. Paco schien ihre Zweifel zu spüren. „Wegen Corona war der Laden eine Zeit lang geschlossen. Sieht schlimmer aus, als es ist. Einige Zimmer sind frisch gestrichen, auch die Matratzen und das Bettzeug sind neu."

Die Rezeption bestand aus einem einfachen Tresen, dahinter hing ein Brett mit einigen Schlüsseln. Paco zögerte, überlegte: „Hm, alle ungeraden Zahlen sind fertig renoviert. Hier, Zimmer 13 ist für euch. Es liegt ruhig am Ende des Gangs. Ihr seid doch nicht abergläubisch, oder?" Er reichte Mark den Schlüssel, doch Rebecca kam ihm zuvor. „Wenn Sie mich das heute morgen gefragt hätten, wäre die Antwort Nein gewesen." Paco, der mit der Antwort nicht so richtig etwas anfangen konnte, schaute verdutzt. „Ihr könnt dann morgen früh zahlen. Ich wünsche euch eine gute Nacht."

Ohne eine Antwort abzuwarten, verzog sich Paco nach draußen. Mark und Rebecca waren gespannt auf das Zimmer. Hinter der Tür erwartete sie ein trostloser Raum, lieblos eingerichtet, aber sauber. Das Bettzeug war frisch, die Matratze fest. Rebecca schaute ins Bad, sie schien zufrieden. „Pilze werden wir hier nicht bekommen. So weit ist alles okay. Wie ist dein Plan?" Sie zog die Bettdecke zurück, legte sich angezogen hin.

Mark musterte misstrauisch das Zimmer. Er kannte einige Horrorfilme, die in Motels spielten, wohl war ihm hier nicht zumute. Am Fenster angekommen, zog er die Gardine ein Stück zurück, blickte auf den Parkplatz. Da stand Paco, direkt hinter ihren Bikes. Er hielt ein Handy in der Hand, nur für einen Moment. Dann ging er weiter zur Straße. „Paco hat soeben ein Foto von unseren Motorrädern gemacht. Wofür benötigt er das wohl?"

Rebeccas Antwort sollte wahrscheinlich ein Witz sein, doch der misslang völlig. „Er will uns heute Nacht ermorden, um unsere Bikes verkaufen zu können. Jetzt schickt er das Foto an seinen Boss, damit der kommt und die Maschinen abholt. Wir werden genauso verschwinden wie alle anderen." Mark musste schlucken. *Gruselig. Genau das habe ich auch gerade gedacht.*

★★★

Nur mit einem Slip und einem knappen BH bekleidet, lag Judy im Schlafzimmer auf dem Bett. Es war angenehm warm, die Abendsonne schien durch das Fenster herein, tauchte den Raum in wunderbares rotes Licht. Die Blumen auf der Fensterbank warfen ihre Schatten auf Judy, die sich die Hand vor die Augen hielt, weil einige Lichtstrahlen sie dennoch blendeten.

Ihr Magen und ihr Darm hatten sich beruhigt. Frisch geduscht und hübsch zurechtgemacht erwartete sie ihre Freundin, die jeden Moment eintreffen musste. Die Wartezeit verbrachte sie mit Fernsehen, nachdem sie den Nachmittag über nur Cortez, die Rocker und die toten Polizisten im Kopf gehabt hatte. Aus Erfahrung wusste sie, dass man eine Idee auch „totdenken" konnte. *Wer zu viel grübelt, dem Gehirn keine Möglichkeit gibt, abzuschalten, der verrennt sich schnell und kommt so in eine gedankliche Sackgasse.*

Ein Schlüssel knirschte im Schloss, Gloria. „Honey, ich bin wieder zu Hause, wo steckst du?" In der kleinen Wohnung konnte man sich wohl kaum verstecken, Judy sparte sich daher eine Antwort. Drei Sekunden später stand Gloria in der Tür. „Da ist es ja, mein kleines Zauberfötzchen. Frisch gepudert und eingeölt wartet es schon auf mich." *Zauberfötzchen*, so, so. Gloria liebte es, Judy mit überaus grenzwertigen Kosenamen zu titulieren. Dieser hier war ihr neu.

Ihre Freundin, eine volle Papiertüte im Arm, kam herein. Sie stellte die Tüte auf das Bett, dort fand diese jedoch keine Halt, kippte um. Einige Einkäufe purzelten auf die Matratze, zwei Äpfel rollten zu Boden. Gloria ignorierte das Malheur, beugte sich hinunter zu Judy, gab ihr einen Kuss auf den Mund. Eine Sekunde lang berührten sich nur ihre Lippen, dann trafen sich ihre Zungen.

Als Judy Glorias Hand zwischen den Beinen spürte, tat sie, als würde sie das nicht bemerken. Doch als Glorias Hand unter ihren Slip glitt, sie versuchte, mit einem Finger in sie einzudringen, beendete sie die Begrüßung abrupt. Mit Kraft schubste sie Gloria zurück.

„Das vergiss mal gleich, Ms Florales. Mir tut jetzt noch die Muschi weh, und meine Handgelenke sehen aus, als hätte man mich tagelang irgendwo angekettet. Hier, schau dir das an!" Vorwurfsvoll präsentierte sie ihrer Peinigerin die Striemen. „Heute gibt es keine Bondage-Party. Heute ist Kuscheln angesagt, und um zehn geht hier das Licht aus. Wegen dir konnte ich nicht zur Arbeit gehen, so sieht das aus."

Gloria hob die Hände, so als hätte man sie bei etwas Verbotenem erwischt. Sie zog die Mundwinkel herunter, gab ihrem Gesicht auf diese Weise einen enttäuschten Ausdruck. „Uh, die Prinzessin auf der Erbse hat sich an der Pussy aua gemacht. Letzte Nacht hat sich das aber noch anders angehört. Wenn du willst, hole ich mal die Nachbarn von nebenan rüber, die können das bezeugen." Judy spürte, wie ihr das Blut in die Wangen schoss. Sie war wohl tatsächlich etwas laut geworden.

Gloria begann damit, die herausgefallenen Einkäufe wieder einzuräumen. Dabei fiel ihr eine Tüte von McDonalds in die Hände. „Hier, ich habe dir war zu essen mitgebracht. Du stehst ja auf Burger. Sieh zu, dass du nicht wieder das Bett mit Ketchup versaust." Betont lässig warf sie Judy die Tüte zu, die sie auffing.

„Ich packe schnell die Sachen in den Kühlschrank und mache mich dann frisch. In fünf Minuten bin ich bei dir." Gloria verschwand, während Judy sich aufsetzte. So richtig hatte sie noch keinen Appetit und schon gar nicht auf Fastfood. Doch nach der Aktion von vorhin konnte sie etwas Festes im Magen gebrauchen.

Zunächst zappte sie ein wenig durch die Kanäle, bis sie etwas fand, das sie interessierte. Ein Bericht über wilde Tiere im Amazonas-Regenwald war jetzt genau das Richtige. Der Dschungel hatte sie schon immer fasziniert. Schon lange träumte sie davon, einmal mit einem Boot den größten Fluss Südamerikas zu bereisen.

Fast hätte sie den Burger vergessen, so sehr fesselte sie der Bericht. Schließlich setzte sie sich auf, nahm im Schneidersitz Platz, schnappte sich die Tüte. Vorsichtig riss sie sie auf, breitete sie aus wie eine provisorische Tischdecke. Anschließend wandte sie sich dem in Papier eingeschlagenen Burger zu, einem *Hamburger Royal TS*, ihrem Favoriten. Er war schon etwas kalt, doch das störte sie nicht. Kalte Hamburger kamen bei ihr gleich nach kalten Nudeln. Letztere, direkt mit den Fingern aus dem Topf gefischt, waren eines ihrer Leibgerichte.

Mit beiden Händen ergriff sie den Burger, spürte sein Gewicht. *Eine gute Portion*, dachte sie, *sicherlich an die 500 Kalorien.* Egal, morgen würde sie sich dafür mit Salat bestrafen. Sie hob den Burger zum Mund, setzte zum ersten Bissen an.

In diesem Moment ging Gloria durch den Flur. Judy erkannte aus den Augenwinkeln, dass ihre Freundin nackt war, lediglich schwarze, hohe Lackstiefel trug. Sie erkannte die Tätowierungen, den großen Drachen auf dem Oberschenkel, die kunstvoll gestochene Geisha auf dem Oberarm. Irgendetwas glitzerte an ihrer Hüfte, vermutlich ein mit Strass besetzter Gürtel.

Den Burger im Mund, das Bild ihrer nackten Freundin vor Augen, traf sie die Kugel. Das Geschoss drang in ihren Kopf ein, zerfetzte ihr Gesicht, ihr Gehirn. Blut spritzte, und auch der Burger selbst explodierte wie eine Bombe. Irgendwie konnte sie noch hören, wie das Glas der Frontscheibe platzte, dann war es vorbei. Dunkelheit.

Der Tagtraum dauerte nur den Bruchteil einer Sekunde. Doch seine Wirkung war enorm. Judy bekam eine Gänsehaut, ihr wurde übel. Sie spürte, wie ihre Kopfhaut sich zusammenzog. Eine Hitzewallung durchlief ihren Körper, ließ sie erröten. Für einen Moment konnte sie weder atmen noch denken. Vor ihrem geistigen Auge sah sie den Parkplatz, genau in dem Moment, in dem die Schüsse fielen.

Judy senkte die Hände, der Burger entglitt ihr. Mit offenem Mund und starrem Blick saß sie da, bewegungslos, völlig geschockt. Mit einem Mal erkannte sie die Wahrheit. Sie wusste plötzlich, dass die Rocker niemals die Mörder der beiden Polizisten gewesen sein konnten. Doch es kam noch schlimmer. Sie wollte atmen, schreien, doch ihre Stimme versagte. *Sie kannte den Mörder der beiden jungen Cops.*

★★★

Die Straße führte sie direkt in die Hölle, keine Kurve, kein Hügel, immer nur geradeaus. Am Horizont wartete das Höllenfeuer, rot, heiß, gigantisch. Sie würden hineinfahren und verbrennen, nichts von ihnen würde zurückbleiben. Nichts würde sie aufhalten auf ihrem Weg ins Verderben. Niemand würde sich an sie erinnern, niemand sie vermissen. Endlich wäre es vorbei.

Die Sonne sank. Die Interstate 40, die genau in Richtung Westen führte, traf auf den runden roten Ball, der bereits zur Hälfte hinter dem Horizont verschwunden war. Tatsächlich sah es so aus, als würde die Straße mit dem Stern zusammentreffen. Doch bereits in wenigen Minuten würde der Highway nur noch in die Dunkelheit führen.

Archie saß hinten, er blickte aus dem Fenster, die Augen zusammengekniffen. Mit gemischten Gefühlen betrachtete er das Spektakel vor sich. Einerseits wünschte er sich den Tod. Doch er wusste, für das, was er und seine Brüder getan hatten, würden sie im Fegefeuer enden. Anderseits war da auch Hoffnung, ein Licht, das ihn erlösen würde. In seiner Tasche steckte ein kleiner Plastikbeutel mit Drogen. Damit konnte er Brian vergiften. Doch auch das würde nur ein weiterer Mord sein, für den er eines Tages büßen müsste. So oder so: Die Hölle wartete bereits auf ihn.

Auf dem Rückweg von Flagstaff dachte er über seinen Plan nach. Brian hatte in seinem Trailer einen Kühlschrank. Darin stand stets kalte Milch, mit der er seine Eiweißdrinks zubereitete. Das Eiweißpulver selbst bewahrte sein Bruder in einem Wandschrank auf. Der Trailer war immer verschlossen – nur nicht in den Zeiten, in denen sich Brian dort aufhielt.

Doch es gab einen Zweitschlüssel. Und Archie hatte Brian einst beobachtet, wie und wo der ihn versteckte. Mithilfe eines Magneten hatte Brian den Schlüssel an der Unterseite eines Autowracks befestigt. Einige Male bereits, wenn Brian und Gilbert in die Stadt gefahren waren, hatte er sich in den Trailer geschlichen und ihn durchsucht, den kleinen Safe und nach längerem Suchen auch den Zweitschlüssel dazu entdeckt. Der Nachteil eines Wohnwagens war eben, dass es nur einen Raum gab und somit nur eine begrenzte Anzahl von Verstecken. Zudem rechnete Brian wohl nicht damit, dass jemand sein Geheimnis kannte.

Archie steckte seine Hand in die Tasche, ertastete den Plastikbeutel. Er fürchtete sich vor dem kleinen Ding, als ob es glühen würde oder radioaktiv verseucht wäre. Vier winzige, unscheinbare Tabletten steckten darin. Fentanyl, so hatte es der Dealer ihm gesagt. Hastig zog er seine Hand zurück.

Eine Pille würde einen Erwachsenen für Stunden außer Gefecht setzen. Doch alle vier wären mit Sicherheit tödlich. Er würde sie zerkleinern, zu Pulver zermahlen und in die Milch in Brians Kühlschrank geben. Sein Bruder trank für gewöhnlich nach dem Training einen halben Liter davon, gemischt mit dem Eiweißpulver.

Brian würde zur Hölle fahren. Archie und Gilbert würden ihm irgendwann folgen, so viel war sicher. Doch bis dahin wartete eine Verheißung auf sie. *Das Leben.*

★★★

Am nächsten Tag

Irgendwann hatte ihn die Müdigkeit übermannt. Jetzt lag er schlafend mit dem Oberkörper auf seinem Schreibtisch, den Kopf zu Seite gedreht, die Arme ausgestreckt. Auf dem Bildschirm vor ihm lief ein Film, und seine Körperhaltung passte auf absurde Weise zu den Bildern dort.

Ein Biker fuhr die Route 66 entlang. Die Kamera hatte er an seiner Brust befestigt. Sie nahm die Straße vor ihm auf, aber auch den Tank, die Armaturen und die Arme des Fahrers. Fast sah es so aus, als wäre es Cortez selbst, der auf seinem Schreibtisch ruhend das Motorrad lenkte.

In Cortez' Kopf lief ein Film ab, der den Ereignissen auf dem Bildschirm ähnelte. Er träumte von kleinen, heruntergekommenen Orten an der Route 66. Eine Hauptstraße führte durch sie hindurch, rechts und links davon Geschäfte, Restaurants, Tankstellen, Motels. Das typische ländliche Amerika. Strommasten säumten die Straßen, auf den Dächern der Gebäude standen Antennen und Satellitenschüsseln. Vereinzelt sah man das Sternenbanner, aber auch Flaggen von Sportvereinen wie den *Arizona Wildcats.*

Die Straßen waren gesäumt von Autos. Überall standen Pickups, auf dem Land das beliebteste Fahrzeug. Einige Sportwagen, darunter auch der neue Ford Mustang. Oldtimer gab es wenige, dafür umso mehr japanische Kleinwagen. Und Lieferwagen.

Cortez hatte in den vergangenen Stunden mithilfe von Google Street View die Orte an der Route 66 in Arizona durchsucht. Er hielt nach Lieferwagen Ausschau, die er auch zu Hunderten fand. Er fertigte Screenshots an, notierte sich Nummernschilder oder Fahrzeugbeschriftungen. Tatsächlich gab es Fahrzeuge, die ihm verdächtig erschienen. Da waren

Transporter, die hinteren Scheiben verdunkelt oder abgeklebt. Er stolperte über den Wagen einer Elektrofirma. Der Fahrer stand davor. Er trug eine schwarze Mütze, eine dunkle Sonnenbrille und eine schwarze Mund-Nasen-Maske. So vermummt, erinnerte er Cortez an seine eigene Vorstellung von dem Mörder.

Irgendwann jedoch vermischten sich die Bilder in seinem Verstand. Es waren zu viele Autos, zu viele Lieferwagen, Trucks und Pickups. Warum sollte der Killer einen heruntergekommenen, verrosteten Transporter fahren? Er konnte genauso gut einen brandneuen VW-Bus besitzen. Der Mörder konnte im Lieferwagen einer Bäckerei sitzen oder ein einem UPS-Paketwagen.

Die Hoffnung auf Inspiration erwies sich als Irrweg. Als er gegen zwei Uhr nachts einschlief, war ihm das bereits bewusst. Doch irgendwie hatte er sich an der Idee festgebissen, ein YouTube-Video könnte ihm den entscheiden Hinweis liefern. Er war sich sicher: Auf einem der vielen Google-Server lag ein Film, der ihn zu dem Killer führen würde.

Während Cortez träumte, arbeitete sein Verstand weiter. Nicht auf der Route 66, sondern in den Synapsen seines Gehirns versteckte sich der entscheidende Suchbegriff. Er selbst besaß den Schlüssel zur Erkenntnis.

Auf dem Monitor fuhr der Motorradfahrer weiter durch die Wüste. Der Ton war abgestellt, doch Cortez träumte von einer Stimme. Sie flüsterte ihm einen sinnlosen Reim ins Ohr: *Keine Biker, Hitchhiker, keine Biker, Hitchhiker, keine Biker, Hitchhiker, keine Biker, Hitchhiker …*

★★★

„Bist du so weit?“, flüsterte Mark. Rebeca nickte. „Gut“, raunte er, „dann schleichen wir jetzt zur Kellertreppe am Ende des Gangs. Wir durchsuchen erst den Keller, danach schauen wir uns draußen die Werkstatt an. An der Rezeption hing ein Schlüssel mit einem Anhänger in Form eines Motorkolbens. Ich wette, der passt zu der Tür dort.“

Mark hatte sich am Abend bereits im Motel umgesehen. Die Chefin, wie der unheimliche Paco sie nannte, ließ sich auch weiterhin nicht blicken. Zwei andere Biker trafen noch nach ihnen ein, auch ihnen wurde von dem Mann mit dem Narbengesicht ein Zimmer zugewiesen. Mark schlenderte betont unauffällig über den Hof, doch alles was er sah, war ein altes, heruntergekommenes Motel. Wenn es hier ein Geheimnis zu entdecken gab, dann verbarg es sich im Keller.

Vorsichtig öffnete er die Tür, streckte seinen Kopf durch den Spalt in den Flur. Ein finsterer Gang, nur beleuchtet durch zwei kleine *Exit*-Schilder. Sie brannten wohl die ganze Nacht über, ihr grünliches Licht reichte gerade so aus, um den Bereich darunter auszuleuchten. Mark lauschte, vernahm ein undefinierbares Geräusch. „Los, komm."

Ihm war nicht wohl bei der Sache. Aber das hier war kein Einbruch und kein Hausfriedensbruch. Im Fall, dass man sie ertappte, wäre die Sache peinlich, jedoch nicht illegal. Und sollten sie nicht auf einen Folterkeller oder ähnliches stoßen – wovon er ausging –, dann wäre es zudem unwahrscheinlich, dass die Chefin, Paco oder wer auch immer ihnen nach dem Leben trachten würde.

Mark drehte sich um, sah nach seiner Freundin. Rebecca sah durchaus abenteuerlustig aus. Sie besaß sogar die Dreistigkeit, ihm zuzuzwinkern, so als ob sie nur jemandem einen Streich spielen würden. Gerade noch hatte sie Bedenken geäußert, von ihren Ängsten gesprochen. Aber die schienen nun verflogen. Eingehüllt in schwarzes Leder, die Haare zusammengesteckt zu einem Dutt, sah sie aus wie Emma Peel auf geheimer Mission. *Und vermutlich*, dachte er, *fühlt sie sich auch so.*

Der zerschlissene Teppich dämpfte ihre Schritte. Nahezu lautlos schlichen sie in Richtung Treppe. Sie passierten die Türen anderer Zimmer, hinter denen jedoch Stille herrschte. Einmal konnte man jemanden schnarchen hören, das war alles.

Die Tür war geschlossen, ein Schild hing daran, auf dem stand: *Basement. PRIVATE. KEEP OUT!* Mark hatte zuvor bereits herausgefunden, dass die Tür nicht verschlossen war. Er drehte am Knauf, auch jetzt ließ sie sich öffnen.

Ein finsterer Schacht, der alles Licht schluckte, lag vor ihnen. Vermutlich gab es eine Beleuchtung, doch Mark beschloss, nur die Lampe an seinem Telefon zu benutzen. Die konnte er ein- und ausschalten, wie es ihm beliebte. Entdeckte jedoch jemand das Licht im Treppenhaus, konnte ihn das auf die Idee bringen, dass es einen ungebetenen Besucher gab.

Er zog das Handy aus der Jackentasche, aktivierte die kleine Lampe, die normalerweise als Blitzlicht diente. Vor ihnen lag eine alte, wacklig wirkende Holztreppe. Ein feuchter, modriger Geruch stieg von unten empor. Mark roch altes Holz, Leder, Rauch. Und etwas Organisches, Süßliches. *Da unten*, dachte er alarmiert, *verfault doch irgend etwas.* Die Haare an seinen Armen richteten sich auf.

Erneut schaute er zu Rebecca, die hinter ihm stand. In der Dunkelheit hatten sich ihre Pupillen geweitet. Zusammen mit ihren großen Augen gab ihr das etwas Unheimliches. Wie ein Kobold blickte sie ihn an, die Kiefer fest zusammengebissen. *Schluss mit lustig*, dachte Mark. *Jetzt geht ihr doch die Muffe*. Er nickte ihr zu, sie nickte zurück. Es konnte losgehen.

Die Treppe knarzte unheilvoll unter ihren Füßen, aber Mark konnte spüren, dass sie weder nachgab noch wackelte. Rebecca schloss die Tür hinter ihnen, sie tauchten ein in die Unterwelt des *Bed & Bike Motel.*

Am Ende der Treppe tat sich ein langer Gang auf. Das Licht der Lampe reichte nicht aus, um ihn bis ans Ende auszuleuchten. Langsam betraten sie den Gang, dessen Boden lediglich aus Beton bestand. Sand knirschte leise unter ihren Sohlen. Zusammen mit dem Geräusch ihres angestrengten Atems der einzige Laut hier unten.

Sie erreichten eine erste Tür. Mark lauschte kurz, doch da war nichts. Vorsichtig öffnete er sie einen Spalt, leuchtete in den Raum hinein. Als er nach einigen Sekunden noch immer schwieg, wurde Rebecca nervös. „Was siehst du?“, flüsterte sie hinter ihm.

Koffer. Der Raum stand voller Koffer und anderem Reisegepäck. Der Geruch nach Leder hatte hier wohl seinen Ursprung. Mark betrat den Keller, zählte im Stillen die Koffer und Taschen. Es waren sicher an die 50 Stück. Die vermissten Männer kamen ihm in den Sinn. Nicht nur sie waren spurlos verschwunden – auch ihr Gepäck.

Mark blickte hinter die Tür. Auch hier standen Rucksäcke und Reisetaschen, so wie es aussah, neueren Datums. „Das ist schon irgendwie unheimlich. Entweder lagern hier vergessene und zurückgelassene Koffer aus drei Jahrzehnten, oder aber es wurden weit mehr Menschen ermordet, als wir gedacht haben.“

Gemeinsam betraten sie den Raum. Mark überlegte. Am Schlüsselbrett hinter der Rezeption gab es Platz für ungefähr 30 Schlüssel. So viele Türen hatte er auch gezählt. Wenn das Motel in früheren Zeiten gut ausgebucht war und nur ein Gast pro Monat sein Gepäck zurückließ, dann kam schon einiges zusammen.

„Hier, halt mal.“ Rebecca übernahm die Lampe, während er einen der Koffer öffnete. Der Geruch nach feuchter Baumwolle breitete sich aus, Mark erschrak. Die Kleidung im inneren des Koffers war verschimmelt. Dennoch zog er vorsichtig eine Jacke heraus. „Solche langen, spitzen Kragen waren in den 1970er-Jahren modern.“ Er legte die Jacke zurück, verschloss den Koffer, wischte sich die Hände an der Hose ab. „Raus hier. Der Schimmel ist alles andere als gesund."

Hinter der zweiten Tür befanden sich die Heizungsanlage und der Warmwasserkessel. Feuchtwarme Luft kam aus dem Raum, sofort stand ihnen der Schweiß auf dem Gesicht. Mark schaute sich kurz um, hier gab es nichts Außergewöhnliches zu sehen.

Im dritten Raum wurden alte Matratzen gelagert, ausrangierte Betten, verschlissenes Mobiliar. Dazu gab es eine ganze Reihe Kisten, die Marks Neugier weckten. Mark öffnete mehrere, doch sie beinhalteten lediglich Geschirr, Töpfe und Küchenutensilien. Offenbar hatte es einst eine Küche in dem Motel, also auch Frühstück und Abendessen gegeben. Später hatte man die Ausstattung eingemottet.

Mark leuchtete mit dem Handy umher. Schatten huschten über die Wände, bildeten undeutliche Figuren. Wie bei einem Rohrschachtest konnte man darin erkennen, was man wollte. Als plötzlich ein lautes, zischendes Geräusch zu hören war, zuckten sie beide wie vom Bitz getroffen zusammen. Hastig schaltete Mark das Licht aus, für einen Moment herrschte undurchdringliche Dunkelheit. Mit angehaltenem Atem lauschten sie – das Geräusch verstummte. „Verdammt, der Kessel. Von Zeit zu Zeit springt der Brenner an, hält das Wasser auf Temperatur."

Am Ende des Gangs wartete eine weitere Tür auf sie. Als das Licht sie so weit erfasste, dass man sie erkennen konnte, zog sich Marks Magen zusammen. Eine rostige Stahltür, fast wie bei einem Tresor. In der Mitte ein großes Drehkreuz, mit dem man die Tür ent- oder verriegeln konnte. Sie hatten das Geheimnis des Motels scheinbar gefunden.

Auch Rebecca begriff, dass diese geheimnisvolle Tür etwas zu bedeuten hatte. Warum sollte es hier einen verborgenen Tresorraum geben? Mark drückte Rebecca das Telefon in die Hand, versuchte sich an dem großen Drehkreuz. Als es sich relativ leicht bewegen ließ, nickte er ihr zu. Er würde die Tür öffnen, sie hineinleuchten.

Mit einem unangenehm lauten Quietschen entriegelte er die schwere Metalltür, öffnete sie. Sie war massiv, wog sicherlich an die 100 Kilo. Mit einer Mischung aus Neugier und Vorsicht, fast schon Angst, leuchtete Rebecca in den Bereich dahinter. Eine süßlicher Verwesungsgestank kroch aus dem Raum, verschlug ihr den Atem.

Undeutlich erkannte sie so etwas wie ein Verließ, einen Kerker. In der Mitte stand ein Bettgestell ohne Matratze. Seile und Ketten hingen an einer Wand. Sie sah Zangen, eine Säge, eine Axt, ein Brecheisen. In einem Regal lagerten Kartons, mehrere Flaschen. An der Decke hing eine Petroleumlampe.

Entsetzen erfasste sie. Hastig trat sie einen Schritt zurück, aus Furcht, jemand oder etwas könnte sie in den Raum hineinziehen.

„O Gott! Mark, was ist das hier? Eine Folterkammer? Ein Kerker? Hier steht ein Bett, nein, zwei sind das, dazu Stühle, Konservendosen. Jemand wurde hier wohl über lange Zeit gefangen gehalten." Mark konnte die Angst und das Entsetzen in ihrer Stimme hören. Hastig schob er sie beiseite, schaute selbst in den Raum.

Auch ihm stellten sich die Nackenhaare auf, seine Kopfhaut prickelte. Was war das hier? Hatten sie einen geheimen unterirdischen Folterkeller entdeckt, ein Privatgefängnis? War hier vielleicht wirklich eine Geisel über Monate oder sogar Jahre hinweg eingesperrt gewesen?

Mark nahm die Lampe an sich, berat den Raum. Er beleuchtete die Werkzeuge an der Wand, das Regal. Neben den Konserven standen Pakete mit Nudeln und Reis, einige Tüten mit Mehl. Er sah einen Karton Kerzen, einen kleinen Benzinkanister. Zwei verrostete Taschenlampen lagen dort, daneben ein Funkgerät und ein Radio. Ein Petroleumkocher wartete auf seinen Einsatz, daneben, in einer Plastiktüte, mehrere Schachteln Streichhölzer. Dann fand er, was er gesucht hatte: In einer Ecke standen mehrere Kartons mit der Aufschrift *MRE. Meal, Ready to Eat.* Militärische Notnahrung.

Mark erkannte nun, was sie hier entdeckt hatten. Erleichterung erfasste ihn. „Das ist kein Verließ. Es ist der Bunker eines Preppers. Vor langer Zeit hat sich hier jemand auf einen bevorstehenden Krieg vorbereitet. Die hier eingelagerte Nahrung wurde nie angerührt, die Flaschen mit Wasser nie geöffnet. Die Werkzeuge sollten wohl dazu dienen, sich den Weg nach oben freizuschaufeln. Kerzen, Batterien, Petroleum, hier hatte jemand ganz offensichtlich Angst vor dem Ende der Welt."

Rebecca, noch immer starr vor Schreck, wollte ihm nicht so recht glauben. Er beruhigte sie: „In der Wüste von Nevada wimmelt es ja von Raketen-Abschussbasen. Sollte es je zum Atomkrieg kommen, dann werden die Russen die Gegend hier bevorzugt bombardieren, um deren Einsatz zu verhindern.

Der Besitzer dieses Motels hat vorgesorgt und sich hier einen Schutzraum eingerichtet. Doch so wie es aussieht, war hier seit mindesten 20 Jahren niemand mehr drin."

Der unangenehme Geruch rührte von den verdorbenen Nahrungsmitteln her. Mark dachte an die Schimmelpilze von vorhin. „Wir müssen hier raus! Die Luft ist hier unten voller Pilzsporen, und die einzuatmen ist auf Dauer nicht gesund. Wir haben hier genug gesehen. Komm."

Hastig kehrten sie zurück zur Treppe, stiegen hinauf. Mark lauschte wieder an der Tür: Stille. Sie beendeten ihren Ausflug in die Unterwelt, atmeten beide tief durch. „Jetzt lass uns noch schnell einen Blick in die Werkstatt werfen."

Sie schlichen durch den Gang zur Vordertür. Hinter einer der Zimmertüren erklang ein erstickter Schrei. Eine Frau wimmerte leise, entweder vor Angst oder vor Schmerz. Mark zögerte, lauschte. Als aus dem Wimmern ein rhythmisches Stöhnen wurde, dazu ein Bett im Takt knarzte, war die Sache klar. Sie setzten ihren Weg zur Eingangstür fort.

★★★

Für einen Mann seiner Größe war es nicht leicht, im Auto zu schlafen. Er konnte die Beine nicht ausstrecken, lag nicht richtig gerade. Schon im Gefängnis hatten ihn Rückenprobleme geplagt. Auch heute Nacht quälte ihn der Schmerz, ließ ihn immer wieder aufs Neue aufwachen.

In der Wüste konnte es zudem nachts empfindlich kalt werden. Doch hier hatte Paco vorgesorgt. Eingewickelt in eine große Wolldecke der US-Army fror er nur selten. Unangenehm wurde hingegen die Feuchtigkeit. Ließ er die Fenster die ganze Nacht geschlossen, hatte er am Morgen reichlich Kondenswasser im Auto. Die Scheiben waren beschlagen, und auch seine Sachen wurden feucht.

Die elektrischen Fensterheber benötigten jedoch Strom, und um den fließen zu lassen, musste er die Zündung einschalten. Mühsam richtete er sich auf, verfluchte dabei leise seinen Rücken, als ihn Schmerz durchzuckte.

Er hatte die Finger schon am Zündschlüssel, da sah er das Licht. Jemand kam aus dem Motel, in der Hand eine Lampe. Die Person war so schlau, die Finger auf die Lampe zu legen – nur ein roter Schein war zu sehen.

Zwei dunkle Schatten huschten durch die Nacht. Sie eilten hinüber zur Werkstatt. Als die erste Gestalt durch das Fenster in die Werkstatt hineinleuchtete, wurde das Licht für eine Sekunde heller. Paco erkannte breite Schultern, daneben schmalere. Er musste nicht lange überlegen: Mr Harley Davidson und Ms Vespa.

Schon am Abend waren ihm die beiden aufgefallen, vor allem die gutaussehende Frau. Jetzt waren die zwei dabei, sich Zugang zur Werkstatt zu verschaffen und darin herumzuschnüffeln. Er konnte sich denken, was sie dort suchten. Ein gelbes altes Motorrad. Und vermutlich auch eine fette Belohnung von 100.000 Dollar. War das vorher nur eine vage Vermutung gewesen, wusste er es jetzt sicher: Da waren zwei Privatdetektive am Werk. Er, Paco, hatte endlich gefunden, wonach er gesucht hatte.

★★★

Vollmond. Das kalte weiße Licht beleuchtete die Wüste um ihn herum. Keine Farben, nirgendwo. Wie in einem grobkörnigen Schwarz-Weiß-Film lag die Landschaft vor ihm. Der mit Sternen übersäte Himmel sah aus wie eine Zielscheibe, die jemand mit einem Schrotgewehr beschossen hatte. Die Dunkelheit zwischen den Einschusslöchern war so undurchdringlich wie schwarzer Samt, verschluckte jegliches Licht.

Den Weg vor sich konnte er nur schemenhaft erkennen. Er rannte, so schnell er konnte und so schnell ihm das bei dieser Finsternis möglich war. Immer wieder stieß er gegen Steine, die seine nackten Füße verletzten, doch er durfte sich keine Pause gönnen. *Weiter, weiter!*

Irgendetwas klatschte rhythmisch gegen seine Oberschenkel. Er blickte an sich hinab, erkannte seinen Penis. Unbekleidet, ohne Hose oder Slip, wackelte sein Schwanz bei jedem Schritt hin und her wie die Rute eines Hundes.

Die Hunde! Die Hunde! Sie waren es, wegen denen er durch die Nacht rannte. Sie waren hinter ihm her, kamen immer näher, er konnte sie bereits hören. Brian hatte sie freigelassen, auf seine Fährte angesetzt. In wenigen Minuten würden sie ihn erreichen. Dann – nein.

Irgendwo vor ihm lag das Grab. Hier hatte er den jungen Mann und das Motorrad vergraben. Gleich würde er die Stelle erreichen, die Grube öffnen, das Motorrad ausgraben. Minuten, nur noch Minuten. Das Bike, die gelbe herrliche Maschine würde ihn hier rausbringen.

Das Hecheln wurde lauter. Die Meute kam näher. Aber er war schon immer ein guter, ausdauernder Läufer gewesen, die Bullterrier würden ihn nicht kriegen. Doch Brian, dachte er, hatte den Hunden Steroide gespritzt. Als sie nicht mehr höher springen wollten, auch Katzen ihre Wut nicht mehr entfesseln konnten, versorgte sein großer Bruder sie mit Drogen. Die Mittel, die auch Brian sich selbst verabreichte, ließen die Hunde zu Monstern werden. Jetzt sprangen sie, und wie!

Da, ein Knurren: *Grrrr.* Ohne sich umzudrehen, sah er die widerlichen Visagen der Hunde. Die kleinen Knopfaugen, die langen Schnauzen voller messerscharfer Zähne. Ihre Beißkraft war eine Sache, ihre Wildheit eine andere. Sie wurden für den Kampf gezüchtet. Das blutige Training und die Drogen trugen ihren Teil dazu bei, das sie zu Killern wurden.

Die Stelle! Das Grab! Hier, genau hier! Er warf sich zu Boden, krallte sich mit den Fingern in den Staub, zerrte Steine und Geröll beiseite. Fast hätte er laut gelacht, denn er wusste, dass das Loch nur einen Meter tief war. Das Grundgestein hatte ihm damals einen Streich gespielt, den Bagger fast beschädigt. Jetzt würde ihn sein Fehler von einst retten.

Schon wurde das Vorderrad sichtbar. Gilbert jubelte, packte den Reifen an der Felge, zog die Maschine aus dem Sand, als wäre sie nur wenige Gramm schwer. *Jaaa!* Doch dann erblickte er die Figur auf dem Schutzblech, den *Indian Chief.* Mit ernstem Blick betrachtete ihn der kleine Kopf, dann hörte er dessen Stimme: „Ich werde ihnen helfen. Heute ist es so weit. Du, Gilbert, wirst nun für deine schrecklichen Sünden bezahlen."

Der erste Hund erwischte ihn am Oberschenkel. Die Zähne rissen ihm ein faustgroßes Stück Fleisch aus dem Körper. Entsetzt konnte er den Muskel sehen, durchtrennte Adern, das helle Weiß des Knochens. Erstaunlicherweise floss kein Blut, und auch Schmerz verspürte er keinen. Nur dass sein Körper so schrecklich verstümmelt wurde, bereitete ihm Sorgen. *Das verheilt doch nie wieder*, ging es ihm durch den Kopf.

Während er noch darüber nachdachte, was hier gerade geschah, erreichte ihn der Rest des Rudels. Ein Hund riss ihm die Finger der linken Hand ab, so als wären sie aus morschem Holz. Ein anderer Bullterrier, sein Name war Fletcher, biss ihm in die Genitalien. Er sah den Hund mit seinem Penis im Maul wegrennen. Wütend wollte er protestieren, sich über die Entmannung beschweren, als der Leithund, Bastard, ihm den Bauch aufriss. Jetzt spürte er den Schmerz!

Plötzlich: Licht. So grell wie die Sonne zur Mittagszeit im Juni. Er sah sich selbst von oben, aus der Vogelperspektive. Das Rudel war nun auf ihm, zerriss ihn. Noch kämpfte er, schrie, brüllte. Dann vernahm er Brians Stimme: „Los, Archie, halt drauf, die Aufnahme wird super! Gilbert, schrei noch lauter und dreh dich auf den Bauch. Ich will sehen wie dir der Mastiff das Genick zermalmt."

Gilbert schrie, er brüllte, doch nicht, weil sein Bruder es ihm befohlen hatte. Angst, Panik und Schmerz waren jetzt überall, in jeder Faser seines Körpers. Für einen kurzen Moment sah er sich selbst mit den Hunden kämpfen, dann war es Adam, der da um sein Leben bangte. Es gab da noch einen anderen Jungen, einen Mexikaner – doch das war lange her. Er hatte ihn vergessen, nein, verdrängt.

Schließlich war es Grunt, ein ausgewachsener Pitbull, der ihm ein Ende bereitete. Grunt packte seinen Kopf und biss zu. Es knackte laut, als die Schädeldecke brach.

Und dann erwachte er endlich. Irgendjemand schlug ihm ins Gesicht, immer und immer wieder. „Verdammt, Gilbert, wach auf. Du träumst schon wieder. Dein Gebrüll weckt Brian, und du weißt, was das bedeutet. Wach endlich auf und halt dein Maul!" *Klatsch, klatsch*, noch zwei Ohrfeigen. Die nächste konnte er abwehren. „Es reicht, ich bin wach."

Verwirrt richtete er sich auf, blickte sich um. Er lag im Trailer, es stank und war drückend heiß. Archie stand vor ihm, im Halbdunkel konnte er ihn nur schemenhaft erkennen. *Ein Albtraum*, dachte Gilbert, *es war nur ein Albtraum*. Doch im nächsten Moment war da wieder dieser Indianerkopf: *Ich werde ihnen helfen*. Erneut erfasst ihn Panik, schlimmer noch als vor wenigen Sekunden. Nein, das war kein Traum, es war eine Vision, ein Blick in die Zukunft. Er, Gilbert Henderson, hatte sein eigenes Schicksal gesehen.

★★★

Sie betätigte den Lichtschalter, und mit einem Flackern, das dem Wetterleuchten vor einem Gewitter glich, erwachten die Leuchtstoffröhren an der Decke des Großraumbüros zum Leben. Judy mochte das Geräusch, das dabei entstand. Es glich einem Gummiband, dass man in Schwingungen versetzt hatte: *Dzing, zing, zing …*

Heute morgen war sie die Erste im Büro. Kurz nach sieben, es roch nach abgestandenem Rauch, kaltem Kaffee, Männerschweiß. Sie glaubte auch, den etwas süßlichen Geruch des Teppichs wahrzunehmen, dazu die warme Abluft eines Staubsaugers. Die Putzkolonne war gerade durch, zweien der vermutlich aus Mexiko stammenden Frauen war sie im Flur begegnet. Sie hatten zu Boden geblickt, ein undeutliches *Buenos Dias* gemurmelt.

Obwohl Judy ihren Platz nicht im Großraumbüro hatte, öffnete sie mehrere der Fenster, ließ frische Luft herein. Für eine Sekunde genoss sie den Ausblick über Los Angeles. Die Mordkommission lag im 23. Stock des Wilshire Buildings. Von hier oben sah die Stadt in den Morgenstunden verführerisch aus, ruhig, friedlich, verschlafen. Doch bereits in wenigen Stunden würde in den Straßen von L. A. wieder das Verbrechen herrschen.

Sie schaltete ihren Computer ein, überflog die neben der Tastatur abgelegten Faxe, Notizen, Ausdrucke und Akten. Sie kalkulierte den Zeitaufwand, den die Erledigung wohl in Anspruch nehmen würde. Sie wusste, zusammen mit den noch zu lesenden E-Mails würde sie sich vor elf Uhr nicht ihrer privaten Ermittlung widmen können.

Der Biss in den Hamburger, dazu der Anblick ihrer nackten Freundin – der Moment hatte einem Erweckungserlebnis geglichen. Nie zuvor hatte sie etwas Vergleichbares erlebt. Doch sie war sicher, dass sie richtig lag. Die Rocker hatten die beiden Cops nicht ermordet. Sie waren nur eine Trugspur, geschickt gelegt von einem Profi, der sich mit so etwas auskannte.

Heute würde sie sich noch einmal eine Bestätigung für ihre Vermutung einholen. Gegen elf Uhr würde sie dazu ein psychologisches Experiment veranstalten. Eigentlich war das nicht zwingend notwendig, dachte sie, doch auch erfahrene Ermittler wie sie konnten sich irren. Das Experiment würde ihr die Sicherheit geben, die sie für ihr weiteres Vorgehen benötigte.

Dann war da noch Cortez. Es war unwahrscheinlich, dass er in der Nacht noch bahnbrechende Erkenntnisse zu Tage gefördert hatte. *Andererseits*, dachte Judy, *bin ich selbst der beste Beweis dafür, dass eine Ermittlung oftmals aus heiterem Himmel eine völlig neue Richtung einschlagen kann*. Sie würde ihm bis Mittag Zeit geben.

Judy griff nach der obersten Akte auf ihrem Schreibtisch. Eine drogenabhängige 17-jährige Frau wurde missbraucht, danach grausam ermordet. Ihre Leiche fand man in einem Abrisshaus an der Eastside. Sie war vermutlich Mitglied einer Gang gewesen und von ihrer *Familia* gezwungen worden, auf dem Straßenstrich anzuschaffen. So wie es aussah, hatte sie Geld abgezweigt, die Gang um Einnahmen betrogen. Man kam ihr auf die Schliche, ein Exempel wurde statuiert.

Judy wusste, dass Fotos und auch Filme der Vergewaltigung und Ermordung dazu dienen würden, andere Frauen gefügig zu machen. Immer öfter bedienten sich Gangs und Kartelle dieser Methode.

„Das Instagram der Hölle", so hatte ihr verstorbener Kollege Henry Peters diese perfide Vorgehensweise einst getauft. *Das Instagram der Hölle*, dachte Judy, *wird sich in den kommenden Jahren wohl noch besser entwickeln als viele andere sogenannte Soziale Netzwerke.*

★★★

Bing! Ein Geräusch, ganz leise drang es an sein Ohr. Cortez wusste sofort, dass es sich um eine SMS handeln musste. Den Kopf auf dem linken Unterarm abgelegt, blickte er zur Seite. *Wo bin ich?* Das verdrehte Zimmer kam ihm seltsam fremd vor. Als er begriff, dass er geschlafen hatte, durchzuckte es ihn, denn Schlafen bedeutete Zeitverlust. Hastig richtete er sich auf, schaute zur Uhr an der Wand. *Kurz nach sieben. Verdammt!*

Verwirrt überlegte er, was er als Nächstes tun sollte. Die Kinder? Sie würden auch heute mit dem Taxi zur Schule fahren. Camila? Die war wohl schon aus dem Haus. Sein Computer, YouTube, die Ermittlung? Sackgasse. In seinem Kopf hallte noch immer ein seltsamer Kinderreim wider: *Keine Biker – Hitchhiker, keine Biker … Hitchhiker. Die SMS!*

Nervös griff er nach dem Handy auf dem Schreibtisch. Ein rotes Batterie-Symbol auf dem Lockscreen erinnerte ihn daran, dass sich die Energie des Telefons in wenigen Minuten dem Ende zuneigen würde. Er ignorierte die Warnung, las die SMS:

Hi, Steve. Im Bed & Bike keine besonderen Vorkommnisse. Ein Mitarbeiter hat unsere Motorräder fotografiert, kann eine normale Vorsichtsmaßnahme gegen Zechprellerei gewesen sein. Keller durchsucht, nichts Verdächtiges. In der Werkstatt keine Teile der Indian oder anderer Bikes.

Spreche gleich noch mit der Chefin, gehe jedoch auch hier nicht von neuen Erkenntnissen aus. Fahren weiter nach Mohave Valley. Gruß M+R.

Verärgert warf er das teure Gerät auf den Tisch, fluchte leise. „Dilettanten. Keine besonderen Vorkommnisse. Drei Männer sind da verschwunden, und die beiden Trottel finden nichts Verdächtiges. Was man nicht allein macht …"

Für einen kurzen Moment erschrak er über seine eigenen Worte. Judy hatte ihm ein Ultimatum gestellt, Camila ebenso. Ihm blieben noch fünf, höchstens sechs Stunden. Ohne weitere Hinweise und Erkenntnisse wäre er aufgeschmissen, seine Ermittlung am Ende. Judy würde den Fall übernehmen, er wäre raus aus der Sache. *Keine Biker – Hitchhiker.*

Er stöhnte. Die Nacht auf dem Schreibtisch war alles andere als erholsam gewesen. Sein Rücken schmerzte, sein Nacken war steif. Er stand auf, streckte sich, vollführte einige Dehnübungen. Ein bisschen frische Luft würde ihm guttun. Er ging zum Fenster, zog den Vorhang auf, öffnete es. Soeben fuhr ein Auto vor, die beiden Jungs stiegen ein.

Panik erfasste ihn, ein Druck legte sich auf seine Brust. *Nicht einsteigen! Er wird euch umbringen!*, wollte er ihnen zurufen. Doch dann wurde ihm bewusst, dass es nur ein Taxi war, kein Killer.

Dennoch konnte er den Gedanken nicht abschütteln. Chad Shavers kam ihn in den Sinn. Groß, breitschultrig, tätowiert, bedrohlich. Ein Nazi, ein Terrorist, dem seine Menschenverachtung ins Gesicht geschrieben stand. Genau wie die beiden Jungs war auch er eines Tages in ein Auto gestiegen. Wie hatte der Killer ihn bloß überwältigt?

Cortez beschloss, eine Runde zu Fuß um den Block zu gehen. Die Bewegung würde ihm helfen, seine verspannten Muskeln zu lockern und seine Gedanken zu ordnen. Danach würde er sein Auto aus der Garage holen und ein Rollenspiel durchführen. Sein Nachbar Robert, ein erklärter True-Crime-Fan, war ihm dabei sicher gern behilflich. Robert würde den Part des Opfers übernehmen und er, Steve Cortez, natürlich den des Killers.

★★★

„Guten Morgen, Paco. Sie sehen etwas verschlafen aus. Meinen Sie nicht, es wäre besser, wir beide sprechen noch einmal über einen Sondertarif für ein Zimmer hier im Motel? Ich kann es Ihnen leider nicht umsonst geben, aber ich bin mir sicher, wir kommen schon irgendwie zusammen." Molly blickte ihn freundlich an, doch Paco war die Sache unangenehm.

Sie standen gemeinsam vor dem Motel, über ihnen ein grauer, wolkenverhangener Himmel. Regen und Gewitter kündigten sich an, vielleicht sogar Schlimmeres. Molly begriff in diesem Moment, dass er sie verlassen würde. Fast schon schüchtern blickte er zu Boden.

„Molly, ich habe heute früh die Nachricht erhalten, dass es jemandem in meiner Familie schlecht geht. Ich muss leider kündigen, mein Weg führt mich weiter nach Flagstaff. Danke für Ihr Vertrauen, und danke auch, dass Sie mir einen Job gegeben haben."

Mit seiner ruhigen Stimme trug Paco seine Kündigung betont sachlich vor, doch Molly konnte hören, dass der große, irgendwie unheimliche Mann es mit seinem Dank ernst meinte. Sie wusste in diesem Moment jedoch auch, dass Paco sie angelogen hatte. Er war gewiss lange in Haft gewesen, und die Arbeit hier bei ihr seit geraumer Zeit seine erste Aufgabe.

Paco selbst fühlte sich unwohl. Molly hatte ihn wie einen Menschen behandelt, ihm neben der Arbeit auch Essen gegeben und ihm Verantwortung übertragen. Als sie ihn am Tag zuvor gebeten hatte, sich um ankommende Gäste zu kümmern, war Paco warm ums Herz geworden. Es war lange, sehr lange her, dass er so etwas wie Vertrauen erfahren hatte. Er wäre tatsächlich gern geblieben, hätte Molly geholfen, das Motel wieder auf Vordermann zu bringen. Doch das Wissen um die beiden Detektive änderte alles.

„Schade, Paco, aber die Familie geht natürlich vor. Kommen Sie mit in die Küche, ich zahle Ihnen dort Ihren Lohn aus." Sie drehte sich um, wollte vorausgehen, doch Paco hielt sie sanft am Arm zurück. „Sekunde. Ich bräuchte etwas Benzin, und ich habe gesehen, dass Sie da ein paar Kanister in der Garage haben. Meinen Sie, es wäre möglich, mir 20 Liter Sprit abzugeben? Die nächste Tankstelle ist erst in Winslow, bis dahin schaffe ich es nicht mehr."

Molly musste nicht lange überlegen. „Klar, den Sprit lege ich als Trinkgeld obendrauf. Sie haben gute Arbeit geleistet. Schade, dass Sie mich verlassen. Meinen Sie, wir sehen uns später noch einmal wieder?“ Jetzt war es Paco, der nicht lange überlegen musste. „Leider nein, meine Reise endet vermutlich nicht in Flagstaff. Es ist unwahrscheinlich, dass ich je wieder in diese Gegend hier zurückkehre.“

★★★

„Guten Morgen, Ms Stetson, hier ist der Roomservice. Mit einem Kakao können wir Ihnen heute leider nicht dienen. Stattdessen empfiehlt unser Barista einen vorzüglichen Instant-Kaffee, stilvoll serviert im Plastikbecher. Dazu offerieren wir einen Müsliriegel, gesalzene Erdnüsse mit gerösteten Mandeln, das Ganze im zarten Karamellmantel, übergossen mit Zartbitterschokolade.“

Rebecca öffnete zunächst nur ein Auge, als ob sie zunächst überprüfen wollte, ob es sich überhaupt lohnen würde, aufzustehen. Als sie das schäbige Motelzimmer registrierte, wusste sie sofort, wo sie sich befand. Sie schloss das Auge wieder, neigte ihren Kopf zur Seite, so als wäre sie erneut eingeschlafen oder sogar in Ohnmacht gefallen. Regungslos lag sie da.

Mark gab ihr zwei Sekunden, dann zog er die Decke von ihrem Oberkörper herunter. Ein kleiner Busen wurde sichtbar, die Brustwarzen keck aufgerichtet. Ihr Sixpack war kaum zu erkennen, doch hätte man ihr nur ein paar Minuten Training zugestanden, hätte sich das schnell geändert.

Als die Kälte über ihre Haut kroch, beendete sie ihr Schauspiel. Sie öffnete die Augen, funkelte Mark böse an. „Eine Belohnung ist das hier alles wert, das schwöre ich dir! Gestern die zwei Mordversuche, danach schickt uns Cortez in den Keller. Mal sehen, was heute kommt.“

Ihre Stimme klang fest, sie sah verblüffend ausgeruht und unternehmungslustig aus. Sie zog die Decke hoch, nahm Mark den Kaffee aus der Hand, trank einen Schluck. „Bullenpisse. Dazu noch lauwarm. Zeig mal, was der Riegel so hergibt.“ Mark reicht ihr den, wie er fand, sehr schmackhaften Riegel, beobachtete ihre Reaktion.

Rebecca kaute gedankenverloren, blickte in die Ferne. „Gestern habe ich mich über mich selbst gewundert. Dass der Typ an der Tankstelle und der kleine Unfall mich so aus der Bahn geworfen haben, das passt eigentlich nicht zu mir."

Sie spülte den Bissen mit einem Schluck Kaffee herunter. Als sie weitersprach, klang ihre Stimme seltsam kalt. „Weißt du noch, wie ich vor zwei Jahren Coleman überwältigt habe? Damals kannte ich keine Furcht. Ich hatte euch belauscht und wusste, wer da vor mir am Ufer des Flusses miteinander sprach."

Für einen Moment stockte Mark der Atem. Das Thema war zwischen ihnen tabu. Die Ereignisse am Trail, so hatten sie stillschweigend vereinbart, waren vergessen, begraben. Jetzt zerrte Rebecca sie unverhofft wieder aus der Vergangenheit hervor.

„Als ich hörte, dass Coleman dich töten wollte, habe ich meinen Rucksack abgestellt, mein Bärenspray aus der Tasche gezogen und mich lautlos an euch rangeschlichen. Kurz danach war Coleman nur noch ein wimmerndes Etwas. Ich hab ihm erst das Spray verpasst, ihm danach die Eier zertreten. Nicht eine Sekunde hatte ich dabei Angst."

Sie richtete den Müsliriegel auf Mark, so als wäre er eine Waffe. „Anschließend habe ich Coleman mit deiner Hilfe an den Baum gekettet und ihn später ohne dein Wissen präpariert. Die Tage davor wimmelte es von Braunbären im Wald. Die Tiere waren so kurz vor dem Herbst vor Hunger völlig von Sinnen. Es war gefährlich auf dem Trail, und als ich Coleman die Snacks und Süßigkeiten in die Kleidung gesteckt habe, wusste ich, was passieren würde. Die Bären haben den Naschkram gewittert und Coleman schließlich zerfleischt."

Das erste Mal überhaupt gestand Rebecca ihm die Tat. Natürlich wusste er davon; auch Cortez kannte die Wahrheit. Doch nie hatte er seine Freundin gedrängt, die Geschichte zuzugeben. Wie damals einer der Bären verschlang auch Rebecca nun den Riegel. Hungrig und mit Appetit zerbiss sie ihn, schluckte die Nüsse herunter. Dazu trank sie den restlichen Kaffee aus, reichte Mark den Becher.

„Damals war ich in der Lage mich zu verteidigen, einen Mörder anzugreifen und ihn danach sogar mit dem Tode zu bestrafen. Wieso haben mich dann gestern diese zwei eigentlich eher profanen Ereignisse so aus der Bahn geworfen?" Sie sah Mark fragend an, gab sich selbst die Antwort: „Ich denke, ich weiß warum."

Sie warf die Decke zurück, stand auf. Völlig unbekleidet stand sie im Raum. „Vermeidungsverhalten. Zwei Jahre lang haben wir das Thema vermieden, nie darüber gesprochen. Irgendwie war das auch gut so, denn wir waren beide psychisch verletzt. Doch wir haben es dabei übertrieben, uns in einer Blase vor der Realität versteckt. In Sausalito gibt es kaum Kriminalität, keine Drogentoten, keine Verrückten mit Schrotflinten. Sausalito ist wie Disneyland. Nur kostet der Eintritt zwei Millionen Dollar."

Sie kam näher, wirkte dabei irgendwie angriffslustig. „New Mexiko hat uns zusätzlich verzaubert, uns eingelullt. Die Landschaft, das Wetter, die wunderbare Tour. Plötzlich dem Tod ins Auge sehen zu müssen, damit hatte ich nicht gerechnet. Ich hatte die Gefahr, die in Amerika überall lauert, verdrängt. Hier kannst du bei Walmart an der Kasse stehen, und die Frau hinter dir schießt dir eine Kugel in den Kopf." Mark war sprachlos. Was war in dieser Nacht mit Rebecca geschehen? Sie verriet es ihm. „Als uns Cortez gestern in den Keller geschickt hat, war das genau die richtige Maßnahme zur rechten Zeit. Das kleine Abenteuer hat mir geholfen, etwas Selbstvertrauen zurückzugewinnen."

Anders als sie war er bereits angezogen. Sie packte sein Shirt, zog ihn zu sich heran. „Und auch für dich war es gut. Als der Typ dich bedroht hat, hast du gezittert. Dabei wurdest du für solche Situationen ausgebildet, denn du bist Polizist und Soldat. Auch du hast einfach nicht damit gerechnet, plötzlich in den Lauf einer Waffe zu schauen. Dazu die Angst um mich, die Hilflosigkeit, die Erniedrigung. Ich konnte sehen, was in dir vorging."

Er nickte stumm. Was sollte er auch sagen? Rebecca hatte seine Gefühle perfekt in Worte gefasst. „Auch dir hat die Durchsuchung des Kellers und der Garage gutgetan. Hätten wir den Auftrag abgelehnt, hätten wir gekniffen, es wäre eine fatale Fehlentscheidung gewesen. Ohne es zu ahnen, hat uns Cortez eine Möglichkeit gegeben, wieder Fuß zu fassen."

Sie zog ihn zu sich heran, küsste ihn. Den Kopf an seiner Wange, flüsterte sie ihm ins Ohr: „Wir fahren zurück nach Gallup und besorgen uns dort Waffen. Wir benötigen Pistolen, oder noch besser Revolver, dazu zwei Schrotflinten. Danach fahren wir wieder zu dieser Tankstelle und rechnen mit diesem kranken Stück Scheiße ab. Wir zünden die Bude an, räuchern die Ratte aus, und wenn er rauskommt, durchlöchern wir ihn, bis nur noch ein blutiger Haufen Eingeweide übrig ist."

Mark konnte nicht glauben, was Rebecca da von sich gab. Er verkrampfte sich, doch als er ihre Hand zwischen seinen Beinen spürte, wusste er, dass sie es nicht ernst meinte. „Danach schieben wir auf den rauchenden Trümmern der Tankstelle eine Nummer und feiern unseren Sieg. Was meinst du?"

Mark schubste sie zurück, sie fiel rücklings aufs Bett. Er zog sich das Shirt aus, streifte die Schuhe ab. „Ein guter Plan, aber wir ändern die Reihenfolge. Das Gemetzel verschieben wir vorerst, die Siegesfeier ziehen wir vor."

Die Jeans noch an kniete er sich vor sie, griff sich ihre Fersen, spreizte ihre Beine. Er ließ seine Zunge zwischen ihre Beine gleiten, drückte sie tief in ihren Venushügel. Er konnte Salz schmecken, den leicht sauren Geschmack ihrer Vaginalflüssigkeit. Rebecca zuckte ihm entgegen, Griff ihm in die Haare, wollte ihn so daran hindern sein Tun zu unterbrechen. Doch ihm stand nicht der Sinn nach einem ausgedehnten Vorspiel.

Als sein Speichel sie ausreichend benetzt hatte richtete er sich auf, streifte sich die Hose über die Oberschenkel. Fast schon grob drang er in sie ein, drückte sie dabei mit seinem Gewicht nach unten. Rebecca stöhnte, als er ohne Vorwarnung bis zur Peniswurzel in sie hineinglitt. Er gab ihr einen Moment lang Zeit sich zu weiten, danach begann er mit rhythmischen, harten Stößen sie zu ficken. Die Hände an ihren Schultern zog er sie zu sich heran, verstärkte seine Stöße so noch.

Der wilde, ungehemmte Sex tat ihnen beiden gut. Er hatte etwas Befreiendes, etwas Reinigendes. Die aufgestaute Angst und die Unsicherheit entluden sich, kanalisierten sich zwischen ihren Beinen. Rebeccas Gewaltfantasie wirkte zudem irgendwie erregend auf sie beide. Als Rebecca laut zu stöhnen anfing brachte Mark sie mit einem Zungenkuss zum Verstummen.

Eine Zeitlang trieben sie es so, wild, hart, ohne jede Zärtlichkeit, wie zwei von Instinkten gelenkte Tiere. Schließlich kamen sie gleichzeitig und heftig, ineinander verschlungen wie bei einem Kampf auf Leben und Tod. Mark spürte Rebeccas Fingernägel im Rücken, sie, wie er mit seinen Händen ihre Schultern umklammerte. Ihre Gesichter wie vor Schmerz verzerrt, umarmten sie einander, die Lungen bis zum Bersten mit Luft gefüllt. Der gemeinsame Orgasmus erlöste sie, Mark keuchte wie nach einem Dauerlauf. Auch Rebecca rang nach Luft, Mark konnte ihren Herzschlag an seiner eigenen Brust spüren.

Für einige Minuten lagen sie so auf dem Bett, wortlos, regungslos. Dann gab Rebecca Mark mit einem gespielten Ächzen zu verstehen, dass sein Körpergewicht sie zu ersticken drohte. Sie küssten sich noch ein wenig, dann löste sich Mark von seiner Partnerin.

Die Hose noch an den Knien hängend, wankte er ins Badezimmer. Hinter ihm kommentierte Rebecca spöttisch seinen Abgang: „Stetson, die Nummer war fast perfekt, aber nun hast du alles versaut. Erst ein wilder Hengst, jetzt ein Enterich. Womit habe ich das verdient?" Doch Mark war durchaus mit sich zufrieden. Der kurze, heftige Akt hatte ihm tatsächlich etwas Selbstvertrauen zurückgegeben. *Polizist, Soldat und Hengst. Hört sich gar nicht so schlecht an. Der Tag kann kommen*, dachte er, während er versuchte, seine Blase zu entleeren.

★★★

Die Wanne in der Garage war versorgt, der Lastwagen beladen. Heute war schlechtes Wetter angesagt. Für das Geschäft waren Kälte und Regen natürlich Gift, denn seine Kunden, die Restaurantbesitzer, waren eher in Kauflaune, wenn der Himmel blau war und die Sonne schien. Bei Regen blieben die Biker in den Motels, vertrieben sich die Zeit mit Sex und dem Sortieren von Fotos.

Bei Regen und Kälte stand jedoch niemand gern lange an der Bushaltestelle. Bis der Bus kam, konnte es dauern, und Wartehäuschen gab es an der 66 nicht. Für seine Pläne war das Wetter somit ideal, und Anthony Waller war dementsprechend gut gelaunt. Er pfiff ein Liedchen.

Der Wagen war fertig präpariert, eine tödliche Falle. Wie bei einer fleischfressenden Pflanze sah der Beifahrersitz verlockend aus, gemütlich. Doch bereits Sekunden nach dem Einsteigen würde für den Mitfahrer, sein Opfer, das Spiel vorbei sein. Er würde einsteigen, die Tür hinter sich schließen und – wenn überhaupt – erst im Kühlhaus wieder zu sich kommen.

Auch Anthony sah gut aus, vertrauenerweckend, freundlich. Sein weißes Hemd, am Revers eine Flagge der USA, war faltenfrei und sauber. Auch der Wagen glänzte, die Scheiben hatte er erst an diesem Morgen geputzt. Er und das Auto bildeten eine Einheit. Der Vergleich mit der fleischfressenden Pflanze gefiel ihm, er musste lächeln.

Doch dann kam ihm die Falltürspinne in den Sinn. Sie lauerte hinter eine Klappe. Kam ein Opfer vorbei, öffnete sie die Klappe, zerrte das wehrlose Insekt hinein, betäubte es mit Gift und führte es danach seiner letzten Bestimmung zu.

Das ist es! Eine Falltürspinne. Anthony Waller lachte laut, startete den Motor, gab ihm etwas Zeit, ließ ihn warmlaufen. Er prüfte die Anzeigen, Öl und Benzin. Irgendwo liegenzubleiben, wäre an diesem Tag mehr als unangenehm.

Er zog sein Mobiltelefon aus der Tasche, schaltete die Kameras im Haus sowie die Alarmanlage ein. Eine Reihe Schilder auf dem Grundstück warnte mögliche Eindringlinge zusätzlich: *Never mind the Dog. Beware of the Owner.* Dazu eine Hand, die drohend einen Revolver auf den Betrachter richtete. Auch der Hinweis *Fremder, hier gilt Stand your Ground. Überleg es dir zweimal!* hatte bisher seine Wirkung nicht verfehlt. Doch Waller war unbesorgt. Sollte doch einmal jemand unerwartet auftauchen und einbrechen – er würde eine böse Überraschung erleben.

★★★

Der Film *Zero Days* schildert die Entwicklung des Computervirus *Stuxnet*. Mit ihm legten vor einigen Jahren amerikanische und vermutlich auch israelische Computerspezialisten das iranische Atomprogramm lahm. Das Virus veränderte die Algorithmen, mit denen die Zentrifugen zur Urananreicherung gesteuert wurden. Die Zentrifugen gerieten außer Kontrolle und wurden irreparabel beschädigt.

Um das Virus entwickeln zu können, benötigten die Wissenschaftler eine Vorstellung davon, wie es in den iranischen Atomanlagen wohl aussah. Und die Iraner waren so unvorsichtig gewesen, Fotos zu veröffentlichen, die den damaligen Präsidenten Ahmadinedschad beim Besuch einer der Anlagen zeigten. Auf den Bildern war der Präsident zu sehen, aber auch die Zentrifugen und sogar die Computer.

Anhand dieser Fotos bauten die Hacker einen Teil der iranischen Atomanlage nach. Sie organisierten sich eine der Zentrifugen, einen der Rechner sowie die Steuerungssoftware. Diese Mini-Atomanlage diente ihnen als Versuchsanlage. Hier konnten sie das Virus entwickeln und testen – mit Erfolg.

Cortez hatte den Film damals gesehen, und er war schwer beeindruckt gewesen. Genauso stellte er sich moderne Kriminalarbeit vor. Wer einen Killer fassen will, der muss ihn verstehen.

Nach wie vor beschäftigte ihn die Frage, wie der Mörder wohl erwachsene, körperlich und geistig gesunde Männer in seine Gewalt gebracht hatte. Gutes Zureden und ein freundliches Gesicht mochte ja bei dem jungen Patrick Malone gewirkt haben, aber bei dem Neonazi Chad Shavers mit Sicherheit nicht.

In der Garage stand sein neuer Wagen, ein Audi Q5 Sportback. Ursprünglich hatte er sich ein A5 Cabriolet bestellt, doch als klar war, dass Camila und die Kinder bei ihm einziehen würden, hatte er sich doch für den SUV entschieden.

Er fuhr den Wagen vor die Garage, ließ die Fenster herunter. Danach öffnete er den Kofferraum, setzte sich auf die Ladefläche. Sein Plan sah vor, die Situation der Entführung nachzuspielen. Genau wie bei Stuxnet würde er versuchen, dabei möglichst originalgetreu vorzugehen. Doch da er, anders als die Hacker, kein Foto besaß, das ihm verriet, wie genau der Täter vorging, gab es in seiner Gleichung eine Unbekannte mehr.

Fakt war: Es gab ein Auto, einen Killer, ein Opfer. Der Täter musste das Opfer irgendwie in seine Gewalt bringen. Ziel der Aufgabe war es, das Opfer in den Kofferraum zu verfrachten. Tot oder lebendig, möglich Letzteres.

Cortez wollte sehen, wie spät es war. Er griff an seine Tasche, doch das Handy lag im Büro auf dem Tisch. Die Warnung mit der leeren Batterie fiel ihm ein; darum musste er sich umgehend kümmern.

Er wollte gerade aufstehen, sich in Richtung Haus bewegen, da hörte er eine Stimme. „Guten Morgen, Steve. Einen schönen Wagen hast du dir da zugelegt, Kompliment! Eines muss man den Deutschen ja lassen: In Sachen Design macht ihnen keiner etwas vor."

Cortez stockte, blieb stehen. Er schaute nach links. Hinter dem Zaun stand Robert, seit einigen Jahren sein Nachbar. Das Verhältnis zu ihm war nicht gerade freundschaftlich, eher oberflächlich. Irgendjemand hatte Robert verraten, dass Cortez beim FBI war. Robert, ein erklärter True-Crime-Fan, erhoffte sich von seinem Nachbarn wohl spannende Kriminalgeschichten aus erster Hand. Doch Cortez ließ ihn immer abblitzen. Er hasste dieses ganze True-Crime-Zeug und die geschmacklose Vermarktung von realen Verbrechen.

Für ihn hatte das alles nichts mit Kriminalistik zu tun; es war billige, widerliche Sensationsgeilheit auf Kosten der Opfer.

Doch wie es so schön heißt: In der Not frisst der Teufel Fliegen, dachte Cortez. „Hallo, Robert, schön, dich zu sehen. Alles klar? Hast du einen Moment Zeit? Wie es der Zufall will, brauche ich einen Statisten, der mit mir ein kleines Experiment durchspielt. Es geht um einen Mörder und seine Vorgehensweise. Hast du Lust, mir kurz zu helfen?" Roberts Augen leuchteten wie die eines Pyromanen, der ein Feuer erblickte.

★★★

„Wilshire Kantine, Macy Green am Apparat, womit kann ich Ihnen dienen?" Zehn Uhr, Judy hatte nicht erwartet, dass sich bereits so früh jemand melden würde. „Guten Morgen, Judy Tonka hier, Mordkommission, 23. Stock. Ich würde gern eine Bestellung aufgeben, bin ich da bei Ihnen richtig?" Die Frau zögerte. „Na ja, wir machen erst um elf auf, aber schießen Sie mal los. Was brauchen Sie?"

Judy musste nicht lange überlegen. „Bitte schicken Sie mir um 11.30 Uhr zwei Cheeseburger hoch, eingeschlagen in Papier, dazu bitte noch zwei Milchshakes. Die Rechnung geht dann auf die Abteilung, zu Händen Judy Tonka." Macy Green schrieb mit, aber sie war mit der Bestellung nicht zufrieden. „Was für Milchshakes denn? Erdbeere, Schoko, Vanille? Sollen es große sein, kleine oder mittlere?" Judy seufzte. „Machen Sie ruhig zwei große, Schoko, den Geschmack mag eigentlich jeder."

Kaum hatte sie aufgelegt, wählte sie erneut, dieses Mal den Anschluss der Wache. Ein Mann mit zackiger, militärisch anmutender Aussprache meldete sich: „Officer Gordon Snell, Dienststelle Wilshire Building. Was kann ich gegen Sie unternehmen?"

Oha, ein Scherzkeks, dachte Judy. „Guten Morgen, Sir, Judy Tonka hier, Mordkommission, 23. Stock. Ich bräuchte heute gegen 11.30 Uhr zwei junge Streifenpolizisten zur Durchführung eines psychologischen Experimentes. Es dauert nicht lange, vielleicht 15 Minuten. Könnten Sie mir bitte zwei Ihrer Kollegen hochschicken?"

Dreckiges Lachen ließ sie die Antwort erahnen. „Ha, Madam, wenn es auch ein älterer Kollege tut, dann könnte ich gleich selbst zu Ihnen hochkommen. Ich stehe gern für alle erdenklichen Experimente zur Verfügung, nicht nur für psychologische. 23. Stock, sagten Sie, Ms Tonka?"

Judy verdrehte genervt die Augen. „Nein, Sir, heute bräuchte ich tatsächlich zwei Kollegen, die die Polizeiakademie erst vor kurzem verlassen haben. Doch morgen gegen zwei hätte ich tatsächlich Verwendung für Sie. Haben Sie Zeit?"

Dem Officer am anderen Ende der Leitung verschlug es für einen Moment die Sprache. Er hatte nicht damit gerechnet, dass sein fragwürdiges Angebot Anklang fand. „Ma'am, gewiss doch. Worum geht es?" Judy wartete kurz, bis sie ihm die Antwort gab. „Wir wollen sehen, wie sich ein menschlicher Körper verhält, wenn er aus dem 23. Stock aus dem Fenster auf den Parkplatz fällt. Ist eine Identifizierung anhand der Überreste noch möglich, oder sind DNA-Proben unausweichlich?"

Sie konnte sich das Gesicht von Officer Gordon Snell vorstellen. Der hatte ganz offensichtlich anderes im Sinn gehabt. Seine nun völlig humorlose Stimme verriet seine Reaktion: „11.30 Uhr, die zwei Kollegen kommen zu Ihnen hoch." *Klack*. Judy nickte zufrieden. Jetzt noch den Verhörraum vorbereiten, dann konnte es losgehen.

★★★

Der graue Himmel lag irgendwie bedrohlich über der Landschaft. Er erinnerte Mark an eine dreckige Wolldecke, die langsam vom Himmel herabsank, um alles darunter zu ersticken. Weiter hinten am Horizont waren erste Regenbänder zu erkennen, ein dünner grauer Schleier zog sich bis auf die trostlose Wüste herunter.

Die Morgenkälte lähmte seine Finger, trotz der Motorradhandschuhe. Ein frostiger Wind wehte ihm in den Kragen. Er zog den Kopf ein, versuchte so den Spalt zwischen Jacke und Körper zu verringern. Vergebens. Seine Knie fühlten sich taub an, auch hier drückte sich die Kälte durch den Stoff.

Missmutig blickte er in den Himmel, doch Besserung war nicht in Sicht. Den Wolken war anzusehen, dass die Luft instabil war, sich mit immer mehr Feuchtigkeit auflud. Wie ein giftiger Sud, in dem sich etwas Unheilvolles zusammenbraute, brodelte es da oben.

Wenn die Hitze der Wüste auf große Mengen feuchtkalter Luft trifft, ist fast immer ein heftiges Gewitter die Folge. Die enormen Temperatur- und Druckunterschiede zwischen den Luftmassen reagieren miteinander, Sturm, Starkregen, Hagel und Blitze sind die Folge. Hier draußen in der Wüste konnten sogar Tornados entstehen. Der heutige Tag versprach ungemütlich, wenn nicht sogar gefährlich zu werden.

„Ist bei dir da hinten alles okay?“ Der Rückspiegel der Harley wackelte, er konnte Rebeccas Scheinwerfer nur undeutlich erkennen. Zusammengekauert saß sie hinter der kleinen Windschutzscheibe der Vespa, versuchte, sich vor dem Wind zu verstecken. Ihre Stimme klang im Interkom alles andere als glücklich. „Ein Scheißdreck ist hier okay. Ich frier mir den Arsch ab. Wie lange brauchen wir denn noch bis nach Flagstaff?“

Mark blickte auf die kleine Uhr unter dem Tacho, sie stand auf 10.10 Uhr. Sie waren später gestartet als geplant. Da es im Motel kein Frühstück gab, hatten sie in Winslow noch einmal angehalten, um etwas zu essen. Es war voll im Café gewesen, sie hatten warten müssen.

Bis Flagstaff waren es nur noch 60 Meilen, doch das Wetter bereitete Mark Sorgen. Mit jeder Minute wurde es dunkler, ein leises Grollen kündigte das nahe Unwetter an. Er vermutete, dass sie es nicht bis Flagstaff schaffen würden. Kurz überlegte er, umzukehren, dann verwarf er den Gedanken. „Eine Stunde noch. Beiß die Zähne zusammen und gib Gas! Wir müssen vor dem Gewitter dort ankommen und uns in Sicherheit bringen.

★★★

Das kleine rote Rücklicht der Vespa flackerte vor ihm am Horizont. Am frühen Morgen hatte er die beiden kurz aus den Augen verloren, doch dann fand er ihre Motorräder vor einem Café in Winslow. Er parkte in der Nähe, und als sie weiterfuhren, heftete er sich an ihre Fersen.

Paco war mit sich zufrieden. Er allein, ein entstellter, kaputter Indianer, was konnte er schon erreichen? Die Leute waren vorsichtig, keiner war scharf darauf, sich Ärger einzuhandeln. Wer zu viel wusste oder zu viel redete, der lief Gefahr, nachts Besuch zu bekommen. Eine Brandbombe vor die Tür oder einige Schüsse durch die dünnen Wände des Trailers reichten den meisten als Warnung.

Bereits seit zwei Jahren war er auf der Straße unterwegs, mal hier, mal da. Vorsichtig wie eine Wildkatze schlich er umher, fragte nach Arbeit, suchte nach Spuren. Doch als ob die weißen Bastarde hier draußen seine wahren Absichten riechen konnten – niemand wollte mit ihm reden, keiner gab ihm eine Stelle, wo er etwas in Erfahrung hätte bringen können. Das Motel war tatsächlich ein Glücksgriff gewesen.

Die beiden Detektive waren weiß. Sie verfügten über Geld, hatten mit Sicherheit Kontakte zur Polizei und vermutlich sogar zum FBI. Sie kannten die Akten, wussten genau, was ablief und wo sie suchen mussten. Dass er sie in der Nacht zuvor zufällig beobachten konnte, grenzte an ein Wunder. Von nun an würde er ihnen folgen. Unauffällig, wie ein Schatten. Er war nur ein Indianer, fast mittellos, alt, krank. Es gab nur wenige Dinge, die er wirklich gut konnte. Jemandem unbemerkt hinterherzuschleichen, gehörte dazu. Auch was das Töten anging, wurde ihm Talent nachgesagt.

★★★

„Stell dir bitte Folgendes vor. Du stehst an einer entlegenen Landstraße, irgendwo im mittleren Westen, sagen wir mal: Texas. Du lebst dort in der Gegend, wartest auf den Bus, doch der kommt nicht. Vielleicht hast du ihn verpasst, vielleicht hatte er auch 'ne Panne, wer weiß. Du musst jedenfalls weiter in die nächste Stadt. Ein Auto hält, der Fahrer spricht dich an und bietet dir an, dich mitzunehmen. Wie verhältst du dich?"

Robert legte den Kopf in den Nacken und lachte schallend. „Steve, genauso gut kannst du von mir verlangen, dass ich mir vorstellen soll, auf dem Mars zu leben und dort mit dem Fahrrad umherzufahren. Im Ernst: An dem Tag, an dem ich in Texas an einer Bushaltestelle stehe, schieße ich mir eine Kugel durch den Kopf, denn das würde bedeuten, dass mein Leben völlig außer Kontrolle geraten ist."

Cortez musste ihm irgendwie recht geben, auch für ihn selbst war die Vorstellung surreal. In Texas als Erwachsener an einer Bushaltestelle zu stehen bedeutete, dass man zum Bodensatz der Gesellschaft gehörte. Wer dort in einer Gegend lebte, die abseits der großen Städte an einer „entlegenen Landstraße" lag, der wohnte zudem vermutlich in einem Trailerpark.

„Vergiss das mal, es ist völlig unwichtig. Es geht hier einzig und allein darum, dass ich ein Killer bin und du mein Opfer. Irgendwie muss ich dich dazu bringen, in mein Auto einzusteigen, wenn möglich ohne Anwendung von Gewalt. Blutspuren, Patronenhülsen oder andere stumme Zeugen will ich unbedingt vermeiden."

Robert gab sich Mühe, ernst zu wirken, doch es war ihm anzusehen, dass die Situation ihn amüsierte. Cortez setzte das Schauspiel dennoch fort. „Hi, Sir, haben Sie den Bus verpasst? Wenn Sie möchten, kann ich Sie ein Stück mitnehmen."

Cortez saß auf dem Fahrersitz, Robert stand seitlich vom Wagen. Sie unterhielten sich durch das heruntergelassene Fenster.

Cortez lächelte freundlich, zeigte dabei seine gepflegten weißen Zähne. Aufmunternd nickte er seinem Nachbarn zu, fast wie eine Mutter, die ihrem Kind die Angst nehmen will. Robert bewegte sich keinen Millimeter vom Fleck, sein Gesicht wirkte verkniffen. Als hätte er auf etwas Saures gebissen, kräuselten sich seine Lippen, bevor er erneut losprustete.

„Es tut mir leid, Steve, aber so, wie du grinst, würde ich nie im Leben bei dir einsteigen. Ein echtes Serienmörder-Lächeln, fast wie die Hexe aus Hänsel und Gretel. Außerdem: Ich bin ein Redneck aus Texas, und da hält ein 70.000-Dollar-Audi an und will mich mitnehmen? Für wie realistisch hältst du das? Wir wissen beide, dass das nahezu unmöglich ist."

Robert kam ein Stück näher, er wollte nicht so laut sprechen: „Wann hast du das letzte Mal in deinem Leben einen Anhalter mitgenommen? Oder noch besser: Hast du überhaupt schon einmal einen Anhalter in deinem Wagen mitgenommen?" Cortez überlegte kurz. „Das war vor 36 Jahren, zwei hübsche Hippie-Mädchen. Aber noch mal, darum geht es nicht. Bitte vergiss für einen Moment, wer du bist. Wir ändern den Plan, steig ein."

Obwohl Robert und Steve sich kannten, war Robert eine gewisse Vorsicht anzumerken. Der Gedanke, in ein fremdes Auto einzusteigen, war ihm derart zuwider, dass er das auch jetzt nicht so ohne Weiteres konnte. „Bitte schließ die Tür, entspann dich." Robert zog die Tür ins Schloss, doch entspannen konnte er sich nicht. Argwöhnisch saß er auf der Außenkante des Beifahrersitzes, beobachtete Cortez.

Cortez wurde in diesem Moment bewusst, dass Roberts Verhalten nicht unrealistisch war. Auch er selbst wäre zunächst überaus vorsichtig gewesen, hätte den Fahrer nicht aus den Augen gelassen. Er setzte das Experiment fort. „Gut, wir fahren. Die Gegend wird immer entlegener, weit und breit keine Menschenseele. Plötzlich bremse ich, fahre rechts ran. ‚Verdammt, Sir, da rumpelt etwas, vielleicht ein Platten? Ich schaue mal nach.'"

Cortez stieg aus, ging um den Wagen herum. Den Zeigefinger wie eine Waffe auf sein vermeintliches Opfer gerichtet, bedrohte er nun Robert: „Los, aussteigen, die Fahrt ist hier zu Ende." Er rechnete damit, dass sein Opfer seinem Befehl Folge leisten würde, doch Robert verblüffte ihn. „Nie im Leben. Sie werden mich töten, so oder so. Steige ich aus, knallen Sie mich ab, oder Sie zwingen mich, in den Kofferraum umzusteigen. Was Letzteres bedeutet, wissen wir beide. Erschießen Sie mich hier im Auto, ist der Wagen voller Blutspuren. Dieses Risiko können Sie nicht eingehen. Nein, ich weigere mich, auszusteigen."

Völlig verdutzt stand Cortez neben seinem Wagen. Robert hatte völlig recht. Das Opfer im Auto zu erschießen, würde Unmengen an Blut- und anderer DNA-Spuren verursachen. Er selbst kannte Bilder von Tatorten mit Kopfschüssen. Gewebeteile und Hirnmasse hatten sich über die gesamte Fahrgastzelle verteilt. Kein Täter würde dieses Risiko eingehen.

Er ging zurück zur Fahrerseite, stieg wieder ein. Obwohl es sich bei dem Audi um ein großes Auto handelte, saßen die beiden Männer doch recht nah beieinander. Cortez überlegte, aber im Wagen selbst gab es keine Möglichkeit, das Opfer zu überwältigen. Robert konnte seine Gedanken offenbar lesen. „Wenn du mich fragst, muss die Falle in dem Moment zuschnappen, in dem der Anhalter einsteigt. Er darf gar keine Zeit bekommen zu zweifeln oder Angst zu haben. Er setzt sich hin und – zack – schon ist es vorbei. Wie in einem James-Bond-Film, wo der Sitz den Bösewicht plötzlich verschluckt."

★★★

Sein Ziel war heute der Petrified Forest, dessen Imbiss er seit Jahren belieferte. Vor langer Zeit hatte ihn dort der Junge angesprochen. Gern dachte er an diesen Tag zurück, denn seine Karriere hatte dort ihren Anfang genommen. Mit dem Jungen, der ihm wie ein kleiner hilfloser Welpe in die Arme gelaufen war, entdeckte er sein Talent, seine Gabe. Seitdem hatte er mehr als ein Dutzend Männer zu sich genommen, sie einer neuen Aufgabe an seiner Seite zugeführt.

Zunächst würde er in Winslow Halt machen, drei Restaurants dort bezogen Ware von ihm. Auch in Holbrook wartete ein Kunde auf eine Lieferung. Doch das Wetter sah immer bedrohlicher aus, gut denkbar, dass ein Sturm aufzog, vor dem er sich irgendwo verstecken musste. Schon einmal hatte starker Wind seinen Lieferwagen fast umgeworfen.

Zwei Motorräder kamen ihm entgegen. Er erkannte eine Harley, dahinter folgte in einigem Abstand eine Vespa. Die Fahrerin kauerte hinter der Scheibe, ein Zopf wehte an ihrem Helm wie ein Windsack an einem Flugplatz. *Mutig, die beiden*, dachte er. Ein Sturm konnte hier draußen auf dem Motorrad schnell lebensbedrohlich werden. Ein Auto bot immerhin Schutz gegen Blitze, den Wind, den Regen und die Kälte. Auf einem Motorrad hingegen war man den Elementen hilflos ausgeliefert.

Erst dachte er, ein weiteres Motorrad käme ihm entgegen. Doch dann erkannte er, dass es ein Auto war, eine alte Karre, deren rechter Scheinwerfer nicht funktionierte. Als der Wagen ihn passierte, sah er aus dem Augenwinkel für einen kurzen Moment das Gesicht des Fahrers: Es war die Fratze eines Monsters. Eine Gesichtshälfte war entstellt, zerdrückt, eine lange Narbe verunstaltete es zusätzlich. Ein böses Lächeln umspielte die Lippen des Mannes hinter dem Lenkrad.

Ein Seelenverwandter!, schoss es ihm durch den Kopf. Wer immer der Mann auch war, Anthony Waller konnte spüren, dass soeben ein Mörder an ihm vorbeigefahren war. Er blickte in den Rückspiegel, die beiden Bikes waren bereits am Horizont verschwunden, der alte Wagen folgte ihnen. *Offenbar*, dachte er, *bin ich heute nicht der Einzige, der auf der Suche nach einem Opfer ist.*

★★★

Der Verhörraum des FBI Los Angeles war vermutlich einer der trostlosesten Orte der Stadt. Wände, Decke und Fußboden waren in verschiedenen Grautönen gehalten. Grau waren auch die Tische, die unbequemen Stühle. Fenster gab es keine, genau wie Bilder, Blumen oder anderen Zierrat. Eine Reihe Neonröhren an der Decke sorgte für Licht, das irgendwie ebenfalls grau wirkte.

In Filmen hatten solche Räume oft eine Spiegel- oder Fensterwand, durch die Zeugen oder Polizeibeamte bei der Vernehmung zusehen konnten. Hier gab es solch eine Vorrichtung nicht. Dafür waren in dem Raum etliche Kameras und Mikrofone versteckt. Bei einem Verhör konnte so das Gesicht des Verdächtigen aus verschiedenen Perspektiven aufgenommen werden, um auch noch die kleinste Regung aufzuzeichnen. Sogar eine Augenkamera gab es, mit der die Pupillen beobachtet wurden.

Die beiden Burger und die Milchshakes standen bereit, was noch fehlte, waren die Versuchskaninchen. Judy blickte nervös auf die Uhr an ihrem Handgelenk, 11.29 Uhr, noch eine Minute. In diesem Moment klopfte es an der Tür. „Herein."

Zwei auffallend junge Beamte in Uniform betraten den Raum. Offenbar hatte der Officer ihre Bitte nach zwei „jungen" Polizisten überaus ernst genommen. Beide waren dunkelhaarig und auch von dunkler Haut, Judy vermutete, dass sie südamerikanischer Abstammung waren. Es war ein Trend, den man seit längerem beobachten konnte: Immer weniger Weiße interessierten sich für den Beruf des Polizisten.

Schüchtern, fast schon erschrocken blickten sie Judy an. *Mordkommission* hatte man ihnen gesagt, dazu noch *Experiment*, und jetzt noch dieser grässliche Raum. Was ging hier vor sich? Judy begrüßte die Männer, versuchte dabei, beruhigend zu wirken. „Guten Morgen, die Herren. Keine Angst, treten Sie nur ein."

Sie reichte den Männern die Hand, stellte sich vor. „Mein Name ist Judy Tonka. Bitte, nehmen Sie dort drüben Platz. Ich versorge Sie derweil mit etwas zu essen. Mit wem habe ich denn die Ehre?" Der Kleinere der beiden fasste sich ein Herz. „Ich bin William Rainbow, mein Partner hier hört auf den Namen Benito Hernandez." Judy musste lachen. „Rainbow ist ja ein schöner Name. Ich habe Sie für einen Hispanic gehalten, wie kommen Sie denn zu diesem außergewöhnlichen Namen?"

Die beiden rückten ihre Stühle zurecht, setzten sich an den Tisch. Während Judy die Burger und Shakes vor ihnen positionierte, erklärte der Polizist: „Ich bin ein Waisenkind, meine genaue Herkunft ist unbekannt. Meine Adoptiveltern heißen Rainbow. Sicher ein schöner Name, aber als Polizist wäre mir ‚Chainsaw' lieber. Rainbow klingt nicht gerade respekteinflößend."

Für eine Sekunde war Judy peinlich berührt, doch der Moment verging sofort. Die Antwort des jungen Mannes ließ außerdem darauf schließen, dass er über Humor verfügte: *Chainsaw* – Kettensäge. Sie kam zur Sache.

„Zunächst einmal vielen Dank, dass Sie hier sind. Wir machen jetzt ein kleines Experiment, in dem ich Ihr Verhalten studieren möchte. Es geht um die Frage, wie sich junge Polizisten, die gerade von der Polizeiakademie kommen, in einer bestimmten Situation verhalten. Ältere, erfahrene Kollegen würden vielleicht anders agieren, daher habe ich Sie angefordert."

Auch die beiden erschossenen Beamten waren relativ jung gewesen, beide erst seit kurzer Zeit im Dienst, hatten die Vorschriften und Regeln der Academy noch verinnerlicht. Judy war gespannt.

„Stellen Sie sich bitte vor, Sie sitzen in Ihrem Streifenwagen. Sie parken irgendwo an einer entlegenen Landstraße auf einem Rastplatz, sagen wir mal, an der Route 66. Das Wetter ist prächtig, Sie blicken hinaus in die malerische Wüste, auf dem Armaturenbrett steht Ihr Mittagessen: Zwei leckere Cheeseburger, dazu zwei Milchshakes."

Judy beugte sich über den Tisch, schob die in Papier eingeschlagenen Burger näher auf die Männer zu. „Hier, bedienen Sie sich. Nehmen Sie die Burger in die Hand, aber bitte noch nicht auspacken." Die beiden blickten sich kurz an, zuckten mit den Schultern, griffen zu den Burgern.

Judy stand auf. Sie ging um den Tisch herum, stellte sich hinter die Männer. „Plötzlich, Sie haben gerade angefangen zu essen, fährt eine Gruppe Motorräder auf den Rastplatz. Die Maschinen rollen im Schritttempo an Ihnen vorbei, parken vor Ihnen. Wie verhalten Sie sich?"

Als ob sie selbst einer der Motorradfahrer wäre, ging sie langsam an den Beamten vorbei. Mit kaltem Blick musterte sie die zwei, blickte fast schon abschätzig auf sie herab. Die beiden wussten nicht, ob Judys Verhalten Teil des Experimentes war oder nicht. Sie zögerten, sagten zunächst nichts. Beide saßen einfach nur da, die Burger in den Händen. Stumm warteten sie auf weitere Anweisungen.

Sie seufzte, begriff, dass die Männer wussten, dass sie Teil eines Experimentes waren, sich daher nicht natürlich verhielten. Zudem musste sie ihnen mehr Informationen geben. Sie ging zurück auf ihre Ausgangsposition, stellte sich hinter die Stühle.

„Okay, mein Fehler, zweiter Versuch. Gleiches Szenario. Sie sitzen im Auto an der Route 66, essen zu Mittag. Ich weiß nicht, wie Sie sich im Streifenwagen verhalten, ich jedenfalls schaue permanent in den Spiegel. Sie auch?" Rainbow nickte, beobachtete sie über die Schulter hinweg.

„Sie sehen also, dass sich ein Pulk Motorräder nähert. Als die Bikes im Schritttempo an Ihnen vorbeifahren, erkennen Sie schwere Harleys und schwere Jungs. Die Fahrer tragen Kutten, Gang-Abzeichen, sind muskulös, tätowiert. Eine Gruppe Rocker parkt da plötzlich vor Ihnen. Kriminelle, die häufig in schwere Straftaten verwickelt sind und die als äußerst gefährlich gelten."

Erneut ging Judy an den Männern vorbei, wieder mit kaltem, abwertenden Blick. Die Beamten sahen nun nicht mehr die Polizistin in ihr, sondern die gefährlichen Rocker. Beide reagierten nervös, Rainbow spielte unruhig mit dem Burger in seiner Hand. Noch immer war ihre Reaktion zu verhalten.

Mit der flachen Hand schlug Judy auf den Tisch, ein lautes Klatschen war die Folge. „Herrschaften, da parken plötzlich Typen vor Ihrem Wagen, die vermutlich Verbrecher sind. Sie erkennen an den Aufnähern an den Kutten, dass es sich um Mitglieder einer berüchtigten Gang handelt, den *Oklahomies*. Mit Sicherheit verstecken sich da Waffen unter den Lederjacken. Einige der Männer könnten mit Haftbefehl gesucht werden. Und Sie fressen weiter Burger? Was ist los mit Ihnen?"

Jetzt kam Leben in die beiden Polizisten. Achtlos warfen sie die Burger auf den Tisch, Hernandez tat, als würde er ein Mikrofon an den Mund führen. „Hier Wagen 28, Route 66, Rastplatz x-y-z. Haben Kontakt mit einer Gruppe Biker, vermutlich Gangmitglieder. Patches auf den Kutten weisen auf ‚Oklahomies' hin. Wir steigen aus und kontrollieren die Papiere der Männer. Erbitten sofort Verstärkung!"

Auch Rainbow wurde lebendig. Seine Hand ging zur Hüfte; er tat, als würde er seine Waffe überprüfen oder entsichern. Dann schob er den Stuhl zurück, ging einen Schritt zur Seite, so als würde er aussteigen. Hernandez tat es ihm gleich.

Judy jubelte innerlich. Ihre Vermutung hatte sich bestätigt. Als die beiden Polizisten begriffen, wer da auf den Parkplatz rollte, beendeten sie unverzüglich ihre Pause. Niemals hätten sie dabei zugesehen, wie sich eine Gruppe Rocker vor ihnen positionierte, während sie weiterhin gemütlich ihre Burger verspeisten.

Genau dieses Bild hatte sie vor Augen gehabt, als Gloria am Vortag nackt an ihr vorbeigegangen war und sie gerade in ihren Burger beißen wollte. Wäre sie an der Stelle der beiden Beamten gewesen, hätte sie den Wagen schon verlassen, bevor die Rocker überhaupt ihre Maschinen zum Stehen gebracht hätten.

Judys Gedanken rasten. Die Rocker, da war sie sicher, waren eine Finte, eine Trugspur. Wer immer die beiden Polizisten erschossen hatte, der wusste, dass die Polizei auf der Suche nach dem Mörder unter Druck stand. Eine Motorradgang passte da nur zu gut ins Bild. Zudem konnte man bereits zwei Stunden nach den Morden Ergebnisse präsentieren, Tatverdächtige verhaften. Aber nein, es waren nicht die Rocker. Der Mörder der Beamten war jemand anderes.

Judy hob die Hand, so als würde sie eine Ankündigung machen wollen. Die Polizisten vor ihr, beide noch die Hand am leeren Holster, entspannten sich. Judy war in diesem Moment dankbar dafür, dass im Gebäude selbst keine Waffen erlaubt waren. „Okay, sehr gut! Genauso hätte ich mich auch verhalten. Bitte nehmen Sie wieder Platz, wir kommen nun zum nächsten Teil des Experiments."

Als Officer Rainbow das Lächeln auf Judys Gesicht sah, wusste er mit einem Mal, dass sie ihn und seinen Kollegen belog. Die Polizistin kannte das Ergebnis des Experimentes bereits. Sie wollte ihre Vermutung nur noch bestätigt wissen.

Mit einem Mal kam er sich seltsam benutzt vor, irgendwie getäuscht. Die Frau da vor ihnen war stellvertretende Leiterin der Mordkommission. Es ging ihr nicht um ein Verhaltensexperiment. Irgendwo auf der Route 66 waren vermutlich wirklich zwei Polizisten erschossen worden. *Er und sein Partner Benito waren nur hier, um die Opfer zu spielen.*

★★★

Cortez erinnerte sich an eine Slapstick-Szene in einem Film: Ein Sessel hatte eine Person verschluckt, die sich in ihm niederlassen wollte. War es *Die nackte Kanone* mit Leslie Nielsen? Egal. Die Geschichte war völlig abwegig, doch Robert hakte sofort nach. „Natürlich meine ich das eher symbolisch mit der Falltür im Beifahrersitz. Aber mal im Ernst. Wäre ich der Mörder, würde ich eine Vorrichtung installieren, die das Opfer neben mir irgendwie betäubt. Mit Strom vielleicht?"

Robert gab seine Zurückhaltung auf. Neben Cortez sitzend wackelte er mit dem Oberkörper, so als würden 50.000 Volt durch ihn hindurchschießen. „Uhuhu", entfuhr es ihm, er hatte den Kopf in einem gespielten Krampf in den Nacken gelegt. Robert schien in seinem Element zu sein. *Vermutlich hat er schon zu viele Krimis gelesen*, dachte Cortez.

„Beruhig dich bitte. Strom scheint mir nicht das richtige Mittel zu sein. Erstens musst du den ja irgendwo herbekommen, und zweitens könnte das Opfer den Täter irgendwie anfassen oder berühren und diesen dann mit unter Strom setzten. Was fällt dir sonst noch ein?"

Robert, etwas enttäuscht, beendete seine Vorstellung. Er überlegte kurz, kratzte sich am Kopf, dann zuckte er abrupt zusammen, krümmte seinen Rücken: „Eine in den Sitz eingebaute Giftspritze. Mit Hilfe eines Seilzuges kann der Killer die Nadel in den Rücken des Opfers jagen, ihm so eine Dosis Schlafmittel verpassen." Robert, von der imaginären Spritze betäubt, sank langsam nach vorn, legte seine Kopf auf dem Armaturenbrett ab.

Die Idee hat was, dachte Cortez. *Hinter dem Beifahrersitz könnte man auf der Rückbank so etwas wie eine Kiste oder einen Koffer befestigen. In diesem Behältnis wäre ausreichend Platz für eine Höllenmaschine, die Gift in eine Kanüle presst und die Kanüle gleichzeitig nach vorn durch den Sitz treibt. Dem Opfer wird in den Rücken gestochen, und bevor es reagieren kann, ist die Injektion erfolgt.*

Cortez beugte sich nach hinten, betrachtete die Rückbank. Tatsächlich ließ sich so eine Konstruktion wohl überaus leicht herstellen. Den Einstich jedoch würde das Opfer in jedem Fall bemerken. Würde es Verdacht schöpfen, könnte es den Fahrer attackieren, ihm ins Lenkrad greifen. Und was, wenn es eine robuste, dicke Lederjacke trug? Nein, es musste eine einfachere Methode geben.

Sein Nachbar lag noch immer mit der Stirn auf dem Armaturenbrett. Das brachte Cortez zu einer weiteren ungelösten Frage. „Robert, wie schwer bist du in etwa?“ Robert, die Stirn weiter gegen das Handschuhfach gepresst, sprach mit dem Fußraum: „86 Kilo.“ Cortez stieg aus, er ging um den Wagen herum. „Ich werde jetzt mal versuchen, dich in den Kofferraum zu bewegen. Du tust bitte weiterhin so, als wärst du ohnmächtig.“

★★★

Als er den Mann sah, der am Straßenrand entlangging und dabei ein Fahrrad schob, wusste er, dass er soeben sein nächstes Opfer gefunden hatte. Abrupt trat er etwas zu fest auf die Bremse. Hinter ihm im Kühlraum klapperte es, als sich einige Kartons und Dosen verselbstständigten. Hastig ließ er die Scheibe an der Beifahrertür herunter. *Ruhig Anthony, nicht zu hastig, versau es jetzt nur nicht.*

Der Mann trug enganliegende Sportkleidung. Waller sah eine Radlerhose, ein Trikot, beides auffällig bedruckt mit dem Logo eines Getränkeherstellers. Auf seinem Kopf saß ein Helm, darin steckte eine verspiegelte Sonnenbrille. Der Mann selbst war jung, sah auffallend gut aus. Mit einem etwas verkniffenen Lächeln blickte er zum Fenster hoch.

„Hallo, Sir! Sie kommen ja wie gerufen. Können Sie mich mitnehmen nach Winslow? Irgendein Arschloch hat eine Whiskeyflasche auf der Straße zerschmissen, ich bin voll in die Scherben reingefahren. Mit Flicken ist da nichts mehr, beide Reifen sind hinüber.“

Wallers Hände zitterten, er presste sie an seine Oberschenkel. Ein junger Mann, durchtrainiert, ein wunderschöner, fester Körper. „Hi, klar doch, ich nehme Sie gern mit. Wären Sie ein Anhalter, wäre das was anderes, aber ich fahre selbst Rad, und unter Sportlern hilft man sich natürlich. Es gibt nur ein Problem. Ich habe den Laderaum voll, für Ihr Fahrrad ist da leider kein Platz mehr."

Der Mann wollte protestieren, doch Anthony zeigte mit dem Finger Richtung Westen. Schwarze Wolken türmten sich dort auf. „In zehn Minuten kracht es hier. Ich schlage vor, Sie verstecken Ihr Rad da vorne am Straßenrand. Hinter den Büschen sieht es niemand. Merken Sie sich die Stelle. Ich lasse Sie in Winslow raus, und später, nach dem Gewitter, können Sie Ihr Fahrrad hier abholen. In den kommenden Stunden kommt hier kein Mensch vorbei."

Es war dem Sportler anzusehen, dass ihm der Gedanke nicht gefiel, sein teures Rennrad zurückzulassen. Sorgenvoll blickte er in Richtung Westen, von wo das Gewitter sich näherte. Der Mann im Auto hatte recht. Hinter den Büschen war das Rad sicher. Die Wahrscheinlichkeit, dass jemand es dort entdeckte, war extrem gering, wenn nicht sogar ausgeschlossen. Kurz rang er mit sich, dann war die Entscheidung gefallen.

„Sekunde, ich bring nur das Rad weg, dann kann's losgehen." Waller blickte in den Rückspiegel, danach nach vorn. Das heraufziehende schlechte Wetter war vielen Bikern eine Warnung gewesen. Die Route 66 war leer. Er beobachtete, wie der junge Mann sein Rennrad zwischen die Büsche zog, danach auf die Straße zurückging und prüfte, ob man es von dort aus sehen konnte. Zum Zeichen, dass er zufrieden war, hob er die Hand, zeigte Waller einen ausgestreckten Daumen. Mit wenigen Schritten war er zurück am Wagen.

„Perfekt! Los, steigen Sie ein, die Tür ist offen." Waller hielt die Luft an. Was nun folgen würde, hatte er schon oft erlebt, doch immer war der Moment nervenzerfetzend.

Der Mann öffnete die Tür, schwang sich in den Wagen. „So ganz geheuer ist mir der Gedanke zwar nicht, das Fahrrad hier zurückzulassen, aber was will man machen? Mein Name ist übrigens Nick." Nick zog die Tür hinter sich zu. Waller tat, als wäre er nicht zufrieden: „Nee, das war nichts, bitte schließen Sie die Tür noch mal. Es kommt vor, dass sie klemmt."

Ohne ihn anzusehen, öffnete sein Opfer die Tür, zog sie erneut fest in Schloss. *Wumm!* Waller schüttelte den Kopf. „Sorry, ich kann hören, dass sie immer noch nicht richtig zu ist. Bitte probieren Sie es noch einmal.“ Der Mann namens Nick zögerte, blickte ihn fragend an. Dann folgte er Wallers Aufforderung, öffnete und schloss die Tür nochmals.

Jetzt endlich nickte Waller zufrieden. Er legte den Gang ein, trat aufs Gas. „Dann wollen wir mal.“ Er verzichtete darauf, dem Mann seinen Namen zu nennen. Seine Reise war sowieso in wenigen Sekunden zu Ende.

★★★

Mark hörte den Donner nicht, er spürte ihn eher. Ein tiefes, niederfrequentes Brummen zog durch seine Eingeweide, versetzte sie in unmerkliche Schwingungen. Unruhig schaute er nach oben, als er Rebeccas Stimme im Kopfhörer vernahm. „O Gott, guck mal in den Rückspiegel! Ich glaube, die Hölle tut sich auf.“

Sein Rückspiegel zitterte, erlaubte ihm keinen klaren Blick nach hinten. Mark setzte den Blinker, verlangsamte die Harley, bis sie schließlich stand. Rebecca hielt neben ihm. Gemeinsam blickten sie in Richtung Osten, wo sich eine schwarze Wand erhob.

Das Bild, das sich ihnen bot, glich einer Szene aus einem Albtraum. Wie ein Monster aus dunklem Rauch ragte hinter ihnen eine Gewitterwolke in den Himmel auf. Wie eine giftige Qualle, die einen Tentakel nach ihrem Opfer ausstreckt, hatte auch die Wolke einen Arm nach ihnen ausgestreckt. Genau über ihnen kräuselte sich der Ausläufer der Wolke, die Unterseite brodelte und zuckte dabei. Mark kannte den Namen dieses Monsters: Böenwalze.

Mark blickte die Straße entlang. Weit und breit sah er kein Fahrzeug, einzig die gelben Mittelstreifen beanspruchten die Fahrbahn für sich. Links neben der Straße wartete vertrocknetes, totes Gras auf den Regen. Rechts ragten einige Strommasten empor. Sie erinnerten Mark an Kreuze, die auf Verurteilte warteten.

In diesem Moment schoss ein Blitz aus den Wolken. Grelles weißes Licht fand in einer Lanze aus Energie seinen Weg vom Himmel zur Erde. Gleichzeitig erfasste Mark und Rebecca ein starker Wind, eine Sekunde darauf kam der Donner. Sand und Staub wurden aufgewirbelt, abgestorbenes Gras mischte sich darunter.

Panik erfasste ihn. Jetzt erwies es sich als Fehler, dass er zuvor eine Umkehr nach Winslow verworfen hatte. Er blickte zu Rebecca, der ebenfalls anzusehen war, dass sie Todesangst hatte. „Wir müssen hier weg. Sofort! Richtung Westen, so schnell wie es geht. In wenigen Minuten, ach was, Sekunden, ist das Gewitter hier. Wir können von den Blitzen getroffen zu werden. Los, gib Gas!"

★★★

„Kommen wir nun zu Experiment Nummer zwei. Immer noch dasselbe Szenario. Sie haben Pause, freuen sich auf Ihre leckeren Cheeseburger, als Sie gestört werden. Ein alter, klappriger Ford-Kombi fährt an Ihnen vorbei. Der Wagen kommt vor Ihnen zum Halten, ein Rentnerpaar steigt aus. Der Opa streckt seinen Rücken durch, die Oma zieht einen Dackel aus dem Wagen. Wie verhalten Sie sich?"

Judy war nicht gerade für ihr schauspielerisches Talent bekannt. Dennoch versuchte sie, die Szene glaubhafter zu gestalten, indem sie die Bewegungen eines älteren Mannes nachahmte. Die Lippen heruntergezogen, die Augen halb geschlossen, hielt sie sich den Rücken, humpelte ein wenig hin und her. Benito Hernandez belohnte ihre Darbietung mit einem leisen Kichern.

Wie schon zuvor enttäuschten sie die beiden Beamten jedoch. Stumm saßen sie da, sahen sie nur fragend an. Sie würde ihnen wieder Regieanweisungen geben müssen, auch auf die Gefahr hin, dass das ihr Experiment verfälschen könnte. Judy setzte sich zu den Männern auf den Tisch.

„Gentlemen, was steht denn auf der Tür von Ihrem Wagen? *Um zu schützen und zu dienen.* Die beiden Rentner kommen vermutlich aus Kalifornien, sie haben noch eine lange Fahrt vor sich. Und so müde wie sie aussehen, haben sie auch schon einen langen Weg hinter sich. Wollen Sie wirklich, dass die beiden in Los Angeles herumerzählen, die Cops in Arizona säßen nur in der Wüste herum und würden Hamburger verdrücken?"

Jetzt endlich machte es *Klick*, zumindest bei Rainbow. Er legte den immer noch eingepackten Burger beiseite, stand auf, ging einige Schritte in den Raum hinein, tat so, als würde er sich vorbeugen. „Ma'am, Sir, guten Tag. Ist alles in Ordnung bei Ihnen? Können wir Ihnen irgendwie behilflich sein? Vielleicht mit etwas Wasser für den Hund?"

Judy applaudierte, in dem sie mit dem Knöchel auf den Tisch klopfte. „Genau. Kein Polizist möchte doch in seinem Streifenwagen dabei beobachtet werden, wie er dasitzt und sich den Bauch vollschlägt. Vorurteile über uns Cops gibt es schon genug. Ich jedenfalls würde mich genauso verhalten, wie Officer Rainbow es getan hat."

Auch ihre zweite Theorie hatte sich damit bestätigt. Es waren keine Rocker, die die Polizisten auf dem Parkplatz überrascht und anschließend erschossen hatten. Selbst bei harmlosen Rentnern wären die Beamten nicht im Auto sitzengeblieben. Die beiden Beamten wurden jedoch ermordet, während sie im Streifenwagen saßen und ihre Burger verzehrten.

„Kommen wir nun zu unserem nächsten Experiment. Bitte nehmen Sie wieder Platz, Officer Rainbow. Ach so: Sie können gern einen Schluck von dem Milchshake trinken, nur mit dem Burger müssen Sie noch einige Minuten warten."

★★★

Irgendwann, vor gefühlt 1.000 Jahren, hatte Cortez bei einem Erste-Hilfe-Lehrgang den sogenannten Rautekgriff erlernt. Dieser von einem Deutschen erfundene Griff wurde weltweit bei Unfällen eingesetzt, um Menschen aus verunglückten Autos zu bergen.

Robert saß auf dem Beifahrersitz, den Kopf auf dem Armaturenbrett abgelegt. Cortez stand neben ihm, streckte seine Arme unter den Achseln seines Nachbarn hindurch. Der Körperkontakt war ihm etwas unangenehm. „Tja, Robert, ich hoffe du bist nicht kitzlig. Und das ist auch kein Trick, mit dem ich versuche, mich an dich ranzumachen."

Sein „Opfer" nahm seine Aufgabe überaus ernst. Keinen Mucks machte Robert. Die imaginäre Spritze hatte ihn offenbar völlig außer Gefecht gesetzt.

Schon das Erfassen und Zurechtlegen des Arms vor der Brust des „Ohnmächtigen" erwies sich als schwierig. Doch schließlich gelang es Cortez, und er begann, Robert langsam aus dem Auto zu ziehen. Als aber die 86 Kilo sich vom Sitz lösten und ein Großteil davon an Cortez' Armen hing, entglitt ihm sein Nachbar. Er versuchte noch, nachzufassen, doch er konnte nicht verhindern, dass Robert seitwärts zu Boden fiel.

Die Sache war ihm überaus unangenehm. Die Auffahrt zur Garage war geschottert und relativ sauber. Vermutlich war der kleine Sturz auch nicht sonderlich schmerzhaft gewesen, doch so hatte Cortez das Ganze nicht geplant. „Bob, steh auf, wir lassen das besser. Wenn ich dich jetzt zum Kofferraum schleife, ruiniere ich dir nur die Hose und die Schuhe, und mir selbst vermutlich den Rücken."

Doch Bob war tot, ohnmächtig, verstorben. Er lag auf der Seite, regungslos, mit geschlossenen Augen. Fast hätte Cortez gelacht. *Wenn nur jetzt die Postbotin nicht unverhofft auftaucht*, ging es ihm durch den Kopf. Aber Robert hatte schließlich ein Einsehen. Er öffnete die Augen. „Ich wusste, dass es so kommen würde. Ohne Übung ist es sehr schwer, einen erwachsenen Menschen aus einem Auto zu ziehen."

Langsam erhob er sich vom Boden, Cortez half ihm dabei. Während sich der Wiederauferstandene Steinchen und Staub aus der Hose klopfte, setzte er seinen Vortrag fort: „Noch schwerer ist es übrigens, einen erwachsenen Menschen in einen Kofferraum zu verfrachten. Das ist auch der Grund, warum die meisten Mörder ihre Opfer zerstückeln. In die Einzelteile zerlegt, lässt sich ein Mensch viel leichter transportieren."

★★★

Nick Bennet konnte spüren, dass etwas nicht stimmte mit ihm. Gerade eben erst hatte er die Tür geschlossen, jetzt wollte er den Sicherheitsgurt anlegen. Doch von einem Moment auf den anderen konnte er nicht mehr atmen. Dieser Urinstinkt, das Weiten des Brustkorbs – verschwunden. *Verdammt, Nick*, schoss es ihm durch den Kopf, *ATME!* Luft holen, einatmen, ausatmen, du hast es doch schon millionenfach getan!

Er verspürte den Drang, sich an die Brust zu fassen, doch selbst das gelang ihm nicht. Mit geöffneten Augen sank er langsam nach vorn, prallte mit dem Gesicht auf das Armaturenbrett. *Ich habe einen Herzinfarkt, ich sterbe*, war sein nächster Gedanke. Doch bei einem Herzinfarkt wurde man ohnmächtig, er hingegen konnte denken. *Los Nick, atme!*

Der Wagen hielt, er konnte die Verzögerung durch die Bremsen spüren. Der Mann neben ihm stieg aus, kalte Luft strömte in das Innere der Kabine. *Luft, Luft, atme!* Der Windhauch auf seiner Haut war eine Verheißung, ein Versprechen, doch seine Lunge versagte ihm den Dienst.

Als die Tür neben ihm geöffnet wurde, der Fahrer ihn aus dem Wagen zog, glaubte er für eine Sekunde an seine Rettung. Doch dann sagte der Fahrer zu ihm: „Kein Angst, Junge. Es tut nicht weh, wenn du dich nicht dagegen wehrst. Versuch einfach zu schlafen. Gleich wird es vielleicht ein bisschen kalt, aber das hat nichts zu bedeuten. In wenigen Minuten bist du im Himmelreich, und in den kommenden Monaten werde ich gut für dich sorgen. Versprochen."

★★★

„Experiment Nummer drei. Sie kennen das Szenario: Pause, Burger, alles wie gehabt. Plötzlich fährt ein Wagen an Ihnen vorbei, und eine junge, hübsche Frau steigt aus. Sie ist blond, trägt einen sexy Minirock, ein knappes Shirt. Wie verhalten Sie sich?"

Dieses Mal verzichtete Judy auf schauspielerische Unterstützung. Und dieses Mal musste sie den Männern auch keine Anweisung geben. Hernandez legte den Burger beiseite, stand auf. Mit dem missglückten Versuch eines charmanten Lächelns blickte er Judy an. „Ma'am, kann ich Ihnen irgendwie behilflich sein? Ist alles in Ordnung bei Ihnen? So eine hübsche Frau wie Sie sollte nicht allein hier draußen durch die Wüste fahren."

Officer Benito Hernandez merkte sofort, dass seine Darbietung gerade ins Peinliche abglitt. Sein Mund zuckte, seine Wangen wurden rot. Judy bemühte sich, ihn zu beruhigen. „Sehr gut, Officer Hernandez. Sie haben richtig gehandelt. Natürlich würde ein Polizist der Versuchung erliegen, mit so einer attraktiven Frau zu flirten." Fast hätte sie hinzugefügt: *Ich hätte es genauso gemacht.* Doch den Spruch konnte sie sich glücklicherweise gerade noch verkneifen.

Also hatte sie richtig gelegen. Die Polizisten wären auch in diesem Fall nicht im Wagen sitzen geblieben. Jetzt kam es also auf das letzte Experiment an.

★★★

Waller überprüfte die Straße vor und hinter sich – sie war leer. Vorsichtig bremste er das Fahrzeug ab, stieg aus, lief schnell nach hinten. *Verdammt, die Handschuhe.* Er eilte wieder nach vorn, kramte aus der Fahrertür ein Paar Lederhandschuhe.

Er ging wieder zurück, öffnete die Hecktür. An ihrer Innenseite war ein zusammengefalteter Rollwagen angebracht. Mit ihm transportierte er seine Waren, in vielen Fällen war der Wagen praktischer als eine Sackkarre.

Mit geübten Handgriffen faltete er den Wagen auseinander, schob ihn zur Beifahrertür. Ein letzter Blick auf die Straße, dann konnte es losgehen. Er öffnete die Tür, achtete sorgfältig darauf, dem Türgriff an der Innenseite nicht zu nahe zu kommen. Später würde er ihn reinigen.

Er griff dem Mann unter die Arme, suchte den linken Unterarm seines Opfers. Mit Hilfe des Rautekgriffs zog er den Mann vom Sitz, legte ihn auf den Rollwagen. Mit starren, leblosen Augen blickte Nick in den Himmel. „Kein Angst, Junge. Es tut nicht weh, wenn du dich nicht dagegen wehrst. Versuch einfach zu schlafen. Gleich wird es vielleicht ein bisschen kalt, aber das hat nichts zu bedeuten. In wenigen Minuten bist du im Himmelreich, und in den kommenden Monaten werde ich gut für dich sorgen. Versprochen."

Er zog den Wagen nach hinten zum Laderaum. Hier stieg er auf eine Stufe, die neben dem Nummernschild angebracht war. Oben unter der Decke hing ein zusammengeknotetes Seil. Er nahm es vom Haken, warf es hinunter, stieg hinterher.

Den Knoten zu lösen dauerte nur eine Sekunde. Am Ende des Seils war ein Karabinerhaken angebracht. Diesen zog er unter den Armen seines Opfers hindurch, bis er ihn vor der Brust verschließen konnte.

Obwohl er schnell arbeitete, jeder Handgriff dutzendfach eingeübt war, bekam Anthony Waller Panik. Doch er wusste, dass er außerhalb des Wagens nur 30 Sekunden gebraucht hatte.

Schnell stieg er erneut die Stufe hoch, suchte mit der linken Hand den versteckten Schalter. *Klack.* Die elektrische Seilwinde setzte sich in Bewegung. Langsam aber stetig wurde sein Opfer angehoben und in den Kühlraum gezogen. Waller sprang hinunter, half hier und da ein wenig nach. Als einer von Nicks Sportschuhen an der Kante zum Laderaum hängen blieb, streifte er ihn vom Fuß, schleudert ihn hinter den Grünstreifen.

60 Sekunden später schaltete sich die Seilwinde automatisch ab. *Klack.* Nick Bennet war im inneren des Kühlraums verschwunden. Den Rollwagen zusammenzulegen, einzuladen und die Tür zu schließen – das alles dauerte nicht länger als ein Lidschlag.

Während er langsam zur Fahrertür ging, streifte er die Handschuhe ab. Das war gute, professionelle Arbeit gewesen. 90 Sekunden, maximal zwei Minuten hatte er für die Aktion gebraucht. Länger hätte es aber auch nicht dauern dürfen, denn mit einem Mal prasselten dicke Regentropfen auf die Windschutzscheibe.

Bis nach Ash Fork waren es knapp zwei Stunden. Mit etwas Glück wäre der junge Mann dann noch nicht ganz durchgefroren. Ein romantisches Abendessen zu zweit war ja wohl das Mindeste, was sein neuer Geliebter zur Begrüßung erwarten konnte.

★★★

„Okay, Finale, das letzte Experiment. Um die Bedingungen möglichst realistisch zu gestalten, dürfen Sie die Burger jetzt auch auspacken." Judy hob drohend den Finger. „Aber bitte noch nicht reinbeißen. Einen Moment lang müssen Sie sich schon noch gedulden."

Officer Hernandez schien die Sache mittlerweile Spaß zu machen, doch Officer Rainbow verhielt sich seltsam abweisend. Misstrauisch beäugte er Judy, auch hatte er sich zuletzt mit Äußerungen zurückgehalten.

„Gut. Alles wie gehabt. Bitte nehmen Sie die Burger in die Hand, es geht los. Sie haben soeben den ersten Bissen genommen, genießen Ihre Mahlzeit, da fährt ein Auto an Ihnen vorbei. Sie kennen den Wagen, Sie wissen, wem er gehört, und auch das Kennzeichen ist Ihnen bekannt. Der Fahrer ist kein Fremder für Sie."

Judy zögerte. Sollte sie das Undenkbare wirklich aussprechen? Die beiden Männer, die Cheeseburger beidhändig vor die Brust haltend, schauten sie fragend an. *Kommt da noch was?*

Sie gab sich einen Ruck. „Es ist ein Streifenwagen, der da an Ihnen vorbeifährt und parkt. Vielleicht nicht aus Ihrem Revier, vielleicht noch nicht einmal von der normalen Polizei. Es könnte auch ein State Trooper sein oder ein Game Warden. Auch ein Nationalpark-Ranger wäre denkbar. Es handelt sich in jedem Fall um ein Dienstfahrzeug einer US-Behörde."

Jetzt kam der entscheidende Moment. Judy sprach betont langsam und deutlich. „Der Mann, der da aussteigt, ist also ein Kollege. Sie kennen ihn und vertrauen ihm. Er lächelt, hebt die Hand zum Gruß, kommt näher. Gibt es einen Grund, Ihre Pause zu unterbrechen? Was meinen Sie?"

Die beiden Polizeibeamten blickten einander verstohlen an. Keiner wollte etwas Falsches sagen. Erneut war es Hernandez, der ihr zuerst die Antwort gab: Er biss in seinen Cheeseburger. Rainbow zögerte einen Moment, dann tat er es seinem Kollegen gleich. Auch er nahm einen kräftigen Bissen, kaute hungrig.

Judy stand auf, tippte sich an die Schläfe. „Meine Herren, ich danke Ihnen. Das Experiment ist hiermit beendet. Genießen Sie die Mahlzeit, ich verabschiede mich nun. Auf Wiedersehen."

Judy wollte gehen, doch Officer Rainbow schluckte seinen Bissen eilig herunter, stoppte sie. „Ma'am, einen Moment bitte noch. Was ist gerade passiert? Warum ist das Experiment nun vorbei?" Judy stand bereits in der Tür, sie zögerte. Sollte sie den Männern die Wahrheit sagen? Sie hob die Hand, richtete zwei Finger auf Rainbow. Die Hand zuckte einmal, drehte sich zu Hernandez, die Bewegung wiederholte sich. „Ihr Bekannter hat Sie beide soeben in den Kopf geschossen. Sie sind tot."

★★★

Der Tacho zeigte ihm 100 Stundenkilometer an. Gern wäre Mark schneller gefahren, doch der miserable Straßenbelag ließ eine höhere Geschwindigkeit nicht zu. Seine Harley hätte die Schlaglöcher wohl noch wegstecken können, doch Rebeccas Vespa kaum. Im Interkom konnte er seine Freundin aufgeregt atmen hören, ein höheres Tempo wollte er ihr nicht zumuten.

Vom Gewitter verfolgt, rasten sie in Richtung Westen. Den Wind im Nacken, traute sich Mark kaum, in den Rückspiegel zu sehen. Die schwarze Wand verfolgte sie unbarmherzig, immer wieder zuckten Blitze daraus hervor. Sie kamen ihm vor wie Peitschenhiebe, die ihn und Rebecca zur Eile antreiben wollten: *Weiter, weiter! Schneller, schneller!*

Unablässig blitzte und donnerte es. Das Gewitter war fast genau über ihnen. Verzweifelt hielt Mark nach einem Unterschlupf Ausschau. Aber da war nichts, was ihm geeignet schien. Doch dann, endlich, ein Stück vor ihnen, kamen die Überreste einer Tankstelle aus den späten 1980er-Jahren in Sicht.

Das Gebäude lag zwischen der Interstate 40 und der Route 66. *Die Idee des Betreibers war nicht schlecht*, dachte Mark. Diese Lage ermöglichte eine Anfahrt von beiden Seiten. Doch mit der Schließung der alten Überlandstraße funktionierte das Geschäftsmodell vermutlich nicht mehr.

„Da drüben! Siehst du die große Überdachung? Das war mal eine Tankstelle. Wenn das Dach die letzten 40 Jahre lang gehalten hat, dann hält es wohl auch noch heute. Wir fahren ab und stellen uns dort unter."

Der Asphalt der Zufahrt war völlig hinüber. Niemand besserte ihn aus, teilweise zerbröckelte er unter ihren Rädern. Ihre Maschinen schwankten auf dem sich auflösenden Untergrund hin und her, einmal wäre Mark fast gestürzt. Er konzentrierte sich so auf dem Weg vor ihm, dass er überhaupt keine Zeit hatte, das Ziel im Auge zu behalten. Doch mit einem Mal ging der Asphalt in Beton über, sie hatten das Gelände der Tankstelle erreicht.

Ein mindestens 250 Quadratmeter großes Dach ruhte auf einer Reihe Stahlträger. Die Träger erinnerten Mark an den Eiffelturm in Paris; wie diese Konstruktion bestanden auch sie aus einer Vielzahl kleinerer, miteinander verwobener Elemente. An allen vier Ecken des Daches stand so ein Träger, massiv genug, um auch starken Stürmen standzuhalten. Der Architekt der Tankstelle hatte wohl geahnt, dass in der Wüste Arizonas nicht immer die Sonne scheint.

Zapfsäulen und andere Aufbauten gab es nicht mehr. Doch am Ende des Daches stand noch die Ruine des Verkaufsraums, die Wände übersät mit Graffiti, die Scheiben eingeschlagen. Als Mark näher heranfuhr, erkannte er, dass sie offenbar nicht die ersten Biker waren, die hier Schutz suchten. Drei Motorräder standen vor dem heruntergekommenen Gebäude.

„Pass auf, wo du hinfährst, hier liegt überall Glas herum", warnte ihn Rebecca. Tatsächlich diente diese aufgegebene Ruine mittlerweile wohl überwiegend als wilde Müllkippe. In der Nähe stand ein ausgebranntes Autowrack. Daneben hatte jemand eine kleine Pyramide aus alten Farbeimern aufgebaut. Einige leere Feuerlöscher und zwei völlig deformierte Einkaufswagen lagen herum.

Mark rollte im Leerlauf unter die Überdachung, glücklich, es trocken bis hierhin geschafft zu haben. Auch Rebecca war ihre Erleichterung anzumerken. „Das war ja eine Hetzjagd, schrecklich. Meinst du denn, wir sind hier sicher?" Mark kam neben den bereits geparkten Motorrädern zum Stehen, Rebecca hielt neben ihm. Beide stoppten sie die Motoren, klappten die Seitenständer aus.

Die drei Maschinen waren keine typischen Route-66-Motorräder. Es waren schnelle, aufgemotzte Rennmaschinen, zwei *Ducatis*, eine *Kawasaki Ninja*. Bei allen drei Maschinen hatten die Fahrer einen Tankrucksack montiert. Ein aggressives Dekor und mächtige Sportauspuff-Anlagen ließen keine Zweifel daran, dass die Fahrer es normalerweise eilig hatten.

Mark wollte Rebecca gerade antworten, als die Besitzer der Maschinen plötzlich auftauchten. Sie hatten sich im Inneren der Ruine aufgehalten, und der Lärm der Harley hatte ihnen signalisiert, dass da wohl noch weitere Reisende eingetroffen waren.

Drei Männer in schweren Lederkombis standen nun vor ihnen. Einer war sicherlich 1,80 Meter groß. Seine roten Haare hatte er zu Zöpfen geflochten, genau wie seinen roten Bart. Die Arme vor der Brust verschränkt, musterte er die Neuankömmlinge mit eiskaltem, bösem Blick. Seine Statur und seine Körperhaltung verrieten, dass er der Anführer der drei war.

Die beiden anderen Männer waren deutlich kleiner. Einer war eher schmächtig, bei dem anderen spannte die Kombi am Bauch. Der Schmächtige hatte ein Rattengesicht, wie Mark fand. Über einem fliehenden Kinn saß eine spitze Nase. Die kleinen schwarzen Augen und das fettige, zurückgekämmte Haar passten hervorragend dazu.

Der Dicke hatte eine Glatze, sein Kopf war auffallend rot. *Entweder bringt ihn die Kombi zum Schwitzen*, dachte Mark, *oder es ist sein Übergewicht. Vermutlich beides.* Als der Dicke sie begrüßte, dabei eine Reihe verfaulter Zähne präsentierte, wusste Mark, dass es Ärger geben würde. „Ein Trottel mit 'ner Harley und ein Weibsstück auf 'ner Vespa. Freunde, ich hab euch doch gesagt, wir finden heute noch was zum Spielen."

Mark flüsterte ins Interkom, bewegte dabei kaum die Lippen. „Vor dem Gewitter sind wir in Sicherheit. Aber etwas anderes könnte uns hier gefährlich werden." *Lebensgefährlich*, dachte er, als ein Donnern, laut wie ein Kanonenschlag, sie alle zusammenzucken ließ.

★★★

Brrrrrr. Mit Hochdruck presste die Espressomaschine den Wasserdampf durch das Kaffeepulver. Cortez mochte das Geräusch, genau wie das Knirschen der alten, handbetriebenen Kaffeemühle, mit der er die Bohnen zermahlen hatte. Einen Kaffee zuzubereiten, das war für ihn nicht einfach nur die Herstellung eines Getränkes, er sah es als eine fast schon heilige Zeremonie an.

Nach dem etwas missglückten Experiment mit Robert hatte er seinen Nachbarn verabschiedet. Der hätte natürlich noch gern Näheres über den Fall erfahren, weiter gefachsimpelt und Cortez mit seinen Ideen beeindruckt. Doch Cortez hatte andere Pläne.

Die zwei Ultimaten, die man ihm gestellt hatte, liefen ab. Jeden Moment konnte Judy anrufen, und auch Camila kam bald von der Arbeit zurück. Er war ratlos. Im Fall der vermissten Männer war er nicht nennenswert weitergekommen, da war lediglich die Erkenntnis, dass der Täter seine Opfer wohl irgendwie mit Gift oder Drogen betäubte.

Der fertige Espresso duftete himmlisch. Cortez rührte drei Löffel Zucker hinein, kleckerte dabei, etwas Flüssigkeit schwappte über. Egal. Er nahm die Tasse, ging hinaus in den Garten, setzte sich auf die Terrasse. Vorsichtig pustete er über den Rand der Tasse, nippte, doch der Espresso war ihm noch zu heiß.

Die Apparatur mit der Spritze, die Robert dem Killer angedichtet hatte, wollte ihm nicht so recht zusagen. Zu kompliziert, zu fehleranfällig. Je simpler eine Vorrichtung war, desto zuverlässiger war sie. Der Killer betäubte seine Opfer, da war Cortez sicher. Aber wie?

Plötzlich spürte er, wie sein Zeigefinger an seinem Daumen festklebte. Er löste die Finger voneinander, wiederholte den Effekt. Klebstoff. Zuckerwasser. *Was, wenn man eine Droge mit etwas in Verbindung bringt, das klebt, und diese Substanz dann im Auto anbringt? An der Klappe vom Handschuhfach etwa? Oder vielleicht am Türgriff?*

Wie von der Tarantel gestochen sprang Cortez auf. Wütend blickte er auf seine Hand, ärgerte sich über seine eigene Dummheit. „Das ist es, verdammt! Das Schwein benutzt eine Droge, die über die Haut aufgenommen wird. Chad Shavers ist eingestiegen, hat die Tür zugemacht und damit sein Todesurteil unterschrieben!“ Das erklärte auch, dachte er, warum der Mörder vor seinen Opfern keine Angst haben musste.

Er wusste, dass er sie weder bedrohen noch irgendwie einschüchtern musste. Sie würden einfach auf dem Beifahrersitz einschlafen.

Mit einem Mal war alle Müdigkeit verflogen. Ein Puzzlestück hatte er gefunden, war einen winzigen Schritt weiter. Doch was nun? Vielleicht käme er über die Art der Droge weiter. Aufgeregt ging er zum Haus zurück, überlegte. Wer konnte ihn beraten, wer kannte sich gut mit tödlich Drogen aus? Sein Hausarzt vielleicht? Der Apotheker um die Ecke? Als ihm die Lösung endlich einfiel, schrie er den Namen heraus: „Bill King!"

★★★

Zurück an ihrem Schreibtisch, bedauerte Judy, dass sie sich nicht auch einen Cheeseburger bestellt hatte. Am Morgen hatte sie auf ein Frühstück verzichtet, jetzt knurrte ihr der Magen. Sie durchsuchte ihre Schreibtischschubladen, fand einen seit drei Monaten abgelaufenen Müsliriegel, probierte ihn. Sie dachte dabei an ihren ehemaligen Kollegen Mark Stetson, der ihr einst erklärt hatte, die meisten Lebensmittel wären wesentlich länger haltbar als angegeben. So auch der Müsliriegel.

Während sie aß, fasste sie ihre Erkenntnisse zusammen. Die Rocker waren eine Trugspur. Niemals hätten sich zwei Polizisten in ihrem Auto so einfach abknallen lassen. Sie selbst hatte einst gelernt, dass ein guter Polizist im Dienst nicht raucht, keinen Alkohol trinkt, nicht isst, nicht flucht und auch sonst nichts macht, was ein schlechtes Licht auf die Polizei wirft. Wird man während einer Pause überrascht, dann unterbricht man sie, wenn notwendig. Und keinesfalls vertilgt man in aller Seelenruhe einen Cheeseburger, während Gang-Mitglieder in der Nähe sind.

Wirklich ungezwungen benehmen sich Polizeibeamte nur in Gegenwart anderer Beamter. In der großen Familie der Männer und Frauen in Uniform brauchte man sich nicht voreinander zu verstecken. Und für einen anderen Polizisten unterbricht man seine Pause nicht.

Der Mörder war demnach ein Mann in Uniform. Seine Opfer kannten ihn, es gab keinen Grund, ihm zu misstrauen. Sein Wagen hielt an, er stieg aus, grüßte kurz. *Bam! Bam!* Nach den Schüssen vergewisserte er sich, dass die beiden Polizisten wirklich tot waren. Er ging zurück zu seinem Wagen, startete ihn, legte den Gang ein und fuhr fort. Unterwegs stoppte er kurz an einer Telefonzelle Von hier aus rief die Polizei an, erzählte seine Geschichte von den Rockern.

Vermutlich hatte er sie irgendwo zuvor gesehen, sie daher als mögliche Täter ausgewählt. Ihm war klar, dass die Männer mit Sicherheit Dreck am Stecken hatten. So kurz nach der Tat wären sie für die Polizei die idealen Verdächtigen.

Judy erschreckte die Kaltblütigkeit der Tat. Ein geplanter Mord zeugte immer von Skrupellosigkeit und auch von Mut. Doch am helllichten Tag zwei Polizisten in ihrem Auto hinzurichten, das war schon etwas Besonderes.

Das Wort *Cop-Killer* kam ihr in den Sinn. Polizistenmörder. Hier bekam es eine ganz neue Bedeutung. Der Mörder der beiden jungen Männer war selbst ein Cop. Welches Motiv konnte er gehabt haben?

Bing-bing, Bing-bing. Ihr Telefon. Sie schaute auf das Display, es war nur der Timer. *Anruf Cortez* stand da. Richtig, sie wollte ihrem alten Chef ja ein wenig Dampf machen. *Mal sehen*, dachte sie, *wie weit der in seinem Fall mit den verschwundenen Anhaltern gekommen ist.*

★★★

Als Kind hatte er einst ein Gemälde von Hieronymus Bosch gesehen. Der Bildtitel war, so glaubte er sich zu erinnern, „Hölle" gewesen. Das Bild zeigte eine Welt in Auflösung, Menschen, die ihre Gestalt verloren hatten, Szenen von Folter, Grausamkeit und Gewalt. Nackte Wesen krochen umher, die Gesichter von Schmerzen verzerrt, die Augen vor Entsetzen geweitet. Die Lebenden beneideten die Toten, denn die hatten das Leid und den Schrecken bereits hinter sich. Dem Betrachter stellte sich die Frage, ob diese Hölle sich im Zwischenreich befand oder doch auf Erden.

Während er die *Skid Row* entlangging, dachte er an dieses Bild. Bosch konnte seinerzeit nicht ahnen, dass seine Vorstellungen einst Realität werden würden. Auch hier gab es eine Welt in Auflösung, Menschen, die ihre Gestalt verloren hatten. Halbnackte Junkies krochen umher, die Gesichter vor Schmerzen verzerrt, die Augen vor Entsetzen geweitet. Leid und Schrecken überall, bettelnde Hände streckten sich ihm entgegen. Mitten in Los Angeles, mittags um zwölf, hatte sich die Hölle aufgetan.

Bill King kannte diesen Anblick, denn als Streetworker sah er ihn jeden Tag. Doch einen Menschen zu sehen, der seine Notdurft zwischen geparkten Autos über einem Gullydeckel verrichtete, beschämte ihn jedes Mal aufs Neue. Auch der Anblick der Frau vor ihm am Straßenrand war nicht einfach zu verkraften. Bis auf einen Slip und einen BH war sie nackt. Völlig verdreckt hockte sie da, versuchte, sich mit einer Spritze Drogen in den Fuß zu injizieren. Es gelang ihr nicht, sie fand vermutlich keine geeignete Vene mehr. Wütend heulte sie auf, beschimpfte Bill, als der vorbeiging. Helfen konnte er ihr nicht.

Zerrissene Zelte, alte Pappkartons, ein dreckiger Teppich über zwei Stühlen - die Behausungen der Drogenabhängigen und Obdachlosen sahen schlimmer aus als die in einem Katastrophengebiet nach einem Erdbeben. Hier und da standen einige mobile Toiletten. Doch in der Regel waren sie so verdreckt, dass niemand sie benutzen wollte. Überall roch es nach Fäkalien.

Unter einer Brücke stand eine Gruppe Zelte. Der Platz war begehrt, denn hier blieb es auch bei einem Gewitter trocken. Allerdings musste man den Ort mit den Tauben teilen, die unter den Stahlträgern der Brücke nisteten. Der Taubenkot bildete eine graue schmierige Schicht auf den Zelten, es stank bestialisch. Es ließ sich zudem auch nicht vermeiden, dass Personen, die die Zelte betraten, etwas von dem Dreck mit hineinnahmen.

Hier konnte Bill King nichts mehr bewirken. Die Menschen, die hier hausten, waren verloren. Einige wurden in der Obdachlosigkeit verrückt, andere wurden obdachlos wegen ihrer psychischen Probleme. *Würde man sie alle zwangsweise in eine psychiatrische Anstalt einweisen, es wären Hunderte von Betten nötig*, dachte er.

Sein Ziel lag weiter die Straße hinunter. Hier gab es Abhängige, die es noch irgendwie schafften, ihrem Leben einen Rahmen zu geben. Für sie bestand Hoffnung, mit etwas Hilfe konnten sie den Absprung vielleicht noch schaffen. Doch selbst wer die Sucht überwinden konnte, hatte Freunde und sogar Familienangehörige, die weiter in diesem Sumpf feststeckten. Die Drogen waren überall, sie waren billig, und selbst wenn man es wollte, konnte man ihnen nicht entfliehen.

Sein Telefon brummte in der Brusttasche. Bill sah sich um, nicht überall war es ratsam zu zeigen, dass man ein Telefon besaß. Auch bestand die Gefahr, dass es einem entrissen wurde, während man sprach. Die Stelle, an der er sich befand, war jedoch in Ordnung, er öffnete den Reißverschluss, holte es hervor. Eine Festnetznummer aus Los Angeles, sie war nicht in seinem Telefonbuch gespeichert. Bill zögerte, dann nahm er den Anruf entgegen. „Bill King hier."

Stille, dann: „Tja, dann rate mal, wer hier ist." Als er die Stimme am anderen Ende der Leitung erkannte, wusste er nicht, ob er vor Freude lachen oder vor Angst zusammenzucken sollte. Es war Steve Cortez, sein ehemaliger Chef.

„Steve! Jesus, warum rufst du mich an?" Cortez lachte. „Na, das ist ja vielleicht eine Begrüßung. Klingt, als ob ich dich bei unserem letzten Treffen beklaut hätte. Wie geht es dir?" Tatsächlich war Bill King seine missglückte Begrüßung peinlich. Er versuchte, den Schaden wieder zu beheben. „Nein, nein, es ist toll, von dir zu hören. Ich war einfach nur überrascht. Es geht mir eigentlich ganz gut, aber im Moment stehe ich auf der Skid Row. Du weißt, was das bedeutet."

Cortez saß in seinem Büro. Sein Handy war tot, komplett entladen, es hing am Ladegerät. Das erste Mal seit langem benutzte er daher das Festnetztelefon. Als Bill King *Skid Row* sagte, sah er diesen fürchterlichen Ort vor sich. Sofort war ihm klar, dass sein ehemaliger Mitarbeiter wohl kaum Zeit für ein Schwätzchen haben würde.

„Okay, ich verstehe, du bist bei der Arbeit. Bill, ich habe auch nur eine kurze Frage. Wenn ein Mörder ein Gift verwendet, das er auf eine Türklinke aufträgt und das allein dadurch, dass ein Opfer die Klinke anfasst, Bewusstlosigkeit hervorruft … welches Gift, welche Droge könnte er wohl verwen …"

Die Antwort kam so schnell, dass Cortez seine Frage nicht beenden konnte. „Fentanyl. Ganz einfach, Fentanyl." Cortez erinnerte sich, dass er erst vor wenigen Tagen etwas darüber im Fernsehen gesehen hatte. *Richtig*, dachte er, *auf CNN. Notstand in San Francisco, über 100.000 Menschen hat die Droge vergangenes Jahr in den USA getötet.* Er erinnerte sich an Bilder, wo Abhängige die Droge spritzten oder rauchten. Doch hier ging es um Hautkontakt.

„Bill, du verstehst mich falsch. Die Opfer berühren lediglich einen Gegenstand, nur ganz kurz. Fentanyl muss man doch irgendwie rauchen, oder?" Ein zynisches Lachen war die Antwort. „Gib mir mal deine E-Mail-Adresse. Ich schicke dir einen Link zu einem Video. Schau es dir an, und wenn du willst, können wir danach noch mal telefonieren."

★★★

Mark rechnete im Kopf ihre Möglichkeiten durch. Normalerweise wäre er jetzt einfach weggefahren, doch das Gewitter machte das unmöglich. Er hatte keine Angst, doch Auseinandersetzungen ging er gern aus dem Weg. Im Land der Waffen und der horrenden Schmerzensgelder kannten Schlägereien nur Verlierer. Anderseits war er erst am Vortag ein Verlierer gewesen. Er wollte nicht schon wieder erniedrigt und vom Hof gejagt werden. Blieb also nur, sich der Situation zu stellen.

Langsam nahm er seinen Helm ab. „Den Trottel hab' ich überhört, aber wenn du meine Frau noch mal Weibsstück nennst, dann könnte es Probleme geben. Du darfst mich gern Mike nennen, sie Becky." Ihre echten Namen brauchten die drei Männer nicht zu kennen. Und solchen Leuten seine Angst zu zeigen, war mit Sicherheit ein Fehler. Bei der Polizei und beim Militär hatte er gelernt, selbstbewusst aufzutreten. Jetzt würde sich zeigen, ob das auch in dieser Situation etwas brachte.

Auch Rebecca nahm ihren Helm ab. Aus dem Augenwinkel sah Mark, dass sie dabei den Kinnriemen sofort wieder verschloss. *Gute Idee*, dachte er. Denn am Kinnriemen festgehalten, konnte man den Helm hervorragend als Waffe verwenden. Während Mark abstieg, folgte er unauffällig Rebeccas Beispiel.

Der Dicke wollte antworten, doch der Rothaarige unterbrach ihn: „Langsam, Fremder. Du und deine Braut, ihr seid hier nicht willkommen. Wir waren zuerst hier, verschwindet." Während er sprach, kam er näher, lehnte sich betont lässig gegen die Kawasaki.

Mark schätzte die drei Männer ein. Rotzopf, wie er den Boss nannte, war ein ernstzunehmender Gegner. Seine Bewegungen und seine Statur ließen vermuten, dass er viel Sport trieb, Kampfsport vielleicht sogar. Er wirkte ruhig, gelassen. Von den dreien war er wahrscheinlich der physisch gefährlichste, doch er war kein Aggressor. *Der muss keinem mehr was beweisen*, dachte Mark.

Fettsack, dem Dicken, dem traute er nicht viel zu. Dem Mann war anzusehen, dass Ausdauer nicht seine Stärke war. Auch wirkte er nicht sonderlich trainiert. *Große Fresse, nichts dahinter.* Sein Blick klebte an Rebecca. Ungeniert starrte er sie an. *Mit dem werden wir noch unsere Freude haben.*

Rattengesicht allerdings wirkte zwar dünn und klapprig, doch konnten solche Typen durchaus zäh sein. Auch hatte der Mann etwas Hinterhältiges an sich. Sein Blick war hektisch und unstet, sein Körper folgte den Bewegungen nervös. *Der Typ ist schnell*, dachte Mark, *und vermutlich auch skrupellos. Rattengesicht gleicht fehlende Kraft mit einer Waffe aus. Er hat mit Sicherheit ein Messer bei sich.*

Der immer stärker werdende Wind wirbelte Dreck und Staub auf. Mark entging nicht, dass die Szene unter dem Dach der Tankstelle etwas von einem Showdown bekam. Regen fing langsam an, auf das Dach zu prasseln, erinnerte ihn an einen Trommelwirbel.

Mark, den Helm locker am Kinnriemen in der rechten Hand haltend, wies mit dem Kopf nach Osten. „Sobald das Gewitter durch ist, verschwinden wir. Doch so, wie es aussieht, wird das eine Stunde dauern, mindestens. So lange werden wir hier leider verweilen müssen. Und da ihr hier, genauso wie wir, nur Gäste seid, sollten wir versuchen, gut miteinander auszukommen."

Fettsack wartete auf eine Antwort von seinem Boss, doch die blieb zunächst aus. Das sah er als seine Chance. Er löste sich von der Gruppe, näherte sich Rebecca. „Wir machen euch ein Angebot. Ihr könnt eine Stunde bleiben, die Lady hier wird uns in dieser Zeit da drinnen zu Diensten sein. So wie sie aussieht, weiß sie einen harten Schwanz zwischen den Beinen sicherlich zu schätzen."

Er blickte grinsend zu seinen Kameraden, wartete auf Zuspruch. Doch Rotzopf und Ratte schwiegen. Sie wollen wohl erst sehen, wie Rebecca reagierte.

Rebecca überlegte, ob Zurückhaltung hier angebracht war. Der Mann, das war ihr bewusst, würde das als Angst werten und nachsetzen. Sie beschloss, einen Keil zwischen die Männer zu treiben. „Dickerchen, ich sehe, du kennst dich gut mit Frauen aus. Aber leider siehst du nicht so aus, als ob da unter der Kombi irgendwo ein harter Schwanz versteckt ist. Lass dir doch erst mal von deinem Boss zeigen, wovon du da überhaupt redest."

Der Spruch kam gut an. Rotzopf und Ratte quittierten den Konter mit lautem Gelächter. Der Fettsack wurde noch eine Spur roter im Gesicht, ballte die Hände wütend zu Fäusten. Er wollte seinerseits nachlegen, doch sein Boss schaltete sich ein.

„Genug jetzt! Cheek, lass die Frau in Ruhe. Wir sind nicht hier, um Staub aufzuwirbeln. Ihr zwei, setzt euch auf eure Bikes und verschwindet. Andernfalls gibt es unweigerlich Ärger."

Mark schüttelte den Kopf. Ein Abzug kam nicht in Frage, nicht in diesem Gewitter. Mittlerweile stürmte es, erste Hagelkörner prasselten auf das Dach, Blitze beleuchteten immer wieder den ansonsten dunklen Himmel. „Da draußen ist es lebensgefährlich. Schaut euch doch um. Die Blitze …"

Mark kam nicht dazu, den Satz zu beenden. Der Fettsack war offenbar nicht gewillt, den Anweisungen seines Chefs Folge zu leisten. Er zog den Reißverschluss seiner Jacke herunter, öffnete sie. Ein nackter, behaarter Bauch kam zum Vorschein. Den Finger drohend auf Rebecca gerichtet, ging er ihr entgegen. „Du Fotze kommst jetzt mit nach hinten. Dort wirst du mir schön langsam einen blasen. Sollte ich dabei deine Zähne spüren, dann verspreche ich dir wirst du sie in Zukunft nicht mehr putzen müssen."

Mark hob die Hand, wollte einschreiten. Auch der Rotzopf wollte wohl intervenieren, er löste sich von seinem Motorrad. Doch es war Rebecca, die die Situation eskalieren ließ.

Ihr blitzschneller Sidekick traf den Dicken voll an der Brust. Allein das Geräusch verriet Mark, dass sie den Mann nicht nur getroffen, sondern vermutlich auch verletzt hatte. Es war ein Klatschen, gepaart mit einem Knacken. Der Treffer mit der Hacke saß genau auf dem Solarplexus, schleuderte den Mann mit Wucht zurück.

„Hhh-uuuch!" Der Tritt presste ihm die Luft aus der Lunge. Während er rückwärts taumelnd umfiel, hustete er – nur einmal. Ohne sich abzustützen, landete er auf dem Rücken, wobei sein Kopf ebenfalls heftig aufschlug. Dann blieb er regungslos liegen.

Sofort schaute Mark hinüber zu Rotzopf, den Boss der Bande. Sein vor Wut verzerrtes Gesicht blickte auf den am Boden liegenden Kumpan. Als Mark sah, wie er die Hand in die Jacke schob, ahnte er, was sich dort verbarg: eine Waffe. Mark wusste, würde es dem Mann gelingen, die Waffe zu ziehen, dann wären Rebecca und er in Lebensgefahr.

Er zögerte keine Sekunde. Mit zwei schnellen Schritten erreichte er seinen Gegner, gerade als der die Hand aus der Jacke zog. Mark hatte recht gehabt. Eine schwarze Pistole wurde auf Rebecca gerichtet, doch noch hatte der Arm die Bewegung nicht beendet.

Bereits im Lauf hatte Mark zum Schlag ausgeholt, jetzt traf der Helm mit Wucht von oben auf den Ellenbogen des Mannes.

Der Arm wurde durch den Schlag nach unten gedrückt. Ein Schuss löste sich, die Kugel ging schräg nach oben durch das Dach. Im nächsten Moment überraschte Mark ein Hieb auf die Brust. Sein Gegner hatte ihn aus der Drehung heraus mit dem Griff der Waffe erwischt. Für eine Sekunde blieb ihm die Luft weg, ein stechender Schmerz durchzuckte ihn.

Doch Mark erkannte sofort seine Chance. Es war ein Fehler, einem Gegner so nahe zu kommen, obwohl man eine Distanzwaffe besaß. Mark ließ den Helm fallen, von unten her versetzte er dem Mann einen Faustschlag ins Gesicht. Ein klassischer Uppercut, der seine Wirkung nicht verfehlte. Der Kopf seines Angreifers flog nach hinten, der Mann taumelte rückwärts, stieß gegen sein eigenes Motorrad.

Unverzüglich setzte Mark nach. Bevor der Mann seine Balance zurückfand, war er über ihm, trat ihm mit Wucht in den Unterleib. Der Rotzopf krümmte sich vor Schmerz, Mark nahm Anlauf. Der zweite Tritt galt dem Gesicht, doch er erwischte nur die Stirn.

Dennoch zeigte der Treffer Wirkung. Für einen Moment war sein Gegner benommen. Er verlor die Balance und kippte wie ein Betrunkener zur Seite um. Auf der linken Schulter liegend streckte er den rechten Arm aus, feuerte einen Schuss ab, der erneut zur Decke ging. Dennoch ging Mark vorsichtshalber in die Hocke.

Rebecca hatte derweil andere Sorgen. Rattengesicht kam seinem Kollegen zu Hilfe. Ein Messer in der Hand, bedrohte er sie, versuchte einen Stich anzubringen. Nervös zuckte seine Hand nach vorne, ihr Oberkörper war das Ziel. Doch Rebecca wusste sich zu helfen. Den Helm immer wieder vor sich hin und her schleudernd, hielt sie sich den Angreifer vom Leib.

Den Oberkörper sitzend aufgerichtet, versuchte Marks Gegner mit der Pistole auf ihn zu zielen. Aber entweder zeigte der Kopftreffer noch Wirkung oder der Schlag mit dem Helm auf den Ellenbogen: Der Mann schaffte es nicht, die Waffe gerade zu halten. Sie schwankte hin und her, von rechts nach links, von oben nach unten.

Als Polizist und auch beim Militär hatte er Hunderte Male das Entwaffnen eines Gegners geübt. Jetzt, zum ersten Mal in seinem Leben, musste er das Gelernte anwenden. Er sprang nach vorn, drückte die Mündung der Pistole von sich weg. Danach packte er die Waffe von der Seite, drehte sie seinem Gegner aus der Hand. Der versuchte noch, mit der freien Hand danach zu greifen, doch Mark war schneller. Sofort wich er einen Schritt zurück, war damit außer Reichweite.

Etwas unsicher umfasste er die eroberte Waffe, dann fand sein Finger den Abzug. Er drehte sich zu Rebecca, die sich mit ihrem Helm gegen das Rattengesicht verteidigte. Mark richtete die Pistole auf den Mann, dann drückte er ab. *Bäng!* Er hatte nicht auf den Kopf des Mannes gezielt, sondern einen guten Meter darüber. Doch allein die Schall- und Druckwelle reichten aus, um seinem Gegner bewusst zu machen, dass er gerade nur knapp verfehlt worden war. Sofort erstarrte er, ließ das Messer fallen und hob unaufgefordert die Hände.

„Rebecca, hier rüber, sofort. Stell dich hinter mich. Rattenfresse, du legst dich neben dem Fettsack auf den Bauch, die Hände hinter dem Kopf."

Zwei Sekunden später hatte Mark die Situation unter Kontrolle. Gleichzeitig wurde ihm bewusst, dass er Rebecca soeben beim Namen genannt hatte. *Egal.* „Halte dich hinter mir, was immer auch passiert. Komm mir bloß nicht in die Schusslinie!" Rebecca sparte sich eine Antwort. Sie verhielt sich wie befohlen.

Zunächst schaute Mark nach dem Fettsack. Er atmete, hatte die Augen geöffnet. Mark zielte auf seinen Kopf. „Was ist mit dir, bis du okay?" Ängstlich blickte ihn der Mann an, seine leise Stimme klang unsicher. „Bekomme schlecht Luft. Schmerzen." Mark war mit der Antwort nicht zufrieden. „Ich will deine Spucke sehen. Los, dreh dich zur Seite und spuck." Der Mann blickte verwirrt, dann drehte er den Kopf, spuckte. *Kein Blut*, dachte Mark. *Gut.*

Einen Meter daneben lag Ratte. Mark bedrohte auch ihn, in dem er auf seinen Kopf zielte. „Hast du noch eine Waffe dabei? Eine Pistole vielleicht?" Der Mann schüttelte wortlos den Kopf. Mark erwog kurz, ihn zu durchsuchen. Doch dann dachte er sich, dass der Mann in diesem Fall wohl kaum das Messer gezogen hätte.

Als der Blitz in das Dach einschlug, gleichzeitig der Donner wie eine Explosion die Luft zerriss, hätte Mark vor Schreck fast abgedrückt. Um sie herum tobte nun ein Inferno. Regen und Hagel wechselten sich ab, immer wieder peitschte der Wind unter das Dach. Pfützen bildeten sich, die Temperatur sank binnen Minuten um zehn Grad. Doch weder Mark noch Rebecca war kalt. Das Adrenalin putschte sie auf wie eine Droge.

Sie gingen hinüber zu Rotzopf. Der versuchte, seinen Oberkörper aufrechtzuhalten, stützte sich dabei auf dem linken unversehrten Arm ab. Er blutete aus dem Mund, seine Stirn zierte eine dicke Schmarre. Als er sah, dass Mark sich ihm näherte, drohte er ihm mit dem rechten Arm. Doch er konnte ihn dabei nicht ganz durchstrecken, Mark hatte ihn wohl tatsächlich am Ellenbogen verletzt. „Junge, das wirst du mir büßen. Wenn du glaubst, ich lass das hier ungestraft, dann irrst du dich. Ich …"

Weiter kam er nicht. *Bäng!* Mark schoss, er hatte dabei ein ganzes Stück auf den Boden neben dem Mann gezielt. Er wusste, die Kugel würde abprallen, den Mann keinesfalls verletzen. Doch einige Splitter vom Beton platzten ab und erschreckten den Mann, genauso wie das Mündungsfeuer und der Knall.

„Noch so eine Drohung aus deinem Maul, und ich vergesse mich. Leg dich auf den Bauch und halt die Fresse. Hände ins Genick, die Finger dabei miteinander verschränken. Komm schon, beweg dich."

Mark wusste, dass er nun die Situation beherrschen musste. Keinesfalls durften die Männer die Oberhand gewinnen. Sollte einer von ihnen versuchen, Marks Entschlossenheit auszutesten, würde Mark ihm seine Grenzen aufzeigen müssen. Natürlich würde er niemanden zur Abschreckung töten, doch gegebenenfalls musste er ein Exempel statuieren. Doch selbst ein Schuss ins Bein konnte dazu führen, dass der Getroffene verblutete. Mark wollte das vermeiden, denn in diesem Fall würde er sich vor Gericht verantworten müssen.

„Bring mir das Messer, sei vorsichtig." Während Rebecca die Waffe holte, dachte Mark über die weiteren Schritte nach. Gern hätte er die Männer gezwungen, sich auf ihre Bikes zu setzen und in Richtung Osten davonzufahren. Doch der Dicke war zwar nicht an der Lunge verletzt, aber Mark konnte die Schwere der Verletzung nicht einschätzen. Er entschied sich daher für eine andere Maßnahme.

Als Rebecca mit dem Messer zurückkam, erklärte er ihr flüsternd seinen Plan. „Du zerstichst jetzt an ihren Bikes die Reifen. So können sie uns nicht folgen. Keiner ist ernsthaft verletzt, wir werden uns absetzen, sobald der Regen aufhört. Die Waffen nehmen wir erst mal mit. Morgen werden wir sie irgendwo in der Wüste entsorgen."

Ein Donnerschlag beendete seine Ausführungen. Der Hagel ging langsam in Starkregen über, im Osten wurde es bereits wieder heller. Mit etwas Glück konnten sie in einer halben Stunde weiterfahren. Unbewusst schüttelte Mark den Kopf. Zum zweiten Mal in wenigen Stunden waren sie in Gefahr geraten. Gestern der Irre an der Tankstelle, heute das Zusammentreffen mit den Motorrad-Rowdys. *Diese verdammte Route 66*, dachte Mark. *Sie wird uns noch umbringen.*

★★★

Dieser Anschluss ist vorübergehend nicht erreichbar. Bitte versuchen Sie es zu einem späteren Zeitpunkt noch einmal. Vielen Dank. Wütend blickte Judy auf das Telefon, dann beendet sie die Verbindung. „Dieser Scheißkerl. Er weiß, dass ich ihm im Nacken sitze. Deshalb hat er sein Telefon ausgeschaltet, geht einer Konfrontation aus dem Weg."

Was nun? Sie saß allein im Büro, ihr Chef, Paul Hilton, war noch immer auf einer Konferenz der FBI-Führungskräfte. Am Mittag des kommenden Tages würde er zurückkehren. Sie, Judy, musste spätestens dann die beiden Fälle zu offiziellen Morduntersuchungen erklären.

Sie versuchte zunächst, den Sachverhalt für sich selbst einzuordnen. Sie nahm einen Stift und einen Zettel, dann notierte sie sich die Fakten.

Cortez stößt auf Reihe vermisster Männer entlang der Route 66. Elf Vermisste, neun Fußgänger, zwei Biker. Er behauptet, Informanten hätten ihm die Hinweise zugetragen. Über den Täter derzeit nur vage Vermutungen, nichts Konkretes. Cortez vermutet Handwerker oder sonstige Person, die beruflich mit einem Fahrzeug auf der 66 verkehrt. Nächster Mord könnte unmittelbar bevorstehen.

Dann war da dieser zweite Fall, die beiden erschossenen Cops. Ihn bezeichnete sie mittlerweile insgeheim als *ihren Fall*, da sie ihn selbst entdeckt hatte. Der Gedanke, Cortez oder jemand anderes einzuweihen, gefiel ihr zum jetzigen Zeitpunkt überhaupt nicht. Sie hatte die entscheidende Idee gehabt, allein ihr war es zu verdanken, dass mit einem Mal nicht mehr die Rocker als Verdächtige galten. Sie notierte:

Zwei erschossene Polizisten. Hingerichtet während der Pause in ihrem Wagen. Anonymer Anrufer meldet Rocker, vermutlich eine Trugspur. Täter und Opfer kannten sich mit großer Wahrscheinlichkeit. Täter eventuell Mitglied der Polizei oder anderer Bundesbehörde.

Sie lehnte sich zurück, kaute auf dem Stift herum. *Warum tötet ein Cop andere Cops?* Sie dachte an vergleichbare Fälle. Vertuschung. Fast immer ging es darum, etwas zu vertuschen. Bestechung, eine schwere Straftat, eine Vergewaltigung, Drogendelikte.

In Los Angeles selbst waren sogenannte *Deputy Gangs* oder auch *Blue Gangs* ein großes Problem. Ein Report der obersten Polizeibehörde der Stadt hatte diese Gruppen gerade erst als „Krebsgeschwür" innerhalb der Polizei bezeichnet. Polizisten schlossen sich zu Banden zusammen. Sie deckten einander gegenseitig bei Dienstvergehen, ein Schweigegelübde wie sonst nur bei der Mafia verband diese Männer. Wurden die beiden Cops hingerichtet, weil sie eventuell eine vergleichbare Gang innerhalb des Flagstaff Police Department entdeckt hatten? Oder waren sie selbst Mitglieder der Gang gewesen, hatten aussteigen wollen?

In diesem Fall, dachte Judy, *müsste ich die Ermittlungen an die Abteilung für Innere Angelegenheiten abgeben.* Sie selbst wäre raus aus der Sache. Wer immer die Mörder auch waren: Würde man sie fassen, würde man Judy nicht weiter erwähnen. Sie war nur ein kleines Rädchen in dem großen Uhrwerk, das sich FBI nannte. Den Ruhm würden andere ernten.

Noch hatte sie 24 Stunden Zeit, um auf eigene Faust weiter zu ermitteln. Cortez, den Schweinehund, würde sie so lange in Ruhe lassen. Ihm jetzt den Fall abzunehmen hätte bedeutet, dass sie sich selbst damit befassen, Berichte schreiben und ihre oberste Vorgesetzte, Gillian Anderson, benachrichtigen musste. Nein, sollte der alte Mann vorerst weiter auf der Route 66 nach seinem Mörder suchen.

Judy überlegte, was sie als Nächstes tun konnte. Wenn die beiden Polizisten von etwas Wind bekommen hatten, das in ihrer Dienststelle für Probleme sorgte, dann hatte man sie vielleicht vorsorglich ausgeschaltet. Sie selbst konnte in diesem Fall nicht dort anrufen und nachforschen. Doch beide Männer waren verheiratet gewesen. Wenn sie wirklich auf etwas gestoßen waren, das auf kriminelle Machenschaften innerhalb der Polizei hindeutete, dann hatten sie womöglich mit ihren Frauen darüber geredet.

Das war es! Zwei Telefonate von Frau zu Frau, ganz unauffällig. In der Akte standen die Namen der beiden Witwen; Judy glaubte sich auch zu erinnern, die Adressen und Telefonnummern gesehen zu haben. *Auf geht's, Judy, ruf die beiden an. Mal sehen, was sie dir Spannendes erzählen können.*

★★★

Cortez klickte auf den Link, den ihm sein ehemaliger Mitarbeiter geschickt hatte.

t1p.de/gp1xs

Die YouTube-Website öffnete sich, und schon das Standbild verhieß nichts Gutes. Es zeigte einen Polizisten, der auf der Seite lag, von einem Kollegen gehalten wurde. Der Mann war ohnmächtig oder bereits tot. Cortez startete das Video.

Es handelte sich um einen Beitrag des Nachrichtensenders Fox, nicht gerade Cortez' erste Wahl, wenn es um unabhängige, seriöse Informationen ging. Eine Ansagerin beschrieb kurz, was die Zuschauer erwarten würde, dann begann die eigentliche Reportage.

Ein Bodycam-Video zeigte einen Polizisten, der hektisch zu einem bewegungslos auf dem Boden liegenden Kollegen rannte. Er hatte so etwas wie einen kleinen orangefarbenen Erste-Hilfe-Kasten dabei, aus dem er noch im Laufen eine kleine Flasche Nasenspray hervorholte.

Die Panik des Beamten machte den Ernst der Lage klar, offenbar zählte jede Sekunde. Mit unruhigen Händen holte er das Nasenspray aus der Packung. „Narcan" sei der Name, so die Moderatorin. Er verabreichte seinem Kollegen eine Dosis, doch der blieb mit geöffneten Augen regungslos liegen. Jemand drehte ihn auf den Rücken, öffnete sein Hemd, zog die kugelsichere Weste darunter hervor. Doch der Bewusstlose atmete nicht.

Schnitt, eine andere Perspektive, nun von der Kamera des bewusstlosen Polizisten selbst aufgenommen, noch vor dem Unfall. Er war dabei, ein Fahrzeug zu durchsuchen. Er fand ein kleines Tütchen aus durchsichtigem Kunststoff, hantierte damit. Er verstaute das Beweismittel in einem anderen Behältnis.

Plötzlich, mit einem Mal, völlig ohne Vorwarnung, erstarrte der Beamte. Mit versteinertem Gesicht fiel er zur Seite um, konnte sich dabei nicht abstützen. Cortez richteten sich die Nackenhaare auf. *Das ging schnell*, dachte er. Genau danach hatte er gesucht. Der Polizist hatte nicht an der Tüte gerochen oder, wie in manchen Filmen gezeigt, etwas von dem Pulver auf seine Zunge gegeben. Nein, er hatte das Tütchen lediglich angefasst, und 30 Sekunden später war er umgefallen.

Schließlich wieder die Szene, in der ihm das Medikament verabreicht wurde. Doch es dauerte lange, bis der Bewusstlose zu sich kam. Schnitt, ein Interview. Der Polizist selbst berichtete nun von dieser Nahtod-Erfahrung. Er beschrieb sie als traumatisch, ein völliger Kontrollverlust binnen Sekunden. Die Tränen kamen ihm, während er sprach.

Cortez hatte genug gesehen. Das war es. Fentanyl, das Teufelszeug. Hergestellt von Drogenkartellen in Mexiko und Kolumbien, überschwemmte es die USA. In reiner Form tödlich, gemischt mit anderen Substanzen eine starke Droge. Es war billig und in allen Großstädten der USA leicht zu bekommen.

Im Kopf zählte er eins und eins zusammen: *Der Killer lockt die Männer in sein Auto. Sie trampen, stehen an der Bushaltestelle, bleiben mit dem Auto liegen oder stehen aus anderen Gründen an der Straße. Er muss noch nicht einmal aussteigen. Er lässt das Fenster herunter, bietet seine Hilfe an. Seine Opfer steigen ein, schließen die Beifahrertür, kommen in diesem Moment mit der Droge in Berührung. 30 Sekunden später verlieren sie das Bewusstsein.*

Was dann folgte, darüber wollte Cortez nicht nachdenken. Entweder der Killer tötete die Männer sofort, oder aber er fesselte sie und verabreichte ihnen das Gegenmittel. Sie waren nun wehrlos, ihrem Peiniger ausgeliefert. Die Hölle auf Erden erwartete sie vermutlich.

Steve Cortez stand auf, das Gesicht hart, der Blick finster. Die Hände zu Fäusten geballt, war ihm anzusehen, dass seine dunklen Gedanken ihn belasteten. Cortez war ehrgeizig, und auch in diesem Fall hatte es ihn gepackt. Als Judy Tonka ihm am Tag zuvor damit gedroht hatte, ihm den Fall wegzunehmen, hatte er sie angelogen, um weiter in der Sache ermitteln zu können.

Doch er war auch ein Profi, der erkannte, wann das Spiel aus war. Von seinem Zuhause aus, vom Rechner, konnte dieser Mörder nicht gefasst werden. Die Wahrscheinlichkeit, dass Cortez noch irgendwelche Hinweise fand, war gering.

Er würde nun seine ehemalige Stellvertreterin anrufen und ihr seinen Wissensstand mitteilen. Das FBI musste nun den Fall übernehmen und das Monster suchen, das an der Route 66 Männer betäubte und verschwinden ließ.

Cortez nahm sein Handy auf, doch zu seinem Erstaunen war der Bildschirm noch immer schwarz. *Verdammt*, dachte er, *der Stecker war wohl nicht richtig am Gerät eingesteckt.* Er wackelte daran. *Ping!* Ein kleiner grüner Pfeil erschien auf dem Bildschirm. *Da wird sich die gute Judy eben noch ein wenig gedulden müssen.*

★★★

„Als ich vorhin das Messer geholt habe, konnte ich hören, wie die beiden sich was zugeflüstert haben. ‚Weed' habe ich noch verstanden. Ist das nicht ein anderes Wort für Gras oder Hasch?" Sie standen etwas abseits, flüsterten. Niemand konnte sie hören. Ihre „Geiseln" verhielten sich auffallend ruhig. *Vielleicht etwas zu ruhig*, dachte Mark.

Er überlegte. Warum waren die Männer so darauf erpicht gewesen, sie von der Tankstelle zu vertreiben? Es gab genug Platz für alle, eine Footballmannschaft hätte unter dem großen Dach vor dem Regen Schutz gefunden.

Die drei Männer waren nicht auf der Route 66 unterwegs. Ihre Bikes waren schnelle Rennmaschinen, gebaut für die Autobahn. Auch ihre Kleidung ließ darauf schließen, dass sie nicht langsam über eine alte Landstraße tuckern wollten. Nein, diese Männer waren auf der Interstate 40 unterwegs.

Auf der Suche nach Schutz vor dem Wetter hätten sie jedoch an der Interstate gleich mehrere Tankstellen gefunden. Dort gab es zudem Getränke, etwas zu Essen, Unterhaltung. Warum also diese alte, abgelegene Tankstelle, warum ein lebloser, toter Ort?

Genau deshalb, schoss es ihm durch den Kopf. Sein Magen zog sich zusammen, als ihm die Tragweite seiner Entdeckung klar wurde. *Weed, Gras.* In den Tankrucksäcken der Motorräder befanden sich sehr wahrscheinlich Drogen. Die Männer hatten die entlegene Tankstelle als Treffpunkt für ein Drogengeschäft ausgesucht. Mark und Rebecca waren ihnen dazwischengekommen, daher die wütende Aufforderung, sie sollten verschwinden.

Das Gewitter hatte das Eintreffen der anderen Partei wohl verzögert. Doch nun klarte es auf. Der Regen war fast vorbei, jeden Moment konnten die „Freunde" der drei Männer hier auftauchen. Und vermutlich hatten auch sie Waffen dabei. Wenn sie entdeckten, dass Mark und Rebecca ihre Kumpane überwältigt hatten, würde es garantiert Ärger geben. Sie mussten sofort verschwinden.

„Hör zu. Du gehst jetzt da vorn an den Rand und nimmst dir eine Handvoll Matsche. Damit beschmierst du die Nummernschilder unserer Bikes, okay? Danach machst du dich abfahrbereit. Ich will verhindern, dass die Kerle sich die Nummern merken und irgendwie rausbekommen, wo wir die Motorräder gemietet haben. Wenn sie das wissen, können sie auch unsere Adresse erfahren, und das gilt es unbedingt zu vermeiden."

Rebecca wurde blass. Sie nickte, wollte los. Doch Mark war noch nicht fertig. „Halt. Wir fahren auf der 66 weiter Richtung Westen. Aber an der nächsten Abfahrt wechseln wir auf die Interstate. Unser Sprit reicht noch bis hinter Flagstaff, ich will erst mal möglichst viel Abstand zu den Jungs hier bekommen. In Seligman verlassen wir die Autobahn, und dort werden wir dann auch übernachten."

Die Waffe in der Hand, blickte er sich unruhig um. Die Interstate lag nur wenige Hundert Meter entfernt, er sah die Lichter der Autos, konnte die Motoren der Trucks hören. Langsam ging er zu ihren Motorrädern hinüber, wo Rebecca sich gerade um die Nummernschilder kümmerte. Sein Plan ging auf, sie waren jetzt unlesbar. Er nickte ihr zu, während sie ihre verschmierten Hände mit einem Tuch sauber wischte.

Als sie so weit war, verließen sie die Tankstelle. Rebecca fuhr vorn, Mark, die Pistole im Hosenbund, hinterher. Sie waren kaum vom Gelände der Tankstelle herunter, da standen die Biker bereits auf den Beinen. Ihre Drohungen schallten ihnen hinterher: „Dafür werdet ihr noch bezahlen!"

Als sie fünf Minuten später die Auffahrt zur I-40 erreichten, stoppte Mark kurz, verstaute die Waffe in der Satteltasche. *Wer weiß*, dachte er, *wofür ich das Ding noch brauchen werde.*

★★★

„Ah, aah, aaaaah, arrrrgh!" Er kniete hinter ihr, sein Schwanz steckte in ihrem Hintern. Den eingebauten Vibrator hatte er auf höchste Stufe gestellt, das kräftige Brummen der Maschine spürte er im ganzen Unterleib. Gleich war er so weit, in wenigen Sekunden würde er kommen.

Draußen auf dem Hof standen Archie und Gilbert, sie lauschten unfreiwillig dem Liebesspiel ihres Bruders. Er bot ihnen nahezu jeden Vormittag dasselbe „Hörspiel“, wenn er es mit einer seiner Gespielinnen aus Kunststoff trieb. *Doch besser jetzt als in der Nacht*, dachte Archie.

Gilbert kam von seinem Arbeitsplatz am anderen Ende des Schrottplatzes zu ihm herüber. Er wusste, dass Brian in den nächsten Minuten nicht aus seinem Wohnwagen kommen würde. Das Reinigen der Gummipuppe dauerte immer seine Zeit. „Arch, wie sieht dein Plan aus? Versuchst du es heute? Brian und ich fahren gleich in die Stadt.“

Archie schüttelte energisch den Kopf. Seine schwarze Lockenpracht wackelte dabei wie ein Busch, der vom Wind zerzaust wurde. „Nein, ich glaube, er trainiert heute nicht mehr. Morgen früh, wenn ihr nach hinten geht und mit den Hunden arbeitet, dann werde ich es versuchen. Danach stemmt er in der Regel seine Gewichte, trinkt anschließend den Eiweißdrink.“

Archie ging zu seinem Bruder, umarmte ihn. Zwischen den beiden kam es nur selten zu so einer intimen Geste. Gilbert war ein ganzes Stück größer als er; er reichte ihm nur bis zur Schulter. Gilbert zögerte zunächst, die Umarmung zu erwidern, doch dann folgte er dem Beispiel seines Bruders. Der flüsterte leise: „Hab keine Angst. So Gott will, haben wir es morgen hinter uns.“

Gilbert zuckte zusammen. Gott anzurufen, war in diesem Zusammenhang mehr als eine Sünde. Sie waren Mörder und dabei, einen weiteren Mord vorzubereiten. Konnte dies wirklich Gottes Wille sein?

★★★

Camila war nicht wohl zumute. Ein Druck lag auf ihrer Brust, ihre Hände schwitzten. Sie fühlte sich kraftlos, hatte Angst, ihre Beine könnten ihr den Dienst versagen. Als das elektrisch betriebene Tor sich öffnete und sie ihren Wagen auf der Zufahrt abstellte, erblickte sie Steves Audi, der vor der Garage stand. Die Klappe des Kofferraums stand offen, der Kofferraum selbst war jedoch leer. Was ging hier vor sich? War ihr Partner etwa dabei, auszuziehen?

Sie musste sich einen Moment sammeln, bevor sie aussteigen konnte. Ihr Leben hatte sich gerade wieder in geregelten Bahnen bewegt, und nun drohte es, erneut zu entgleisen. Irgendwie war sie nicht wirklich verliebt in Steve. Doch der ehemalige Polizist hatte sich in den vergangenen zwei Jahren als der Anker erwiesen, der ihr und ihren Kindern Halt und Hoffnung gab. Auch war Steve tatsächlich ein aufmerksamer

Mann. Die Kinder, zumindest die beiden jüngsten, mochten ihn sehr. Und auch sie selbst hatte sich an das harmonische Zusammenleben mit ihm gewöhnt. Sollte nun alles zerbrechen?

Sie tippte den Code ins Türschloss, betrat den Flur. Sie lauschte, doch da war kein Geräusch außer ihrem eigenen aufgeregten Atem. Sie stellte ihre Tasche ab, ihre Schritte waren auf dem Teppich nicht zu hören. Die Tür zu Steves Büro war nur angelehnt. Jetzt konnte sie ihn hören, er raschelte offenbar mit irgendwelchen Papieren herum. Einen Moment lang zögerte sie, dann gab sie sich einen Ruck und öffnete die Tür.

Camila konnte nicht glauben, was sie da sah. Steve war offenbar dabei, das Büro in seinen ursprünglichen Zustand zurückzuversetzen. Die Karte und die Fotos hatte er abgehängt, auch die Bilder der vermissten Männer waren bereits in einem Karton verschwunden. Die Ausdrucke hatte er in drei Stapeln sortiert, jetzt war er gerade im Begriff, sie zu verstauen. Was ging hier vor?

Steve tat, als wäre er erschrocken, doch er hatte Camila bereits vor dem Haus gehört. Er wollte keine Show abziehen, doch er wusste, wie sehr sie sich über seine Entscheidung freuen würde. „Hi, Darling. Wie war dein Tag?“ Camila wusste nicht, was sie antworten sollte. Doch ihr unsicherer, fragender Blick sprach Bände. Sie war kurz davor zu weinen.

Cortez begriff, was in ihr vorging. Er legte die Akte beiseite, die er in der Hand gehalten hatte, ging zu Camila, nahm sie in den Arm. „Es ist vorbei. Ich musste leider einsehen, dass ein kluger Geist allein manchmal nicht ausreicht. Einiges habe ich herausgefunden, einiges erraten, doch ohne ein Team von Ermittlern und ohne den Polizeiapparat komme ich nicht weiter.“

Er versuchte, ihr in die Augen zu schauen, doch sie blickte an ihm vorbei. Zärtlich griff er ihr unter das Kinn, drehte ihren Kopf in seine Richtung. „Du kannst mir ruhig glauben. Ich bin vielleicht ehrgeizig, aber ich bin kein Fanatiker. Das Spiel ist aus, ich habe meinen Teil dazu beigetragen. Jetzt sind andere an der Reihe.“

Schließlich akzeptierte Camila die neue Realität. Niemals hätte sie damit gerechnet, dass sich Steve Cortez geschlagen gab. Doch vermutlich hatte er wirklich eingesehen, dass er allein auf verlorenem Posten kämpfte. Sie umarmte ihn so fest, als wollte sie ihn nie wieder loslassen. Steves Mund suchte ihre Lippen, sie küssten sich lange und innig.

Als Camila sich wieder gefasst hatte, blickte sie ihrem Partner tief in die Augen. „Bitte tu das nie wieder. Du hast mir wehgetan, ich hatte solche Angst, dich zu verlieren. Wir haben gemeinsam viel erreicht, es wäre so unendlich schade, wenn das alles vor die Hunde gehen würde."

So standen sie eine Zeit lang zusammen, Wange an Wange, beide in Gedanken versunken. Es war Steve, der sich zuerst aus der Umarmung löste: „Du mach dich jetzt erst mal frisch. Die Kinder kommen in einer Stunde aus der Schule, sie werden hungrig sein. Ich gehe schnell was einkaufen. Heute werden wir die Jungs mit einer selbstgemachten vegetarischen Pizza überraschen. Nach zwei Tagen Fastfood kommt jetzt wieder was Gesundes auf den Tisch."

★★★

Der Regen hatte sich verzogen, doch noch war der Himmel finster und grau. Die Autobahn war feucht, hier und da gab es Pfützen, in denen das Wasser stand. Die Autos, die vor ihnen fuhren, sowie die Fahrzeuge, die sie überholten, wirbelten die Nässe auf. Ein Nebel aus Tröpfchen schwirrte durch die Luft. Mark und Rebecca fuhren hindurch, die Feuchtigkeit sammelte sich auf ihrer Kleidung. Beiden war kalt, denn noch immer versteckte sich die Sonne hinter den Wolken.

Flagstaff war keine hässliche Stadt, im Gegenteil. Gern hätte Mark dort eine Pause eingelegt, die Motorräder noch einmal vollgetankt. Aber die Vorstellung, dass ihnen eine Gruppe wütender Drogenhändler folgen könnte, beunruhigte ihn. Rebeccas Protest zum Trotz beschloss er, frühestens in Williams eine längere Pause einzulegen. Auch ihm war kalt, doch ihre Sicherheit ging in diesem Fall vor.

Sie hatten die Positionen getauscht, Rebecca fuhr nun voraus, er folgte ihr. Nervös blickte er alle paar Minuten in den Rückspiegel. Einmal dachte er, ein Motorrad würde sie verfolgen. Doch dann erkannte er, dass es lediglich ein Auto war, bei dem einer der Scheinwerfer defekt war.

Mit einem Mal schaffte es die Sonne, sich zwischen zwei Wolken hindurch einen Weg zu bahnen. Sofort veränderte sich die Landschaft um sie herum, erwachte zum Leben. Mark spürte die Wärme auf seinem Rücken, er entspannte sich. „Halte durch, Baby. Noch eine halbe Stunde, dann sind wir in Williams. Wenn uns bis dahin niemand folgt, sollten wir es geschafft haben."

★★★

Tuut-tuut. Tuut-tuut.

Los Angeles lag unter ihr. Die Luft über der Stadt flirrte in der Hitze des Nachmittags. Rauch, Abgase, Staub und auch Sand aus der naheliegenden Wüste hatten sich zu einem Dunst vermischt, der wie eine goldene Glocke über der Metropole lag. Hätte Judy das Fenster im 23. Stock geöffnet, wäre etwas von den Gerüchen zu ihr ins Büro hineingedrungen.

Die über 40 Grad heiße Luft hätte ihr zudem eine Vorstellung davon vermittelt, wie es wohl war, dort unten in den Straßen zu leben und zu atmen. Der Smog, der auch heute wieder herrschte, lähmte die Lunge. Jeder Atemzug schmerzte, in den Krankenhäusern häuften sich die Fälle, in denen alte und kranke Menschen um Hilfe baten. Für die Obdachlosen und die Junkies auf der Skid Row waren die heißen Spätsommertage die Hölle.

Tuut-tuut. Tuut-tuut.

Seltsamerweise sah Judy nicht die Stadt hinter dem Fenster. Sie dachte vielmehr daran, wie es wohl in den Zimmern der Frau aussah, bei der das Telefon gerade klingelte. Judy sah eine einfache, billige Einrichtung vor sich, alte Möbel, wohl zum Teil von den Eltern geerbt. Der Boden bestand aus zerkratzten Dielen, die Farbe war mit der Zeit abgeblättert. Unter dem Wohnzimmertisch lag ein Teppich, auch er war verschlissen, doch für einen neuen fehlte das Geld.

Melinda Kennedy, die Witwe von Howard Kennedy, lebte in einem einfachen Holzhaus am Rande von Flagstaff. Judy hatte es sich bei Google Street View angesehen. Die Gegend war nicht die beste, doch immerhin gab es an der Straße einen Kinderspielplatz. Für die beiden Töchter, die eben erst in die Schule gekommen waren, sicher eine willkommene Abwechslung. Der vertrocknete Garten jedenfalls lud nicht unbedingt zum Verweilen ein.

Tuut-tuut. Tuut-tuut.

Ob und wo Melinda einer Beschäftigung nachging, dass hatte Judy so schnell nicht herausfinden können. Ihr Mann war im Dienst gestorben, doch er war erst seit kurzem bei der Polizei gewesen. Von einer großen Witwenrente war demnach nicht auszugehen. Wie bei jungen Paaren üblich, hatten sich die beiden vermutlich verschuldet, einen Kredit für das Haus und zwei Autos aufgenommen.

Wie sah Melinda wohl selbst aus? In der Akte gab es keine Fotos von ihr, doch Howard war ein gutaussehender Mann gewesen. *Sicher hatte er auch eine attraktive Frau*, dachte Judy.

Ein Insekt, das einem Kamikaze-Flieger gleich gegen die Scheibe geflogen war, riss sie aus ihren Gedanken. Ihre Augen änderten den Fokus, sie blickte nun auf einen Punkt direkt vor sich. Am Fenster klebte ein Käfer. *Er ist tot*, dachte Judy. *Wollte er mich etwa angreifen? Mich daran hindern, dieses Telefonat zu führen und die Wahrheit zu erfahren?*

Tuut – „Kennedy." Nur ein Wort, leise gesprochen, mit einer müden Stimme. *Vermutlich habe ich sie geweckt*, dachte Judy etwas schuldbewusst. Die Frau hatte vielleicht Frühschicht, sich danach kurz hingelegt. Zwei Kinder, der Job, es war sicher kein einfaches Leben. Plötzlich war da eine Stimme in ihrem Kopf:

Und jetzt kommst du, Judy Tonka, und bringst ihr ihren toten Mann zurück. Stellst Fragen, reißt alte Wunden auf. Traumata, gerade erst überwunden, kommen wieder hoch. Leg auf, Judy, lass die Toten ruhen. Die Frau lebt nun in Frieden. Vergiss die Geschichte mit dem Mörder aus den eigenen Reihen. Sie hat sich damit abgefunden, dass es Rocker waren, die ihren Mann erschossen haben. Warum musst du Schlampe jetzt ihr Leben erneut vergiften?

Weil sonst weitere Menschen sterben werden, gab sie sich selbst die Antwort. „Guten Tag, Ms Kennedy. Mein Name ist Judy Tonka vom FBI Los Angeles. Ich störe Sie nur ungern, doch ich ermittle in einer Mordsache auf der Route 66. Bei den Ermittlungen bin ich auf den Fall Ihres Mannes gestoßen, dazu hätte ich ein paar Fragen. Haben Sie einen Moment Zeit für mich?"

Stille. Die Frau zögerte, überlegte. Judy ahnte, warum. „Wenn Sie sichergehen wollen, dass der Anruf echt ist und ich wirklich vom FBI bin, rufen Sie bitte die Auskunft an oder schauen Sie im Netz nach. ‚FBI Los Angeles, Mordkommission'. Lassen Sie sich mit Assistant Special Agent in Charge Judy Tonka verbinden."

Ihre Worte schienen die Frau zu überzeugen. Sie klang nun wach, aber auch reserviert. „Schon gut, ich glaube Ihnen. Sie haben zwei Minuten, die Kinder warten vor der Schule auf mich." Judy musste vorsichtig agieren. „Es geht nicht direkt um Ihren Mann, eher um das Revier. War Howard mit seiner Arbeit dort zufrieden? Gab es Spannungen, Kollegen mit denen er nicht auskam, oder sogar Strukturen, die ihm nicht zugesagt haben?"

Am anderen Ende war ein tiefer Atemzug zu hören. Judy sah die Frau vor sich. Ihr Gesicht war dabei nur undeutlich zu erkennen. Sie zog die Stirn in Falten, es war schon so lange her, dass sie mit ihrem verstorbenen Mann geredet hatte. Sie ließ sich Zeit mit der Antwort.

„Tja, wissen Sie, Howard war jemand, der eigentlich mit allen Menschen um ihn herum gut ausgekommen ist. Er war nicht gerade harmoniebedürftig, konnte manchmal recht aufbrausend sein. Doch er hatte einen ausgeprägten Gerechtigkeitssinn. Seine Meinung hat er immer geradeheraus gesagt, auch zu seinen Vorgesetzten. Das kam nicht überall gut an, doch von Spannungen im Revier oder Streit mit Kollegen hat er mir nie etwas erzählt."

Judy biss sich auf die Lippe. „Vergessen wir das Revier. Hat er mal irgendetwas berichtet von einem Beamten, der ihm Angst gemacht hat? Vielleicht von einer anderen Behörde? Eventuell ein Wildhüter oder so? Ist er mal jemandem auf die Zehen getreten, vielleicht einem Kollegen, der hier und da die Hand aufgehalten hat?"

In diesem Moment fing ihr Handy an zu brummen. Sie hatte es auf Lautlos gestellt. Sie schaute auf das Display, Steve Cortez versuchte, sie zu erreichen.

„Madam, ich gehe mal davon aus, dass Sie nicht mit einem Polizisten verheiratet sind, richtig? Sonst wüssten Sie, dass ein guter Polizist seine Arbeit nicht mit nach Hause bringt. Natürlich gibt es Cops, die sich was nebenbei verdienen, doch dieses Risiko muss jeder selbst für sich einschätzen. Howy jedenfalls war absolut sauber, und um die Belange seiner Kollegen hat er sich nicht gekümmert."

Auch sie kannte natürlich die *Blue Wall*, hinter der sich alle Polizisten verbargen. *Kein Bulle scheißt je einen anderen an*, so hatte man es auch ihr während der Ausbildung eingetrichtert. Die Arbeit als Streifenpolizist war lebensgefährlich, Fehler kamen vor. Und jederzeit konnte man selbst auf die Hilfe – und die Verschwiegenheit – der Kollegen angewiesen sein.

Judy überlegte, was sie noch fragen könnte, doch fürs Erste war ihre Neugier befriedigt. „Ms Kennedy, ich danke Ihnen zunächst einmal. Erlauben Sie mir, Sie in den nächsten Tagen noch einmal anzurufen? Vielleicht fällt mir noch etwas ein.“ Die Frau hatte nichts dagegen einzuwenden, und so endete das Gespräch ergebnislos.

Judy war enttäuscht. Sollte sich ihre Theorie als falsch erwiesen haben? *Noch ist nicht aller Tage Abend*, dachte sie, *denn da ist ja noch eine Witwe, die mir eventuell weiterhelfen kann*. Bevor sie dort jedoch anrief, wollte sie hören, was Cortez ihr wohl zu berichten hatte.

★★★

Als er die Ofentür öffnete, schlug ihm ein Schwall heiße Luft ins Gesicht. Hastig zog er den Kopf zurück, doch etwas von dem Dampf erwischte ihn. „Fukkashitta!“ fluchte er laut, was die beiden Jungs mit Gelächter quittierten. Das von ihrem Vater einst ersonnene Schimpfwort geisterte noch immer durch Los Angeles. Erst vorhin hatte Cortez einen Eisenbahnwaggon gesehen, auf dem es als Graffiti verewigt worden war. *Vermutlich*, so dachte er, *kommt es mir deshalb jetzt in den Sinn*.

Die Pizza sah köstlich aus. Und sie verbarg ein Geheimnis, das nur er und die beiden Jungs kannten: Das große Stück oben rechts sah nur so aus, als wäre es vegetarisch. Unter die dicke Schicht von buntem Gemüse hatten die drei „Männer“ heimlich einige Scheiben Salami gelegt. Cortez wusste, der Spaß würde die Jungs begeistern, und natürlich würden sie ihr gespieltes *Ah* und *Oh* bei Tisch mit dem köstlichen veganen Bio-Belag begründen.

Gemeinsam die Pizza zu belegen, bereitete ihm und den Kindern wie immer viel Freude. Die Jungs waren froh, dass sie ihren „Onkel Steve“ zurückhatten. Auch Cortez wurde, als er die Jungs dabei beobachtete, melancholisch. Diese Kinder liebten ihn, mehr als Camila es tat. Ihnen gegenüber trug er Verantwortung, ein wenig schämte er sich daher für seine selbstsüchtige Verbissenheit während der letzten zwei Tage.

„Jetzt macht mal Platz da. Ich schneide jetzt die Pizzastücke.“ Gekonnte teilte er alles in acht gleich große Teile. „Marcos, das hier bringst du deiner Mutter, und dieses hier ist für dich. Komm dabei nur nicht durcheinander, sonst schneidet sie uns die Kehle durch.“ Er verzog das Gesicht zu einer Grimasse, hielt sich dabei das Messer mit der stumpfen Seite der Klinge an den Hals. Erneut quiekten die Jungs vor Freude.

Als er gerade dabei war, die nächsten Stücke aufzutun, klingelte sein Telefon. Leise piepte es in der Hosentasche, vibrierte dabei. Für einen Moment dachte er daran abzuheben, doch jetzt war erst mal die Familie dran. „Ich hab hier was gutzumachen, Ms Tonka. Nach dem Essen bist du dran." Er ignorierte den Anruf, balancierte die Teller auf die Terrasse. „So, Leute, es kann losgehen. Danach gibt es zur Feier des Tages noch eine dicke Portion Eis für alle!"

★★★

„Hier spricht der Anrufbeantworter von Steve Cortez. Bitte ..." Verärgert legte Judy auf, warf das Telefon achtlos auf den Tisch. Anruf-Beantworter-Ping-Pong, darauf hatte sie nun überhaupt keine Lust. Cortez hatte ihr auf den AB gesprochen: ... *mein Telefon war leer, ich konnte deinen Anruf daher leider nicht entgegennehmen* ... Schwachsinn. Der Mistkerl hielt sie hin, das war doch klar. Jetzt ging er nicht ran, zweimal schon hatte er ihre Anrufe unbeantwortet gelassen.

„Kommen wir nun zu Fredericka Tobin, der Witwe von Daniel Tobin. Mal sehen, was diese Dame mir berichten kann. Oder sollte ich besser sagen, nicht berichten?" Judy war plötzlich skeptisch. Sie wollte den Anruf möglichst schnell hinter sich bringen, die Sache abhaken.

Schuldgefühle plagten sie. Ihre eigenmächtigen Ermittlungen, die Unterstützung von Cortez, sie hätte es nie dazu kommen lassen dürfen. „Die vor Ehrgeiz Blinden sehen noch weniger als die von Geburt an Blinden", so hatte sie Henry Peters einst vor ihrem damaligen Chef gewarnt. Jetzt saß sie in der Falle. Ein Anruf noch, danach würde sie sich ganz sauber und regelkonform aus der Sache zurückziehen.

Am nächsten Tag würde sie zunächst die Serie verschwundener Männer melden, dabei Cortez' Märchen von zwei geheimnisvollen Informanten übernehmen. Was bei ihr funktioniert hatte, würde auch noch ein zweites Mal klappen. Wer sollte ihr das Gegenteil beweisen? Ein paar Tage später konnte sie dann, ganz nebenbei, ihre Vermutung zu den beiden ermordeten Polizisten vorbringen.

Judy öffnete die Akte, suchte nach der Telefonnummer der Witwe. Sie fand sie, notierte sie sich auf einem Zettel. Danach zog sie das Festnetztelefon zu sich heran, wählte. *Tuut, tuut, tuut* – besetzt. *Shit*, dachte sie, *aber eine Gelegenheit, sich einen Kaffee zu holen.*

★★★

Der kleine, eigentlich beschauliche Ort Williams bot pure Route-66-Nostalgie. Souvenirläden und Restaurants überall, historische Gebäude, aufwendig restauriert, wechselten sich mit auf alt getrimmten Neubauten ab. Das Route-66-Logo war omnipräsent, es klebte auf Schaufenstern, leuchtete als Neon-Reklame, zierte übergroß die Straßen. Etliche Geschäfte hatten das Logo zudem in ihren Firmennamen integriert, so gab es ein *Route 66 Café*, einen *Route 66 Diner*, einen *Route 66 Burger* und so weiter. Zuviel des Guten, wie Mark fand.

Die Straßen waren rappelvoll. Es wimmelte von Touristen, Dutzende Harleys kurvten auf der Suche nach einem Abstellplatz herum. Eine auf alt gemacht scheinende Tankstelle erwies sich tatsächlich als alt. Eine Reisegruppe aus Deutschland posierte davor, die Handys zum Selfie ausgestreckt. Schwarz-rot-goldene Fähnchen wurden geschwenkt, dazu das Sternenbanner.

Doch Mark war nicht mehr nach Tankstellen zumute. Zurück in San Francisco, würde er sich ein Elektroauto zulegen, Tankstellen künftig meiden wie die Pest. Doch ihr Sprit ging zur Neige, sie mussten zügig eine echte, zeitgemäße Tankstelle aufsuchen. Ein Schild wies in Richtung Ortsrand.

Minuten später waren sie am Ziel. Mark klappte mit dem Fuß seinen Seitenständer aus. Rebecca hatte es nicht so leicht, war ihr Seitenständer doch in Sante Fe abgebrochen. Mittlerweile hatte sie den Dreh mit dem Hauptständer jedoch raus. Nicht Kraft, sondern Technik war hier entscheidend. Mit Schwung auf den Ständer treten, gleichzeitig den Haltegriff am Sattel ziehen, alles in einer einzigen, flüssigen Bewegung. Und schon stand die kleine Italienerin.

Theoretisch jedenfalls. Als Rebecca plötzlich erschrocken aufschrie, ahnte Mark, was geschehen war. „Verdammt, der Ständer! Sie kippt um, hilf mir!“ Hastig stieg Mark ab, er wollte seiner Freundin zu Hilfe eilen, doch er kam zu spät. Die Vespa lag auf der Seite. Rebecca ballte wütend die Fäuste, enttäuscht von sich selbst. „Nein! Shit! Plötzlich konnte ich sie nicht mehr halten.“

Gemeinsam richteten sie das Motorrad auf, Mark betrachtete den Schaden. Ein Spiegel krumm, genau wie der Bremshebel. An der hinteren Motorverkleidung zwei Kratzer, eine Beule. Zusammen mit den

Schäden vom Vortag hatte das Finish doch deutlich gelitten. Der Vermieter würde sich vermutlich nicht sonderlich begeistert zeigen.

Unter der Maschine lag der Hauptständer. Abgebrochen? Gelöst? Ohne eine Werkstatt war da jedenfalls nichts zu machen. Mark ahnte, dass die Kapriolen seiner Freundin nicht ganz unschuldig an dem Materialversagen waren. Doch er war klug genug, das nicht zu erwähnen.

„Alles halb so schlimm. Wir lehnen sie erst einmal da gegen die Tanksäule." Mark war gespannt, ob die Maschine auch ohne Ständer anspringen würde. Testweise betätigte er den Anlasser, und die Maschine tat es zum Glück. „So, dann tanken wir jetzt erst mal und schieben die Kisten nach da hinten. Dort können sie stehen, während wir Pause machen und etwas essen."

Mark hob den Ständer auf; später würde er nach einer Werkstatt Ausschau halten, die das Ding eventuell wieder anbringen konnte. Falls er keine fand, war ihm das auch egal. Eine Nacht konnte die Vespa auch ohne Ständer auskommen. Am Abend des folgenden Tages würden sie Las Vegas erreichen, und keine zehn Pferde würden ihn dann dazu bringen, jemals wieder auf die Route 66 zurückzukehren.

★★★

„Nehmen Sie Platz, Gallagher. Möchten Sie einen Kaffee oder ein Glas Wasser?" Deputy Chief Jim Levin blieb während der Begrüßung sitzen, wies mit der rechten Hand seinem Untergebenen einen Stuhl gegenüber dem Schreibtisch zu. Gallagher setzte sich. „Nein, Sir, danke. So kurz vor der Schicht vermeide ich es, Flüssigkeit zu mir zu nehmen. Man will ja nicht gleich nach Dienstbeginn irgendwo anhalten müssen."

So ist er, der Gallagher, dachte Jim Levin. *Pflichtbewusst bis hin zur geplanten Pinkelpause*. Er betrachtete seinen Untergebenen, der wie immer wie ein Polizist aus einem Werbeprospekt aussah. Die Haare akkurat geschnitten und frisiert, den Seitenscheitel wie mit dem Lineal gezogen. Die blaue Uniform saß perfekt, sie stand dem schlanken jungen Mann hervorragend.

Wenn Ende des Jahres noch etwas Geld in der Kasse wäre, dachte Levin, würde er die Website des Departments überarbeiten lassen. Einige Fotos von Officer Dan Gallagher würden seine Nachwuchsprobleme vielleicht beheben.

„Das war ja gestern eine lange Nacht für Sie. Ich habe Ihren Bericht gelesen. Sie waren der Erste am Tatort und einer der Letzten, die ihn verlassen haben. Die Jungs von der Spurensicherung haben Sie gelobt, und auch der Chef der Autobahnpolizei sprach nur in den höchsten Tönen von Ihnen." Er legte eine Kunstpause ein, spielte derweil mit seinem goldenen Kugelschreiber. „Das war gute Arbeit, Gallagher, Kompliment."

Der so Gelobte nahm die Anerkennung regungslos hin. Levins Ton wurde eine Spur kälter: „Sie wissen es ja bereits. Der Unfall war kein Unfall. Irgendein kranker, völlig gestörter, perverser Psychopath hat einen Gullydeckel von der Brücke geworfen. Dieses Schwein hat den Unfall bewusst herbeigeführt und den Tod des Truckers dabei in Kauf genommen, vermutlich sogar geplant."

Officer Gallagher zuckte bei den Worten seines Vorgesetzten mit keiner Wimper. Ein kurzes Nicken war seine einzige erkennbare Reaktion. Er sah seinem Chef selbstbewusst in die Augen, wartete auf dessen weitere Erklärungen.

„Wir haben es also mit Mord zu tun. Die Sache wird Staub aufwirbeln, denn wir hatten bereits vor zwei Jahren einen vergleichbaren Fall in Gallup. Damals erwischte ein Stein den Fahrer eines Tanklasters. Auch hier starb der Trucker, kam von der Fahrbahn ab. Das gigantische Feuer brannte fast einen ganzen Tag lang. Die Rauchwolke zog in Richtung Stadt, doch dann drehte zum Glück der Wind. Sogar CNN hat darüber berichtet. Gallup ist nur knapp einer Katastrophe entkommen."

Da Gallagher nicht aufgefordert worden war, seine Meinung dazu kundzutun, schwieg er auch weiterhin. Deputy Chief Jim Levin beugte sich ein Stück nach vorn, stützte sich mit den Ellenbogen auf dem Schreibtisch ab. „Sie hatten damals ja schon ganz richtig vermutet, dass der Tat noch weitere folgen könnten. Leider haben Sie recht behalten."

Wütend warf Levin den Stift auf den Tisch, bereute sofort seinen Gefühlsausbruch. Er lehnte sich zurück, holte tief Luft und fuhr fort: „Hatten Sie gestern Abend Ihre Bodycam eingeschaltet, als Sie an der Unglücksstelle eingetroffen sind? Oder wenigstens die Kamera am Streifenwagen?" Als Gallagher langsam den Kopf schüttelte, ahnte er die Antwort.

„Nein, Sir. Sie selbst waren es ja, der mir mal gesagt hat, dass ich die Kamera nur einschalten soll, wenn es sich nicht vermeiden lässt, oder wenn die Aufnahmen meinem eigenen Schutz dienen." Die Worte trafen Jim Levin wie ein Peitschenschlag, er zuckte kurz zusammen. Es ließ sich nicht leugnen, dass er Gallagher und auch anderen Rekruten diesen Rat einst gegeben hatte. Natürlich inoffiziell, unter der Hand, entgegen der allgemeinen Vorschriften.

Sein Problem war schlicht und einfach, dass heutzutage kaum noch ein geistig gesunder, halbwegs intelligenter Mensch Polizist werden wollte. Junkies, Gangs, Kriminelle, dazu eine bis an die Zähne bewaffnete Bevölkerung. Und mittendrin die Polizei, die für Ordnung sorgen sollte, ohne jemandem auf die Füße zu treten.

Doch wie soll das funktionieren?, dachte Jim Levin, *wenn man sich dabei selbst filmen muss und jeder Fehler oder Irrtum einem später aufs Butterbrot geschmiert wird? Wenn Polizisten anhand von Videoaufnahmen, die sie selbst aufgenommen haben, entlassen werden? Wer wählt schon einen Beruf, bei dem man täglich sein Leben riskiert und plötzlich im Knast landet, weil ein Bodycam-Video einem nachweist, dass man vielleicht zu schnell zur Waffe gegriffen hat?*

Erst vor wenigen Wochen hatte die Stadt 20 neue Stellen bei der Polizei ausgeschrieben. Die Qualität der Bewerber war so schlecht, dass nur drei Stellen besetzt werden konnten. Einige der Anwärter kamen von *Dunkin' Donuts*, wo sie am Schalter Kunden bedienten. Auf die Frage, warum sie zur Polizei wechseln wollten, antworteten sie: „Weil es hier acht Dollar mehr die Stunde gibt."

Verantwortung für die Gesellschaft übernehmen? Um zu dienen und zu schützen? Nein, wer noch ein bisschen Grips im Kopf hatte, der suchte sich einen anderen Job. Was sich da entwickelte, war eine fatale Kettenreaktion. Um ausreichend Bewerber zu finden, schraubte man die Anforderungen immer weiter herunter. Die Qualität der neuen Beamten ließ in allen Bereichen nach. Diese schlecht ausgebildeten Männer und Frauen waren oft mit ihren Aufgaben überfordert; es kam zu Überreaktionen und Fehlern.

Wenn da doch mal ein Bewerber war, der das Zeug zum guten Polizeibeamten hatte, dann wollte Jim Levin den nicht auch noch vergraulen. Im Bewerbungsgespräch, unter vier Augen, nahm er den jungen Männern und Frauen die Angst vor der „Wanze" auf der eigenen Brust. „Bei uns im Revier sehen wir das nicht so streng mit der Bodycam. Sie brauchen die Kamera nur einzuschalten, wenn es sich nicht vermeiden lässt oder wenn die Aufnahmen Ihrem eigenen Schutz dienen."

Jetzt hatte er den Salat. Mit Sicherheit würde jemand von oben auftauchen und nach den Aufnahmen von Gallaghers Cam aus der Nacht fragen. Immerhin war Gallagher als Erster am Tatort gewesen. Würde herauskommen, dass er selbst die Anweisung gegeben hatte, die Kameras, wenn möglich, deaktiviert zu lassen – sein Job wäre in Gefahr.

Deputy Chief Jim Levins Stimme wurde leiser, es war fast ein Flüstern. „Gallagher, so habe ich das nicht gesagt, Sie haben mich da sicher missverstanden. Bitte geben Sie mir mal Ihre Kamera zur Überprüfung. Ich bin mir ganz sicher, dass Sie sie gestern Nacht aktiviert hatten. Und sollten da seltsamerweise keine Aufnahmen drauf zu finden sein, dann ist das vermutlich ein bedauerlicher technischer Fehler."

Er streckte seine Hand aus, wartete auf die Kamera und eine Antwort. Beides folgte prompt. „Sir, hier die Cam. Und selbstverständlich haben Sie recht. Die Kamera war eingeschaltet, da bin ich mir ganz sicher. Sollten da seltsamerweise keine Aufnahmen drauf zu finden sein, dann ist das vermutlich ein technischer Fehler."

Guter Junge, der Gallagher, dachte Jim Levin, als er die kleine schwarze Box entgegennahm. *Der wird hier noch Karriere machen.* „Danke, Sie können jetzt gehen. Lassen Sie sich in der Waffenkammer eine neue Cam aushändigen. Um die hier kümmere ich mich." Er würde nun seinen Schwager anrufen, der kannte sich mit so etwas aus. Einige Minuten im Hochspannungsfeld eines Stromtransformators sollten ausreichen, um die Elektronik zu zerstören.

Als er wieder allein im Büro saß, stützte er den Kopf müde in die Hände. Er war fast da, hatte es fast bis zur Pensionierung geschafft. Über all die Jahre hatten sich Flagstaff und seine Bürger voll und ganz auf ihn verlassen können. Natürlich hatte es auch mal Probleme gegeben, und wo mal etwas daneben gegangen war, hatte er sich hinter der *Blue Wall* verstecken können. Eine Krähe hackt bekanntlich der anderen kein Auge aus, eine Hand wäscht schon seit Ewigkeiten die andere. *Und so lange es Cops gibt*, dachte er, *wird das auch so bleiben.*

★★★

Tuut-tuut.

„Petterson!“ Judy hatte nicht mit so einem abrupten, schnellen Abheben gerechnet. Auch war die Stimme am anderen Ende laut, klang energisch. Ein wenig unsicher klang daher ihre Antwort. „Äh, Tonka hier, Judy Tonka, FBI Los Angeles. Ich wollte eigentlich mit Ms Fredericka Tobin sprechen.“

Die Stimme wurde weder leiser noch klang sie überrascht. „Die gibt's nicht mehr, Ma'am. Nach dem Tod meines Mannes trage ich nun wieder meinen Mädchennamen. Was kann ich für Sie tun?“ Judy saß auf ihrem Schreibtisch, kräuselte die Stirn. Sie ahnte, dass das kein einfaches Gespräch werden würde.

„Es geht um Ihren verstorbenen Mann, Daniel. Wir ermitteln da in einer Strafsache, die sein Revier betrifft. Ich hätte einige Fragen an Sie. Passt es gerade?“ „Schieß los, Schwester.“ Die grobe Antwort führte dazu, dass Judy die Kinnlade herunterfiel.

Die völlig respektlose Art der Frau verunsicherte Judy. Da rief jemand vom FBI an, hatte Fragen, die den ermordeten Ehemann betrafen, und die Frau antwortete mit *Schieß los, Schwester*? Judy riss sich zusammen. „Ich habe einige Fragen, die das Revier Ihres Mannes betreffen. War Daniel mit seiner Arbeit dort zufrieden? Gab es irgendwelche Probleme oder Kollegen, mit denen er nicht auskam? Wie verhielt es sich mit der Hierarchie? Kam er mit seinen Vorgesetzten zurecht?“

Erneut antwortete Fredericka Petterson mit harter Stimme: „Schwester, Daniel war ein junger, unerfahrener Cop. Die erfahrenen Kollegen scheißen auf die Frischlinge, und die Chefs warten erst mal ab, wie lange du durchhältst. Sein Partner, dieser Kennedy, war sein einziger Freund dort.“ Judy konnte hören, wie die Frau etwas trank, schluckte. „Mit deinem Partner verbringst du jeden Tag zwölf Stunden gemeinsam im Wagen. Ist ein guter Job für Schwule, die zusammenarbeiten. Unsere Ehe hat darunter gelitten, dass Kennedy und Daniel waren mehr zusammen als wir.“

Judy nickte im Stillen, sie kannte das Problem. Zudem konnte man mit dem Partner zu Hause schlecht über den Job reden, die allgegenwärtige Gefahr, die schrecklichen Dinge, die man jeden Tag sah.

Auch sie wurde manchmal von Gloria gefragt: *Hallo, Darling, wie war dein Tag?* Was sollte sie ihr antworten? *Tja, was soll ich dir sagen? Eine Prostituierte wurde von ihrem Freier zu Tode gefoltert. In einem illegalen Nachtclub haben wir zwei minderjährige Mädchen entdeckt, die dort seit zwei Jahren gefangen gehalten wurden. Willst du wissen, was man ihnen alles Schreckliches angetan hat?*

Wie schon bei dem Telefonat zuvor verlief das Gespräch nicht wie erwartet. Judy schaute auf ihren Zettel mit den Fragen. „Wurde Daniel eventuell Zeuge von Bestechung, oder gab es sonst etwa Vorfälle, über die er mit Ihnen gesprochen hat? Vielleicht so etwas eine Deputy-Gang? Hat man vielleicht irgendwie Druck auf ihn ausgeübt, andere Beamte bei Straftaten zu decken?"

Am anderen Ende der Leitung vernahm Judy ein Flüstern. Die Frau war nicht allein im Raum. Gab es einen heimlichen Zuhörer? Sprach sie ihre Antworten mit jemandem ab? Nein, dafür kamen sie zu spontan, so auch jetzt.

„Ma'am, ham' Sie schon mal den Begriff ‚Blue Wall' gehört? Wenn Sie wissen wollen, was da in Flagstaff so abgeht, dann sollten Sie sich mit Deputy Chief Jim Levin unterhalten. Wenn jemand 'ne Ahnung davon hat, ob da im Revier Schweinereien veranstaltet werden, dann der. Ich kann Ihnen nichts dazu sagen, sorry. Sonst noch Fragen?"

Judy begriff, dass die Frau ihr keine weiteren Antworten geben würde, zumindest keine, die der Wahrheit entsprachen. Sie beendete das Gespräch daher. „Nein Ma'am, vielen Dank. Auf Wiederhören."

Frustriert legte sie mit Wucht den Hörer auf. Zwei tote Polizisten, und die Mörder waren nicht die Rocker. Wer dann? Sie stand auf, ging ans Fenster. Wo war die Stelle mit dem toten Käfer gewesen? *Da, genau in der Mitte.* Die Stelle war übersät von winzigen Fliegen, die sich an dem Käfer gütlich taten.

Ein altes Sprichwort kam ihr in den Sinn: *Es gibt nichts Schlechtes, das nicht auch sein Gutes mit sich bringt.* Irgendjemand profitierte vom Tod der beiden Cops, so viel war sicher. Doch ihre Versuche, aus der Deckung heraus zu ermitteln, würden sie nicht weiterbringen. Das Spiel war hier zu Ende.

Ab jetzt galt Plan B. Judy würde die Arbeit auf ihrem Schreibtisch erledigen, die restlichen E-Mails beantworten. Sie würde noch einmal versuchen, Cortez zu erreichen, sollte der es nicht seinerseits tun. Sie würde Feierabend machen, nach Hause fahren. Am nächsten Morgen würde sie die vermissten Männer sowie die Biker als neuen Fall anlegen. Das FBI würde dann ganz offiziell mit Ermittlungen beginnen.

Kurz blickte sie auf ihren Notizblock mit den Aufzeichnungen aus den beiden Telefonaten. *Howard Kennedy nicht harmoniebedürftig, aufbrausend. Ausgeprägter Gerechtigkeitssinn. Meinung immer geradeheraus gesagt, auch zu Vorgesetzten.* Sie überlegte kurz. War Howard Kennedy jemandem auf den Schlips getreten? Seinem Boss vielleicht? Oder einem Kollegen? Egal. Sie knüllte den Zettel zusammen, warf ihn in den Papierkorb.

★★★

Das *Friendly Route 66 Motel* in Seligman sah in der Tat freundlich aus. *Aber auch schon etwas heruntergekommen*, dachte Mark sich im Stillen. Die große 66 in der Leuchtreklame flackerte hektisch, vermutlich war ein Relais defekt. Der Betonboden des Parkplatzes war rissig wie vertrockneter Wüstenboden. Ein verwittertes Schild warb für *Free Continental Breakfast*, ein anderes für *Free Satellite TV.*

Hellblaue Plastikstühle standen vor den Zimmern im Erdgeschoss, daneben wuchsen Kletterpflanzen die Wand empor. Mark hätte jede Wette angenommen, dass sie künstlich waren. Unter den Zimmerfenstern hingen die obligatorischen Klimaanlagen. Wie viereckige graue Geschwüre ragten sie aus der Fassade.

Rebecca, die hinter ihm auf den Parkplatz rollte, konnte ihren Spott nicht zurückhalten. „Auf das ‚Kontinentale Frühstück‘ bin ich ja mal gespannt. Vermutlich eine Scheibe Toast, kalt, dazu braun gefärbtes Wasser. Zucker und Milch kosten extra.“

Da es in Seligman jedoch nur eine Handvoll Motels gab und dieses hier mit einem *Rooms Vacant*-Aushang darauf hinwies, dass Gäste willkommen waren, beschloss Mark, über Nacht zu bleiben. Ihnen beiden war kalt, das unerwartete Abenteuer an der Tankstelle steckte ihnen ebenfalls noch in den Knochen.

„Hör auf zu meckern. Mit Sicherheit gibt es hier eine heiße Dusche, ein bequemes Bett, einen Wäschetrockner. Und da hinten sehe ich einen Diner. Wir werden hier absteigen und uns für den morgigen Tag ausruhen. Morgen früh tanken wir, und so Gott will, lautet der nächste Halt dann Las Vegas.“

Mark stellte seine Harley ab, half danach Rebecca mit ihrer defekten Vespa. Mangels anderer Möglichkeiten lehnte sie die Maschine an eine Treppe, die zu den Zimmern im zweiten Stock führte.

Sie nahmen ihre Helme von den Köpfen, blickten sich müde und erschöpft an. Mark breitete die Arme aus, Rebecca ließ sich hineinfallen. „Was für ein Tag. Gestern war schon verrückt, aber heute, das glaubt uns keiner. Erst eines der schlimmsten Gewitter, die ich je mitgemacht habe, dann noch die drei Dealer." Sie zog ihren Freund zu sich heran, gab ihm einen Schmatzer auf den Mund.

Während sie das kleine Fach unter dem Sitz der Vespa entlud, entlud sich auch ihr Zorn. „Diese verdammte Route 66, zum Kotzen. Was hat mich da nur geritten, diesen Job anzunehmen? Sollte mir nochmal jemand was erzählen von ‚Get your Kicks' und so, dem haue ich gleich was in die Schnauze!"

Auch Mark würde froh sein, wenn sie am späten Nachmittag des nächsten Tages ihre Geschäftsidee zu den Akten legen konnten. Stillschweigend hatten sie vereinbart, dass die Firma R.M.I. keine weiteren Aufträge annehmen würde. Niemals mehr.

In den nächsten Tagen würden sie sich in Vegas erholen, dann heiraten. Die Motorräder konnten sie dort abgeben, das war bereits mit dem Vermieter geklärt. Über San Francisco, wo ein zweitägiger Stopp geplant war, würden sie nach Hawaii weiterfliegen. Die Flitterwochen, das war Rebeccas Wunsch, würden sie dort verbringen.

„Gute Idee, Freunde, aber so wird das leider nichts." Ein älterer Herr, auf dem Kopf eine umgedrehte Baseballkappe, näherte sich ihnen. Sein erhobener Zeigefinger wackelte dabei wie ein Metronom. „Die Vespa kann da nicht stehen bleiben. Warum stellt ihr sie nicht auch auf den Parkplatz?"

Der Mann, so stellte sich heraus, war Harold, der Besitzer des Motels. Mark erklärte ihm das Problem: „Der Ständer ist abgebrochen, der Hauptständer ebenfalls. Also müssen wir sie irgendwo gegenlehnen." Herold bückte sich, begutachtete das Motorrad ohne Abstellhilfe.

„Tja, Werkzeug hätte ich da, aber kein Schweißgerät. Aber ihr habt Glück. Wenn ihr morgen früh weiterfahrt, kommt ihr nach einer halben Stunde Fahrzeit zu einer Tankstelle. ‚Freddys Fuel' steht da auf einem großen Schild."

Er stand ächzend auf, hielt sich dabei den Rücken. Mit der Hand zeigte er Richtung Westen. „Genau an der Tankstelle führt eine kleine Schotterstraße in einen Canyon hinab. Dort unten liegt der Schrottplatz der drei Henderson-Brüder. Die können euch den Ständer sicher für kleines Geld reparieren."

Er wollte schon zurück zur Rezeption gehen, den Schlüssel für ihr Zimmer holen, da fiel ihm noch etwas ein. „Verlasst euch aber nicht darauf, dass ihr an der Tankstelle Benzin bekommt, tankt besser vorher. Seit zwei Tagen ist Nick, der Besitzer, verschwunden. Der Scheißkerl schuldet einer Menge Leute hier Geld. Vermutlich hat er sich aus dem Staub gemacht, ist nach Los Angeles abgehauen."

Fünf Minuten später lagen Mark und Rebecca, noch immer angezogen, auf dem Bett. Erschöpft von den Anstrengungen des Tages, wollten sie sich ein kleines Erholungsschläfchen gönnen. Bevor er wegnickte, überlegte Mark noch kurz, ob es wirklich nötig war, den Ständer reparieren zu lassen. Schließlich kam er zu dem Schluss, dass eine Reparatur zumindest nicht schaden konnte. Sie würden ihre Reise nur kurz unterbrechen, und sollte Rebecca unterwegs irgendwo anhalten müssen, war ein Ständer sicher hilfreich.

★★★

„Onkel Steve, warum schneiden die Messer so beschissen?" Diego tat sich sichtlich schwer damit, ein Stück Pizza abzuschneiden. Camila, die neben ihm saß, gab ihm wegen des Schimpfworts einen Klaps auf den Hinterkopf. Doch in der Sache stimmte sie ihrem Sohn zu. Cortez war die Angelegenheit unangenehm. Er kratzte sich am Kopf.

„Na ja, Margret, meine Exfrau, war Linkshänderin. Sie hat die Messer damals gekauft, ich war an dem Tag nicht dabei. Auch ich musste irgendwann feststellen, dass sie nicht besonders gut schneiden. Es sind Messer für Linkshänder."

Er hob seine linke Hand, streckte die Handfläche aus, als wäre sie ein Messer. Mit dem Zeigefinger der rechten Hand deutete er auf seinen kleinen Finger. „Hier unten ist die Riffelung der Schneide. Bei einem Messer für Rechtshänder liegt sie rechts an der Klinge, damit beim Schneiden das Schnittgut nach rechts abfällt. Dort ist der Teller leer, ein Stück Brot fällt also nach rechts." Er bewegte die Hand, als würde er etwas zerschneiden.

„Bei einem Messer für Linkshänder liegt die Riffelung jedoch links an der Schneide. Hier funktioniert es genauso. Hat jetzt aber ein Rechtshänder das Messer in der Hand und schneidet damit, dann schiebt sich die Klinge in das Schnittgut hinein. Darum werden zum Beispiel die Brotscheiben immer so komisch krumm, fast wie ein Keil."

Er deutete auf die Pizza seines Ziehsohnes. „Los, nimm mal das Messer in die linke Hand, du wirst sehen, es geht plötzlich viel leichter." Diego folgte seinem Rat, und tatsächlich gelang es dem Jungen dieses Mal wesentlich besser, ein Stück abzuschneiden.

Cortez betrachtete skeptisch sein eigenes Messer. „Ich werde morgen in der Stadt neue Messer kaufen. Diese hier sind ein Fluch, eine versteckte Rache meiner Exfrau. Jahrelang habe ich mich über die Dinger geärgert, nachher werfe ich sie in die Mülltonne."

Eine Zeitlang saßen sie so zusammen, die Hitze war jetzt erträglich geworden. Nach dem Essen wurden die Jungs unruhig. Camila schickte sie in den Garten, wo sie sich austoben sollten. Cortez schloss die Augen, er genoss die Stille um sich herum. Camila spielte an ihrem Handy herum, schrieb einer ihrer zahlreichen Freundinnen.

Erst jetzt in der Stille wurde ihm bewusst, mit welchem Stress eine Mordermittlung verbunden war. In nahezu jeder freien Sekunde drehte sich alles nur um die Suche nach dem Mörder. *Das Privatleben*, dachte er, *beschränkt sich auf kacken, essen, schlafen.*

„Wie gefällt dir eigentlich meine neue Bluse?" Cortez wollte seine Augen nicht öffnen, nicht über etwas so Triviales reden. Doch er hatte etwas gutzumachen. „Chic. Sehr chic sogar. Das Blau gefällt mir gut, es hat etwas von einer Polizeiuniform. War da dein Unterbewusstsein mit auf Einkaufstour?"

Camila warf ihm erbost eine zusammengeknüllte Serviette an den Kopf. „Uniform, untersteh dich! Das Verrückte war, dass ich eigentlich auf der Suche nach einer gelben Bluse war. Ich habe zehn Geschäfte abgeklappert, doch nichts wollte mir gefallen. Mein Gehirn hatte sich so auf Gelb eingeschossen, dass ich blind für alles andere war. Es musste einfach eine gelbe Bluse sein."

Sie stand auf, räumte das Geschirr zusammen. „Und so ist es eben manchmal. Man ist auf der Suche nach etwas und sieht dann den Wald vor lauter Bäumen nicht. Ich hol uns jetzt das Eis. Bleib du ruhig sitzen."

Keine Biker, Hitchhiker. Um ihn herum verschwanden der Garten, das Haus, die Stimmen der Kinder. Er spürte keine Wärme mehr, keinen Wind. Das Licht verdunkelte sich, er sah nur noch ein diffuses Grau, so als würde er sich im Inneren einer Wolke befinden. Sein Geist entleerte sich, eine nahezu vollkommene Ruhe durchströmte ihn. Für einen Moment glaubte Steve Cortez, er wäre soeben gestorben.

Keine Biker, Hitchhiker. Mit einem Mal verstand er den Hilferuf seines Unterbewusstseins: *Such keine Biker, such Hitchhiker!* Seine private Ermittlung hatte damit begonnen, dass er nach einem verschwundenen Motorradfahrer gesucht hatte. Er hatte sich daher darauf konzentriert, Videos von Bikern nach Hinweisen zu durchsuchen.

Doch der Killer war nicht an Bikern interessiert. Seine Opfer waren Anhalter oder Menschen, die an Bushaltestellen standen. Würde er nach Videos Ausschau halten, die Hitchhiker aufgenommen hatten, wären seine Erfolgsaussichten vermutlich wesentlich besser.

Biker gab es auf der 66 wie Sand am Meer, dementsprechend verstopften ihre Videos auch YouTube. Per Anhalter reisten jedoch nur wenige Menschen. Trampen galt in den USA als asozial und gefährlich, mit dem Bus zu reisen war zudem billig. Hitchhiker-Videos von der Route 66, da war Cortez sich sicher, gab es demnach nur wenige.

Vielleicht, so dachte er sich, gab es ein Video von einem Hitchhiker, der über ein negatives Erlebnis zu berichten wusste. Von einem unheimlichen Fahrer, einem Mann, der dem Anhalter Angst eingeflößt hatte. Von einer missglückten Entführung, einer gelungenen Flucht oder einer Unterhaltung am Rande der Straße, die auf ein versuchtes Verbrechen hindeutete.

„Kinder, kommt ihr? Es gibt Eis! Hier Steve, für dich eine Extraportion." Als Camila ihm den Teller hinstellte, erwachte er aus seiner Trance. Eine Stimme hallte leise durch seinen Verstand: *Such nach einem Video von einem Hitchhiker, der von einem negativen Erlebnis auf der Route 66 berichtet. Es wird dich zu dem Killer führen.* Er schob den Teller beiseite, erhob sich. „Danke, ich glaube, ich habe mir den Magen verdorben. Ich muss mal kurz zur Toilette."

★★★

Kurz vor Feierabend. Judy schaute sich im Büro um, sie war zufrieden. Die Arbeit war erledigt, alle E-Mails beantwortet. Das Lämpchen am Telefon, das auf unbeantwortete Anrufe hinwies, blinkte ausnahmsweise mal nicht. Sie hatte gelüftet, ihren Mülleimer ausgeleert, die Sammlung an verdreckten Gläsern und Kaffeetassen hinausgebracht.

Wie jeden Abend kontrollierte sie, ob die Fenster auch richtig geschlossen waren. Steve Cortez hatte einmal vergessen, eines davon zu verriegeln. Ein Sturm riss es in der Nacht auf, wirbelte das gesamte Büro durcheinander. Doch gewissenhaft, wie sie war, konnte ihr das nicht passieren.

Am Fenster stehend, genoss sie einen letzten Blick auf L. A. In der Abendsonne funkelten die Stadt und ihre Wolkenkratzer wie Juwelen. Das Licht fiel nun seitlich in die Dunstglocke, brach sich so an wesentlich mehr Staubteilchen. *Wie Glitter in einer Schneekugel glitzert es, ein einmaliger Anblick.* Judy zog ihr Handy hervor, hielt den Moment für die Ewigkeit fest.

Von Cortez keine Meldung, keine SMS, keine E-Mail, nichts. *Der Schweinehund*, dachte sie. *Morgen werde ich ihm eine Standpauke halten, die er so schnell nicht vergessen wird.* Sie steckte das Handy zurück in die Tasche, schaltete ihren Rechner aus. Sie ging zur Tür, ein letzter, kontrollierender Blick. *Licht aus, Abflug, Tonka!*

Ring-ring.

Ihr Telefon. Judy zögerte einen Moment, doch das Pflichtbewusstsein siegte über den Wunsch nach einem Feierabend. Sie seufzte, ging zu ihrem Schreibtisch zurück. „Tonka“, meldete sie sich lustlos. „Zentrale hier, ich verbinde Sie mit Flagstaff.“

Mit einem Mal war sie hellwach, ihr Puls raste. „Judy Tonka, Mordkommission. Wer spricht?“ Sie erkannte die Stimme, die zuvor noch müde geklungen hatte, sofort wieder. „Melinda Kennedy hier. Wir hatten heute Mittag miteinander telefoniert. Es war gut, dass Sie mir Ihre Abteilung und das FBI Los Angeles genannt hatten. Unser Festnetz-Telefon ist recht altmodisch, es zeigt die Rufnummern nicht an. Aber so habe ich Sie doch noch gefunden.“

Judy nahm Platz, suchte sich hektisch etwas zum Schreiben. Ihre Gesprächspartnerin begann unaufgefordert zu berichten: „Sie hatten ja nach jemandem gefragt, dem Howard mal auf die Füße getreten ist. Vorhin habe ich nicht daran gedacht, aber eine Woche vor seinem Tod hat er so ein Ereignis nebenbei erwähnt. Ich habe keine Ahnung, ob es Ihnen weiterhilft, aber wenn Sie möchten, dann erzähle ich es Ihnen natürlich."

Am liebsten wäre Judy in den Hörer gekrochen, durch die Leitung hindurch bis nach Flagstaff. Dort hätte sie Melinda Kennedy am Hals gepackt und geschüttelt. *Nun sag's schon, du Miststück!* Sie zwang sich jedoch, ruhig zu bleiben. „Bitte, ich höre."

Melinda räusperte sich. „Also, eine Woche vor seinem Tod hat Howard mir erzählt, dass er auf der Wache jemanden getroffen hat, von dem er glaubte, ihn wiederzuerkennen. Sie müssen wissen, Howard hat früher mal als Kellner gearbeitet, unter anderem auch in Chicago. Ich weiß, was Sie nun denken. Das wäre ein minderwertiger Job oder so. Aber Howie hat als Kellner mehr verdient als bei der Polizei."

Judy schrieb mit. Sie wusste, dass an Standorten mit viel Tourismus das Personal allein mit den Trinkgeldern mehr verdiente als ein Berufsanfänger bei der Polizei. „Seien Sie beruhigt, Ma'am, ich war auch mal jung und habe gekellnert." *Weiter, weiter, komm zur Sache!*

„Howie hat erzählt, da wäre ihm auf dem Flur jemand über den Weg gelaufen, der mal im selben Restaurant bedient habe wie er. Es gab damals wohl Ärger zwischen den beiden, Howard hat was von einer Schlägerei und einem Kopfstoß erwähnt. Der Typ habe sich aber dumm gestellt, so mein Mann. Er hat behauptet, es läge eine Verwechslung vor."

Judy stellte sich einen typischen Behördenflur vor: Linoleumboden, Neonröhren, rechts und links geschlossene Türen. Dazwischen zwei Cops, die sich böse anstarren. „Howard war sich aber sicher, dass das der Mann war. Er hatte eine Narbe auf der Wange, die er sich wohl bei dem Streit damals zugezogen hat. Schließlich blieb der Typ aber bei seiner Behauptung."

Dass ist ja nicht gerade viel, dachte sich Judy. Eine Schlägerei unter zwei Kellnern, die Jahre zurücklag. Warum sollte man dafür einen Mord riskieren? „Hat Ihr Mann erwähnt, worum es bei der Auseinandersetzung ging?" Melinda Kennedy war die Sache offenbar peinlich. „Na ja, er ist da nicht so sehr ins Detail gegangen, aber ich glaube, es drehte sich dabei um ein Mädchen. Der Typ soll versucht haben, sie zu vergewaltigen."

Versuchte Vergewaltigung! Judy kritzelte das hastig auf ihren Notizzettel. „Hat Ihr Mann einen Namen erwähnt?" Sie rechnete nicht mit einer positiven Antwort, daher hielt sich die Enttäuschung in Grenzen. „Ich habe leider ein ganz schlechtes Namensgedächtnis. Doch ich erinnere mich, dass der Kollege so ähnlich hieß wie dieser Zauberer, der früher die Löffel im Fernsehen verbogen hat. Geller oder so."

Judy notierte sich den Namen. „Okay, Ma'am, sonst noch etwas? Nein? Dann danke ich Ihnen sehr für Ihre Unterstützung." Sie beendete das Gespräch, schaute auf ihren Zettel. *Geller.* Natürlich kannte sie den Zauberer Uri Geller mit seinem lächerlichen Löffeltrick.

Vor wenigen Minuten noch frustriert und erschöpft, stand Judy nun unter Strom. Sie schaltete ihren Computer ein, das Hochfahren des Systems dauerte eine gefühlte Ewigkeit. „Komm schon, los, los, mach hin!" Ihr Gehirn verarbeitete währenddessen die soeben aufgenommenen Informationen.

Ein Polizist erkennt in einem Kollegen einen mutmaßlichen Vergewaltiger, spricht ihn an. Der Verdächtige leugnet, doch Howard Kennedy ist seiner Sache sicher. Der Verdächtige wiederum ist sich möglicher Konsequenzen bewusst. Sollte Kennedy die Angelegenheit bei seinen Vorgesetzten melden und sollten Nachforschungen die Vorwürfe bestätigen, könnte dies Ermittlungen und die Entlassung aus dem Polizeidienst zur Folge haben. Der Verdächtige überrascht seinen Kollegen während dessen Pause an der Route 66 und beschließt daraufhin, den Zeugen Kennedy zu eliminieren. Teamkollege Daniel Tobin muss ebenfalls dran glauben, denn Kennedy könnte ihn eingeweiht haben.

Das passt alles wie Arsch auf Eimer, dachte Judy. *Jetzt müssen wir nur noch Uri Geller finden und des zweifachen Mordes überführen.*

★★★

„... Solltet ihr also mal in der Nähe von Seligman auf einen alten grünen Kühllaster stoßen, am Steuer so ein Typ um die 50, dann haut dem Fahrer von mir eins in die Fresse. Und bestellt ihm dabei schöne Grüße von Casper!"

Nach all den Mühen und Überlegungen war es fast schon lächerlich einfach. Cortez hatte keine zehn Minuten gebraucht. Mit einem bitteren Lächeln im Gesicht startete er das Video noch einmal.

Der Film war am 1. Juli 2018 um 09.43 Uhr aufgenommen worden. So verriet es der Zeitstempel, den die Actionkamera unten links in das Bild eingefügt hatte. Ein junger Mann hielt die Kamera in der linken Hand, filmte sich selbst etwas von oben herab. Seine Stimme klang wütend und aufgeregt, er bekam sich kaum unter Kontrolle.

„Leute, heute mal wieder ein Bericht aus dem Land der Geisteskranken und Psychopathen. Ich und Sandy stehen hier am Ortsausgang von Seligman an der Route 66. Es ist der 18. Tag unserer Reise, heute wollten wir eigentlich weiter nach Barstow. Ich halte den Daumen raus und siehe da, schon nach einer Viertelstunde hält ein Kühllaster."

Der junge Mann war um die 20. Sein durchtrainierter Oberkörper war nackt, lediglich einige Tätowierungen bedeckten Arme und Brust. Seine lockigen blonden Harre hielt ein blaues Stirnband zusammen.

„Ich gehe zur Tür, der Fahrer lässt die Scheibe runter. Er fragt, wo ich hinwill, ich sage ihm Richtung Westen, so weit es geht. Er antwortet mir, dass er normalerweise keine Tramper mitnimmt, doch heute solle es sehr heiß werden, und er wolle nicht, dass ich hier einen Sonnenstich bekomme. Ich denke: Hey, der Typ ist cool, genauso einer, auf den wir gewartet haben."

Mit seiner ausdrucksstarken Mimik gelang es dem jungen Mann gut, seine Gefühle auszudrücken. Cortez vermutete zudem, dass er bekifft war, denn irgendwie wirkte er während seiner Tirade immer wieder etwas verwirrt.

„Na ja, ich mach die Tür auf und stelle mich auf die Stufe im Einstieg, da taucht hinter mir Sandy auf. Sie hat auf unserem Rucksack im Schatten hinter einem Busch gesessen. Ich will dem Typ gerade klar machen, dass meine Braut auch noch mitkommt und ob er was dagegen hat, da gibt der kranke Arsch Vollgas!"

Caspar dreht sich ein Stück, ein hübsches rothaariges Mädchen kommt kurz ins Bild. Neben ihr steht ein dunkelgrüner Armeerucksack. Mit einem Mal taucht das Gesicht des jungen Mannes vor der Linse auf, groß, bildschirmfüllend. Er brüllt jetzt vor Wut: „Als der Typ losrast, werde ich plötzlich aus der Tür geschleudert und stürze im hohen Bogen auf die Straße. Hier, schaut euch das an. Ich hätte sterben können!"

Er hält nun seinen rechten Ellenbogen vor die Kamera. Eine lange rote Schramme wird sichtbar, dazu eine blutende Platzwunde am Gelenk. *Sicher nicht tödlich*, dachte Cortez, *aber vermutlich überaus schmerzhaft.*

„Es hätte nicht viel gefehlt und der Penner wäre mir über die Beine gefahren. Das war versuchter Mord, du gottverdammter Freak!“ Das Bild wackelte, als Casper einen Wutausbruch bekam und seinen Emotionen freien Lauf ließ. Nach einigen Sekunden bekam er sich wieder in den Griff.

„Merkt es euch, Leute: Solltet ihr also mal in der Nähe von Seligman auf einen alten grünen Kühllaster stoßen, am Steuer so ein Typ um die 50, dann haut dem Fahrer von mir eins in die Fresse. Und bestellt ihm dabei schöne Grüße von Casper!“

Im Kopf zählte Cortez alle relevanten Fakten aus dem Video zusammen: 1. Juli 2018, 09.43 Uhr, Ortsausgang Seligman, ein alter grüner Kühllaster. Fahrer um die 50, mit Sicherheit ebenfalls weiß, andernfalls hätte Caspar das erwähnt.

Cortez brauchte keine Trance, kein Method Acting, um die Situation aus der Sicht des Mörders zu erleben. Es war früh am Morgen, der Killer gerade erst losgefahren. Er fuhr einen Kühllaster, lieferte also irgendetwas aus, das der Kühlung bedurfte.

Plötzlich stand an der Straße ein junger Mann und hielt den Daumen raus. Vom Aussehen her passte er genau ins Beuteschema. Der Killer stoppte, er sprach mit dem Anhalter. Schließlich öffnete der Mann die Tür, war schon dabei, einzusteigen.

In diesem Moment erblickte der Killer das Mädchen. Sie würde ebenfalls einsteigen, nach ihrem Freund. Sie wäre es, die die Tür anfassen und schließen würde. Sofort begriff der Killer, dass das nicht passieren durfte. Er gab Vollgas.

Cortez klickte auf den Namen unter dem Video: *Caspar_Sandy_66*. Eine Übersicht mit Videos öffnete sich, alle von 2018, alle von der Route 66. Offenbar hatte das Pärchen seine Reise gut dokumentiert. Ein weiterer Klick führte Cortez zur *Kanalinfo*, doch außer einer E-Mail-Adresse gab es hier keine weiteren Informationen.

„Na, Special Agent Cortez, was hast du denn da Schönes gefunden?“ Er erschrak, als völlig unerwartet Camila neben ihm auftauchte. Sie blickte auf ihn herab, ihre traurigen Augen verrieten ihm, dass sie die Antwort längst kannte. Kurz erwog er, sie anzulügen, ihr eine Ausrede zu liefern. Doch er hatte schon zu viel gelogen. „Gerade habe ich das fehlende Puzzlestück gefunden. Ich kenne nun das Auto des Killers, und ich glaube, ich weiß auch, wo er sich versteckt.“

★★★

„Flagstaff Police Station, Zentrale. Was kann ich für Sie tun?“ Die sonore, tiefe Stimme einer Schwarzen erklang im Telefon. „Hallo, mein Name ist Peggy Miller. Ich bin auf der Suche nach einem Polizisten, kenne aber leider den Dienstgrad nicht, und auch den Namen habe ich nicht richtig verstanden. Ich glaube, der Kollege hieß Geller oder so. Es geht um eine Zeugenaussage. Können Sie mir da weiterhelfen?“

Judy hatte beschlossen, sich zunächst bedeckt zu halten. Wenn es sich nämlich herumsprach, dass das FBI nach jemanden fragte, konnte die betreffende Person gewarnt werden. Am anderen Ende der Leitung wurde in eine Tastatur getippt, im Hintergrund waren gedämpfte Stimmen zu hören.

„Ma'am, einen Geller gibt es hier nicht. Was ich Ihnen jedoch anbieten kann, wäre ein Officer Dan Gallagher, dieser Name kommt Geller am nächsten.“ Judy notierte sich den Namen. Fürs Erste waren das genug Informationen. „Vielen Dank. Mein Anwalt schickt ihm die Aussage dann per Post zu.“

Die Website der Polizei von Flagstaff hatte sie bereits geöffnet. Judy musste nur kurz im Menü suchen, dann fand sie den Eintrag: *Who we are* – Über uns. Sie klickte darauf, eine Sekunde später baute sich vor ihr eine Seite mit Porträtfotos auf dem Bildschirm auf.

Dutzende Gesichter schauten sie an, Männer, Frauen, Weiße, Schwarze, Indigene, Latinos. Nahezu alle lächelten oder versuchten zumindest ansatzweise, freundlich dreinzuschauen. Die Bilder hatte man alphabetisch sortiert, Judy scrollte durch die Bilder, dabei las sie die Namen. Freeman, George. Foley, Conrad. Ford, Paul. Gag, Walter. Gallagher, Dan. Judy schaute auf das Foto.

Eiskalte Augen blickten ihr entgegen. Gallaghers Blick war stechend, durchdringend. Vielleicht lag das auch an den Augenbrauen, dachte Judy, die an den Enden leicht nach oben zeigten. Auch Gallagher lächelte, doch sein Lächeln war nicht echt. Als wäre sein Gesicht aus zwei Masken zusammengesetzt, lächelte zwar der Mund, die Augen taten es jedoch nicht. An der Wange trug er eine kleine, unscheinbare Narbe.

Sein Kinn hatte zudem etwas Hartes, allzu Energisches. *Er beißt die Zähne zusammen, ist verkrampft*, ging es ihr durch den Kopf. *Er will nicht fotografiert werden, es widerstrebt ihm.*

Die Kopfform, das markante Kinn, die Frisur, der entschlossene, fast schon böse Blick – das Gesicht kam ihr irgendwie bekannt vor. Zusammen mit dem blauen Hemd der Uniform, dem goldenen Abzeichen auf der Brust … sie hatte diesen Mann schon einmal gesehen.

Judy klickte das Bild mit der rechten Maustaste an, wählte hier ‚Grafik in neuem Fenster öffnen'. Jetzt war es Officer Dan Gallagher allein, der sie anschaute. Aus der Mitte des Monitors blickte er ihr entgegen. Wie bei einem Duell starrte sie ihm in die Augen. Es dauerte nur kurz, dann erkannte sie ihn: Der T-1000 aus dem Film Terminator 2.

Judy googelte den Begriff, fand ein passendes Bild, stellte die Fotos nebeneinander. Gallagher sah nicht wirklich aus wie der Schauspieler, der die Figur darstellte. Dafür war er noch zu jung. Doch es war offensichtlich, dass er dessen Mimik imitierte.

Sie lehnte sich zurück, ließ beide Fotos auf sich wirken. Links Officer Dan Gallagher, entschlossen, böse, unbarmherzig, kalt. Rechts der T-1000, ein gefühlloser Roboter, erbarmungslos, eine Killermaschine. Ihr kamen die beiden ermordeten Polizisten in den Sinn. Hingerichtet in der Mittagspause, ohne Gnade, mit nur einem Schuss in den Kopf. Es lief ihr eiskalt den Rücken hinunter: Sie hatte vermutlich den Mörder der beiden Beamten gefunden.

★★★

Cortez stand auf. Er wollte sich erklären, doch sie kam ihm zuvor. „Was hast du nun vor, Steve? Die Sache dem FBI überlassen?" Er holte tief Luft, überlegte. „Das war mein Plan, ehrlich. Drei Mal habe ich in den letzten Stunden versucht, Judy zu erreichen, doch sie ging nicht ran. Jetzt, völlig unverhofft, bin ich einen Schritt weiter. Judy hat mir zugesagt, dass ich bis morgen Mittag an dem Fall mitarbeiten darf."

Er streckte die Arme aus, wartete darauf, dass sie ihm die Hände reichen würde. Als sie es tat, ergriff er sie, sprach weiter: „Du hast gesagt, ich habe dir weh getan. Ich verspreche dir, das wird nie wieder geschehen. Wenn du mich lässt, dann fahre ich noch heute Abend nach Flagstaff. Aber wenn es dein Wille ist, dann rufe ich jetzt Gillian Anderson an und berichte ihr alles, was ich in Erfahrung gebracht habe."

Er gab ihr etwas Zeit, über das Gesagte nachzudenken. „Sie wird einen Wagen schicken, der mich abholt. Das FBI wird mich dazu verdonnern, zwei, drei Tage an dem Fall mitzuarbeiten. So oder so wirst du mich also einige Zeit entbehren müssen. Fahre ich nach Flagstaff, bleiben mir nur wenige Stunden Zeit, um den Killer zu finden. Mit etwas Glück bin ich morgen Abend wieder zurück."

Camilas Augen füllten sich mit Tränen. Sie zog Steve zu sich heran, umarmte ihn fest. „Versprichst du mir, lebendig zurückzukommen? Versprichst du mir, nicht wie Rocco da draußen für immer zu verschwinden?" Cortez hatte sich eigentlich geschworen, sie nicht mehr anzulügen. Jetzt tat er es doch. „Ich verspreche es dir."

★★★

Im Kopf zählte Judy auf, was sie vor ihrer Abreise noch alles erledigen musste: Das Büro war soweit in Ordnung. Mit dem Auto nach Hause fahren, einen kleinen Koffer packen. Danach zu Gloria, ihr die Angelegenheit irgendwie erklären. Von dort aus zum Flughafen, mit den Waffen im Koffer durch das Gate für FBI-Beamte. Selbst wenn sie wie eine Verrückte fuhr – von ihr zu Gloria war es eine weite Strecke, einmal quer mitten durch die Stadt. Nein, heute würde sie es nicht mehr nach Flagstaff schaffen, aber morgen früh. Später würde sie ein Ticket für den ersten Flug buchen.

Zudem wollte sie nichts überstürzen, denn sie musste sich noch genau überlegen, wie sie Officer Dan Gallagher überführen konnte. Sie hatte keinerlei Beweise gegen ihn in der Hand, lediglich die Informationen aus ihrem Telefonat mit Melinda Kennedy.

Judy schaltete den Rechner zum zweiten Mal innerhalb weniger Minuten aus. Eine kugelsichere Weste hatte sie zu Hause, eine unauffällige Waffe ebenfalls. Weitere Ausrüstung bekam sie im Erdgeschoss in der Waffenkammer des FBI. Sie hatte da eine Idee, wie sie den Cop mit dem Gesicht eines Killer-Roboters vielleicht in die Falle locken könnte. Es war alles eine Frage der richtigen Ausrüstung und der richtigen Informationen.

★★★

Cortez hatte keine Zeit verloren. Bevor Camila es sich anders überlegen konnte, packte er eine Reisetasche mit dem Nötigsten, holte seine Waffe aus dem Safe. Zur Sicherheit hatte er auch noch eine E-Mail an den Ersteller des Videos geschickt, Caspar. Sollte der junge Mann sich melden, konnte er Cortez vielleicht noch weitere Hinweise geben.

Sein Wagen stand abfahrbereit vor der Tür. Zunächst würde es nur bis ins Mohave Valley gehen, eine Fahrt von etwas mehr als vier Stunden. Dort würde er sich ein Motelzimmer nehmen. Während der Nachtstunden brauchte er sowieso nicht nach dem Mörder zu suchen, alle Geschäfte und Restaurants entlang der Route 66 hatten dann geschlossen. Sein Plan sah vor, ab dem Vormittag die Läden entlang der Straße abzuklappern. Irgendjemand dort kannte mit Sicherheit den grünen Kühllaster und seinen Fahrer.

Vor dem Haus stehend, tastete er seine Jacke ab: Geld, Kreditkarten, Waffe – er war bereit zur Abfahrt. Cortez setzte sich hinters Steuer, startete den Motor. Auf ihn wartete eine fast 500 Kilometer weite Fahrt, doch zunächst musste er raus aus der Stadt. Jetzt, zur Rushhour, mehr als nur eine Geduldsprobe.

Vorher musste er jedoch noch an einer Apotheke anhalten sowie an einem Baumarkt. Es gab da zwei Kleinigkeiten, mit denen er sich vor Reisebeginn ausstatten wollte. Bill King hatte sie erwähnt, vielleicht würden ihm diese Dinge noch gute Dienste leisten.

Cortez war lange genug dabei, um eines genau zu wissen: Erstens kommt es anders und zweitens als man denkt. Auf ein Zusammentreffen mit einem Serienmörder konnte man sich nur schwer vorbereiten, doch man sollte es zumindest versuchen. Fehler durfte man sich dabei nicht erlauben. Sie waren im Zweifel tödlich.

★★★

Am nächsten Tag

„Schau dir das an: haufenweise Muffins, Donuts, Waffeln. Oder hier, ein Berg Pancakes, dazu gibt es reichlich Ahornsirup. Als Alternative kannst du auch gezuckerte Haferflocken wählen, ertränkt in Milch mit Erdbeer-Aroma." Rebecca, das leere Tablett in den Händen haltend, zuckte mit den Schultern. „Noch eine Woche länger auf der 66, und ich würde vermutlich an Skorbut erkranken."

Schließlich entschied sie sich für zwei Muffins. Sie dachte, dass die Dinger zumindest gebacken wurden und nicht, wie Donuts, frittiert. Der Kaffee trug seinen Namen zu Unrecht. Eine lauwarme, dünne Brühe, nahezu ohne Geschmack. Tee oder andere warme Getränke wurden nicht angeboten. Rebecca entdeckte eine Plastikflasche stilles Wasser, damit komplettierte sie ihr Frühstück.

Mark war weniger wählerisch. Er wusste, dass amerikanische Motels in der Regel ein Frühstück anboten, das vor allem eines war: billig. Bis auf die Pancakes war alles einzeln in Kunststoff eingeschweißt. Nichts musste aufwendig zubereitet werden, alles war haltbar und konnte bis in die Ewigkeit gelagert werden. Das heiße Wasser für den Kaffee bereitete wohl die meiste Arbeit. Selbst die Pancakes kamen aus der Mikrowelle. Er entschied sich für eine Kombination aus Waffeln und Donuts, auch die Haferflocken fanden seine Zustimmung.

Sie waren die einzigen Gäste im Frühstücksraum, obwohl über Nacht drei Autos auf dem Parkplatz gestanden hatten. Mark setzte sich an einen Platz, der ihm einen Blick auf die Tür ermöglichte. Die Waffe, die er am Tag zuvor an der Tankstelle erbeutet hatte, steckte hinten in seinem Hosenbund, verdeckt durch die Jacke. Sollten sie an diesem Tag ohne weitere Zwischenfälle Las Vegas erreichen, würde er sie eine Stunde vor der Stadt demontierten, die Einzelteile weit voneinander entfernt in der Wüste verstreuen.

Der Vorfall am Tag zuvor war der berühmte Tropfen, der das Fass zum Überlaufen gebracht hatte. Von Amerikas *Mother Road* hatten sie genug, wollten nur noch runter von der Straße, zurück in die Zivilisation von Sausalito.

Diese entlegene Gegend, bevölkert von Menschen, die oft nur gerade so über die Runden kamen, war ihnen suspekt geworden. Hatten sie zu Anfang ihrer Reise noch das Gefühl gehabt, einen Blick in die Vergangenheit der USA zu werfen, sahen sie nun nur noch eine trostlose Gegenwart. Die Route 66, das waren vor allem verfallene Gebäude an einer heruntergekommenen Straße. Dazu Sehenswürdigkeiten, die eher skurril als wirklich sehenswert waren.

Lustlos kaute Rebecca an ihrem Muffin. Schließlich legte sie ihn beiseite, ergriff stattdessen Marks Hand. „Ich muss dich was fragen: Als du gestern geschossen hast, war das Absicht? Oder warst du nervös, hast aus Aufregung abgedrückt?“ Sie zögerte einen Moment, dann ergänzte sie ihre Frage: „Oder war da etwa auch Angst im Spiel?“

Mark tunkte eine Waffel in den lauwarmen Kaffee. Die aufgeweichte Ecke brach ab, verschwand in der Tasse. Er versuchte es ein zweites Mal, jetzt gelang es ihm, das mit Kaffee getränkte Stück in seinen Mund zu befördern. Er zerdrückte es mit der Zunge am Gaumen.

Während er mit dem Löffel nach dem versunkenen Stück fischte, gab er seiner Freundin die Antwort.

„Als ich vor zehn Jahren von der Polizei zum Militär gewechselt bin, musste ich dort noch einmal eine Grundausbildung durchlaufen. Der Einsatz in einem Kriegsgebiet ist schließlich etwas anderes als der Dienst in Bishop, Kalifornien."

In der Tasse löste sich die Waffel vollends auf. Nur noch Krümel schwammen an der Oberfläche. „Unser Ausbilder hat uns erklärt, dass eine Waffe unsere Autorität nur verstärkt, sie aber nicht herstellt. Autorität entsteht durch Mimik, Gestik, Statur, Körperspannung. Die Stimme ist wichtig, und auch was und vor allem wie du etwas sagst."

Er löste seinen Blick von der Tasse, schaut nun Rebecca ins Gesicht. „Wenn du jemanden mit einer Waffe bedrohst, dann muss dein Gegner instinktiv spüren, dass du entschlossen bist, ihn zu töten. Der Killer in dir muss sich zeigen. Gelingt dir das nicht, wird dein Feind versuchen, sich der Festnahme zu widersetzen."

Mark lächelte nun, er war gespannt auf Rebeccas Reaktion. „In meinem Fall zeigte sich, dass ich leider nicht wirklich überzeugend einen Killer darstellen konnte. Mein Ausbilder behauptete, ich wäre einfach zu hübsch. Ich hätte zu volle Lippen, einen freundlichen Blick, eine angenehme Stimme. Kurzum: Keiner kauft mir ab, dass ich wirklich die Absicht habe, ihn zu töten."

Langsam den Löffel beiseitelegend richtete er danach den Zeigefinger auf Rebecca. Mit gespielter Ernsthaftigkeit gab er vor, sie verhaften zu wollen. „Hände hoch, Ma'am. Widerstand ist zwecklos. Eine falsche Bewegung, und ich schieße sofort." Seine Stimme klang dabei leicht nasal, keinesfalls bedrohlich.

Rebecca lachte leise, denn tatsächlich wirkte ihr Freund alles andere als gefährlich. Sie wollte ihm gerade antworten, doch völlig unerwartet schlug Mark mit der flachen Hand auf den Tisch. *Peng!* Ein lauter Knall ließ sie zusammenzucken.

Jetzt war es Mark, der lächelte. „Also hat mein Ausbilder mir geraten, wenn möglich, meiner fehlenden Autorität etwas Nachdruck zu verleihen, in dem ich einen Warnschuss abgebe." Er führte den Finger zum Mund, tat, als würde er Rauch aus dem Lauf pusten.

„Wenn dir eine Kugel am Kopf vorbeifliegt und du die Hitze des Mündungsfeuers im Gesicht spürst, dann stellst du die Autorität der Person, die da auf dich zielt, nicht mehr in Frage. Als ich gestern geschossen habe, wusste ich, dass danach Ruhe herrscht. Die drei haben meine Anweisungen befolgt wie Kinder, die Angst vor ihrem wütenden Vater haben."

Die Krümel hatten sich zu einer Schicht an der Oberfläche gesammelt. Wie ein graubrauner, unappetitlicher Brei schwappten sie auf dem Kaffee. Mark ließ sich davon nicht beirren, trank einen Schluck.

„Also, um deine Frage zu beantworten: Ja, ich hatte Angst. Ich hatte Angst, dass sie mir anmerken, dass ich nicht wirklich gewillt bin, auf einen Menschen zu schießen. Die beiden Warnschüsse haben das jedoch hervorragend kaschiert, und so sind wir gut aus der Sache herausgekommen."

Rebecca war mit der kleinen Vorführung und der Antwort absolut zufrieden. Genau deshalb war sie in Mark verliebt: Ihr Freund war kein Killer. Er war jedoch clever genug, bei Bedarf einen spielen zu können. Sie stand auf, ging um den Tisch herum und beugte sich zu Mark hinab. Sie küsste ihn lange auf die Lippen, löste sich mit einem Schmatzer.

„Der gefährlichste Angsthase im Wilden Westen. Du hast nicht nur die drei Typen getäuscht, sondern auch mich. Ich dachte wirklich, du knallst die Kerle ab." Sie wollte ihn erneut küssen, als ein älteres Ehepaar den Raum betrat. Rebecca nahm Platz, sprach nun leiser: „Wie geht es nun weiter? Fahren wir zu diesem Schrottplatz oder gleich weiter nach Vegas?"

Mark erwiderte den stillen Gruß der beiden Neuankömmlinge. Unauffällig tastete er dabei nach der Waffe, kontrollierte, ob sie auch von der Jacke verdeckt wurde. „Wir lassen zunächst einmal die Vespa reparieren. Das dauert vermutlich nur eine halbe Stunde, und solltest du unterwegs mal anhalten müssen, ist es gut, wenn die Karre einen Ständer hat."

Sie wollten gerade aufstehen, als sie angesprochen wurden. Es war die Frau, die in ihnen Biker erkannt hatte. „Ach, das war immer mein Traum. Zusammen mit meinem Mann auf der Harley Davidson über die Route 66. Erzählen Sie mal, ist es wirklich so schön, wie alle behaupten?"

Rebecca gab ihr die Antwort: „Ma'am, das einzig Schöne an dieser Straße ist, dass wir sie heute verlassen. Sobald wir Las Vegas erreicht haben, verbrennen wir die Motorräder, und dann, das verspreche ich Ihnen, bekommen mich keine zehn Pferde mehr auf diese beschissene, verdammte Route 66."

Der Dame, die natürlich nicht mit dieser Antwort gerechnet hatte, fiel die Kinnlade herunter. Entgeistert blickte sie Mark und Rebecca hinterher, als diese den Raum verließen. Hilflos wandte sie sich an ihren Mann. „George, was sagst du dazu? So eine gutaussehende Frau, und dann so eine freche Antwort. Ich hoffe, dieser blöden Zicke tritt heute jemand noch mal so richtig in den Hintern."

★★★

09.15 Uhr. Brian und Gilbert waren jetzt seit einer Viertelstunde hinten bei den Hunden. Archie rannte hinüber zum Autowrack, bückte sich, tastete mit der Hand nach der Schachtel mit dem Schlüssel. Wie immer dachte er dabei an die zahlreichen Klapperschlangen, die zwischen den Wracks hausten. Es wäre eine Ironie des Schicksals, wenn ausgerechnet jetzt eine Schlange ihn beißen und töten würde.

Sein Herz raste, ein feiner Schweißfilm stand auf seiner Stirn. Für einen Moment befürchtete er, Brian hätte das Versteck für den Reserveschlüssel geändert, doch dann berührten seine Finger die kleine Box. Mit einem Ruck löste er sie, zog sie unter dem Wagen hervor.

Mit der Box in der Hand lief er hinüber zum Trailer. Dort angekommen, lauschte er noch einmal, ob er Gilberts Stimme irgendwo hören konnte. Sie hatten vereinbart, dass Gilbert auf dem Rückweg möglichst laut sprechen sollte. Doch ihn umgab nur Stille.

Seine Hände zitterten so stark, dass ihm der Schlüssel entglitt. Er fiel auf den Gitterrost vor der Tür, doch glücklicherweise nicht durch das Gitter selbst. „Fuck! Auch das noch!" Er hob den Schlüssel auf, schloss den Trailer auf, ging hinein.

Auf dem Bett knieten die beiden Gummipuppen. Die eine reckte ihm ihren Hintern entgegen, die andere glotzte ihn mit ihren toten Augen an. Ihr Mund war weit geöffnet, und sie sah aus, als würde sie Archie eine lautlose Warnung entgegenschreien.

Der Anblick der beiden nackten, für den Verkehr vorbereiteten Sexpuppen irritierte ihn so sehr, dass er sein Vorhaben fast abgebrochen hätte. Doch er gab sich einen Ruck, eilte zum Kühlschrank an der Wand, öffnete ihn.

In der Tür stand eine angebrochene Plastikflasche Milch. Sie war noch halbvoll, in etwa genau die Menge, die Brian für einen Eiweißshake benötigen würde. Archie öffnete sie, roch daran. Sie war noch gut, Brian würde sie mit Sicherheit verwenden.

Aus seiner Hosentasche zog er das Tütchen hervor. Die vier kleinen Tabletten hatte er zu einem Pulver zermahlen. Ohne sie aus der Tüte herauszuholen, hatte er sie mit dem Boden einer Flasche zerdrückt, bis nur noch kleine Krümel sichtbar waren.

Seine Hände zitterten jetzt so stark, dass er es fast nicht hinbekam, den Verschluss zu öffnen. Kurz überlegte er, die Zähne zu Hilfe zu nehmen, den Beutel aufzubeißen. Doch dann gelang es ihm auch so.

Wie der Sand in einer Sanduhr rieselte das Fentanyl aus der Tüte in die Flasche. Archie schwenkte sie sanft, hoffte, so das Rauschgift besser zu verteilen. Nach wenigen Sekunden war es vollbracht. Er verschloss die Flasche, stellte sie zurück in die Kühlschranktür.

Rumms! Ein lautes Geräusch hinter ihm. Er zuckte heftig zusammen, sein Herz blieb fast stehen. Hätte er in diesem Moment noch die geöffnete Flasche in der Hand gehalten, sie wäre ihm entglitten. Panisch blickte er sich um, vermutete, Brian zu sehen, doch es war nur eine der Sexpuppen, die vom Bett auf den Boden gefallen war.

Der Trailer schwankte leicht, wenn man sich in ihm bewegte. Die Puppe kniete zudem auf der Matratze, kein sehr fester Untergrund. Archie eilte hinüber. Er hob sie auf, positionierte sie erneut auf dem Bett. Plötzlich sprang ein Vibrator im Inneren der Puppe an, ein leises Brummen war zu hören. Archie hatte vermutlich einen unter der Silikonhaut versteckten Schalter versehentlich berührt. Angeekelt tastete er danach, spürte eine leichte Vibration in seinen Fingern. Er fand eine Erhöhung an der Hüfte, drückte darauf, das Brummen verstummte.

Mit einem Kloß im Hals verschloss er den Trailer, brachte den Schlüssel zurück in sein Versteck. Die gesamte Aktion hatte vielleicht zwei Minuten gedauert, doch ihm kam es so vor, als wären es Stunden gewesen. Erschöpft wischte er sich den Schweiß von der Stirn, langsam ging er zum Bürocontainer.

Hier trank er etwas Wasser, überlegte sich das weitere Vorgehen. In wenigen Minuten kämen seine beiden Brüder zurück. Brian würde sich seine Steroide spritzen, danach eine halbe Stunde lang trainieren. Direkt im Anschluss würde er sich den Drink zubereiten, ihn austrinken. Mit etwas Glück, so dachte Archie, wäre Brian in weniger als einer Stunde tot.

Er erledigte drei Bestellungen, beantwortete einige E-Mails. Doch so unkonzentriert und aufgeregt wie er war, befürchtete er, dass ihm dabei Fehler unterlaufen könnten. Schließlich unterbrach er seine Arbeit, setzte sich vor dem Container in den Schatten.

Als er in der Ferne Gilberts lautes Lachen vernahm, wusste er, dass nun der Moment der Entscheidung gekommen war. Die Falle war vorbereitet, das Tütchen mit dem Fentanyl hatte die Milch in einen tödlichen Cocktail verwandelt.

Mit einem Mal schnürte es ihm die Luft ab: das Tütchen! Wo war die verdammte Tüte? Hastig sprang er auf, durchwühlte seine Hosentaschen. Nichts. Mit vor Angst geweiteten Augen dachte er an die Minuten in dem Trailer zurück. *Die Flasche stand in der Tür, dann rummste es. Die Gummipuppe.* In diesem Moment hatte er das Tütchen vermutlich fallen lassen.

Jetzt lag sie im Trailer, direkt vor dem Kühlschrank. Archie rannte los, ohne nachzudenken. In drei Minuten würde Brian auf dem Gelände sein. Ihm blieben somit nur zwei Minuten, um sein Leben zu retten.

★★★

Ein schneller Blick auf das Handy: *09.33 Uhr.* Cortez war schon seit zwei Stunden wach, wegen der Aufregung hatte er nicht länger schlafen können und bereits ausgiebig gefrühstückt, lauter ungesundes, aber nahrhaftes Zeug. *Wer weiß*, dachte er, *wann ich heute noch mal zum Essen komme.*

Sein Plan sah vor, alle Restaurants und Tankstellen entlang der Route 66 in Richtung Flagstaff abzufahren. An beiden Seiten der Straße würde er anhalten, nach dem grünen Kühllaster fragen. Irgendwer bezog von ihm Ware, kannte den Wagen und seinen Fahrer. Das alte FBI-Sprichwort kam ihm erneut in den Sinn:

Zeige mir deine Toten, und ich sage dir, wer du bist.
Weiß ich, wer du bist, werde ich dich finden.
Finde ich dich, werde ich dich bestrafen.

Vor 10 Uhr brauchte er nicht loszufahren, denn viele Geschäfte öffneten erst um diese Zeit. Für ihn noch eine letzte Gelegenheit, Bill King anzurufen. Schnell hatte er den Eintrag im Telefonbuch gefunden, tippte darauf.

Zwei Sekunden später hatte er seinen Ex-Mitarbeiter erreicht: „Hi, Steve, hier Bill. Hast du deinen Mörder schon gefunden?"

Die Hintergrundgeräusche ließen darauf schließen, dass Bill King bereits irgendwo in Los Angeles City unterwegs war. „Nein, aber ich beginne gleich mit der Suche. Danke noch mal für den Tipp mit dem Narcan und dem Zeug aus der Sanitärabteilung. Es ist schon erstaunlich, welche Tricks man als Mordermittler von einem Streetworker so lernt."

Er dachte dabei an die unscheinbare silberne Tube, die sich im Handschuhfach seines Autos befand. Sie lag dort zusammen mit dem Narcan, dem Nasenspray, das den Polizisten in dem Video vor dem sicheren Tod gerettet hatte.

„Ich hätte da noch eine Frage zu dem Narcan, diesem Fentanyl-Gegengift. Die Frau in der Apotheke konnte oder wollte sie mir nicht beantworten. Was mich interessiert: Kann man das Narcan vorsorglich zu sich nehmen, also, bevor man dem Fentanyl ausgesetzt wird? Oder muss das zwingend danach verabreicht werden?"

Es dauerte kurz, bis Bill ihm antwortete. Im Hintergrund waren aufgeregte Stimmen zu hören. „Warte mal, ich muss meine Position wechseln. Wenn ich hier auf der Straße von Fentanyl rede und die falschen Leute bekommen das mit, dann kann das schnell mein eigenes Ende bedeuten."

Hupen, Schritte, jemand brüllte laut „Fuck!", danach wurde es leiser. „So, schon besser. Also, Narcan kannst du nicht vorsorglich zu dir nehmen. Erst muss die Überdosis erfolgen, danach verabreicht man Narcan über die Schleimhäute der Nase. Hier muss man schauen, wie viel man braucht. In einigen Fällen reicht ein Spraystoß nicht aus, dann muss man zwei oder sogar drei von den Dispensern einsetzen."

Cortez hatte damit gerechnet. „Okay, das habe ich mir gedacht. Das bedeutet, auch für den Killer selbst ist der Umgang mit dem Fentanyl nicht ungefährlich. Aber da er ja seit ein paar Jahren damit hantiert, muss ich wohl davon ausgehen, dass er weiß, was er tut."

Bill King bestätigte seine Vermutung. „Solltest du ihn aufspüren, geh da nicht ohne Atemschutz und Handschuhe rein. In seiner reinen Form ist Fentanyl eine der heimtückischsten Substanzen, die es gibt. Du wärst nicht der erste Polizist, der daran stirbt."

★★★

Auf dem Bett lag ihre Ausrüstung: zwei kugelsichere Westen, zwei Pistolen, drei Holster. Eine kleine Gürteltasche enthielt ein Erste-Hilfe-Kit für Schussverletzungen, eine weitere einige stabile Kabelbinder als Ersatz für Handschellen. Dunkle, unauffällige FBI-Einsatzkleidung rundete das Ensemble ab.

Ein unscheinbarer mattschwarzer Zylinder, nicht größer als ein Lippenstift, bildete das Herzstück ihres heutigen Einsatzes. Es war ein Mikrofon, das versteckt in der Brusttasche ihrer Jacke oder unter dem Kragen getragen werden konnte. Mit ihm wollte sie das Gespräch zwischen sich und Dan Gallagher aufzeichnen.

Ihr Plan war recht einfach. Sie würde Gallagher aufsuchen, sich als Schwester des Ermordeten Howard Kennedy ausgeben, ihm eine Geschichte auftischen: Vor seinem Tod hätte ihr Bruder ihr von dem Vorfall auf dem Flur des Polizeireviers erzählt. Sie würde behaupten, die Einzelheiten des Gesprächs von damals zu kennen, also auch den Verdacht, dass Gallagher einst versucht habe, eine Frau zu vergewaltigen.

Unter vier Augen, unbeobachtet von Zeugen, würde Gallagher sich eventuell verraten, vielleicht sogar den Mord an den beiden Polizisten zugeben. Hätte Judy die Aussage erst aufgenommen, würde sie ihre Waffe ziehen und Gallagher verhaften. Soweit die Theorie.

Sie trug am Oberkörper lediglich ein enganliegendes graues T-Shirt. Sie nahm eine der Westen vom Bett, entschied sich dabei für die dünnere. Sie bot zwar nur einen geringen Schutz gegen großkalibrige Waffen, doch ließ sie sich absolut unauffällig tragen. Schließlich sollte Gallagher nicht merken, wie umfassend sie ausgerüstet war.

Als Nächstes kam das Wadenholster dran. Bei ihm handelte es sich um eine Spezial-Maßanfertigung, extra für ihre schlanken Waden. Ein normales Wadenholster wurde durch Riemen gehalten, doch bei ihr fehlte schlicht die ausgeprägte Muskulatur, wie ein Mann sie vorweisen konnte. Also rutschten die Riemen bei ihr herunter.

Der Waffenmeister des FBI hatte ihr daher zu einer Ausführung geraten, die seitlich an den Unterschenkel geklebt wurde. Zusätzlich stabilisierte eine darüber gezogene Stulpe aus Neopren das Holster an der Wade.

Sie löste die Schutzfolie vom Holster, stellte ihr Bein auf das Bett, presste die Klebefläche auf den Unterschenkel. Das Holster saß nun genau über der Tätowierung einer Blume, die sich vom Fußgelenk nach oben bis auf die Innenseite ihres Oberschenkels zog. Die Stulpe über das Holster zu ziehen, erwies sich als etwas mühselig, doch das Ergebnis befriedigte sie. Wie angewachsen saß die Halterung der Waffe an ihrem Unterschenkel. Laufen, Rennen, Springen, jede Bewegung war damit möglich, ohne dass sie sich löste.

Sie nahm die Pistole vom Bett, überprüfte aus Gewohnheit, ob die Waffe tatsächlich ungeladen war. Die Glock 42 im Kaliber .380 ACP war eine ultrakompakte Mini-Pistole, klein, leicht, schlank. Eigentlich war die Waffe sechsschüssig, doch um Gewicht zu sparen, lud Judy das Magazin mit nur drei Patronen. Die Pistole war als verdeckte Backup-Waffe gedacht, nicht, um damit einen längeren Schusswechsel durchzustehen.

Sie betrachtete sich im Spiegel des Wandschranks. Der Slip war eigentlich zu sexy, ein Stringtanga, rot, an den Seiten mit schwarzen Rüschen. Doch es widerstrebte ihr, eine Boxershorts anzuziehen. Zusammen mit den auffälligen Tätowierungen an ihren Beinen, Hüften und am Po brachte der Tanga ihre durchtrainierten und gleichzeitig weiblichen Kurven gut zur Geltung. Sie hüpfte einige Male auf und ab, ging in die Knie, führte einen Sidekick aus. Das Holster saß perfekt, die Waffe bewegte sich nicht einen Millimeter.

Die schwarze Hose bestand aus elastischem, atmungsaktivem Kunststoff. Sie saß nicht gerade wie angegossen, doch die Bewegungsfreiheit stand hier im Vordergrund. Judy zog den Gürtel durch die Schlaufen, brachte die beiden kleinen Taschen an der Seite an.

Sie überlegte kurz, wo sie ihre Hauptwaffe tragen sollte, an der Hüfte oder verdeckt am Rücken. Sie entschied sich für das Hoster, das im Hosenbund am Rücken getragen wurde. Dieses war zwar beim Autofahren hinderlich, ermöglichte ihr jedoch, die Waffe absolut unauffällig, ja nahezu unsichtbar zu tragen.

Ihre Hauptwaffe war eine SIG Sauer p356. Ihre Kollegin Heidi Bogner hatte ihr die Waffe einst empfohlen. Die Hände einer Frau waren nun einmal kleiner und zierlicher als die eines Mannes, eine subkompakte Waffe daher ideal. Zehn Schuss im Magazin und eine Patrone im Lauf waren in der Regel ausreichend. Das Kaliber 9mm Luger war nicht unbedingt ihre erste Wahl, doch das FBI verfügte über Munition, die im freien Handel nicht erhältlich war. Die stärkere Ladung glich das kleinere Kaliber gut aus.

Judy betrachtete sich erneut im Spiegel. Eine gutaussehende Frau Anfang 30, schlank, durchtrainiert, drahtig. Schwarze lange Haare, zum Zopf zusammengebunden. Auf Schminke hatte sie weitestgehend verzichtet, lediglich etwas Lidschatten aufgetragen. Ohne die Tätowierungen an ihren Armen und Schultern hätte sie fast schon etwas langweilig gewirkt.

Auf die Tattoos war sie stolz, sie hatte ein Vermögen dafür ausgegeben. Ihre Exfreundin Jimena hatte sie einst darauf gebracht. Sie war es auch gewesen, die Judy mit der japanischen Meisterin bekannt gemacht hatte, die das Studio in Los Angeles leitete.

Sie drehte sich zur Seite, betrachtete die zwei bunten Kois auf ihrem Oberarm. Die Fische sahen fast lebensecht aus, Farben, Schatten, Schuppen – bis ins kleinste Detail hatte die Meisterin die Zeichnung ausgearbeitet. Auf dem anderen Arm waren es einige Orchideen, die vom Ellenbogen aus bis zur Schulter hochreichten. Auch sie waren meisterhaft gestochen.

Auf dem Bauch und dem Rücken wurde es dann erotischer. Die zwei nackten Geishas, die sich zärtlich küssten, ließen an ihrer eigenen sexuellen Neigung keinen Zweifel aufkommen. Doch diese Tattoos bekamen in der Regel nur ihre Partnerinnen zu sehen.

Sie blickte sich kurz in die Augen, dann zog sie blitzschnell die Waffe. Die Pistole mit der rechten Hand haltend, zielte sie auf sich selbst, die linke Hand stabilisierte dabei den Waffenarm. Leicht nach vorn gebeugt, die Beine etwas gespreizt, stand sie da, bedrohte sich selbst. „Na ja, Miss Tonka, gefährlich sieht anders aus“, murmelte sie leise, während sie die Waffe zurücksteckte.

Ein hellgraues Sweatshirt verdeckte die kugelsichere Weste, ein leichter dunkler Blouson reichte ihr hinten bis an den Po. Selbst wenn sie sich bückte, würde die Waffe nicht zu sehen sein. Sie platzierte das Aufnahmegerät in der Brusttasche, kontrollierte auch hier im Spiegel, ob es auch nicht zu sehen war. Perfekt.

Ihre Reisetasche war fertig gepackt, das Taxi zum Flughafen bestellt. Gegen Mittag würde sie in Flagstaff landen und sich dort einen Mietwagen nehmen. Zunächst würde sie den Chef der Polizei von Flagstaff besuchen, Deputy Chief Jim Levin. Mal sehen, dachte sie, was der ihr so über seinen Mitarbeiter berichten konnte.

Beim Verlassen des Schlafzimmers warf sie einen letzten Blick in den Spiegel. Eine kugelsichere Weste, zwei Pistolen. *Ist das nicht alles etwas übertrieben, Judy? Dan Gallagher ist immerhin Polizist, er wird doch wohl nicht so ohne Weiteres auf eine Frau schießen.* Doch dann kam ihr das Bild der beiden ermordeten Polizisten in den Kopf. *Doch, er wird.*

★★★

Pump, so nannten die Bodybuilder den Moment, in dem das Blut in den Muskel strömte und dieser fest wurde. Die Haut über dem Bizeps spannte sich, sie fühlte sich an, als würde sie gleich aufplatzen. Adern, so dick wie Bleistifte, traten hervor. Auch an seinen Schultern und am Hals zeigten sich die Blutgefäße wie Straßen auf einer Landkarte.

„Argh! Fuck, komm schon, weiter: zwölf, 13, 14, 15!“ Brian biss die Kiefer zusammen, der Schmerz in seinen Armen war kaum auszuhalten. In jeder Hand eine 20 Kilo schwere Kurzhantel, beendete er die Übung. Langsam legte er die Gewichte auf dem Boden ab, posierte danach vor dem Spiegel.

Dafür, dass ihm nur eine mangelhafte Ausrüstung zur Verfügung stand, war er überaus zufrieden. Brust, Schultern und Bizeps konnten sich sehen lassen, nur mit der Bauchmuskulatur haperte es. Er war einfach nicht bereit, auf gutes Essen zu verzichten.

Für einen Moment streifte er seine kurze Turnhose herunter, betrachtete seinen Schwanz. Schon immer war er stolz auf seinen überdurchschnittlich dicken Pimmel gewesen. Doch auch hier zeigten die Steroide ihre Wirkung. Seitdem er sie sich spritzte, hatte sein Geschlechtsorgan an Länge und Volumen gewonnen, auch waren seine Erektionen härter als zuvor. Seine Keule würde schon bald die Ladys von L.A. verzaubern.

Lächelnd steckte er sein Gemächt zurück in die Hose, danach hob er die Hanteln vom Boden auf. „Eins, zwei, drei, langsam, ganz langsam." Noch zwei Sätze, dann kämen die Liegestütze dran. Anschließend würde er sich seinen Drink gönnen, die kleine Blonde noch mal ficken.

Archie und Gilbert kamen ihm in den Sinn, sie hatten sich irgendwie seltsam benommen. Gilbert quatschte auf dem Rückweg vom Hundezwinger lauter dummes Zeug, lachte ständig über seine eigenen Witze. Archie stand bei der Rückkehr direkt vor seinem Trailer, blickte ihn fast ängstlich an. Brian hatte ihn schon maßregeln wollen, doch bevor er etwas sagen konnte, war der Schwachkopf in seinen Bürocontainer verschwunden.

„Argh, ja, ja! Weiter!", feuerte er sich selbst an. Egal. Nach dem nächsten Kampftag würde er die beiden Idioten erledigen. Der Typ hatte den Film bezahlt, das Geld war bereits auf seinem Konto. Der Bitcoin war schon eine tolle Sache. Als er an das Geld dachte, fing er an zu grinsen. Der Strand, die Mädchen, all das wartete auf ihn. Los Angeles! Er konnte die Stunden bis dahin schon zählen.

★★★

„Paddock, Guiterrez, ihr sorgt heute in der Stadt für Sicherheit. Wilkins, Bowder, euch möchte ich auf der Autobahn sehen, die State Trooper haben uns um Verstärkung gebeten. Gold, Higgins, Scott, Wallace, ihr beteiligt euch an der Suche nach diesem verschwundenen Radfahrer."

Die morgendliche Dienstbesprechung war eine lästige Pflicht. Jim Levin wollte fortfahren mit der Einteilung seiner Männer, als Officer Sam Scott ihn unterbrach: „Boss, was soll der Scheiß? Warum so ein Aufriss wegen einem verschwundenen Radfahrer? Wir haben doch hier in der Stadt schon genug Probleme. Und jetzt sollen vier von uns den Tag damit verschwenden, da draußen in der Wüste einen Fahrradfahrer zu suchen?"

Levin nickte, verzog dabei die Mundwinkel. Auch er war verärgert: „Tja, so ist das, wenn ein Kind von einem Prominenten verschwindet. Nick Bennet ist der jüngste Sohn von Samuel Bennet, der bei uns im Stadtrat den Vorsitz innehat. Und dass Samuel Bennet zu den reichsten Männern der Stadt gehört, dass muss ich euch ja wohl nicht sagen. Die Familie Bennet betreibt hier seit Generationen mehrere Autohäuser."

Levin war kein Freund davon, seinen Leuten zu viele Informationen anzuvertrauen. Je weniger sie wussten, desto besser. Doch in diesem Fall sollten sie wissen, wie der Hase lief. „Bennet hat den Bürgermeister und sogar den Gouverneur angerufen. Sollten wir uns nicht den Arsch aufreißen bei der Suche nach seinem Sohn, könnten die beiden Herrschaften zukünftig nicht auf Wahlkampfspenden von ihm zählen. Also haben die beiden mich angerufen. Ihr wisst ja, Scheiße fällt bekanntlich von oben nach unten."

Leises Gemurmel bestätigte seine Aussage, die Männer hatten verstanden. Levin fuhr fort: „Scudero und Abrams, ihr kümmert euch um diese Sache mit dem Banküberfall, da gibt es einen Haftbefehl zu vollstrecken. Gallagher, für Sie habe ich heute mal wieder Ihre Lieblingstour, die Lost Places."

Das Gemurmel wurde nun lauter. Die Lost-Places-Tour war begehrt, und tatsächlich bekam Gallagher sie auffallend oft zugeteilt. Bevor Unruhe aufkommen konnte, funkte Jim Levin dazwischen: „Ruhe bitte! Gallagher hat sich die Tour mehr als verdient. Ihr könnt ja mal sein Überstundenkonto mit euren vergleichen. Wenn ihr da auch nur ansatzweise rankommt, dann bin ich sofort bereit, einem von euch die Tour zu überlassen."

Leise Flüche wurden hörbar, irgendjemand in der letzten Reihe murmelte nahezu unhörbar: „Fick dich doch selbst." Sam Scott, bekannt für seine große Klappe, erhob sich. „Sir, wenn es nach geleisteten Überstunden geht, dann müssten Sie selbst mit auf Streife gehen, denn Ihr Konto ist, glaube ich, sogar im Minus."

Diese dreiste Respektlosigkeit wurde mit brüllendem Gelächter quittiert. Gleichzeitig war sie das Zeichen dafür, dass die Besprechung nun zu Ende war. Alle standen auf, niemand wartete darauf, dass Deputy Chief Jim Levin die Gruppe offiziell entließ.

Auch Officer Dan Gallagher stand auf. Die Lost Places. Das war tatsächlich seine Lieblingstour. Rund um Flagstaff wimmelte es von alten, leerstehenden Industriegebäuden. Da gab es bankrotte Fabriken, den ehemaligen Güterbahnhof und als absolute Krönung die *Great Flagstaff Mall.* Dieser gigantische Komplex aus Hunderten von verlassenen Geschäften rund um einen riesigen toten Supermarkt lag draußen vor der Stadt. Allein ihn zu kontrollieren würde mehrere Stunden dauern.

Es war nicht sein erster Einsatz da draußen vor der Stadt. Er kannte die Mall wie seine Westentasche. Dunkel, leblos und verlassen, ein Ort wie nach einem Atomkrieg. Ein normaler Mensch fühlte sich dort unwohl. Dan Gallagher fühlte sich dort wie zu Hause.

★★★

Sein erster Stopp lag an einer Tankstelle kurz vor Kingman. Sie war nicht sonderlich groß, zwei Zapfsäulen, eine Überdachung, dahinter das Hauptgebäude. Cortez hielt an der zweiten Zapfsäule, betankte seinen Wagen. Während der Sprit in den Tank lief, betrachtete er durch die Scheibe den Verkaufsraum.

Eine Reihe Kühlschränke gab es dort, alle mit Türen aus Glas. Diverse Getränke standen zum Verkauf, Saft, Softdrinks, Bier. Doch Getränke, so überlegte Cortez, musste man nicht gekühlt transportieren.

Zwei Eistruhen weckten sein Interesse, denn bei Eis war das schon etwas anderes. Über der Wand an der Kasse hing ein Schild. Es gab Pizza, Hamburger und Hotdogs. Bingo, hier wurden mit Sicherheit Waren von einem Kühllaster angeliefert. Er zog die Tankstutzen aus dem Tank, hängte ihn zurück in die Säule, dann betrat er den Verkaufsraum.

Draußen war es so früh am Morgen noch nicht sonderlich heiß. Im Laufe des Tages würde sich das ändern. Hier drin allerdings herrschte eine Kälte, die Cortez zusammenzucken ließ. Der alte, reichlich verdreckte Mann hinter dem Tresen schien das nicht zu bemerken. „Schickes Auto fahren Sie da, Sir. Sieht man nicht oft hier draußen an der 66."

Cortez erwiderte die Begrüßung, bedankte sich für das Kompliment. Doch er war nicht hier, um Smalltalk zu machen. „Sir, mein Name ist Steve Cortez, ich berate das FBI in einer vertraulichen Ermittlung. Wir suchen nach einem grünen Kühllaster, älteres Baujahr. Der Fahrer ist ein Weißer, wohl so um die 50. Können Sie uns da weiterhelfen?"

Während der Fahrt hatte er überlegt, wie er wohl am besten auftreten sollte. Sich als FBI-Agent auszugeben, wäre Amtsanmaßung gewesen, eine Straftat. Ein „FBI-Berater" hingegen klang halb amtlich, halb geheimnisvoll. Der Hinweis auf die „vertrauliche Ermittlung" sollte zudem verhindern, dass seine Gesprächspartner in den kommenden Stunden jedem Reisenden von seinen Fragen erzählen würden.

Dennoch hatte er seine alte Dienstmarke in der Tasche. Seine Pistole steckte hinten im Hosenbund, verdeckt vom Jackett. Sollte es sich als notwendig erweisen, würde er sie beide zum Einsatz bringen.

Der alte Mann, unrasiert, auf dem Kopf ein verschlissenes Trucker Cap, musste nicht lange überlegen. Sein Mund öffnete sich, einige von Kautabak verfärbte Zahnstummel kamen zum Vorschein. Seine Stimme klang, als würde er sich die Nase beim Sprechen zuhalten: „Wir bekommen unsere Ware von der Company geliefert, alle zwei Wochen. Ist ein großer, silberner Peterbuild-Kühltruck, keine zwei Jahre alt."

Cortez ließ sich seine Enttäuschung nicht anmerken. Er hatte ohnehin nicht damit gerechnet, an der Tankstelle etwas zu erfahren. Natürlich wurde sie von der Company beliefert, wie nahezu alle Geschäfte, die einer Kette angeschlossen waren. Die kleinen Diner und Schnellrestaurants jedoch, da sah das anders aus.

„Danke trotzdem, guten Tag noch", verabschiedete er sich. Draußen blickte er auf seine Armbanduhr: kurz nach zehn. Er startete den Motor, trat aufs Gaspedal. Mit einem wütenden Brummen beschleunigte der Wagen, fuhr hinaus auf die Route 66. *Weiter geht es Richtung Osten*, dachte er. Irgendwo an der Strecke gab es jemanden, der den grünen Truck kannte, da war er sicher.

★★★

Wie es der Wirt vom Motel schon angedeutet hatte, trafen Mark und Rebecca an der Tankstelle niemanden an. *Freddys Fuel* sah irgendwie verlassen aus, das Gitter vor der Scheibe zugezogen, weit und breit kein Mensch zu sehen.

Ein handgemaltes Schild an einer Schotterstraße wies in Richtung eines Canyons: *Hendersons Junkyard*. Mark betrachtete Rebecca, überlegte, ob es tatsächlich notwendig war, den Ständer anschweißen zu lassen.

Seine Freundin saß breitbeinig auf dem Stitz, den Oberkörper aufrecht, die Arme ausgestreckt. Doch irgendwann, dass wusste er, würde sie mal pinkeln müssen. In den letzten Tagen war das recht häufig vorgekommen. In diesem Fall würde er absteigen müssen, nur um ihr Motorrad festzuhalten. Die Entscheidung fiel im Bruchteil einer Sekunde. „Los, wir fahren runter zum Schrottplatz."

★★★

Langsam goss er die Milch in den Shaker. Ein letzter Tropfen lief ihm über die Hand, Brian leckte ihn ab. Wie immer roch er zunächst an der Milch, die Stromversorgung war hier draußen oft nicht sehr zuverlässig. Schon oft hatte er erleben müssen, dass der Kühlschrank sich unbemerkt verabschiedet hatte. Doch die Milch roch gut, auch konnte er durch den Becher hindurch ihre Kälte spüren.

Im Schrank über dem Kühlschrank bewahrte er das Eiweißpulver auf. Kaffee, Schoko, Cappuccino, Erdbeere, Vanille – verschiedene Sorten standen zur Auswahl. Das Zeug war unverschämt teuer, doch er kaufte nur die beste Qualität, *Made in USA*. Er entschied sich für Schoko.

Mit einem Messlöffel gab er 40 Gramm Pulver in die Milch. Früher hatte er oft die doppelte Portion angemischt, doch außer einer schmerzhaften Verstopfung hatte ihm diese Dosierung nichts eingebracht. Der Verkäufer hatte ihm schließlich erklärt, dass der Körper mehr als 40 Gramm Eiweiß je Trainingseinheit gar nicht aufnehmen könne.

Brian verschloss den Deckel, schüttelte den Shaker. Die Bewegung erinnerte ihn immer ans Wichsen. Er legte seinen Kopf in den Nacken, stöhnte leise: „Oh, oh, ho." Als er spürte, wie sich das Eiweißpulver mit der Milch zu einem dickflüssigen Shake vermischte, intensivierte er seine Bewegung. Er simulierte einen Orgasmus, verzog seine Gesicht in einer gespielten Verzückung. „O Baby, ja komm, gibs mir."

Er schraubte den Deckel vom Shaker, wartete kurz, bis sich die Tropfen von der Oberfläche gelöst hatten. Er konnte den Tropfen ansehen, dass der Shake recht dickflüssig geraten war, so als hätte er zu viel Pulver angemischt. Das Ganze sah fast aus wie eine Quarkspeise, nicht wie ein Milchshake. War die Milch etwa doch nicht in Ordnung gewesen?

Er legte den Deckel beiseite, steckte einen Finger in den Shake, leckte ihn ab. Lecker! Nur etwas dickflüssig halt, so konnte er den Shake nicht trinken. Er zog eine Schublade auf, nahm einen Löffel heraus. Auch gut, heute würde er sein Eiweiß halt nicht trinken, sondern löffeln.

★★★

Als sie den Schrottplatz erreichten, war es Rebecca, die in ihrer unvergleichlichen Art eine absolut treffende Beschreibung abgab: „Gleich taucht da oben hinter dem Stacheldraht Mel Gibson auf und schießt mit einer Armbrust Brandpfeile auf uns ab. Danach werden mit einem Katapult die Kadaver toter Schweine auf uns geschleudert. Stetson, lass uns abhauen."

Tatsächlich erinnerte die abenteuerliche Konstruktion auch Mark an ein Gebäude aus *Mad Max*. Die Wand, die den Schrottplatz umgab, bestand aus alten zusammengeschweißten Überseecontainern oder Teilen davon. An einigen Stellen waren noch die Logos der Reedereien erkennbar, doch rostbraun war die vorherrschende Farbe.

Wie Mauern umgaben die Container den Platz, an vielen Stellen verbeult, eingedrückt. Zusammen mit dem Stacheldraht wirkten sie wie die Wände einer Festung. Mark sah einige Strahler, die man oberhalb des Stacheldrahts angebracht hatte. Manche waren nach innen gerichtet, andere nach außen.

Das Tor – es war verschlossen – hatte man offenbar aus Dutzenden Kofferraumklappen und Motorhauben zusammengeschweißt. Von rostbraun bis hin zu einem verwitterten Metallic-Blau waren alle Farben vorhanden. Auch hier konnte man sehen, dass die verwendeten Teile allesamt aus Autoschrott bestanden. *Faszinierend*, dachte Mark. *Ein Schrottplatz, gebaut aus Schrott.*

Irgendwie wirkte die Anlage bedrohlich. Offensichtlich wollten die Besitzer nicht, dass jemand unbemerkt eindrang. Doch gleichzeitig wurde Mark klar, dass es nicht einfach sein würde, sich unbemerkt vom Gelände zu entfernen. Die hohen Wände und der Stacheldraht würden eine Flucht erheblich erschweren. *Eine Festung, aber auch ein Gefängnis*, ging es ihm durch den Kopf.

Links neben dem Hauptgebäude standen einige Baufahrzeuge. Mark sah einen Bagger, eine Straßenwalze, einen alten, klapprigen Laster. Seine Ladefläche war mit einer verwitterten Plane abgedeckt, irgendwelche Autoteile befanden sich offenbar darunter.

Rechts vom Gebäude befand sich so etwas wie eine wilde Müllkippe. Aus mehreren alten Ölfässern ragten Plastiksäcke und zerdrückte Pappkartons hervor. Brandspuren an den Fässern ließen ihn vermuten, dass der Müll von Zeit zu Zeit darin verbrannt wurde.

Auch sonst wirkte das Ganze nicht gerade einladend. Tiefe Furchen zogen sich durch den Schotter, die Straße endete hier offensichtlich. Wer von der Straße herunterkam, musst hier wenden und zurückfahren. Der Wind hatte Papier und Plastikmüll in der Landschaft verteilt, in der trockenen Wüste verrottete das Material nur langsam.

Hier unten im Canyon war es noch stickiger und heißer als oben an der Tankstelle. Es roch nach Sand und Staub, altem Öl, Benzin, Rost. Mark glaubte auch etwas Süßliches zu riechen, Verwesung, organischen Abfall. *Der Geruch kommt wohl aus den Fässern*, dachte er.

Er erinnerte sich an die alte Tankstelle mit dem Irren, der sie mit der Schrotflinte bedroht hatte. Am Tag zuvor dann die zweite verlassene Tankstelle, an der sie in Gefahr gerieten. Und jetzt diese Trutzburg aus Schrott, die gleichzeitig wie ein Gefängnis wirkte.

Rebecca spürte dasselbe. Dieser Ort hatte eine böse Aura. Wer immer hier hauste, der konnte kein guter Mensch sein. An Orten wie diesen gab es kein Gesetz, keine Regeln. Wer ihn betrat, der ergab sich dem Schicksal – wie ein Schwimmer, der in einen Strudel geriet. Aus eigener Kraft würde er sich unmöglich befreien können. Ihr Magen zog sich zusammen. „Mark, lass uns hier verschwinden. Ich meine es ernst!"

★★★

Durch das Gewitter und seinen erfolgreichen Fang war er am Tag zuvor gezwungen gewesen, die Auslieferung der Ware abzubrechen. Doch nun musste er nach Winslow, Joseph City und Holbrook, seine Kunden warteten dort bereits auf ihn. Noch war die Saison nicht zu Ende, auch wenn die ersten Restaurantbesitzer sich bereits in den Urlaub verabschiedet hatten.

Den Wagen hatte er sorgfältig gesäubert. Der Türgriff war frei von allen Spuren des Fentanyls, jetzt konnte man ihn wieder gefahrlos anfassen. Unscheinbar wie immer rollte er über die 66, ein kleiner Truck, wie es ihn dutzendfach in der Gegend gab.

Der Sturm hatte für reichlich Unordnung gesorgt. Die Interstate 40 war an einer Stelle unterspült, auch im Petrified Forest hatten die Wassermassen Schäden angerichtet. In Chambers war eine Frau in ihrem Wagen von einem Baum erschlagen worden, eine andere in einer Unterführung ertrunken.

Im Radio hatte man am Morgen zudem von einem verschwundenen Radfahrer berichtet. Der junge Mann, Nick Bennet, war der Sohn einer wohlhabenden Unternehmerfamilie. Zudem saß der Vater im Stadtrat von Flagstaff. Nicht nur das, der Bengel war ein talentierter Radrennfahrer. Der Reporter berichtete, dass der Junge auf dem besten Weg war, sich eine Teilnahme an der nächsten Olympiade zu sichern.

So war das alles nicht geplant, dachte Waller. Bei Obdachlosen und irgendwelchen Streunern gab es so ein mediales Echo nicht. Doch jetzt, so viel war klar, würde man nach dem Vermissten suchen, womöglich länger und intensiver als bei den früheren Fällen.

Auf der Straße vor ihm blitzte etwas auf, ein rotes Licht. Er verlangsamte den Wagen – Polizei, eine Straßensperre. Ein Blick in den Rückspiegel zeigte ihm, dass da kein weiteres Auto fuhr, dennoch schaltete er den Warnblinker an. *So etwas sehen die Cops immer gern*, dachte er.

Ein Polizist winkte ihn mit einer Kelle an den Straßenrand. Er stoppte, ließ die Scheibe hinunter. „Hallo, Officer. Wie kann ich Ihnen helfen?" Der Beamte trug die Uniform der Polizei von Flagstaff. Er musterte ihn kritisch, fast schon unfreundlich. „Guten Tag, Sir. Wir suchen nach einem verschwundenen Radfahrer. Sind Sie hier öfter in der Gegend unterwegs?"

Anthony Waller nickte bedächtig. „Ja, Officer. Ich fahre beruflich auf der 66, war erst gestern hier. Doch ich musste umkehren, der Sturm war zu stark. So ein Truck bietet dem Wind viel Angriffsfläche, man läuft Gefahr, umzukippen."

Als der Beamte ihn daraufhin aufforderte, ihm seinen Führerschein und die Fahrzeugpapiere auszuhändigen, wurde er nervös. Während der Polizist die Unterlagen musterte, konnte er sich eine Frage nicht verkneifen. „Das ist doch nicht so ungewöhnlich, dass mal jemand verschwindet. Liegt denn ein Hinweis auf ein Verbrechen vor?"

Der Polizist nickte, ohne aufzusehen. „Ja. Wir haben das Fahrrad des Gesuchten gefunden und einen Schuh. Es ist allerdings ungewöhnlich, dass jemand freiwillig in ein Auto steigt, dabei aber einen Schuh zurücklässt. Meinen Sie nicht auch?"

Der Beamte reichte ihm die Papiere, deutete mit einer Kopfbewegung an, dass er weiterfahren könne. „Bitte fahren Sie langsam, höchstens Schrittgeschwindigkeit. Die Kollegen von der Spurensicherung sind da am Straßenrand zugange."

Waller verabschiedete sich. Als er an den Männern in ihren weißen Anzügen vorbeirollte und sah, wie sie akribisch jeden Zentimeter des Bodens unter die Lupe nahmen, wurde ihm schlecht. Der Schuh und das Fahrrad, sein Fehler. Jemand spurlos verschwinden lassen, das war seine Methode. Jetzt wussten sie, wo der junge Mann aus gutem Hause verschwunden war. Sie würden ihn suchen. Sie kannten den exakten Ort des Verschwindens, die ungefähre Zeit. Wütend schlug er mit er Faust auf das Armaturenbrett. *Jetzt nur nicht die Nerven verlieren.*

★★★

Das Ehepaar hinter dem Tresen war offensichtlich selbst sein bester Kunde. Die beiden brachten es zusammen auf gute 250 Kilo, wenn nicht sogar mehr. Ihre ehemals weißen, jetzt fleckigen Schürzen spannten sich gefährlich über den Bäuchen. Sie trug darunter nur ein ärmelloses T-Shirt, ihre schwabbeligen, blassen Arme ragten daraus hervor. Das verlebte Gesicht wurde gekrönt von einer strubbeligen Frisur, die einem Wischmopp problemlos Konkurrenz machen konnte. Der Lippenstift und die geschminkten Augen verschlimmerten das Gesamtbild noch.

Der Wirt selbst sah nicht viel gepflegter aus. Unter der Schürze trug er ein verschlissenes Shirt im Flecktarn, auf der Brust die Flagge der USA. Seinen Kopf zierte eine original Feldkappe der US-Marines. Sein Auftritt passte gut zum Namen des Restaurants: *The Veterans Diner.*

Dass ehemalige Mitarbeiter der Streitkräfte damit warben, einst gedient zu haben, war in den USA keine Seltenheit. So gab es beispielsweise von Veteranen gesteuerte Taxis oder auch Losverkäufer, die in voller Uniform die Gewinnchancen ihrer Lotterie anpriesen. Cortez sah das mit gemischten Gefühlen. Wer für sein Land gekämpft hatte, sollte nicht gezwungen sein, damit hausieren zu gehen.

Auch dem Laden selbst war anzusehen, dass die Geschäfte nicht gut liefen. Altes Mobiliar, zerkratzte Tische, ein PVC-Boden, der dringend der Ausbesserung bedurfte. Die Fenster waren vom Bratenfett verschmutzt, die Vorhänge ausgeblichen. Einige historische Route-66-Werbeschilder neueren Datums, jedoch auf alt getrimmt, zierten die Wände.

Der Wirt schüttelte den Kopf. „Nein Sir, da kann ich Ihnen nicht helfen. Einen grünen Kühllaster kennen wir hier nicht, wir beziehen unsere Ware aus Mohave Valley. Gelegentlich fahre ich selbst hinüber, viel brauchen wir ja nicht."

Der Mann machte aus seiner Ablehnung keinen Hehl. Er verschränkte die Arme vor der Brust, deutete damit an, dass er an einer weiteren Konversation nicht interessiert war. Wäre Cortez noch im Dienst gewesen, hätte er sich nicht so leicht abwimmeln lassen. Doch was sollte er tun? Er war hier nur als Zivilist, als Berater. Er erinnerte sich an das, was er Mark und Rebecca erst vor Kurzen gesagt hatte: *Keine Dienstmarke, keine Autorität.* Er tippte sich an die Stirn, verabschiedete sich.

Kaum war sein Wagen vom Hof verschwunden, sagte die Frau: „Warum hast du ihn angelogen? Wir beziehen unsere Ware doch von Anthony Waller und nicht aus Mohave." Wütend blickte sie ihren Mann von der Seite her an. „Gut, Anthony fährt keinen grünen Truck, sondern einen weißen. Dennoch halte ich es für falsch, einen Mitarbeiter des FBI anzulügen."

Der Mann, sein Name war Stanley, zog geräuschvoll Speichel durch seine Zähne, spuckte danach in die Spüle. „Dieser Scheißkerl konnte keine Marke vorweisen, vermutlich ist er nur so ein Privatschnüffler, der für eine Versicherung arbeitet. Und hast du gesehen, was für ein Auto er fährt? Einen Audi, ein deutsches Auto. So ein Arschloch, hier machen sie die Fabriken dicht, und er kauft ein Auto aus Übersee."

Doch es gab noch einen anderen Grund, den seine Frau, Amanda, nicht kannte. Bereits seit Jahren schuldete er Anthony Waller Geld, eine mittlerweile nicht unerhebliche Summe. Anthony machte ihm nie Druck, belieferte ihn stattdessen weiter. Solle er ihm seine Hilfe danken, indem er ihn an einen Privatschnüffler verpfiff?

Kurz überlegte er, seinen treuen Lieferanten anzurufen um ihn zu warnen. Doch die Telefongesellschaften zeichneten ja heutzutage alle Verbindungen auf. Sollte dieser Steve Cortez wirklich vom FBI sein und Anthony tatsächlich Dreck am Stecken haben, konnte ihm seine Warnung später einmal zur Last gelegt werden. Dennoch zog er sein Handy aus der Tasche, entsperrte es.

In diesem Moment kam ihm jedoch ein anderer Gedanke: Sollte man Anthony verhaften und der von der Bildfläche verschwinden, brauchte er, Stanley, seine Schulden nicht zurückzuzahlen. Er zögerte kurz, dann schob er das Telefon zurück in die Hose. „Los, fette Sau, sieh zu, dass du in der Küche klar Schiff machst. In einer Stunde ist Mittagszeit, dann müssen wir ein paar Hamburger an den Mann bringen. Und ich will vorher auch noch was fressen."

★★★

„Danke, Ma'am, für mich bitte nur ein Wasser. Oder halt, bitte geben Sie mir doch einen Kaffee dazu." Um ein Haar hätte Judy den Flug nach Flagstaff verpasst. Erst kam das Taxi zu spät, dann geriet der Wagen auf dem Highway in einen Stau. Als dann auch noch eine Frau vom Sicherheitsdienst Judys Waffen nicht an Bord lassen wollte, war das Chaos perfekt. Zum Glück war der Chef der Dame einsichtig, er kannte die Vorschriften besser als seine Mitarbeiterin. Jetzt trug Judy die entladenen Waffen am Körper, die Munition lag in einem verschlossenen Behältnis im Handgepäck.

So richtig sicher war sie sich ihres Vorhabens nicht. Was hatte sie vorzuweisen? Eine Theorie, ein Telefonat mit einer Witwe, eine vage Vermutung. Sie konnte dem Vorgesetzten von Dan Gallagher nichts Konkretes verraten, würde sich mit einer windigen Geschichte behelfen müssen.

Auch die Idee, sich als Schwester eines der Opfer auszugeben, war nicht ganz ungefährlich. Sie wollte Gallagher provozieren, sich hysterisch geben, behaupten, sie wüsste alles, kenne die Wahrheit. Sie wollte Gallagher drohen, ihm erzählen, sie würde die Geschichte bei der Dienstaufsicht melden. Man würde erst die Vorwürfe überprüfen, danach noch einmal den Mord an den beiden Beamten unter die Lupe nehmen.

Gallaghers Reaktion wollte sie mit einem versteckten Aufnahmegerät aufzeichnen. Doch würde sich der Cop wirklich selbst belasten oder sogar verraten? Judy war nicht sicher. In anderthalb Stunden würde die Maschine landen, in zwei Stunden hatte sie den Termin bei Deputy Chief Jim Levin. Und in drei Stunden, so es denn Gottes Wille war, würde sie Dan Gallagher selbst gegenüberstehen.

★★★

Brian wollte gerade seinen ersten Löffel Eiweiß zu sich nehmen, als er den charakteristischen Sound einer Harley Davidson vernahm. Das enge Tal des Canyons verstärkte das Geräusch noch, das tiefe Blubbern des Motors hallte von den Wänden wider: *Bop, bop, bop.*

Hastig stellte er den Shaker beiseite, ging zur Tür. Als er sie öffnete, mischte sich unter den Sound der Harley noch ein zweiter kleinerer Motor. Sofort war ihm klar, dass da draußen vor dem Schrottplatz zwei Motorräder stehen mussten. Vielleicht Kundschaft und noch wichtiger:

Ablenkung und vor allem Publikum! Er hauste hier draußen mit den beiden Schwachköpfen allein, sehnte sich nach Geschichten und Gesprächen mit anderen Menschen.

„He, Arschfick, mach sofort das Tor auf, wir haben Besuch“, rief er zum Bürocontainer hinüber. Hastig zog er sich eine Jogginghose an, schlüpfte in ein Muskelshirt. Beide Sachen waren brandneu und sauber, er hatte sie gerade erst in Flagstaff gekauft. Mit den weißen Gesundheitssandalen an den Füßen eilte er zum Tor, das sich langsam und laut quietschend öffnete.

Mit angespannten Muskeln und aufgeregt wie ein Zirkusdirektor stand er da, wartete auf seinen großen Moment. Plötzlich blendete ihn die Sonne, in einiger Entfernung sah er die beiden Motorräder stehen. Er nahm sie nur als Silhouetten war, als Umrisse. Doch er hatte richtig gehört: Es war eine Harley, und daneben stand eine Vespa.

Brian breitete die Arme aus, begrüßte seine unverhofften Besucher: „Hey, was sagt man dazu? Zwei Biker! Seid willkommen, Freunde, herzlich willkommen! Tretet ein und erzählt uns von eurer Reise.“ Die Arme weiterhin wie ein Messias ausgebreitet, ging er den beiden entgegen.

★★★

Mark hatte Rebeccas Aufforderung zur Weiterfahr noch nicht richtig verarbeitet, als sich plötzlich das Tor vor ihnen öffnete. Er erschrak, denn zum einen hatte er nicht damit gerechnet, zum anderen rumpelte und quietschte es laut, der Lärm war ohrenbetäubend.

Während sich das Tor krachend und scheppernd zur Seite bewegte, wurde eine Gestalt sichtbar. Mark erkannte die Figur eines Bodybuilders, der Mann war groß, breitschultrig, muskelbepackt. Und er war schwarz, tiefschwarz. Lediglich seine weit aufgerissenen Augen waren weiß, genau wie seine Zähne. Sein Lächeln glich dem einer Werbung für Zahnpasta, zwei Reihen blitzweißer Zähne funkelten ihnen entgegen.

„Hey, was sagt man dazu? Zwei Biker! Seid willkommen Freunde, herzlich willkommen! Tretet ein und erzählt uns von eurer Reise.“

Die Arme weiterhin ausgebreitet, kam der Mann ihnen entgegen. Seine Stimme hatte einen tiefen, angenehmen Bariton, passte zu dem Brustkorb, der das Shirt zu zerreißen drohte. „Es kommt leider viel zu selten vor, dass wir hier draußen Besuch bekommen. Was führt euch zu uns? Wie kann ich euch helfen?“

Bevor Mark irgendwie reagieren konnte, war der Mann bei ihm. Er positionierte sich vor Marks Harley, streckte ihm die Hand zur Begrüßung entgegen. „Ich bin Brian. Brian Schwarzen … egger." Plötzlich lachte der Mann brüllend laut über seinen eigenen Witz, den Mark nicht sofort verstand.

„Ha, ha, versteht ihr? Schwarzen … egger! Wenn der nicht gut ist!"

Der Mann, der sich Brian nannte, war sicher 1,80 Meter groß. Seine Muskelberge waren beachtlich, doch erkannte Mark auf den Bizepsen Schwangerschaftsstreifen, Hautrisse, die entstehen, wenn zu schnell Körpermasse aufgebaut wird. Hier waren sie das Ergebnis von Doping, da war Mark sich sicher. Er hatte Vergleichbares während seiner Zeit bei der Army bei Bodybuildern gesehen, die sich regelmäßig anabole Steroide spritzen.

Die Kleidung des Mannes war auffallend sauber und neu. Seitlich an der Hose hing sogar noch ein Preisschild, wie Mark bemerkte. Auch die weißen Sandalen sahen fast noch neu aus.

Der Mann selbst wirkte nicht unsympathisch. Er war Anfang, Mitte 50, hatte die für einen Schwarzen typischen Gesichtszüge. Seine Haare hatte er komplette abrasiert, wie eine schwarze Billardkugel glänzte seine Glatze. Seine Stimme war angenehm, auch wenn sein übertriebenes, lautes Auftreten nicht gerade dazu geeignet war, Marks Sympathie zu gewinnen. Doch Mark wollte nicht unhöflich erscheinen. Er reichte dem Mann die Hand, während der weiterpolterte:

„Mein Gott, was für eine schöne Maschine du da fährst, eine Heritage Classic, richtig? Mit Motorrädern kenn ich mich leider nicht so gut aus, mit Autos hingehen umso mehr." Sein Händedruck war verblüffend sanft, fast schon schlaff. Er ließ wieder los, schlug Mark kameradschaftlich auf die Schulter. „Mensch, Junge, mach den Mund zu, sonst kommen die Fliegen rein, die haben wir hier draußen reichlich."

Erneut lachte Brian laut über seinen eigenen Witz: „Haa!" Tatsächlich konnte Mark seine Verblüffung nicht verbergen. Erst dieser verrückte Mad-Max-Schrottplatz, jetzt plötzlich stand diese durchgeknallte George-Foreman-Imitation vor ihnen. Der Wirt des Motels hatte nicht erwähnt, dass der Betreiber des Schrottplatzes schwarz war, aber warum sollte er auch?

Mark wusste nicht, was er von Brian halten sollte. Einerseits kam ihm der Mann seltsam vor, irgendwie überdreht, aufgekratzt. Andererseits wirkte seine Freude über die unverhofften Gäste echt. Mark konnte sich gut vorstellen, dass man hier draußen recht einsam lebte, abseits der Route 66 bekam der Schrottplatzbesitzer wohl nur selten Besuch. „Ich bin Mark, das ist meine Verlobte Rebecca. Wir reisen auf der Route 66, fahren heute weiter nach Las Vegas."

Brian war zu Rebecca hinübergegangen, während Mark sprach. „Hallo, was haben wir denn hier? Eine Vespa und eine zauberhafte, wunderschöne Lady. Gleich zwei Schmuckstücke auf einmal. Ma'am, darf ich mich vorstellen? Ich bin Brian."

Zu Rebeccas Verblüffung deutete der Mann so etwas wie eine Verbeugung an, dabei lächelte er durchaus freundlich. Zusammen mit seiner tiefen Stimme wirkte das vertrauenerweckend, doch auch Rebecca bemerkte die Streifen auf seinen Armen. Auch sie vermutete sofort Steroide dahinter. Wer seinen Körper bewusst so verunstaltete, der konnte ihr nicht sympathisch sein.

Zudem roch sie Schweiß, und zwar alten Schweiß. Die neue Kleidung konnte nicht darüber hinwegtäuschen, dass der Mann vor ihr nicht gerade sauber war. Er stank. Aus den weißen Sandalen schauten Zehen, deren Nägel dringend der Pflege bedurften. Wie Krallen bogen sie sich nach unten, drohten sich in den Kork der Sohlen hineinzubohren.

Rebecca fiel es schwer, ihre Abneigung zu verbergen. Dennoch reichte sie dem Mann zögerlich die Hand: „Hi, ich bin Rebecca." Während Brian ihre Hand ergriff, musterte er unverhohlen ihre Beine, ihren Körper. Sie saß breitbeinig auf dem Sattel der Maschine, die Lederhose spannte sich an ihren Schenkeln und an ihrem Schritt. Wegen der Hitze hatte sie die Jacke weit geöffnet, ihr tief ausgeschnittenes Shirt zeigte neben dem türkisfarbenen Halsband viel nackte Haut. Brian starrte ihr zwischen die Beine, während er ihr die Hand schüttelte.

Sein Lächeln bekam etwas Lüsternes, Rebecca zog angewidert ihre Hand zurück. Brian tat, als würde er ihre Abneigung nicht bemerken, wandte sich wieder Mark zu: „So, so, ihr fahrt also die Route 66. Die alte Straße geht ganz schön ans Material, nicht wahr? Es wimmelt ja überall von Schlaglöchern. Was ist mit euren Bikes? Warum seid ihr hier? Ist etwas kaputt?"

Mark steckte in einer Zwickmühle. Irgendwie wollte er weg von hier, auch ihm war der Bodybuilder nicht geheuer. Doch tatsächlich hatten sie die Straße verlassen, waren bewusst zum Schrottplatz heruntergefahren. Sollte er den Mann anlügen?

Der Druck der Pistole hinten in seinem Hosenbund erinnerte ihn daran, dass er bewaffnet war. Außerdem war er kein Kind, dass vor jeder unangenehmen Situation weglief.

„Bei meiner Freundin ist der Ständer abgebrochen. Man gab uns den Tipp, dass Sie den eventuell wieder anschweißen könnten. Wir wollen jedoch keine Umstände machen, die Reparatur ist nicht dringend."

Er hatte gehofft, dass Brian den Kopf schütteln würde, doch das Gegenteil war der Fall. Eifriges Nicken signalisierte ihm, dass die Reparatur sehr wohl möglich war. „Ma'am, ein abgebrochener Ständer ist für eine Frau natürlich immer eine unangenehme Sache. Haaa!" Der billige Witz schien ihm ganz außerordentliche Freude zu bereiten. Er krümmte sich vor Lachen, schlug sich auf die Schenkel.

Von einem Moment auf den anderen wurde er ernst, ging zur Vespa, bückte sich. Er begutachtete den Schaden, tastete mit der Hand unter dem Motorrad herum. „Ich denke, da ist nur die Schraube gebrochen. Wo ist der Ständer? Wenn wir die passende Schraube dahaben, dann reparieren wir euch das in fünf Minuten. Kommt, folgt mir. Mein Bruder Gilbert schaut sich das mal an."

Mit einer einladenden Geste ging er voran, wartete nicht auf seine Gäste. Mark blickte zu Rebecca hinüber, die ihn unsicher ansah. Er flüsterte leise ins Interkom: „Wir lassen die Harley hier draußen stehen. Du brauchst keine Angst zu haben, ich hab die Pistole schussbereit am Mann." Mark stieg ab, dann folgten er und Rebecca dem seltsamen Bodybuilder auf das Gelände des Schrottplatzes.

★★★

Als Cortez den Diner verließ, verzog er das Gesicht zu einer Grimasse. Auch hier konnte man ihm nicht helfen, denn alle Burger-Patties wurden vor Ort aus schlachtfrischem Fleisch hergestellt, dann tiefgefroren. Alles andere kaufte der Inhaber selbst in einem Großmarkt in Flagstaff ein. „Der Gewinn liegt im Einkauf, Sir!"

Cortez bekam einen Gratis-Vortrag in Betriebswirtschaft. Der Inhaber, Willy, rechnete ihm vor, dass eine Belieferung durch irgendeinen Zwischenhändler seine sowieso schon knappe Marge zunichtemachen würde. Einen Lieferanten, der einen grünen Truck besaß, kannte er nicht. Es gab da wohl irgendwo einen Typen namens Waller, doch der fuhr seit eh und je einen weißen oder hellgrauen Lieferwagen, so genau wisse er das nicht. Nein, einen grünen Kühlwagen hatte er hier in der Gegend noch nie gesehen.

★★★

Das Gelände des Schrottplatzes wirkte im ersten Moment chaotisch, doch dann erkannte Mark so etwas wie ein System. Dutzende Oldtimer stapelten sich in extra dafür zusammengeschweißten Regalen. In anderen, kleineren Regalen lagen Einzelteile. Er erkannte Stoßstangen, Kotflügel, Motorhauben. In einer Blechkiste warteten demontierte Scheinwerfer auf ihre Verwendung, in einer anderen waren es Außenspiegel.

Auf Holzpaletten lagen Motoren, einige hatte man zum Schutz vor Staub oder Feuchtigkeit mit Planen abgedeckt, andere rosteten unter freiem Himmel vor sich hin. Ein Dutzend Windschutzscheiben stand in einer Transportbox, zwischen ihnen steckten Styroporplatten.

Alte Überseecontainer bildeten nicht nur die Wände des Schrottplatzes, sie wurden auch verwendet, um empfindlichere Güter aufzubewahren. Bei einem standen die Türen offen, Mark erkannte Regale voller Autoradios und anderer elektronischer Bauteile.

Fast genau in der Mitte des Schrottplatzes stand ein auffallend neuer Pickup, dahinter ein ebenso neuer Wohnwagen. Etwas weiter am Rand entdeckte Mark einen Wohnwagen, der seine besten Jahre bereits hinter sich hatte. Überall dazwischen lag Schrott herum: Kleinteile, alte Türen, Stapelweise alte Räder und Reifen.

Mit einem Mal schloss sich das große Tor hinter ihnen. Das laute Geräusch erschreckte Mark, auch Rebecca drehte sich hastig um. Brian bemerkte ihre besorgten Blicke. Er lachte: „Keine Angst, Kinder. Wir haben hier zwei alte Köter herumlaufen, die hauen gern mal ab. Ich stell euch erst mal meine beiden Brüder vor."

Er formte mit den Händen einen Trichter, brüllte dann laut: „Gilbert! Arsch-ie! Los, antanzen, wir haben Besuch." Erst das geschlossene Tor, jetzt würden sie plötzlich drei Männern gegenüberstehen. Mark bereute bereits, dass er nicht auf sein Bauchgefühl gehört hatte.

Zwei Gestalten tauchten auf. Auch sie trugen auffallend neue Sportkleidung, wirkten aber irgendwie verschüchtert, fast verstört, keinesfalls bedrohlich.

Brian stellte die Männer vor: „Also, das hier ist Arsch-ie, mein kleiner Bruder. Er ist der Schlauste von uns, hat in Flagstaff die Schule besucht. Hat dort 'nen richtigen Beruf erlernt, mit Zertifikat und so. Und das hier ist Gilbert, der zweitälteste von uns. Nicht der Hellste, aber ein guter Baggerfahrer. Auch mit Motoren kennt er sich gut aus."

Beide waren schwarz, doch nicht so dunkel wie ihr angeblicher Bruder. Auch sonst konnte Mark nur wenige Ähnlichkeiten zwischen den drei Männern feststellen. Gesichtszüge, Größe, Körperhaltung – keinesfalls hatten die Männer dieselben Eltern, da war Mark sich sicher.

Der, den Brian als Archie vorgestellt hatte, war vielleicht Mitte 30. Er war von eher schmächtiger Statur, hinkte ein wenig. Sein Blick war unruhig, immer wieder schaute er erst zu Gilbert, dann zu Brian. Bemerkenswert war seine Frisur. Seine schwarze Haarkrause war so dicht wie ein Schwamm und auch so geformt. Als hätte er ein Brikett auf dem Kopf, ragte sie oben empor, an den Seiten zeigte sich die Kopfhaut.

Gilbert war groß und schlank, Mark schätzte ihn auf Mitte 40, Anfang 50. Er bewegte sich ungelenk, zog nervös an einer Zigarette, blies den Rauch durch die Nasenlöcher aus. Auf dem Kopf trug er ein Haarnetz, es presste die Frisur darunter zu einem undefinierbaren Knäul zusammen.

Keiner der beiden machte auch nur den Versuch einer Begrüßung. Wie Sträflinge, die zum Appell erscheinen mussten, standen sie da. Während Archie zu Boden schaute, starrte Gilbert Rebecca an.

Brian deutete auf die Vespa. „Gil, die Dame hier hat ein Problem mit dem Ständer. Die Schraube ist wohl abgebrochen, schau mal, was du da machen kannst." Mark, der den losen Ständer mitgebracht hatte, reichte ihn dem Mann. Wortlos nahm der ihn entgegen, betrachtete die Oberseite.

„Arsch-ie, hilf der Dame mal. Halt die Vespa fest, während sie und ihr Freund mich zu meinem Wohnwagen begleiten. Kommt, Leute." Mark bemerkte, dass Brian den Namen seines Bruders irgendwie seltsam aussprach. Erst „Arsch", dann eine Pause, danach „ie". Das „Arsch" war beleidigend, demütigend, aber der so Titulierte reagierte gar nicht darauf. Auch sonst verhielten sich die beiden „Brüder" wie abgerichtete Hunde. Keiner hatte bisher auch nur ein Wort gesprochen.

Mark achtet sorgsam darauf, in Rebeccas unmittelbarer Nähe zu bleiben. Die Situation hatte bisher nichts Bedrohliches, doch irgendwie fühlte er sich unwohl. Rebecca, die wie er den Helm abgenommen hatte, war die Anspannung ebenfalls anzusehen.

Brian, der vorausging, blieb plötzlich stehen, wies mit der Hand auf den Schrottplatz. „Wir sind einer der führenden Händler für Oldtimer-Ersatzteile im mittleren Westen. Wir sammeln die alten Karren von der Straße auf, schlachten sie hier aus, verkaufen die Teile übers Internet."

Er deutet zum Regal mit den kompletten Autos. „Alles, was sich mit der Post versenden lässt, verschicken wir. Größere Teile holen die Kunden direkt hier bei uns ab." Sie gingen weiter, Rebecca stellte vorsichtig eine Frage: „Ich sehe hier nur Autoteile. Verkaufen Sie gar keine Motorradteile?"

Brian blieb abrupt stehen. Er stockte kurz, dann drehte sich sein Kopf, er schaute Rebecca direkt in die Augen. In seinem Blick lagen Zweifel, vielleicht sogar etwas Wut. Doch Rebecca konnte die Mimik von farbigen Menschen oft nicht gut lesen. Doch plötzlich lächelte Brian, er ging weiter. „Leider nein. Man findet so gut wie keine Motorrad-Oldtimer auf der 66. Mein Vater hat zudem immer gesagt: Junge, verkauf nur, wovon du etwas verstehst. Lass die Finger von allem, womit andere sich besser auskennen als du."

Sie erreichten den neueren der beiden Wohnwagen. Brian stieg hinein. „Sekunde, ich hol uns mal was zu trinken. Ist ja schon wieder eine Bullenhitze heute." Während sie warteten, tauschten Mark und Rebecca einen besorgten Blick. Sollten sie hier wirklich ein Getränk annehmen?

Eine dicke Schmeißfliege landete auf Marks Gesicht. Schon draußen vor dem Schrottplatz hatte er bemerkt, dass es hier von den lästigen Insekten nur so wimmelte. Er dachte an die Mülltonnen, in denen die drei Männer ihren Abfall sammelten. Angewidert verscheuchte er das Insekt.

In nächsten Moment stand Brian schon wieder vor ihnen. In der einen Hand hielt er drei neue, unbenutzte Plastikbecher, in der anderen eine Flasche mit gekühltem Eistee. Die Flasche war noch randvoll, nicht angebrochen. Brian streckte ihnen die Hand mit den Bechern entgegen: „Hier, ganz neu und sauber."

Mark nahm einen Becher, Rebecca verneinte. „Danke, ich habe keinen Durst."

Brian zuckte mit den Schultern. Um die Hände freizubekommen, nahm er die verbleibenden zwei Becher in den Mund, öffnete die Flasche. Es knackte hörbar. Zuerst goss er Mark etwas ein, danach sich selbst. „Prost, auf die Route 66!"

Brian stillte seinen Durst, in dem er den Becher in einem Zug austrank. Mark nippte nur vorsichtig. Der Tee war eiskalt und schmeckte tatsächlich köstlich. Brian, der immer wieder Rebecca anstarrte, fragte schließlich: „Erzählt doch mal, was habt ihr denn bisher so alles auf der Straße erlebt? Wie lange seid ihr schon unterwegs?"

Mark wurde die Situation immer unangenehmer. Doch er wollte auch nicht unhöflich sein. „Wir sind erst vor ein paar Tagen gestartet. Die Bikes sind nur gemietet. Bis auf einen Beinahe-Unfall sind uns Abenteuer bisher erspart geblieben."

Brian füllte sich den Becher ein zweites Mal. Er deutete auf Marks schwere Motorradjacke. „Junge, zieh doch die Kutte aus, bei der Hitze gehst du ja kaputt darin." Tatsächlich lief Mark der Schweiß am Körper herunter. Doch er konnte die Jacke unmöglich ausziehen, denn hinten im Hosenbund steckte die Pistole. „Nee, mir ist nicht so heiß, es geht schon", log er.

Brian legte den Kopf in den Nacken, lachte schallend: „Ha, Junge, dir läuft die Suppe am Hals herunter. Ich wette, du hast eine Knarre unter der Jacke versteckt und willst sie nicht zeigen. Stimmts?" Mark brachte nur ein schiefes Grinsen zustande. Er trank einen großen Schluck Eistee, schüttelte den Kopf. „Nein, ich halte nichts von Waffen. Sie richten nur Unheil an."

An Brians verschmitztem Lächeln konnte er erkennen, dass der ihm nicht glaubte. Gerade, als der Bodybuilder eine weitere Frage stellen wollte, erklang ein vertrautes Motorengeräusch: *Ring-ding-ding.* Brian hob die Augenbrauen. „Das war die Vespa. Ging ja schneller, als ich dachte. Kommt."

Gemeinsam gingen sie zurück zum Tor. Tatsächlich stand die Vespa dort stolz und aufrecht auf ihrem Hauptständer, der Motor knatterte leise vor sich hin. Von den beiden „Brüdern" war nichts mehr zu sehen.

Plötzlich, ohne jede Vorwarnung, öffnete sich laut kreischend das Tor. Mark griff in die Innentasche seiner Jacke, wollte Geld hervorholen, doch Brian winkte ab. „Lass mal, Bruder. Als gute Amerikaner helfen wir jedem, der Hilfe braucht. Ich wünsch euch 'ne gute Weiterfahrt und viel Spaß in Las Vegas." Mark war peinlich berührt, doch er akzeptierte das Geschenk. Er verabschiedete sich mit einem Händedruck, Rebecca hupte kurz, während sie an Brian vorbeifuhr.

Draußen vor dem Schrottplatz setzten sie ihre Helme auf, Brian beobachtete sie dabei. Rebecca hatte das Gefühl, dass er ihr immer noch auf die Beine und den Po glotzte, seine Blicke waren ihr unangenehm. Doch mit einem Mal schloss sich das Tor, Brian winkte kurz, dann verschwand er hinter der Blechwand aus Dutzenden von verrosteten Motorhauben.

Die beiden Biker tauschten einen Blick. Wusste Brian tatsächlich, dass Mark eine Waffe dabeihatte, oder ahnte er es nur? Was wäre wohl passiert, wenn Mark unbewaffnet gewesen wäre? Oder hatten die Ereignisse der letzten Tage sie paranoid werden lassen? Der Mann war freundlich, wenn auch etwas speziell. Die angeblichen Brüder hatten kostenlos die Vespa repariert, ihnen kalte Getränke serviert.

Egal. Mark startete die Harley, flüsterte leise ins Interkom: „Lass uns zusehen, dass wir hier wegkommen. Ich schwitze wie verrückt, muss dringend pinkeln, und Durst habe ich auch. Diese verdammte Route 66 wird mir mit jedem Tag unheimlicher. Eine einzige Ansammlung von kaputten Freaks ist das hier."

Rebecca stimmte ihm zu. „Er hat mich quasi mit den Augen vergewaltigt. Und hast du gesehen, wie er geschaut hat, als ich ihn nach den Motorrädern gefragt habe? Einen Moment dachte ich, gleich bringt er mich um." *Stimmt*, ging es Mark durch den Kopf. *Die Frage war Brian sichtlich unangenehm.* Was hatte der mit Steroiden vollgepumpte Bodybuilder zu verheimlichen?

★★★

„Und nun zu den Lokalnachrichten. Die Polizei in Flagstaff geht mittlerweile im Fall des vermissten Nick Bennet von einem Verbrechen aus. Wie die Behörden mitteilten, wurde das Fahrrad des Mannes gefunden, genauso wie einer seiner Schuhe. Es sei unwahrscheinlich, so die Polizei, dass der Sportler das Fahrrad und den Schuh unbeabsichtigt zurückgelassen habe. Die Spuren deuteten vielmehr auf eine Entführung hin, so Deputy Chief Jim Levin, Chef der Polizei von Flagstaff. Der Familie liegt jedoch bisher keinerlei Lösegeldforderung vor. Der Vater des Vermissten, der bekannte Unternehmer Samuel Bennet, ruft die Entführer auf, sich umgehend bei ihm zu melden. Für Hinweise, die zur Klärung des Falls führen, hat die Familie Bennet eine Belohnung von 500.000 Dollar ausgelobt."

Anthony Waller konnte nicht mehr weiterfahren. Kurz vor Holbrook stoppte er seinen Lieferwagen, fuhr rechts ran. Ein Druck hatte sich auf seine Brust gelegt, die Angst schnürte ihm die Luft ab. Seine Hände zitterten, er schaffte es kaum, den Zündschlüssel umzudrehen.

Bereits in der Vergangenheit hatte er im Radio oder in der Zeitung die Suche nach seinen Opfern verfolgt. Oft wurden die Vermissten nur am Rande erwähnt, in einigen Fällen sogar überhaupt nicht. Dieses Mal lief die Sache jedoch völlig aus dem Ruder. Es war kaum 24 Stunden her, dass er sich den Jungen von der Straße gepflückt hatte. Jetzt war der Fall groß in den Nachrichten, eine enorme Belohnung stand im Raum. Sie allein würde das Medienecho weiter anheizen.

Er schaute in den Rückspiegel, sah die Angst in seinen Augen. Sie waren unnatürlich geweitet, wie bei einem Tier, das sich einem Jäger gegenübersah. In diesem Zustand konnte er nicht weiterarbeiten. „Einatmen, Anthony, bleib ganz ruhig", sagte er laut zu sich selbst.

Sollte man ihn fassen, wartete die Todeszelle auf ihn. Doch er hatte vorgesorgt. Eine Kapsel mit reinem Fentanyl, sorgfältig verpackt, befand sich stets in seiner Hosentasche. Eine zweite steckte vorn in seinem Schuh. Auch in seinem Zuhause gab es mehrere Gegenstände, die er mit Fentanyl präpariert hatte. Sie würden Einbrecher erledigen, und auch die Polizei würde ihr blaues Wunde er erleben, sollte sie unerwartet bei ihm aufkreuzen.

Doch so weit würde es nicht kommen. Es gab nichts, das auf ihn als Täter hindeutete. An der Route 66 gab es keine Kameraüberwachung, anders als an vielen Highways. Am Tag zuvor war alles ohne Zeugen abgelaufen, niemand hatte ihn im Verdacht. Er musste jetzt nur einen klaren Kopf behalten.

Zurück nach Hause, das war sein Plan. Aber nicht über die 66, er wollte nicht noch einmal in eine Polizeikontrolle geraten. Er würde vielmehr auf die I-40 abbiegen, in einer Stunde wäre er in Flagstaff, in 90 Minuten in Ash Fork. Den Ball flach halten. Sollte sich der Staub erst mal legen. Seine Kunden in Holbrook, Chambers und Sanders würden sich einige Tage gedulden müssen. Auch der zuverlässigste Lieferant kann sich schließlich mal den Magen verderben.

★★★

Cortez hatte seine Taktik mittlerweile geändert. Die Masche mit dem Berater zog einfach nicht. Bereits beim Betreten des Lokals hatte er seine alte FBI-Marke gezückt, sich als Special Agent Cortez vorgestellt. Die Stimme scharf, den Blick streng, erklärte er sachlich und nüchtern, dass das FBI einen grünen Kühlwagen suchen würde, der in eine Reihe schwerer Straftaten verwickelt war. Die Ermittlung sei zudem vertraulich, eine Weitergabe von Informationen strafbar.

Der Mann, der da hinter dem Tresen stand und Gläser polierte, war Steve Cortez auf Anhieb sympathisch. Sein grauer Bürstenschnitt, das rote Flanellhemd, das vom Wetter gegerbte Gesicht, faltig, braungebrannt – Pauly Jones war das Abziehbild eines Cowboys im Ruhestand.

Cortez' selbstbewusstes Auftreten schüchterte ihn nicht ein, doch der Mann war sich bewusst, dass hier ein Beamter einer Strafverfolgungsbehörde vor ihm stand. Das war kein Privatdetektiv, dem man irgendetwas vormachen konnte. Als treuer Bürger der USA kooperierte er sofort.

Er sprach ruhig, gelassen, langsam, mit einem texanischen Akzent, der keinen Zweifel daran ließ, wo Pauly Jones den Großteil seines Lebens verbracht hatte. „Wir beziehen unsere gesamte Tiefkühlkost von Anthony Waller, einem guten, zuverlässigen Lieferanten aus Flagstaff. Er beliefert uns schon seit Jahren. Und schon seitdem ich ihn kenne, fährt er einen hellgrauen Lieferwagen, keinen grünen. Aber für Anthony lege ich meine Hand ins Feuer. Ohne ihn hätten wir zudem die Corona-Flaute nicht überstanden. Er hat uns die Schulden gestundet, noch nicht einmal Zinsen berechnet."

Cortez horchte auf. Anthony Waller. Den Namen hatte er bereits gehört, zwei oder drei Restaurants zuvor. *Richtig*, dachte er, *bei dem Typ, der mir den Vortrag über Betriebswirtschaft gehalten hat.*

„Was können Sie mir zu Mister Waller sonst noch erzählen, Sir? Wie alt ist er, wie sieht er aus? Bitte beschreiben Sie ihn." Jones schloss die Augen, dachte an den Lieferanten. „Na ja, so Anfang 50 ist er. Braune Haare, trägt 'ne Brille. Vielleicht so groß wie Sie. Verheiratet, hat zwei Kinder, die aufs Collage gehen."

Shit, dachte Cortez. Der Killer, da war er sicher, war unverheiratet, zumindest lebte er allein. Dennoch würde er den Mann überprüfen lassen. Er bedankte sich höflich bei dem alten Cowboy, verließ das Lokal.

Draußen erwartete ihn die unbarmherzige Mittagshitze Arizonas. Es war Spätsommer, dennoch lag die Temperatur bereits bei 33 Grad Celsius. Langsam bekam er Hunger, auch drückte ihn der Darm, doch noch konnte er sich keine Pause gönnen. Er musste weiter nach Seligman, Ash Fork, Williams. Dort irgendwo vermutete er den Wohnort des Mörders.

Seltsamerweise hatte Judy Tonka nicht weiter versucht, ihn zu erreichen. Er zog sein Telefon aus der Tasche, doch da war nichts, kein Anruf, keine Nachricht. *Anthony Waller. Anthony Waller.* Der Name hallte durch seinen Verstand. Er wählte Judys Nummer, sie musste den Mann für ihn durch die Computer des FBI überprüfen lassen.

„Hi, hier ist Judy Tonka. Leider kann ich euren Anruf nicht pers …" Verärgert trennte Cortez die Verbindung. *Was ist da los?* Erst versuchte sie mehrmals, ihn zu erreichen, jetzt ließ sie nichts mehr von sich hören. Kurz überlegte er, jemand anderes beim FBI um Hilfe zu bitten. Woody Lennox vielleicht? Cortez hatte ihm damals den Arsch gerettet, seine Entlassung verhindert. Nein, er musste sich gedulden. Er würde noch etwas warten, Judy in einer Stunde nochmals anrufen.

★★★

Direkt nach der Landung ging Judy zum Schalter der Mietwagenagentur am Flughafen. Wie immer wählte sie die bekannteste Marke. Hier gab es vielleicht nicht die besten Preise, doch im Schadensfall für gewöhnlich den geringsten Ärger. Früher war sie schon mal reingelegt worden, sollte für Schäden haften, mit denen sie nichts zu tun hatte.

Vor ihr standen zwei Kunden, sie musste kurz warten. Sie nutzte die Zeit, um ihr Handy aus dem Flugmodus zu holen. Ein verpasster Anruf, Steve Cortez. *Was will der denn jetzt?*, ging es ihr durch den Kopf. Sie wollte ihn gerade zurückrufen, da sprach sie eine Dame vom Schalter an. Die Kunden vor ihr waren plötzlich verschwunden.

„Ma'am, haben Sie eine Reservierung?" Judy schüttelte den Kopf. Die junge Frau, die in ihrer schicken blauen Uniform sehr sexy aussah, verzog traurig das Gesicht. „Dann muss ich Sie leider enttäuschen, genau wie die beiden Herrschaften vor Ihnen. Wir sind ausgebucht."

Judy blickte sich verärgert um, wollte sich an einen anderen Vermieter wenden, doch die Dame konnte offenbar Gedanken lesen. „Es findet eine Messe in Flagstaff statt, der Viehzüchterverband tagt ebenfalls.

Sie werden leider nirgendwo einen Mietwagen finden. Schon ein Taxi zu bekommen, dürfte sich als schwierig erweisen."

Das Spielchen kannte Judy. Natürlich gab es noch das eine oder andere Fahrzeug im Bestand. Die kleine Schlampe hoffte wohl, ein zusätzliches fettes Trinkgeld aushandeln zu können. Sie zückte ihre Marke, präsentierte sie der Frau. „Judy Tonka, FBI Los Angeles, Mordkommission. Ich benötige umgehend ein Fahrzeug. Im Notfall bin ich zudem berechtig, eines zu beschlagnahmen. Bitte übergeben Sie mir Ihre Fahrzeugschlüssel und die Wagenpapiere."

Die Frau wurde blass, Judy schämte sich ein wenig für ihre Show. „Ma'am, warum haben Sie das nicht gleich gesagt? Selbstverständlich werde ich ein Fahrzeug für Sie organisieren, einen Moment bitte."

Zehn Minuten später verließ Judy den Flughafen von Flagstaff. Die Frau hatte ihr einen silbernen Chevrolet Malibu zugeteilt. Das Fahrzeug war hässlich wie die Nacht, ein typischer Mietwagen der Oberklasse, doch sie war zufrieden. Der Preis war okay, und natürlich hatte sie dem hübschen jungen Ding ein dickes Trinkgeld dagelassen. Ihr nächstes Ziel war nun die Polizeistation von Flagstaff.

★★★

Mit durchgedrückten Knien stand Brian in seinem Trailer . Mit der linken Hand stützte er sich an der Wand ab, mit der rechten bearbeitete er seinen Schwanz. Hastig bewegte er seine Hand auf und ab.

Er hatte seine Augen geschlossen, dachte an die Frau auf ihrem Motorroller. Die Mittelnaht ihrer Hose zog sich genau zwischen ihre Schamlippen, deutlich hatten sie sich unter dem schwarzen Leder abgezeichnet. Brian stellte sich vor wie er sie erst lecken, danach ficken würde.

Der Gedanke an die hübsche, schlanke Frau mit ihrem geilen Arsch und ihren strammen Beinen hatte ihn fast verrückt werden lassen. Auch ihr Gesicht faszinierte ihn, ihre großen, ausdrucksstarken Augen, ihr kleiner, sinnlicher Mund. Auch ihn würde er flicken, ihr seinen Schwanz bis zum Anschlag in den Hals stecken.

Gern hätte er seine Lust lautstark zum Ausdruck gebracht, damit hatte er für gewöhnlich überhaupt kein Problem. Doch die beiden Schwachköpfe da draußen sollten nicht wissen, dass die Frau ihn so stark erregt hatte, dass er sich unverzüglich nach ihrer Abreise einen runterholen musste.

Als es ihm kam, schoss es aus ihm heraus, er spritzte gegen die Wand. Er suchte nach etwas zum Abwischen, auf dem Kühlschrank sah er eine Küchenrolle. Sie stand genau neben dem Shaker, in dem noch immer sein Eiweißdrink auf ihn wartete.

Eigentlich wollte ich ja Eiweiß zu mir nehmen, dachte er, *jetzt verteile ich es im Trailer.* Der Gedanke amüsierte ihn, er musste laut auflachen. Plötzlich schmerzte ihm dabei die Brust, so ein Orgasmus war ja auch anstrengend. Er wartete kurz, atmete einige Male tief durch, dann griff er nach der Küchenrolle.

Nachdem er die Spuren von der Wand entfernt waren, wandte er sich dem Drink zu. Doch als er in den Shaker blickte, sah er zwei Schmeißfliegen, die sich zwischenzeitlich daran vergangen hatten. Eine war bereits tot, die andere quälte sich noch. Wie auf einem Fliegenfänger, der mit klebrigem Leim bestrichen wurde, zappelte sie im Becher. Diese verdammten Fliegen. Es war dringend notwendig, den Müll draußen in den Tonnen zu verbrennen. Er war die Brutstätte für dieses verdammte Viehzeug.

Brian war nicht zimperlich, doch der Shake war ihm sowieso zu dick geraten. Er entleerte den Inhalt des Bechers in den Mülleimer, spülte ihn danach gründlich aus. Milch war noch da, Eiweißpulver ebenso. Er rührte sich einen neuen Shake an, trank ihn genüsslich aus. Rebecca, so lautete der Name der Frau. Mit Sicherheit würde er in den kommenden Tagen noch das eine oder andere Mal an sie zurückdenken.

★★★

Die *Great Flagstaff Mall* war seit jeher ein bemerkenswerter Ort. Noch vor 30 Jahren war sie das größte Einkaufszentrum in und um Flagstaff gewesen. Die Mischung aus Einkaufsstadt und überdachtem Freizeitpark lockte Besucher aus der ganzen Umgegend an. Sogar aus Phoenix reisten die Menschen herbei, um mit der Familie einen aufregenden und erfüllten Tag zu erleben.

Die Mall war in der Form eines fünfzackigen Sterns errichtet worden. In den Armen des Sterns waren die Geschäfte untergebracht, in seiner Mitte der Freizeitpark. Rund um das Gelände lag der Parkplatz, der ausreichen Stellfläche für über 10.000 Fahrzeuge bot.

Hunderte Geschäfte erfüllten den Kunden jeden Einkaufswunsch. Ob Kleidung, Schuhe, Schmuck, Kosmetik, Haushaltswaren, Elektronikartikel, Möbel oder Bücher – nahezu jedes erdenkliche Produkt ließ sich hier erwerben. Es gab Friseure, Arztpraxen, zwei Kindergärten, mehrere Kirchen und Gebetsräume. Scientology war vertreten, und wer wollte, konnte hier sogar in die US-Army eintreten.

Wer während des Einkaufens Hunger bekam, der konnte sich in Dutzenden Schnellrestaurants mit Nahrung versorgen. Drei Supermärkte beherbergte das Gebäude, im Untergeschoss lag ein riesiger Walmart. Es gab exotische Spezialitäten aus aller Welt. Die Mall warb damit, mehr asiatische Restaurants zu beherbergen als Phoenix, die Hauptstadt Arizonas.

Auch das Freizeitangebot war gigantisch. Es gab ein Aquarium, ein Gewächshaus, zwei Theater, ein Dutzend Kinos. Natürlich gab es auch mehrere Bowling-Bahnen, sogar eine *Shooting range*. Wer wollte, konnte Rollschuh fahren oder ein paar Runden auf einer Eisbahn drehen. Der Freizeitpark in der Mitte glich einem Rummel, er bot allerlei Fahrgeschäfte sowie eine spektakuläre Achterbahn.

Doch irgendwann, Anfang der 1990er-Jahre, änderte sich das Einkaufs- und Freizeitverhalten der Menschen. Der Videorekorder ersetzte das Kino, der Bringdienst den Restaurantbesuch. *Made in USA* verlor an Bedeutung, Firmen verlagerten ihre Produktion ins Ausland. Die Arbeitslosigkeit stieg in Arizona, das Land rutschte in eine Rezession. Viele Geschäfte in der Mall mussten aufgeben, eine Spirale des Untergangs setzte sich in Gang. Mir rasender Geschwindigkeit verlor die Mall an Bedeutung, alle Rettungsversuche scheiterten. Der Konkurs der Muttergesellschaft riss etliche Kleinunternehmen mit in den Abgrund.

Seit nunmehr 20 Jahren war die *Great Flagstaff Mall* nur noch die größte Ruine Flagstaffs. Versuche, den Komplex anderweitig zu nutzen, liefen ins Leere. Die Gigantomanie der Erbauer erwies sich als das größte Hindernis. Die Kosten für die Klimatisierung waren aberwitzig hoch, die Instandhaltungskosten ebenfalls. Ein Umbau wäre teurer als ein Neubau gewesen, ein Abriss ebenfalls. Zudem wurde in vielen Wänden und Decken asbesthaltiges Material vermutet. Selbst geschenkt war die Mall den Investoren daher noch zu teuer.

Jetzt war die Mall ein Lost Place, eine Geisterstadt vor den Toren Flagstaffs. Den Strom hatte man längst abgestellt, die Versorgung mit Gas und Wasser ebenso. Alle Außentüren hatte die Verwaltung zuschweißen lassen oder mit dicken Sperrholzplatten blockiert. Auch die wenigen Schaufenster zum Parkplatz hin hatte man vernagelt. Die Zufahrt zur Tiefgarage versperrte eine Wand aus Beton. Überall auf dem Parkplatz sorgten Hindernisse aus großen Felsbrocken dafür, dass nachts keine illegalen Autorennen veranstaltet wurden.

Niemand kümmerte sich um die Instandhaltung. Ein Hurrikan hatte vor Jahren das Dach an einigen Stellen beschädigt, jetzt regnete es hinein. Vom Wind eingebrachte Pflanzensamen verteilten sich überall, im ehemaligen Freizeitpark wuchsen Gräser und vereinzelt sogar kleine Bäume. Vögel entdeckten das Gebäude als Nistplatz; für sie war es ein Leichtes, durch die Löcher im Dach hineinzufliegen.

Die Mall verfiel, doch die Stadt wollte verhindern, dass Obdachlose, Straßengangs und andere Kriminelle den Ort für sich entdeckten. In der Vergangenheit waren bereits Plünderer und Kabeldiebe eingedrungen, Zigarettenschmuggler hatten das Untergeschoss als Versteck für ihre Ware genutzt. Vor acht Jahren war ein Feuer ausgebrochen, nur mit Glück konnte ein Übergreifen auf andere Gebäudeteile verhindert werden.

Jede Nacht fuhr die Polizei mehrfach an der Mall vorbei, kontrollierte die Zugänge. Einmal in der Woche wurde ein Beamter abgestellt, um im Inneren nach dem Rechten zu sehen. Immer wieder gelang es vor allem abenteuerlustigen Jugendlichen und Lost-Place-Fotografen, sich Zutritt zu verschaffen. Die ständige Polizeipräsenz sollte diese illegalen Unternehmungen auf ein Minimum reduzieren.

Officer Dan Gallagher fuhr zunächst eine Runde um den Komplex herum. Er begutachtete die Türen, schaute, ob irgendwo etwas aufgebrochen worden war. Vor seiner Aufgabe hatte er Respekt, denn im Inneren der Mall war es teilweise stockdunkel. Auch wenn er bewaffnet war – viele Kriminelle waren es ebenfalls. Die Mall lag weit abseits vor den Toren der Stadt. Sollte er hier angeschossen werden – niemand wäre da, um ihm zu helfen.

Er parkte seinen Streifenwagen vor dem einzigen Haupteingang, den man nicht zugeschweißt hatte. Über Funk meldete er sich bei der Zentrale, dort sollte man wissen, dass er nun seine Kontrollrunde begann. Kurz überprüfte er seine Ausrüstung: Taser, Pfefferspray, Pistole, zwei Reservemagazine, Handschellen, eine Taschenlampe.

Aus dem Kofferraum holte er die Schlüssel. An einem Stahlseil hingen rund 100 Schlüssel, sie alle markiert mit einer kleinen Plakette. An den Türen im Gebäude waren ebenfalls Plaketten angebracht, so wusste er, welcher Schlüssel zu welchem Schloss passte.

Die Tür zum Haupteingang ließ Gallagher stets hinter sich offen. Sollte ihm etwas zustoßen, würden die Rettungskräfte so leichter in das Gebäude gelangen. Er entriegelte die Tür, zog sie auf. Mit einem Stein, der in der Nähe lag, verhinderte er, dass sie sich von allein wieder schloss.

Er zögerte kurz, verweilte im Eingang. Feuchtwarme, stickige Luft strömte aus dem Gebäude. Es roch wie in einem alten Keller, Holz und Teppiche verschimmelten irgendwo. Er lauschte, doch weder Stimmen noch Schritte waren zu vernehmen. Grabesstille, wie es sich für einen toten, verlassenen Ort gehörte.

Officer Gallagher blickte in den breiten Gang vor sich. Dämmerlicht, nur hier und da drang etwas Helligkeit durch die verdreckten Luken in der Decke. Am Ende des Ganges wurde es heller, dort hatte der Sturm das Dach beschädigt. Er schaltete seine Taschenlampe ein, leuchtete den Gang vor sich aus. Im Schein der Lampe sah er eine Fledermaus davonfliegen, vielleicht war es auch nur ein Vogel. Eine Ratte flüchtete vor dem Licht, sie kroch durch einen Türspalt in eines der Geschäfte.

Vor Jahren noch war der Ort täglich Treffpunkt Tausender Menschen gewesen. In den kommenden Stunden jedoch würde er Dan Gallagher allein gehören. Die morbide, postapokalyptische Atmosphäre war überwältigend. Er fühlte sich hier immer wie ein Grabräuber, der in die Katakomben einer verlorenen unterirdischen Stadt eindrang. Mit einem Lächeln auf den Lippen betrat er die Ruine der *Great Flagstaff Mall.*

★★★

„Wir müssten gleich mal irgendwo anhalten. Mich zwickt es im Unterleib, ich glaube, ich bekomme Durchfall." Schon am Morgen hatte Mark sich etwas unwohl gefühlt, vermutlich war etwas mit dem Essen am Abend zuvor nicht in Ordnung gewesen. Rebeca konnte nicht widerstehen, ihn nachzuäffen. Geschickt imitierte sie seine Stimme: „*Wir müssten gleich mal irgendwo anhalten. Mich zwickt es …* Sind wir nicht gerade durch Kingman gefahren? Gab es da nicht ausreichend Geschäfte und Restaurants, wo du hättest kacken können, hm?"

Ihre vulgäre Ausdrucksweise hatte einen Grund. In den vergangenen Tagen war es in der Regel Mark gewesen, der sich häufig darüber beschwerte, dass Rebecca oft eine Pinkelpause einlegen musste, kaum dass sie einen Ort verlassen hatten. Was Mark nicht wusste: Seine Freundin zog ein Katzenklo in freier Natur einer dreckigen Toilette an einer Tankstelle allemal vor.

Mittlerweile stand die Sonne hoch über ihnen, es war brütend heiß. Beide hatte sie ihre Jacken ausgezogen, Mark die Waffe in der Satteltasche versteckt. Der Himmel erstrahlte in einem wunderbaren Blau, die Wüste Arizonas sorgte für echte Wild-West-Atmosphäre. Rechts und links der Straße standen Kakteen, am Horizont erstreckten sich Bergketten. Präriegras wucherte zwischen Steinen, nach New Mexico war dieser Abschnitt hier einer der schönsten, den sie bisher durchfahren hatten.

Rebecca fuhr vorn. Sie fühlte sich gut. Zu wissen, dass sie das Abenteuer am Abend überstanden haben würden, beflügelte sie. In Kürze wären sie in Mohave Valley, von da ab waren es nur noch wenige Stunden bis Las Vegas. Bereits am Nachmittag konnten sie dort sein, die Motorräder abgeben, in einem noblen Hotel einchecken. *Route 66, fuck off*, dachte sie grimmig.

Die Sonne brannte auf ihrer Haut. Sie trug die Armbänder, die sie in Taos gekauft hatte, genau wie die Kette. Ihr dünnes Shirt flatterte an ihrem Körper, zusammen mit dem Fahrtwind kitzelte es ihre Brustwarzen. Wie zwei kleine, feste Kirschen standen sie ab, drückten sich durch den Stoff. Viel Busen hatte sie nicht vorzuweisen, doch ihre formschönen „Tittchen", wie sie selbst zu sagen pflegte, waren ihr lieber als die künstlichen, dicken Silikonbusen ihrer Freundinnen.

Rechts vor ihnen erspähte sie etwas, das nach einem Rastplatz aussah. Einige Gebäude standen dort, aufgemacht im Western-Stil. Sie setzte den Blinker. „Da vorn gibt es was zu kaufen, Souvenirs wahrscheinlich. Ich denke, dass die da auch eine Toilette haben werden."

Eine Handvoll Holzhäuser imitierte eine kleine Westernstadt. Vor den Gebäuden gab es einen Holzsteg, davor wiederum Balken, an denen Reiter früher ihre Pferde anbinden konnten. Heute hingen indianisch anmutende Teppiche darüber.

An einem der Häuser verkündete ein Schild, dass dort ein „Saloon“ zu finden wäre. An einem anderen war ein großer Indianerkopf angebracht. Das stolze Haupt eines Häuptlings schaute in die Wüste, den Kopf mit einem Federschmuck gekrönt. Der grimmige Blick, zusammen mit der Adlernase, gab dem Gesicht etwas Zorniges.

Irgendwie kam er ihr bekannt vor. Dieser hier war farbig, die Federn bunt, das Gesicht in einem kräftigen Ocker gestrichen. Sie glaubte, sich an ein ähnliches Gesicht zu erinnern, nur war dieses weiß gewesen. Erst als sie den Text unter dem Kopf las, erinnerte sie sich: *Indian Outpost.* Darunter stand, etwas kleiner: *Handmade Indian Art, Jewellery, Carpets, Pottery.*

Indian. Der Indianerkopf auf Adam Newtons Motorrad. Die kleine Galionsfigur, gefertigt aus einem hellen Kunststoff oder sogar Elfenbein. Ein Schauer lief ihr den Rücken herunter, sie hatte lange nicht an das Motorrad gedacht.

Sie stellten ihre Bikes ab, Mark eilte gekrümmt zum sogenannten Saloon hinüber. Rebecca blickte sich um. „Das kann dauern“, flüsterte sie leise vor sich hin. Irgendwie wirkte diese Attrappe einer Westernstadt armselig, heruntergekommen. Ein Schild vor dem Saloon warb mit *Hot Dogs, Hamburger, Cold Drinks.*

Außer ihren zwei Motorrädern waren keine anderen Fahrzeuge zu sehen. *Keine Gäste, keine Besucher, nur ein Mann, der mal dringend aufs Klo muss.* Rebecca ahnte, dass hier keine großen Umsätze, geschweige denn Gewinne, erwirtschaftet wurden.

Gelangweilt schlenderte sie zu dem Shop, der *Indian Art* versprach. Sie ahnte, was sie dort zu sehen bekommen würde: den gleichen billigen Kitsch, den sie schon in Taos massenhaft hatte bestaunen dürfen. Sie stieg die zwei Stufen zum Eingang empor, schob einen Perlenvorhang beiseite, der als Tür diente.

Ihre Vermutung erwies sich als richtig. Ein quadratischer Raum, die Wände aus Sperrholz. Hatte man draußen noch versucht, etwas Atmosphäre zu erzeugen, hier drin existierte nichts davon. Unter der Decke hingen nackte Neonröhren, auf Tapeziertischen lagen die sogenannten Kunstgegenstände.

Es wurden Teppiche angeboten, Kinderkleidung, Mokassins. Lederwaren aller Art gab es, geflochtene Gürtel, kleine Taschen. Einige der Töpferwaren sahen durchaus schön aus, doch in Taos, nahezu 1.000 Kilometer entfernt, hatte sie exakt die gleichen gesehen. Sie bezweifelte daher, dass es sich tatsächlich um echte Handarbeit handelte.

Auch der Silberschmuck glich dem, den sie bereits aus Taos kannte. Genau wie die Messer und anderen Waren – nichts hier drin wirkte wirklich authentisch. Alles billige Massenware, gefertigt für Touristen, die ein möglichst preiswertes Souvenir von der Route 66 suchten. Und natürlich gab es auch die üblichen T-Shirts, Blechschilder, auf alt getrimmten „Antiquitäten".

Während sie die Auslagen betrachtete, spürte sie, wie sie beobachtet wurde. In einer Ecke, hinter einem Tisch, saß eine Frau. Sie war offensichtlich eine Native American, etwa in Rebeccas Alter, vielleicht auch schon etwas darüber.

Sie war kräftig gebaut, um nicht zu sagen, dick, und hatte volle Wangen. Ihre langen pechschwarzen Haare trug sie offen, ein hellbraunes Lederband hielt sie zusammen. Bekleidet war sie mit einer indianischen Tracht, ebenfalls aus hellem Wildleder. Brust und Ärmel waren bestickt mit blauen und roten Glasperlen.

Sie arbeitete an einer Stickerei, Rebecca konnte jedoch nicht erkennen, an welchem Motiv genau. Ihre Arbeit hatte die Frau unterbrochen, sie konzentrierte sich ganz darauf, Rebecca zu beobachten. Ihr Blick war dabei nicht gerade freundlich. Eine Zornesfalte zwischen ihren Augen drückte Misstrauen aus. *Die glaubt wohl, ich will hier etwas mitgehen lassen*, dachte Rebecca.

Sie beschloss dennoch, freundlich zu sein. „Hallo. Hübsche Sachen haben Sie hier. Besonders die Töpfe gefallen mir. Leider bin ich mit dem Motorrad da, sonst würde ich einen mitnehmen." Sie hatte mit allem Möglichen gerechnet, doch die Antwort der Frau schockierte sie.

„Erzählen Sie mir bitte keinen Scheiß." Das kam so trocken und ohne jede Regung, dass Rebecca kurz dachte, sie hätte sich verhört. Völlig verdutzt schüttelte sie den Kopf. „Sorry, w-was haben Sie da eben gesagt?" Sie blickte der Frau nun in die Augen, wollte sichergehen, dass sie sich nicht irrte. Doch diese meinte es offenbar ernst. „Sie sollen mir keinen Mist erzählen. Sie würden sich doch so einen Topf noch nicht einmal in die Wohnung stellen, wenn er umsonst wäre."

Das war so grob, so unfreundlich, dass Rebecca einfach nicht glauben konnte, was ihr da soeben an den Kopf geworfen worden war. Sie spürte, wie ihr das Blut in die Wangen schoss. Wie sollte sie auf diese beleidigenden Worte reagieren? Was bezweckte die Verkäuferin damit? Doch die legte sogar noch nach.

„Sie brauchen gar nicht so dumm zu gucken. Ich brauche mir nur Ihre Figur anzusehen, um zu wissen, dass Sie mehr Zeit im Fitnesscenter verbringen als auf der Arbeit. Vermutlich ist es sogar Ihre einzige Aufgabe, Ihren Körper so perfekt in Form zu halten. So eine Figur bekommt man nicht von der Arbeit beim Supermarkt oder im Büro."

Rebecca fiel die Kinnlade herunter. Doch da kam noch mehr. „Sie haben es demnach nicht nötig zu arbeiten. Sie sind so vermögend, dass Sie den Tag mit Sport verbringen können. Und schauen Sie sich mal Ihre Lederhose an, die ist mit Sicherheit maßgeschneidert. Und solche Stiefel habe ich noch nie zuvor gesehen, genau wie den Gürtel. Alles Designerklamotten aus einer Luxusboutique."

Die Beschreibung war so zutreffend, dass Rebecca nicht an einen Zufall glauben wollte. *Mark, der Mistkerl, hat das hier inszeniert,* ging es ihr durch den Kopf. *Er sitzt irgendwo nebenan, schaut auf einem Monitor zu, wie ich hier verarscht werde, und lacht sich kaputt.*

Die Frau stand auf, zeigte mit lässiger Verachtung auf Rebeca. „Ihre Kleidung hat also vermutlich mehr gekostet als der gesamte Krempel hier in meinem Laden. Und jetzt wollen Sie mir weismachen, Sie würden sich Touristenkitsch in Ihr Penthouse stellen? Nein, Lady, Sie wollen nur freundlich sein. Aber Ihre Herablassung können Sie sich sparen."

Etwas Vergleichbares hatte Rebecca noch nie zuvor erlebt. Sie rang um Worte, doch die Indianerin, die nun hinter ihrem Tisch hervorkam, schnitt ihr das Wort ab. „Außerdem ist es eine Frechheit sondergleichen, mit diesem Schmuck, den Sie da tragen, mein Geschäft zu betreten. Glauben Sie, ich erkenne die Sachen nicht? Sie präsentieren hier Diebesgut, das meinem Volk entwendet worden ist. Schämen Sie sich! Und jetzt raus hier! Verschwinden Sie!"

Nach den verbalen Ohrfeigen war das nun ein regelrechter Schlag in den Magen. Rebecca reichte es. Mit hochrotem Kopf schleuderte sie der Frau eine wütende Antwort entgegen: „Ma'am, das verbitte ich mir! Der Schmuck wurde in Taos bei einem Juwelier gekauft, ich habe alle erforderlichen Papiere dafür. Darunter ist sogar eine Bescheinigung der

Regierung, dass es sich nicht um Beutekunst handelt. Ich besitze diesen Schmuck legal."

Die Frau lachte leise und zynisch. „Ha, ihr Weißen seid doch alle gleich. Wenn man euch einen Zettel ausstellt, auf dem ein Stempel der Regierung zu finden ist, dann ist für euch alles legal. Auch für die schwarzen Sklaven, die man damals in Boston mit Schiffen angelandet hat, gab es solche abgestempelten Zettel. Glauben Sie, deshalb war der Menschenhandel legal?"

Diese fürchterliche Verkäuferin beleidigte und demütigte sie, bezeichnet sie als Diebin, verglich sie mit Sklavenhändlern. Sie wollte explodieren, schreien, doch die Indianerin verblüffte sie mit einer unglaublichen Geste: Sie reichte Rebecca die Hände.

Mit ausgestreckten Händen stand sie da, wartete darauf, dass Rebecca ihr ebenfalls die Hände entgegenstreckte. Wie unter Hypnose kam Rebecca der Aufforderung nach. Als ihre Hände in denen der Frau lagen, erklärte diese mit ruhiger Stimme: „Sie wissen vermutlich gar nicht, was Sie da gekauft haben. Sie tragen hier den Schmuck einer Häuptlingsfrau der Hualapai. Dieser Schmuck ist uralt, er wurde von Generation zu Generation vererbt. Niemals hätte der Stamm diesen Schmuck freiwillig verkauft."

Sie betrachtete die Armbänder, drehte dabei Rebeccas Handgelenke hin und her. „Entweder wurde der Schmuck dem Stamm geraubt oder aber die Not und der Hunger waren so groß, dass der Chief sich gezwungen sah, diese Kostbarkeiten für zwei Sack Mehl, etwas Speck und einige Flaschen Öl abzugeben."

Die Indianerin löste sich von ihr, Rebecca zog die Hände zurück. Mit freundlicher, ruhiger Stimme erklärte sie weiter: „Es ist so, als würde man Sie zwingen, alle Fotos Ihrer Familie für einen Hamburger zu verkaufen. Können Sie sich vorstellen, freiwillig so einem Geschäft zuzustimmen? Wohl kaum. Also. Wer sind Sie wirklich? Was führt eine Frau wie Sie, eine reiche Frau, die Schmuck für 10.000 Dollar trägt, in mein Geschäft?"

Rebecca war völlig perplex, kurz davor, die Fassung zu verlieren. Der Schmuck brannte mit einem Mal an ihrem Hals und an ihren Handgelenken. Tränen standen ihr in den Augen. Sie ahnte, dass die Frau recht hatte, dass sie, ohne es zu wissen, Raubkunst gekauft hatte. Was sollte sie nun tun? Sie beschloss, dieser ungewöhnlichen Frau zunächst einmal die Wahrheit zu sagen.

„Ich bin Rebecca Di Romania, ein Privatdetektivin aus San Francisco. Ich und mein Freund sind hier, weil wir einen vermissten Biker suchen, Adam Newton. Er war vor gut fünf Wochen in dieser Gegend, ist dann spurlos verschwunden.“ Sie zögerte kurz, fuhr dann fort: „Er war auf einem gelben Motorrad unterwegs. Haben Sie ihn vielleicht gesehen?“

Die Frau, deren Namen sie noch immer nicht kannte, zog verblüfft die Augenbrauen hoch. Sie blickte Rebecca tief in die Augen, gab ihr dann eine seltsame Antwort: „Lady, wer hier draußen am Rand der Wüste etwas sieht oder hört, was er nicht sehen oder hören soll, der vergisst es schnell wieder. So ein Laden ist aus Holz, der brennt schnell ab, und auch kugelsicher sind die Wände hier leider nicht. Sie werden hier niemanden finden, der Ihnen weiterhelfen will. Und nun gehen Sie … bitte.“

Rebecca, noch immer völlig verstört, nickte nur kurz, so als hätte sie verstanden, dann verließ sie das Geschäft. Draußen blendete sie die Sonne, sie hielt sich die Hand vor die Augen. Mark, der ihr entgegenkam, konnte daher ihre Tränen nicht sehen.

„Wo hast du gesteckt? Jetzt sag bitte nicht, du hast noch mehr Schmuck gekauft.“ Rebecca schüttelte den Kopf, sie ging wortlos an ihm vorbei zur Vespa. Erst als sie den Helm aufhatte, das verspiegelte Visier ihre Augen verdeckte, gab sie ihm eine Antwort: „Ich fürchte, ich habe schon zu viel gekauft. Komm, lass uns weiterfahren.“ Mark bemerkte ihre Verstimmung, doch bevor er etwas sagen konnte, hatte Rebecca den Motor gestartet. Sie gab Gas, und ohne auf ihn zu warten, fuhr sie davon.

★★★

„Was kann ich denn bitte für Sie tun, Ms Tonka? Besuch vom FBI bekommen wir ja nur äußerst selten. Geht es etwa um diese Sache mit dem Gullydeckel?“ Jim Levin versuchte seine Worte in ein unverbindliches Lächeln zu kleiden, es wurde jedoch nur eine schiefe Grimasse daraus. Nervös spielte er mit Judys Visitenkarte, die vor ihm auf dem Schreibtisch lag.

Judy kräuselte die Stirn, sie wusste nichts von einem Gullydeckel und konnte mit der Frage daher auch nichts anfangen. Sie schüttelte den Kopf. „Nein, Mister Levin, wir ermitteln in einer sehr delikaten Angelegenheit, bei der wir hoffen, dass einer Ihrer Männer uns da vielleicht weiterhelfen kann. Es geht um Officer Dan Gallagher. Was können Sie mir über den Mann sagen?“

Verblüfft zog Jim Levin die Augenbrauen nach oben, die Mundwinkel nach unten. Er lehnte sich zurück, blickte Judy erstaunt an. „Gallagher? Der ist einer meiner zuverlässigsten Mitarbeiter. Ein Cop mit Herz und Seele, wie man sich ihn nur wünschen kann. In den vergangenen Jahren hat er sich hervorragend bewährt, wurde mehrfach ausgezeichnet. Auf ihn wartet noch eine große Karriere, ich hoffe, hier bei uns in Flagstaff."

Floskeln. Judy hätte sich gern einige genauere Informationen gewünscht. Levin lieferte sie unaufgefordert: „Gallagher ist tapfer wie ein Jagdhund. Er hat unter Einsatz seines Lebens zwei Kinder aus einem brennenden Haus gerettet. Mehrfach hat er bei Ermittlungen seinen Scharfsinn bewiesen, so erst unlängst, als ein Obdachloser vergiftet wurde. Er kann hervorragend mit Menschen umgehen. Vor einigen Tagen hat er in einem Gespräch drei Gangmitglieder dazu gebracht, die Belästigung von Anwohnern einzustellen. Die Leute haben hier angerufen und sich bedankt. Glauben Sie mir, so etwas kommt nicht oft vor heutzutage."

Levin stand auf, er war unruhig. Sollte er der Frau erzählen, dass Gallagher der Erste am Tatort gewesen war, als jemand den Gullydeckel von der Brücke geworfen hatte? *Besser keine schlafenden Hunde wecken*, dachte er sich. Während er zum Fenster ging, setzte er seine Lobeshymne fort: „Keiner macht mehr Überstunden, man muss aber dazu sagen, dass Gallagher weder Freundin noch Familie hat. Und er zählt zu den besten Schützen bei uns im Revier. Mittlerweile schießt er besser als der Ausbilder."

Judy konnte das Gehörte bisher nicht mit ihrer Vorstellung von Gallagher in Einklang bringen. Ein Polizist, der unter Einsatz seines Lebens Kinder aus einem brennenden Haus rettete, würde wohl kaum zwei Kollegen erschießen, überlegte sie. Doch bei den letzten Worten Levins erinnerte sie sich an die Fotos der beiden durch einen gezielten Kopfschuss hingerichteten Cops. Ihr Mörder war ebenfalls ein Meisterschütze gewesen.

Jetzt war es Levin, der neugierig wurde: „Aber warum fragen Sie? Warum interessiert sich das FBI für ihn? Er wird doch wohl nicht in eine Straftat verwickelt sein?" *Sicher ist sie wegen dem Gullydeckel hier*, grübelte er. *Das FBI hat Wind von der Sache bekommen, genau wie von dem Unfall vor zwei Jahren mit dem Tankwagen*. Verdammt, er stand so kurz vor der Pensionierung, und jetzt kam das FBI und schnüffelte in seinem Revier herum.

Doch die hübsche Frau vor seinem Schreibtisch, die viel zu jung aussah für eine stellvertretende Leiterin der Mordkommission, beruhigte ihn: „Nein, Sir. Wir denken, er könnte wichtige Informationen zu einem Mordfall haben, ohne es zu wissen. Ich möchte ihn dazu befragen, doch zunächst soll er nicht wissen, dass das FBI an dem Fall dran ist. Die Ermittlung ist vertraulich, es geht um einen prominenten Politiker, mehr kann ich Ihnen dazu leider nicht verraten."

Jim Levins Magen zog sich zusammen. *Prominenter Politiker. Mordfall. Einer meiner eigenen Männer vielleicht darin verwickelt.* In was zum Henker war Gallagher da hineingeraten? Er blickte aus dem Fenster, Judy konnte sein sorgenvolles Gesicht daher nicht sehen. „Wo kann ich Officer Gallagher denn finden? Ich würde mich gern unter vier Augen mit ihm unterhalten."

Levin holte tief Luft, er dachte nach. *Ganz ruhig, Jim.* Er drehte sich um, ging zur Bürowand, an der eine Karte von Flagstaff hing. „Er macht heute die Lost-Places-Tour. Momentan müsste er in der alten Mall sein, hier oben." Er zeigte mit dem Finger auf eine Stelle im Norden der Stadt.

Judy stand auf, verabschiedete sich. „Ich werde da mal hinfahren und mit ihm sprechen. Von unserer Unterhaltung darf er selbstverständlich nichts erfahren, sie muss vorerst vertraulich bleiben." Sie reichte Levin die Hand zum Abschied. Der ergriff ihre Hand, nickte eifrig. „Selbstverständlich, Madam."

★★★

Cortez rannte die Zeit davon. Er hatte an zwei weiteren Geschäften angehalten und nachgefragt, doch auch hier hatte man ihm nicht weiterhelfen können. Der eine Laden, ein mobiler Verkaufsstand, verkaufte ausschließlich Hotdogs. Hier kamen die Würstchen aus der Dose.

Der Verkäufer hatte ihm augenzwinkernd erklärt, dass er für die Zubereitung weder eine Kühlung noch einen Grill benötigte. „Ein Gaskocher für zehn Dollar und ein alter Topf reichen aus. Ich kauf nur die billigsten Würstchen, die es gibt. Mit dem ganzen Senf und dem Ketchup obendrauf schmecken die sowieso alle gleich." Lachend verriet er Cortez: „Ich nehme für den Hotdog vier Dollar, kosten tut er mich maximal 50 Cent. Ein besseres Geschäft kann man nicht machen."

Gern hätte Cortez einen der Hotdogs probiert, denn mittlerweile bekam er Hunger. Doch als er erfuhr, dass der Mann gern auch abgelaufene Ware einkaufte, die im Preis herabgesetzt war, verging ihm der Appetit. Mitleidig dachte er an die Route-66-Touristen, die hier abgezockt wurden.

Jetzt war er unterwegs nach Seligman, doch bis dahin war es noch eine längere Strecke. Er kam langsamer voran als gedacht, denn anzuhalten, zu parken, vorsichtig das Gespräch zu suchen – all das brauchte seine Zeit. Auch war er manchmal nicht der einzige Gast, was die Sache zusätzlich verkomplizierte.

Vor einiger Zeit war er an einer Tankstelle vorbeigekommen, *Freddys Fuel*, sie hatte noch geschlossen. Ein Schild verwies auf einen Schrottplatz, doch der würde wohl kaum Tiefkühlkost benötigen. Er pinkelte nur kurz hinter die Tankstelle, setzte seine Reise fort.

Nach einiger Zeit erreichte er ein unscheinbares kleines Holzhaus, das neben der Straße stand. *Martha Green's Diner* stand über der Tür, der Neon-Schriftzug *OPEN* hing im Fenster daneben. Ein Schild stand an der Straße, es versprach *Clean Restrooms. Wenn es so weit gekommen ist, dass du mit einem sauberen Klo um Gäste werben musst, dann kann es um deine Geschäfte nicht gut bestellt sein*, dachte er sich.

Doch auch er musste auf die Toilette, Hunger und Durst hatte er ebenfalls. Er fuhr auf den unbefestigten Parkplatz vor dem Haus, als eine Frau, etwa Mitte 40, die Tür des Ladens öffnete und heraustrat. *Sie sieht nicht schlecht aus*, dachte er sich, während er seine Waffe im Handschuhfach verstaute.

Sie verkeilte die Tür, offenbar hatte sie gerade erst geöffnet. Ihre blonden Haare trug sie hochgesteckt, eine eng sitzende Jeans und ein tailliertes Hemd betonten ihre schlanke Figur. Sie hob ihre Hand an die Stirn, beschattete so ihre Augen. Neugierig beobachtete sie Steve Cortez, während der aus seinem Wagen stieg und auf sie zuging.

★★★

Zu Hause angekommen, schloss er den Lieferwagen an das Stromnetz an. Die Kühlung verbrauchte viel Energie, ohne laufenden Motor konnte die Isolierung die Kälte nicht lange halten. Normalerweise hätte er den Wagen entladen, die Ware ins Kühlhaus umgepackt. Doch falls die Polizei, aus welchem Grund auch immer, bei ihm auftauchte, wäre es ungünstig, wenn sie einen Blick dort hineinwerfen würde. Der nackte, frisch geschminkte tote Mann, der dort auf einer Bahre lag, konnte für Probleme sorgen.

Anthony Waller überlegte, ob er irgend etwas tun konnte. Momentan suchte da draußen ein Dutzend Polizisten nach Spuren, die zu ihm führen konnten. Dies zu wissen, fraß ihn innerlich auf. Er verspürte den Drang, das Radio oder den Fernseher einzuschalten. Doch die Nachrichten würden seine Unruhe nur noch verstärken.

Nein, er würde sich ablenken, in dem er eine Kleinigkeit zu essen zubereitete. Er war ein ganz passabler Koch, und im Kühlhaus gab es nicht nur Hamburger-Patties. Ein Steak, dazu Bratkartoffeln, irgendwo würde sich sicher auch noch eine Zwiebel finden lassen. Er zog seine Jacke aus, hängte sie über den Stuhl. Sein Telefon lag auf dem Tisch. Er entsperrte es, startete den Musikplayer. *Only the Lonely.*

★★★

Als Mark im Interkom hörte, wie Rebecca schluchzte, wurde ihm klar, das etwas nicht stimmen konnte. Er überholte sie, setzte den Blinker, fuhr rechts ran. Rebecca tat es ihm gleich, sie stoppte neben ihm. Mark stieg ab, ging zu ihr hinüber. Gemeinsam stellten sie die Vespa auf den Ständer, danach nahmen sie die Helme ab, umarmten einander. Rebecca weinte bitterlich.

Nach und nach erzählte sie Mark, was in dem Souvenirladen vorgefallen war. Dass die Frau dort sie als Diebin beschimpft hatte, als Menschen, der sich mit Raubkunst schmücken würde. Sie berichtete, was sie über den Schmuck erfahren hatte. Über die fast schon religiöse Bedeutung der Armbänder und der Kette. Und über die Vermutung, dass die Sachen wahrscheinlich gestohlen und dann später als legal erworben erklärt worden waren.

Sie nahm die Schmuckstücke ab, legte sie auf den schwarzen Sattel des Rollers. Fast schon mit Abscheu betrachtete sie die Sachen. „Niemals hätte ich mir den Schmuck gekauft, wenn ich davon gewusst hätte. Woher hätte ich denn wissen sollen, was es damit auf sich hat."

Mark gab sich alle Mühe, sie zu trösten. Aber es war nicht nur der Schmuck, der Rebecca beschäftigte. „Außerdem hat sie mir etwas verheimlicht. Als ich ihr erzählte, dass ich nach Adam suche, hat sie mir eine seltsame Antwort gegeben: ‚Wer hier draußen in der Wüste etwas weiß, der vergisst es schnell wieder. So ein Laden brennt schnell ab.' So oder so ähnlich hat sie es formuliert."

Arme Rebecca, dachte Mark. Jeden Tag gab es etwas Neues zu verdauen. Er beschloss, ihr ein paar Dinge zu erklären. „Ich glaube, du solltest zunächst einmal versuchen, die Verbitterung und Wut der Frau zu verstehen." Er nahm ihren Kopf in die Hände, zwang sie, ihn anzusehen: „Die Indianer sind die großen Verlierer der Besiedelung des amerikanischen Kontinents durch die Europäer. Für sie ist der sogenannte American Dream der amerikanische Albtraum."

Rebecca spürte, das Mark ihr einen längeren Vortrag halten wollte. Sie riss sich zusammen, hörte ihm aufmerksam zu. „Als Christoph Kolumbus 1492 den amerikanischen Kontinent entdeckte, lebten schätzungsweise 20 Millionen Menschen in Nordamerika. Es können auch ein paar Millionen mehr oder weniger gewesen sein, so genau weiß man das nicht."

Da die Zahlen in keinem Kontext standen, bedeuteten sie zunächst nicht viel für Rebecca. Mark fuhr fort: „In den Jahrzehnten danach kamen die europäischen Siedler. Für die Ureinwohner waren sie nichts anderes als Aliens, Außerirdische. Sie brachten neue Krankheiten, Sitten, Waffen, eine neue Religion, Alkohol. Die Ureinwohner kannten bis dahin nicht einmal Geld, nur Tauschgeschäfte. Sie waren Nomaden, die umherzogen und daher nur wenig besaßen."

Rebecca wusste, dass viele Indigene genetisch bedingt keinen Alkohol vertrugen. Sie wurden schneller betrunken, blieben es länger, da sie den Alkohol nicht abbauen konnten. Dies wiederum führte zu einer schnelleren Abhängigkeit. In einigen Reservaten und Städten war es deshalb mittlerweile verboten, Alkohol einzuführen. Selbst Touristen, die nur einige Dosen Bier im Kofferraum hatten, drohten dort empfindliche Strafen.

„Die ‚Indianer', wie man sie seitdem nannte, waren nur unzivilisierte Wilde für die Siedler. Sie haben sie betrogen und hintergangen, ausgebeutet, sie für ihre Zwecke missbraucht. Sie haben die einzelnen Stämme gegeneinander aufgebracht, in Kriege verwickelt. Mit den neuen Feuerwaffen richteten die Stämme entsetzliche Massaker untereinander an. Die Siedler haben die Indianer dann auch zu Söldnern gemacht, für Angriffe auf ihre eigenen Leute bezahlt."

Mark zeigte mit dem Arm über die Prärie neben der Straße: „Die Indianer brauchten für ihre nomadische Lebensweise viel Land, doch das begehrten auch die Siedler. Also wurden die Stämme ihres Landes beraubt und vertrieben. Zuerst durch faule Verträge, Tricks und wertlose Versprechen, später dann immer mehr mit Gewalt."

Seine Stimme wurde nun leiser. „Irgendwann haben die Indianer begriffen, dass man sie vernichten will. Sie haben sich zusammengeschlossen und gewehrt. Man hat ihnen schließlich den Krieg erklärt. 1890 kam es zur Schlacht am Wounded Knee, es war ein Massaker. Die Indianer haben den Krieg verloren. Auf dem Kontinent lebten zu diesem Zeitpunkt wohl nur noch an die 250.000 Ureinwohner. Es war ein Völkermord, ein Genozid."

Jetzt konnte Rebecca die Zahl von eben in einen Kontext setzen. Sie war schockiert. Doch Mark war noch nicht am Ende seiner Ausführungen. „Die Überlebenden hat man dann in Reservate verfrachtet. Wer jetzt aber glaubt, die Siedler hätten ihnen da gutes Land für zugeteilt, der irrt. Badlands, schlechtes Land, so nannten die Siedler selbst die Gebiete. Ackerbau und Jagd waren dort nicht sehr ertragreich."

Eine Gruppe Biker fuhr vorbei, hupte und winkte. Mark erwiderte den Gruß, sprach danach weiter: „Allein schon der Umzug aus ihren alten Gebieten in die Reservate war für viele Indianer ein Marsch in den Tod. Der schrecklichste ist unter dem Namen ‚Pfad der Tränen' in die Geschichte eingegangen. Bei Gelegenheit solltest du dir dazu mal den Wikipedia-Eintrag durchlesen. Heute leben, so schätzt man, wieder an die 3,5 Millionen Menschen indigenen Ursprungs in den USA."

Mark nahm eines der Armbänder, betrachtete es. „In den Reservaten mussten die Menschen schnell feststellen, dass sie dort ohne Hilfe kaum überleben konnten. Sie sind bis heute auf die Unterstützung der Regierung angewiesen. Badlands eben, da wächst nichts, es gibt nur wenige Tiere, keine Bodenschätze."

Mark legte den Schmuck zurück, beendete seine Ausführungen. „Rechts und links der 66 gibt es einige dieser Reservate. Sie gleichen oft Slums. Ihrer Geschichte und Kultur beraubt, ohne Aussicht auf Besserung, ist es dort vor allem für die Jugend schlimm. Es gibt Probleme mit Drogen, die Selbstmordrate ist auffallend hoch."

„Woher weißt du das alles?" fragte Rebecca. Er antwortete: „Bei der Army hatten wir einige Kameraden, die aus der Armut der Reservate in die Truppe geflüchtet sind. Sie haben mir viel über die Probleme ihrer Familien und Clans erzählt."

Jetzt sah Rebecca die kleinen Geschäfte und Stände, die Souvenirs für Touristen anboten, mit anderen Augen. Sie schämte sich für ihren Hochmut, die Sachen abschätzig betrachtet zu haben. Diese einfachen Handwerksarbeiten waren oft die einzige Möglichkeit, in dieser kargen Gegend etwas Geld zu verdienen.

Und sie verstand mit einem Mal die Wut der Frau. Sie traf einen Entschluss. „Mark, ich muss noch mal zurück zu dem Laden. Ich will mich bei der Verkäuferin entschuldigen und sie bitten, mir zu sagen, was sie über Adam Newton weiß." Mark seufzte. An diesem Nachmittag, das war nun sicher, würden sie nicht mehr in Las Vegas ankommen.

Rebecca, die gerade dabei war, den Schmuck in einen Schal einzuwickeln, fiel noch etwas ein. „Eine Sache noch. Sagt man nun ‚Indianer', ‚Native American' oder ‚First Nation'?" Mark lachte leise. „Das habe ich die Kameraden bei der Army auch gefragt. Sie haben mich ausgelacht. Einer fragte mich: ‚Mark, wenn dir jemand zuerst dein Auto klaut und dich dann fragt, wie er dich anreden soll, was sagts du zu dem? Genau. Fuck off, gib mir meine Karre zurück!'"

Während er seinen Helm aufsetzte, meinte er noch: „Außerdem, was stand denn an den ganzen Läden, die wir gesehen und besucht haben? ‚Indian Art', meistens jedenfalls. Fast alle Indianer, die ich kennengelernt habe, bezeichnen sich selbst auch so. Aber ‚Native American' setzt sich gerade bei den Jüngeren immer mehr durch."

★★★

Nachdem sich seine Augen an das Dämmerlicht im Inneren der Mall gewöhnt hatten, brauchte er die Taschenlampe nicht mehr. Langsam schritt er durch den Gang, Sand und kleine Steinchen knirschten unter seinen Schuhsohlen.

Der Gang war breit, unbewusst hielt er sich in der Mitte. Rechts und links lagen die Geschäfte, bei den meisten waren Gitter oder ein Rolltor heruntergelassen. Bei einigen hatte man das versäumt, hier war noch die Beschriftung auf den Schaufenstern zu erkennen, insofern keine Randalierer die Scheiben eingeworfen hatten.

Er stoppte bei *Nancys Nails*, einem Nagelstudio. Mit seiner Taschenlampe leuchtete er hinein, sah einige Tische und leergeräumte Regale. Abfall und leere Verpackungen lagen herum, zurückgelassene Kartons. Die ehemaligen Inhaber hatten nur das Notwendigste mitgenommen, offenbar hatte man kein Geld mehr gehabt für einen Umzugswagen, um die Möbel abzuholen.

Bei dem Geschäft daneben steckte ein Holzbalken in der Scheibe. Irgendwie Obszön, als wäre es ein erigierter Penis, ragte er aufrecht aus dem gesplitterten Sicherheitsglas. Gleich einem Spinnennetz hatten sich die Risse in alle Richtungen um den Balken ausgebreitet. Vermutlich, so dachte Gallagher, handelte es sich bei der Scheibe um eine Sonderanfertigung. Andernfalls wäre sie in Millionen Splittern aus dem Rahmen gefallen.

Durch ein Oberlicht drang etwas Helligkeit in den Gang ein. Staub und kleine, in der Luft schwebende Partikel flirrten durch den Lichtkegel. Es funkelte wie an einem Januarmorgen, wenn eiskalter Nebel über dem Boden liegt und die ersten Sonnenstrahlen sich darin brechen.

Gallagher trat eine leere Coladose aus dem Weg. Sie schepperte unnatürlich laut über den Betonboden, das Geräusch hallte durch den Gang. *Das war dumm*, dacht er. Sollte sich irgendwo im Gebäude ein Eindringling aufhalten, er wusste nun, dass sich noch jemand in der Mall herumtrieb.

Danach war er vorsichtiger. Seine Taschenlampe setzte er nur sporadisch ein, verhielt sich leise. Er schlich von Schatten zu Schatten, mied die Lichtkegel. Von Zeit zu Zeit schloss er eine Tür auf, prüfte, ob sich in dem Gang dahinter etwas Ungewöhnliches ereignet hatte.

Einmal entdeckte er ein gigantisches Wespennest. Es brummte und summte laut und unheimlich darin. Erbaut aus einem grauen Material und mit seinen organischen, runden Formen erinnerte es ihn an ein riesiges Gehirn. Es war, als ob die Mall heimlich ein Bewusstsein entwickelt hätte, hier im Verborgenen ein teuflischer Verstand entstanden war. Gallagher erschauerte, als er an diesen furchteinflößenden Moment zurückdachte.

Furchteinflößend war auch das Kellergeschoss. Zu Anfang hatte er es einmal gewagt, sich dort unten umzusehen, war tiefer in das unterirdische Labyrinth eingedrungen. Doch die Unterwelt der Mall war so dunkel und finster wie ein Höllenschlund. Er verirrte sich, denn ein Gang sah hier unten aus wie der andere. Ausgänge gab es nur wenige, oft hatte man diese verschweißt, oder er fand keinen passenden Schlüssel dafür. Als er nach Stunden zu der Stelle zurückfand, an der er losgegangen war, sah er selbst aus wie ein Geist. Die Angst hatte ihm regelrecht die Luft abgeschnürt, als er bemerkte, dass das Licht seiner Taschenlampe langsam immer schwächer wurde.

Die Lampe in der einen Hand, die andere griffbereit an der Waffe, ging er die Treppe hinab. Er leuchtet in den Gang vor sich, schaute auf den Fußboden. Alles schien wie immer. Auch hier lauschte er, doch außer seinem Herzschlag, den zu hören er sich einbildete, war alles still.

Er setzte seine Runde fort, erreichte den ehemaligen Freizeitpark. Viele Fahrgeschäft hatte man abgebaut, nicht so die große Achterbahn. Das Dach war über ihr eingestürzt, der eindringende Regen sorgte für Schlieren aus Rost, die sich über die Streben zogen wie Adern über einen kräftigen Arm.

Die Feuchtigkeit und das Dämmerlicht waren zudem der ideale Nährboden für Moos, das sich überall auf der Achterbahn ausgebreitete hatte. Sie erinnerte so an einen riesigen grünen Kraken, der hier verendet war und nun langsam vom Schimmel zersetzt wurde.

Am Boden hatten sich Laub, Pollen, abgefallenes Moos und andere organische Substanzen, die der Wind hereingeweht hatte, zu Humus verdichtet. Im Dämmerlicht hatte es eine Birke geschafft, sich hier anzusiedeln. Sie wuchs im Inneren der Achterbahn, umringt von kleinen Büschen, Gräsern und sogar Blumen.

Gallagher blieb stehen, betrachtete dieses Stillleben aus Zerfall und Erneuerung. *So wird auch die Welt einmal untergehen*, dachte er. *Das vom Menschen Erbaute wird vergehen, während die Natur sich in den Ruinen ihren Platz sucht.*

Alle und alles muss einmal sterben, sinnierte er auf seinem Kontrollgang weiter. *Nichts und niemand ist für die Ewigkeit erschaffen.* Und er, Daniel Walker Gallagher, würde in den kommenden Jahren noch vielen Menschen dabei behilflich sein, auf dem Weg ins Jenseits voranzuschreiten.

★★★

„Was kann passiert sein? Meinst du, der Dealer hat dich beschissen? Oder ist Brian gegen das Zeug immun?" Brian hatte sich in seinen Wohnwagen zurückgezogen. Archie und Gilbert saßen am Rand des Schrottplatzes, sie vertilgten ein billiges Fertiggericht. Die Hitze war unerträglich, Fliegen umkreisten sie, wollten ihnen ihre Nahrung streitig machen.

Archie war anzusehen, dass ihm der Misserfolg an die Nieren ging. Völlig niedergeschlagen und mutlos blickte er in den Plastikbecher, kratze lustlos mit der Gabel darin herum. „Fuck, Mann, ich hab keine Ahnung. Wir besorgen nächste Woche noch mal welche von diesen Tabletten. Aber dann gehen wir auf Nummer sicher. Wir werden den Stoff an einem von den Hunden testen. Wenn der krepiert, dann sollte Brian auch krepieren."

★★★

Der große, schlanke Mann, der da aus einem weißen Audi stieg, weckte Martha Greens Interesse. Sie war seit einiger Zeit Single, und wer als Frau hier draußen in der Wüste nach einem Mann Ausschau hielt, der durfte nicht wählerisch sein. Es gab da zwei Farmer und auch einige Trucker, die es auf Martha abgesehen hatten, doch das waren arme Schlucker und eher einfach gestrickte Typen. Nichts für Martha.

Dieser Mann jedoch, dass erkannte sie sofort, hatte Klasse. Er sah gut aus, trug ein enganliegendes weißes Hemd, die Ärmel hochgekrempelt. Seine dunklen, welligen Haare hatte er mit etwas Gel zurückgekämmt, seine hohe Stirn und sein durchdringender Blick deuteten auf eine gewisse Intelligenz hin. Er bewegte sich kraftvoll und energisch, fast schon etwas wütend.

Als er sah, dass sie ihn beobachtete, lächelte er, präsentierte ein perfektes Gebiss. „Guten Tag, Ma'am. Bekomme ich hier etwas Gutes zu essen?" Er war eigentlich schon etwas zu alt für sie, doch er wirkte so, als würde er sein bestes Stück noch zu nutzen wissen. Sie witterte ihre Chance. „Sehe ich etwa so aus, als würde ich meinen Gästen jemals etwas servieren, was nicht gut ist?" Das war vielleicht etwas dick aufgetragen, doch wer gesehen werden will, der muss die Hand heben, hatte ihre Mutter ihr einst geraten.

Der Mann schaute zunächst etwas verdutzt, er hatte wohl nicht mit einer derartigen Charmeoffensive gerechnet. Doch dann kehrte sein Lächeln zurück, er musterte sie interessiert und erwiderte den Flirt: „Ma'am, wenn es danach gehen würde, dann erwarten mich hier sicherlich die besten Hamburger der Route 66."

Sie lachte, bat ihn herein. Sie wies ihm einen Tisch zu, doch er winkte ab. „Bevor ich in die Karte sehe, würde ich mich gern schnell frisch machen." Martha nickte, sie zeigte ihm den Weg zur Toilette.

Ihr letzter Freund war Vertreter für Spirituosen gewesen. Sie hatten sich zweimal im Monat getroffen. Martha schloss dann den Laden ab, und sie trieben es auf einem der Tische. Doch irgendwann wurde Gary versetzt, er beglückte jetzt vermutlich irgendeine Restaurantbesitzerin in Oregon. Martha blieben nur ihre Hand und ihr Vibrator, es war an der Zeit, sich mal wieder einen echten Mann anzulachen. Sie sah gut aus, war gut in Form, mal sehen, ob sie bei dem interessanten Audi-Fahrer landen konnte.

Als der von der Toilette zurückkam, rieb er sich die Hände. „Ihre Toiletten sind tatsächlich sehr sauber. Wenn da nachher eine Fünf-Dollar-Note in der Kassette neben der Tür steckt, dann ist die von mir." Martha bedankte sich. „Das wäre aber nicht notwendig gewesen. Gäste, die hier was essen, brauchen nichts für die Benutzung zu zahlen."

Der Mann nahm Platz, sie legte ihm die eingeschweißte Karte vor. Er ignorierte sie, schaute stattdessen Martha an. „Ich hab leider nicht viel Zeit. Was geht denn schnell?" Sie zeigte mit dem Daumen über ihre Schulter in Richtung Küche. „Ich habe da einen brandneuen Elektrogrill. Bei 2.000 Watt braucht ein Hamburger nur drei Minuten pro Seite. In sieben Minuten steht er auf Ihrem Tisch."

Ihr Gast nickte zustimmend. „Dann bereiten Sie mir doch bitte zwei Cheeseburger vor, einen davon zum Mitnehmen. Vielen Dank." *Er trägt jedenfalls keinen Ehering am Finger*, dachte sie sich, während sie in die

Küche ging. Sie legte zwei Patties auf die Grillplatte, stellte die Temperatur auf die höchste Stufe.

„Ein wirklich schickes Auto fahren Sie da, Sir. Wo kommen Sie denn her?“ Wie zu erwarten, fummelte der Mann an seinem Handy herum. Er antwortete, ohne aufzuschauen. „Danke. Los Angeles. Ich bin auf dem Weg nach Flagstaff.“ Er war abgelenkt, las vermutlich eine E-Mail. Sie würde versuchen, gleich am Tisch mit ihm ins Gespräch zu kommen.

Wie angekündigt, servierte sie ihm wenige Minuten später das Essen, legte den verpackten Burger daneben. „Bitte, Sir. Guten Appetit. Haben Sie etwas dagegen, wenn ich mich an Ihren Tisch setze? So ein gutaussehender Mann, da möchte ich natürlich etwas mehr über Sie erfahren.“ Erneut lächelte ihr Gast eher verlegen als zustimmend, doch er deutet auf den Stuhl gegenüber. „Selbstverständlich, bitte nehmen Sie Platz.“

Sie sah zu, wie er in den Burger hineinbiss, mit Appetit kaute. Er rollte mit den Augen, zwinkerte ihr zu. „Lady, Sie haben nicht übertrieben. Der Burger steht Ihnen in nichts nach. Zum Anbeißen.“ *Na ja, das wird doch*, dachte Martha. Sie lächelte ihn jetzt direkt an, legte den Kopf dabei ein wenig schräg. „Mein Name ist übrigens Martha. Wie darf ich Sie denn nennen?“ Er kaute, schluckte. „Hi, Martha. Ich bin Steve. Steve Cortez.“

Sie sah ihm beim Essen zu, stellte sich vor, wie er sich wohl im Bett machen würde. „Was macht du denn beruflich, Steve? Bist du Vertreter?“ Es irritierte ihn wohl, dass sie so einfach zum Du überging, doch er ließ sich darauf ein. „Nein, ich bin beim FBI. Ich suche nach einem grünen Kühltruck, der hier auf der 66 die Restaurants und Geschäfte beliefert.“

Jetzt war er es, der sie interessiert musterte. Sie zögerte. Ein Bulle. FBI. Als sie nicht sofort antwortete, stellte er zwischen zwei Bissen die nächste Frage: „Von wem beziehst du denn deine Ware, Martha?“ Er schien die Antwort bereits zu kennen. Während sie sprach, nickte er zustimmend. „Bei Anthony Waller aus Ash Fork.“ Steve tupfte sich mit einer Serviette den Ketchup aus den Mundwinkeln. „Nur fährt der leider einen weißen oder hellgrauen Wagen, ich suche jedoch einen grünen. Hast du da nicht einen Tipp für mich?“

Martha zögerte erneut. Aus ihrem Flirt war unverhofft eine Vernehmung geworden. Sie konnte spüren, dass ihr Gast sie nun genau beobachtete. Er hatte den Burger beiseitegelegt, sein Blick war kalt und abwartend. Sie hob die Schultern, verzog das Gesicht. „Na ja, Anthony Waller fährt einen grünen Truck, zeitweise jedenfalls. Letztens war sein

Kühlaggregat kaputt, da hat ihm die Werkstatt einen Leihwagen gegeben. Es war ein dunkelgrüner, ziemlich alter Wagen."

Steve Cortez explodierte geradezu. Er sprang auf, riss dabei fast den Tisch um. Der Stuhl kippte nach hinten, als er sich aufrichtete und sie anschrie: „Was? Sag das noch mal! Los! Erzähl mir das noch mal!" Sie schreckte zurück, erkannte ihren Gast nicht wieder. Plötzlich bekam sie Angst vor dem Mann, er sah aus wie ein Verrückter. Die Augen weit aufgerissen, die Hände zu Fäusten geballt, stand er vor ihr, so als wollte er sie im nächsten Moment schlagen.

Cortez bemerkte sein Fehlverhalten umgehend. Martha fürchtete sich ganz offensichtlich vor ihm. Er versuchte, sich zu beruhigen. „Sorry, bitte entschuldige. Die Information, die du mir da gerade gegeben hast, ist überaus wichtig. Erzähl mir bitte alles, was du über Anthony Waller weißt."

Zehn Minuten später verließ er das Restaurant. Martha Green verschloss die Tür, das *OPEN*-Neonschild erlosch. Cortez hatte sie dazu verdonnert, für diesen Tag den Laden dichtzumachen und umgehend nach Hause zu fahren. Sie sollte mit niemandem sprechen und auch nicht ans Telefon gehen.

Cortez selbst war im Besitz eines Lieferscheins, den Martha erst vor wenigen Tagen unterschrieben hatte. Auf ihm standen die Adresse und die Telefonnummer von Anthony Waller.

Zeige mir deine Toten, und ich sage dir, wer du bist.
Weiß ich, wer du bist, werde ich dich finden.
Finde ich dich, werde ich dich bestrafen.

★★★

Als sie den Vorhang aus Glasperlen beiseiteschob, entstand ein leises Geräusch, das sie für einen kurzen Moment angenehm fand. Doch sie war sehr aufgeregt und nervös. Rebecca wusste, dass die kommenden Minuten schwierig werden würden.

Wie bereits zuvor saß die Frau an ihrem Tisch in der Ecke und stickte. Außer ihr war niemand in dem kleinen Laden, sie würden sich also ungestört unterhalten können. Die Indianerin blickte auf. Sie erschrak, als sie Rebecca erkannte. *Vielleicht denkt sie, dass ich hier bin, um mich für die Demütigung zu rächen*, ging es ihr durch den Kopf. Sicher kein abwegiger Gedanke in einem Land, in dem nahezu jeder Mensch eine Schusswaffe besaß.

Die Frau erhob sich, als sie Rebeccas ernsten Gesichtsausdruck wahrnahm. Doch die gab sich Mühe, die Situation umgehend zu entschärfen. „Keine Angst, ich bin nicht hier, um mich für Ihre Beleidigungen zu revanchieren. Ich bin vielmehr hier, um mich zu entschuldigen."

Rebecca schaute die Frau an; sie hatte sich ihre Worte sorgfältig zurechtgelegt. „Zunächst einmal sollten Sie wissen, dass ich für das Unrecht, das Ihrem Volk widerfahren ist, nichts kann. Meine Großeltern kamen als arme, mittellose Schlucker in dieses Land, nach dem Genozid. Keiner meiner Vorfahrten hat jemals einem Ureinwohner ein Haar gekrümmt oder etwas weggenommen."

Die beiden Frauen standen einander gegenüber, Rebecca hielt ein Bündel in der Hand. „Ich selbst bin in New York geboren worden und dort auch aufgewachsen. Tatsächlich habe ich bisher nur sehr wenig über die Geschichte der First Nations erfahren. In der Schule wurde die Besiedlung der USA, besonders die des Westens, als Heldentat dargestellt. Dass hier ein grausamer Völkermord geschah – das war mir lange nicht klar."

Jetzt nickte die Frau bedächtig. „Ja, das amerikanische Schulsystem ist gut darin, diese Tatsache auszublenden." Rebecca öffnete das Bündel, der Schmuck aus Taos kam zum Vorschein. „Ich möchte Sie bitten, diese Gegenstände, die Ihrem Volk gestohlen wurden, zurückzunehmen. Hätte ich geahnt, welches Schicksal damit verbunden ist, niemals hätte ich sie gekauft und getragen. Es tut mir aufrichtig leid."

Rebecca wartete nicht, dass die Frau ihr den Schmuck abnahm. Zusammen mit dem Tuch legte sie ihn auf dem Tisch ab. „Ich bitte Sie auch um Entschuldigung, dass ich Ihrer Arbeit hier vielleicht mit Hochmut begegnet bin. Sie haben recht, ich bin eine vermögende Frau, die sich Dinge leisten kann, die von außergewöhnlicher Qualität sind. Aber auch Sie selbst würden sich nichts anziehen oder umhängen, das nicht Ihrem Stand oder Ihren Vorstellungen entspricht, richtig?"

Jetzt lächelte die Frau, Rebeccas offene Art schien ihr zu gefallen. „Sie brauchen sich nicht zu rechtfertigen und zu entschuldigen. Ich war tatsächlich ein wenig grob vorhin." Sie zeigte auf den Schmuck. „Das ist ein sehr nobles Geschenk. Ich hoffe, Ihnen ist bewusst, dass ich Ihnen dafür keine Quittung ausstellen oder Sie anderweitig entschädigen kann." Rebecca nickte, antwortete jedoch nicht.

Die Frau reicht ihr die Hände, Rebecca ergriff sie. „Mein Name ist Anukai, und ich will Ihnen für Ihre großartige Geste danken, auch im Namen meines Volkes. Dieser Schmuck ist für uns unendlich wertvoll. Mein Stamm besitzt nichts, das so alt und kostbar ist und unsere Geschichte dokumentiert. Er wird einen Ehrenplatz im Haus unserer Nation einnehmen."

Sie zog Rebecca an sich, die Frauen umarmten sich kurz über den Tisch hinweg. Dann löste sich Anukai von ihr, nahm den Schmuck vom Tisch, verstaute ihn in einer Schachtel darunter.

Sie blickte nun freundschaftlich, fast schon mit Zuneigung auf Rebecca. „Sie sind aber nicht nur gekommen, um mir den Schmuck zu geben. Sie wollen auch etwas mitnehmen, richtig?" Sie kam um den Tisch herum, legte einen Arm auf Rebeccas Schulter. „Ich wusste, dass Sie zurückkommen würden, ob Sie es glauben oder nicht. Ich war mir zwar nicht sicher, ob Sie die Sachen zurückgeben. Doch ich wusste, Sie werden nicht gehen, bevor ich Ihnen erzählt habe, was ich weiß."

Mit sanftem Druck schob sie Rebecca Richtung Ausgang. „Kommen Sie, wir setzen uns draußen vor der Tür in den Schatten." Einige Meter von der Tür entfernt stand eine Bank. Die Frauen nahmen dort Platz, und Anukai sammelte sich kurz, bevor sie sprach.

„Natürlich war die Polizei hier und hat nach dem jungen Mann gefragt. Eine Zeit lang hing auch der Zettel mit seinem Bild dort drüben im Saloon. Viele haben über die Belohnung gesprochen, doch niemand wusste was. Das, was ich Ihnen nun erzähle, habe ich bisher niemanden erzählt. Nur ich weiß davon, und das ist das Problem."

Sie sah Rebecca in die Augen, ergriff ihre Hand. „Die Belohnung gibt es nur, wenn der Junge auch gefunden wird. Doch was, wenn man jemanden belastet, dem vielleicht nichts nachgewiesen werden kann und der daher ungeschoren davonkommt? Er wird vielleicht wissen, wer die Polizei zu ihm geführt hat. Und er wird denjenigen bestrafen für seinen Verrat."

Rebecca wusste, dass sie keine weiteren Fragen zu stellen brauchte. Anukai würde ihr auch so alles erzählen. Die Indianerin sprach nun leiser, es war fast nur ein Flüstern. „Was ich weiß, hat vielleicht nichts mit dem Verschwinden von Adam Newton zu tun. Deshalb habe ich auch der Polizei nichts gesagt. Denn wenn Brian und seinen Brüdern nichts nachgewiesen werden kann, wird Brian mich töten. Alle hier haben Angst vor ihm. Er ist verrückt."

Brian. Der Bodybuilder vom Schrottplatz, der sie mit den Augen vergewaltigt hatte. Rebecca bekam eine Gänsehaut. Anukai bemerkte ihre Reaktion. „Du kennst ihn? Was ich dir jetzt erzähle, ist nur für dich bestimmt. Brian weiß, dass nur ich diese Geschichte kenne. Solltest du mit der Polizei darüber reden und man anschließend den Schrottplatz durchsuchen, Brian und seine Brüder jedoch nicht verhaften, dann würde er mich dafür bezahlen lassen. Verstehst du das?"

Rebecca drückte ihre Hand, zog Anukai an sich. „Ich schwöre dir, dass niemand außer meinem Freund, der bald mein Mann sein wird, etwas von dem erfährt, was du mir berichtest." Rebecca zeigte dabei auf Mark, der am anderen Ende des Parkplatzes auf seiner Harley saß. Anukai überlegte kurz, dann sprach sie mit leiser Stimme.

„Mein Vater, er starb vor einem Jahr, war hier in der Gegend als ‚Good Dog' bekannt. ‚Guter Hund', für einen Indianer nicht unbedingt ein vorteilhafter Name, doch er hatte seinen Grund. Mein Dad war ein bekannter Hundezüchter. Er züchtete Terrier, eine bestimmte Rasse, die man nur hier in Arizona kennt."

Als ein Propellerflugzeug im Tiefflug über sie hinwegflog, erschraken die beiden Frauen. Sie zogen die Köpfe ein, als die silbern glänzende Maschine, offenbar ein Oldtimer, mit einem satten Sound in Richtung Süden die Route 66 überquerte. Anukai schüttelte den Kopf. „Nicht weit von hier findet einmal jährlich ein Treffen mit historischen Flugzeugen statt. Offenbar ist es mal wieder soweit."

Dann fuhr sie fort: „Eines Tages, es war so vor drei Jahren, taucht Brian mit seinem Pickup hier auf. Er fragt meinen Vater, ob der sich mal seinen Hund ansehen könne, das Tier sei krank. Er bot ihm 100 Dollar dafür." Sie zog die Augenbrauen hoch, lächelte. „Mein Dad hat ihn gefragt, seit wann der Berg zum Propheten komme. Brian solle das Tier gefälligst herbringen, ein Indianer laufe keinem kranken Hund hinterher."

Rebecca lächelte, der Verstorbene war ihr in diesem Moment sehr sympathisch. „Na ja, plötzlich spricht Brian davon, dass wohl mehrere Hunde erkrankt sind. Er erhöht sein Gebot auf 500 Dollar, hier draußen eine Menge Geld." Die Frauen hielten sich noch immer an den Händen. Als Anukai den Druck unbewusst verstärkte, ahnte Rebecca, dass ihre neue Bekannte nun zum Kern der Geschichte kommen würde. „Sie fuhren zum Schrottplatz. Wir glaubten immer, die Straße wäre am Tor davor zu Ende, doch es zeigte sich, dass dem nicht so ist. Gilbert fuhr den Bagger, der neben dem Schrottplatz stand, beiseite, und siehe da, die Straße setzt sich dort noch fort."

Der Bagger. Rebecca erinnerte sich an ihn. Ein altes Ding, schmutzig, gelb, verrostet. „Sie fuhren etwa eine halbe Meile durch den Canyon, als der plötzlich endete. Dort steht eine alte Scheune am Rand der Wüste. Ohne dass wir es geahnt haben, gab es dort wohl vor langer Zeit mal eine Ranch. Der Schrottplatz kaschiert quasi die Zufahrt."

Vor ihrem geistigen Auge sah Rebecca den Schrottplatz, den Bagger und die Straße dahinter. Sie versuchte, sich vorzustellen wie die versteckte Scheune wohl aussah. In Ihrer Fantasie entstand ein großes, hohes Holzhaus mit Spitzdach.

„Der Wagen rollte jedoch an der Scheune vorbei, hielt etwa 100 Meter dahinter. Hier lagen etwa zwei Dutzend Hundezwinger, alle überdacht von einer Konstruktion aus Wellblech. Es gab eine Wasserpumpe, einen alten Container, in dem Hundefutter gelagert wurde und andere Dinge. Mein Vater hat sofort kapiert, was dort ablief: Brian und seine Brüder züchten und halten Hunde für illegale Hundekämpfe."

Rebeccas Magen zog sich zusammen. Doch Anukai war noch nicht am Ende. „Es gab so etwas wie einen vergitterten Tunnel, der von den Zwingern rüber zur Scheune führte. Dad sagte mir, er hätte so etwas schon mal gesehen. Im Zirkus, wo man auf diese Weise die Löwen von den Käfigen in die Manege führt."

Mark beobachtete die beiden Frauen. Er spürte, dass sie beide angespannt waren, unruhig. Über was sprachen sie? Würde das Geheimnis, das dort verraten wurde, auch sein Leben verändern?

„Auch hier wusste mein Vater sofort, was da ablief: illegale, grausame Hundekämpfe. Sie züchten die Hunde, treiben sie durch den Tunnel in die Scheune, dort hetzen sie die Tiere aufeinander. Es steckt viel Geld in diesem schmutzigen Geschäft. Da sind die Eintrittsgelder, es wird gewettet, die Kämpfe werden gefilmt, und die Filme werden im Internet verkauft."

Mit allem hatte Rebecca gerechnet, doch nicht damit. Der Schrottplatz war vielleicht nur eine Show, eine Ablenkung. In der dahinter versteckten Scheune fanden Hundekämpfe statt, und damit verdiente Brian Geld. Sie hatte sich schon über den neuen Pickup und den teuren Wohnwagen gewundert.

„Mein Vater hat sich die Hunde dann angeschaut, sie litten alle an einer Pilzerkrankung. Er hat Brian gesagt, wie man diese behandeln und zukünftige Ausbrüche verhindern kann. Brian hat ihn dann zurückgefahren und ihm die versprochenen 500 Dollar gezahlt." Anukai drückte Rebeccas Hand so fest, dass es schmerzte. „Und er hat zu ihm gesagt: ‚Good Dog, sollte jemals jemand von der Scheune erfahren, dann muss ich davon ausgehen, dass du geplaudert hast. Außer mir und meinen Brüdern bist du der einzige Mensch, der von ihrer Existenz weiß. Ist dir klar, was das bedeutet?'"

Jetzt verstand Rebeccas Anukais Worte. Ihr Vater war tot. Würde das Geheimnis jetzt offenbart, musste Brian davon ausgehen, dass Anukais Vater es ihr verraten und sie es nun weitergegeben hatte. Er würde sie töten.

Anukai sprach jetzt so leise, dass Rebecca sie kaum verstand. „Eines Tages dann, vor einigen Wochen, war da dieser junge Mann mit seinem gelben Motorrad. Er stand nicht weit weg von hier, nur einige Meter. Ich hab hier gesessen, genau hier, wo wir jetzt sitzen. Er hat sich mit einem Trucker unterhalten, weil seine Maschine nicht richtig lief. Irgendetwas mit den Zündkerzen. Der Trucker hat ihm dann geraten, es doch mal bei dem Schrottplatz zu probieren. Eine Woche später kam die Polizei und hat nach ihm gesucht."

Rebeccas Kopfhaut begann zu prickeln, ihr Magen zog sich zusammen. Ihr Verstand erzeugte schreckliche, unzusammenhängende Bilder, sie schloss die Augen, um sie zu vertreiben. Adam Newton war zu diesem Schrottplatz gefahren, dort verschwunden. Was hatten Brian und seine Brüder mit ihm angestellt?

Eine Gruppe Touristen auf Motorrädern rollte auf den Parkplatz. Es waren etwa 15 Bikes, der Lärm war ohrenbetäubend. Rebecca umarmte Anukai, drückte ihre Lippen an deren Ohr. „Ich werden dein Geheimnis für mich behalten. Was daraus wird, das kann ich noch nicht sagen. Doch sollten wir Adam finden, dann wirst du die Belohnung erhalten. Versprochen.

★★★

Cortez raste auf der Interstate 40 Richtung Westen. In weniger als einer halben Stunde wäre er in Ash Fork, doch was dann? Er besaß keinen Haft- oder Durchsuchungsbefehl, er war kein Polizist. Es gab genau genommen keine handfesten Beweise, die er gegen Anthony Waller hätte vorbringen können, nur Vermutungen.

Er musste mit Judy Tonka reden. Über seine Freisprechanlage rief er sie an, doch erneut meldete sich nur die Mailbox. *Verdammt.* Er versuchte es bei Woody Lennox, der ebenfalls bei der Mordkommission des FBI Los Angeles tätig war. Hier hatte er mehr Glück.

„Lennox, FBI, Mordkommission. Was kann ich für Sie tun?" Cortez bremste den Wagen ab, er wollte keinen Unfall verursachen. „Woody, hier spricht Steve Cortez. Erinnerst du dich an mich?" Die Reaktion fiel aus wie erwartet. Woody war außer sich: „Steve! Mann, toll mal was von dir zu hören, nach all der Zeit. Wir haben erst vorhin über dich gesprochen. Was kann ich für dich tun?"

Cortez umklammerte krampfhaft das Lenkrad, versuchte, die Anspannung aus seiner Stimme herauszuhalten. Er durfte sich nichts anmerken lassen. „Woody, ich versuche seit zwei Tagen, Judy zu erreichen, doch sie geht nicht ran. Kannst du mir vielleicht sagen, wo sie steckt? Wir waren verabredet."

Die Antwort erfolgte prompt. „Klar. Sie hat sich einen Tag frei genommen, wollte heute früh nach Flagstaff reisen. Dort wohnt wohl eine Freundin von ihr, die unverhofft krank geworden ist. Judy wollte da mal nach dem Rechten sehen."

Cortez trat vor Schreck auf die Bremse, und der nachfolgende Wagen wäre ihm fast aufgefahren. Wütend hupte der Fahrer hinter ihm. Doch Cortez nahm das Geräusch gar nicht wahr. Sein Verstand war völlig blockiert. *Was zum Teufel wollte Judy Tonka in Flagstaff?*

★★★

Die alte Mall lag völlig abgelegen, kein Mensch verirrte sich zufällig hierher. Überall auf dem Parkplatz hatte man Steine platziert, wohl um illegale Autorennen zu verhindern. Gras und Unkraut wucherten aus Rissen, die sich im Lauf der Zeit im Asphalt gebildet hatten. Die Natur war dabei, sich verlorenes Territorium zurückzuholen.

Judy wurde mulmig zumute. Sie wollte Gallagher zwar unter vier Augen zur Rede stellen, doch dieser Ort lag quasi auf der Rückseite des Mondes. Wenn ihr Plan nicht aufging, konnte sie hier draußen vor den Toren Flagstaffs sterben. Und niemand würde es bemerken. Zweifel wuchsen in ihr, doch dann entdeckte sie in einiger Entfernung den Streifenwagen von Gallagher. *Es gab kein Zurück mehr. Das Spiel begann.*

★★★

Sie parkten am Rand der Route 66, etwa zehn Minuten von Anukais Store entfernt. Die Helme hatten sie abgenommen. Die Sonne stand hoch über ihnen, rechts und links der Straße lag die Wüste Arizonas. Sie waren allein, weit und breit gab es niemanden außer ihnen. Rebecca beendete gerade ihren Bericht.

„Die Brüder veranstalten also Hundekämpfe. Der Schrottplatz ist nur eine Attrappe, ein Vorwand. Vielleicht erwirtschaften sie tatsächlich Gewinne damit, doch ich vermute mal, dass der Haupterwerb in den Kämpfen liegt. Sie übertragen sie vielleicht im Darknet, oder sie verkaufen die Filme gegen Bitcoin. Es gibt genug kranke Typen, die sich so etwas reinziehen."

Mark, die Arme vor der Brust verschränkt, atmete tief ein. Er kannte Rebecca gut genug, um zu ahnen, was sie vorhatte. Als sie ihm erzählte, dass ein Einschalten der Polizei nicht möglich sei, kam ihm der gleiche Gedanke wie ihr. Doch es war höchst riskant, dass wussten sie beide.

Rebecca zeichnete auf dem Sattel der Vespa mit dem Finger einen Kreis. „Hier ist die Tankstelle. Wir fahren heute Nacht da hin, schalten die Motoren aus. Dann lassen wir uns lautlos und ohne Licht zum Schrottplatz herunterrollen." Ihr Finger beschrieb eine Linie. „Hier stellen wir die Bikes ab und schauen, ob uns jemand bemerkt hat. Wenn nicht, schleichen wir weiter am Bagger vorbei bis zur Scheune."

Ein Schmetterling taumelte durch die Luft an ihnen vorbei, er verfolgte dabei einen anderen. *Vermutlich sind die beiden in Paarungslaune*, dachte Mark, *getrieben von Instinkten, gelenkt von Pheromonen.*

„Wenn wir vor Ort sind, schauen wir uns um. Steht da das Motorrad oder gibt es andere belastbare Beweise, die auf ein schweres Verbrechen hindeuten, gehen wir zurück und verständigen die Behörden. Wir warten oben an der Tankstelle auf die Polizei und erstatten Anzeige. Andernfalls setzen wir uns auf die Bikes, fahren zurück ins Motel und vergessen die ganze Angelegenheit."

Mark schüttelte den Kopf, doch Rebecca war noch nicht fertig. „Natürlich sind wir vorsichtig und leise wie die Katzen. Außerdem bist du bewaffnet, wir haben ja die Pistole. Mark, sollte es eine Chance geben, das Schicksal von Adam Newton aufzuklären, dann haben wir diese Chance jetzt!"

Sie hob den Zeigefinger. „Und da ist noch etwas. Wenn diese drei Brüder Mörder sind, dann werden sie vielleicht später wieder jemanden ermorden. Wenn wir uns heute vor der Verantwortung drücken, einfach nach Las Vegas weiterfahren, dann machen wir uns mitschuldig." Sie schüttelte energisch den Kopf. „Nein, Mark Stetson, wir müssen da heute Nacht hin."

Bei diesem Punkt musste er ihr recht geben. Wenn sie ihre Informationen nicht nutzten, drohte jemand anderem eines Tages ein ähnliches Schicksal wie Adam. Dennoch hatte er Zweifel. „Siehst du wirklich keine Möglichkeit, dem FBI zu verraten, was wir wissen? Vielleicht können die einen verdeckten Ermittler auf die Brüder ansetzen oder deren Internetverbindung anzapfen."

Rebecca schüttelte den Kopf. „Die Behörden müssen sich an die Spielregeln halten. Es gibt keine Beweise dafür, dass dort etwas Illegales stattfindet. Kommt es zu Ermittlungen, und die Brüder kommen ungeschoren davon, ist Anukai die Leidtragende. Selbst wenn Brian verhaftet und zu zwei Jahren Gefängnis verurteilt wird, kommt er irgendwann raus und wird sich eben dann an ihr rächen."

Sie saßen in der Zwickmühle. Sie konnten ihr Wissen nicht weitergeben, sondern mussten selbst nachschauen, was sich in der Scheune hinter dem Schrottplatz verbarg. Mark gab sich geschlagen: „Na, dann los. Wir fahren erst mal weiter nach Mohave, nehmen uns dort ein Zimmer. Heute Nacht dann machen wir uns auf den Weg und statten dem Schrottplatz noch einmal einen Besuch ab."

Sie umarmten einander, gaben sich einen Kuss. Beide spürten die drohende Gefahr, die mit diesem Abenteuer verbunden war. Rebecca sprach Mark und auch sich selbst Mut zu: „Bisher hatten wir ja immer einen zuverlässigen Schutzengel. Das war schon auf dem Trail so, und das wird auch hier der Fall sein." *Das ist nicht richtig*, dachte Mark. *Auf dem Trail warst du mein Schutzengel, du hast mir das Leben gerettet. Hoffen wir mal, dass es nicht wieder so kommt.*

★★★

Bob's Burger Heaven. Das haushohe Schild war verwittert, die Neonreklame zerstört. Dennoch konnte man die Reste der ursprünglichen Beschriftung noch erkennen, genauso wie die Abbildung eines Arbeiters, der genüsslich in einen Hamburger biss.

Das Gelände sah ungepflegt, um nicht zu sagen, heruntergekommen aus. Überall lag Dreck herum, Sperrmüll, ein alter, defekter Fernseher, ein Kühlschrank ohne Tür. Unkraut wucherte auf der Zufahrt, der ehemalige Parkplatz des Restaurants war nicht mehr als solcher zu erkennen. Vertrocknetes Gras hatte sich auf dem Asphalt ausgebreitet. Über die Jahre hatten sich so viele Risse darin gebildet, dass die Wurzeln der Pflanzen leichtes Spiel hatten.

Nicht so Cortez. Der hatte kein leichtes Spiel. Er saß am Rande des Geländes in seinem Wagen, beobachtete das Gebäude. Er war kurz ausgestiegen, hatte sich unauffällig von der Seite genähert. Ein hellgrauer Kühl-Truck stand hinter dem Haus, Waller war demnach wohl zu Hause.

Wie sollte er nun vorgehen, wie sich verhalten? Die Polizei von Flagstaff anrufen? Aber was sollte er ihnen erzählen? Er war seiner Sache sicher, doch er hatte nichts in der Hand. Einfach die Tür einzutreten, Waller zu überwältigen und zu hoffen, im Haus Beweise zu finden, war nicht ungefährlich. Und illegal. Er war kein Polizist; selbst als solcher musste er sich an die Regeln halten.

Anders sah es aus, wenn ein Zivilist zufällig auf ein Verbrechen stieß. In diesem Fall durfte er Nothilfe leisten oder auch einen Verbrecher an der Tatausübung oder Flucht hindern. Cortez war Zivilist, er würde sich mit einem Trick Zugang zu Anthony Wallers Haus verschaffen. Wäre er erst mal drin, würde sich zeigen, was er daraus machen konnte.

Cortez fuhr sich mit den Händen durch die Haare, knöpfte sein Hemd auf. Er öffnete das Handschuhfach, holte die Tube und mehrere Päckchen mit dem Narcan-Nasenspray hervor. Er überlegte sich kurz seine Strategie, dann startete er den Motor.

★★★

Der hässliche Chevrolet Malibu stand einige Meter von dem Streifenwagen entfernt. Judy lehnte an ihrem Mietauto, betrachtete nervös die geöffnete Eingangstür zur Mall. Mit jeder Minute wurde sie unruhiger. Ihr Kopfkino produzierte laufend Szenen zu dem, was in den kommenden Minuten alles schief gehen könnte.

Vorsichtig ging sie zum Eingang. Die Waffe an ihrem Rücken hatte sie gespannt und entsichert, sie war schussbereit. An der Tür angekommen, blickte sie in die Mall hinein. Ein modriger Gestank kam heraus, wie aus einer Gruft. Sie blickte in das Dämmerlicht; was sie sah, erinnerte sie an einen Zombiefilm, in dem sich die Überlebenden einer Seuche in einem alten Kaufhaus versteckt hielten. *Jeden Moment*, so dachte sie, *könnte aus der Dunkelheit ein Untoter hervorkommen und sich auf mich stürzen.*

Nein, um kein Geld der Welt würde sie die Mall betreten. Der Komplex war dunkel und unheimlich, riesig. Sie ging zurück zum Auto, lehnte sich dagegen. Sie würde warten. Irgendwann würde Dan Gallagher schon aus seiner Gruft emporsteigen.

★★★

Das Steak war ihm gut gelungen. Genau auf den Punkt, blutig, aber nicht kalt. Die gebratenen Zwiebeln waren genau nach seinem Geschmack, die Bratkartoffeln knusprig. Er spülte einen Bissen mit einem Schluck Cola herunter, schnitt sich das nächste Stück ab. Blut rann aus dem Fleisch, sammelte sich auf dem Teller zu einer kleinen Lache. Er tunkte das abgeschnittene Stück hinein, wollte den kostbaren Saft nicht vergeuden.

Was soll schon passieren?, dachte er. Er hatte nirgendwo Fingerabdrücke hinterlassen, auch keine Genspuren. Den Schuh hatte er nur kurz angefasst, dabei Arbeitshandschuhe getragen. Zudem hatte er während des Gewitters draußen im Freien gelegen und der Regen sicher gründliche Arbeit geleistet. Zeugen gab es keine, wie sollte man ihm also etwas nachweisen?

Tüt-tüt, Tüt, Tüt-tüüüüt. Irgendjemand stand vor dem Haus, hupte. Seine Nackenhaare richteten sich auf, er bekam Panik. *Tüt-tüt, Tüt, Tüt-tüüüüt.* Da, noch mal die gleiche Tonfolge. Er kannte die Melodie. *Get your Kicks on Route 66.*

Tüt-tüt, Tüt, Tüt-tüüüüt. Wer immer da draußen hupte, es konnte weder die Polizei noch das FBI sein. Er stand auf und ging zur Tür. Misstrauisch linste er durch den Türspion. Ein weißer Audi, davor ein Mann. Er grinste wie ein Irrer. Den Arm hatte er durch das Fenster an der Fahrerseite gestreckt, er war es, der da so nervtötend hupte. *Tüt-tüt, Tüt, Tüt-tüüüüt.*

★★★

Als er sich dem Ausgang näherte, sah er, dass draußen ein ziviles Fahrzeug neben seinem Streifenwagen stand. Sofort stoppte er, legte seine Hand auf die Waffe an seiner Hüfte. War der Fahrer bereits im Gebäude oder wartete er draußen auf ihn?

Gallagher dachte nach. Die drei Pseudo-Gang-Mitglieder kamen ihm in den Sinn. Er hatte sie gedemütigt. Hatten sie ihn verfolgt, ihm aufgelauert? Wollten sie die entlegene Gegend für eine Abrechnung nutzen? Er zog die Waffe und schlich zur Tür.

Vorsichtig linste er um die Ecke. Eine junge, gutaussehende Frau lehnte an einem Wagen. Sie sah etwas besorgt aus, nervös. Der Wagen stank nach Mietwagen. Er prägte sich die Nummer ein, schlich leise zurück in die Dunkelheit der alten Mall.

In einiger Entfernung rief er seine Zentrale an. „Officer Dan Gallagher hier, Dienstnummer 558641. Ich bräuchte dringend den Halter des Kennzeichens Arizona PTX 778." Die Kollegin in der Zentrale überprüfte erst seine Dienstnummer, er konnte eine Tastatur klappern hören. Die Antwort wunderte ihn nicht. Er wiederholte: „Okay, International Car and Motorbike, Flagstaff Airport, vielen Dank." Die Telefonnummer der Autovermietung herauszufinden, dauerte genau zwei Sekunden.

Eine Stimme meldete sich, er unterbrach sie schroff: „Officer Dan Gallagher hier, Flagstaff Police Department. Madam, wir haben hier einen Notfall. Eines Ihrer Fahrzeuge, ein silberner Chevy Malibu, PTX 778, ist in einen schweren Autounfall verwickelt. Die Fahrerin liegt mit einem

Schädelbruch im Krankenhaus, aber sie hat keinerlei Papiere bei sich. Ich brauche den Namen, das Geburtsdatum und die Anschrift der Dame. Schnell, es geht um Leben und Tod!"

Mit diesen Informationen konnte er bei der Zentrale anrufen und nachforschen, wer die Frau da draußen wohl war. Die Stimme am anderen Ende der Leitung bekam einen hysterischen Unterton. „O Gott, der silberne Malibu? Die Dame war doch eben erst hier, vor etwas mehr als einer Stunde. Die Frau heißt Judy Tonka, sie ist von der Mordkommission des FBI. Sie hat mir ihren Ausweis unter die Nase gehalten. Ihre Adresse lautet …"

FBI. Mordkommission. Gallagher hatte genug gehört. Er trennte die Verbindung, sein Herz hämmerte in der Brust wie ein Maschinengewehr. Eine Frau, ganz allein hier draußen vor der Mall? Das war kein Zufall, da war etwas faul. Irgendwie hatte er einen Fehler gemacht. Vielleicht die Sache mit dem Gullydeckel? Doch warum war sie hier? Sie konnte ihn doch auch in der Polizeistation vernehmen.

Sein Gesichtsausdruck wurde hart. Mit einem Blick, kalt wie Eis, eine tiefe Zornesfalte auf der Stirn, dachte er nach. Angst war hier fehl am Platz. Der T-1000 kannte keine Angst. Wie würde sich der Terminator wohl verhalten, die Killermaschine aus der Zukunft? Dan Gallagher kam eine Idee. Sie war brillant.

★★★

Vorsichtig öffnete er die Tür. Er schaute nach links und rechts, doch niemand versteckte sich im toten Winkel. Der Irre mit dem Audi war offenbar allein hier. Waller gab sich einen Ruck, zog die Tür auf, tat einen Schritt.

Der komische Typ riss freudig die Arme hoch, so als hätte er zufällig einen Prominenten auf den Straßen von Las Vegas entdeckt. „Hey, Mann! Anthony Waller, der Held, der die Route 66 am Leben erhält. Der Mann, der die Restaurants an Amerikas Hauptstraße mit Hamburgern beliefert. Der Mann, von dem überall nur Gutes berichtet wird."

Der Fahrer des Audi war etwa Mitte 50. Ein großer, schlanker Mann, braungebrannt, südländisch. *Vielleicht ein halber Mexikaner,* dachte Waller. Seine lockigen dunklen Haare standen ihm strubbelig vom Kopf ab, so als hätte er sich seit Tagen nicht gekämmt. Er trug ein schwarzes Jackett, die Ärmel lässig hochgekrempelt. Das weiße Hemd darunter hatte er fast bis zum Bauchnabel aufgeknöpft, es hing zerknittert an den Seiten aus seiner Hose heraus.

Bevor er etwas sagen konnte kam der Mann einen Schritt auf ihn zu. Plötzlich hielt er ein Blatt Papier in der Hand, entfaltete es. „Anthony, seit heute sind wir zwei Geschäftspartner, denn ich habe soeben das Restaurant von Martha Green gekauft. Damit sind auch ihre Schulden auf mich übergegangen, und deswegen bin ich unter anderem hier."

Cortez fuchtelte mit dem Papier über seinem Gesicht herum, völlig durchgedreht, so als würde er bei einem Baseball-Spiel die Fahne seiner Mannschaft schwenken. Es war nur der Wartungsbericht der letzten Inspektion, doch das würde Waller auf diese Entfernung nicht erkennen können. Er grinste wie ein Verrückter, zeigte dem Mann, der da skeptisch vor seiner Tür stand, die Zähne.

„Ich brauche nur noch Ihre Bankverbindung, dann überweise ich noch heute die 2.500 Dollar, die Martha Ihnen schuldet. Und wo ich schon mal hier bin, würde ich gern mit Ihnen über unsere weitere Zusammenarbeit reden. Meine Firma, die Route 66 Food & Fun-Company, plant, in den nächsten Wochen mindesten zehn weitere Restaurants an der Route aufzukaufen. Nächste Saison werden wir hier mitmischen, und wie!"

Dass Martha Green ihren Laden verkaufen wollte, darüber hatte sie nie gesprochen. Doch wenn der Preis stimmte und dieser Typ da sogar für ihre Schulden aufkommen wollte, warum sollte sie es nicht tun? Von dieser seltsamen Company hatte er zwar noch nie etwas gehört, doch sollte stimmen, was der Mann da von sich gab, dann war das die Chance, auf die er seit Jahren gewartete hatte.

Er überlegte kurz, ob im Haus irgendetwas Verdächtiges herumlag. Doch es gab dort nichts, was ihn belasten konnte. Er winkte den Mann zu sich heran. „Das hört sich nicht schlecht an, Sir. Kommen Sie herein. Wie ist denn bitte Ihr Name?" Sein zukünftiger Geschäftspartner faltete lächelnd den Kaufvertrag zusammen, steckte ihn sich in das Jackett. „Steve Cortez aus Los Angeles. Aber meine Freunde nennen mich Sticky. Sie, mein lieber Anthony, dürfen mich Sticky nennen."

Cortez ging ihm entgegen, er stieg die zwei Stufen zum Eingang empor. Er reichte Waller die Hand, der erwiderte den Gruß. Cortez drückte fest zu, vielleicht etwas zu fest. Waller zuckte zusammen, er wollte sich lösen, doch Cortez hielt ihn fest. „Wir zwei werden in den kommenden

Monaten richtig absahnen. Meine Company hat hier viel vor, und Sie sind ein wichtiger Bestandteil unserer Strategie."

Cortez entließ Waller aus seinem Griff, er grinste jedoch weiter wie ein Verrückter. *Method Acting.* Er spielte den Vertreter einer Company, seit Tagen unterwegs, vollgepumpt mit Kokain, unausgeschlafen, durstig. Etwas irrational, ein wenig überdreht, aber irgendwie auch sympathisch. „Ich wollte ja eigentlich erst morgen kommen, doch diese Martha hat mir so den Schwanz ausgesaugt, dass ich flüchten musste."

Waller lachte, er hatte von den Geschichten gehört. „Na, dann kommen Sie erst mal rein. Ein kaltes Bier wird Ihnen guttun." Cortez folgte dem Mann, der ihm den Vortritt ließ, die Tür hinter ihm schloss. *Geschafft. Ich bin drin. Jetzt kommt der schwere Teil.*

★★★

Die Sonne schien auf sie herab, sie schwitzte unter der dunklen Jacke. Die kugelsichere Weste lag eng am Körper an. Sie spürte, wie einzelne Tropfen Schweiß an ihrem Rücken herabliefen. Oberhalb des Steißbeins sammelten sie sich, genau da, wo auch die Waffe steckte.

Judy wurde unruhig. Sie stand nun schon 45 Minuten hier – und noch immer keine Spur von Gallagher. Sie bekam Durst, doch leider hatte sie vergessen, etwas zu trinken einzukaufen.

Auch das Aufnahmegerät bereitete ihr Sorgen. Sie hatte den Ladestand überprüft, das Gerät getestet. Es war aktiviert, zeichnete jedes Geräusch um sie herum auf. Doch wie lange würden die Batterien wohl halten? Es wäre eine Katastrophe, wenn …

„*Ayuda! Ayuda! Estoy herido. Ayúdame. Ayuda!*" Da, eine Stimme. Sie kam aus dem Inneren der Mall, leise, aber doch gut verständlich. Es war die Stimme einer Frau, die da auf spanisch um Hilfe rief. Judy sprach spanisch nur mäßig, doch verstehen konnte sie es ganz passabel. Da, schon wieder: „Jesucristo, me desangro. Ayuda! Por favor!" *Jesus Christus, ich verblute. Hilfe, bitte, helfen Sie mir!*

Judy bekam eine Gänsehaut. Die Sache lief aus dem Ruder. Ein Mensch, eine Frau, war dort offenbar in Lebensgefahr. Was sollte sie tun? Wie sich verhalten?

Gallagher hielt sich die Nase zu. Den Kopf in den Nacken gelegt, dehnte er seine Stimmbänder, die so etwas höher klangen. Ein Kollege hatte ihm den Trick verraten. Er wiederholte seinen Ausruf: „*O Dios, me desangro. Ayuda!*"

Vorsichtig streckte er seinen Kopf durch die Tür des seit Jahrzehnten geschlossenen Nagelstudios. Durch den Haupteingang, vor dem die Frau auf ihn wartete, fiel Licht in die Mall. Dann, von einem Moment auf den anderen, eine Silhouette. Es war die FBI-Agentin, die wohl tatsächlich auf seine Hilferufe hereinfiel. Wie erwartet hielt sie eine Waffe in der Hand, blickte zögernd in den düsteren Gang vor sich. Langsam begab sie sich in das Dunkel der Mall.

Gallagher grinste. Im Kopf spielte er die Szene durch: Er war auf Streife, als ihm plötzlich eine Person mit einer Waffe begegnete. Er sprach die Person an, doch die richtete sofort die Waffe auf ihn. Er musste sich verteidigen, es war Notwehr. Woher sollte er wissen, dass es eine Agentin des FBI war?

Schon dachte er, die Frau würde doch einen Rückzieher machen. Aber als er noch einmal in den Gang linste, sah er, dass sie sich ihm zögernd näherte. *Geschafft. Sie ist drin. Jetzt kommt der schwierige Teil.*

★★★

Mit allem hatte Cortez gerechnet, nur nicht damit. Das Innere von *Bob's Burger Heaven* sah aus, als hätte man den Laden vor 50 Jahren abgeschlossen und soeben erst wieder eröffnet. Der Diner war komplett eingerichtet, Tresen, Stühle, Tische, die Ausstattung hinter der Theke – alles war im Originalzustand erhalten geblieben. Ein Ort, der, vergessen von den Menschen und völlig unangetastet die Zeit überdauert hatte.

Seine Begeisterung war daher nur zum Teil gespielt. Cortez stoppte, er riss den Mund auf, schlug die Hände vors Gesicht. „Anthony! Das ist ja der Wahnsinn! Ein originales Restaurant aus den späten Sechzigern, mit allem Drum und Dran. Ein Museum, die Sachen hier sind ja unbezahlbar. Er ging hinüber zum Tresen, zeigte auf die silbernen Eisbecher, die sich an der Wand dahinter im Regal stapelten. „Jesus, aus den Dingern habe ich als Kind noch Eis gegessen. Und selbst die Kasse ist noch so ein Ding mit Kurbel an der Seite! Unfassbar!"

Die Hände noch immer an den Wangen, drehte Cortez sich im Kreis. „Eine vergessene Roadside Attraction. Genau nach so etwas sucht meine Company. Wir halten nach Objekten Ausschau, die das Potenzial haben, mit etwas Aufwand zu neuen Ikonen der Route 66 zu werden. Dein Laden ist genau das, was wir suchen. Was willst du dafür haben? Ich stell dir sofort einen Scheck aus!"

Anthony Waller lächelte verlegen. Tatsächlich hatte er selbst schon darüber nachgedacht, das alte Restaurant irgendwann wieder zum Leben zu erwecken. Doch es war nicht nur die Renovierung, man bräuchte auch Geld für Werbung, viel Geld. Er hob den Zeigefinger, wackelte damit hin und her. „Nein, Sticky, der Laden ist nicht zu verkaufen. Aber wenn er in euer Konzept passt, kommen wir ja vielleicht anderweitig ins Geschäft."

Er deutete auf einen Stuhl, der am Kopfende eines langen Tisches stand, der so gar nicht zu den anderen passte. Es war offensichtlich, dass man ihn erst später zur Einrichtung hinzugefügt hatte. „Was willst du trinken? Ein Bier oder lieber eine Coke?"

Cortez kam näher, sein Verstand arbeitete auf Hochtouren. Sollte er bei einem Mann, der andere Menschen mit Fentanyl vergiftete, wirklich etwas zu sich nehmen? „Ich nehme ein Bier. Eigentlich trinke ich ja erst ab sechs. Doch wie heißt es so schön: Irgendwo auf der Welt ist es immer schon sechs Uhr."

★★★

Nur zögernd betrat Judy die Mall. Sie lauschte, doch von den Ausrufen, die definitiv von einer Frau gestammt hatten, war nichts mehr zu hören. Sie blieb stehen, biss sich auf die Unterlippe. Die neue Situation überforderte sie völlig, machte ihr Konzept zunichte. Sie wollte Gallagher vernehmen, ihn in eine Falle locken. Dann, plötzlich ganz leise, irgendwo vor ihr: „Ayuda! Ayuda!" *Hilfe, Hilfe!*

Sie schluckte, ihr soeben noch trockner Mund war nun voller Speichel. Ihr Atem ging deutlich hörbar, ihre Brust hob und senkte sich. Sie hob die Hand mit der Waffe, legte den Finger an den Abzug. Den Lauf nach vorn in den Gang gerichtet, stabilisierte sie ihren Waffenarm mit der anderen Hand.

Dämmriges Licht auf dem Boden, teilweise auch den Wänden. Sie sah heruntergelassene Gitter, verschlossene Läden. Hier und da sorgte eine Luke in der Decke für ein wenig Helligkeit. Auf dem Boden lag Unrat, eine alte Zeitung, Müll, Verpackungen.

Sie beschloss, sich bemerkbar zu machen. „Hola Señora, estoy aquí para ayudar!“ *Madam, wo sind Sie? Sagen Sie etwas!* Sie lauschte, doch da kam keine Antwort, nichts. Sollte sie noch einmal rufen und sagen, dass sie von der Polizei war? Gallagher wäre gewarnt, ihr ursprünglicher Plan aufgeflogen. Sie beschloss, damit noch etwas zu warten. Vorsichtig, die Waffe im Anschlag, setzte sie ihren Weg fort.

★★★

Waller verschwand in der Küche. Cortez, die Augen vor Aufregung weit geöffnet, atmete schwer. Einen Irren zu spielen erwies sich als leicht, denn er war es im Moment tatsächlich. Adrenalin peitschte durch seinen Körper, es war lange her, dass er einem Serienmörder so nahe gewesen war.

Hastig blickte er sich um. Am anderen Ende des Tischs stand ein leerer Teller, ein Weinglas daneben. Waller hatte wohl soeben erst zu Mittag gegessen. Ein leichter Geruch nach Gebratenem lag in der Luft, doch darunter verbarg sich noch etwas anders: Ein süßlicher, penetranter Gestank. Verwesung.

Doch sonst war der Gastraum unauffällig. Von irgendwoher erklang leise Musik, fast unhörbar. Der Raum war spärlich beleuchtet, nur die Lampen an der Theke spendeten etwas Licht. Cortez zog seine Waffe, die hinten im Hosenbund steckte heraus, schob sie vorne in den Bund. Er achtete darauf, dass das Hemd darüber hing, die Verkleidung war Teil seiner Strategie.

Er setzte sich, versuchte, sich zu beruhigen. Mit der Hand wischte er etwas Staub von der Tischplatte, betrachtete danach seine Finger. Sie sahen krank aus, irgendwie blass und milchig. Er überlegte, ob er daran riechen sollte, doch dann erinnerte er sich an das Video von dem Polizisten, der die Besinnung verloren hatte. Waller kam aus der Küche zurück, gut gelaunt stellte er zwei geöffnete Flaschen Bier auf den Tisch. „Na, dann erzähl mal, Steve. Was habt ihr vor, du und deine Route 66 Food & Fun-Company?“

★★★

Mädchen, du bist auf das hier nicht vorbereitet. Deine Ausrüstung ist mangelhaft, noch nicht einmal eine Taschenlampe hast du dabei. In deiner Waffe stecken nur elf Patronen, ein Reservemagazin hast du auch nicht. Kehr um, Judy, vergiss es. Ruf die Cops von Flagstaff, die sollen sich darum kümmern. Und wo ist überhaupt dieser verdammte Gallagher?

Sie gab ihren Augen einen Moment lang Zeit, sich an die Dunkelheit zu gewöhnen. Als sie ihre Umgebung schemenhaft erkennen konnte, schlich sie weiter. Sollte sie noch einmal rufen? Prüfen, ob die Frau noch antworten konnte? „Hola Señora!" Nichts. Stille.

Sie kam an einem Geschäft vorbei, aus dessen Scheibe ein Balken herausragte. Das gesprungene Glas hielt ihn, er erinnerte sie an einen überdimensionalen Strap-on-Dildo, der auf seinen Einsatz wartete. Sie schüttelte den Kopf über sich selbst. *Dass du immer an Sex denken musst.*

Bei dem Geschäft gegenüber war die Verglasung intakt. Sie ging hinüber, schaute hinein. Ein ehemaliges Nagelstudio, leere Regale und Tische standen darin herum. Sie presste die Stirn gegen die Scheibe, blickte angestrengt hindurch, doch die Frau war nirgends zu sehen.

Am Ende des Gangs wurde es heller. Dort stand eine Skulptur, irgendetwas Großes, Unheimliches. Sie konnte nicht erkennen, was es war, lediglich einige dicke Rohre ragten dort aus dem Boden empor. *Bis dahin und nicht weiter. Du schaust dir an, was das los ist, danach haust du hier ab.*

★★★

Waller prostete ihm zu. „Auf die 66." Beide tranken sie einen Schluck, Cortez tat jedoch nur so. Er setzte zwar die Flasche an den Mund, hielt die Lippen jedoch geschlossen. Danach wischte er sich mit dem Handrücken über die Lippen. „Danke, das habe ich gebraucht."

Er musterte den Mann, der ihm da gegenübersaß. Martha Green hatte ihn bereits ganz gut beschrieben. Kein schöner Mann, nichtssagend, braune fettige Haare, Mittelscheitel. Eine Hornbrille, etwas größer noch, und sie hätte auch von Roy Orbison stammen können.

Waller eröffnete das Gespräch: „Diese Route 66 Food & Fun-Company, wer steckt da hinter? Ich bin ja schon ein paar Jahre hier unten im Geschäft, doch von dem Verein habe ich noch nie etwas gehört."

Cortez stellte die Flasche beiseite, er beugte sich nach vorn. Die Ellenbogen auf dem Tisch, die Hände verschränkt, mimte er den coolen Geschäftsmann. „Ich vertrete eine Gruppe von Investoren aus Los Angeles. Sie alle kommen aus der Unterhaltungsbranche, haben ihr Geld in Bars und in Nachtclubs verdient. Sie halten sich gern bedeckt, wenn du verstehst, was ich meine."

Er lehnte sich zurück, zog die Mundwinkel herunter, tat, als wüsste er wovon er redete. „Unsere Idee ist es, an der 66 so etwas aufzuziehen wie Planet Hollywood, die Restaurantkette. Wir wollen 20 oder 30 Restaurants eröffnen, alle mit dem gleichen Design und der gleichen Speisekarte. Wir bezahlen eine Horde Biker dafür, die Restaurants zu besuchen und bei YouTube, Tik Tok und Instagram Videos darüber zu posten. Natürlich werden sie nur Positives berichten."

Seine Erfahrungen der letzten Tage kamen ihm nun zugute. „Die jungen Leute sind alle verrückt nach diesem Social-Media-Scheiß. Wir werden daher unsere Marketingmaßnahmen auch genau hierauf fokussieren."

Seine Stimme wurde nun verschwörerisch leise. „Wie auch bei Planet Hollywood werden wir versuchen, eine eigene Marke zu kreieren und sie zu pushen. Jeder, der etwas bei uns isst, soll auch Merchandise-Artikel bei uns kaufen. Und hier wird es das ganze Programm geben: T-Shirts, Aufkleber, Blechschilder, Anstecker, also den ganzen Scheiß, den sich die bekloppten Touristen so gern reinziehen."

Cortez wollte zunächst einmal Wallers Vertrauen gewinnen. Den nächsten Schritt hatte er sich noch nicht genau überlegt. Irgendwo im Gebäude gab es einen Kerker, ein Verließ, eventuell sogar einen Folterkeller. Er musste eine Gelegenheit finden, sich hier umzusehen.

Waller schaute jedoch skeptisch, und Cortez setzte nach. „Natürlich spielt auch die Gastronomie eine wichtige Rolle, und hier kommst du ins Spiel, Anthony. Neben Hamburgern und anderen Produkten wollen wir einen speziellen Route-66-Hotdog kreieren. Wir kaufen dazu nur die billigste Ware ein, teilweise abgelaufene Restposten. Mit dem ganzen Ketchup und Senf drauf merkt das eh keine Sau."

Cortez lachte laut, er schlug mit der Faust auf den Tisch. „Wir verkaufen den Hotdog zu vier Dollar das Stück, kosten wird er uns jedoch nur 25 Cent. Du, Anthony, sollst unser Chef-Einkäufer werden. Du hast die Kontakte, kennst die Lieferanten. Gemeinsam werden wir richtig absahnen, glaub mir."

Waller runzelte die Stirn. Seine Stimme klang vorsichtig: „Habt ihr über eure Pläne schon mit der Route 66 Association gesprochen? Und was sagt Angel dazu? Immerhin werdet ihr den alten Hasen damit in die Quere kommen, die haben doch ihre eigenen Pläne."

Fuck! Cortez hatte keine Ahnung, von was der Mann da redete. Doch er war ein Meister im Improvisieren. Er gab sich gelassen, lehnte sich demonstrativ zurück: „Klar, das haben wir alles geklärt, und auch mit Angel habe ich schon geredet. Die bekommen alle ihren Anteil, so wie sich das gehört."

Waller nickte nun zufrieden. Er blickte auf seine Hände, entdeckte etwas Schmutz daran. Mit der rechten Hand wischte er über den Rücken der linken, danach legte er sie auf seinen Oberschenkel. Seine linke ergriff die Bierflasche auf dem Tisch: „Na dann, Sticky, ist ja alles in bester Ordnung. Komm, trinken wir noch einen Schluck. Dein Bier wird ja warm, so langsam wie du trinkst."

★★★

Sie war erst wenige Meter an dem Nagelstudio vorbei, als sie hinter sich ein Geräusch vernahm. Es klang wie eine Tür, die mit der Unterseite über den Boden kratzte. Sand und Staub wurden unter Druck zu Staub zermahlen.

Hastig drehte sie sich um, erkannte den Umriss eines Mannes, der sich gegen das Licht abzeichnete. Sie beschloss, sich zu erkennen zu geben: „Judy To …" Der Schuss überraschte sie völlig. Sie wurde an der linken Schulter getroffen, etwas oberhalb der Brust. Erst kam der Schmerz, dann vernahm sie den Knall. Der Feuerball, der ihn begleitete, blendete sie.

Sie taumelte ein Stück zurück, fiel rücklings auf den Boden. Ihr Kopf schlug hart auf, für einen Moment lang sah sie Sterne. Halb ohnmächtig hörte sie eine Stimme. „Judy Tonka, FBI, Mordkommission. Was willst du von mir?" Noch auf dem Rücken liegend hob Judy den rechten Arm. Ihre Hand hatte während des Sturzes die Waffe nicht fallen gelassen.

Mehr oder weniger ziellos gab sie eine Reihe Schüsse in Richtung der Stimme ab. *BAM BAM BAM BAM.* Sie vernahm Schritte, ihr Gegner zog sich hastig zurück. „Ich hätte mir denken können, dass du kleine Fotze eine Schutzweste trägst."

Es folgte ein einzelner Schuss, der nur wenige Zentimeter neben ihrem Oberschenkel in den Betonboden einschlug. Mit einem bedrohlichen Zischen prallte das Projektil als Querschläger dort ab, schlug irgendwo über ihr in der Decke ein.

Judy hob die Arme über den Kopf, dann rollte sie sich nach rechts. Hier, außerhalb des Lichtkegels der Dachluken, war sie zunächst in Sicherheit. Noch während sie rollte spürte sie, dass die Weste die Kugel abgehalten hatte. Vielleicht wären ein paar Rippen geprellt, doch sie konnte ohne Schmerzen atmen.

„Wenn ich es gewollt hätte, dann hättest du schon die erste Kugel in den Schädel bekommen. Doch ich will dich nicht töten, noch nicht. Erst wirst du mir verraten, warum du hier bist." Auch Gallagher hatte sich in die Dunkelheit zurückgezogen. Seine Stimme klang seltsam, sie konnte sie nicht orten. *Vermutlich spricht er an die Decke oder hat sich umgedreht,* dachte sie. Der Kerl war wirklich ein eiskalter Schweinehund.

„Wenn du kooperierst, dann komme ich dir bei deinem Ende entgegen. Ich bin kein Sadist, weißt du. Erzähl mir einfach, was du über mich herausgefunden hast. Danach legst du dich auf den Bauch und machst die Augen zu. Ich werde dich dann von hinten in den Kopf schießen. Es geht ganz schnell und tut nicht weh. Noch nicht mal den Knall wirst du hören."

Woher kannte er ihren Namen? Woher wusste er, dass sie hier war? Es gab nur einen Menschen, der davon Kenntnis hatte: Deputy Chief Jim Levin.

★★★

Nach der Pressekonferenz saß Jim Levin allein in seinem Büro. Alles entglitt ihm, die bohrenden Fragen der Reporterin von CNN hatten ihn ins Schwitzen gebracht. Sie hatte zudem von einem Zusammenhang zwischen den beiden „Attentaten" gesprochen, wie sie es nannte. Darüber hinaus wusste sie von dem Angriff auf das Umspannwerk, der die Hühnerfarm ins Verderben gestürzt und seinen Schwager tatsächlich den Job gekostet hatte. Jetzt noch der vermisste Radfahrer – die Probleme wuchsen ihm über den Kopf.

Auch Gallaghers Name wurde erwähnt. Ein Journalist von einer Lokalzeitung fragte nach den Bodycam-Aufnahmen aus der Nacht, als Gallagher als Erster am Tatort des Gullydeckel-Wurf-Mordes angekommen war. Wo waren sie? Wann würde die Polizei sie veröffentlichen?

Es war unvermeidlich, dass er sich mit dem Officer absprach. Auch vor der Schlampe vom FBI musste er ihn warnen. Levin zog sein Telefon aus der Tasche, entsperrte es. Er würde seinem Mann eine kurze SMS zukommen lassen.

★★★

In Mohave gab es reichlich gute Motels; sie hatten sich in eine Suite eingemietet. Nach einem kleinen Mittagessen wollten sie sich ausruhen, vielleicht versuchen etwas zu schlafen. Was auch immer in dieser Nacht noch auf sie zukam, es wäre von Vorteil, wenn sie dabei ausgeruht und fit waren.

Jetzt standen sie gemeinsam unter der Dusche, spülten sich den Dreck und Staub der 66 von der Haut. Mark dachte sich, dass vielleicht etwas Sex zu Rebeccas Entspannung beitragen würde. Hinter ihr stehend küsste er sie in den Nacken, umfasste zärtlich ihre kleinen Brüste. Seine Hände glitten an ihr herab, streichelten ihren Po. Doch Rebecca schien nicht in Stimmung. Anders als sonst erwiderte sie seine Bemühungen nicht.

Doch so schnell gab Mark nicht auf. Er drückte ihr seinen Halbsteifen zwischen die Pobacken, ließ sie spüren, dass er kurz davor war, einen richtig harten Ständer zu bekommen. Er biss sie zart ins Genick, drückte etwas fester ihre Knospen. Dann kniete er sich hinter sie, schob vorsichtig ihre Beine auseinander.

Es war etwas eng in der Dusche, doch er schaffte es, seine Freundin von hinten zu lecken. Seine Zunge glitt zwischen ihre Schamlippen, immer wieder auch über ihren Anus. Normalerweise gönnte er ihr kein Rimming, wie der Anilingus heute auch genannt wurde. Doch frisch gewaschen, unter der Dusche oder in der Badewanne, hatte er damit kein Problem.

Wie zu erwarten, sprach Rebecca auf seine Bemühungen an. Sie unterstützte ihn dabei, indem sie sich selbst befriedigte. Ihre Finger umkreisten ihre Klitoris, drangen in ihre Vagina ein. Schließlich streckte sie ihm ihr Hinterteil entgegen, spreizte ihre Beine noch weiter. Für ihn das Zeichen, dass sie nun zu mehr bereit war.

Er stand auf, stellte sich hinter sie. Ohne die Unterstützung seiner Hände schafft er es, in sie einzudringen. Zuerst nur sanft, dann fester, weitete er sie. Rebecca beugte sich nach vorn, sie hielt sich an der Armatur fest.

Mark fand seinen Rhythmus. Mal ließ er sie nur seine Eichel spüren, dann drückte er sich bis zum Anschlag in sie hinein. Er legte ihr den Daumen auf den Anus, presste ihn dagegen. Im Takt seiner Stöße ermüdete er ihn. Gleich, kurz vor ihrem Orgasmus, würde er seinen Finger tiefer in sie einführen. Rebecca würde unter ihm explodieren, kurz darauf würde er selbst den Höhepunkt erreichen.

★★★

Cortez folgte der Aufforderung. Die Flasche erhoben, prostete er seinem Gegenüber zu. Er bemerkte nicht, dass dieser seine Flasche mit der linken Hand hielt. „Auf unsere Geschäfte." Doch statt zu trinken, hob Waller die rechte Hand unter dem Tisch hervor. Sie umklammerte einen großen silbernen Revolver, der auf Cortez' Oberkörper gerichtet war.

„Wenn du deine Hand senkst oder dich anderweitig bewegst, trifft dich eine Kugel. In dem Revolver stecken Dum-Dum-Geschosse, du weißt, was sie anrichten." Waller stand auf, er wirkte dabei ruhig und gelassen. Anders Cortez, dem mit einem Mal klar wurde, dass er in eine Falle getappt war. Sein Herz begann zu rasen, der Schweiß brach ihm aus.

„Heb auch die andere Hand, ganz vorsichtig und langsam. Wo ist deine Waffe versteckt?" *Dieser Hurensohn*, dachte Cortez. *Er hat seine Waffe unter dem Tisch angebracht.* „Sie steckt vorne im Hosenbund."

Waller blieb in zwei Metern Entfernung vor ihm stehen. Weit genug weg, dass Cortez ihn mit einem Sprung nicht so einfach erreichen konnte. „Du nimmst jetzt in Zeitlupe deine linke Hand herunter und holst damit die Waffe hervor. Du legst sie in Zeitlupe auf den Tisch, nur mit zwei Fingern am Griff. Verstanden?"

Cortez nickte wortlos, befolgte den Befehl. Als sie auf dem Tisch lag, deutete Waller an, dass er die Pistole zu ihm herüberschieben sollte. Er tat es. Ohne hinzusehen, nahm Waller die Waffe, steckte sie sich hinten in den Hosenbund. „Jetzt leg dich mit dem Oberkörper auf den Tisch, die Arme nach vor ausgestreckt, ganz langsam. Kopf auf die Tischplatte."

Auch diesem Befehl folgte Cortez. Der Killer stellte sich hinter ihn, Cortez konnte spüren, wie der Mann seine Taschen durchsuchte. Doch er hatte vorsorglich alle Papiere sowie seine FBI-Marke im Handschuhfach eingeschlossen.

Waller zog die drei Narcan-Sprays heraus, warf sie auf den Tisch. „Du bist kein Vertreter. Du weißt, wer ich bin und was ich getan habe. Wer bist du?" Langsam richtete Cortez sich auf, die Hände weiterhin erhoben. Als Waller nicht protestierte, behielt er die Position bei, der Mörder stand weiter hinter ihm.

„Mein Name ist tatsächlich Steve Cortez. Ich bin Privatdetektiv aus Los Angeles, und ich suche einen verschwundenen Motorradfahrer. Es ist eine Belohnung ausgesetzt für den, der ihn findet, doch auf die verzichte ich gern. Lass mich laufen, und niemand erfährt, was ich über dich herausgefunden habe." Cortez legte eine Kunstpause ein. „Mein Büro kennt meinen momentanen Aufenthaltsort. Im Auto ist ein GPS-Tracker versteckt. Legst du mich um, dann wird hier spätestens morgen die Polizei auftauchen."

Der Killer verlor die Beherrschung. Er schlug ihn mit dem Revolver auf den Kopf, Cortez wurde kurz schwarz vor Augen. Er spürte, wie ihm Blut über das Gesicht lief, den Schmerz hingegen fühlte er nicht.

„Du Missgeburt! Wie hast du mich gefunden? Ich habe keine Spuren hinterlassen. Die Männer, sie sind alle spurlos verschwunden!" Cortez war übel, er fürchtete, sich übergeben zu müssen. Doch der Brechreiz verging. „YouTube. Du hast einen jungen Mann vom Trittbrett deines Wagens runtergeschmissen. Er hatte seine Freundin dabei. Du bist abgehauen, aber er konnte dich beschreiben."

Erneut schlug ihm der Killer die Waffe auf den Kopf, doch dieses Mal nicht ganz so fest. „Das soll ich dir glauben? Was ist mit dem Restaurant von Martha Green? Woher wusstest du, dass sie mir Geld schuldet?" Cortez improvisierte: „Ich hab sie gefickt. Wie alle Frauen hat sie dabei geplaudert. Sie dachte wohl, ich könnte ihr behilflich sein. Weiber halt."

Schritte. Waller kam in sicherer Entfernung um den Tisch herum. Die Waffe hatte er die ganze Zeit auf Cortez gerichtet. Sein Gesicht drückte Abscheu und Hass aus. „Ein Schnüffler also. Doch dein Plan ist nicht aufgegangen. Du sitzt in der Falle. Dein Auto werde ich nach Flagstaff fahren, deine Leiche im Kofferraum mitnehmen. Den Wagen stelle ich am Bahnhof von ab, die Schlüssel lasse ich im Auto."

Er lächelte jetzt, sein Plan schien ihm zu gefallen. „Die Junkies werden sich den Audi schnappen, der steht da keine zehn Sekunden. Ich selbst fahre mit dem Bus zurück. Du warst gerade mal zehn Minuten hier, falls jemand nach dir fragt, dann hast du nur vors Haus gepisst." Er zog den Hahn zurück, es knackte laut: „Sticky, du bist erledigt."

★★★

Laut- und bewegungslos verharrte sie in der Dunkelheit. Langsam, ganz langsam richtet sie sich auf. Wo hinter ihr hatte sich Gallagher verborgen? Sie vermutete, im Nagelstudio, hier gab es keine Gitter vor dem Schaufenster und der Tür.

Jetzt saß sie in der Falle. Alle Geschäfte waren verschlossen oder verrammelt, sie konnte sich nirgendwo verstecken. Zudem war Gallagher viel besser ausgerüstet. Nur seine Taschenlampe, die konnte er momentan nicht zum Einsatz bringen. Falls er sie einschaltete, konnte Judy sehen, wo er sich befand. Sie würde sofort auf ihn schießen.

Langsam schlich sie rückwärts weiter in den Gang hinein. Die Waffe hatte sie dabei weiterhin in die Dunkelheit hinter sich gerichtet. Schritt für Schritt, ganz vorsichtig, bewegte sie sich Richtung der Mitte der Mall.

Sie beschloss abzuwarten. Gallagher würde ihr folgen. Vielleicht würde sich eine Chance ergeben, ihn abzupassen. Eng an eine Wand gepresst, die Pistole schussbereit, erwartete sie ihn.

Ping! Da, genau vor ihr, auf ihrer Seite des Gangs, nur wenige Meter entfernt. Irgendwer hatte Gallagher eine SMS oder WhatsApp gesandt. *BAM BAM BAM BAM.* Sie feuerte eine Salve in die Richtung, aus der das Geräusch gekommen war.

„Argh!" Ein lauter Schrei verriet ihr, dass sie ihren Gegner wohl getroffen hatte. Doch auch Gallagher wusste nun durch ihr Mündungsfeuer, wo sie soeben noch gestanden hatte. Sofort warf sie sich zu Boden, gerade noch rechtzeitig. *BAM BAM.* Die Kugeln prallten genau über ihr in ein Rolltor aus Metall.

Die Versuchung war groß, das Feuer zu erwidern, doch auch Gallagher hatte sicherlich seine Position gewechselt. Leise stand sie auf, huschte durch das Dämmerlicht weiter nach hinten in den Gang. Ihr war bewusst, dass sie sich dabei immer weiter vom Ausgang entfernte, ihrem einzigen Ausweg.

Plötzlich: rechts neben ihr eine Treppe, die nach unten führte. Vermutlich ein Zugang zum Keller. Vor ihrem geistigen Auge sah sie sich dort hilflos durch ein Labyrinth von Tunneln und Gängen irren. Nein, dort würde sie nicht hinuntergehen. Aber sie hatte eine Idee.

Sie entfernte sich einige Meter, wechselte dann auf die andere Seite des Gangs. Sie zog ihren Autoschlüssel aus der Tasche, wartete eine Minute. Sie musste Gallagher Zeit geben ihr zu folgen. Der hatte sicherlich erst einmal sein Telefon ausgeschaltet, seine Wunde versorgt. Wie auch sie trug er mit Sicherheit eine kugelsichere Weste.

Mit Schwung warf sie ihren Schlüssel in Richtung der Treppe. Der Schlüssel samt dem daran befestigten Anhänger mit dem Logo der Autovermietung polterte die Treppe hinab. Und Gallagher konnte der Versuchung nicht widerstehen. Wie Judy eben auch, schoss er in Richtung des Geräusches. *BAM BAM BAM.*

Dieses Mal konnte sie nicht nur das Mündungsfeuer erkennen, sondern sogar den Schützen hinter seiner Waffe. Bei jedem Schuss blitzte es, ein Körper wurde in der Dunkelheit sichtbar.

Sie gab nur einen einzigen Schuss ab: *BAM.* Sie hatte auf Gallaghers Oberkörper gezielt, bei diesem Licht war alles andere nur ein Glücksspiel. Die Antwort kam sofort: *BAM BAM BAM.*

Erneut wurde sie getroffen, und wieder rettete ihr die schusssichere Weste das Leben. Sie spürte den Einschlag der Kugel genau in der Brustmitte, die Wucht des Treffers warf sie nach hinten.

Sie taumelte gegen die Wand, das Gitter vor der Tür schepperte. Sofort duckte sie sich, rannte einige Schritte nach links. *BAM!* Gallagher jagte sie jetzt erbarmungslos vor sich her.

Judy ließ alle Vorsicht fahren, sie musste Raum zwischen sich und den Mann bringen. Im Zickzack rannte sie durch den Gang, konnte nicht vermeiden, dabei auch in die Lichthöfe unter den Luken zu geraten. Doch wider Erwarten fielen hinter ihr keine Schüsse.

Sie merkte nicht, dass ihr Tränen die Wangen herunterliefen. Sie merkte auch nicht, wie angestrengt sie atmete, die Augen aufgerissen wie ein Tier auf der Flucht. Gallagher schoss wie der Teufel, sein Treffer von eben war kein Zufall. Er war ihr haushoch überlegen. Judy wurde plötzlich bewusst, dass sie hier, in dieser alten, verlassenen Mall, vielleicht sterben würde. Ermordet von einem Killer, der sie wie eine Maschine durch die Dunkelheit hetzte.

Seine Stimme schreckte sie auf. „Hör zu, Tonka. Du hast doch bestimmt so eine Weiberpistole dabei. Vermutlich eine Subkompakte, maximal elf Schuss. Für alles andere sind deine Fotzenhände ja zu klein. Keine Ahnung ob du mitgezählt hast, aber da sind jetzt nur noch zwei Patronen in deiner Knarre. Und lass mich raten: Du hast kein Reservemagazin dabei, stimmt's?"

Dieser Scheißkerl. Tatsächlich hatte sie nicht mit so einem Schusswechsel gerechnet. Er wusste das. „Mein Magazin fasst 21 Schuss, und zwei volle stecken noch in meinem Gürtel. Die Wahrscheinlichkeit, dass du mich doch noch erledigst, ist überaus gering, dafür schießt du zu schlecht. Mein Angebot gilt noch. Ergib dich, und ich bereite dir ein schnelles Ende."

Wie schon zuvor konnte sie die Richtung, aus der seine Stimme kam, nicht genau orten. „Andernfalls werde ich dich erst zum Krüppel schießen, danach in den Keller runterschleifen. Dort gibt es einen alten Schacht, da werde ich dich lebendig begraben. Du wirst um Gnade betteln, aber dann ist es zu spät. Gib auf."

Judy riskierte es, erneut getroffen zu werden. Von Panik erfüllt, rannte sie in die Mitte der Mall. Plötzlich stand sie unter einer alten, verrotteten Achterbahn, inmitten von Pflanzen, die hier wuchsen. Moos bedeckte den Boden, sie konnte sich lautlos darauf bewegen. Hoch über ihr war das Dach eingestürzt, doch an der Achterbahn dort hinaufzuklettern, war unmöglich.

Sie suchte nach einem Ausgang oder Versteck. Hastig schaute sie sich um, mehrere Gänge standen ihr zur Auswahl. Alle sahen gleich aus, aber nur einer versprach Rettung. Aus einem der alten Geschäfte fiel etwas Licht in den Gang. Mit etwas Glück würde sie dort ein Loch in der Decke finden oder vielleicht sogar in einer Wand. Judy duckte sich, huschte wie ein scheues Tier davon.

★★★

Cortez wollte nicht an diesem Ort sterben. Nicht in diesem alten Diner, nicht durch die Hand dieses Irren, nicht durch diesen Revolver. „Wenn du mich hier mit einem Dum-Dum-Geschoss erschießt, dann wird das eine ganz schöne Sauerei geben. Wie gesagt, man wird mich suchen. Das GPS draußen in meinem Auto sendet die ganze Zeit meine Position. Die Bullen werden kommen, Fragen stellen. Du wirst Probleme bekommen, die Flecken an den Wänden und an der Decke zu erklären."

Den Lauf noch immer auf sein Opfer gerichtet lächelte Waller kalt. „Ganz billiger Trick, dazu auch noch uralt. Du hoffst, dass ich mit dir irgendwo hinfahre, dich da erledige. Und du glaubst, dass es dir irgendwie gelingen wird, mich auf dem Weg dahin auszuschalten. Vermutlich hast du sogar noch eine Knarre in deinem Auto versteckt, nicht wahr?" Als er merkte, wie Cortez sich versteifte, lächelte er. „Nein, Sticky, das wird nicht funktionieren. Ich habe etwas Besseres mit dir vor."

Waller ging einige Schritte seitwärts zu einem der Tische. Er stand bei der Theke, ein silberner Teller stand darauf. Waller achtete darauf, die Waffe immer auf Cortez Oberkörper zu richten. „Denk nicht mal daran. Bist du aufgestanden bist, habe ich dich erledigt."

Er nahm sich den Teller, kam damit zu Cortez hinüber. Er stellte den Teller einen Meter von ihm entfernt auf den Tisch, schob ihn dann mit einem Ruck zu ihm hinüber. „Hier, Arschloch, dein Wechselgeld." Auf dem Teller lagen zwei 20-Dollar-Noten, einige Münzen. „Na los, greif zu, es gehört dir. Gleich fährst du über den Styx, da musst du den Fährmann bezahlen."

Als Cortez zögerte, den Kopf wortlos schüttelte, drohte ihm Waller. „Du wirst jetzt deine beschissene linke Hand nehmen und dir die Scheine greifen. Andernfalls bekommst du eine Kugel in den Bauch, und was immer danach passiert, ist mir egal."

Cortez ahnte, was es mit den Scheinen auf sich hatte. Er starrte auf das Geld, Wallers Stimme nahm er kaum wahr. „Ich zähle bis drei. Eins ... zwei ... drei ..." Cortez senkte die linke Hand, dann griff er nach den Banknoten, umklammerte sie.

★★★

Sie hatte ihn zweimal getroffen, die Schlampe. Ein Streifschuss am Bein, der ihn bei der ersten Salve erwischte hatte. Dann ein Schuss in die Weste, genau unter seiner rechten Achsel. Die Kugel hatte ihn verletzt, er blutete leicht. Doch vorhin in der Dunkelheit hatte er die Wunde betastet. Das Projektil hatte die Weste nicht durchdrungen, ihn nur oberflächlich verletzt.

Dennoch würde er dieses Stück Scheiße dafür bezahlen lassen. Sein Angebot war ernst gemeint, er war tatsächlich kein Sadist. Doch Strafe musste sein. Er würde sie erst ausquetschen wie eine Zitrone, mit dem Messer bearbeiten, danach ihre halbtoten Reste in den Schacht werfen.

War da nur die Sache mit dem Gullydeckel? Vielleicht waren es auch die beiden Cops, denen er die Köpfe weggeschossen hatte. Egal.

Die Frau war ohne Backup hier, allein. Ermittelte sie auf eigene Faust oder hatte sie einen Partner? Gab es noch eine Chance, die Sache geradezubiegen? Wohl kaum. Wäre sein Plan aufgegangen, hätte er die FBI-Agentin gleich zu Anfang unter Kontrolle gebracht, sie verhört, dann erledigt. Doch jetzt waren zwei Dutzend Schüsse abgefeuert worden. Das konnte er wohl kaum als versehentliches Erschießen einer Beamtin erklären, die sich nicht als Polizistin ausgewiesen hatte.

Zu Hause hatte er Geld, zwei gefälschte Führerscheine, eine fertig gepackte Tasche mit sauberer Kleidung. Doch zunächst musste er erfahren, was das FBI über ihn wusste. Wo hatte sich die FBI-Schlampe eigentlich verkrochen?

Sie kam hier nicht raus, es gab nur einen Ausgang. Sich zu verstecken war nicht einfach, alle Läden waren verschlossen oder vergittert. Langsam richtet er sich auf, überblickte den Bereich unter der Achterbahn. Sie konnte sich hier ins Gras legen, auf ihn waren. Clever genug für so eine Aktion war sie ja, das hatte sie bereits bewiesen.

Vorsichtig, geduckt, schlich er über das Moos. Es dämpfte seine Schritte, genau wie zuvor auch ihre. Und es bot ihm noch einen Vorteil: Es speicherte Feuchtigkeit. Mit einem bösen Lächeln erkannte er Judys Fußabdrücke auf dem Boden. Zunächst nur eingedrückt in das Moos, dann als Spuren auf dem Beton. Wie einer Markierung aus durchsichtiger Farbe konnte er Judys Weg folgen. Gallagher blickte in den Gang, in die sie wohl geflüchtet war. „Judy, ich komme!“

★★★

Steve Cortez lag auf dem Tisch. Sein Oberkörper ruhte auf der Tischplatte, den Kopf hatte er zur Seite gedreht. Die Augen waren geöffnet, der Blick starr. Aus seinem Mund lief Speichel, sammelte sich in einer Lache an seinem Kinn.

Waller hatte seinem Sterben zugesehen. Doch noch, das wusste der Mörder, war es nicht so weit. Zunächst versagte nur die Atmung, verbunden mit einer absoluten Bewegungslosigkeit. Hilflos, aber bei Bewusstsein; es würde einige Minuten dauern, bis der Mann tot war.

Er leistete seinem Opfer Gesellschaft, verhöhnte es. „Du hast einen Fehler gemacht. Die Route 66 Association ist eine gemeinnützige Organisation, die schließt keine Verträge mit irgendwelchen Syndikaten ab. Und Angel Dellgadio ist so gut wie tot, manche sagen sogar, er ist es bereits seit Jahren. Er steht nur noch als Pappkamerad in seinem Friseursalon, selbst ich habe ihn seit einer Ewigkeit nicht mehr gesprochen."

Anthony Waller richtete den Lauf des Revolvers auf Steves Kopf, zielte. „Außerdem hast du nicht einen Schluck von dem Bier getrunken. Wärst du wirklich so durstig gewesen wie behauptet, dann hättest du die halbe Flasche mit einem Zug geleert."

Cortez reagierte nicht. Er lag da, noch immer das mit Fentanyl vergiftete Geld in der linken Hand. Waller stieß ihn mit der Waffe an, einmal, zweimal, doch er rührte sich nicht. Genau wie erwartet und genau wie schon ein Dutzendmal zuvor. Der stille Tod durch Fentanyl war nichts Neues für ihn.

Er ging hinüber zum Tresen, nahm sich eine kleine Zange, mit der früher Eiswürfel in Drinks gelegt wurden. Mit ihr nahm er Cortez das Geld aus der Hand, legte es zurück auf den Teller. „Das ist eine der Überraschungen, die ich hier für Einbrecher oder die Cops vorbereitet habe. Türklinken, Lichtschalter, verschiedene Gegenstände, wer hier nicht aufpasst, ist schneller im Himmel, als er denkt."

Der Privatschnüffler war hinüber. Jetzt galt es keine Zeit mehr zu verlieren. Er würde den Wagen nach Flagstaff fahren. Niemand würde merken, dass da ein Toter durch die Gegend kutschiert wurde. Den letzten Bus zurück würde er vielleicht nicht mehr erreichen, aber ein Taxi tat es auch. Doch zunächst musste er den Körper des Toten in den Kofferraum schaffen.

★★★

Judy hatte alle Vorsicht aufgegeben. Der Abstand, den sie zu ihrem Verfolger aufgebaut hatte, gab ihr etwas Zeit. Ihre Gummisohlen dämpften ihre Schritte. Sie war ein Stück gelaufen, immer den Schatten suchend. Schließlich erreichte sie ihr Ziel, den Laden, aus dessen Innerem etwas Licht in den Gang fiel.

Als Kind hatte sie Hunderte Male durch die Schaufenster von Läden gestarrt, die Spielwaren anboten, und die Auslagen dort bewundert. Sie hatte dabei gegen die Scheibe gelehnt gestanden, die Hände an der Stirn, und die Dinge betrachtet, die ihr versagt blieben. So auch jetzt.

Sie hatte richtig gelegen mit ihrer Vermutung. Das Dach des Geschäfts war eingestürzt, jedoch nur zum Teil. An der einen Seite war es abgerutscht und zu Boden gefallen. An der anderen Seite jedoch war es noch fest mit dem restlichen Dach verbunden. Wie eine Rampe ragte es jetzt vom Boden nach oben empor. Einer Treppe gleich konnte man darauf nach oben laufen, sich auf dem Dach der Mall in Sicherheit bringen. Sie würde sich dort verstecken können oder aber an einer geeigneten Stelle herunterklettern und an der nächsten Straße ein Auto anhalten.

Während sie noch durch die verdreckte Scheibe in das zerstörte Geschäft starrte, hallte Gallaghers Stimme durch den Gang. „Judy, ich komme!" Panisch lief sie zur Tür, ruckelte daran. Sie war fest verschlossen. Kurz überlegte sie, einen Schuss auf das Schloss abzufeuern, in Filmen wirkte diese Methode immer Wunder.

Doch dies hier war kein Film, es war Realität. Ein Schloss ließ sich nicht so einfach aufschießen. Es bestand aus massivem Metall, dicken Bolzen und Riegeln. Sie musste einen anderen Weg finden.

Die Scheibe. Sie huschte auf die andere Seite des Gangs, konnte dabei nicht verhindern, in den Lichthof eine Dachluke zu gelangen. Ihr Verfolger bemerkte sie sofort „Da bist du ja, du kleine Fotze. Komm schon, lass es uns zu Ende bringen." *BAM!*

Die Kugel zischte irgendwo über ihr vorbei, sie musste handeln. JETZT! Die Pistole mit der rechten Hand fest umklammert, die linke zur Faust geballt, starrte sie auf die Schaufensterscheibe. Sie spürte nicht, wie sie ihren Unterkiefer so fest zusammenbiss, dass sich an ihrem Hals die Sehnen fingerdick anspannten.

So eine mehrere Quadratmeter große Scheibe war nicht einfach zu zerbrechen, dass wusste sie. Sie würde eine Kugel opfern müssen, ihre vorletzte. Sie zielte in die Mitte, feuerte einen Schuss ab. *BAM*. Sofort zeigte sich ein riesiges Spinnennetz, Tausende Risse hatten sich über das Glas ausgebreitet.

BAM! Gallagher schoss auf sie, verfehlte sie nur knapp. Judy gab sich einen Ruck. Sie rannte los, nutzte die wenigen Meter Anlauf, sprang, drehte sich zur Seite. Mit der linken Schulter zuerst traf sie auf die Scheibe. Sie rechnete damit, mit einem lauten Knall sowie einem Regen aus Glassplittern das Glas zu durchbrechen und dahinter in den Raum zu stürzen. Vermutlich würde sie sich einige Schnittwunden zuziehen, doch das war ihr egal.

Es gab jedoch einen Grund, warum einige der Geschäfte nicht vergittert waren: Panzerglas. Die Läden hatten einst Schmuck, Handys, teure Kosmetika und andere Luxusgüter verkauft, die Besitzer für eine verstärkte Sicherheitsverglasung gesorgt. Gitter oder Rollläden waren da nicht mehr nötig.

Judy prallte gegen die Scheibe wie ein Ball, den man gegen eine Wand geschossen hatte. Die Scheibe gab leicht nach, eine Folge des Schusses. Sie zerbrach jedoch nicht. Judy war eine gute Sportlerin, sie hatte im Moment des Absprungs eine ordentliche Geschwindigkeit aufgebaut.

Es klatschte laut, in das Geräusch mischte sich ihr unterdrückter Schmerzensschrei. Sie verletzte sich an der Schulter, ihre Stirn platzte auf, als sie damit gegen das Fenster schlug. Auch an der Hüfte spürte sie einen Schmerz, doch das alles ging unglaublich schnell. Sie stürzte zu Boden, verlor dabei die Waffe. Im nächsten Moment war Gallagher über ihr.

Er riss sie an den Haaren empor, schlug ihr mit dem Lauf der Waffe ins Gesicht. Ihre Nase brach, sofort schmeckte sie Blut im Mund. Ein zweiter Schlag traf sie auf dem Jochbein, sie wurde von der Wucht zurückgeschleudert.

Judy schaffte es, sich in der Embryonalstellung einzurollen. Sie ahnte, was nun kommen würde. Polizisten bauen während einer Verfolgungsjagd oft einen enormen Überschuss an Adrenalin auf. Wut und Hass kochen über. Werden sie zusätzlich noch beschossen, wird ihr Leben bedroht, kann sich diese Wut auf den Gegner ins Unermessliche steigern.

Gelingt es dann, den Flüchtigen zu fassen und zu überwältigen, entlädt sich diese angestaute Wut manchmal explosionsartig. Es kommt zu einem Gewaltexzess.

„Du verdammtes Stück Scheiße!“ Sein Tritt traf sie in die Seite, doch die Weste schützte sie. Er schlug ihr mit der Waffe auf den Rücken, erneut rettete sie die dicke Schicht aus Kevlar. Doch dann traf der Griff seiner Pistole sie seitlich am Kopf. Ihr wurde schwarz vor Augen, für einen Moment verlor sie das Bewusstsein.

Schwer atmend stand Gallagher über seiner Jagdbeute. Er konnte sich nur schwer beherrschen, gern hätte er ein volles Magazin in die Frau da unter ihm entleert. Vermutlich würde er auch genau das tun, doch erst musste sie ihm Rede und Antwort stehen.

Zunächst hielt er Ausschau nach Judys Pistole. Sie lag unweit des Fensters. Er gab ihr einen heftigen Tritt, wie ein Puck beim Eishockey schoss sie davon. Danach nutzt er die Zeit, wechselte das Magazin. Als er die Waffe durchlud, der Schlitten mit einem metallischen Geräusch zurückschnellte, wurde Judy schlagartig wach.

„Zeit zu sterben, Tonka. Los, komm hoch. Auf die Knie, ich habe einige Fragen an dich.“ Judy leistete seinem Befehl Folge. Doch sie war benommen, verletzt. Es ging ihm zu langsam. „Bisschen dalli, sonst werde ich deinen Adrenalinhaushalt ein wenig auffrischen. Ein Schuss ins Knie weckt sogar Tote auf, glaub mir.“

Schließlich kniete Judy vor ihm. Ohne Aufforderung hatte sie ihre Hände im Nacken verschränkt. Blut lief aus der Platzwunde an der Stirn, auch aus ihrer Nase. Ihr Jochbein war blau und geschwollen, aber immerhin nicht gebrochen. Schulter und Hüfte schmerzten entsetzlich.

Zum ersten Mal konnte sie ihrem Gegner in die Augen sehen. Gallagher sah nicht aus wie der T-1000. Ein auffallend junger Mann, irgendwo sogar ganz hübsch. Doch seine Augen stand etwas zu nah beieinander, seine Lippen waren zu dünn. Zusammen mit der Zornesfalte gab ihm das etwas Diabolisches.

Auch er sah reichlich mitgenommen aus. Seine Haare waren zerzaust, Schweiß und Dreck bildeten Flecken auf seiner Haut. Nachdem er seine Wunde überprüft hatte, hatte er sich wohl irgendwann ins Gesicht gegriffen, ein blutiger Handabdruck erinnerte an die Kriegsbemalung eines Indianers.

Die Szene spielte sich im Hellen ab. Licht drang durch eine nahegelegene Dachluke. Auch aus dem Geschäft mit der nun zerstörten Scheibe fiel Licht auf die beiden Kontrahenten. Gallagher starrte auf sein Opfer, noch immer atmeten sie beide schwer.

„Los, zieh die Jacke aus, ich will sehen, ob du verkabelt bist." Judy folgte seinem Befehl. Er beobachtete sie, gab weitere Anweisungen: „Runter mit dem Pullover, genau wie mit der Weste." Als Judy mit nacktem Oberkörper vor ihm kniete, umrundete er sie, betrachtete ihre Tätowierungen.

„Fuck, Mann, du hast ja mehr Tattoos als 'ne Nutte aus New Orleans. Und was für krankes Zeug. Zwei Geishas, die sich küssen. Ein Lippenstift, der aussieht wie ein Pimmel. Und was ist das hier, zwei Scheren, die sich zusammenstecken?" Er lachte dreckig. „Ah, ich verstehe. Scissors, die Stellung, bei der zwei Frauen ihre Muschis aneinanderreiben."

Gallagher beugte sich zu ihr herab, grinste sie an. „Ich fasse es ja nicht. Judy Tonka ist eine Lesbe, und was für eine. Und wenn ich deine Handgelenke so betrachte, dann stehst du auch noch auf ganz andere Sachen. Kaum zu glauben, das so eine Schlampe fürs FBI arbeitet."

Mit einem Mal wurde er ernst, todernst: „Warum bist du hergekommen, Tonka, FBI, Mordkommission. Hier draußen an der alten Mall wolltest du mich sprechen, allein. Das hat einen Grund, richtig? Verrate ihn mir. Und wehe, du lügst."

Judy dachte nach. Sie wollte hier nicht sterben. Nicht an diesem Tag, nicht in dieser alten Mall. Sie musste versuchen, Gallagher dazu zu bringen, sie als Geisel zu nehmen.

„Ich und mein Partner Joe haben einen alten Fall untersucht, zwei Cops, die in ihrem Auto abgeknallt wurden. Irgendwann hat mir die Witwe von dem einen Beamten erzählt, ihr Mann hätte von einem unangenehmen Treffen mit einem alten Bekannten berichtet. Wir haben eins und eins zusammengezählt, so sind wir auf Sie gekommen."

Gallagher bekam einen Wutausbruch. Kurz befürchtete sie, er würde sie erneut schlagen oder sogar auf sie schießen. Die Pistole auf ihren Kopf gerichtet, brüllte er sie an, sein Speichel spritzte ihr ins Gesicht: „KENNEDY! Dieser kranke Schwanz, er hat mich erkannt, mir gedroht, mich zu verpfeifen."

Doch erstaunlich schnell hatte sich der Killer wieder unter Kontrolle. Judy dachte kurz an das Aufnahmegerät in ihre Jacke, die in der Nähe auf dem Boden lag. Auch wenn es ihr wohl nichts mehr nützen würde, ihr Plan hatte funktioniert.

„Wo ist dein Partner jetzt?“ Judy sah ihn an, versuchte dabei noch einen letzten Rest Selbstvertrauen zu vermitteln. „Joe wartet vor Ihrem Haus. Wir hatten vereinbart, uns aufzuteilen: Ich versuche, Sie während der Arbeit zu erreichen, er Sie nach Feierabend. Wir wussten nicht, wo wir Sie erwischen.“

Gallagher lächelte. Er hob den Zeigefinger, schüttelte den Kopf. „Nein, Tonka, da stimmt was nicht. Die Frau von der Autovermietung hat nur dich erwähnt, und irgendwer hat dir gesagt, dass ich heute diese Tour hier habe. Du ermittelst auf eigene Faust. Du wolltest mich hier stellen und irgendwie dazu bringen, dass ich mich verrate. Irgendwo in der Jacke ist ein Mikro versteckt, richtig? Oder hast du es in der Hose?“

Mit einem Mal kam seine Wut zurück. „Los, aufstehen. Zieh dich aus!“ Es war nicht einfach, sich aufzurichten, wenn man dabei die Hände nicht zu Hilfe nehmen durfte. Judy wäre fast umgefallen, doch dann stand sie vor ihrem Peiniger.

„Was ist in den Gürteltaschen?“ Vor Gallaghers Augen entleerte sie die beiden kleinen Täschchen. Verbandsmaterial kam zum Vorschein, zusammengebogene Kabelbinder. „Das hat du dir ja schön ausgedacht, du Schlampe. Los, Hose runter.“

Judy öffnete den Gürtel, sie ließ sich Zeit dabei. Sie liebte es, sich vor Gloria in Zeitlupe auszuziehen, ihrer Freundin dabei langsam zu zeigen, was sie gleich erwarten würde.

Sie spannte ihre durchtrainierten Bauchmuskeln an, während sie den Gürtel aufzog. Sie öffnete erst den Knopf, danach den Reißverschluss, der blutrote Tangaslip kam zum Vorschein. Sie wartete eine Sekunde, bis sie die Daumen in den Hosenbund schob, die Hose und den Slip langsam über ihre Hüften streifte. Weitere Tattoos kamen zum Vorschein. Sie bewegte lasziv ihren Unterkörper, so als wollte sie der Hose dabei helfen, an ihr herabzugleiten.

Gallagher bemerkte ihre kleine Strip-Show. „Gib dir keine Mühe, Mädchen. Deine Pussy interessiert mich nicht.“ Doch als sie sich etwas zur Seite drehte, sich bückte und dabei die Hose weiter nach unten schob, ahnte sie, wohin er schauen würde.

Mit einem Mal präsentierte sie ihm ihren nackten Po, drehte ihm ihr Hinterteil entgegen. Sie wusste, dass er nun auch ihre Vagina sehen konnte, dazu die Tattoos zwischen ihren Beinen. „Scheiße, du hast dir ja sogar die Kimme und die Muschi stechen lassen."

Judy wackelte etwas mit dem Hintern, während sie die Hose weiter herunterschob. Gallagher bemerkte nicht, wie ihre rechte Hand in ihrem rechten Hosenbein verschwand. Als Judy dort den Griff ihrer Backup-Pistole spürte, wusste sie, dass sie noch eine Chance hatte. Eine einzige.

★★★

Waller stand hinter seinem mittlerweile regungslosen Opfer. Seinen Revolver hatte er verstaut, die Pistole von Cortez trug er weiter im Hosenbund. Sie würde er später noch entsorgen. Zur Sicherheit hatte er sich dünne Gummihandschuhe angezogen, er wusste um die Gefährlichkeit von Fentanyl.

Er zog den Mann an den Schultern hoch, sodass der Körper nicht mehr auf dem Tisch auflag. „So, mein Freund, wir werden dich nun ins Auto verfrachten. Dazu schleife ich dich jetzt bis zur Tür, danach parke ich dein Auto direkt davor. Auf uns wartet eine gemütliche Fahrt nach Flagstaff."

Cortez' Körper prallte leblos gegen die Stuhllehne, als Waller ihn zurückzog. Fast wäre er zur Seite hin umgekippt. „Schön hierbleiben", sprach der Killer zu sich selbst. Er beugte sich über sein Opfer, griff unter seinen Armen hindurch, um den rechten Unterarm vor die Brust zu legen und Cortez' Körper im Rautekgriff zur Tür zu schleifen.

Als er beide Arme unter Cortez' Achseln geschoben hatte, suchte er blind dessen rechte Hand. Er fand sie – und erlebte eine Überraschung.

Mit seiner gesamten Körperkraft presste Cortez die Hand des Killers zusammen. Der, völlig unvorbereitet, schrie auf, als ihn ein heftiger Schmerz durchzuckte, denn Cortez' Griff zerquetschte ihm, gleich einem Schraubstock, die Hand. Waller versuchte, sie zurückzuziehen, doch Cortez blockierte seinen Arm, indem er ihn in seiner Achsel festklemmte.

Jetzt brüllte auch Cortez. Seine Anspannung und seine Wut entluden sich in einem einzigen Schrei. Er presste weiter die Hand Wallers zusammen, verdrehte dessen Handgelenk.

Sehnen und Bänder wurden überdehnt, Waller schrie wie am Spieß. Cortez drehte sich schließlich zur Seite, zog den Killer wie bei einem Judo-Wurf über seine Schulter.

So ganz gelang es ihm nicht, dennoch konnte sich Waller nicht auf den Beinen halten. Noch immer vor Schmerz brüllend, rutschte er neben den Stuhl, und mit einem Mal war er Cortez unterlegen. Der nutzte seine Chance sofort.

Mit der Linken griff er Waller in die Haare, mit der rechten Faust schlug er ihm ins Gesicht. Nach zwei Treffern sprang Cortez auf, warf dabei den Stuhl zurück. Mit voller Wucht trat er Waller erst in die Brust, danach in den Bauch. Waller, von dem Angriff völlig überrumpelt, hatte dem nichts entgegenzusetzen. Er sackte in sich zusammen.

Doch Cortez war nicht zu bremsen. Wie im Rausch trat er drei weitere Male zu, jetzt von oben. Er rammte die Hacke in Wallers Rippen, zwei brachen, mehrere wurden geprellt.

Einem wütenden Monster gleich stand der ehemalige Agent über seinem verwundeten Gegner. Sein Brustkorb hob und senkte sich, denn in den vergangenen Minuten hatte er versucht, so flach wie nur irgend möglich zu atmen. Seine Lunge brannte, den Atemreflex zu unterdrücken, war mit Schmerzen verbunden. Das Gesicht noch immer vom eigenen Speichel befleckt, wollte er sich abwischen, doch dann stoppte er: Seine Hände waren mit Fentanyl verseucht.

Er beugte sich zu Waller hinunter, drehte den Mann auf den Bauch. Schnell zog er ihm die Waffe aus dem Hosenbund, steckte sie sich selbst hinten in die Hose. Cortez wusste, dass alles, was er gerade berührte, mit dem Gift kontaminiert wurde.

Irgendwie musste er Waller fesseln. Kurz überlegte er, ihm einfach beide Arme auszukugeln, eine Technik, die er einst beim Militär gelernt hatte. Doch dann entschied er sich für eine humanere Methode. Er zog Waller einen seiner Schuhe aus, löste den Schnürsenkel, lang und stabil genug, um die Handgelenke mehrfach zu umwickeln.

Während er Waller fesselte, schrie der laut auf. Die überdehnten Bänder an der Hand, die verletzten Rippen – aber Cortez nahm keinerlei Rücksicht darauf.

Plötzlich entdeckte er eine kleine Tüte auf dem Boden, darin eine Kapsel. Sie musste im Schuh des Mannes gesteckt haben. Sofort begriff er worum es sich handelte: Fentanyl. „Du gottverdammtes Stück Dreck hast dich wohl schon auf deine Verhaftung vorbereitet, was? Aber daraus wird nichts." Er verstaute die Kapsel in seiner Jackentasche.

Unter ihm regte sich Waller. Er wimmerte leise, konnte es nicht fassen: Noch vor 90 Sekunden hatte er die Kontrolle gehabt, nun hatte sich alles ins Gegenteil verkehrt. „Warum bist du nicht tot? Warum bist du nicht tot? Das Geld, das Gift, du hast es angefasst."

Cortez lief der Schweiß übers Gesicht. Auch für ihn waren die vergangenen 15 Minuten extrem belastend gewesen. Noch immer raste sein Herz, seine Kopfhaut prickelte, als stünde sie unter Strom. Er beugte sich über den nun wehrlosen Killer. Die Finger gespreizt, steckte er ihm seine Hand entgegen.

Er sprach laut und deutlich, denn es bereitete ihm eine gewisse Freude, Waller aufzuklären. „Ein unsichtbarer Handschuh, mein Lieber. Ein unsichtbarer Handschuh ist eine Paste, die man in nahezu jedem Baumarkt kaufen kann. Man cremt sich damit die Hände ein, lässt die Creme antrocknen, und für die nächsten Stunden ist die Haut vor Chemikalien und Kontaktgiften geschützt."

Er drehte die Hand hin und her, sodass Waller sie betrachten konnte. Tatsächlich war ein leichter weißer Film auf der Haut zu sehen, so als wäre sie mit einer hauchdünnen Wachsschicht überzogen. Cortez erklärte weiter: „Der unsichtbare Handschuh kommt immer dann zu Einsatz, wenn ein Monteur sein Fingerspitzengefühl nicht verlieren darf. Aber es gibt noch einen anderen Anwendungsbereich …"

Einen Moment lang dachte er an das Telefonat mit Bill King zurück. Für den Tipp würde er sich noch erkenntlich zeigen müssen. „Sozialarbeiter und Streetworker haben es oft mit Menschen zu tun, die sich tagelang nicht waschen können. Obdachlose und Junkies leben auf der Straße, müssen ihre Notdurft irgendwo zwischen geparkten Autos verrichten. Sie leben im Dreck, oftmals bekommen sie Ausschlag und andere Hautkrankheiten. Dennoch erwarten sie, dass man sie mir einem Handschlag begrüßt, alles andere wäre respektlos. Also verwenden die Streetworker diese Paste, die ihre Kunden überhaupt nicht bemerken …"

Waller verstummte. Noch immer wimmerte er leise, teils aus Schmerz, teils aus Verzweiflung. Er lag auf dem Bauch, die Fesseln schnitten ihm in die Handgelenke. Cortez hatte Handschellen im Auto, eventuell würde er sie seinem Gefangenen später anlegen. Draußen im Auto lag auch sein Handy, er musste umgehend die Polizei verständigen.

Doch zunächst wollte er sich umsehen. Die mit Fentanyl präparierte Mördergrube war Grund genug für eine Verhaftung, sie stützte zudem Cortez' Theorie. Doch irgendwo hier musst es auch noch etwas anderes geben: Spuren der verschwunden Männer.

Cortez ging zur Küche, hierher war Waller vorhin kurz verschwunden. Auf dem Weg dorthin kam er an einer Tür vorbei. Er öffnet sie, dahinter lag eine Treppe. Er vermutete, dass sie zu den Wohnräumen führte, denn Waller lebte ja auch in dem alten Diner. Er beschloss, sich dort kurz umzusehen.

Langsam ging er die Treppe hinauf, das alte Holz knarzte. Oben erwarteten ihn ein Flur und weitere Türen. Hinter der ersten verbarg sich ein Bad. Es war alt und dreckig, die Farbe der Wände blätterte an vielen Stellen ab. Es stank nach Urin und Kot, Schimmel wuchs in den Ecken. Ein Haufen schmutziger Wäsche wartete darauf, in die Reinigung gebracht zu werden.

Im nächsten Zimmer standen ein großes Ehebett, ein Schrank, eine Kommode. Cortez wurde klar, dass auch diese Möbelstücke wohl vom letzten Besitzer stammten. Sie waren alt, genauso alt die Einrichtung des Diners. Zwei Bilder an der Wand zeigten die Porträts eines Ehepaares, vermutlich die Menschen, die hier einst gelebt hatten.

Ein Zimmer weiter. Cortez öffnete die Tür, und sofort erfasste ihn ein Brechreiz. Ein süßlicher Gestank von Tod und Verwesung strömte aus dem Raum. Anders als in den anderen Zimmern herrschte hier Dunkelheit, die dicken Vorhänge waren zugezogen. Er tastete nach dem Lichtschalter, erinnerte sich dabei an die Worte Wallers. Was in diesem Haus hatte der Killer wohl alles mit Fentanyl präpariert?

Eine Lampe an der Decke erstrahlte in mattem, schwachem Licht. Der Lampenschirm war aus Stoff, Motten hatten Löcher hineingefressen. Die Löcher warfen nun helle Punkte an die Wände, was dem Raum etwas von einem Kinderzimmer gab. Doch es war alles andere als das.

In der Mitte des Raums stand ein moderner, bequemer Fernsehsessel. Schwarz, viel Chrom, mit einem Fußteil, das automatisch ausfuhr, wenn man die Lehne zurückstellte. Ein Ort zum Ausruhen und Relaxen.

Der Sessel war in Richtung eines Schrankes aufgestellt. Auch der Schrank war neueren Datums. Ebenfalls schwarz, erinnerte er an einen Schrein, in dem etwas Kostbares aufbewahrt wurde. Cortez konnte spüren und riechen, dass der Geruch, der das Zimmer beherrschte, von dort kam.

Zwei senkrechte Griffe aus Chrom waren an beiden Türen angebracht. Cortez fasste zunächst nur einen der Griffe an, zog vorsichtig daran. Kurz spürte er einen Widerstand, wohl ein Magnet. Dann gab der Magnet nach, es machte leise *Klick*. Im Inneren ging eine Lampe an.

Ein schwacher Lichtschein fiel aus dem geöffneten Spalt, Cortez schaute hinein. Sein Magen zog sich zusammen, genau wie sein Hodensack. Er legte die andere Hand an den anderen Griff, öffnete beide Schranktüren gleichzeitig. „Herr im Himmel, steh mir bei!"

Fassungslos taumelte er zurück, überwältigt vom Verwesungsgeruch und dem Anblick, der sich ihm bot. Aus dem Schrank blickten ihm die leeren Augenhöhlen einer Reihe Totenschädel entgegen. Sie waren dort sauber aufgereiht, immer vier Stück nebeneinander. Cortez zählte 16 Schädel; in der untersten Reihe waren noch vier Plätze frei.

Er presste sich den Ärmel seiner Jacke vor den Mund, doch auch damit ließ sich der Geruch nicht zurückhalten. Er hatte genug gesehen. Gerade wollte er den Raum verlassen, da fiel sein Blick auf den Fernsehsessel. Er stellte sich daneben, blickte auf das „Programm", das sich ihm bot. Wallers Psyche musste völlig deformiert sein.

Angewidert ging Cortez die Treppe hinunter. Irgendwo im Haus gab es vermutlich einen Raum, in dem die Opfer ihr Leben gelassen hatten, sollte Waller sie nicht alle sofort getötet haben. Aber er wollte ihn nicht sehen. Als er jedoch die Küche betrat, die schwere Tür des Kühlraums sah, den überdimensionalen Griff aus Metall, wusste er, dass er dort hineinsehen musste.

Mit einem lauten Knacken öffnete sich die Tür, und weißer Nebel strömte heraus. Auch hier ging automatisch das Licht an. Cortez zögerte kurz, dann betrat er die Kühlkammer.

Mitten im Raum stand eine Bahre, darauf ein mit einem Tuch abgedeckter Körper. Cortez überlegte einen Moment, dann näherte er sich dem dort Aufgebahrten. Er dachte an das letzte Opfer, den Neonazi Chad Shavers. Dessen Gesicht vor Augen, zog er das Leichentuch beiseite.

Auch hier traf der Schock Cortez wie ein Hammerschlag. Der Tote, ein junger Mann, war ihm völlig unbekannt. Zudem sah es so aus, als wäre er erst vor ein paar Stunden gestorben. Hätte Cortez Waller einen Tag eher gefasst – das Opfer vor ihm wäre vielleicht noch am Leben. Aber im selben Augenblick wurde ihm auch bewusst, dass sein Ermittlungserfolg an ein Wunder grenzte. Niemals zuvor hatte er in so kurzer Zeit einen Serienkiller gefasst.

Als er zurück in den Gastraum kam, packte ihn das nackte Entsetzen: Waller war verschwunden. Gerade hatte er noch vor dem Tisch auf dem Boden gelegen, doch dieser Platz war nun leer. „Verdammt!" Cortez zog seine Waffe, entsicherte sie. Hastig ging er um den Tisch herum – und fand dort den Gesuchten.

Der Killer lag leblos auf dem Rücken. Seine Augen blickten starr zur Decke, in seinem Mund steckte ein 20-Dollar-Schein. Mit einem Mal begriff Cortez: Waller hatte es trotz seiner Fesseln geschafft, aufzustehen, sich über den Tisch zu beugen. Hier hatte er das vergiftete Geld mit dem Mund aufgenommen, um so seiner gerechten Strafe zu entgehen.

Vor Wut hätte Cortez am liebsten auf den Toten geschossen, doch dann kam ihm das Video in den Sinn. Auch der Polizist hatte ausgesehen wie tot, die Augen starr, und er hatte nicht geatmet.

Da! Auf dem Tisch lagen die drei kleinen Fläschchen mit dem Narcan-Nasenspray. Waller hatte sie dort abgelegt, als er Cortez' Taschen durchsuchte. Er steckte seine Waffe ein, fummelte mit zittrigen Händen eines der Fläschchen aus der Verpackung. Danach beugte er sich über Waller, führte die Flasche in dessen Nase ein.

„Du stirbst mir hier nicht, du Scheißkerl. Auf dich warten ein Henker und eine Hinrichtung. So einfach kommst du mir nicht davon." Er drückte den Abzug, ein Sprühstoß schoss Waller in die Nase. *Was nun?*, dachte Cortez, als mit einem Mal Wallers Augenlider zu flattern begangen. Noch atmete er nicht, doch er war wieder bei Bewusstsein. Cortez schüttelte ihn. „Komm schon, atme, du Schwein, atme." Hastig verabreichte Cortez ihm eine zweite Dosis.

Eine Minute später hob sich die Brust von Anthony Waller. An seinem Blick erkannte Cortez, dass er den Mörder erfolgreich reanimiert hatte. Er schleifte ihn zum Haupteingang, legte ihn dort ab. „Ich rufe nun die Cops, und du bleibst schön hier liegen. Noch eine Chance, sich zu verpissen, werde ich dir nicht geben. Auf dich warten ein Prozess und im Anschluss die Todeszelle."

★★★

Gallagher starrte ihr auf den Hintern und die Vagina. Er wollte gerade einen weiteren Spruch zu ihren erotischen Tätowierungen ablassen, als die Frau vor ihm plötzlich umkippte. „Argh, meine Rippen," wimmerte sie auf der Seite liegend. Er schnauzte sie kalt an. „Zieh hier keine Show ab, du FBI-Nutte. Los, aufstehen!"

Judy wollte die Waffe aus dem Holster und dem Hosenbein ziehen, doch mit der heruntergeschobenen Hose und der Hand um den Griff war das nicht möglich. Die Hose saß zu stramm an ihrem Knie. Sie drehte sich zur Seite, gab einen vorgetäuschten Schmerzenslaut von sich, hob dabei die Beine an.

Sie schoss, ohne die Waffe aus dem Holster zu ziehen. Sie wusste, sie würde sich dabei verletzen, doch das war ihr egal.

Die Schüsse klangen, anders als zuvor, durch den Stoff der Hose nur gedämpft: *Popp – Popp.*

Die erste Kugel traf Gallagher unterhalb seiner kugelsicheren Weste, direkt unter der Gürtelschnalle. Er wollte sich ducken, umdrehen, als ihn die zweite Kugel ins Gesicht traf. Während er den ersten Treffer gar nicht richtig gespürt hatte, riss ihm der zweite einen Teil der Zunge ab und zerfetzte ein Dutzend seiner Zähne. Mit einem Mal brannte sein Mund, so als hätte er in glühendes Eisen gebissen.

Anders als bei den beiden Cops, die er ermordet hatte, traf ihn Judys Kugel von der Seite. Beide Wangen wurden durchschlagen, doch sein restlicher Kopf blieb unverletzt.

Er stürzte nun selbst auf die Seite. Der Wundschock, von dem er schon so oft gehört hatte, überwältigte ihn: *Ich bin getroffen! Sie hat mich zweimal getroffen! Mein Gesicht ist zerfetzt!* An Gegenwehr dachte er nicht mehr. Als er sich am Boden liegend mit der Hand an den Mund fasste, er dort die riesige Wunde ertastete und er das Ausmaß der Verletzung begriff, verdrehe er langsam die Augen und wurde ohnmächtig.

Das Mündungsfeuer hatte Judys Bein verbrannt und der zweite Schuss auch noch die Hose selbst in Brand gesetzt. Flammen und Rauch züngelten plötzlich aus dem Loch, das die Kugeln in den Stoff gerissen hatten. Judy setzte sich auf, panisch blickte sie zu Gallagher hinüber, aber der regte sich nicht.

Sie streifte ihre Schuhe ab, strampelte sich aus der Hose. Von der brennenden Kleidung befreit, sprang sie auf, zog die Glock aus dem Halfter an ihrer Wade. Die Waffe im Anschlag näherte sie sich dem offenbar bewusstlosen Killer-Cop. Als er sich nicht rührte ging sie um ihn herum, zielte dabei auf seinen Kopf. Seine Waffe lag neben ihm. Mit dem Fuß zog sie sie von ihm weg. Sie bückte sich, schnappte sich die große schwarze Pistole.

Da sie nicht wusste, wohin mit der Glock, in der nur noch eine Patrone übrig war, feuerte sie einen Schuss in die Decke. Die nun nutzlose Waffe ließ sie achtlos fallen.

Das laute Geräusch weckte Gallagher. Mit glasigen Augen sah er sie an, versuchte zu sprechen. Doch seine zerstörte Zunge gehorchte ihm nicht, nur Blut und Speichel spritzten aus seinem Mund. Er lag in einer Lache aus Blut, die sich langsam immer weiter ausbreitete. Offenbar war auch Judys Bauchtreffer nicht ohne Folgen geblieben.

Judy prüfte kurz den Ladestand der erbeuteten Waffe. Doch Gallagher stellte keine Gefahr mehr da. Sie durchsuchte ihn schnell, fesselte ihn mit seinen eigenen Handschellen. Dabei kam sie nicht umhin sich anzusehen, was sie angerichtet hatte. Die Austrittswunde am Kopf sah entsetzlich aus, noch schlimmer war die am Gesäß. Ohne schnelle medizinische Hilfe würde Gallagher sterben.

Für einen Moment genoss sie ihren Sieg. Nackt, nur mit Socken bekleidet, stand sie über dem Killer. Sie selbst sah reichlich ramponiert aus, hatte eine Platzwunde an der Stirn, eine an der Nase. Ihr Jochbein war geschwollen, an Hüfte und Schulter hatte sie schon jetzt große blaue Flecken. Doch ihr blutverschmiertes Gesicht zeigte keinerlei Schmerz. Wie eine Amazone stand sie da, anmutig, stolz.

Während sie Gallagher ohne Mitleid betrachtete, wimmerte dieser leise. Er versuchte zu sprechen, doch es gelang ihm nicht. Unverständliche Laute kamen aus seinem Mund. Doch mit einem Mal war da etwas, das Sinn ergab: *illme, illme.* Kill me – töte mich.

Judy schüttelte den Kopf: „Nein, mein Freund, ich werde alles dafür tun, dass du überlebst. Ich renne jetzt zum Ausgang und werde von deinem Wagen aus einen Rettungshubschrauber rufen. Mit etwas Glück liegst du in einer halben Stunde im OP. Und das nächste Mal, wenn wir uns wiedersehen, wird das im Gerichtssaal sein. Ich werde dich nicht töten, aber ich werde hoffentlich dabei sein, wenn dein Todesurteil gefällt wird."

★★★

Den Nachmittag hatten sie schlafend verbracht. Nach dem Sex unter der Dusche fühlten sie sich angenehm erschöpft. Ohne sich abzutrocknen, hatten sie sich gemeinsam in das riesige King-Size-Bett gelegt, nackt, eng umschlungen.

Als sie erwachten, war es bereits Abend. Sie besorgten sich etwas zu essen, Mark schrieb auf seinem Telefon eine E-Mail an Cortez. Ohne Rebeccas Wissen verfasste er zudem ein kurzes Schreiben, das er an der Rezeption hinterließ. Die Dame am Empfang schaute verdutzt, als er sie bat, den Brief am Morgen der Polizei zu übergeben. Sollten sie ihr Abenteuer überleben, wollte er den Brief vorher wieder zurückholen.

Mark hatte die Idee, das Areal des Schrottplatzes auf Google Maps zu betrachten. Tatsächlich entdeckten sie die Straße durch den Canyon, die Scheune, die überdachten Zwinger. Wie zwei geheimnisvolle dunkle Rechtecke, die Außerirdische einst in die Wüste gemalt hatten, lagen sie da.

An einer Tankstelle kaufte Mark eine kleine Taschenlampe. Neben der Pistole würde sie ihr einziges Hilfsmittel sein. Die Telefone würden sie zuvor ausschalten, in der Wüste gab es sowieso keinen Empfang.

Den Abend über schauten sie fern, lenkten sich ab. Dann, um genau ein Uhr nachts, verließen sie ihr Zimmer. Leise und ohne zu reden, gingen sie auf den Parkplatz, starteten ihre Bikes.

Die Nacht war mild, am Himmel über ihnen funkelten die Sterne. Der Mond leuchtete nahezu taghell, tauchte die Wüste in ein fahles, gespenstisch anmutendes Licht. Die Route 66 lag wie ein schwarzes Band vor ihnen. Sie führte geradeaus, immer weiter Richtung Osten.

Nach gut einer Stunde Fahrt erreichten sie die Tankstelle. „Hier stellen wir die Harley ab. Es reicht, wenn wir mit der Vespa zum Schrottplatz herunterrollen. Die Harley ist mir auf dem Schotter zu schwer, schieben geht da gar nicht.“ Sie wechselten die Position. Mark übernahm den Motorroller, Rebecca nahm hinter ihm Platz. Ein kurzes Stück fuhren sie, dann drehte Mark den Schlüssel herum, der Motor verstummte.

Mit einem leisen Knirschen unter den Rädern rollten sie die Straße hinab. Ohne das Licht des Mondes wäre ihr Unterfangen schwierig geworden, so jedoch kamen sie sicher bis zum Schrottplatz.

Etwas oberhalb davon stoppte Mark. Sie betrachteten den unter ihnen liegenden Ort, der nur als dunkle, unförmige Silhouette zu erkennen war. Nirgends war Licht zu sehen, nichts deutete darauf hin, dass seine Bewohner etwas anderes taten als zu schlafen. Mark nahm kurz den Helm ab, lauschte. Stille. Die drei Brüder gaben keinen Laut von sich. Alles war ruhig, wie in einem Grab.

Unten angekommen, stellten sie die Vespa etwas abseits des Schrottplatzes an den Straßenrand. Sie drehten die Maschine fluchtbereit in Fahrtrichtung, Mark versteckte den Schlüssel unter einem Stein. „Sollte es erforderlich sein, dass einer von uns allein von hier wegfährt, ist es sinnvoll, dass der Schlüssel hier in der Nähe zu finden ist. Merk dir die Stelle."

Beiden war klar, was dieser Fall zu bedeuten hatte. Im Mondschein konnten sie nur wenig erkennen, sonst hätten sie gesehen, dass die Furcht vor dieser Möglichkeit ihnen beiden ins Gesicht geschrieben stand.

Die Helme ließen sie auf dem Sattel liegen. Mark steckte sich die Waffe griffbereit vorn in den Hosenbund, dann schlichen sie hinüber zu den geparkten Baufahrzeugen. Mit ihrer dunklen Kleidung waren sie nur zwei Schatten, lediglich die verchromten Druckknöpfe an Marks Jacke blitzten hier und da auf.

Unter ihren Sohlen knirschte es, Grillen zirpten irgendwo im Gras. Kein Windhauch war zu spüren, wie schon am Mittag war es auch jetzt stickig und warm im Canyon. Das Gestein hatte sich aufgeheizt, strahlte die gespeicherte Hitze ab. Es roch nach Rost und altem Öl, verbranntem Plastik.

Sie erreichten den Bagger. Wie ein schlafender Dinosaurier stand dieser da. Seine mächtige Schaufel am Ende des eingefahrenen Arms versperrte ihnen den Weg. Sie bückten sich, krochen darunter hindurch. An der Antriebskette vorbei ging es Richtung Canyon, der sich wie ein dunkler Spalt vor ihnen abzeichnete.

Mark reichte Rebecca die Hand. „Vorsicht, hier liegen zum Teil große Steine am Rand. Pass auf, dass du nicht stolperst." Er zögerte kurz, versuchte sich an das Sattelitenbild zu erinnern. Dann holte er die Taschenlampe heraus, hielt die Hand vor den Reflektor. Er betätigte den Schalter, ein schwaches, rotes Licht schien zwischen seinen Fingern hindurch.

Sie blickten noch einmal zurück zum Schrottplatz, vergewisserten sich, dass dort weiterhin Ruhe herrschte. Als sie sicher waren, dass die drei Brüder weiterhin schliefen, setzten sie ihren Weg in die Finsternis fort.

★★★

Auf dem Bildschirm war zu sehen, wie ein maskierter Mann eine Frau mit einem Messer verstümmelte. Brian griff in die Chipstüte, schaute gebannt zu. Blut spritzte, der Regisseur hatte die Idee gehabt, dass dabei auch die Linse der Kamera getroffen wurde. Mit einem Mal färbte sich der Bildschirm rot, das Bild war nur noch verschwommen erkennbar.

Brian spulte verärgert vor, er kannte den Horrorfilm bereits. Minuten wurden zu Sekunden, im Zeitraffer reihte sich Gewalt- an Folterszene. Er stoppte, als die leblose Frau mit Ketten gefesselt über den Boden geschleift wurde.

Er zuckte vor Schreck zusammen, als ein leises Piepen ihn aus seinen Gedanken weckte. Hastig blickte er zur Seite, dort blinkte ein kleines Licht an einem unscheinbaren Kasten an der Wand.

Brian sprang auf, eilte hinüber zum Kasten. Rasch überprüfte er, welche der Lampen dort blinkte. Der entsprechende Aufkleber verriet es ihm: *Canyon*. Ein Sensor hing dort in Hüfthöhe, bei einem Kojoten oder Präriehasen hätte er nicht angeschlagen. Ein Mensch war also dabei, in den Canyon einzudringen.

„Fuck, dir werd ich's zeigen." Er zog sich eine kurze Hose über, schlüpfte in seine Turnschuhe. Aus einem Schrank holte er einen Elektroschocker, eine Schrotflinte. *Jetzt noch schnell die beiden Schwachköpfe wecken*, dachte er, *dann schauen wir mal, wer uns da mitten in der Nacht besucht.*

★★★

Vor ihnen lag die Wüste. Rechts und links des Weges wuchsen Saguaro-Kakteen. Die meterhohen Pflanzen bestanden aus einem dicken Stamm, aus dem zwei oder mehr Arme nach oben herauswuchsen. Mark erinnerten sie an Männer, die sich mit erhobenen Händen ergaben. Doch irgendwie hatte die Geste auch etwas von einer Warnung: *Halt, geht nicht weiter.*

Wären sie nicht in so einer gefährlichen Mission unterwegs gewesen, Mark hätte sich irgendwo niedergelassen oder sogar hingelegt. Am Firmament erstreckte sich leuchtend die Milchstraße, ein Anblick von unbeschreiblicher Schönheit. Auch Rebecca blickte immer wieder staunend nach oben.

Schließlich erreichten sie die Scheune. Wie eine schwarze Burg ragte sie aus der Landschaft, breit, hoch, uneinnehmbar. Das Dach war nicht so spitz wie in Rebeccas Vorstellung. Wie ein stumpfer Pfeil zeigte es nach oben in den Himmel.

Mark schaltete die Lampe ein, beleuchtete die Front. Verwittertes Holz, vor langer Zeit hatte man es dunkel angestrichen. Ein großes Tor erlaubte es, einen Traktor oder Heuwagen hineinzufahren, es war geschlossen. Daneben gab es eine einfache Tür.

Falls Tor und Tür verschlossen waren, mussten sie ihre Ermittlung beenden. Sie hatten keinerlei Werkzeug dabei, kein Brecheisen. Doch wider Erwarten ließ sich die Tür öffnen. Von einem leisen Knarzen begleitet, schob Mark sie nach innen, lauschte. Stille und undurchdringliche Dunkelheit lagen vor ihm.

Es roch nach Holz, Heu, altem Leder. Irgendwo dazwischen glaubte er auch so etwas wie Pferdemist zu riechen. „Los, geh rein, worauf wartest du." Rebecca schob ihn von hinten an, er hatte sein Zögern gar nicht bemerkt.

Der Boden bestand aus Streu, daher der Geruch von Heu. Mark leuchtete umher, er erkannte schemenhaft einige voluminöse Kessel. Doch die Scheune selbst war zu groß für seine kleine Lampe; sie konnte den Innenraum nicht ausleuchten. „Leuchte bitte mal mit der Lampe hier hin", flüsterte Rebecca.

Neben der Tür gab es einen altmodischen Schalter. Ein Hebel ließ sich nach unten ziehen, er verband zwei kupferne Kontakte. Mit einem Mal umgab sie Licht, eine Reihe nackter Glühbirnen an den Wänden leuchtete schwach auf.

Die Scheune war verblüffend groß und hoch. Die Decke verschwand in der Dunkelheit, eine Reihe Regale unterteilte den Raum links in der Mitte. Sie untersuchten zunächst die Kessel an der Wand rechts von ihnen.

Die mannshohen Behälter aus Kupferblech waren zylindrisch geformt, oben liefen sie spitz zu. Rohre verbanden die Gefäße, an einigen befanden sich alte, verstaubte Armaturen. Große Absperrhähne saßen an den Rohren. Spinnweben und Staub wiesen darauf hin, dass sie seit Ewigkeiten niemand mehr auf- oder zugedreht hatte.

Mit dem Fingerknöchel schlug Rebecca vorsichtig gegen einen der Behälter. Ein schöner Klang ertönte, fast wie bei einem Gong. „Die sind wohl leer. Wozu mögen sie dienen? So groß wie die sind, kann man da ja einen ganzen Hektoliter drin abfüllen."

Mark bückte sich, schaute unter einen der Behälter. Das Ding war unten schwarz von Ruß, einst musste dort ein Feuer gebrannt haben. Langsam dämmerte es ihm. Er schaute dahinter, entdeckte Holzkisten voller leerer Flaschen.

Mit der Taschenlampe leuchtete er auf das Regal in der Raummitte. Auch dort war Glas zu erkennen, funkelte im Schein der Lampe. Mit einem Mal wusste er, was sie hier vor sich hatten. „Das ist eine alte Destille. Hier wurde einst Schnaps gebrannt und abgefüllt. Ich vermute mal, dass als Basis die Kakteen hier in der Gegend dienten."

Rebecca schüttelte den Kopf. „Aber so wie es hier aussieht, muss das lange her sein. Wie alt, glaubst du, ist die Anlage?" Mark wischte den Staub von einem Schild auf einem der Kessel. „Wilkins Brewing Copper, 1910, Phoenix. Ich denke mal, die haben hier zur Zeit der Prohibition, also 1920 bis 1933, illegal Schnaps gebrannt. Das war damals eine Riesengeschäft."

So in der Wüste versteckt, war die Stelle dafür nicht schlecht gewählt, dachte Mark. Dazu die Route 66 vor der Tür, auf der man die Waren nach Ost und West vertreiben konnte. „Das ist ein Lost Place, der letzte Schnaps wurde hier vor zig Jahren gebrannt. Komm, wir schauen mal auf der anderen Seite der Scheune nach."

Als sie sahen, was sich hinter dem Regal befand, zog sich ihnen der Magen zusammen. Ein großer Käfig war dort aufgebaut. Er war achteckig, fünf Meter im Durchmesser, gut drei Meter hoch. An acht in den Boden eingelassenen Rohren hatte man Matten aus Maschendraht angebracht. Eine Tür ermöglichte den Zugang. An einer Seite gab es einen vergitterten Tunnel, durch ihn wurden wohl die Hunde in den Käfig getrieben. Er reichte durch die Wand der Scheune hinaus ins Freie.

Über dem Käfig hing ein Strahler, mit ihm konnte das Geschehen im Inneren beleuchtet werden. Im Moment war er jedoch ausgeschaltet. Der Schalter war an der Wand angebracht, dort stand auch ein Regal, in dem diverse Gegenstände aufbewahrt wurden.

Mark ging hinüber, sah sich um. Verschiedenes Werkzeug lag hier, eine Zange, Draht, wohl um den Käfig bei Bedarf zu reparieren. Er sah eine Peitsche, einen langen, angespitzten Stab. Neben dem Regal hing eine elektrischer Viehtreiber, alles Dinge, um die Hunde in ihrer Wut noch wilder zu machen.

Mark konnte seinen Ekel vor dem, was er hier sah, nicht verbergen. „Hier finden also die Hundekämpfe statt. Ich denke, sie nehmen sie auf Video auf und verkaufen die Filme dann im Internet. Andernfalls gäbe es hier Stühle oder vielleicht sogar eine Tribüne für Zuschauer. Ein widerlicher Ort. Wie viele Tiere haben die drei Dreckskerle hier wohl schon zu Tode gequält?"

Auch Rebecca war geschockt. Sie blickte auf eine Schlinge, die von der Decke herunterhing. Unter ihr war der Boden aufgewühlt und fleckig. „Diese Flecken, das scheint Blut zu sein. Hier ‚trainieren' sie wohl die Hunde, machen sie scharf."

Dies war ein Ort des Grauens, doch es gab keine Spur von Adam Newton. Nirgends stand ein Motorrad, nichts lag herum, das auf seine Anwesenheit hingedeutet hätte.

Mark zog sein Telefon aus der Tasche. Er schaltete es ein, es dauerte kurz, bis er das Gerät entsperrt hatte. Dann fotografierte er den Käfig und alles andere, die Sachen im Regal. „Ich denke nicht, dass das für eine Verhaftung ausreicht. Man müsste die Brüder schon in flagranti erwischen. Wir werden die Fotos später Steve zeigen, mal sehen, was der dazu sagt. Lass uns jetzt von hier verschwinden."

Sie gingen zurück zur Tür, löschten das Licht. Mark nahm die Pistole in die rechte Hand, öffnete die Tür mit der linken, zog sie nach innen zu sich heran.

In diesem Moment traf ihn etwas in der Brust. Bevor er dorthin fassen konnte, explodierte sein Verstand. Sein Körper versteifte sich, ein unglaublicher Schmerz ließ ihn fast ohnmächtig werden. Er riss den Mund auf, wollte schreien, doch er konnte nicht. Nur ein ersticktes Husten entwich seinem Hals.

Rebecca, die hinter ihm stand, begriff nicht sofort, was geschah. Als Mark in der Dunkelheit rückwärts taumelte und hinfiel, riss er sie mit. Schließlich lag er auf dem Rücken vor ihr, sie hörte ihn röcheln und stöhnen. Sie selbst saß, versuchte, sich aufzurichten.

Im nächsten Moment wurde sie vom Schein einer Taschenlampe geblendet. „Keine Bewegung, oder ich blase dir den Kopf weg. Sitzen bleiben, Hände hoch, sofort." Jemand schaltete das Licht ein.

Vor ihnen ragte Brian auf, in der Hand einen Taser. Neben ihm stand Gilbert, dahinter betrat Archie die Scheune. Gilbert hielt eine Pumpgun in der Hand, die Mündung der Waffe war auf Rebecca gerichtet.

Jetzt konnte Rebecca sehen, was mit Mark los war. Er lag mit schmerzverzerrtem Gesicht da, zwei dünne Kabel ragten aus seiner Brust, führten zum Taser in Brians Hand.

Als Polizistin hatte sie noch miterlebt, wie diese schrecklichen Waffen eingeführt wurden. Sie verschossen zwei kleine, spitze Pfeile, an deren Ende es Widerhaken gab. Diese bohrten sich in das Fleisch des Getroffenen. An den Pfeilen selbst waren Kabel angebracht, sie wickelten sich von einer Spule im Inneren der Waffe ab, reichten einige Meter weit. Ein Akku in der Waffe versorgte die Pfeile mit Strom. Drückte der Schütze den Abzug, floss dieser in den Körper seines Opfers.

Gedacht waren Taser als nicht tödliche Distanzwaffen, die es der Polizei ermöglichen sollten, aggressive Angreifer auszuschalten, ohne sie gleich erschießen zu müssen. Doch immer wieder wurden Taser auch verwendet, um Gefangene zu foltern. Die Stromstöße waren so intensiv und schmerzhaft, dass die Getroffenen oftmals die Besinnung verloren, einige starben sogar an Herzversagen.

„Los, bringen wir sie rüber zum Käfig, weg von der Tür." Brian packte Mark bei den Haaren, er schleifte ihn über den Boden. Rebecca stand auf, Gilbert drückte ihr den Lauf der Schrotflinte schmerzhaft in den Rücken.

Mark lag nun neben dem Käfig. Nur langsam kam er zu sich, Brian stand über ihm. „Wenn du Zicken machst, verpass ich dir den nächsten Stromstoß. Was habt ihr beiden hier zu suchen? Ihr sucht den Bengel, richtig?"

Mark wollte, doch er konnte nicht antworten. Der Elektroschock, zusammen mit dem unverhofften Wechsel der Situation, überforderte ihn völlig. Erst langsam begriff er, was um ihn herum geschah. Für Brian offenbar zu langsam.

Der trug nur eine kurze dunkle Sporthose, dazu Turnschuhe. Sein sonst unbekleideter schwarzer Körper, muskelbepackt, ragte über seinem Opfer empor. Er blickte auf Mark herab. Irgendwie genoss er den Moment, doch auch er war verwirrt. Jemand hatte sein Geheimnis entdeckt. War die Polizei ihm auf der Spur? Wenn ja, dann musste er noch in dieser Nacht fliehen.

Als Mark nur unzusammenhängende Wörter stammelte, drückte Brian den Abzug erneut. Kurz nur dieses Mal, es sollte lediglich eine Warnung sein. Doch für Mark war der Elektroschock erneut unglaublich schmerzhaft. Er zuckte, schrie, wand sich auf dem Boden.

Rebecca wollte ihm helfen, doch Gilbert packte ihren Zopf, zog sie grob nach hinten. „Hiergeblieben, Mädchen." Brian gab ihm ein Zeichen. „Los, leg ihr die Schlinge um. Wir werden die beiden schon zum Reden bringen. Archie, halt du so lange die Waffe."

Gilbert warf seinem Bruder die Pumpgun zu. Ehe Rebecca sich versah, legte er ihr die Schlinge um, die von der Decke der Scheune herabhing. Sie konnte den widerlichen Gestank riechen, der davon ausging. Sie wollte protestieren, doch auf einmal zog sich die Schlinge zu. Gilbert stand am anderen Ende des Seils, das irgendwo an der Wand an einem Nagel gehangen hatte.

Brian betrachtete sie mit sichtlicher Genugtuung. „Du bist wirklich hübsch, mein Kind. Wenn wir hier fertig sind, habe ich noch eine Kleinigkeit für dich. Doch jetzt raus mit der Sprache. Wer seid ihr?"

Rebeccas Verstand raste. Sie musste eine Geschichte erfinden, die plausibel war, ihre nächtliche Anwesenheit erklären würde. Gleichzeitig musste sie jedoch Brian glauben machen, dass sie und Mark nicht allein hier waren, sondern Teil eines Teams. Andernfalls würde er sie vielleicht töten.

„Wir sind eine Gruppe Detektive, die nach Adam Newton suchen. Auf Google Maps haben wir die versteckten Gebäude entdeckt. Wir zwei sollten sie unter die Lupe nehmen. Henry und Rocco warten oben an der Tankstelle im Auto auf uns." Sie verzichtete auf eine Drohung, Brian sollte sich mögliche Konsequenzen selbst überlegen.

Dessen Gesicht drückte offene Wut aus. Hasserfüllt schleuderte er ihr entgegen: „Scheiße, du lügst. Ihr zwei seid ein Ehepaar, keine Detektive. Ihr ermittelt hier nicht im Team, sonst wärt ihr anders ausgerüstet. Noch nicht mal ein Funkgerät habt ihr dabei. Gilbert, zieh sie hoch!"

Ohne Vorwarnung zog Brians Bruder am Seil. Rebeccas Hals wurde zusammengeschnürt, sie stellte sich auf die Zehenspitzen. Doch Gilbert, dessen Blick verriet, dass ihm die Angelegenheit Freude bereitete, zog noch fester. Für eine Sekunde schwebten Rebeccas Füße über dem Boden.

Sie versuchte, ihre Finger zwischen das Seil und ihren Hals zu bekommen, doch das war unmöglich. Sie strampelte, doch das verstärkte den Schmerz nur noch. Ihr Kopf wurde von dem Strick zur Seite gedrückt, ihr wurde schwarz vor Augen.

Als Mark sah, wie Rebecca am Seil hing, ihr schmerzverzerrtes Gesicht blau wurde und sie versuchte zu schreien, versuchte er aufzustehen. „Ihr Schweine, lasst sie …“ Sofort verpasste ihm Brian einen erneuten Stromstoß, der ihn zurückwarf. Auch er zappelte nun, während er mit durchgedrücktem Rücken auf dem dreckigen Boden lag.

Kurz bevor sie ohnmächtig werden konnte, ließ Gilbert nach. Rebecca spürte wieder Boden unter den Füßen. Sie taumelte, schwankte, wäre fast umgefallen. Doch Gilbert hielt das Seil so straff, dass es sie aufrecht hielt. Weiter nach Luft ringend, schaffte sie es, stehen zu bleiben. Sie zerrte mit den Fingern an der Schlinge, löste sie etwas.

Archie stand am Rand, er beobachtete das grausame Treiben seiner Brüder. Die Frau tat ihm leid, sie war so hübsch, wirkte so verletzlich. Dass Gilbert und Brian sie nun quälten, empfand er als falsch. Sie hatten Dutzende Hunde getötet, zwei Männer auf dem Gewissen. Doch eine Frau ermorden? Da wollte er nicht mitmachen.

„Brian, was hat die Frau uns denn getan? Lassen wir sie doch in Ruhe, wir haben ja den Mann, den …“ Weiter kam er nicht. „Halt die Fresse, du Krüppel, sonst hängst du als nächster am Seil, verstanden? Die beiden sind nicht zufällig hier, sie dürfen diesen Ort nicht lebend verlassen.“ Wütend trat Brian seinem Opfer erst in den Bauch, dann ins Gesicht. Mark nahm die Tritte ohne jede Gegenwehr hin.

Brian war seine Wut mit jedem Wort anzumerken. „Noch mal, wer hat euch geschickt, und wer weiß, dass ihr hier seid?“ Mark richtete sich auf, Blut lief ihm aus Mund und Nase. Erneut war es Rebecca, die mit erstickter Stimme die Antwort gab: „Wir sind Detektive. Rose Newton hat uns beauftragt. Das FBI hat uns den Tipp gegeben, den Schrottplatz hier zu untersuchen. Sie sind euch auf den Fersen.“

Der Bodybuilder verlor nun die Beherrschung. Er verpasste Mark noch einen Stromstoß, dann befahl er Gilbert: „Los, hochziehen. Die beiden wollen es ja nicht anders." Gilberts Augen funkelten, als er Rebecca, dieses Mal mit aller Kraft, strangulierte.

Ihre Füße schwebten mehrere Zentimeter über der Erde, ihr gesamtes Körpergewicht hing am Seil. Sie öffnete dem Mund, wollte schreien, doch kein Laut entwich ihr. In den entsetzlichen Schmerz mischte sich Todesangst, als sie spürte, wie sie langsam das Bewusstsein verlor.

Mit einem Mal war alles ruhig. Der Schmerz verschwand, es war dunkel und angenehm still. Zwischen ihren Beinen wurde es warm, sie begriff, dass sich ihre Blase entleerte. Der Urin floss ihr die Beine hinab, für den Bruchteil einer Sekunde bedauerte sie, dass die teure Hose verschmutzt wurde. Dann dachte sie noch kurz an Mark, sie glaubte, ihn schreien zu hören.

Und dann starb sie. Die Blutzufuhr zu ihrem Gehirn war schon zu lange unterbrochen, ihr Herz hörte urplötzlich auf zu schlagen. Ihr Körper wurde schlaff, entspannte sich.

Mark, halb auf der Seite liegend, war gezwungen, den Todeskampf seiner Freundin mitanzusehen. Verzweifelt schrie er: „Neeeein!" Sein Schrei war noch nicht verklungen, als er eine andere Stimme vernahm. „Sie hat genug. Lass sie runter."

Es war nicht die Stimme Brians, dennoch kam sie ihm bekannt vor. Er hob den Kopf, schaute auf, im Halbdunkel stand plötzlich ein schwarzgekleideter Mann. Gilbert sah ihn zuerst, denn der Mann richtete seine Worte direkt an ihn. Sofort ließ er das Seil los, Rebecca sackte in sich zusammen.

Der Fremde war groß, sicherlich fast zwei Meter. Die Ärmel seines schwarzen Hemdes hatte er hochgekrempelt, an seinen Handgelenken trug er breite schwarze Armbänder aus Leder. Um die Stirn hatte er sich ein dunkles Tuch gebunden, es hielt seine Haare zusammen. Er war durch eine Narbe entstellt, sie zog sich quer über sein Gesicht.

Paco trat weiter auf sie zu. In der rechten Hand hielt er eine Pistole, sie wirkte lächerlich klein und war auf Gilbert gerichtet. Brian erkannte sofort, um welche Art Waffe es sich handelte: „Scheiße, er hat nur 'nen Derringer. Archie, schieß! Schieß!"

Archie wusste, was ein Derringer war. Eine kleine zweischüssige Pistole, dazu auch noch ein Vorderlader. Eine Waffe, wie sie im Wilden Westen die Pokerspieler bei sich getragen hatten, oft im Ärmel versteckt. Sie war eher als Drohung gedacht, kaum dazu geeignet, jemanden zu töten.

Den Lauf der Pumpgun hatte er zuvor gesenkt, jetzt hob er ihn. Brian hatte ihm das Schießen beigebracht, er hatte schon Hunde und auch Kojoten erschossen. Doch nie zuvor einen Menschen. Sein Finger suchte den Abzug, der Lauf richtete sich auf den dunklen Mann im Schatten.

Doch der verschwand plötzlich in einer Wolke aus gelbem Licht. Archie selbst spürte einen Schlag auf der Brust, dann wurde er ein wenig angehoben. Er flog nach hinten, begriff, dass er gerade von einer Kugel getroffen worden war. Mit einem Mal traf ihn auch die Schallwelle, und mit ihr kam der Schmerz. Schreiend taumelte er rückwärts, stürzte zu Boden.

Brian ließ den Taser fallen. Er wollte losrennen, seinerseits den Eindringling attackieren. Doch sofort richtete Paco die Waffe auf ihn. „So viel zum Thema Derringer. Hinlegen, sofort. Hände hinter den Kopf." Mark dachte daran, was er am Tag zuvor erst Rebecca zum Thema Autorität erzählt hatte. Paco, daran bestand kein Zweifel, würde sofort abdrücken. Paco, das erkannte er jetzt, war ein Mörder.

Auch Brian wurde das klar. Er zögerte, dann folgte er dem Befehl widerwillig. Paco richtete die Waffe auf Gilbert. „Los, leg dich daneben. Und du Junge, steh auf. Mach schon." Als Mark nicht sofort begriff, dass er gemeint war, wurde Paco wütend. Mit einem Schritt war er bei ihm, zog ihm die mit Widerhaken besetzten Pfeile aus der Brust. Der Schmerz riss ihn aus seiner Lethargie.

„Los, geh rüber zu deiner Frau. Sie ist erst seit ein paar Sekunden weggetreten, verpass ihr eine Beatmung und Herzmassage." Er packte Mark an der Jacke, half ihm aufzustehen. Währenddessen ließ er die beiden Brüder nicht aus den Augen. „Liegen bleiben!"

Mit zitternden Händen drehte Mark Rebecca auf den Rücken. Kaum schaffte er es, den Strick um ihren Hals zu lockern, so fest saß er. Ein roter Striemen war zu sehen, wo soeben noch die Schlinge gelegen hatte. Ihr Gesicht war blau, die Lippen fast schwarz. Ihre offenen Augen starrten ihm leblos entgegen. Sie war offensichtlich tot, er verlor die Fassung, begann zu weinen.

Die kräftige Ohrfeige traf ihn völlig unverhofft. Paco brüllte ihn an: „Reiß dich gefälligst zusammen! Los, kümmere dich!" Verstört kniete sich Mark neben den leblosen Körper seiner Freundin. Kurz überlegte er, was er über die Mund-zu-Mund Beatmung gelernt hatte. Er hielt Rebecca die Nase zu, öffnete ihren Mund. Dann atmete er tief ein, presste seinen Mund gegen ihren, spendete ihr seinen Atem.

Ihr Brustkorb hob sich, schnell brachte Mark sich in Position, drückte ihr mehrfach fest gegen den Solarplexus. Paco war unzufrieden mit seinen Bemühungen. „So wird das nichts. Du beatmest sie, ich mache den Rest. Los!" Zu seinem Entsetzen stellte ihr der Mann seinen Schuh auf die Brust. Doch irgendwie vertraute er dem Indianer.

Mark atmete in Rebeccas Lunge, Paco drückte ihr danach mit der Hacke seines Schuhs kräftig, aber dennoch behutsam zehnmal nacheinander auf die Brust. „Noch mal, das muss schneller gehen." Ein weiterer Atemstoß folgte, Paco presste erneut seinen Fuß zehnmal auf Rebeccas Brust. Drei weitere Male wiederholten sie die Prozedur, und Mark begann schon daran zu zweifeln, dass sie Erfolg haben würden. Mit Tränen in den Augen atmete er weiter in Rebeccas Mund.

Doch dann spürte er so etwas wie Widerstand. Als Paco ihr die nächste Herzmassage gab, würgte sie plötzlich, erbrach Galle und Speichel, vermischt mit Resten halbverdauter Nahrung.

„Schnell, dreh sie auf die Seite. Nicht, dass sie jetzt noch an ihrer eigenen Kotze erstickt." Mark folgte der Anordnung. Als Rebecca sich mit einem lauten Würgegeräusch erbrach, verlor er erneut die Beherrschung. Er beugte sich über sie, wollte sie umarmen, doch Paco packte ihn grob an der Schulter. „Hör auf zu heulen, bring sie da rüber zur Wand. Sie soll sich dagegen lehnen."

Paco schien mit dem Erreichten zufrieden. Er lachte leise, während er, die Pistole weiterhin auf die Brüder gerichtet, zu Archie ging, der regungslos dalag. „Ha, wer sagt's denn? Jeden Tag eine gute Tat. Es ist erst halb drei, und ich habe schon einer Frau das Leben gerettet."

Am Boden neben dem Toten lag die Pumpgun. Paco hob sie auf, betrachtete sie. „Wobei die Betonung hier auf ‚eine' liegt. Macht euch alle keine Hoffnungen, dass weitere gute Taten folgen."

Kurz kontrollierte er die Schrotflinte, dann warf er achtlos den Derringer in Brians Richtung. „Hier, ein kleines Geschenk für dich. Der Typ in dem Laden konnte mir nicht genau sagen, wie man sie lädt. Also habe ich einfach so viel Pulver reingefüllt wie möglich."

Zufrieden betrachtete er seine neue Waffe. „Außerdem kommt es vor, dass man versehentlich beide Läufe gleichzeitig abfeuert. Dein Bruder hat sich also zwei Kugeln eingefangen. Hat ganz schön gerummst." Als Brian begriff, dass der große Mann die ganze Zeit geblufft hatte, knurrt er wütend.

Zu Pacos Füßen lag Archie. Mit einem Mal rührte er sich. „Kalt. Mir ist so kalt", wimmerte er leise. Paco blickte ungerührt auf ihn hinab. Auf Archies Brust hatte sich roter Schaum angesammelt. Als er sprach, blubberte es in dem Schaum, neue Blasen entstanden, als Luft aus der Wunde austrat.

„Kalt ist dir? Das ist kein gutes Zeichen, mein Junge. Für die Christen ist die Hölle ein heißer Ort, denn dort brennt das Höllenfeuer." Er beachtete den Sterbenden nicht weiter, wandte sich den beiden anderen am Boden liegenden Männern zu. „Doch wir Indianer wissen, dass dem nicht so ist. Die Hölle ist ein kalter, dunkler Ort, an dem man 1.000 Jahre lang friert und hungert. Archie steht an der Schwelle zu diesem Ort."

Mark hatte zwischenzeitlich Rebecca an die Wand gelehnt. Sie bekam langsam ihre natürliche Hautfarbe zurück, auch das Blau der Lippen verschwand. Mark schaute ihr in die Augen. „Erkennst du mich? Weißt du, wo du dich befindest?" Sie nickte schwach, versuchte zu antworten. „Mak. Scheu-ne." Sie sprach seinen Namen falsch aus, doch ihr Verstand schien zu funktionieren. Gern hätte Mark ihr das Erbrochene von der Brust gewischt, doch Paco erteilte ihm schon wieder einen Befehl.

„Schau nach, ob du etwas findet, mit dem wir die beiden fesseln können. Da drüben im Regal vielleicht." Mark erinnerte sich an den Draht, die Zange. Rasch holte er die Sachen herbei. Paco stellte sich hinter Brian, drückte ihm den Lauf der Pumpgun zwischen die Hinterbacken.

Seine Stimme klang schneidend und kalt. „Der Mann wird dich jetzt fesseln. Solltest du versuchen, uns dabei Schwierigkeiten zu bereiten, verpass ich dir ein zweites Arschloch und amputiere deine Eier. Verstanden?" Als Brian nicht sofort antwortete, stieß Paco mit dem Lauf der Waffe zu. Brian zuckte vor Schmerz zusammen. „Verstanden", zischte er mit zusammengebissenen Zähnen.

Mark umwickelte Brians Hände mit Draht, doch Paco war nicht zufrieden. „Fester. Schau dir die Muskeln an." Mark folgte den Anweisungen, Paco zeigte auf die Füße des Gefangenen. „Die auch."

Als die beiden Brüder so gefesselt dalagen, entspannte sich der dunkle Mann endlich. „So, Herrschaften, es wird Zeit, dass ich mich vorstelle und erkläre, aus welchem Grund ich eure kleine Party hier so grob unterbrochen habe."

Die Waffe auf der Schulter schlenderte er hinüber zum Käfig. Wortlos betrachtete er ihn. Als er sich umdrehte, sah sein Gesicht noch übler aus als zuvor. Mark glaubte Tränen in seinen Augen zu erkennen. Die Kiefer spannten sich, er blickte mit kalter Wut auf die Männer am Boden.

Mark wusste in diesem Moment, dass die beiden dem Tode geweiht waren. Paco war nicht hier, um die Polizei zu rufen. Er war hier, um Rache zu nehmen. Sein Auftreten war so ruhig, dass Mark sicher war: Dieser Mann hatte auch früher schon getötet. Auch der Bluff mit dem Derringer zeugte von außergewöhnlicher Kaltblütigkeit.

Selbst seine Stimme war nicht mehr die, mit der er Mark und Rebecca am Motel angesprochen hatte. Damals klang sie ruhig und gelassen, jetzt zynisch und hart. „Mein Name ist Paco Stone. Ich bin ein Indianer vom Stamm der Chickasaw. Geboren wurde ich vor 50 Jahren in einem Reservat, nur zwei, drei Stunden entfernt von Dallas, Texas."

Er blickte keinen der Anwesenden an, schaute in die Ferne, so als würde er in der Zeit zurücksehen. „Vor 30 Jahren kam ein Bus in unser Reservat, ein schöner, großer Reisebus. Er glänzte vor lauter Chrom und Stahl. Drei Männer stiegen aus, sie bauten einen Klapptisch auf, stellten einige Stühle davor. Dann riefen sie alle zusammen, ich folgte neugierig ihrem Ruf."

Gilbert wimmerte vor Schmerz, der Draht schnitt ihm in die Handgelenke. Von Archie war nichts mehr zu hören, Brian schwieg. „In Dallas errichtete man neue Wolkenkratzer, es wurden Arbeiter gesucht. Indianer sind ja bekanntlich schwindelfrei, und so haben sie uns jungen Männern gut bezahlte Jobs angeboten. Viele haben unterschrieben, so auch ich. Am nächsten Tag kam ich in Dallas an."

Paco lachte bitter. „Ha, leider zeigte sich hier, dass ich wohl der einzige Indianer Nordamerikas bin, der nicht schwindelfrei ist. Schon im ersten Stock wurde mir schlecht. Sie haben mich umgehend gefeuert."

Mark versuchte sich eine Baustelle vorzustellen, sah Gerüste, Kräne, Betonpfeiler, die emporragten. Und er sah den jungen, unversehrten Paco. „Ohne Geld saß ich also in der großen Stadt fest, musste mich durchschlagen, betteln, habe unter Brücken geschlafen. Eines Nachts dann wurde ich überfallen."

Er kam hinüber zu Mark, der sich wieder neben Rebecca gesetzt hatte. Völlig unverhofft richtete er die Waffe auf ihn. „Es war eine Gruppe weißer Jungs, keiner älter als 20. Sie dachten, ich wäre ein leichtes Opfer, doch als zwei von ihnen tot auf der Erde lagen, begriffen die anderen, dass dem wohl nicht so war."

Paco bemerkte plötzlich, dass er Mark bedrohte. Lässig legte er die Waffe auf seine Schulter, die Mündung zeigte nun zur Decke. Draußen heulte in der Ferne ein Kojote, mit einem Mal war Hundegebell zu hören.

„Die Typen gehörten zu einer Gang. Der Anführer erkannte meine Qualitäten. Er pfiff seine Jungs zurück und machte mir ein Angebot. Was sollte ich tun? Mit einem Mal war ich Mitglied in einer der größten Gangs von ganz Texas."

Draußen lieferten sich die Hunde und der Kojote ein Duell, wer wohl lauter jaulen konnte. Schließlich gewannen die Hunde, das Jaulen und Bellen verstummte langsam.

„In den folgenden Jahren habe ich die Gang unterstützt. Ich habe gestohlen, geraubt, gedealt und auch gemordet. Ich habe schreckliche Dinge getan, Verbrechen, für die ich mich heute schäme und von denen ich nicht glauben kann, dass ich sie einst begangen habe."

Rebecca drückte Marks Hand. Gemeinsam saßen sie da, betrachteten den Mörder, der ihnen, einem Toten und seinen zwei Brüdern, die soeben versucht hatten, sie zu ermorden, seine Geschichte erzählte. Noch war nicht klar, wer heute noch sterben würde.

Paco betrachtete Rebecca. Mit einem Mal löste er sein Stirnband, warf es ihr zu. „Hier, wisch dir mal die Kotze aus dem Gesicht." Mark dachte sich, dass Paco sie wohl kaum gerettet hätte, wollte er ihnen Böses antun.

„Eines Tages dann wurde unser Clubhaus am Rand der Stadt überfallen. Eine andere Gang griff uns an, überraschte uns. Ich bekam eine Machete in die Fresse. Das Ding steckte in meinem Kopf, ich lag ohnmächtig auf dem Boden. Sie hielten mich für tot. Doch dann bin ich plötzlich aufgewacht."

Er wechselte die Waffe in die linke Hand, ballte seine rechte Hand unter dem Kinn zur Faust. „Ich habe mir die Machete selbst aus dem Gesicht gezogen und sie angegriffen. Die dachten wohl, ich wäre ein Zombie, sie waren starr vor Schreck." Er tat, als würde er eine unsichtbare Machete aus seinem Gesicht ziehen.

„Zwei habe ich getötet, zwei schwer verletzt, sie konnten flüchten. Die Toten habe ich zerhackt. Ihre Hände, Füße, ihre Gesichter, alles habe ich zerhackt." Sein Gesicht zu einer wütenden Grimasse verzerrt, imitierte er eine Hackbewegung. Er sah nun noch furchteinflößender aus.

„Irgendwann bin ich zusammengebrochen. Als ich wieder zu mir kam lag ich in einem Krankenhaus, die Hände an das Bettgestell gefesselt. Man hat mich gesund gepflegt, vor ein Gericht gestellt. Ich bekam 30 Jahre bis lebenslänglich." Erneut lachte er bitter: „Ha, einem Indianer wird das Recht auf Notwehr wohl nicht zugestanden."

Er schlenderte nun zu den gefesselten Brüdern hinüber, stellte sich hinter sie. „Ein Jahr nach meiner Verurteilung bekam ich Post. Ein Mädchen, mit dem ich hin und wieder gebumst hatte, schrieb mir, ich sei Vater geworden. Ich habe ihr geantwortet, dass für die nächsten Jahrzehnte leider nicht mit meiner Hilfe zu rechnen sei. Danach habe ich nie wieder etwas von ihr gehört."

Mark spürte, dass Paco langsam zum Kern seiner Geschichte kam. „16 Jahre später jedoch erreichte mich erneut ein Brief. Ein junger Mann schrieb mir, seine Mutter sei gestorben. Auf dem Sterbebett habe sie ihm die Wahrheit verraten: Sein Vater lebe, säße im Gefängnis."

Paco begann zu husten, er schlug sich zweimal mit der Faust auf die Brust. Schleim löste sich, er spuckte auf den Boden. Mark konnte Blut darin sehen. „Ich hab natürlich nicht geglaubt, dass wirklich ich der Vater bin, doch in seinem nächsten Brief hat der Junge mir ein Bild von sich geschickt. Da gab es keinen Zweifel mehr, der Bengel hatte genau meine Visage."

Paco sprach nun langsam, er beobachtete die beiden am Boden liegenden Männer genau. „Sein Name war übrigens Miguel Acosta. Auf seinem rechten Arm hatte er eine sehr auffällige Tätowierung. Eine lebensgroße Kobra, die sich um den Arm herumwindet, ihr Kopf lag auf dem Handrücken." Gilbert schluchzte, presste das Gesicht verzweifelt auf den Boden. Brian entfuhr ein leises, fast unhörbares „Fuck!".

Auch Paco bemerkte die Reaktion der beiden Männer: „Sieh mal einer an. Ihr kennt den Jungen also? Was für ein Zufall, meint ihr nicht auch?" Er gab ihnen eine Chance zu antworten, doch es folgte nur Schweigen.

„In den nächsten Jahren haben mein Sohn und ich einander regelmäßig geschrieben. Eines Tages dann hat er mir erzählt, dass er sich ein Motorrad gekauft hat, mit dem er die Route 66 entlangfahren will. Gestartet ist er zwei Wochen später in Chicago, sein Ziel war Los Angeles."

Paco zog aus seiner Gesäßtasche einige Zettel. Das Gewehr unter den Arm geklemmt, faltete er sie auseinander. Es handelte sich um Postkarten. „Jeden Tag hat er mir eine Karte geschickt. Hier ist er losgefahren in Chicago, hier erreichte er Amarillo, diese Karte hat er mir aus Tucumcari geschickt." Er entfaltete die Karten, warf sie Brian auf den Rücken.

„Die letzte Karte dann kam aus Seligman. ‚Hi, Dad, bin in Seligman, ein arm-seliges Nest, da kommt wohl auch der Name her. Haha. Mein Motorrad spinnt ein wenig, die Hitze macht ihm zu schaffen. Ich melde mich wieder aus Mohave, viele Grüße, Miguel.'"

Er beugte sich zu Brian herunter, legte ihm die Karte vor den Kopf. „Hier, lies selbst." Doch Brian drehte den Kopf zur Seite. Paco fuhr fort. „Danach habe ich nie mehr etwas von meinem Jungen gehört. Er und sein Motorrad sind in Seligman abgefahren und danach spurlos verschwunden."

Gilbert weinte nun laut und ungehemmt. *Warum auch immer er weint,* dachte Mark, *hängt vermutlich mit dem Grund für das Verschwinden des Jungen zusammen.*

„Ein Jahr später verlegen sie einen jungen Bengel aus Oklahoma zu mir in die Zelle. Er ist überall tätowiert, lauter Rocker-Kram. Auch er war einst Mitglied einer Gang, den berüchtigten Oklahomies. Der Typ ist völlig paranoid, hat Angst, dass sie ihn vielleicht rauslassen. Er will unbedingt in ein Zeugenschutzprogramm, doch dafür kann er den Cops wohl nicht genug bieten."

Erneut musste Paco husten, erneut war der Auswurf von rötlicher Farbe. „Es hat ein wenig gedauert, bis der Junge mir vertraut hat, dann jedoch hat er ausgepackt. Er hatte ein paar seiner Kumpels verpfiffen, nachdem ihn die Cops bei einem Bruch geschnappt hatten. Jetzt konnte er vor Angst nicht mehr schlafen, denn der Boss der Gang droht jedem Verräter mit dem Tod."

Paco stellte sich nun über Brian. Er beugte sich ein Stück zu ihm herab, drückte ihm die Mündung der Waffe gegen den Kopf. „Es gab einen Grund, warum der Junge sich so gefürchtet hat. Der Boss zeigt jedem Neuzugang einen Film, in dem gezeigt wird, welches Schicksal Verrätern droht."

Es vergingen einige Sekunden, bevor Paco mit eiskalter Stimme weitersprach. „In dem Film ist zu sehen, wie ein junger, nackter Mann in einem Käfig von einem Rudel wilder Hunde zerfleischt wird. Der Verräter sagte mir, es wäre das Schrecklichste gewesen, was er je in seinem

Leben gesehen hätte. Die Hunde hätten den Mann buchstäblich in Stücke gerissen."

Gilbert wimmerte laut: „Aufhören, bitte, hör auf." Doch Paco war noch nicht fertig. „Außerdem erwähnte der Verräter, dass der Junge, der da so grausam starb, eine auffällige Tätowierung besaß: eine große Schlange, die sich um seinen Arm wand."

Paco ging nun zu Gilbert, hockte sich neben ihn: „Kannst du dir vorstellen, wie das ist, wenn du erfährst, dass dein eigener Sohn von Hunden zerfleischt wurde? Und nicht nur das. Jemand hat die Tat gefilmt, den Film vermutlich verkauft." Paco brüllte Gilbert nun lauthals an: „Und irgendetwas sagt mir, dass das hier in dieser verdammten Scheune geschehen ist."

Mark schaute auf Rebecca, die sich mittlerweile halbwegs erholt hatte. Sie atmete normal, ihr Blick sah wach und klar aus. Doch auch Angst lag darin. Sie zitterte zudem leicht, Mark wusste nicht, worauf genau dies zurückzuführen war.

Der Indianer stand auf. „Gern hätte ich dem Rocker die Augen ausgedrückt, damit er mir verrät, wo ich seinen Boss finden kann. Doch bereits am nächsten Tag haben sie ihn verlegt."

Er ging hinüber zum Käfig, schaute sich dort um. An der Wand entdeckte er den Lichtschalter, mit dem der Käfig beleuchtet werden konnte. Er betätigte ihn, mit einem Mal war der schreckliche Ort taghell erleuchtet. An der Wand hing auch der elektrische Viehtreiber, er nahm ihm aus der Halterung, testete ihn. Ein blauer Lichtbogen verband plötzlich die beiden Kontakte an der Vorderseite, ein bösartiges, elektrisch klingendes Knistern war dabei zu hören.

„Hübsches Spielzeug habt ihr hier." Die Waffe in der einen Hand, den Viehtreiber in der anderen, kehrte er zurück. „Vor zwei Jahren dann geschah das Wunder. Bei uns im Trakt wurde Tuberkulose festgestellt. Alle mussten sich untersuchen und röntgen lassen. Bei mir wurde ein stecknadelkopfgroßer Tumor in der Lunge entdeckt."

Mark ahnte, was nun folgen würde. „Eigentlich hätte ich noch ein paar Jahre absitzen müssen, doch ein Häftling mit Krebs kostet den Staat viel Geld. Untersuchungen, Medikamente, Operationen, da kommt schon einiges zusammen. Also haben sie mich begnadigt. Ein freier Mann kann sich schließlich selbst um seine Gesundheit kümmern."

Paco lachte bitter. „Schon eine Woche später stand ich vor dem Gefängnis, 4.000 Dollar in der Tasche. Der Lohn für 25 Jahre Zwangsarbeit. Ich hab mir ein Auto gekauft und bin nach Seligman gefahren, dem letzten bekannten Aufenthaltsort meines Sohnes."

Jetzt endlich schloss sich der Kreis. „Ich habe mich hier in der Gegend umgehört, doch mit meiner Fresse will keiner mit mir reden. Ich hab mal hier gearbeitet, mal da, doch nirgends fand ich jemanden, der sich eine Horde Kampfhunde im Hinterhof hält. Auch hier bei euch am Schrottplatz war ich schon mal, hab mich umgesehen, doch alles erschien mir unverdächtig."

Jetzt kam Paco zu Mark herüber. „Doch dann verschwand wieder ein Motorradfahrer, dieses Mal im Osten, in der Nähe von Holbrook. Schließlich habe ich mein Lager dort aufgeschlagen, denn ich war mir sicher, dass es einen Zusammenhang gibt. Irgendwann, als ich im Bed and Bike gearbeitet habe, tauchten dann diese beiden Leute hier auf."

Paco lächelte nun, sprach zu Rebecca: „Die Lady hier hat mich Frankenstein genannt, nicht gerade höflich. Nachts dann habe ich euch beobachtet, wir ihr an der Garage rumgeschnüffelt habt. Da ahnte ich es, dass ihr zwei Privatdetektive seid. Ich wollte aber auf Nummer sicher gehen, daher habe ich mir die Bikes nochmal genauer angeschaut. Und siehe da, auf den Schutzblechen klebten Aufkleber von der Motorradvermietung: Tripps Harley in Amarillo."

Er beugte sich über Rebecca, strich ihr vorsichtig über den Kopf. „Die haben auch eine Facebook-Seite, dort entdeckte ich ein Video. In dem Film dreht eine Frau auf einer Vespa Kreise, dass die Funken sprühen. In der Beschreibung dazu steht: ‚Mark und Rebecca aus San Francisco starten heute auf die Route 66.'" Paco lachte leise. „Nachdem ich dann Mark, Rebecca und San Francisco zusammen gegoogelt habe, fand ich eure Detektei im Internet."

Mark konnte nicht glauben, was er da hörte. Paco war ihnen tatsächlich mit detektivischem Spürsinn auf die Schliche gekommen.

„Ab da bin ich euch gefolgt, denn mir war klar, dass zwei Weiße eher was erreichen können als ich mit meinem kaputten Gesicht. Zudem dachte ich mir, dass ihr wohl auch die Akten kennt und gute Kontakte zur Polizei habt."

Rebecca, die wusste, dass sie dem Mann ihr Leben verdankte, entschuldigte sich mit brüchiger, leiser Stimme: „Bitte nehmen Sie mir den dummen Spruch nicht übel." Paco zwinkerte ihr zu, dann erhob er sich.

„Im Sturm hätte ich euch fast verloren. Und auch an diesem Indianer-Outpost habt ihr mich fast verrückt gemacht. Aber heute Nacht habe ich direkt neben euren Bikes in meinem Auto geschlafen. Als ihr eure Maschinen angelassen habt, bin ich euch unauffällig gefolgt."

Er ging zurück zu den gefesselten Männern, die wohl beide ahnten, dass Paco nicht hier war, um sie der Polizei zu übergeben. „An der Tankstelle stand die Harley, doch ich habe mir schon vorher überlegt, wo ihr in der Nacht wohl hinfahren würdet. Der Schrottplatz war euer Ziel, ich wusste es."

Paco beugte sich über Archie, drückte ihm mit dem elektrischen Vieltreiben auf den Bauch. Der Mann rührte sich nicht. „Dieser hier ist seinen Brüdern gefolgt, seine Taschenlampe wies auch mir den Weg. Dass ich euch gefunden habe, ist nur ihm zu verdanken, vielleicht hat Gott ihm daher einen schnellen Tod geschenkt."

Rebecca hatte aufgehört zu zittern. Vermutlich war sie nun sicher, dass Paco ihr und Mark nichts antun würde. Doch der Indianer erhob mit einem Mal die Stimme.

„Von euch zwei Brüdern erwarte ich nun, dass ihr mir die Wahrheit erzählt: Wie ist mein Sohn Miguel gestorben?" Stille. Weder Brian noch Gilbert gaben einen Laut von sich. Paco nickte. „So habe ich mir das gedacht. Nun gut." Er drückte den elektrischen Viehtreiber zwischen Brians Beine. Ohne Vorwarnung betätigte er den Schalter.

Brian schrie, sein Körper zuckte. Er versuchte sich wegzudrehen, doch Paco stellte ihm einen Fuß auf den Rücken. „Nicht so schlimm wie ein Taser, doch die Batterie von so einem Ding hält dafür ewig."

Mark konnte nicht hinsehen. Auch Rebecca schloss die Augen. Paco bearbeitete Brian eine ganze Minute, doch der Mann hielt der Folter stand. Er weigerte sich, Paco die Wahrheit zu erzählen. Schließlich ließ Paco von ihm ab, er drückte stattdessen Gilbert die Spitze des Viehtreibers ins Genick: „Am Kopf ist so ein Stromstoß nicht ungefährlich. Mache werden verrückt davon."

Sofort gab Gilbert seinen Widerstand auf. „Nein, bitte nicht. Ich möchte nicht für Brians Taten büßen. Ich erzähle Ihnen alles." Paco nahm den Stab fort, wartete. Zögernd und stockend begann Gilbert mit seiner Beichte.

„Schon unser Vater hat Hundekämpfe veranstaltet. Er hat sie auf Video aufgenommen, die Filme in Chicago an Pornovideotheken verkauft. Als er starb, hat Brian das Geschäft übernommen, wir mussten ihm helfen." Brian gab ein verächtliches Grunzen von sich.

„Archie hatte die Idee, dass man die Filme viel leichter über das Internet verkaufen könnte. Brian hat ihn daher in Flagstaff eine Ausbildung zum New-Media-Designer machen lassen. Er hat da gelernt, wie man mit Computern umgeht, Videos bearbeitet und so."

Brian wurde wütend. „Was glaubst du, was dir das bringt? Er wird dich trotzdem töten." Aber Gilbert redete unbeirrt weiter: „Irgendwann hat uns ein Kunde angeschrieben. Er wäre bereit, 100.000 Dollar zu bezahlen. Für einen Film, in dem ein Mensch gegen Hunde kämpft. Brian hat sofort zugesagt."

Rebecca hielt sich jetzt die Ohren zu. Sie wollte die Details der Geschichte nicht erfahren. „Zwei Tage später ist ein junger Mann mit seinem Motorrad in der Wüste liegen geblieben. Ein Trucker hat Nick an der Tankstelle angefunkt, der wiederum hat Brian Bescheid gesagt. Wir sind hingefahren, um dem Biker zu helfen. Als rauskam, dass niemand wusste, wo er sich gerade aufhielt und dass sein Handy kaputt war, hat Brian beschlossen, ihn für den Film zu nehmen."

Sein Bruder lachte höhnisch. „Der liebe Gilbert. Erzähl ihm doch auch, dass du das Ganze gefilmt hast. Und sag ihm, was du gemacht hast, bevor du den Jungen in den Käfig gesperrt hast."

Doch Gilbert schwieg. Paco drückte ihm erneut den Stab ins Genick, doch jetzt war es Brian, der seinen Bruder verriet. Vermutlich wollte er nicht allein als Monster dastehen. „Es war seine Aufgabe, den jungen Mann auszuziehen. Bei der Gelegenheit hat er ihn gleich noch in den Arsch gefickt."

Paco zog die Luft zischend durch die zusammengebissenen Zähne. Kurz überlegte er, Gilbert mit einem Stromstoß zu bestrafen, doch er ließ es. „Ich fasse also zusammen. Ihr habt meinen Sohn verschleppt, nackt ausgezogen, ihn vergewaltig, danach von Hunden zerfleischen lassen. Ihr habt die Tat gefilmt, den Film verkauft. Wo ist die Leiche jetzt? Wo sind sein Motorrad, seine Sachen?"

Als die Antwort ausblieb, verlor Paco die Geduld. Er stellte einen Fuß auf Gilberts Kopf, verlagerte langsam sein Gewicht darauf, bis der Mann unter ihm vor Schmerz wimmerte. „Wir haben ihn in der Wüste begraben. Alles, die Leiche und auch das Bike."

Mark erhob sich. Paco schien im Gedanken verloren, beachtete ihn nicht. „Was ist mit Adam Newton passiert? Hat ihn das gleiche Schicksal ereilt?" Stille. Keine Antwort, doch das war Mark schon Antwort genug. Plötzlich antwortete Gilbert.

„Er kam von allein zu uns. Sein Bike streikte, er hatte Probleme mit den Zündkerzen. Brian hatte sofort die Idee, einen zweiten Film zu drehen, ihn dem Kunden anzubieten."

Rebecca schluchzte leise, sie hatte trotz ihrer Bemühungen einen großen Teil der Geschichte mitbekommen. Auch Mark war erschüttert. Wie sollten sie das der Mutter des jungen Mannes beibringen?

Paco erwachte aus seinen Gedanken. Achtlos warf er die Waffe und den Viehtreiber zu Boden. Ohne Vorwarnung packte er Gilbert an den Haaren, zerrte den vor Schmerz und Angst schreienden Mann in den Käfig. Brian, deutlich schwerer als sein Bruder, versuchte sich zu wehren. Er zappelte, wand sich, versuchte Paco zu treten. Doch der kannte kein Erbarmen. Mit seinen schweren Stiefeln trat er Brian in den Unterleib, zweimal, dreimal. Brian gab schließlich auf. Paco packte ihn an den Füßen, zerrte auch ihn in den Käfig.

Mark ahnte, was Paco vorhatte. Er wollte den Mann davon abhalten, doch dessen Reaktion war unmissverständlich. Paco drohte ihm mit dem Zeigefinger: „Ich habe dich nicht gerettet, um auch dich töten zu müssen. Zwing mich nicht dazu. Nimm deine Frau und geh."

Mit einem Mal stand Rebecca neben Mark. Sie gab leise die Antwort. „Wir gehen. Danke, dass du uns das Leben gerettet hast." Sie zog ihren Freund mit sich, er ließ es geschehen.

Neben der Tür lag Marks Waffe, er hatte sie dort zuvor verloren. Für eine Sekunde dachte er daran, sie aufzuheben. Die beiden Männer waren nicht nur Täter, sie waren auch Zeugen. Würden sie sterben, blieben vielleicht andere Verbrechen ungeklärt. Doch er wusste, dass er gegen Paco keine Chance hatte. Paco war ein kaltblütiger Mörder, er war nur ein Polizist.

Leise gingen sie nebeneinander durch die Nacht. „Wie fühlst du dich?", wollte er von seiner Partnerin wissen. Die antwortete im Flüsterton. „Ich kann nicht richtig schlucken. Auch wenn ich versuche, den Kopf zu drehen, merke ich, da stimmt etwas nicht. Mir ist immer noch schwindelig, Durst habe ich auch. Ich möchte, dass du mich möglichst schnell zu einem Arzt bringst." Sie zögerte kurz. „Außerdem habe ich mir wohl in die Hose gepinkelt."

Sie kamen deutlich langsamer voran als zuvor. Beide hatten Schmerzen, waren dabei, das Geschehene zu verarbeiten. Mark wusste, dass die Ereignisse in der Scheune sie noch jahrelang verfolgen würden.

Als sie den Canyon erreichten, hörten sie es: Hundegebell, wütend, laut, aggressiv. Es kam aus Richtung der Scheune. Plötzlich erklang ein Schuss, dann ein zweiter, das Gebell wurde noch lauter. Schreie mischten sich darunter, entsetzliche Schreie. Todesschreie.

Rebecca hielt sich die Ohren zu. „O Gott, er hat die Hunde durch den Tunnel in den Käfig gelassen. Jetzt hetzt er sie mit Schüssen auf, macht sie wild. Sie zerfleischen ihre Besitzer." Auch Mark war geschockt. Vor seinem geistigen Auge sah er den Käfig, die beiden gefesselten Männer darin, die Hunde.

Aber hatte er sich gerade noch für die Brüder einsetzen wollen, so erschien ihm ihr Schicksal nun gerecht. Sie hatten vermutlich Dutzende Hunde grausam getötet, zwei junge Menschen bestialisch ermordet. Dass sie die Taten auch noch vermarktet hatten, kam erschwerend hinzu. Brian war ein Monster, doch Gilbert war nicht viel besser. Mark erinnerte sich an seinen Blick, als er Rebecca strangulierte. Nein, er war keinen Deut besser als sein Bruder.

Mark umarmte Rebecca, drückte sie behutsam an sich. Während sie sich weiter die Ohren zuhielt, lauschte er den Schreien, die durch die Nacht hallten. Es dauerte noch einige Zeit, dann verstummten sie. Es folgte ein weiterer, letzter Schuss, die Hunde bellten erneut. Mark ahnte, wem dieser Schuss wohl gegolten hatte.

★★★

Eine Woche später. Wilshire Federal Building, FBI

„Ms Tonka, Mister Stetson, Cortez, zunächst möchte ich Ihnen mitteilen, dass Ihre Vorgehensweise in diesem Fall absolut indiskutabel gewesen ist. Es wurden gleich Dutzende Vorschriften missachtet. Ms Tonka und Mr Cortez haben sich gleich mehrfach strafbar gemacht."

Das Büro von Gillian Anderson, der grauen Eminenz beim FBI Los Angeles, war so trostlos und grau wie sie selbst. Auf einem grauen Teppich standen graue Möbel, die Wände waren grau gestrichen. Keine Blume, kein Bild brachte etwas Farbe in den Raum. Auch Anderson selbst war wie immer grau gekleidet. Cortez dachte sich, dass sie wohl auch gern die Fenster hätte grau übermalen lassen.

Die FBI-Chefin war als schmallippig und übellaunig bekannt, doch heute merkte man ihr die Verstimmung besonders an. Ihre Augen funkelten böse. Wenn Blicke töten könnten, hätte es in dem Büro ein Gemetzel gegeben.

„Ihre unprofessionelle und eigenmächtige Vorgehensweise hätte in einer Katastrophe enden können. Dass Sie alle noch leben, grenzt an ein Wunder. Besonders Ms Di Romania hat unglaubliches Glück gehabt!" Für eine Sekunde widmete sie Mark ihre alleinige Aufmerksamkeit: „Wie geht es Ihrer Partnerin?"

Mark hob die Schultern. „Danke, den Umständen entsprechend gut. Sie wurde vor einigen Tagen operiert. Die Ärzte haben ihr eine Metallplatte im Genick eingesetzt, den angeknacksten Nackenwirbel auf diese Weise stabilisiert. Die Platte wird sie einige Monate lang begleiten. Die Verletzung am Kehlkopf ist weniger schlimm als gedacht. Sie kann schon wieder essen und auch ganz gut sprechen."

Mark erwähnte nicht, dass die Folgen der psychischen Verletzungen noch gar nicht absehbar waren. Rebecca litt unter Panikattacken und Schlafstörungen. Albträume plagten sie. Vor zwei Tagen, während der Fahrt ins Krankenhaus, bekam sie beim Anblick eines großen, bulligen Hundes einen Zitteranfall. Während er hier saß, sprach Rebecca mit einer Psychotherapeutin. Sie hatte die Dame gleich für ein halbes Jahr im Voraus gebucht.

Anderson schenkte ihm einen tröstenden Blick. „Das hört sich doch gut an. Bitte richten sie ihr von mir die besten Genesungswünsche aus."

Damit war ihr Vorrat an freundlichen Worten jedoch erschöpft. „Ms Tonka, Sie sehen fürchterlich aus. Was haben Sie sich eigentlich dabei gedacht, diesem Irren allein gegenüberzutreten?" Judy antwortete nicht. Ihre gebrochene Nase hatte man gerichtet, auf dem verletzten Jochbein hatte sich ein riesiger blauer Fleck ausgebreitet. Ihr linker Arm hing in einer Schlinge. Der Verband, der die Verbrennung am rechten Unterschenkel abdeckte, lag versteckt unter ihrer Hose.

Jetzt bin ich dran, dachte sich Cortez, doch er irrte. Anderson stand auf, sie ging zum Fenster hinüber. „Der griechische Arzt Hippokrates hat einmal gesagt: ‚Wer heilt, hat recht.' Auf die Arbeit eines Polizisten übertragen, könnte man also sagen: ‚Wer einen Verbrecher überführt, hat recht.'"

Sie blickte aus dem Fenster auf die Millionenmetropole, die sich bis zum Horizont hin ausbreitete. Eine Dunstglocke lag über L. A., die Hitze war auch heute wieder unerträglich.

„Hätten Sie sich an die Vorschriften gehalten, dann wäre eventuell nicht einer der Verbrecher gefasst worden. So jedoch haben Sie an einem einzigen Tag eine ganze Reihe gemeingefährlicher Individuen aus dem Verkehr gezogen."

Plötzlich drehte sie sich um, zeigte mit der Hand auf Judy. „Besonders Ms Tonka hat einen Killer zu Strecke gebracht, der vielleicht zu den gefährlichsten Mördern in der Geschichte der USA zählt. Doch dazu gleich mehr."

Auf ihrem Schreibtisch lagen mehrere Akten. Sie setzte sich, zog die oberste zu sich heran. „Cortez, Sie haben Anthony Waller überführt. Zum jetzigen Zeitpunkt können wir ihm 18 Morde nachweisen." Es störte ihn nicht, dass sie ihn nur mit seinem Namen anredete. Es war vielmehr ein Ausdruck der Vertrautheit, entstanden während jahrelanger Zusammenarbeit.

Sie blätterte, las vor: „Da sind die 16 Totenschädel in seinem Schrank. Dazu ein nahezu vollständig aufgelöstes Skelett in der Scheune und der soeben ermordete Mann im Kühlhaus. Im Keller fanden wir ein Sammelsurium an Kleidung und diversen Gegenständen. Es wird Monate dauern, das alles auszuwerten."

Sie überschlug einige Seiten, blickte in die Runde. „Waller war Sohn eines Bestatters. Er war erst acht Jahre alt, da hat ihn sein Vater schon im Geschäft mitarbeiten lassen. Er hat Leichen gewaschen und geschminkt, entgast, für die Beerdigung im offenen Sarg vorbereitet." Sie zog eine Augenbraue hoch, legte den Kopf zur Seite. „Falls jemand nicht weiß, was Entgasen ist, ich erkläre es Ihnen gern. Bei diesem Vorgang werden dem Verstorbenen mit Hilfe eines Rohres Faulgase aus Magen und Darm abgelassen. So sollen peinliche Geräusche bei der Beerdigung vermieden werden."

Man lernt nie aus, dachte sich Cortez. Anderson fuhr fort: „Waller hat seine gesamte Jugend im Kühlraum eines Beerdigungsinstituts verbracht. Während andere Jungs ihre Pubertät in der Tanzschule erleben durften, hat er Leichen gewaschen und geschminkt." Kopfschüttelnd legte sie die Akte beiseite. „Zu was diese Erziehung geführt hat, können Sie in Cortez' Bericht nachlesen."

Mit traurigem Gesichtsausdruck nahm sie sich die nächste Akte vor. „Die Henderson-Brüder vom Schrottplatz. So wie es aussieht, waren die drei keine Brüder." Mark wurde hellhörig. Er erinnerte sich, diesen Gedanken ebenfalls gehabt zu haben.

„Der angebliche Vater der Männer war Paul Henderson, genannt Porky. Er wurde aber auch *Babysitter* gerufen. Warum, das werden Sie gleich erfahren." Sie blätterte, las vor: „Paul Henderson war ein bekannter Zuhälter in den schwarzen Gettos von Chicago. Er war bekannt dafür, seine Frauen mit Hunden zu bedrohen, sollten sie nicht genug Geld heranschaffen."

Sie blickte nun Mark an. „Er hat jedoch auch Hundekämpfe veranstaltet, irgendwo in den Docks von Chicago. Und da viele seine Mädchen Kinder zur Welt brachten, hat er sich um die auch noch gekümmert, während die Frauen im Puff oder an der Straße für ihn schuften mussten. Daher auch sein Spitzname."

Ein Hubschrauber, der wohl auf dem Dach des Gebäudes landen wollte, flog bedenklich nah am Fenster vorbei. Anderson betrachtete ihn misstrauisch über die Schulter hinweg. „Als die Polizei ihn wegen der Hundekämpfe verhaften wollte, verdrückte er sich. Mit ihm zusammen verschwanden drei Kinder."

Sie blätterte eine Seite weiter. „Es ist davon auszugehen, dass nur Brian sein leiblicher Sohn war. Gilbert und Archie stammten von anderen Vätern und Müttern ab." Mark erlaubte sich, ihre Ausführungen zu ergänzen. „Wir haben uns das schon gedacht, denn es gab keinerlei Ähnlichkeiten zwischen den dreien."

Kurz sah es so aus, als wolle Anderson aufstehen und ihn erwürgen. Unterbrechungen während eines Vortrags hasste sie. „Paul Henderson hat dann das Grundstück gekauft, den Schrottplatz errichtet. Den Rest können Sie im Bericht von Mister Stetson nachlesen."

Sie legte die Akte beiseite, war jedoch noch nicht fertig: „Das Areal ist riesig. Wo genau die Leichen der beiden Biker liegen, wissen wir noch nicht. Wir suchen sie mit Hubschraubern und Drohnen, werden wohl noch einen Trupp Soldaten, ausgerüstet mit Metalldetektoren, hinzuziehen müssen. Außerdem gibt es Hinweise darauf, dass auch der Vater schon ein Mörder war. 1980 und 1985 sind dort in der Gegend zwei Frauen mitsamt ihren Autos verschwunden."

Anderson richtete die Schreibutensilien auf ihrem Tisch präzise aus. „Die gute Nachricht ist jedoch, dass unsere Leute den Laptop aus einem der Container entschlüsseln konnten. Wir haben einige IP-Adressen von Käufern der Filme, auch einige E-Mails sind aufschlussreich. Wir denken, dass es auch hier zu Dutzenden Verhaftungen kommen wird."

Anderson nahm sich die nächste Akte vor. „Daniel Gallagher. Ms Tonka, hier ist Ihnen ein wirklich großer Fang gelungen." Cortez staunte nicht schlecht, als seine ehemalige Chefin Judy plötzlich mit einem warmen, fast schon gütigen Blickt betrachtete. „Sie werden für Ihre Arbeit eine Auszeichnung erhalten, vom Polizeipräsidenten persönlich. Eventuell wird man Sie auch ins Justizministerium einladen, der Herr Minister hat gestern mit mir telefoniert."

Judy zog unbewusst den Kopf ein. Sie wusste bereits, dass Gallagher wohl mehr Verbrechen zu verantworten hatte als nur die beiden erschossenen Cops. Aber was alles er getan hatte, das hatte man ihr bisher nicht verraten.

Anderson setzte sich aufrecht hin, wurde ernst. „Zunächst einmal: Gallagher lebt. Ich habe gestern Fotos von ihm bekommen." Sie kramte in der Akte, zog ein Bild hervor, betrachtete es. „Kennen Sie die Borg, eine Mischung aus Mensch und Maschine, die Bösewichte aus der Serie ‚Star Trek'? So in etwa sieht er momentan aus."

Sie reichte das Bild Cortez, der es, ohne es zu betrachten, an Mark weitergab. Der schaute es sich an. Im Hintergrund vernahm er Andersons Stimme: „In nahezu allen Körperöffnungen stecken irgendwelche Schläuche. Damit meine ich die natürlichen Öffnungen und die, die Ms Tonka hinzugefügt hat. Die Ärzte haben ihm einen künstlichen Darmausgang gelegt, er wird zudem künstlich ernährt."

Mark reichte das Bild weiter, doch Judy schüttelte den Kopf. Er gab es zurück an Anderson. „Mit etwas Glück wird Gallagher überleben, doch er wird das Militärkrankenhaus zeitlebens nicht mehr verlassen. Sobald er vernehmungsfähig ist, werden wir ihn dort einige Monate lang verhören. Man wird ihn wohl zum Tode verurteilen, oder aber zu lebenslanger Haft."

Sie richtete sich nun an Judy. „Kennen Sie den Unterschied zwischen einem Sadisten, einem Psychopathen und einem Soziopathen?" Judy nickte. „Ein Sadist erregt sich an den physischen und psychischen Schmerzen, die er einem anderen Menschen zufügt. Einem Psychopathen ist es egal, dass er einem anderen Menschen Schmerzen oder Schaden zufügt. Und ein Soziopath begreift gar nicht, dass er einem Mitmenschen etwas antut. Mitgefühl jeder Art ist ihm fremd."

Ihre Chefin nickte zufrieden. „Richtig. Gallagher ist ein Psychopath, zeigt jedoch auch Verhaltensweisen eines Soziopathen. Ihm ging es vor allem darum, seine Taten in der Öffentlichkeit zu sehen. Wenn das Fernsehen über seine Verbrechen berichtete, dann war er zufrieden."

Sie schaute nun wieder in die Akte. „Wir konnten auf seinen Laptop zugreifen, den er lediglich mit seinem Fingerabdruck gesichert hatte. Dort fand sich ein Tagebuch. In den vergangenen zehn Jahren hat Dan Gallagher Hunderte Straftaten verübt. Darunter so einfache wie das Zerstechen von Reifen bei einem Truck, aber auch eine Brandstiftung, bei der die Mutter von zwei Kindern gestorben ist."

Sie sah in die Runde. „Er hat den Brand gelegt, die Kinder gerettet, die Mutter jedoch in den Flammen sterben lassen. Für die Rettung wurde er gefeiert und ausgezeichnet. Niemand ahnte, dass er hinter dem Feuer steckte." Sie schaute wieder auf den Text. „Des Weiteren hat er mehrere Frauen vergewaltigt, ist für Tausende verendete Tiere verantwortlich. Mehrfach hat er Gegenstände von Brücken geworfen. Erst vor wenigen Tagen hat er so einen Trucker bei Flagstaff ermordet."

Anderson richtet sich auf, schaute Judy direkt an. „Ich könnte Ihnen Dutzende weitere Fälle vorlesen. Die Vergiftung eines Obdachlosen ist darunter, die Entführung eines Minderjährigen, den er in der Wüste ausgesetzt hat. Und selbstverständlich lagen Sie mit Ihrer Vermutung richtig, dass er der Mörder der beiden Polizisten ist."

Judy, die von alledem nichts gewusst hatte, wurde blass. Anderson war jedoch noch nicht am Ende ihrer Ausführungen. „Interessant sind jedoch seine Pläne für die Zukunft. Gallagher wollte ein Serien-Massenmörder werden. Er plante, eine Reihe von Zugunglücken herbeizuführen, vorzugsweise in Ballungsgebieten. Dabei sollten möglichst spektakuläre Fernsehbilder entstehen, riesige Feuer, Rauchsäulen, Evakuierungen von ganzen Stadtteilen. Und Tote. Er wollte Tausende Menschen töten."

Sie zog ein Bild aus der Akte. Es war eine Fotomontage: Gallagher, der ein Selfie machte, während hinter ihm ein Flugzeug in das World-Trade-Center einschlug. „Nine Eleven. Er war fasziniert von diesem Attentat. Die Bilder gingen um die Welt, er jedoch beabsichtigte, dieses Ereignis noch zu übertreffen." Mark, Cortez und Judy blickten schockiert auf die Aufnahme, bis es Anderson beiseitelegte.

Sie sammelte sich einen Moment, dann richtete sie wieder das Wort an die Anwesenden: „Waller lebt, ihm wird der Prozess gemacht. Gallagher wird mit etwas Glück überleben, seine Verletzungen und Schmerzen sind wohl eher eine Strafe als die Haft, die ihm bevorsteht. Die angeblichen Brüder sind tot, doch was Paco Stone ihnen angetan hat, kann man ebenfalls als adäquate Strafe bezeichnen."

Anderson erhob sich, die Besprechung war zu Ende. „Abschließend noch eine Frage an Sie alle. Ms Tonka ist eine halbe Native American, ihr Vater stammt von den Tonkawa ab. In Ihren Adern, Cortez, fließt ebenfalls indianisches Blut. Paco Stone war Indianer und auch die geheimnisvolle Zeugin, deren Name uns Mister Stetson verschweigt, ist wohl eine Native American."

Sie lächelte nun, ein überaus seltenes Ereignis. „Die ganze Ermittlung kam nur ins Rollen, weil ein junger Mann auf einem Motorrad der Marke *Indian* verschwunden ist. Zählen wir nun zusammen, dann gibt es in diesem Fall doch sehr viele amerikanische Ureinwohner. Was glauben Sie, meine Herrschaften, ist das ein Zufall?"

Cortez hatte die Geschichte noch gar nicht auf diese Weiser betrachtet, und auch Mark und Judy schienen überrascht. Sie schauten sich etwas ratlos an, und schließlich war es Mark, der die Antwort gab: „Was soll es denn sonst sein, Ms Anderson? Alles andere als der Zufall wäre ja ein Wunder."

Gillian Anderson, die Akten unter dem Arm, kam um den Tisch herum. Sie klang zufrieden. „Wer nicht an Wunder glaubt, der ist kein Realist. Um uns herum im Universum geschehen so viele Dinge, die unbegreiflich sind, da ist ein Wunder oft die einzige Erklärung."

★★★

Zur gleichen Zeit in Arizona

Tock, tock.

„Herein!"

Die Tür öffnete sich, zwei Männer betraten das Büro. Der eine hatte die Figur eines American-Football-Spielers, der andere war von eher schmächtiger Statur. Beide trugen dunkle Anzüge. Sofort läuteten bei ihm die Alarmglocken.

„Deputy Chief Jim Levin? Mein Name ist Special Agent Woody Lennox, das ist mein Kollege Special Agent Hoover. Wir kommen vom FBI Los Angeles." Der Mann griff sich in die Brusttasche, zog zwei Umschläge hervor.

„Ich habe hier einen Haftbefehl für Sie. Bitte begleiten Sie uns, am Flughafen wartet eine Maschine. Unsere Chefin, Assistant Director Gillian Anderson, möchte sich gern persönlich mit Ihnen unterhalten."

Wort- und fassungslos nahm Levin das Schreiben entgegen. „Ich bin verhaftet? Warum?" Es war nun der Schmächtige, der ihm antwortete:

„Verrat von Dienstgeheimnissen, Sir. Wir haben das Telefon von Gallagher entsperrt. Sie haben ihm eine SMS gesandt und ihn vor der, ich zitiere, ‚FBI-Schlampe', gewarnt. Daraufhin hat er versucht, unsere Kollegin zu ermorden."

Levin schüttelte den Kopf. „Nein, nein, so war das nicht gemeint. Ich konnte ja nicht ahnen, dass er ein verrückter Killer ist." Der Große hob abwehrend die Hand. „Sir, wir brauchen Ihnen Ihre Rechte nicht vorzulesen. Sie sind Polizist und kennen das Procedere. Bitte geben Sie mir Ihre Dienstmarke und Ihre Waffe."

Ruf deinen Anwalt an, schoss es ihm durch den Kopf. Doch er wusste, er saß bis zum Scheitel in der Scheiße. Es kam sogar noch schlimmer. „Hier ist ein weiteres Schreiben für Sie, Sir. Es wurde vom Justizminister des Staates Arizona unterzeichnet." Levin nahm das Papier entgegen. „Was steht da drin?"

Erneut gab ihm der Mann namens Hoover die Antwort: „Sie sind mit sofortiger Wirkung aus dem Polizeidienst entlassen. Den Grund kennen Sie bereits: Verrat von Dienstgeheimnissen."

Levin taumelte, ließ sich rückwärts in seinen Sessel fallen. Mit offenem Mund saß er so da, blickte das Schreiben an. Er wusste, was diese Hiobsbotschaft zu bedeuten hatte. Doch der Schmächtige ließ es sich nicht nehmen, sie ihm laut zu verkünden.

„Damit verlieren Sie sämtliche Pensionsansprüche, Sir. Vielleicht bleibt Ihnen der Knast erspart, aber Sie sollten sofort damit anfangen, sich nach einem neuen Job umzusehen." Woody Lennox setzte noch einen drauf: „Vielleicht finden Sie ja eine Anstellung als Wachmann. Hier in der Gegend gibt es ja eine Menge Lost Places und alter Malls. Es wäre ein Wunder, wenn man da jemanden wie Sie nicht gut gebrauchen könnte."

★★★

Noch zwei Reihen blauer Glasperlen, dann war das Armband fertig. Die winzigen Perlen aufzusticken, erforderte Zeit und Geduld, an einem Armband saß sie fast vier Stunden. Verkaufen tat sie es für lächerliche 15 Dollar, doch selbst diese geringe Summe war manchen Touristen noch zu viel. Sie versuchten zu handeln, boten ihr zehn, manchmal sogar nur lächerliche fünf Dollar. *Alles Motherfucker*, dachte Anukai.

Dieses Armband würde wohl das letzte für diese Saison sein. Der Herbst nahte unausweichlich, mit ihm die ersten Hurrikans. Die Biker würden verschwinden wie das Laub von den Bäumen. Die Route 66 würde zur Ruhe kommen und für sie und ihren Clan eine Zeit des Verzichts und der Sorge beginnen.

Ohne festes Einkommen war sie auf ihre wenigen Ersparnisse angewiesen. Die zwei Corona-Jahre hatten das Geld jedoch nahezu aufgezehrt. Sollte jetzt ein harter Winter kommen, in dem sie viel Geld für Benzin und Holz aufwenden müsste – es wäre eine Katastrophe.

Nächstes Jahr würde zudem auch ihre Tochter Kanugi in eine höhere Schule wechseln. Der Motor des Pickups brauchte dringend eine Wartung, auch die Reifen waren völlig abgefahren. Sie selbst müsste auch gewartet werden, dachte sie zynisch. Beim Zahnarzt war sie eine Ewigkeit nicht mehr, auch ihre Blasenschwäche bereitete ihr große Probleme. Doch an einen teuren Arztbesuch war zurzeit nicht zu denken. *Ohne ein Wunder*, dachte Anukai, *werde ich das kommende Jahr vielleicht nicht überstehen.*

Als der Vorgang leise klirrte, schaute sie auf. Eine Frau betrat das Geschäft. Sie war dunkel gekleidet, fast wie ein Mann. Dazu trug sie flache Schuhe, in der Hand hielt sie einen alten, abgewetzten Lederkoffer. Anukai wusste sofort, dass da eine Polizistin ihren Laden betrat.

Seit dem Massaker am Schrottplatz wimmelte es in der Gegend von FBI und Polizei. Hubschrauber kreisten den ganzen Tag in der Luft, ausgerüstet mit Spezialkameras und Sensoren. Am Schrottplatz selbst hatte das FBI eine Zeltstadt errichtet, so hatte es ihr ein Trucker erzählt. Der Mann wusste noch mehr zu berichten.

Das FBI wird den gesamten Schrottplatz abtragen. Auch das Gelände dahinter soll auf den Kopf gestellt werden. Angeblich gibt es Beweise, dass dort die Leichen von zwei Bikern vergraben sind. Aber auch die Leichen und Autos von zwei Frauen werden gesucht.

Jetzt also Polizei, hier bei ihr im Laden. Man würde sie verhören, ihr eventuell sogar Schwierigkeiten bereiten, weil sie nicht erzählt hatte, was sie wusste. Einen Anwalt konnte sie sich nicht leisten. Sie verfluchte den Tag, als sie dieser weißen Frau mit dem Zopf alles erzählt hatte.

Die vermeintliche Polizistin kam zu ihr an den Tisch. „Guten Tag. Mein Name ist Heidi Bogner vom FBI Los Angeles. Sind Sie Anukai Tensnake?" Anukai nickte vorsichtig. „Rebecca schickt mich. Ich soll Ihnen dies hier übergeben." Unsicher nahm sie den Koffer an sich. Zu ihrer Verblüffung war das alles, was die Frau vom FBI von ihr wollte. Sie tippte sich an die Stirn, verabschiedete sich. „Alles Gute für Sie, Ma'am."

Anukai stellte den Koffer auf dem Tisch ab, zögerte. Sie legte die Daumen auf die Schlösser, schob sie zur Seite. Mit eine lauten *Klack-klack* sprangen die Riegel auf. Anukai holte tief Luft, dann öffnete sie den Koffer. Was sie sah, erschreckte sie zutiefst. „Ah!" Das Blut schoss ihr in die Wangen, hastig verschloss sie ihn wieder. Das Wunder war soeben geschehen.

★★★

Sechs Wochen später. Thousand Palms Resort, Bahamas

Kurz vor Sonnenuntergang war der Strand menschenleer. Die Gäste des Resorts hatten sich zurückgezogen, einige nahmen den Sundowner auf der Dachterrasse weiter oben im Hauptgebäude ein. Andere waren bereits im Restaurant, wo ein Buffet mit zahlreichen kulinarischen Köstlichkeiten lockte.

Der Strand selbst galt als der schönste der Insel. Der Sand war weiß wie Schnee, das Wasser türkisfarben. Jetzt am Abend hatte das Meer sich beruhigt, nur noch leise flüsternd erreichten die Wellen die Küste. Die Palmen, die das luxuriöse Hotel umstanden, schwankten wie in Zeitlupe im Wind.

Es roch nach Salz und Meer, auch vom Grill an der bereits geschlossenen Strandbar zog noch ein leichter Duft hinüber. Wer wollte, konnte sich noch eine Kokosnuss aufschlagen, sie standen auf einem Tisch, für die Gäste zur freien Verfügung.

Vom Haupthaus führte eine Treppe zum Strand hinunter. Eine kleine Gruppe von nur drei Personen stieg sie herab. Vorweg ging eine anmutige, schlanke Frau. Ihre Haut war von der Sonne gebräunt, waren sie und ihr Begleiter doch schon seit fünf Wochen zu Gast in dem luxuriösen Resort. Sie trug einen Minirock, dazu eine weiße Seidenbluse. Unter dem dünnen Stoff zeigte sich ein gelbes Bikinioberteil. Auf Schmuck hatte sie komplett verzichtet, auch Schuhe trug sie keine. Ihr langes, dunkelblondes Haar hatte sie zu einem Zopf geflochten. Neben ihr lief aufgeregt ein junger Hund. Der lebhafte, weiß-hellbraun gescheckte Jack-Russel-Terrier war erst wenige Monate alt.

Ihr folgte ein Mann. Auch er war von der Sonne gebräunt, sein strubbeliges Haar hatten Salz und Sonne gebleicht. Ein bisschen sah er so aus, als würde er eine Fellmütze tragen. Bekleidet war er mit einem bunten Hawaiihemd und einer Bermudashorts. Auch er war barfuß unterwegs.

Der Dritte der Gruppe trug ein dunkles kurzärmeliges Hemd, eine schwarze Hose. Die Hose hatte er bis zu dem Knien hochgekrempelt. Um den Hals trug er einen auffällig besticken Schal. In der rechten Hand hielt er ein Buch. Die linke war für einen dicken Joint reserviert, an dem er genüsslich zog. Rauch stieg auf, sammelte sich in seinem dichten, lockigen Haar. Wie auch seine Begleiter hatte er auf jegliches Schuhwerk verzichtet.

Der feuerrote Ball der untergehenden Sonne traf am Horizont auf das Wasser. Rebecca schritt weiter die Treppe hinab, erreichte den Strand. Ohne anzuhalten, ging sie bis zum Meer, hier wartete sie auf Mark. Sie streckte die Hand nach ihm aus, kurz darauf ergriff ihr Freund sie.

Der Terrier, den sie als Erinnerung an ihren Retter auf den Namen Paco getauft hatten, preschte über den Sand, erschreckte dabei einige Möwen. Der Hund war Teil einer Angsttherapie, die Rebecca nach den Ereignissen in der Scheune begonnen hatte.

Ihre Therapeutin hatte ihr die Maßnahme empfohlen. Die Idee erwies sich als hervorragend, Rebecca war völlig vernarrt in den quirligen Terrier. Auch zu anderen Hunden begann sie wieder Vertrauen aufzubauen. Es waren schließlich nicht die Hunde, die für den Tod der beiden jungen Männer verantwortlich waren. Es waren die Menschen, die aus eigentlich harmlosen, verspielten Wesen Monster gemacht hatten.

Der Priester, Tajo Bronson, war ein Einheimischer. Der Kreole hatte die Insel noch nie in seinem Leben verlassen und, so wie es aussah, hatte er das auch in Zukunft nicht vor. „So, Leute, hier ist doch eine schöne Stelle. Was meint ihr?“

Rebecca und Mark stellten sich nebeneinander, ihre Füße wurden von der Brandung sanft umspült. Auch Tajo folgte ihnen ins Wasser. Er zog noch einmal an seinem Joint, überlegte, was er mit dem erst zu Hälfte gerauchten Rest anstellen könnte. Schließlich klemmte er sich die Bibel unter den Arm, schnippte die Glut ins Meer. Der Stummel wanderte in seine Brusttasche.

Er grinste die Verlobten etwas schräg an, seine Augen waren so rot wie die Sonne selbst. „Freunde, ich würde dann mal sagen, wir legen los. Seid ihr so weit?“

Rebecca und Mark, immer noch händchenhaltend, nickten dem völlig bekifften Priester zu. Der schlug seine Bibel auf, blätterte darin. „Verdammt, ich habe meine Lesebrille oben vergessen. Wir müssen daher die Zeremonie etwas verkürzen, okay?“ *Genauso habe ich mir das vorgestellt*, lachte Mark im Stillen, und auch Rebecca kicherte leise.

Der Kreole versuchte, eine ernste Miene aufzusetzen, der Würde des Momentes angemessen. Das misslang ihm völlig, er sah aus wie ein weinendes Kind. Er schloss die Augen, und wie Stevie Wonder am Klavier bewegte er den Kopf hin und her. „Freunde, liebe Gemeinde, liebe Gäste, wir sind heute hier zusammengekommen, um diese zwei wunderbaren Menschen in den Stand der heiligen Ehe zu erheben.“

Ihm wurde wohl schwindelig, mit einem Mal wankte er zur Seite, fast wäre er umgefallen. Mark packte ihn am Arm. „Danke, Bruder. Der Boden hier ist tückisch, verfluchter Treibsand überall. Vor ein paar Jahren ist mal eine Touristin aus Kanada hier verschwunden. Man dachte erst, sie wäre wohl ertrunken. Doch dann, Monate später, spuckte der Sand sie wieder aus."

Er trug seine Geschichte mit völligem Ernst vor, den Zeigefinger warnend erhoben. „Lasst uns schnell machen, hier sind wir unseres Lebens nicht sicher." Er klappte die Bibel zu, richtete seine roten, halb geschlossenen Augen auf Rebecca. „Willst du mein Kind, Rebecca Di, äh, Irgendwas, den hier anwesenden Mike Stockton zu Mann nehmen?"

Rebecca lachte. „Ja, ich will." Der Priester verlor keine Zeit. „Und du, Mike Stockton, bist du gewillt, diese hier, diese … Rebecca Irgendwas, zur Frau zu nehmen?" Mark standen die Tränen in den Augen, auch er schaffte es kaum, an sich zu halten. „Ja, ich will." Der Priester hob die Bibel hoch über seinen Kopf, sein Gesicht drückte echtes Erstaunen aus. „Halleluja, dann sind sich ja alle einig. Hiermit erkläre ich euch zu Mann und Frau."

Auch ihm standen nun Tränen der Rührung in den Augen. Dass seine frisch Vermählten aus einem anderen Grund feuchte Augen hatten, kam ihm gar nicht in den Sinn. „Nun denn. Du, Stockton, darfst die Braut nun küssen." Mark und Rebecca drehten sich zueinander um.

Der Priester wollte die Zeremonie noch durch einen kleinen Witz auflockern. Er lächelte Mark verschmitzt an. „Ich hoffe doch, du hast die Braut nicht schon vorher geküsst?" Rebecca gab ihm die Antwort. „An dieser Stelle jedenfalls noch nicht." Es dauerte kurz, bis sein betäubtes Gehirn die Information verarbeitet hatte. Als er den tieferen Sinn verstand, verzog er sein Gesicht zu einer Grimasse, die wohl irgendetwas zwischen Ekel und Entsetzen ausdrücken sollte.

„Leute, ich verzieh mich dann. Wir sehen uns gleich oben in meinem Büro bei der Unterzeichnung der Heiratsurkunde." Er flüchtete vom Strand, eilte zur Treppe. Mit einem Mal standen sie allein in den Wellen. Sie umarmten einander, und mit einem langen, sinnlichen Kuss besiegelten sie ihre Vermählung.

Gemeinsam betrachteten sie Hand in Hand den fantastischen Sonnenuntergang. Als die rote Scheibe fast verschwunden war, warf Rebecca ihrem Ehemann einen verschmitzten Blick zu. „Eine Sache gibt es da noch. Gleich müssen wir uns entscheiden. Wollen wir zukünftig Stetson heißen oder Di Romania?“ Sie zögerte kurz, fügte hinzu: „Oder wie wäre es mit einem Doppelnamen, vielleicht Stockton-Irgendwas?“

Mark lachte, zog dabei eine Münze aus der Tasche. Tatsächlich hatten sie in den vergangenen Tagen mehrfach darüber gesprochen. Doch keiner wollte den Namen des anderen annehmen. „Kopf ist Di Romania, Zahl Stetson, okay?“ Rebecca war einverstanden.

Mark warf die silbern glänzende Münze hoch in die Luft. Sie stieg höher und höher, glitzerte im letzten Licht der Abendsonne. Dann plötzlich geschah das Wunder: Eine von Paco aufgescheuchte Möwe flog über ihre Köpfe hinweg, schnappte sich den Vierteldollar auf seinem Weg zurück zur Erde. Der Vogel drehte ab in Richtung Meer und verschwand im Schein der untergehenden Sonne.

THE END

Nachwort:

www.route-66-killer.de/nachwort

Achtung, Spoiler! Bitte erst nach dem Buch lesen.